中国当代文学经典必读
吴义勤 ◎主编
朱旭 ◎点评
2000中篇小说卷

ZHONGGUO
DANGDAI
WENXUE
JINGDIAN
BIDU

百花洲文艺出版社

图书在版编目（CIP）数据

中国当代文学经典必读.2000中篇小说卷/吴义勤主编.－－南昌：百花洲文艺出版社，2023.11
ISBN 978-7-5500-3883-7

Ⅰ.①中… Ⅱ.①吴… Ⅲ.①中国文学－当代文学－作品综合集 ②中篇小说－小说集－中国－当代 Ⅳ.①I217.1

中国版本图书馆CIP数据核字（2020）第211275号

中国当代文学经典必读·2000中篇小说卷
吴义勤　主编

出 版 人	陈　波
责任编辑	项玥鸽
书籍设计	方　方
制　　作	何　丹
出版发行	百花洲文艺出版社
社　　址	南昌市红谷滩区世贸路898号博能中心一期A座20楼
邮　　编	330038
经　　销	全国新华书店
印　　刷	江西骁翰科技有限公司
开　　本	850mm×1168mm 1/16　印张 25.75
版　　次	2023年11月第1版第1次印刷
字　　数	380千字
书　　号	ISBN 978-7-5500-3883-7
定　　价	56.00元

赣版权登字 05-2020-381
版权所有，盗版必究
邮购联系 0791-86895108
网　　址 www.bhzwy.com
图书若有印装错误，影响阅读，可向承印厂联系调换。

我们该为"经典"做点什么？

/ 吴义勤

当今时代，对经典的追怀和崇拜正在演变为一种象征性的精神行为，人们幻想着通过对经典的回忆与抚摸来抵抗日益世俗和商业化的物质潮流。在这一过程中，一方面，经典作为人类文学史和文明史的基石与本源，其价值得到了充分的认同与阐扬；另一方面，经典的神圣化与神秘化又构成了对于当下文学不自觉的遮蔽和否定。可以说，如何面对和正确理解"经典"，正是当代中国文学必须正视的一个问题。

什么是经典呢？就人类的文学史而言，"经典"似乎是一个约定俗成的概念，它是人类历史上那些杰出、伟大、震撼人心的文学作品的指称。但是，经典又是无法科学检验的主观性、相对性概念。经典并不是十全十美、所有人都认同的作品的代名词。人类文学史上其实根本就不存在十全十美、所有人都喜欢、没有缺点的所谓"经典"。那些把"经典"神圣化、神秘化、绝对化、乌托邦化的做法，其实只是拒绝当下文学的一种借口。通常意义上，经典常常是后代"追认"的，它意味着后人对前代文学作品的一种评价。经典的标准也不是僵化、固定的，政治、思想、文化、历史、艺术、美学等因素都可能在某种特殊的历史条件下成为命名"经典"的原因或标准。但是，"经典"的这种产生方式又极容易让人形成一种错觉，即"经典"仿佛总是过去时、历时态的，它好像与当代没有什么关系，当代人不能代替后人命名当代"经典"，当代人所能做的就是对过去"经典"的缅怀和回忆。这种错觉的一个直接后果就是在"经典"问题上的厚古薄今，似乎没有人敢于理直气壮地对当代文学作品进行"经典"的命名，甚至还有人认为当代人连写当代史的权利都没有。

然而，后人的命名就比同代人更可信吗？我当然相信时间的力量，相信时间会把许多污垢和灰尘荡涤干净，相信时间会让我们更清楚地看清模糊的、被掩盖的真相，但我怀疑，时间同时也会使文学的现场感和鲜活性受到磨损与侵蚀，甚至时间本身也难逃意识形态的污染。我不相信后人对我们身处时代"考古"式的阐释会比我们亲历的"经验"更可靠，也不相信，后人对我们身处时代文学的理解会比我们亲历者更准确。我觉得，一部被后代命名为"经典"的作品，在它所处的时代也一定会是被认可为"经典"的作品，我不相信，在当代默默无闻的作品在后代会被"考古"挖掘为"经典"。也许有人会举张爱玲、钱钟书、沈从文的例子，但我要说的是，他们的文学价值在他们生活的时代就早已被认可了，只不过新中国成立后很长时间由于意识形态的原因我们的文学史不允许谈及他们罢了。

这里其实就涉及了我们编选这套书的目的。我认为，文学的经典化过程，既是一个历史化的过程，又更是一个当代化的过程。文学的经典化时时刻刻都在进行着，它需要当代人的积极参与和实践。文学的经典不是由某一个"权威"命名的，而是由一个时代所有的阅读者共同命名的，可以说，每一个阅读者都是一个命名者，他都有命名的"权力"。而作为一个文学研究者或一个文学出版者，参与当代文学的进程，参与当代文学经典的筛选、淘洗和确立过程，正是一种义不容辞的责任和使命。事实上，正是出于这种对"经典"的认识，我才决定策划和出版这套书的，我希望通过我们的努力，真实同步地再现21世纪中国文学"经典化"的进程，充分展现21世纪中国文学的业绩，并真正把"经典"由"过去时"还原为"现在进行时"，切实地为21世纪中国文学的"经典化"作出自己的贡献。与时下各种版本的"小说选"或"小说排行榜"不同，我们不羞羞答答地使用"最佳小说"之类的字眼，而是直截了当、理直气壮地使用了"经典"这个范畴。我觉得，我们每一个作家都首先应该有追求"经典"、成为"经典"的勇气。我承认，我们的选择标准难免个人化、主观化的局限，也不认为我们所选择的"经典"就是十全十美的，更不幻想我们的审美判断和"经典"命名会得到所有人的认同，而由于阅读视野和版面等方面的原因，"遗珠之憾"更是不可避免，但我们至少可以无愧地说，我们对美和艺术是虔诚的，我们是忠实于我们对艺术和美的感觉与判断的，我们对"经典"的择取是把审美和艺术放在第一位的。说到底，"经典"是主观的，"经典"的确立是一个持续不断的"过程"，"经典"的价值是逐步呈现的，对于一部经典作品来说，它的当代认可、当代评价是不可或缺的。尽管这种认可和评价也许有偏颇，但是没有这种认可和评价，它就无法从浩如烟海的文本世界中突围而出，它就会永久地被埋没。从这个意义上说，在当代任何一部能够被阅读、谈论的文本都是幸运的，这是它变成"经典"的必要洗礼和必然路径，本套书所提供的同样是这种路径，我们所选的作品就是我们所认可的"经典"，它们完全可以毫无愧色地进入"经典"的殿堂，接受当代人或者后来者的批评或朝拜。

感谢百花洲文艺出版社对我的经典观的认同以及对于这套书的大力支持，感谢让这个文学工程可以在百花洲文艺出版社这个平台美丽绽放。我们的编选仍将坚持个人的纯文学标准，而为了更好地阐析我们的"经典观"，我们每本书将由青年学者对每一篇入选小说进行精短点评，希望此举能有助于读者朋友对本丛书的阅读。

目 录

衣向东　吹满风的山谷 / 1
邓一光　怀念一个没有去过的地方 / 41
万　方　空镜子 / 98
毕飞宇　青　衣 / 151
刘庆邦　神　木 / 198
池　莉　生活秀 / 270
蒋　韵　鲜艳的季节 / 324
胡发云　隐匿者 / 355

吹满风的山谷

/衣向东

一

大西北的风总是这样粗粗拉拉的，没有一点儿温柔，尤其是三月的风，野里吧唧。我不知道大西北的人是怎么一年又一年在这种鬼风里生活过来的。自然，我是南方人，从江苏常州入伍的。南方的风是什么样子，你们看看我的脸就知道了，被柔和的风抚摸得白嫩的脸就是个活广告。其实南方不只是风比大西北乖巧而细软，别的也自有优势。南方的山眉清目秀，植被浓郁苍翠，大西北的山却袒胸露背，或灰暗或紫红。南方的河水叮咚清丽，温文尔雅，细语缠绵，大西北的河水却总那么放荡不羁，激流澎湃。

但是，我在大西北结束了三个月的新兵连生活后，这张南方脸就没了模样，怎么看都像马路边蹲着的大西北男人，没有办法，我只能骂野蛮的风真他妈不讲道理。没想到骂完了，却又被分配到人称"野风谷"的深山军用物资库一号执勤点。虽然我没去过野风谷，但是在新兵连几次听班长讲那里的故事，讲得我们几个新兵私下里开玩笑的时候都说："你不老实，把你发配野风谷。"

我当然没想到自己被分到野风谷，我觉得在新兵连的时候和班长排长的关系还不错。班长抽了我一条烟，排长拿走了我一个喝水杯，他们平时对我都挺和蔼的。但是据说正是班长排长向中队推荐我去野风谷的，说我能吃苦能耐得住寂寞，不知是培养我还是整治我。报到那天下午，执勤点的点长陈玉忠下山接我，一个长相站没站相的小个子。中队派出唯一的毛驴车送我，并顺便拉去了一桶水。毛驴车是专供给每个执勤点送水的，别的事情一般不允许劳驾毛驴。

毛驴车载着我们从半山腰上的小路走，风就在山顶上盘旋，鬼哭狼嚎的。而且越往山的高处走，风声越紧，黄黄的尘土一拨又一拨地在我面前飞扬，而且没有任何章法，一会儿横着走，一会儿竖着走，怎么侧转身子都躲不开它的蹂躏，好像这世界都是它家的。

赶车的兵是去年入伍的，在我面前算是老兵了，他很想表现出个老兵的样子给我看，就抡着树条抽打毛驴，嘴里还骂："驴东西，不打你就偷懒，想跟我耍心眼，你还嫩了点儿。"我心里很不是滋味，倒不是因为赶车的兵说了些指东道西的话，我是可怜毛驴因为我一个新兵，莫名其妙地挨了抽打。

毛驴弓背沉重地走，车上的大水桶发出咣当咣当的水声。我瞟了瞟远处层层叠叠的群山，又看看眼皮底下拿出吃奶架势的毛驴，问点长："班长，快到了吧？"

点长没有看我，目光仍在山与山之间腾挪，说："还远呢。以后不要叫我班长，我不是班长是点长，'一点点'的'点'，三个人的执勤点，用个班长太浪费。"

点长说话的时候，伸出小拇指指甲比画着，掐出了小拇指指甲的二分之一形容自己。

我又看了一眼毛驴，就跳下车，说："我走一会儿，腿坐麻木了。"

毛驴车的速度立即快了，我的步子跟得很匆忙，肥大的军裤兜满了风，鼓胀着。山路弯曲，毛驴车的干轴发出嘎吱嘎吱的声响，在一道又一道山弯上缭绕。

山谷尽头，出现了三间破败的平房，平房的对面，石头砌成的哨楼像个煤气罐粗矮地厝在山腰上。哨楼的背后，一条窄窄的小路，像一条细细的小溪从山的这边挂到山的那边。哨楼前，一个哨兵持步枪站立，毛驴车还没有走近时，哨兵就举手敬礼。

点长陈玉忠对我说："那就是第二年的老同志普顺林，他给你敬礼了。"

我慌忙向老兵举手还礼，样子很笨拙。这时候，突然的狗叫把我吓了一跳，举起的手哆嗦着落下，视线从哨楼一下子就切换到狗叫的地方。我看到一条黄狗昂首在平房前，居高临下地虎视着我，凶叫。点长呵斥一声，说阿黄别叫。黄狗哼唧两声摇摇尾巴追过来。

毛驴车停在了平房前的平地上，平地不大，还搁不下胖人的半拉子屁股，却是山谷唯一平展的地方。我刚站定准备从车上搬下自己的行李，黄狗已经追到我的脚下，很耐心地嗅着我的脚，然后是腿，再之后是臀部。黄狗嗅到我的臀部时，两只前爪就跷起来，却没有搭在我身上，而是呈站立姿势，看样子还要顺着我的脊梁向头部搜索。我吓得身子僵硬着，不敢有一丝的动弹。等到黄狗检查完我的臀部，我才怯怯地说："点长，狗、狗。"

点长的做法真让我失望，他温和地看着黄狗笑了笑，说阿黄没见过几个新人，见了你高兴呢，瞧这个亲热劲。点长没有责备阿黄，好像有意给它个机会，让它从我身上高兴一会儿。于是阿黄依旧亲热着，我就又叫："点长……"

点长才拉了拉脸，说："行了阿黄，一边稍息去。"

这个畜牲，好像真的没见过什么世面，见了生人还脸红似的，一缩脖子，不好意思地走到旁边蹲下。点长从车上拿下一捆青菜和一块猪肉，赶车的兵已经把一根皮管接到水桶上，朝水窖里抽水。水窖的样子像水井，窖内用水泥抹成个圆形，葫芦状，窖口盖着一块铁皮。我趴在窖口，屁股朝天一撅再撅，把整个头伸进窖内，终于看明白了，问点长："这水是喝的？"

点长说："洗脸洗衣服做饭，都用。"

"几天送一次水？"

"半个月。"

"这能吃，还不臭了？"

"有一点，吃习惯了一样。"

我立即感到嘴里有酸臭的味道，像过了期的啤酒，张了张嘴没说出话，呆愣地看着毛驴车返回下山的小路，在昏黄的风中颠簸着消失了。山谷一下子坠入寂静，四周只听到风的声音，风把我们包裹起来，与外界隔绝。

这时候，点长拎起我的背包准备进屋，我忙问厕所在哪里。离开中队部的时候，我听说野风谷的水奇缺，就多喝了两大杯水，这时候觉得沉甸甸地往下坠，急需疏导掉。点长微笑着，说除了屋前的院子，整个山谷都是。面对着这么开放的厕所，我竟不知在哪儿小解合适了，瞅瞅对面的山根，什么地方都在站哨的老兵普顺林的监视范围内，于是就拐了个弯，朝平房后跑去。点长在我背后喊："别跑远，当心让狼叼了你去。"

我闪到平房后面，回头看不到山坡上站哨的老兵了，就哆嗦着对准一蓬灰绿的草划出亮亮的抛物线。山上的草稀稀拉拉，像皮肤病患者，绿一块裸一块的，而且面黄肌瘦。我的目光正满山遍野地游荡，有一阵强劲的风迎面吹来，把我划出的亮亮的抛物线吹得七零八落，飘洒到我的裤子和鞋上，我不由得"哎哟哟"地叫了两声，山谷立即有"哎哟哟"的声音回响。我愣了一下，觉得有趣，就又用力咳嗽两声，山谷便也学着我的样子咳嗽着，声音由近而远，一浪一浪地随波而去。

我忍不住咯咯地笑了。

二

一号执勤点只有我们三个兵，像三颗钉子一样揳在山谷尽头通往山外的入口处。我们看守的山谷下，沉睡着一个接一个的山洞，过去储藏着TNT炸药，后来都运走了。有关单位曾想把闲置的军用物资库租赁给老百姓储存粮食，但离库区最近的村庄也有二十多里路，老百姓嫌太远，说白给都不用，物资库就一直闲置下来。我听了点长陈玉忠给我介绍哨所周围的这些情况后，就一撇嘴，说："啥也没有，还看守什么？"我们南方的兵就是这个样子，说话满不在乎的，而且总是显得很聪明，喜欢问几个为什么，在部队不如北方兵的名声好。部队的干部都喜欢带北方兵，说北方兵不说不讲，老实肯干。我不是替南方的兵打抱不平，其实我们不是说说讲讲的，是喜欢动脑子。

点长一脸的不高兴，说你这个新兵，毛病，上级让我们看守就一定有看守的道理，这些物资库还没有废弃，说不定哪一天打起仗来又派上了用场，你敢说战争永远停止了？点长的目光直截了当地盯在我脸上，滚烫滚烫的。我不习惯别人有意识地看我，我像被灼伤了般摇头，表示赞成点长的观点，点长才收回目光，继续介绍哨所周围的情况。点长说在一号执勤点附近的山群里，还有五个执勤点，都是我们排的，排长住在三号。点长说你看见了吧？就那座最高的山峰下面。我的目光顺着点长的指尖尖投向远处，在那座雾气朦胧的山峰上逗留了很久。

这是我刚到哨所的第一天，点长带领我在屋前屋后简单地转了转，告诉我宿舍左边的一间屋子是仓库,右边的一间是厨房,之后点长就去换岗了。由于点长下山接我,老兵普顺林已经在哨上站了四个多小时了。点长对我说:"按说你到执勤点,我们应该给你举行个欢迎仪式,但我们的人太少,就免了。"

点长扎着武装带,在屋子前的平地上整理了服装,然后给自己下达了上哨的口令:"向后转,齐步——走!"

我被点长认真的样子弄蒙了,你说在这深山谷里,还这么正规干什么?我惊讶地看着他朝哨楼走去,他爬山的时候仍保持着齐步的要领,腰直挺挺的,结果脚下一滑,差点儿跪倒。我禁不住咧嘴笑。点长走到老兵普顺林面前站定,庄严地敬礼,老兵还礼后,用洪亮的声音说:"一号执勤点勤务正常,哨兵普顺林。"我的目光像舞台追光一样追随着点长和老兵的一举一动,端枪、交接、敬礼,不知不觉中,我的身子也站得笔直了。

老兵走下哨位时,点长说:"晚饭,加个菜。"

老兵没有回头,齐步走下山。说是齐步,其实只是拉出个齐步的架势,两只胳膊用力甩着,而下面的两条腿却在一弯一曲地走路。我开始觉得他们是故意走给我看的,其实不是,后来我们一直都是这么走的,时间久了,我就觉得挺正常的。

老兵走到我眼前时,我急忙挺了挺身子,说道:"老同志好——"

"新同志好。"

"老同志辛苦了!"

老兵突然笑了,拉长声音说:"为人民服务——"

我垂了头,有点儿不好意思了。老兵把紧绷绷的身体松弛下来,说:"走,帮我做饭。"

太阳开始朝西边的山顶落下,老兵的身子走在圆圆的太阳里,显得很高大。一阵又一阵的风吹来,却吹不走洒在老兵身上的阳光,只掀起了老兵的衣襟,一甩一甩的,使太阳和老兵所构成的画面富有动感。我紧跟在老兵身后走,用力甩着胳膊,走得很踏实,走出了几分幸福感。

我们走进厨房,老兵拎起铁条捅了捅火炉子,添加了煤块,炉子里的火苗就蹿出来。我说,怎么现在还生炉子?老兵说火炉是两用的,夏天做饭,冬天还可以拎到宿舍取暖。

老兵开始收拾一堆菜,问我:"你叫什么?哪儿的?"

老兵和新兵聊天，首先聊的大都是这个话题。我说叫蔡强，江苏常州的。江苏？江苏人爱吃大米，你不会蒸馒头吧？我连忙摇头，说不会，也不会蒸别的，在家没有做过饭。老兵说谁在家里做过？我也没有，但是执勤点就我们三个人，一个人站哨，一个人训练，另一个就要做饭，我们早晚两顿吃馒头，中午吃米饭。我最害怕他们把做饭的任务交给我自己，就说我吃什么都行，就是不会做。

老兵说："去，端半脸盆土来。"

"干什么用？"

"毛病。"老兵瞥了我一眼，说话的口气和点长一样，当然比点长好看多了，说话总是笑眯眯的，让人看了很亲切。他虽然样子生了气，但是嘴角仍挂着笑意，说："你毛病。"

我急忙去端，把半脸盆土递给老兵，老兵不接，说"加水搅和，跟我学揉面"，见我傻愣着没动，老兵就又说："我刚来的时候，也是这样练的。"

我就学着老兵的样子做，说实话，我在家里真的没有做过饭。老兵加两勺水，我加两勺，老兵揉面，我揉土，很卖力。老兵把揉好的面拍得乒乓响，我也急忙拍土，但是泥土没有面那么柔韧，溅了我一脸泥水。老兵嘿嘿笑，我也笑。

老兵在案板上切菜，丢给我一块肉，说："切成细条。"

我拎起肉嗅嗅，问什么肉，老兵说猪肉。猪肉？我闻着像猪肉，于是就把肉扔回案板上，说你切肉我切菜。老兵说你毛病，让你干啥你就干啥让你切肉你就切肉。

"我是回族。"

老兵"哎呀"一声跳起来，说天哪，又来了个少数民族。老兵是云南哈尼族的，点长是贵州彝族的。老兵说："咱们一号执勤点应该叫民族哨呀，来来来，你切菜，我切、切、切这个东西。"

夜幕笼罩了山谷的时候，我们一号执勤点宿舍的灯忽然一亮，给黑暗的山谷画龙点睛了。宿舍内的灯光下，我们三个兵坐在马扎上，我和老兵并排而坐，点长坐我们对面。点长说话时先吭哧了两声作为前奏曲，样子像鼻子堵塞不畅通，然后才说："今晚开个点务会，算是欢迎蔡强同志……"

我猛地站起来。在新兵连开班务会的时候，班长点到谁的名字，谁就要站起来，点谁的名字，就是表扬谁，因为班长批评谁的时候，一般他不直接指名道姓，只说"个别同志要注意了"，弄得我们每个人心里都直敲小鼓，不知道自己是不是"个别同志"，所以我们都希望班长能直接点到自己的名字。如果你在新兵连待过，相信你也一定有这种感觉。我最多的时候被点到了十二次。

点长见我猛地站起来，吓了一跳，说："坐下吧。蔡强同志来到……"

我又猛地站起来。

点长说："坐下吧，以后点到你的名字不用站起来了。蔡强同志来到一号执勤点，成为我们家庭中的一员，对他的到来，我们表示热烈欢迎。"

点长和老兵鼓掌，我独自坐着感到无所适从，于是也跟着鼓掌。点长和老兵停止鼓掌时，我仍把巴掌拍得呱唧响。点长瞅我一眼，瞅得我很尴尬，我忙讪讪地收回了巴掌。

点长继续说："我们三个人来自三个民族，大家要相互尊重各民族的风俗习惯，团结一致，坚守好一号哨所。"

点长的话音刚落，门吱呀开了，吓得我打了个哆嗦。不是我胆子小，其实如果换了别人，也一定会打个哆嗦，这深山野谷的，关好的门突然被推开，你不紧张才怪呢。我下意识地说谁呀，扭头看去，见黄狗挤进门缝，和点长并排蹲着，审视老兵和我，看这畜牲那气势怎么也是个副点长的水平。我正大惊小怪的时候，发现点长和老兵一动没动，自己却显得冒冒失失的，就立即红了脸，忙坐稳当，等待点长继续讲话。

点长说："我的话说完了，普顺林同志有没有补充？"

老兵咽口唾沫，说："我补充一点，咱们一号执勤点就像一个家庭，三个人彼此之间没有什么值得隐瞒的，我女朋友的来信，你们可以随便看。"说到这里，老兵看了点长一眼，使点长显得很不自在。后来我才知道，普顺林自来到一号执勤点后，就没有看过点长陈玉忠的一封家信，陈玉忠看别人的家信很积极，自己的家信却都藏起来，为此已经复员了的老点长都对陈玉忠很不满。老兵继续说："既然是一个家庭，就有父亲、母亲和儿子组成，已经复员了的点长过去充当父亲的角色，我去年本来应该充当儿子，老同志陈玉忠却硬要我充当母亲，现在蔡强同志成为我们家庭中的新成员，我的意见，升为点长的陈玉忠老同志应该顶替老点长的位置。"

我很惊讶地看了看老兵，以为老兵正在开玩笑，但是老兵的表情却很认真，我就又去看点长的脸色，发现点长也那么正经，并且谦虚地说："不，我还当儿子。"

老兵说："你都当两年儿子了，虽然这只是充当角色，可也要有个顺序。"

这个时候我应该站起来表态了，我很有风格地说："点长，我当儿子。"

老兵说这就对了，要不就乱了套。老兵似乎安慰我，说其实没有什么，平时我们不用这个称呼，只是在过节或是谁过生日的时候，我们为了弄出个家庭氛围，才用一次。

但是，点长还是坚持让我当父亲，说自己喜欢当儿子，当儿子有人疼爱。当时我心里很激动，觉得点长就是风格高，什么事情都甘愿吃亏，当了两年儿子了还争着当。即使是假设吧，你愿意总是当儿子吗？于是，我红着脸说我是新兵，最适合当儿子。

其实，我当时并不了解点长的心情，老兵也不了解。直到点长要复员的时候，我们才知道了他家庭的特殊情况。一旦你了解了他的家庭，就相信他的话是真的，他真心渴望当儿子，希望生活在一个温暖的家里。点长当兵的那年，闹了几年离婚的父母终于分手了，父母把有限的家当很容易地一分为二，但是却不能把点长分成两半。父亲离婚的目的就是要跟另一个女人结婚，所以坚决不要儿子。母亲说离婚后，自己的生活还没有保障，带着儿子怎么过？父母推来推去谁都不想要点长，最后是法院把点长判给了父亲，所以父亲怎么看点长都觉得不顺眼。点长就是为了逃离父亲的目光，才虚报一岁当了兵。当兵的第二年，父母都组成了各自的家庭，很少问及点长的事。后来，父亲给他来过一封信，总共五十八个字，说点长又改归母亲了。但是不管归谁，在点长的心里，自己已经没有家了，如果说有，部队就是他的家，一号执勤点就是他的家。点长平时和执勤点的兵们什么都聊，就是不提自己的家庭，有兵问他，他三言两语搪塞过去。

别的兵谈论自己的父母和女朋友的时候,他坐在一边静静地听,别的兵有家信来,他总想看一看,却把自己很少的几封家信藏起来,兵们自然对他不满。这些情况是我和老兵偷看了点长的家信后,点长才给我们讲的。点长讲完了这些后,就永远地离开了野风谷,离开了他心中温暖的"家"。

后来,老兵普顺林懊悔地说:"已经复员了的老点长临走的时候告诉我,说陈玉忠这个兵,太深沉。深沉什么意思?我琢磨了半天没咂出味道来,猜想肯定不是什么好意思,因此对点长还多了几分戒备心。"

大概当时点长一再坚持要充当儿子的时候,老兵又想起"深沉"两个字,虽然弄不明白点长的意图,但是坚决反对点长继续当儿子。点长没有办法,忽然想起自己正主持召开点务会,于是用拍板的口气说,这个事情就这么定了,点务会结束。我不再争辩了,本来我就不喜欢当儿子,当父亲就当父亲。我谦虚地说自己当不好,请点长和老同志多指点。普顺林从马扎上站起来,瞪我一眼,说你真要当?好,我就给你当老婆,看你怎么当父亲。我被老兵激起了一些火气,嘴里就咕噜着说:"反正不是真的,小孩子过家家闹着玩的事,又不是没当过。"

三

我到一号哨所的第二天就开始上哨、训练、做饭,之后的日子几乎没有什么大的起伏变化,因此我对自己到哨所后度过的第二天记忆最深,感觉后来的许多日子只不过是对这一天的修修补补。那天早晨,点长起床后就上哨去了,老兵在厨房做饭。我搞完了室内室外的卫生,端了脸盆在院子里洗脸,正刷着牙,黄狗从窝里出来,懒洋洋地伸个腰,一副踌躇满志的样子走到我面前,伸了嘴理直气壮地去脸盆喝水,等到我反应过来已经晚了。我气得"哎呀呀"叫一声,把脸盆里的水泼到院子里,刚要再去水窖取水,发现老兵站在了我眼前,不冷不热地笑,我一时没有弄明白老兵笑的内容,也只好赔老兵笑。

"哟嗬,就这么泼掉了?"

我茫然地眨眨眼。

"看到我的洗脸水倒哪里了?"

我的目光瞅着院子里唯一的一棵树,说是树,其实是灌木型的一株榆树,蓬松地生长着,虽然看上去像刚从被窝里钻出来的女人的头发,乱蓬蓬的,但是在这干旱的山谷里，竟成了香饽饽，我们有一滴干净的剩水都不浪费，要小心地滴在它的根部。现在，老兵浇在它根部的洗脸水已经渗下，泥土湿润着。老兵的目光落在湿润的泥土上，开始教训我，说洗脸不能用肥皂你懂吗？洗脸水可以浇树可以洗菜可以……你懂吗？我慌忙点头，说原来不懂，老同志一教育，我就懂了。老兵见我又点头又弯腰，就满足地走开。瞅着老兵的背影，我忽然觉得老兵是早就料到我要把洗脸水浪费掉，他似乎在厨房窥视我很久了。

吃过早饭，老兵上哨，点长带领我训练正步走，走的是一步一动。点长下达一个口令，我就动作一下，他发现我踢腿的时候，屁股蛋子左右扭动，他就喊了停的口令。他说你新兵连怎么训练的？扭啥屁股？看我踢，提胯、大腿带动小腿。他做完示范动作，又让我踢，我仍旧扭屁股。我在新兵连踢正步就扭屁股，新训班长都没有给我纠正过来，你点长有这个能耐？点长下达了连续动作的口令，我照样踢，屁股一直扭动到山根下。无路可走的时候，点长还不下达停止的口令，我就自动站住，一只腿仍旧举着，表示自己服从命令坚决。站在半山坡哨上的老兵普顺林就咧嘴笑了，远远地说："点长，你就让他扭，看他能扭出个花花来。"

点长走到我面前，说："行了，你上午就训练到这里，回去做午饭，不会做就问我。"

点长给自己下达口令，独自训练。我走进宿舍才松了一口气，从门缝看点长，嘻嘻笑，小声说："傻孩子，真乖，好好练，我给你做饭去。"

去厨房扎了围裙，淘洗完了大米，我端着铝锅跑到点长面前，说点长加这些水行吧？点长说少了。炒芹菜的时候，我又捏着根芹菜小碎步跑到点长面前，问熟不熟。点长含在嘴里咬了咬，说再炒一会儿。但是等到我返回厨房，芹菜已干干地粘在锅上，我急忙加了一勺子水，就看到芹菜在水里漂起来。

虽然米饭和芹菜的水都加多了，点长吃饭的时候却表扬了我，说第一次做饭不简单，多做几次就有经验了。我心里喜滋滋的，匆忙吃完饭，去哨上换岗，并对下哨的老兵说："你去尝尝我做的饭，点长都说不简单呢。"老兵说是吗？老兵下哨直接进了厨房，一看我蒸的米饭，就咦地叫一声，对正收拾碗的点长说："这是米饭呀，怎么做成了稀粥？"

点长笑说凑合吃吧，他还是实习生。老兵又看菜，皱着眉头夹了一筷子尝，立即吐掉，端着菜碗走到哨位上，对我说："你炒的什么菜？比盐水煮芹菜还难吃。"

我立正站着，认真地按照执勤用语回答："对不起，我正在执勤，不便回答你的问题。"

老兵顺手把菜倒在山坡上，说喂狗都不吃。我已经吃了那菜，难道我还不如一条狗？老兵的话真没有水平。但是，我不好直接反驳，就给他诵诗一首："锄禾日当午，汗滴禾下土，谁知盘中餐，粒粒皆辛苦。"

老兵半天没有憋出一句话，气得扭头就走。

其实，白天我们三个兵轮流忙着，说话的机会并不多，只有到了晚上才能聚在一起，却又没有什么事情可做。老兵会下几步象棋，但是只有高兴的时候才走车架炮。那天晚上，我本来想和老兵下象棋，动员了老兵半天，老兵才答应星期天再下，说他今晚要看电视。由于周围山峦叠嶂，而且山高风急，电视屏幕一片雪花。我不停地调频道，弄得电视声音尖叫刺耳，老兵也不着急，仍旧很有兴趣地看，仿佛是在完成一种看的任务，至于看到了什么并不重要。点长歪在床上翻弄一本杂志，是我带进哨所的，已经被他翻弄一遍了，连上面刊登的女人治雀斑和隆胸术的广告，都一字不漏地看了。他的目光夹在杂志里对我说："你甭折腾，接收信号不好，没法看。"老兵忙说："要看也行，你去屋子顶上扶住电视天线，能清楚一点儿。"

"就一直扶着？"

"对，松了手我就看不清。"

我听明白了，老兵是想让我爬上屋顶调试电视天线。外面的大风呼呼叫着，还不把我吹成腊肉？于是我假装糊涂，说："这么大的风，我扶着你看？"

"你是父亲，应该干最苦的差事。"

一提父亲的事情，我突然生气了。原来你是因为我当了父亲，想成心整治我呀，又不是我想当父亲，我不当了，还是让点长当吧。老兵听我一说，就让步了，说这样吧，咱俩每人上去十五分钟，我先上。老兵这么一主动，我就不好意思地咧了咧嘴，说我先上。我就上了屋顶，握住天线的木杆。风很大，眼前的山仿佛被风刮得旋转起来。

老兵在屋子里喊:"向右转——再转,好!"

一会儿,电视屏幕又是一片雪花,老兵又喊:"向左转——"

我冻得缩着脖子,说时间到了吧?老兵正看得高兴,说还有两分钟。我估计两分钟早过了,又问。当电视屏幕上出现了广告的时候,老兵才爬上屋顶,说时间到了。我欢天喜地进了屋,对着电视上的广告认真看,并也学着老兵的样子,说向左转一点再转一点儿。正高兴着,电视上一片雪花,我说怎么弄的?后面的话没有说完,发现老兵已经站在身后了。还差四分钟呢,你怎么下来了?老兵说:"不差一分两分的,斤斤计较啥呀。"

然而,当我再次回到屏幕前的时候,发现又是广告,这才惊诧地说:"哎,又是广告?"

点长在一边笑了,我明白了这是老兵的精明,就哼一声,说广告就广告,坐下继续看,依旧吆喝向左向右转。我总不能不看广告让老兵下来吧?再说了,能看看广告也不错,反正看什么都是模糊的。

深山谷里黄豆大的灯光下,围坐着的三个兵虽然弄出了一些动静,但是丝毫没有搅动山谷偌大的一团幽静。时光就这样静静地流逝着。

四

我在一号哨所待了三天,心里就堵得慌,胸口像塞了一团乱麻。我总想找个人说说话,可是点长没事的时候,常常静坐着,瞅对面的山峰。最初我以为山峰上有什么名堂,当点长站起来离去的时候,在泥地上留下一个屁股的轮廓,我急忙把自己的屁股放在轮廓里,然后模仿着点长看山峰的姿势,去审视山峰,却啥名堂也没有看出来,于是心里说,你整天看什么有什么好看的?而老兵闲下来的时候就趴在铺上写信,似乎永远也写不完。好在哨所还有条黄狗,不管它愿不愿意,我就缠住它不放,一会儿骑在它的背上拉出驭马驰骋的架势,一会儿追在它的屁股后面喊叫。黄狗高兴的时候还可以陪我玩耍一阵子,但是懒惰的时候,无论怎么摆弄它就是眯缝着两眼,躺着不动。

好容易熬到星期天，又赶上老兵不上哨，我就铺张开一副笑脸去请求老兵下棋。老兵正在温习女朋友过去的来信，处于一种沉醉状态，就摇头说："我不会下。"

我死皮赖脸地缠住他不放，说："我教你。"

"不下。"

"就下一盘。"

老兵终于被我磨得心烦，就与我下，只几步就输了。我觉得不过瘾，仍要老兵下，老兵说："我下得臭，不下了不下了。"我慌忙从棋盘上拿掉一个车和一个马，说："让你两个子。"

老兵仍摇头。我又拿掉一个炮，又拿掉一个小卒……棋盘上只稀稀拉拉剩下三五个棋子，老兵仍不愿下。我就说："你不是要看我女朋友的照片吗？陪我下一盘就给你看。"

老兵才来了兴趣，忙说行。但是我让出了许多棋子，已经组织不起有效的进攻，被老兵三下五除二收拾掉了，虽然明知道这不是自己的真实实力，但是毕竟输了，心里觉得很窝囊，脸色也不怎么明朗。老兵却很开心了，追着要看照片。"说话不算数，就不是男人。"老兵这个人，就喜欢看女孩子的照片，看就看吧，还爱评头论足，所以我是不愿把自己女朋友的照片提供给他评论的。我很不情愿地从一本书里取出藏着的女朋友的照片。女朋友和我一样，出生在江苏小桥流水人家，眼睛里就多了几分灵气。老兵把照片捏在手里反复看，嘴里说哎呀新兵蛋子，看不出你还有两下子。我嘴上嘿嘿笑着，眼睛却很紧张地看着老兵的手反复抚弄照片，说："小心，小心，别折坏了。"

"瞧瞧你这个小气样子，好像世界上就你有个女朋友，你不觉得你女朋友的样子太拘谨了？好像被谁打了一棍子，脑袋快打进肚子里了，缩头缩脑的样子。"

"不是拘谨，你懂什么，她长得古典。"

老兵把自己女朋友的照片拿出来，递给我说："好，你的古典，我的就是浪漫。"

我们两个人开始吹自己女朋友的优点，吹得昏天黑地难分胜负的时候，我就突然问他："老同志，点长有女朋友吗？"

老兵从半敞的门缝朝哨位上瞟一眼，半天才摇摇头。老兵说，点长搞得神秘兮兮的，咱们宿舍谁的抽屉锁着？就他锁。我想也是，不就是防我和老兵吗？有什么值得防的。我和老兵的目光一齐纠缠住点长抽屉上的小锁，蓝色的小铁锁在我们的目光里越长越大。

按照部队的条令规定，星期天晚上要点名，所以吃晚饭的时候，点长就提醒我吃过饭不要乱跑，等待点名。我能跑哪里？还能跑出这个山窝窝？再说了，哨所就三个人，开个点务会就行了，还点啥名呀，真是脱了裤子放屁，多费一道手续。我心里这样想着，行动却很积极，早早地扎了武装带，站在屋子前等待点长点名。

点长抬眼看了看渐浓的夜色，说差不多了，集合吧，老兵普顺林也就紧挨着我站定。点长平时说话的声音不大，而且是慢吞吞的，恨不得把一句话拖成两句说。但是，他站在我和老兵前面整队的时候，声音却提高了八度，把隐入夜色的山谷喊得更加寂静。整完队，点长挨着老兵站定，一句话不说了。黄狗在我们身前身后转着，不时地嗅我们的脚，而我们三个人一声不吭一点儿不动地站着。我站得莫名其妙，不知道点长让我们傻站着干什么，要点名就点吧，我和老兵都站在他的旁边，有什么好点的，不就是走个形式。

几分钟后，我听到远处的山谷里突然传来模糊的声音："稍息——立正！现在开始点名。"我打了个机灵，激动地昂起头，朝远处那座最高的山峰眺望。我明白了，这一定是排长的声音，此时的排长就站在山尖尖上，凝视着我们一号执勤点的方向。远处黑黢黢的，没有一点儿灯火，我的头就极力向前探去，希望能看到些什么。点长和老兵都押着脖子对山谷答"到"，后来我也似乎听到了由远处传来了自己的名字，但是却愣愣地对着山谷发呆，怎么也张不开嘴。

点长气愤地小声说："点你哩。"

我才结结巴巴地答了声"到"，那声音仿佛不是从自己嘴里发出的。点名完毕，我清醒过来，问点长，排长能听到我的声音吗？老兵抢着回答，说："能，你以后说话少用点儿力气，别让那边的排长听到了。"

点长和老兵进了屋子，我却在外面站着朝远处张望了很久。从此以后，每个星期天晚上的点名，就成为我的一种期待，我期待着一个没有见过的人的声音从远处传来。我甚至想看看排长长什么样子，听听排长的真实声音……总之，我非常渴望能与排长对话。终于有一天晚上，当排长点到我的名字时，我再也控制不住自己的强烈欲望，竟对山谷喊道："排长——我是蔡强——"

当时，点长和老兵都傻了眼，呆呆地看着我说不出一句话。点名后的点务会上，点长和老兵把我像烙饼一样翻来覆去地批评，折腾了两个小时，最后我在会上做了检查，表示今后再不发生类似的问题，点长和老兵才长叹一声，似乎把胸口憋着的闷气算是顺出去了。事实上，就在我受到批评的两天后的上午，排长走了两个小时的山路，翻过了五座山峰，来到了一号执勤点查勤，并与我们共进了午餐。排长到哨所的具体过程就不必说了，谁都能想象出我们三个兵那种兴奋的样子，就连一向走路沉稳的点长，都由于过度兴奋，脚下一滑摔了一跤。应该说这样的日子在哨所并不多见。只是，后来星期天排长点名的时候，我却不像过去那么激动了，并且失去了过去那种等待星期天晚点名的心情，那是一种激动而幸福的等待呀！于是，我的生活就又平淡了许多。

有一天，我突然生气地对老兵说："排长来查勤干什么？"

当然，老兵听不懂我的话，也不可能理解我的心情，他反问我："你说干什么？你都不知道，排长为什么来查勤？"

五

我发现太阳从东面的山峰上冒出的时间提前了二十分钟的时候，才觉得天亮得早了。就这个很平常的发现，让我惊奇了好半天，并琢磨着下哨后如何把这个发现告诉老兵。点长和老兵都不戴手表，太阳骑在东边山头上时，他们就说九点三十分了，哨楼的投影与两腿的投影重合时，他们就说该做午饭了……慢慢地，我也很少看手表了，也学会了从太阳的方位和一明一暗的投影里，看时光的流逝和阴阳的交替。对于我们来说，早几分钟上哨或者晚几分钟下哨都无关紧要，时间仿佛一直围绕着山谷旋转，永远流淌不出去，而这么多漫长的时间又并没有多少用途，所以总也挥霍不尽。按说，现在已经到了换岗的时间，点长和老兵还在训练擒敌技术中的"掏裆砍脖"，你掏我一下我掏你一下，交叉操作。我并不想提醒他们，目光很快从他们身上移开，去看周围一成不变的景物。阳光下，山峰上稀疏而灰白的小草仍是两寸多高，并没有见长。由于严重缺水，它们的身躯生长得干瘦而坚硬。风把它们吹得东张西望。那片陡然耸立的岩石仍是一副思想者的姿态,太阳的光线从它头顶上流泻下来,勾勒出它一阴一阳的面孔。从左边看,它是在平静的思索之中,但是换个角度,我的视线从阴影进入画面,它的表情就显得过分忧伤了。

当然,漫过山顶的小草再朝远处看,就是或明朗或灰暗的天空了,除此之外还能看到什么?我收回目光的时候,就自语道:"在这山窝窝里待三年,死人也能憋出屁来。"

我的话刚说完,就看到了山路上出现毛驴车的影子,立即有了不少的精神。我不急于告诉他们,盯住毛驴车不眨眼地看。毛驴车在我的目光里渐长渐大,隐隐约约听到驴蹄嘚嘚的声音了,我才喊道:"点长,送水车来了。"

点长和老兵停止了"掏裆砍脖",一齐朝山下张望。老兵看清了毛驴车后,立即跑下山迎接。毛驴车每次送水,都捎来执勤点的报纸、信件和粮油蔬菜。当然,老兵迎接的是封存着他女朋友的甜言蜜语颠簸了几千里的来信。老兵的女朋友和老兵一样爱写信,有时一口气写几封,在信皮外标明序号,让老兵读起来就像读章回小说那么过瘾。

老兵在路上就把女朋友的信拆开,先是粗粗地浏览,目光跳跃在字里行间打捞着实在的内容。老兵看到点长站在路口等待毛驴车走近,老兵就直截了当地说:"没有你的,有蔡强的。"

点长虽然知道可能没有自己的信,但是他听了老兵略带讽刺的话后仍有些尴尬,就随手拍拍毛驴的脖子,去向水窖里抽水。

我听到有自己的信,就在哨上着急地问老兵:"我的信,哪儿来的?"

"不是你女朋友,放心站岗吧。"

因为看信心切,我就催老兵换哨,说你看看太阳都移到哪里了,还不换哨?老兵习惯地朝太阳瞟一眼,然后怀揣女朋友的信来换岗,脸上挂着笑眯眯的神色。我忍不住问:"又是你那个娜娜来信了?"

"不该问的别问。"

"又说想你了吧?"

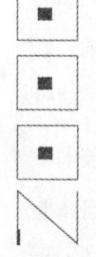

"不该打听的别打听。"

我和老兵交接完哨,却不肯走开,要看看老兵的那个娜娜在信中说了些什么。老兵说没啥,真的没有说啥。但是我才不信他的话呢,没啥怎么不让看,看一看怕啥?又不是看一眼少一眼,你说点长自私得家信都不让我们看,你不自私你让我看呀,我就不信她能啥都不说,她总要说点儿什么,比如想你、梦到你……老兵经不住我唠叨,就拿出信交给我,说看去看去,不看能憋死你。我立即喜笑颜开地在阳光下看信,那副陶醉的样子让老兵很不舒服,老兵就说:"又不是看自己女朋友的信,带着这么多感情色彩干啥。"我没有理睬他,边看边声情并茂地读道:"每当夜晚,迷蒙的月色从窗户透进来,我就思念远方的你,我的心就和你走到了一起。你说你们的军营绿树掩映,四周是高楼大厦和宽阔的马路,我多么想和你一起漫步在其中……"我停止读信,抬头看老兵半天,然后打量四周,苦笑着说:"乖乖,我怎么就看不到绿树,你吹牛也不怕闪断了舌根。"

老兵不屑一顾地瞅了我一眼,说道:"你个新兵,还嫩吧?我如果说这儿是兔子不拉屎的地方,她还不把我看得没一点儿出息?"

"她几次说要来看你,一来不就露馅了?"

"她只是说说,哪有时间来。"

老兵的对象叫赵娜,在饭店当会计,饭店是赵娜的舅开的,据赵娜给老兵的信中介绍,说生意很火爆。老兵以为赵娜有意识向他吹嘘她舅的能力,有一次他给赵娜写信,就说自己复员后也开饭店,一定也会挣大钱,没想到却被她来信批评了一通,说他没有大志,然后鼓励他好好当兵,当出点名堂来。老兵捧着赵娜的信,心想在这山窝里能干出个啥名堂?如果当三年兵复了员,她还会不会和自己谈朋友?想到这些,老兵就烦躁,但是兵还要在野风谷当,日子还要这么过,时间久了,老兵就想:"去他的,管他怎么样,先谈着再说,能多谈一天算一天。"

六

别的兵的家信来得多,赶车送水的兵见惯了,并不当回事儿。点长一年没有几封信的,突然有一封,赶车的兵也看着金贵,总是亲自交给点长。这天下午四点多,我站在哨上报告送水车来了的时候,点长正揉馒头准备做晚饭,手上沾着面。点长在厨房听到了我的喊叫却没出来,依旧吭吭哧哧地揉面。老兵照例跑下山去迎接,并且又接到了娜娜的来信,但是他这次没有慌着拆开,而是盯着赶车兵手中的另一封信。老兵说,你给我看看,真是点长的家信?赶车的兵不给,说我骗你干啥,不是你的你看什么。老兵焦急地跟在赶车兵身后走,远远地就喊:"点长——你的信!"

点长愣了愣,并没有立即走出来,因为他对老兵的话并不是完全相信,当赶车的兵走到厨房门口,扬了扬手里的信,点长才慌忙搓了搓手上的面疙瘩,接过信。点长飞快地瞟了眼寄信人的地址,就把信塞到兜里,然后向赶车的兵道谢。老兵一直在一边观察点长的动作和表情,见点长并没有立即看信,就问:"谁来的?"

"家里,没什么事。"点长平平淡淡地说。

点长感觉到兜里的信沉甸甸,他知道母亲没有重要事情是不会来信的。他草草了事地把馒头蒸上,本来想回了宿舍看信,但是老兵总是在一边斜视着他的裤兜,像个伺机而动的扒手。点长就开始炒菜,显得慢条斯理的。

我下哨后,老兵就把点长来信的消息告诉我,并偷偷指了指点长的裤兜。"点长还没看?"我问,老兵摇摇头,脸上显出过分的惊奇。点长很有耐性地把一封家信揣两个多小时不看,真让我吃惊,同时也给这封信涂抹了一层神秘色彩。晚上,我们三个人坐下吃晚饭的时候,我暗暗地瞟了点长几眼,发现点长的神态并没有什么特别。但是,老兵吃了两口菜就叫起来,用力咂咂嘴,说:"哎,这菜……你放了什么里面?"

老兵又夹一筷子菜放嘴里,吧唧吧唧地咂摸。点长也急忙认真品尝,然后忽然开朗地说:"呀,放盐放错了,放了白糖。"

点长急忙去挖了一勺子盐,放进菜里搅拌,不好意思地笑,说你看你看,我这老同志也犯低级错误了。按说这样的低级错误是可以开心地一笑,不需内疚和不安,但是,我却忽然间从点长挤出的笑里,发现了异样的表情,那是一种深埋着的烦躁和无奈!

之后点长没有说一句话,吃饭的速度很快,吃完后就起身回了宿舍。老兵对我使个眼色,我们就尾随其后。点长坐在桌子前展开信,匆忙地看,老兵蹑手蹑脚地走到他身后,抓住信的一角大喊:"谁来的信,还躲着我们看呢。"

点长反应迅猛,这是我没有料到的,我还是第一次看到他这么冲动。他站起来,抓住老兵的手腕去夺信,并愤怒地说:"你干什么你!"

老兵已经显得尴尬,但是又不能立即松手,那样就更没有趣了,所以老兵勉强地抵抗着,还发出咯咯的笑。点长的动作很粗硬,一下子把老兵摁倒在铺上,去扳老兵的手指。老兵哎哟叫一声,松了信,疼痛得甩手腕,愤愤地说:"操,不就一封信吗,有什么了不起的?你看别人的行,别人看你的你就急,以后谁也别跟谁掺和!"

老兵一甩手出了屋,门咣地带上。点长把信抢回去后,似乎感觉到了自己的过分冲动,一下子愣在那里。我不知道该说点儿什么,尴尬地站了几分钟,然后讪讪地退出去。我看到老兵坐在屋前的山坡上生闷气,就走了过去。我说老同志你的手腕没事吧?老兵头也没抬。我又说老同志你下棋吗?咱俩到厨房下棋吧。很明显,我想安慰老兵,但是老兵却突然把憋着的气撒给了我,说:"你滚远一点儿好不好?我说过了,以后谁也别跟谁掺和!"我愣了片刻,心里骂了句"狗咬吕洞宾",转身回屋。点长已经收起了信,呆坐在桌子前。他见我进屋,看了看我,似乎等待我说点儿什么,而我却啥话不想说,一头倒在铺上。点长在屋子里一定听到了老兵对我说的话,也一定看到了我泪汪汪的眼睛,但是点长没说一句话。

过了很久,老兵才回屋闷闷地脱衣睡觉。点长走到他铺前,内疚地说:"弄疼了你的手腕了吧?对不起了。"

老兵不理睬点长,放了蚊帐。点长就又坐回了桌子前。屋子里的气氛很沉闷,任何的一点儿响动都对感觉带来强烈的刺激。我实在受不住这种氛围的压迫,也三下五除二地剥了衣服钻进蚊帐。

点长静坐了一会儿,就展开了信纸,但是却久久没有落笔,此时他的心情有谁能够理解呢?后来,当我和老兵知道了一切的时候,已经无法弥补我们的遗憾了。

在这里,我有必要把点长母亲来信的内容简介一下。本来点长的父亲在点长入伍后的第二年就把点长推给了他母亲,母亲觉得点长人在部队,并不需要她抚养,所以也就默认了。但是,最近她听说点长年底可能复员回乡,她就觉得是个问题了,于是写信给点长,说她将来没有能力为点长盖房子娶媳妇等等。父母离婚的时候,点长还不满十八岁,按照法律程序,已是成人的点长现在还有权利重新选择一次随父或随母。母亲在信中说:"这是关系到你以后生活的大事,一定要考虑周到。"

点长没有选择父亲也没有选择母亲,他在回信中说自己复员后,单独落户。点长什么时候写完信什么时候睡觉的,我和老兵都不知道,我们早已睡熟了,而且那天晚上我还做了一个梦,不是梦见了父母就是梦见了女朋友。点长在我们睡熟的时候做出了自己的选择后,他一定很孤独地又静坐了很久,或许还给我们掖了掖蚊帐,然后羡慕地打量了我们幸福的睡态。我在点长复员时知道了他家庭的情况后,就反复地回想这个晚上,试图凭借自己的想象力进入点长当时的那种处境。

七

老兵似乎是下了决心不搭理点长,对我也是横眉竖眼的,偶尔跟我说句话,就像冒了个水泡,咕噜一声就完了,让我没有一点儿思想准备,我只能问一句:"什么,老同志?"

老兵瞥我一眼,却不肯重复他的话,让我没完没了地尴尬。

本来哨所就我们三个小卒,而且最初相互见面没有几天,趁着一股新鲜劲,把彼此要说的话很快说完了,之后除了每天彼此必须说的话外,比如说"开饭了""上下哨"的交接语等,其他话都很节省。点长和老兵在这儿待久了,已经习惯了这种平静和沉闷,而我却没有磨练出这种耐性,已经越来越感到了寂寞和无聊。现在,点长和老兵处于"冷战"状态,连一些必说的话也精简了,我就更觉得日子疲沓而漫长了。

点长毕竟是我们哨所的最高领导,政治觉悟高,意识到自己的行为破坏了哨所祥和的气氛,于是就主动向老兵靠拢,希望取得老兵的谅解。但是老兵总是躲着点长,不给他表达的机会。到了星期天,正赶上老兵上午站岗,点长就在山坡上散漫地走,最后转悠到了哨楼旁。

老兵的手腕已经贴了膏药,由于穿着短袖上衣,白色的膏药贴就很醒目。点长的目光在膏药上逗留了一下,然后才问:"手腕肿了吧?真对不起,我不是故意的。"

老兵不说话,把脸扭向一边。点长很无奈,就在老兵的旁边坐下,捡起泥块朝山坡下掷去，一块又一块，很有节奏。

我不愿看点长和老兵在山坡与太阳之间所构成的画面，这种画面所表达出的意境僵硬而沉闷，时间仿佛被他们固定在那里。我瞅了瞅对面的山峰，有一朵白云正悠闲地在上面浮动。"把它扯下来！"我突然发狠地自语。其实在野风谷里，我始终像一只蝴蝶或者是一只蚂蚱，总不能闲静下来。我发疯似的朝山上跑，在地上卧着的黄狗发现了，立即昂起头警觉地观察，然后也弹跳起来，跟在我身后跑，于是我放开喉咙喊："冲呀——"

山谷回响着我的呐喊，山谷在我的呐喊中旋转起来。

黄狗似乎在向我展示它的体力，它快速跑到我前面，然后蹲下，远远地看着我呼哧呼哧爬，在我快要接近它的时候，它便突然跃起，一个急冲锋，又在我前方蹲下来，摇着尾巴欣赏我狼狈的样子。

我一步三磕头地爬上了山顶，身子一仰就躺在地上。清凉的风拂过面颊，爽快惬意，天空上白云悠悠，辽远而宁静。在天空之下，我努力放平了身子，大口喘气，似乎在山谷里憋了很久了，终于畅快地呼吸一次。直到喘气均匀了，我才慢慢仰起身子抬头朝远处看去——我的呼吸立即屏住了，眼前的景象是如此壮观，令人惊心动魄。层层叠叠的山峰烟雾缭绕，虚无缥缈，由近而远瞭望，"横看成岭侧成峰，远近高低各不同"，那神韵，排山倒海，气势磅礴。

等到我拖着疲惫不堪的身子，兴奋地下山后，点长已经做好了午饭在等我。点长问我干什么去了，我说爬山。"点长，以后我们就不要训练齐步正步，干脆爬山好了。"我本来想把爬山的好处给点长罗列一下，但是发现他的脸色阴暗着，就忙低头吃饭了。我估计点长要说点什么，就等待着，而他却半天不吭气，斜着眼看我，看得我嘴里含着一口饭都不敢咽了，直挺挺地等待他说话，不知道自己犯了什么错误。

后来，他突然用筷子敲了敲碗边，敲得我心惊肉跳，才说："你想到安全了吗？"

我睁大眼看点长，一副茫然的样子。

"这儿的山又滑又陡，摔坏了胳膊腿的，谁负责？你就不能老老实实待一会儿？"

我仍含住一口饭，不吐也不咽，更不说话。点长就停止了批评，说你还不快吃饭？吃完了去换老同志的哨。

在下午三点多钟，点长去接了我的哨。我回宿舍，看到老兵又趴在桌子上写信，就悄悄退出来，却找不到事情做，于是在屋子前坐下，在地上画了一个五子棋盘，独自走五子棋，打发了下午剩余的时光。

晚饭轮到我值班，我正在厨房忙活的时候，老兵提着暖瓶去厨房的火炉上取水，看到黄狗在厨房里转悠，就愤怒地踢了它一脚，说："你滚出去，找你的爹去！"

黄狗哼唧一声跑了。这就是老兵不对了，你对点长有气，有本事去踢点长一脚，对着黄狗耍啥威风？黄狗懂什么，踢它一百脚有什么用？再说了，黄狗虽然是点长从路边捡回来的，可也不是他一个人的，是我们整个哨所的呀，它给哨所带来了多少欢乐？它已经算是哨所的"人丁"了。那是去年春上，点长下山去中队部办事，返回时在路边发现了一条小狗，小狗当时正害着眼病，可能是被主人扔出家门的，已经奄奄一息，点长就把它抱回来。哨所的三个兵精心照料，竟把这个小东西救活了，老兵去年还是新兵，对小狗的关照最多，怎么现在却把它算作点长的了？

我在案板上切着土豆，心里正生着老兵的气，一只老鼠从我的脚边大摇大摆跑过去。过去这些老鼠不止一次在我眼前炫耀它们身子的肥硕，我根本不理睬它们。但是今天不行，今天我正生着老兵的气呢。于是，我上前一脚，想踩死它，可是连根老鼠毛也没踩着，老鼠一窜就没有影了。我继续切土豆继续生气，除了生老兵的气，还生老鼠的气了。然而，只放了个屁的工夫，老鼠又不知从什么地方走出来，牛呼呼的样子，我随手抄起个大土豆，狠劲砸去，老鼠极快地躲进墙角的洞子里，我只好把弄脏了的土豆捡回来重洗。

"好呀，跟我作对是吧？"我觉得不能咽下这口气，换了谁也不会就这么蔫不唧地算了。我弄了半块馒头，抹上了用来灭蚊虫的"敌敌畏"药，放在洞口处，笑着："来吧，米西米西，小东西！"

折腾了半天，耽误了做饭，我瞅一眼外面的太阳，知道点长快下哨了，于是慌忙拎着水桶去水窖提水。那天下午，黄狗可能是饿了，它瞅见我和老兵都不在厨房，快速跑进去，四处嗅着，终于发现了老鼠洞口的馒头，叼起来溜走。本来黄狗没有这个毛病，但是那几天因为我们三个人之间的紧张关系，似乎都心不在焉，忘了认真地喂它。

我刚做好饭，老兵进了厨房，自己从蒸锅里抓了个馒头，坐下就吃。按惯例，晚饭是我们的团圆饭，三个人要一起吃。我不敢直接提醒老兵，就站在门口瞅了瞅渐黑的天色，说："点长还有几分钟该下哨了吧？"

老兵斜了我一眼，弄得我挺紧张，急忙说："你吃老同志，你先吃。"

我看到点长已经从哨楼朝山坡下走，就开始往桌子上端饭。点长还没有走到狗窝，就听到黄狗呜咽的叫声，他便紧张地跑过去，说："阿黄，你怎么了？阿黄——"

我在厨房听到点长的叫喊，也朝狗窝跑去，老兵捏着半个馒头，站在厨房门口张望。

"蔡强，别靠近！"点长大声说。

我们远远地看着黄狗在地上滚动。片刻，黄狗尖叫着跳起来，朝山上狂奔，我们三个人跟在后面跑，看着黄狗一头栽倒了，然后浑身抽搐，然后一动不动。这个过程中，我们都张大嘴，一句话没有说出来。

最先憋不住喊叫的是我："点长，阿黄死了？"

点长没说话。我问得也是多余，黄狗已经不动了，不是死了是睡着了？

老兵捏着半块馒头，吃惊地说："哎，说死就死了？"

"它得的是急症，好像吃了什么东西？"点长小心地蹲下察看。

我听了点长的话，哎哟一声就朝厨房跑，我想起了给老鼠"米西"的药馒头。

我在老鼠洞前傻站着，头蒙蒙的，心怦怦跳，那种感觉是用语言无法表达的。

当然，点长知道了事实真相后并没有责备我，他责备的是他自己。我们把黄狗抬回来，搁在一块木板上，点长的眼窝蓄满泪水，说："都怪我，这几天心情不好，没有喂它。"

我哭着说："都怪我，我该死……"

点长继续说："阿黄跟我快两年了，我原准备复员的时候把它带回家，没想到……"

我跺着脚原地转圈，啊呀呀地甩手大哭。老兵一声不吭，眼圈里含着泪水，蹲在黄狗身边，用手指轻轻梳理它的毛。老兵从黄狗进哨所开始喂养它，比我对它的感情还深。后来，我们三个人都蹲在它的身边，抚摸它柔滑的毛，渐渐地，三双手摸到一起、握住、摇晃，不约而同地抬头相互看着，都一脸愧色。

点长站起来，狠着心说："走，趁晚上有时间，把它埋了。"

老兵看了点长一眼说："就埋到山顶吧。"

点长和老兵抬着黄狗爬山，这是他们两人多日来的第一次真诚合作。我跟在他们后面，拎着铁锹，扛着一根木棍，木棍上缠着白布，白布在风中招展。

山顶上的夜风吹乱了我们的头发，夜风里我们奋力挖掘好坑穴，然后把黄狗埋进去。点长特意把四个馒头摆在黄狗嘴边，馒头是我晚上蒸的新馒头，白细而柔软。

我们把缠着白布的木棍埋在坟头，坟头渐渐隆起，同时在我们的心里也揪起了一个永远也化不开的情结。我们站在坟头前，夜色把三个人影镶嵌在天边上。

山下的平房，亮着灯光，从山上看去，纽扣一样大，像山谷的眼睛。

八

黄狗从山谷消失后，山谷似乎更加寂静了。那些天，我和老兵在院子里训练，经常有意或无意地朝山顶眺望一眼，遥望山顶竖立的木棍。白晃晃的阳光下，老兵的口令尽管嘹亮厚重，却失去了穿透力，总是在我们的头顶上回荡不去。

老兵抹了一把额上的细汗，命令休息一刻钟。我和老兵都回宿舍喝水，老兵把点长的杯子递给我，说："去，给点长送去。"

我端着杯子走到哨楼，说点长，老同志让我送的。点长笑了笑，说老同志让你送你才送？我知道点长在逗我，就很认真地点点头，说老同志不让我送我敢送？点长喝完水，把杯子递给我，问道："蔡强，你来执勤点半年了，是不是已经感到这儿单调无聊了？心里有什么想法？"

我极快地观察了点长的脸色，说："啥想法也没有，革命战士是块砖，哪里需要哪里搬。"

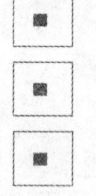

"你说实话，别太空洞。"

"点长，你不是正式跟我谈话吧？"

点长剜了我一眼，说："我只是随便聊聊。"

我立即咧嘴笑了，笑着说，那我也是随便说了，我觉得在这儿当兵，比在我们村里还没劲，我当兵原是想出来闯荡闯荡，没想到闯进了野风谷，连个说话的人都没有，整天听风鬼哭狼嚎的。点长虽然说是随便聊，但他仍拿出点长的架子教育我，说野风谷地方是小，可能够锻炼人的耐性，耐性对一个人事业的成功很关键。

我突然问："点长，你有女朋友吗？"

点长愣了愣，摇摇头。你为什么不谈一个呢？我说，我觉得你应该谈了，闲着没事儿，可以给女朋友写写信，再说了，谈恋爱可以调节人的情绪，使人始终保持昂扬的精神状态……在我说话的时候，点长侧着脸很认真地看我，弄得我挺不好意思的，急忙打住话头不说了。

"你像是恋爱专家了，"点长笑着说，"你女朋友来信又说什么了？让你精神状态这么好。"

我羞涩地低下头。点长说："今晚我们的业务研究，改成读你女朋友的来信。"

我原以为点长是说着玩的，没想到晚上业务研究的时候，他却来真的了。他坐在我和老兵的前面，一本正经地说："咱们今晚的业务研究，改成读情书，蔡强先读，普顺林做准备。"

读就读，我说。点长和老兵坐得很正规，像听首长作报告一样。但是，我刚读了一半，他们就笑翻了身子，老兵还在铺上打了几个滚。点长虽然没有在铺上打滚，但是他捂住肚子浑身抖动。自黄狗死了后，点长还是第一次这样开心。我很想让他们继续开心，就故意憋住笑，严肃地读信，把女朋友写的那些软绵绵的话读得有声有色，很像读一篇散文。后来点长笑得肚子疼，就说蔡强我求求你别读了，你想害死我们呀。老兵也笑着骂，说这个新兵蛋子，脸皮比鞋底还厚。

第二天早晨，轮到我上第一班哨，起床后我忙着擦步枪，老兵就拿着扫帚扫院子。老兵扫到狗窝前，看到空空的洞子里被风吹进了些杂物，便随手伸进扫帚扫了几下。突然，一只鸟从洞里飞出来，翅膀扑棱棱地划着老兵的脸而去，老兵禁不住惊叫一声。我拎着武装带跑过去，问："咋啦老同志？一惊一乍的？"

老兵指了指洞口:"一只鸟从里面飞出来,吓了我一跳。"老兵长出了口气。我站在洞口竟有点儿紧张,狗窝变成鸟窝了?不会吧?老兵猫腰小心地走进狗窝,我提着心跟在他身后。老兵在狗窝内四下察看,终于发现墙壁的凹处有一个鸟窝,探头瞅瞅,咦地叫一声:"有鸟蛋了——"

我挤上前看,兴奋地说:"什么时候筑巢的?怪了!"

我伸手要数一数有几个鸟蛋,被老兵拦住。老兵说:"别动,一、二、三……嘿,有五个呀。"

老兵又说:"别动,留着孵小鸟,你动了,大鸟能看出来,懂吗?"

"懂,大鸟聪明着哩,对吧老同志?"

我因为太激动,似乎担心老同志发现的鸟蛋不允许我看,所以有点儿拍他的马屁了。我又急忙跑出洞口,对着厨房喊:"点长,鸟蛋,五个鸟蛋!"

点长从厨房跑过来,我跟在点长身后又进了洞子,慌忙指给点长看,说在这儿在这儿,是带花纹的鸟蛋。我的样子很像是我发现了鸟蛋,老兵有些不满,说蔡强你咋呼啥?还不快去上哨。

"你们都别动,孵出小鸟来我们养着玩。"我不放心地回头说。

老兵又劝点长也出去,说大鸟该回来了,别让它发现我们。点长和老兵出去后,就藏在洞口一边观察,等待大鸟回来。老兵说,是只红尾巴鸟,漂亮着呢。点长朝山坡上张望,说你别说话。老兵说,它很快就回来了,你看是不是红尾巴,漂亮不漂亮。点长说,你别说话。

过了十几分钟,一只红尾巴鸟从山坡低旋着飞到洞口边,极快地滑入洞内,如果不注意观察,很难看到它美丽的翅膀在空中滑过后留下的痕迹。点长和老兵激动地张大嘴,却不敢发出欢呼声,两个人的目光在洞口停留了一阵子,才相互对视,然后很幸福地一笑。

我站在哨上,不停地观察狗窝的方向,担心老兵和点长动了鸟蛋。好不容易等到点长来换哨,就问点长:"老同志没动鸟蛋吧?"

点长坚定地说:"没有,只是去看了两次,真的没动。"

我下哨后直奔狗窝,看到五个鸟蛋静静地睡着,于是很甜蜜地一笑。其实他们最不放心的是我,老兵总是在我背后窥视,我去解手他都跟着。

点长也不例外,老兵去换岗的时候,点长反复问老兵:"蔡强没去动吧?你真的看紧了?"

点长下岗后,又要进洞子看看,我坚决拦住他,说大鸟在里面呢,点长你进去干什么?点长笑了笑,说:"老同志没动吧?你要看紧他。"

那天晚上,我们躺在铺上很久睡不着,昏暗里反复讨论鸟蛋的问题。老兵肯定地说鸟蛋要等到秋天才能孵化出来,点长坚决反对,说那时候天气凉了,还不把小鸟冻坏了?我立即赞成点长的观点,因为我记得没当兵的时候,夏天经常在山里捡到小鸟。当然,我担心的是小鸟孵化出来后,会不会飞走,我说如果小鸟永远留在洞里多好呀!老兵似乎很生气地说:"你懂什么?没听说小鸟总要远走高飞吗?就像你长大了当兵一样,总有一天小鸟要出去闯荡的。"

窗外,流泻着满地的月光,真是一个难得的风平月洁的夜晚。

九

日子由于一窝鸟蛋,突然过得有滋有味了。但是,好景不长,老兵就陷入苦恼之中,自己苦苦挣扎了一个星期,没有得到解脱。那天晚上,老兵坐在铺上发呆,点长走到他眼前,直截了当地问:"遇到什么难题了?是不是那个娜娜要凉你的菜?"

老兵叹息一声,说还不到凉菜的地步,不过很危险了,她一定要来。我立即意识到问题的严重性,说道:"你不是说她根本没时间来吗?"

老兵哭丧着脸,无奈地说:"她是没时间,可是她说时间就像海绵里的水,只要肯挤,还是有的。"

我说:"你就劝她别挤了。"

"我劝不住,她要来陪我过'八一'建军节。"

"来就来吧,你紧张什么?"点长说。

"不是紧张,她来我们这地方,就……"

"你别说了,"点长打住老兵的话,说,"我明白你顾虑啥,你放心,是你的跑不掉,不是你的留不住,咱们把仓库收拾出来,欢迎她来。蔡强,别总显示你自己,到时候给老同志捧捧场。"

于是,我们连夜制订了迎接方案,第二天就积极行动起来,把仓库收拾得像洞房。我讨好地对老兵说，老同志，我弄得不错吧。老兵说有点儿意思，我就又说："老同志，你的娜娜来的时候，我帮你接站去吧？"

点长在一边接了话，说："什么事情你都想掺和！"

那天老兵就一个人去接赵娜了。老兵在站台上等待了很久，偏远的小火车站没有几个接站的人，风从站台上掠过，卷起杂草杂物，漫天地飞舞。

火车误点一个多小时才开过来，老兵急忙迎上前，从一节车厢跑到另一节车厢，慌张地寻找。车上没有下来几个旅客，但是老兵却没有看到赵娜，急得喊起来："娜娜——"

赵娜就在他的眼前，她走过去捅了老兵一把，老兵才惊喜地说："嘿嘿，一路辛苦。"

赵娜没看老兵几眼的，目光就转向周围，打量连绵起伏的群山。老兵心里凉凉的，又说："一路辛苦。"

"这儿……离部队远吗？"

"远，也不远。"

"车呢？"

老兵的脸就红了，指了指站台唯一的几间平房。这时候，赶毛驴车的兵用树条狠抽了毛驴，毛驴车就欢快地从房子后面跑出来。

老兵说："我们中队就这么一架……车。"

毛驴车走近站台，毛驴用力打了个喷嚏，惊天动地，把赵娜吓了一跳。赶车的兵很热情地上前接过赵娜的提包，说："嫂子上车上车，一路辛苦，哎呀，我和普顺林在这儿等了两个多小时。"

女孩子只要和部队的干部战士搞对象，不管你结婚和没结婚，都统统被叫作嫂子，既顺口又亲热。赶车的兵把一块崭新的白毛巾铺在车帮上，然后对着赵娜傻笑着。赵娜犹豫了一下，上了车，老兵暗暗松了一口气，小心地坐在赵娜的对面。赶车的兵站在车下，用树条抽了毛驴的屁股，说："走嘞——"

毛驴车嘚嘚走，赶车的兵跟在后面跑，尽管跑得呼呼喘，嘴里仍不闲着，说："按说过些日子才给你们送水，正好嫂子来了，我顺便拉了一桶，嫂子你尽管用，洗脸洗脚洗衣服，尽管用，你说是不是普顺林？"

后面没人答话，赶车的兵回了回头，看到普顺林和赵娜沉闷着，表情冷漠，他就急忙闭嘴。毛驴车开始进山，毛驴吃力地奔着，车速缓慢。赶车的兵两手推住车架，和毛驴一齐用力。后来老兵也跳下车，默默地推着车后帮。赵娜独自坐在上面，感到很不自在，看了看毛驴，也要下车，老兵急忙拦住她，说："你别动！"

赵娜执意要下，老兵急得不知如何表达自己的心情，几乎带着哭腔说："你真的别下，你——"

赶车的兵转过身子，一喘一喘地说："嫂子，山路，不好走，你坐着，这驴，有劲。"

赶车的兵说话的时候，老兵死死摁住赵娜的胳膊，弄得赵娜不知所措，就又坐了。老兵松开手，满脸羞红。赵娜就在这个时候认真地看了看老兵，很深情的样子。老兵知道她在看他，老兵埋着头推车，浑身的力气。山路凹凸不平，赵娜的身子随着驴车的颠簸一起一伏，极有韵律。

当然，我们也不比老兵推驴车轻松。老兵走后，我站在哨上，一直盯住通往山外的小路，等待毛驴车的影子出现，眼睛都累酸了。点长忙着准备午饭，把该准备的都准备好了，就站在屋子前朝山下张望，竟站了一个多小时。我想我站在高处，一定能比点长先发现驴车。但是，没想到我眨眼的工夫，毛驴车一下子从远处小路的地平线跳跃出来，速度极快。

点长说："你看蔡强，那是不是……"

毛驴车由我们视线里的一个点，渐渐长大，终于在我们院子停止了。赵娜从驴车上跳下来，打量着四周的群山，目光就盯住山顶上的木棍，惊奇地审视飘扬的白布。她说那是什么？老兵和点长没有吱声，她就又说："山顶上飘了些什么白条条？"

老兵和我有个共同的规矩，就是不准提及黄狗的事情，免得点长伤心。赵娜刚到哨所，就捅了点长的痛处，当时的场面显得有些尴尬，弄得老兵左右为难。老兵忙扯了她的胳膊一下，并且丢了个眼色给她。

大概老兵和赵娜进了家属房，老兵就把黄狗的故事讲给赵娜听了，因此等到点长进家属房叫他们吃午饭的时候，发现赵娜的眼圈红红的。点长以为两个人刚见面就闹了别扭，立即把老兵拉到一边批评，老兵对点长摇头，说没想到她这么感动呢。实际上，赵娜发现了那根竖在黄狗坟前的木棍是件好事，她能够一下子切入哨所兵们的内心世界，从而了解兵们真挚的情感和寂寞的心境。这的确是老兵没有想到的。

下午，赵娜便不顾一路风尘，开始帮助我们洗衣服，弄得点长很不好意思，抱住自己的衣服躲来躲去，赵娜在后面追住他不放，终于把脏衣服夺了去。也就是在那天下午，我们哨所屋子前的晒衣绳上，飘起了一条红裙子，还有一些我们叫不上名字的妇女用品。

野风谷的风，在那个下午突然停止了疯狂的号叫，悠悠地吹。

十

在部队，兵们的亲属来队，没有特殊情况，一般都要给来亲属的兵三天假，让他们陪亲属到部队驻地的风景区转一转。我和点长也商量好了，老兵的女朋友来哨所后，三天不让老兵上哨、做饭。虽然野风谷没有什么景点值得游览，不过可以让老兵陪女朋友聊聊天，加深加深感情。

但是老兵第二天就要求上哨。点长准备去接我的岗时，老兵也扎着武装带走出家属房，两个人争来争去都不相让，而且声音越来越高，火气越来越大，像山东人刚吃完了大葱就吵架，十足的冲劲。赵娜就从家属房走出来，站在他们俩面前一句话不说，像看热闹一样，两个人立即停止了争论。赵娜才问点长："我来不会影响普顺林的工作吧？"

点长把头摇得像拨浪鼓，说不会不会谁说影响了？我们早就盼你来现在可是把你盼来了。点长的口气很容易让人想起"盼星星，盼月亮，盼来了救星共产党"的台词，于是赵娜扑哧一声笑了，说那好，该是普顺林的岗就让他站，这样才是不影响他的工作。点长的嘴张了张，却没有说出话来，心里暗暗赞叹赵娜既明事理又干练聪颖，如果她有一天能和普顺林一个锅里摸勺子，普顺林真福气死了。点长想到这里，就觉得有一种责任落在肩上，自己作为点长，怎么也要想办法让赵娜了解哨所、了解普顺林，点长就觉得今年的"八一"建军节不平常，要过出一种氛围，过出一些特点。

老兵朝点长挤挤眼，说："我去了点长，你和赵娜做中午饭吧，不要让蔡强表现了,他的技术不到火候。点长笑了,点点头。

其实我在哨上就想着做饭的事情,琢磨老兵的女朋友喜欢吃什么菜。下哨后,我看到点长正在收拾厨房,赵娜择着青菜。我说,你歇着嫂子,我来干。我又说:"点长你也歇着。"点长却说:"你提水去,中午饭我做。"

"哎,今中午轮我做呀?"

点长直截了当地说:"你别显摆了,你做的饭谁吃?"

点长这话说得很没有水平,这不是成心给我难堪吗?平时总表扬我做饭的技术像小猴子爬竿,嗖嗖地向上蹿,现在却突然不说实话了。我就有些不高兴,急巴巴地说:"嫂子,你等着看,看我炒菜……"

赵娜笑着安慰我,说:"你肯定会做饭,咱们一起做,我跟你学行吗?"

她这么一说,我倒有些不好意思了,忙去提水。走到狗窝前的时候,突然想起了鸟蛋,就对着厨房喊:"嫂子,你快来——"

赵娜不知道发生了啥事,紧张地跑出来。我招呼她,说你来你来,看看我们的小鸟。她莫名其妙地问什么鸟,小心地跟在我身后进了狗窝。站在哨上的老兵发现了我们的举动,远远地喊:"别动呀,只看别动,你这个新兵!"

赵娜看到鸟窝里的鸟蛋,她像孩子一样露出了惊喜,说:"哇——"

赵娜情不自禁地伸手去摸鸟蛋,我急忙拦住她的手,说别动别动,大鸟发现有人动过,就把这些蛋丢了。她缩回手说是吗?我不敢肯定,只说大家都这个说法,咱们还是不动吧。这时候点长在身后说话了,我就知道他沉不住气要跟过来,还是个点长呢,说我什么事情都想掺和,他不掺和别跟过来呀。他说:"鸟有时比人还聪明。"

我没答理点长。我跟赵娜说话,他插一嘴干什么?我继续跟赵娜说话,说等到小鸟孵化出来后,我们养着训练它们,让向东飞,它们就向东飞,吹声口哨,它们就飞回来了,你信不信嫂子?赵娜说:"信,信。"

走出洞口后,我让点长去做饭,赵娜还没看见大鸟是什么样子,我们就在洞口等它回来。点长有点儿不情愿地走开了,他不是会做饭吗?做去吧。我和赵娜躲在洞口一边,终于等到大鸟飞回来。"呀——它的尾巴真好看!"赵娜喊。我就知道她会这么说,于是故意很沉着的样子,说你等着看孵化出来的小鸟吧,那才叫好看哩。

点长时不时从厨房探出头，瞅我们一眼，有时还听我们的聊天，跟着傻笑两声，一看就知道他不安心本职工作，正跑偏走神呢。

十一

点长在"八一"的前一天晚上就开了个点务会，布置了我们各自的工作，讲了落实好工作的重要性，其实归纳起来就一句话，把建军节的气氛搞热烈。麻雀虽小五脏俱全，我们三个人的哨所和三百人的兵营一样，工作程序一点儿不少。

按照分工，我负责写标语搞卫生，点长负责做饭，老兵负责布置晚会现场。可是我第二天翻箱倒柜，只找到一小条红纸。我拿着去哨上请示点长，说就这么一绺绺纸，能写啥？点长说有这么个意思就行，写"庆祝八一"四个字。我说没有毛笔和墨汁呀？点长说你猪脑子，不能想办法？

我拎着红纸进了厨房，在火炉下掏了些黑炭盛到盘子里磨碎，加了水，然后把一块布条缠在一根筷子上，制成了毛笔。我刚要泼墨书写，忽然想起了家属房的老兵，怎么也得让老兵在女朋友面前露一次脸呀。我就端着这些物品去家属房，很谦虚地说："你老同志，点长让写标语，我的字很臭，请你写。"

赵娜去看老兵，一脸吃惊的样子。本来这时候老兵应该主动表现一下，但是他却谦虚起来，说我的字不行，不写不写。后来他经不住我的热情劝说，就装模作样地写了四个字。

"哎呀妈呀，这字，绝了！像……伟大领袖毛主席的狂草。"我一惊一乍地说。

赵娜捂住嘴笑。我还想继续吹捧老兵，但是老兵已经受用不住了，挥手示意我快出去贴标语。

我们的活动主要安排在晚上，因为我们晚上能够团圆。点长从半下午就和赵娜操勺子弄盆的，折腾着做饭，到晚饭时，桌子上摆了六菜一汤，是我到哨所后看到的最丰盛的晚餐了。赵娜坐在厨房等我们，而我们却在宿舍里化妆，我用黑炭在唇边画了胡子，装扮成父亲，老兵把赵娜的花手帕扎在头上，穿着赵娜的一件上衣，装扮成母亲，点长脖子上系了

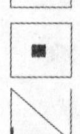

红领巾，还把他的军用挎包斜背在身上。我们三个人还没有走出宿舍，就已经笑弯了腰。点长为了控制住局面，对我说："蔡强，从现在开始，今晚我们都听你指挥了，直起腰来别笑了。"

我就指挥大家出场。我在前，老兵居中，点长走最后，都憋住笑，一本正经地进了厨房。赵娜被我们这个阵势弄蒙了，愣了半天才发出笑声，说你们没吃饭就要演戏呀。我们并不理睬她，仿佛没有她这么个人存在，仍旧按照已经商定好的程序进行。首先由我讲话，但是我从来连个点务会都没有主持召开过，平时自己还牛呼呼的，现在面对着三个人讲话心里还发慌，嘴里像含了个驴屎球，语句都咕噜不清楚。我说："今天是建军节，让我们热烈欢迎到我们家庭做客的赵娜嫂子，不，点长，应该叫同志吧？"

点长小声提醒我不要叫他点长，说着就和老兵鼓掌。于是我正了正身子，指挥点长给赵娜倒酒，说："你，点长，给客人敬酒。"

点长忍不住批评我了，说："怎么又叫点长，叫儿子呀！连个父亲都不会当。"

起初赵娜直喊"笑破了肚子"，后来弄明白怎么回事后，忽然叹了一口气，说："你们真的像一个家庭。"

之后她的情绪就不太好，弄得我们的晚会都很沉闷，匆匆结束了。然后我们就在家属房看电视，老兵要爬上房顶扶住电视天线，我拽住他，说你去陪嫂子，我上去。但是点长却抢在前面爬上房顶，笑着说："我这个当儿子的应该表现一下了。"

我们就在屋子里看电视，风很大，电视屏幕上模糊着，我不停地喊"向左向右再向左"。但是赵娜却是一副心不在焉的样子，经常朝门外瞅。后来她像征求我们的意见似的，说："看不清，不看了吧？让点长快下来。"

其实我们早就不想看了，都是在陪她，希望她看高兴。她这么一问，老兵忙站起来说："不看了，累眼。"

赵娜迫不及待地走出去，对房顶喊："点长——下来吧，风太大，别受了凉，我们不看了。"

点长却来了积极性，怎么叫都不下来，说："你们继续看，我没事，上面——凉快。"

赵娜连着叫了几声，声音就变了，带了些哭腔，我仔细去打量，发现她的眼睛湿润了。我就急了，冲着房顶吼道："儿子哎——你给我滚下来！"

点长在上面愣了愣，慌忙说："哎——我这就下去。"

"八一"后，赵娜对我们的哨所就有了感情，说我不来你们这儿，还真不知道部队有这么苦的哨所。其实比我们部队艰苦的地方多着哩，在大西北粗野的风里，还有清静的地方？我没事的时候，就把从点长那里听来的故事，讲给赵娜听，并且根据自己的想象力，又添油加醋发挥一下，经常把她感动得眼窝潮湿。

后来，我们在院子训练的时候，赵娜总是站在一边看，弄得我们挺紧张。当然，我们的训练更认真更卖力。有时我站岗的时候，她也站到哨楼旁，问我是否寂寞。我很平淡地说习惯了，还说寂寞了好，可以磨练人的耐性，你看哪一个成就事业的人没有经过一番寂寞？赵娜连连点头，说对对，宝剑锋从磨练出。

一天，我在哨上站岗，赵娜正在院子里看点长和老兵训练，忽然间，她看到大鸟从狗窝里飞出，就想起去看看鸟蛋了。她走进洞子，站在鸟窝前专注地看了很久，竟产生了摸一摸鸟蛋的欲望，于是就小心地捡起两个鸟蛋放在手心里，很得意地笑了。这时候，大鸟飞进洞子，她担心被大鸟发现，慌忙把鸟蛋放回鸟窝。然而，仓促中，一枚鸟蛋滑落到鸟窝外面摔碎了，在她的惊叫声中，大鸟扑棱棱飞出洞口。

赵娜知道自己闯祸了，愣愣地看着地上摔碎的鸟蛋不知所措。老兵和点长听到叫声冲进洞内时，她仍旧傻乎乎站着。老兵一看眼前的景象就明白了，气愤地说："你，谁让你动的？出去！"

赵娜羞愧地跑出去。点长很快镇定下来，捅了老兵一拳，说你嚷什么嚷？不就一个鸟蛋嘛，碎了就碎了。老兵收拾了碎鸟蛋，说大鸟还会回来？点长也不敢肯定，两个人就在洞口外观察，看到大鸟飞了进去，又很快飞出来。老兵就说："你看你看，它走了吧。"

点长虽然也有些疑惑，但是仍然批评老兵，说现在还说不准呢，晚上才能知道它走没走，你咋呼啥？点长批评着老兵，他的心里也是直敲小鼓，担心大鸟真的不回来了，更担心赵娜因此自责。

天刚黑下来，我们三个兵和赵娜打着手电筒，蹑手蹑脚地走近洞子，

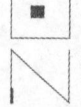

每个人心里都满怀了希望又忐忑不安。光线照到鸟窝里，不见大鸟的影子，只有四个鸟蛋静静地卧着。老兵狠狠地叹息一声。

回到家属房，赵娜就抽泣起来。我生气地骂大鸟，说嫂子，没事，它不回来算了，我们把鸟蛋放在被窝里也能孵化出来，你信不信？点长也安慰她，说鸟蛋就放鸟窝里，还会有别的鸟来安家。

老兵始终低头不语，像欠了别人二百吊钱似的，哭丧着脸。我还要劝嫂子，点长暗地里踢我一脚，示意我退出家属房。点长的脚没轻没重的，把我的脖子踢了块青紫。

我退出家属房并没有走开，趴在门外朝里瞅，估计老兵要批评女朋友。但是，老兵一直不抬头，赵娜先说话了："过两天，送水的车该来了，我想跟着车走。"

老兵像被灼伤了似的突然站起来，看了赵娜半天，似乎在观察她的表情，然后才说："我这个人的脾气不好，可你不能在这个节骨眼上走。"

赵娜不说话，老兵又说："我们以后就是分手，你也再住几天，你现在走，他俩心里都不踏实，委屈你几天，在这儿装装样子。"

赵娜走到老兵身边，看着老兵的脸说："我现在最好是离开这儿，你不要胡思乱想，我回去等你，一直等下去。"

老兵一下子就哭了，抓过赵娜的手。我急忙走开了，因为我发现自己也哭了。回到宿舍，我立即告诉了点长，希望点长明天去劝劝赵娜。他却摇头，说怕是留不住她了。

赵娜真的走了。在她和老兵坐上驴车的时候，点长从狗窝里跑出来，把鸟窝双手递给赵娜。阳光下，四个鸟蛋光滑闪亮。点长说："喜欢，带上留作纪念，别忘了我们哨所，常来信。"

泪水在赵娜的脸上流着，老兵沉默地看了她一眼，急忙把头转到一边，凝望前面的群山。驴车开始朝山下移动，我站在哨上举手敬礼，并大声喊道："嫂子——多保重！"

赵娜把鸟窝举起来，对着我晃了晃，她已经哽咽得说不出话。然而，她举起的鸟窝就是一种语言！

十二

赵娜走后,我们哨所那间当家属房的仓库一直空着,奇怪的是,我们谁也不说是否应该把仓库恢复到原来的样子,于是它就保留着赵娜来住时的原貌,连她使用过的镜子也还摆放在桌子上。我们从窗前走过,偶尔还伸着脖子探一眼,自己也弄不明白要看什么。但是那个狗窝却被我们封堵死,我们不谈论黄狗也不谈论鸟蛋也不谈论爱情了。

后来我就学会了看山,像点长那样一看就是一个上午。原来看山是很有意思的,每天的山都在变化,它的颜色随着天气、阳光、季节和你的心情,或浓或淡,或青或紫。我能从山的身上读出浓得化不开的乡情,也能够读出几分忧伤几分迷蒙。当然,我还可以让目光栖息在山坡上什么都不读,任凭思绪天马行空,而山只是目光的载体。

山色在我们目光的审读中,一日日变黄,然后是灰白。风越来越冷,而山上稀疏的杂草也越来越枯硬,甚至能在冷风的撩拨下吹奏出一种凄凉而委婉的曲调。阳光一天比一天缺少温度,野风谷四周山体的阴影部分就显得浓厚而冷漠。如果是星期天,又遇上一个难得的好天气,我通常是和老兵下棋,就坐在哨楼旁边,坐在站哨的点长的脚下。点长常常瞅棋盘几眼,虽然他并没有看出什么玄机,却仍旧弄出一副大吃一惊的神色。我不会再计较一盘棋的输赢了,我只是陪着老兵倒腾棋盘上的那些棋子,有时还能错把老兵的棋子当成自己的使用了,并把自己手下的将士斩首。老兵总是心疼他的每个棋子,个个都是他的心头肉似的,吃他一个很不容易,经常是被我吃了吐、吐了吃,一盘棋能走到日落西山。

我已经忘却寂寞了,日子过得从容不迫,并且有滋有味。点长甚至在点务会上还表扬了我,说我能够端正思想,沉得住气,扎得住根,安心艰苦哨所,无私奉献青春之类的。

一天夜里,我起床解手,披了衣服拉开门,迷迷糊糊地打了个冷战,就愣住了,怎么门外白得耀眼?我走出去用脚踩了踩,不是月光是咯吱响的雪。返回屋子后,我就捅了捅老兵,说:"哎,外面下雪了。"

老兵翻个身子,含糊不清地说:"别闹,别别……睡觉呢。"

"真的，骗你不是人。"

旁边的点长睁开眼睛，愣了片刻；起身掀开窗帘，惊奇地说："咦，这么早呀？比去年提前了快一个月。"

点长走到屋子当中的火炉旁，打开炉盖看一眼，添加了煤块，钻进被窝，正要拉灭灯的时候，一只老鼠从门缝挤进屋子，蹲到火炉旁。我刚要喊叫，被点长制止了，于是就继续看下去。这时候老兵也已经醒了，我们都趴着身子，静静地看老鼠烤火。这个小东西竟将两只前爪抱于胸前，身子坐立起来，真是人模狗样的，还挺可爱。

窗外，风呼叫着吹过，掠起阵阵碎雪。

落雪后的那个星期天的上午，驴车送水来了，赶车的兵对点长说："点长，指导员让你下山去中队部一趟，跟着车走。"

点长愣了愣，嘴上自语"啥事儿这么急呀"，然后就上了驴车。

晚饭的时候，点长走了一个多小时的路赶回来。他对我和老兵说自己已经吃过饭了，我就和老兵吃饭，说指导员还真够意思，请点长吃了两顿饭呀，其实也应该，我们点长一年才去中队部两三次。但是，老兵只吃了几口饭就搁下了，坐在那里琢磨着。老兵就是老兵，不像新兵一样头脑简单，肠子直通通地不拐弯。他琢磨了一会儿，突然说："点长不像吃了宴席那样开心呀？"

老兵就站起来朝宿舍走，我也跟在他后面去了。我们看到点长仰面躺在铺上，这是过去没有过的动作，他从来不在整好的铺上随便坐卧。老兵上前摸点长的额头，点长看了老兵一眼，并没有说话，让老兵仔细地摸了。老兵问："哪里不舒服，感冒了？"

点长摇摇头。老兵坐下了，挨着点长的身子很近，就像我每次病了后，点长坐在我身边一样那么亲近。"出了什么事情了？"老兵问。

点长没有说话，老兵对我挥挥手，说蔡强同志你吃饭去吧。我明白他是让我先出去一下，而且他使用了"同志"这个称呼。我刚到哨所的时候，他曾这样称呼过我几天，后来就直呼名字了。我立即严肃和庄重起来，说道："是！"

当天晚上，点长坐在桌子前整理抽屉，一直忙到半夜，我纳闷了一个晚上，直到第二天上午点长站哨去的时候，我才有机会凑在老兵身边探听情况。我听了老兵的话，当即跳了起来，说："点长真的要走？"

老兵点头，说没有几天了，真快，一晃就一年，我好像觉得昨天刚把老点长送走。

我和老兵半天找不到话说了,从窗口打量着站在哨位上的点长。当我的目光从点长身上收回来时,突然发现点长抽屉上的锁开着。

"点长的抽屉……"我说。

老兵的目光也落在抽屉上了,后来我们的目光对视一下,立即心照不宣地走过去,我们要看看点长的抽屉究竟锁了些什么宝贝。我从一个塑料袋里发现了点长的家信,就摊在桌子上和老兵一起看。刚看完一封,我就吃惊地对老兵说:"你快看看这封!"

老兵也抖动着他手拿的信,说:"你看看这封!"

我们交换着看完。我说怪不得点长不愿让我们看他的家信呀,点长他……老兵呆呆地坐着不说话。我又说,老同志你说点长复员后到哪里?老兵还是不吭气,就像被人兜头砸了一闷棍子,闷头闷脑的了。

没过几天,点长便开始收拾自己的东西了,把该移交给老兵的交给老兵,把一个日记本送给我,把一双磨破了的黄胶鞋看了一眼又一眼,然后用力抛向山谷。点长很慢地整理物品,有的东西能打量半天才做出处理。我们知道他在梳理当兵三年来的记忆,再把那些难忘的时光整齐地扎结起来,以便带回家乡,供他在以后漫长岁月中咀嚼。

我和老兵在一边看,但是我终于憋不住心里的那些翻来滚去的话,就叫一声点长,说:"对不起点长,那天你的抽屉没锁,我们偷看了你的家信……"

点长怔了一会儿,才平静地说:"是我对不起你们,一直没说实话。"

接下来,点长就把他的家庭情况详细地告诉了我们。当我们了解了一切的时候,我们悔恨过去没能给点长一些温暖,我立即说:"点长,你复员后去我家吧。"

老兵瞪我一眼,说道:"去你家?你是回民,点长到你们家能吃、吃那个吗?"

老兵又对点长说:"到我家吧,我家在镇上,有房子,我今晚就给赵娜写信,让她去车站接你,她几次来信都问你好,如果知道你去,一定高兴呀!"

我有些焦急，反驳道："一国可以两制，一个家庭也可以呀。"

"谢谢你们，"点长叹息一声，说道，"我还要回老家照顾母亲。"

"她都不愿要你，还管她……"我说。

"我母亲很可怜，她是没有办法。"

我的眼睛有些潮湿了，说点长你能不能不复员？再留一年吧。点长微笑着说："实行新的兵役法后，今年三年的兵必须要走，我也想留一年，继续给你们当儿子……"

我的眼泪就流出来。点长说你看你看，哭什么？还当父亲哩。点长说着，抱住我的肩拍了拍，松开，紧接着又抱住，这一抱似乎永远不想松开，手指紧紧地抠住我的肩头。

老兵哭了。

点长也哭了。

……

十三

点长走的那天，他爬上了山顶，在黄狗坟前站了很久，山顶上粗硬的风很快把他的脸吹成了紫红色。

"阿黄，我回家了，阿黄……"他说。

毛驴车载着点长下山了。在阔的天、高的山、深的谷之下，矮小的点长的影子渐去渐远，终于变成一个点，永远停留在我的视线那端。

原载《橄榄绿》2000年第1期

点评

《吹满风的山谷》书写了三个普通士兵坚守与世隔绝的山谷哨所的故事。在这个小到只有三个人驻守，连设班长都是浪费的小哨所里，三个普通士兵守着早已搬空，不知什么时候才会又派上用场的军用物资洞库，过着日常生活用品、食材、水都半月一次用毛驴运送，电视机信号不好基本就是个摆设的生活,日复一日地面对着吹满风的山谷,默默守卫着。为了体验家的温暖,每遇到有人过生日三人就临时组成一个"家",家庭成员中父亲、母亲和儿子的角色由大家轮流扮演。边远哨所的生活十分孤寂,更缺少精神娱乐活动,但他们与一条黄狗、一窝鸟蛋、一群山、一片天空之间的互动,深深感染着人们。对于黄狗如亲人般深深的眷恋,对那一窝不请自来的鸟蛋照顾有加,面对群山席地而坐时的思考,延伸着目光望向"或明朗或灰暗的天空",等等,都透露着艰苦环境中,哨兵们对普通情感体验的向往。

尽管如此,三个来自三个不同少数民族的哨兵并没有因为恶劣的环境和无人监督,就降低自己的行为标准而敷衍了事。相反,他们严格按照规定办事,上哨时的口令、下哨后的训练,每周一次的按时点名,还有依照太阳的位置准时做饭,等等,每天都参照标准执行。老兵女朋友的到来,为这个哨所带来了一丝欢愉,也隐隐透露出生活的无奈和伤痛,倔强而忧伤的调子弥漫着整个小说。作者自己也曾坦言:"小说中流淌着一股淡淡的忧伤,这种忧伤恰恰是现实生活中的伤痛,是他们无法改变的人生画图。"

小说的语言"有真意,去粉饰,少做作,勿卖弄",看似平淡无奇的语言,却是饱蘸浓情写下的。这也是作者以淡笔写浓情创作原则的重要体现,白描式舒缓、克制的语言暗含层次丰赡的情感。小说中有这样一段叙述:"赵娜走后,我们哨所那间当作家属房的仓库一直空着,奇怪的是,我们谁也不说是否应该把仓库恢复到原来的样子,于是它就保留着赵娜来住时的原貌,连她使用过的镜子也还摆放在桌子上。我们从窗前走过,偶尔还伸着脖子探一眼,自己也弄不明白要看什么。但是那个狗窝却被我们封堵死,我们不谈论黄狗也不谈论鸟蛋也不谈论爱情了。"老兵女朋友赵娜探亲离开后,三个士兵的行为有一种心照不宣的默契,不把仓库恢复原样,"伸着脖子探一眼",封堵狗窝,不再谈论鸟蛋和爱情,这些貌似平静的行为都蕴含汹涌的内心活动。作者并不刻意强调生存环境的艰苦,也没有高唱人物内心的寂寞和苦痛,用这种平静、隐忍的语言娓娓道来,反而更见凌厉。战友间的情谊、普通士兵的坚韧、平凡中的伟大,这些美好的人性、人情就这样缓缓但强有力地流淌开来。

(朱旭)

怀念一个没有去过的地方

/邓一光

一

远子问推子："你拿定主意了？"

推子说："嗯。"

远子问："真不去？"

推子说："不去。"

远子说："真不去啊？"

推子摇头，脸上的神色很坚定。

远子就很失望，但很快地，他又恢复了兴奋，扬了长长的胳膊说："昨晚我把柄子爷灌醉了。我把柄子爷灌醉了，柄子爷就胡说。柄子爷说他已经看见七爷启子的魂了，柄子爷还说，七爷启子回来了，东冲镇当年出去的三十八个人，就全回来了。柄子爷喜欢胡说，他一喝醉酒就胡说，你叫我怎么不把他往死里灌。"

推子不言语，埋了头，用一根细细的漆包线，努了嘴下力扎他的鹿刀刃鞘。

远子站在屋子中央，撸了一下柔软的边分头。远子因为有这样的边分头，镇上的女孩子们对他刮目相看，有好几个女孩子一看见远子柔软的边分头就眼睛发直，身子发软，这使远子十分得意。远子曾经对他的跟屁虫大尘说，你知不知道，我为什么会那么聪明绝顶？我主要是把力气全都用在脑袋瓜子里面了，我一点也没有浪费下什么，这在科学上叫作优质集中，不像你，长一头刺猬似的毛，再加上一身横肉，唯一一点脑水全用到不该用的地方去了。

远子撸过了他的边分头，兴奋地抒情地说："啊，我要去武汉了！我要去征服武汉！谁也不能阻止我！"

小米推门走了进来。小米进来的时候，兄弟俩都打了个寒噤。不是夜风冷，是小米。也不全是小米，小米是个一时半会儿猜测不透的谜语，但是谜语是由人来猜的，要是谜语猜测不透，小米这个谜底有一半的原因，猜谜的人老是停在谜面上也是一个重要原因。何况小米就是有那样的本事，你热乎的时候，她让你死冷，等你冷了，她又把你煽动起来，让你坐也不是，站也不是。最关键的问题是小米不能看，小米你只能去想象，尤其在人想念着一些事情的时候，越发是不能看，这就有点像是真正的猜谜。小米狐媚狐媚的，让人想入非非。

小米往床沿上一坐，大大咧咧地说：“嗨，你们俩，到底定下来没有？你们谁去？还是你们都去？”

远子说：“谁去又怎么样？都去又怎么样？”

小米嘻嘻地笑。小米一笑，屋里的灯一下子亮了一百倍，像是接了高压。小米也不能笑，小米一笑百媚生。

远子有些坐不住了。远子说：“小米你笑什么？”

小米说：“我笑怎么了？”

远子说：“你笑我难受。”

小米说：“你凭什么难受？”

远子说：“你的样子让我难受。”

小米用嘴做了个漏斗，呲远子说：“你难受管我什么事？”

远子老实交代说：“我难受我就要干坏事。”

小米一点也不担这个心，她知道远子只是说说而已，至少推子在场的时候，他只能是说说而已。小米喜欢远子说说而已，也喜欢推子在场，这两样她都喜欢。她坐在床沿上，晃动着两条长腿，有些得意地说：“推子在，你什么也干不成。”

远子看推子一眼。推子硕大的脑袋在强烈的灯光下晃来晃去，让人难以捕捉。远子不明白推子怎么会生成这种样子，推子尧眉八彩，舜目重瞳，筋骨健美，英姿勃发，让人看着眼累。远子不看推子了，转了头再看小米，小米千变万化，已经是让人冷却的样子了。

远子松了一口气说：“这样就好了。”

小米把她稀疏的黄毛往一边扒拉了一下，就像狐子甩毛，把推子和远子甩得心里一跳。

小米说:"我可是当真的啊,我不想和你们两个人玩捉迷藏,我把话先说在这儿,你们两个谁去我就跟谁,我上天下地也跟着。"

远子问:"跟去又怎么样?"

小米说:"还能怎么着?一个女人跟着一个男人,你想还能怎么样?"

远子说:"睡觉不睡觉?"

小米说:"睡觉算什么,你哪天不睡?"

远子说:"我说的不是这个意思。"

小米说:"我说的就是这个意思。"

远子说:"那就没有意思了。"

小米说:"意思再说。"

远子说:"那,要是我们两个都去呢?"

小米又嘻嘻笑了,说:"那我就跟你们两个。"

远子说:"美得你抽筋,你还跟我们两个,你练出了多大的本事?你就是本事上了天,我们哥俩还不一定要干呢。"

小米抬了手,再去扒拉她稀疏的黄毛,一扬下巴,说:"你试试?"

远子一时没弄懂,不知道小米说你试试,是指她真的跟他们哥俩去了,他哥俩不要她的话靠不住,还是指她拥有绝对能够应付他哥俩的本事。远子想了想,说:"小米我告诉你,你这个人从来不来真的。"

小米被说中了,把头低下去,半天才抬起头说:"你们两个要都去,我就动真的。这次我说什么也动真的了,我豁出去了。我跟推子。"

远子疼得一抽搐,哼哼着说:"我早晓得。"

小米冷笑了一下,把狐子似的妖媚的脸抬了起来,拿目光罩住推子那一头说:"还是那句话,他要不去,我跟你。"

说话工夫,推子已经把他的鹿刀刀鞘扎好了。推子龇了雪白的牙,把余出来的铜丝铮的一声咬断,举了刀鞘在灯下眯了眼看。推子眯眼看刀鞘的时候,远子感到一股凛凛的杀气飞快地向他逼过来,他感到他脖子上的汗毛一片片无声地飘落下去。他下意识地缩了缩头。

远子转了头看小米。小米停下荡漾着的腿,盯着推子,狐子似的媚眼泪光闪烁。

二

远子和推子是哥俩。

远子比推子小一岁。

镇上的人都说远子和推子不像哥俩。远子瘦瘦条条，推子壮壮实实；远子好动，推子好静；远子太狡猾，推子心眼实。远子要是土狼变的，推子一准该属马。

说远子和推子不像哥俩，还有一个原因，就是他们俩若是哥俩，就是弄颠倒了的哥俩，远子虽说比推子矮一个头，又是弟弟，却老爱支使当哥哥的推子。远子眼睛一眨就是一个主意，眼睛一眨又是一个主意。远子想出主意来，守不住，再坏出水的主意，他钻天打洞瞒天过海也去做，做成了，他得意得不行，做不成，做砸了，他就找推子，要推子给收拾残局，他自己躲到一边玩。推子听远子的。推子总是护着远子。远子说推子把你的李宁牌运动服借给我，推子就把衣服丢给远子。远子说推子你帮我把蒜头叔结果了，我没钱给他，推子就去银行里取了钱，替远子还上赌账。远子说推子你把火山口堵上，我看着眼累，推子就扛一柄铲去堵火山口，一句多余的话也不会有。

大尘有一次说远子，说远子我原来一直很佩服你，你在咱们东冲镇上，做什么事都能做成，你天生是个青年领袖人物，现在我终于想明白了，那些事，没一件是你做成的，全是推子做成的。

远子白一眼大尘，说："你明白什么，你屁也不明白，古人都说了，兄弟既翕，花萼相辉，兄弟联芳，棠棣竞秀，我和推子是一个娘胎里钻出来的，我用脑袋，推子用力气，我们这叫珠联璧合，我们这才叫哥俩呢。"

大尘弄不懂花萼相辉和棠棣竞秀是什么意思，大尘只知道那是两个好词，远子从古人那里借了来歌颂自己的。大尘对远子老是在各种场合歌颂自己的做法已经熟视无睹了，见怪不怪，只是有些替推子不服气，就说："我又不明白了，上学的时候，推子的成绩比你好，推子是地理课的科代表，推子基本上已经考上大学了，要是他再努一把力，现在就是大学生了。你呢，语文基本上不及格，数理化也不怎么样，高考时你都没敢去考场，推子一空下来就看书，推子整天看书，看了书就坐在门前看天上的云彩，一看一半天，谁都知道，看书是学习文化，看云彩是琢磨问题，两样都和脑子有密切的关系。你呢，一睁眼就东奔西跑，整天车轱辘似的转，没见你闲下半分钟来，怎么就是你用脑袋，推子用力气？"

远子朝地上吐一口口水，双手插在兜里，说："大尘你就只能跟着我干了，你这种猪脑袋，无论如何是想不明白这个道理的。我和推子，我们都是琢磨的人，只不过我们琢磨的方法不同。我是鬼谷子，精通卜筮兵法，是领导者，推子是董狐，只能做记怪史官，是实干家，我们这样的分工，正好是兄弟的最佳分工，情况就是这样。"

远子六岁推子七岁那年，哥俩被人贩子给拐骗了。一个河南女人用一包劣质巧克力做诱饵，把小哥俩骗上了一辆开往广西的长途车。哥俩先是分别卖给十万大山里的两家人。推子红着眼睛护着自己的弟弟，谁要来牵远子他就扑上去抱了人家的脚死劲地咬，咬得人家嘶嘶地用大耳光抽他。远子会来巧的，小眼珠子一转，对人说，你们不能把我们俩分开，家里请高人给我们算过命，我俩谁离了谁都养不活。人家一听，不敢分别收养两个孩子了，要一起收养两个孩子呢，又拿不出钱来，就让人贩子退定金，气得人贩子直拿脚踹远子。后来小哥俩乘人贩子去找买主的时候偷偷地从旅社里溜出来。两个人辗转数千里，走了好几个省份，最终被人发现，送回了鄂东老家。送两个孩子回家的人一个劲地夸孩子，说他们那么小，又身无分文，却知道往家乡的方向走，特别是那个小的，知道沿着铁路走，又迷不了路，又能弄到吃的，瞅准了还能爬上一辆货车，让车带上一段路。家里人就问远子，问他怎么就知道沿着铁路走。远子想了想，说，是推子。推子说，他能闻到家乡的味道。家里人就笑骂道，胡说什么呀，家乡是什么味道？牛屎味道？苦艾味道？梨花味道？就算家乡有味道，隔着几千公里，拿什么去闻？骂过以后又抱着小哥俩，哭一阵，笑一阵，亲得不行。

远子和推子哥俩关系好得要命，好得谁也离不了谁，长到二十岁的人了，还在一张床上睡觉，不肯分了床睡，连小米都妒忌。小米说："生你们哥俩时，你妈肯定没留心，时辰给弄错了，远子该早生一年，要不推子就晚生一年，你们俩该是双胞胎。"

远子嘻嘻笑，说："事情到了这个份上，就别再折腾了，推子就该早我一年，推子不早我一年，我们在一个胎里待着，我要一不小心，早推子几分钟钻出来，推子做了弟弟，我做了哥，上学我得替推子背书包，洗澡我得替推子擦背，吃梨我得当孔融，降妖我得做悟空，哪有如今这个弟弟当得舒服？"

小米就骂远子，说远子难怪你个子长成了这样，要想看清楚，得买个放大镜来，你都长心眼去了。

远子说："用什么放大镜，你站近了看就行。"远子说了就伸手去搂小米。远子把小米拽一段云似的往怀里拽。小米推远子一把，差点儿没把远子推到地上。小米就咯咯地捂了嘴笑。

远子说："不行，小米你必须让我亲一口！"

小米说："凭什么必须让你亲一口？"

远子说："你又不是没让我亲过。"

小米说："那是小时候，你骗我，你说亲嘴就像喝蜂蜜，你把我骗过去的。"

远子说："是不是像喝蜂蜜？"

小米老实说："是。"

远子总结说："那就不叫骗。"

小米说："现在不是小时候。"

远子说："有什么不同？你嘴长大了，丰满了，我衔不住？"

小米啐远子，说："谁不知道你，你还不是想干坏事。"

远子说："我要暂时不干坏事呢？我要只亲亲呢？"

小米说："那你就等着，等我心情好的时候。"

远子说："小米你说老实话，你到底是跟我还是跟推子，你不能老是让我和推子在半空中悬着。"

小米说："我还没想好，我还在想。"

远子说："你不要老是想，这种事，想是想不出结果来的，你要行动，先试一试。你先试试我，再试试推子．看我们中间，谁最适合你的口味，然后你再决定取舍。"

小米说："呸，远子你越说越没有谱了，你当我是那种城里的女人呀，你当我跟谁都可以上床睡觉呀，你错了。"

远子说："小米你不要把自己说得那么严重，你也不要把自己说得春风无事，那次你不是往推子怀里钻过吗？你扣子都解开了，就差一阵风，你就光光地蚕儿褪茧了，你那不是上床睡觉是什么？按照法律上的话说，至少你是有上床睡觉的动机吧？"

小米一听这个，眼圈就红了，掩了长睫毛，半天不说话，是在想自己的耻辱。

远子看小米一眼，在一旁噘了嘴吹口哨。远子吹的是《冬天里的一把火》。远子吹了一会儿，看不得小米那个真难过的样子，就把"冬天里的一把火"熄灭了，说："算了算了，用不着那样悲伤，其实推子也不是不近女色，那次你走以后，推子跳进府河里游了半天，怎么叫都叫不上来，活像北极熊。大冬天的，一个男人，水结着冰，你想想问题的实质性吧。"

三

正月二十八一过，远子就带了几个伙伴走了，像他说的那样，去武汉了，去征服城市了。

远子走之前，特意到镇上的发廊里吹了个头。远子把他那一绺柔软的头发吹得像刚出胎的羊羔毛，风一吹，撩得人看了心里痒痒的。远子在吹头的时候不老实，捉了发廊女孩子拿吹风机的手，一边嘴里吹着口哨，一边对着镜子里的自己在头上画圈儿。发廊的女孩子喜欢远子，自觉自愿让远子捉了手，咻咻笑，说，你这是干什么呀？远子说，这叫牵手，歌里和电视里都专门解释过。女孩子说，你真要想牵手，等晚上打烊了，你到店里来，我让你慢慢牵。远子严肃地说，对不起，我不能牵你的手，我就是想牵也来不及了，我要去征服武汉了，路漫漫其修远兮，吾将上下而求索。

镇上去武汉的人不少，也有去麻城市的，也有去更远地方的，都是过了春节返回城里的打工仔，或者新加入打工仔队伍的人。每年春节一过，通往城市的班车就超载，让市客运站高兴得要命，客运站现在承包了，这样大家都有好处。

远子带了他的人，大尘、多多、飞娃、菜包子和共生，这些人都是他的喽啰，其中大尘和多多先前已经跟他去过武汉。大尘是小头目，领着人把行李卷往长途车顶上捆。行李捆完了，又在那里和司机吵架，不准司机放《我今天有点烦》，要司机放《对面的女孩看过来》，还要司机把音乐放响点。

小米很早就上车去坐下了，人靠在车窗边，一句话不说。雪还没化，厚厚地堆在那里，太阳一出来，阳光照耀在雪地上，把雪映成了粉红色。小米也穿了一身红，但小米盖过了阳光，是人眼里最耀眼的那一点，这就是小米的特点。

远子要走了还闲不住，一个人跑到路边上，拿一根火腿肠逗推子的狗。大尘从车上下来，走到远子身边，小声对远子说，远子，葫芦他们在车上，他们有五个人，都带了家伙。远子朝车上看了一眼，继续逗狗，逗一会儿，把手里剩余的香肠头丢给狗，从地上抓一把雪洗了手，拍拍雪粉，上了车。

葫芦在车上已经观察远子很长时间了，远子一上车，葫芦就站起来，丢给远子一支烟。葫芦说，远子，出去呀？远子看了看烟牌子，把烟点上，用力抽一口，说，葫芦，你还是和你的人一起下车。葫芦说，为什么要下车？远子说，因为我在车上。我在车上，你下不了手。你下不了手留在车上干什么？你总不能陪我到武汉去吧？葫芦笑着说，我看过了，你的位置是十六排以后的，我只动十六排以前的，十六排之后我不动。远子说，你不动也不行，你不动我反而觉得别扭。葫芦说，你可以装睡。远子说，我不是装睡，我是真想睡，我想一路安静地睡到武汉，我到武汉以后还要干大事业，你不能打扰我睡觉。葫芦摇摇头，说，远子你成心坏我的事。远子说，怎么办呢？今天你只能这样，你回去打条狗煮来吃，明天你再出来。葫芦就悻悻地带着人下车了。

推子来送远子。推子一直站在车下，也不说话。车开的时候，远子坐到了小米身边，拉开车窗，把脑袋探出来。远子对推子说，推子，我走了。推子点头，说，不要瞎胡来。远子说，你放心，我不会瞎胡来的。推子就带了狗，退到一边，车摇摇晃晃地转了一个弯，车轮甩起一片雪泥，那条吃过了香肠的狗不喜欢这样，冲着车叫，车有点害怕的样子，往前一冲，加快了速度。推子和狗渐渐地远了。远子把车窗关上。小米谁也不看，恨恨地咬着牙，半天说了一句，有什么了不起！远子关了窗户，回过头来问小米，你嘀咕什么？小米脾气很坏，冲远子嚷道，我又没跟你说话，你长了狗耳朵呀？一旁的大尘等人就背过身去哧哧地笑。

四

推子从鹿场回来。母亲说，推子，屋里有你的信。推子说，远子来信了？母亲说，远子有汇款单来，信不是，远子写字一啄一啄的，写不好那样的字。

推子把鹿刀放下，去院子里洗了手，冲了头，掸了身上的土，一路滴答着水进到屋里，看见桌子上自己正读的《世界地图》旁边，放着母亲说的那封信。推子甩了甩手上的水，把那封信拿起来，歪了头看。信封的落款上写着"内详"，字迹飘飘扬扬，果然不是远子的那一手鸡扒拉字。推子把信封拆开，里面薄薄的只有一页纸，孤零零的两行字。推子好一阵没有看明白那两行字的意思。他看了一遍，又看了一遍，直到看过三遍才明白。推子把那页纸折起来，放回信封里，再把信折起来，揣进口袋里面。

母亲和父亲进屋来了。母亲说，推子，早上市里来人了，问我们今年能不能多割些鹿茸，他们今年想多收一些。父亲接话说，割多少也不卖给市里了，今年我们自己卖，我们去武汉卖。母亲说，你知道推子不肯去武汉，你脚又不好，哪个去？父亲说，哪个去武汉也不卖给市里，总不能老让市里欺负我们吧？母亲说，市里是国家，国家需要，我们没有道理讲。父亲说，要认国家，只能认北京，别的地方都不能认。母亲说，葛振青你还是少说一些，你说话骇人。父亲说，我骇哪个？我谁也不骇。

推子说，妈，吃饭吧。母亲说，好好，我去端饭来。母亲就进厨房去端了饭出来，三个人坐下来吃饭。

吃着饭，父亲母亲在那里说着鹿茸的事，推子大口往嘴里填着饼，大口喝着汤，一会儿就吃得满头大汗。推子喝完一碗汤，再添一碗，突然抬了头说，爸，妈，我明天去武汉。父亲和母亲一下子就住了声，停下来，看推子。推子又在那里咬饼了。父亲和母亲交换了一下眼色。母亲说，推子，你不是说过你这辈子决不去武汉吗？你不是说武汉不能看，只能想念吗？推子不说话，继续咬他的饼，喝他的汤。母亲又和父亲交换了一下目光。父亲咳一声，说，去就去吧，去顺便看看远子，这个东西，走了快两年了，电话不打一个，上个春节也不肯回，养他十九年，只两年就成了别人的人，推子你去了武汉，你就对远子说，他要不回来，干脆永远不回来，就做他狗日的武汉人。母亲拿眼横父亲，说，远子不回来，远子总在寄钱。父亲说，我要钱干什么？我又不卖儿子。母亲说，你不要说得那么难听，哪个我也不卖。然后母亲转了头对推子说，推子你不要听你爸的，你见了远子，你把事情办完了，就带远子回来，他要喜欢做武汉人，过了年再走。

推子点点头，往嘴里塞进最后一口饼，放下空碗，进屋去收拾东西。推子把两件换洗衣服装进旅行包里，又在包里放进那本《世界地图》，再从口袋里掏出那封信，小心翼翼地放进包里，然后在床边坐了下来，想着心思。

推子高中毕业后从市里回到镇上，养鹿。推子读麻城市一中，那是全省有名的中学，升学率非常高。推子的同班同学中有三个考进了省城武汉的大学，两个考到更远的地方。推子学习成绩是全班最好的，期考从来没有落下过前三名，还在中南地区数学奥林匹克竞赛中拿过名次，可他却在高考时落榜了。有一个女孩子叫顺藤，是班上长得最甜的女孩子，她被推子迷得神魂颠倒，她亲过推子，她还让推子摸过她的小胸脯，她说推子我爱你。顺藤考进了武汉大学。顺藤考进武汉大学以后再也不理推子了。顺藤对推子说，你知道，爱情不是想象里的事，我不能总是坐在美丽的樱花树下给你写信并且想念你。顺藤还说，你总不可能跑到武汉来找我扯皮吧？

所有的人都替推子遗憾，只有班主任李老师明白推子。李老师对推子说，推子，你不该害怕，世界地图你都滚瓜烂熟，你有什么可怕的？

那封信其实不是一封信，是一张纸条，纸条上是这样写的：

推子快来！推子远子出事了！快来救他！小米××年×月×日

又及：你来武汉后，到武昌紫阳路上的红楼宾馆找我。

五

推子瞪着眼，一眨不眨地看着窗外。那是他想念中的城市。城市上空飞扬着一些漂亮的充气气球，还有一架红蜻蜓似的直升飞机，直升飞机从花蕊般的高楼大厦间穿过，好像是它顶起了那些花粉似的气球。推子坐在落满尘土的长途汽车上，有一些眩晕，有一种激动得想呕吐的感觉。车子从长江二桥上开过的时候，推子朝桥下看，他看见很多轮船划开江水从桥下驶过，让他有一种想从桥上跳下去的欲望。车子从连绵不断的立交桥上飞驰而过的时候，推子觉得自己好像是飞起来了似的。路上的行人很多，他们全都穿得漂亮而干净，脸上是一种自信的神色，还有一种满不在乎的神色。推子一下子就觉得他们和自己不一样，他们好像是历经沧桑的样子，好像是古人类的样子。推子有时候觉得人们说的现代人和古人类差不多是一种样子，没有太大的区别。推子知道自己已经到武汉了，但他有些惶惶的，觉得那不是他心目中的武汉。

推子拎着旅行包，在武昌紫阳路上找到红楼宾馆。那是一个很漂亮的大宾馆，幕墙玻璃上蝴蝶结似的飘挂着彩色旗帜，宾馆前停着几辆甲壳虫一样漂亮的汽车，有个子高高的红衣门童在旋转大门外替人开车门。推子不用谁来替他开车门，他是自己搭了车去的，还走了两站路。

推子问一个大堂服务员小姐，杜小米在不在。服务员小姐看推子，眸子闪烁着，她看了推子好一会儿，脸蛋儿渐渐红了。推子又问过一遍，服务员小姐才醒过神来，说你等等，我替你去叫。服务员小姐去了好一会儿，小米没来，来的是另外几个服务员小姐，她们在大堂员工通道口探着头，指指点点地看推子。过了一会儿小米跑来了。小米和那些服务员小姐一样，穿着海蓝色的套装，稀疏的黄毛辫子剪掉了，留了短发，有点像男孩儿。但小米不是男孩儿，而且小米比两年前出落得更漂亮了，简直让推子吃了一惊。

小米把推子带到自己的宿舍里。小米的宿舍不是她一个人的宿舍，是12个像小米一样打工小姐的宿舍。推子一进门就打了个喷嚏。小米问，你感冒了？推子说没有。小米问，没感冒你打什么喷嚏？推子说屋子里香水味太熏人。小米拿笑眼瞟推子一下，说你怎么是这样的人。

宿舍里有两个女孩，是上夜班的，刚睡起来，躺在床上一人抱了一本《幸福》杂志看，一边看一边唏嘘着抹眼泪。小米冲她们喊：喂，都什么时候了，快接班了，还懒在床上呀？我有客人，你们快起来。一个女孩说，有客人我们又不妨碍你，你最多把帐子放下来，声音放轻点。小米叉了腰骂道：我不撕烂你的嘴！两个女孩嘻嘻笑着，丢开杂志，爬起来，先要套外套，看一眼推子，再看一眼推子，不套了，露着两条光光的长腿，抱着衣服，拿了洗漱用具，扭着腰跑出去。小米在后面骂，狐狸精呀！小米那么骂一点也不公平，小米自己的样子才像狐狸精。

小米让推子在她床上坐了，说别到处乱坐，脏。又问："吃饭了没有？"

推子说："路上吃过了。"

小米问："吃什么了？"

推子说："面条。"

小米再问："什么面条？"

推子看一眼小米，小米的眼睛正在那里等着他。推子有些不知所措。推子心想，小米她问面条是什么意思？小米她怎么有些通了电的样子？

小米看出推子的冷漠，也不管，说："我这里有饼干，你再垫一垫。"

推子拦住小米说："远子到底出了什么事？你快说事情，饼干等着。"

小米白推子一眼，恨恨地说："人家关心你，不知好歹！饿死你算了！"

推子就知道自己太急了，笑了笑，说："算我得罪你了，行不行？"

小米眼圈一下子就红了："你还得罪少了呀？"

小米说完那话，知道再说下去就是任性了，就不应该了，小米就丢开饼干，过来坐在推子身边，把事情的原委从头到尾说给推子听。

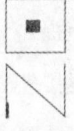

原来，远子带着小米、大尘等人来到武汉，先在一个建筑队里打工，后来建筑队散了，他们又换了一个建筑队，再后来又用工钱凑了份子，在汉正街租了一个摊位，卖福建石狮产的鞋子。远子带大尘和多多专门管跑货，飞娃、菜包子和共生照管摊子，小米在租下的民房里守家，洗衣做饭，管大家的生活。汉正街海纳百川，生意红火，虽然竞争激烈，机会却多得很，只要肯做。远子脑瓜子灵，又有几个贴了命跟着他干的伙伴，鞋摊的生意不错，日子也还过得下去。远子带人干了一段时间，嫌人手多了，一个巴掌大的小店，用了八个菜园子张青来开，不划算，又张罗着在长青乡包了两个鱼塘，让大尘牵头，分出菜包子和飞娃去养鱼。远子特别叮嘱大尘，鱼塘里专养鲫鱼，不打鱼卖，做钓场用，收公款请客的钱。大尘按照远子的话去做，果然收入颇丰。

本来这样很好，大家都有活干，大家都有钱分，两摊子生意，其实是一家。大尘等人拼命干了一段时间，全都置上了羊皮夹克，远子还添置了一辆木兰轻骑，戴上墨镜，风驰电掣去长青乡看鱼塘里的情况，威风得很；晚上收了工，大尘带菜包子和飞娃从江岸回来，大家聚了堆，喝酒打牌、逛江汉路、听何祚欢的评书，快活得像神仙。远子放了话说，你们是我带出来的，你们要是翅膀硬了，除了小米不许离开我，别的人都可以走，挑单另干，你们自己选择。大尘等人一听就急了，说远子你是不是嫌弃我们？是不是觉得我们还不够卖力气？你要嫌弃我们，要觉得我们不卖力气，就直截了当地说，不要拿选择这种话来杀我们。远子呵呵地笑，说，古人说，二人同心，其利断金；同心之言，其臭如兰。大尘问什么意思。远子说，意思是说，兄弟要同心，同心了就没有什么可以把他们分开了，同心了就可以说不好听的话，再不好听的话，听起来都是香的。大尘等人对远子佩服得不得了，说，远子你简直了不起，就凭你其臭如兰的话，打死我们也不会离开你单挑。

事情先出在鞋摊上。到武汉的第二年，远子要把摊子往汉正街鞋城里挪，鞋城里生意好，一双石狮产的胶鞋能卖出一双泉州产的皮鞋的价。远子在汉正街干了一年，他讲义气，脑子活泛，会来事，人缘不错，汉口话说得越来越炉火纯青，也算是汉正街里一个不大不小的人物了，最主要的是他不想蹉跎年华，他想加快他征服城市的步伐，他要加快步伐就必须进鞋城。远子花了几万块钱在鞋城里租了一个摊位。生意真的很好，日进斗金不敢说，总之远子每天都要共生往信用社里跑一次，去存钱。但是好日子不长，很快麻烦就来了。远子在鞋城的摊位旁是一帮潮州人租下的摊位，潮州人觉得远子的摊位占了好地方，挡了他们的财路，要把远子撵走。远子当然不肯走。远子不但不肯走，远子还想把潮州人撵走，这样两下就闹起来了。远子到打了包裹滚出鞋城时才明白过来，这个世界上不是靠着脑瓜子灵光就能干出一番大事业来的，不是靠着肯吃苦能算计就能过上好日子的，是有强势弱势主宰被主宰之分的；这个世界上也不光是由着一些戴了大盖帽的人说了算，还有一种人，他们在这个世界上建立了另外的一个社会，他们在某种程度上比戴了大盖帽的人还要厉害，如果说大盖帽是社会上的血管，他们就是血管里活跃着的红细胞，是说了算的人物。远子正是被这样的人物撵出鞋城的。

紧接着出事的是鱼塘。大尘把鱼塘经营得很好。大尘有力气，肯吃苦，不在客人来之前往塘子里倒粪，让鱼吃饱了不咬钩。别人塘里的鱼，要是专钓鲫鱼（武汉人叫喜头），茶水不管，饵子不管，十八块钱一斤，大尘只收十五块，还饶上茶水饵子，还饶上乡下笑话。大尘塘里一天能出百十斤鱼去，出得隔壁鱼塘的塘主看了恨不得眼睛里生出一双爪子来抢钱。

有一天，一个疤拉眼领着一伙人来了，找大尘。疤拉眼对大尘说，他要接管塘子。大尘说塘子是自己承包的，租子是按时交的，一分没拖欠过，合同没到期，凭什么要接管。疤拉眼说，凭他刚从号子里出来，他从号子里出来，要吃饭，要穿衣，要养伢，还要打个一块两块钱的小牌，他已经是悔过自新的人了，他不能去偷去抢，那样影响武汉市的大都市形象，他只能养鱼。大尘说，你要养鱼到处都是塘子，你可以到别的塘里养。疤拉眼说，别的塘子都是生塘子，不如你屋里的塘子好，我调查过，你屋里的塘子出鱼。大尘气坏了，说，你这不是强打恶要吗？疤拉眼笑了，回头看看他带来的那帮人，那帮人也笑。疤拉眼笑过，转过头来，撩开怀，露出胸前一条尺半长的刀疤，冷脸说，伙计，老子真的不是非要你的塘子，老子们正愁没处混环境，你递条子是抽合老子，老子们晓得不能让鱼吃肉吃顺了嘴，你要再犯噇，老子们也管不得那多，一刀捅你下塘去，充其量换一道汤重蓄一盘水！

远子骑了他的轻骑赶到鱼塘，发包的塘主愁眉苦脸对远子说，兄弟，不是我跟你扯野棉花，老疤这个人惹不起，他进号子是因为杀了他嫂子，他嫂子只顺口说了一句老疤你领带没打正，他就一刀捅过去，把他嫂子捅得肠子直流，他连嫂子都杀，还有么道理可讲？我有老婆伢，我是不讲这个道理的。

鱼塘的事没落定，又出了菜包子和飞娃的事。菜包子和飞娃鬼迷心窍，跑去钓人家的鱼。这里说的钓鱼不是真钓鱼，是三伏天，家里没有空调的里巷人家开了窗户睡觉,他们跑去用刀子划开人家的纱窗,用带钩的竹竿往外钓衣服,被发现了,捉住痛打一顿,然后送到派出所。远子闻讯后赶到派出所,交了五千块钱罚款,两个人在收容所里关满三天,留下案底,派出所叫他们按了手印,叫远子带走。

远子回到家,关上门,一脚踢飞一只板凳,劈头盖脸把菜包子和飞娃一顿臭骂,说,一件休闲西服就把你们的心钓走了呀?就把你们的眼睛打瞎了呀?商场里就没有卖的了呀?菜包子吸一下鼻子,说,商场里当然有卖的,商场里要钱。远子从兜里掏出钱夹来,往地上一甩,说,这不是钱?你们拿钱去买,加上那五千罚金,看能买出什么样子的西服来!菜包子蹲在地上抱了头说,我们晓得现在生活不好,鞋摊子被人挤掉了,鱼塘又被人吃了黑,钱没有出处,我们才出此下策的。远子冷笑道,你们什么时候出过上策?你们也争口气,出个上策来给我看看!菜包子说,上策也不是没有,上策你只是不干。远子乜一眼菜包子,鼻子里哼了一声,说,给我收起你的上策,你的上策只配做猪饲料!

接着就是共生得阑尾炎。共生忍了两天。共生跑到药店去买止痛药来吃。共生后来实在忍不住了,叫出声来。小米说,大尘你们还打牌,你们眼睛瞎了呀,没看到共生人都变形了?医生说共生的阑尾已经穿孔了,要是再送晚点,共生就成尸体了。共生手术后被推出来,麻药还没有过,人迷迷糊糊的,认不出人来,抓住大尘的手说,远子,我晓得我们钱不多了,我想忍一忍就过去了,我不争气,没忍住,我下一回一定忍住。小米当时眼泪就下来了,扑在共生身上喊:"共生你傻,你说什么忍?钱重要还是命重要?你还说下一回,你能经得起几个下一回?"远子咬着牙铁青了脸吼:"都把嘴给我封上!这是医院晓不晓得!"

远子终于吃上了黑道的饭。

远子先帮人干收租子的活。

黑道上有一种营生是收自家地盘上门面的保护费,有哪家新店开张了,黑道就去打招呼,说恭喜发财,说有饭大家吃,谈好一个价,店家按时交租子,有什么食客耍蛮痞扯歪的麻烦事,黑道揭了单子出面解决,相当于小区管委会的角色。有的老板会来事,说个价,只要合理就给了;有的老板装傻,要不就扯理由,拖泥带水;有的老板不吃那一套,场面上的话说到天上去了也不肯谈钱的事。对会来事的,人家乖乖地交租子,没有什么活可干;对不吃那一套的,那要动家伙,轻则砸了店铺，重则剁指挑筋，黑道叫卖走；而那些扯理由拖泥带水一类的老板，就是远子要负责的活路了。

远子组织大尘一应人，装扮成乞丐，或者手腕上缠了脏纱布，泼上猪血，去人家门面上讨饭。讨不是真讨，有技术，一要胡搅蛮缠，别人若给了饭要嫌没有肉，饭太寒酸，别人给了钱要嫌钱给得太少，没有整票子。二要掌握时间，是饭馆的，要在开席的时候上门，是卖货的，要等有顾客的时候上门。总之一句话，要人做不成生意，要把老板惹毛。老板惹毛了，定会出手，只要一出手，远子等人就躺在地上耍赖，说心脏病打出来了，腰子打掉了，打出癌症来了，只管往死亡的边缘上说。黑道上的人这时就远远地过来，手掌心里滴溜转着两粒霰弹枪子弹，找老板谈判，说你们打的是我的亲戚，你们把我的亲戚打残疾了，你们出个价吧……活就算干完了，剩下的事就与远子等人没关系了。

远子带着大尘等人干了一段时间，看出门道来，积累了经验，就开始自己挑了门户干。远子看中了江岸货场，那里盲流多，棚户多，各种帮派也多。远子带着大尘等人在那里干了一阵，虽然是外来的强龙，难得缠赢地头蛇，毕竟几兄弟没有出路，也没有武汉人那种懒惰，要混出前途来，只能提着脑袋拼命。远子又有头脑，会算计，尤其远子重信誉，一言九鼎，几个月下来，居然让远子干出名声来，在江湖上有了牌子。

有一次，一家企业在江岸货场丢了十几桶氰化物。氰化物是巨毒工业用品，这家企业正在搞企业年终考评，害怕事情被捅出来，媒体一宣传，满世界沸沸扬扬，企业先进的牌子弄毛了不说，说不定牵出其他的事情来，事情反而多出来，就托人找到远子，说好事情若有个圆满结果，企业出五万元做酬劳。远子放出耳目，三天以后，在仙桃把做那件活的主子找到了。远子带了大尘几兄弟去，行李包里装着上了膛的五连发霰弹枪和猎刀。远子要做那件活的主子把货交出来，做活的主子不肯交。远子很耐心地解释，说要是别的货，我要你交，你不交，我也不勉强你，只听你一个不字，就手抽刀，当场砍翻，下你一只耳朵，回去交差。问题是氰化物，氰化物不是一般的货，这就不好办了，现在货家没报案，货家一报案，事情就成了死案，你手头的东西就算出了手，人家死追下去，迟早会牵出你来，你钱没拿到，人进去了，杀头不杀头，你先去翻翻刑法书，何苦来？不如你把货交给我，我送回货家，与你再无干系。当然你干了活，也不能白干，我这里给你一万块钱，你就算撞了一次霉运，下次先学学英文，看清楚说明书，莫再把这种啃不下去的东西背回来做了宝贝。

做那件活的人听远子说得有道理，不是哄他的，答应了远子的条件。远子把事情交代好，回到武汉，通知那家企业，于某日某时到某地取货。那家企业照时间地点去了，果然货都好好地在那儿，一件没少，还给盖了一层石棉瓦，防日晒雨淋。企业本来取回了货去，事情算是完结了，不知是怎么想的，又报了案，要把盗物的人抓住。派出所的人找远子，远子说不认识干活的人。派出所举出例子来，都是企业提供的，一样样有人证物证，都证明远子不但认识人，还和那个人见过面。派出所申明事情和远子没关系，只要远子交出盗窃嫌疑人就行。远子咬定了不认识盗窃嫌疑人，也不认识什么企业。远子眼睛盯着派出所的人，一眨都不眨，一脸天真无邪地说，你把企业的老板找来，我可以对质，他要说是我舅舅，明天我就结婚，要他送一份厚礼，还要他给我安排工作，最起码安排我做材料科副科长，股长我都不干。后来案子不了了之，事情传出去，江湖上都夸远子做事干净，信得住。

小米在远子换了行当帮人收租子时就拼命反对远子这么干。小米说远子你又不是没有一双手，你又不是不可以从头做起，你把猪血往手上泼，你那是作践自己。小米和远子吵过许多架，小米还找黑道上的人吵架。黑道上的人很喜欢小米的性格，说远子，你妹妹是个角色，这样的角色整个武汉难找出十个来，你妹妹要肯干，我们出资开家餐馆，要她当老板娘。远子硬把小米拽回家。小米踢蹬着腿喊，远子你是找死！远子阴着脸说，我不能在武汉一辈子挂眼科！我也不会在武汉一辈子做马仔！小米没法说服远子，一赌气，要离开远子。小米把身上的钱全掏出来，连零币一起甩在地上，把远子给她买的衣服，还有远子给她买的一条金项链，全翻了出来，也丢在地上，拎了自己的包往屋外走。远子在身后吼，你给我站住！小米瞪了远子一眼，人没停下来。远子冲到门口，一下子揪住小米，把小米揪得龇牙咧嘴，眼泪都快疼出来了。远子咬牙切齿地说，你走你就是背叛我！小米疼是疼，人却不怵，扬了头说，我又不是你的女人！我又没有卖给你！背叛了又怎么样？远子黑了脸，拳头捏得咯咯响，慢慢移向腰间的刀柄边，一字一句说，那就别怪我不客气了！小米吓坏了，但她还是强作镇定，说，远子，你要杀要剐你动手，但你要记住，你要是坏了我，推子不会答应你！远子盯着小米，他盯了她老半天，然后他松开手，吼道，你给老子滚！你滚去做鸡吧！

小米离开远子后，到了红楼宾馆。小米没有做鸡，她先在一家洗头屋找工时洗头屋的老板说你晓得行情啵，我这里的小姐是要从事全套优质服务的，像你这样的条件，怕是闲不下来，要承担满负荷工作。小米狐眼圆瞪说，放你妈的屁！洗头屋的老板一耳光把小米打出来，小米从地上爬起来，拾了自己装换洗衣服的包转身就走，最后到了紫阳路上的红楼宾馆，在宾馆餐厅里做服务员。

不久前，小米从一个老乡那里听说，远子和另一路黑道火拼，伤了人，把对方一个老大的膝盖打碎了。小米一下子就急了，她下班以后从武昌赶到汉口，去江岸货场打听情况。等她找到远子住的地方时，人家告诉她，远子已经搬走了，走了好长时间了，还说有公安局的人来过，也是问远子的事。小米不知道远子去了什么地方，老话说，紧走慢走，三天走不出汉口，武汉太大，大成了中国的肚子，她在武汉没亲没故，是个没人理睬的外乡人，能去哪里打听？她只好给推子发了一封信，要推子赶快来武汉救远子。

六

小米给推子讲远子的事，一直讲到天黑，这中间不断有同屋的女孩回宿舍来，取东西什么的。有人进来时小米就不说话，拿了饼干出来让推子吃，问推子一些镇上的事情，等人走了以后她再接着说。推子不吃饼干，身子也不动，坐在那里，眼睛盯着小米，听她从头讲到尾。

小米讲完远子的事后，端起茶缸来一气喝了半杯水，然后要推子在宿舍里等她，她出去了一会儿，很快回来了，对推子说："我找餐厅经理请了假，我说我哥来了，餐厅经理对我很好，他说我今晚可以不上班，陪陪你。我们先出去吃饭。"

小米出门前要换衣服。小米大方地对推子说，你不用出去，你给我把门守住了就行，莫让那些疯姑娘进来，那些疯姑娘非要缠着看我的胸，她们说小米你看你挺拔的样子，你都可以去做广告了。小米换了一套休

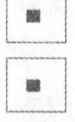

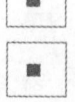

闲装，不施粉黛，人鲜鲜亮亮的，出门时她要挽推子的胳膊，推子不让，小米嘟了嘴说，你是我哥，出门人家一看，是哥连胳膊都不让挽，那叫什么哥？推子就没有办法了，只好让小米挽上。小米得意忘形，把胸脯挺得老高。小米也不老是得意忘形，真出了门，她就把推子的手松开了。推子知道小米还是懂事的，但他不会掩饰，松弛下来，出了一口长气。小米看他的样子，又恨起来，说，我怎么脏了你了？我就那么脏吗？

小米把推子领到一家名叫"好再来"的洪湖人开的餐馆，叫了菜，还要了啤酒。推子说，菜别叫太多了，多了吃不完。小米还记着刚才的事，白推子一眼，赌气说，我愿意，我把全世界的菜都叫满了也是我自己负责，要你担什么冤枉心。

等菜上来，两个人吃饭的时候，小米突然笑起来，扑哧一声，嘴里的米饭喷了一桌。

推子停下来，不明白地看小米，问："你笑什么？"

小米说："我想起刚才的事情。你记不记得，刚才你来时，我们宾馆的小姐们围在员工通道口，巴心巴肚地看，后来我们在宿舍里说话，不断有人进进出出？你知不知道她们那是在干什么？告诉你，她们全都是在看你。"

推子脸红了，有些不适应。他把啤酒瓶子拿起来，给自己斟酒，酒斟得太快，啤酒泡溢了一桌。小米看推子那个样子，越发地乐，乐得前仰后合。

小米乐过以后又说："你今天把我们宾馆震了。你主要是把我们的小姐们震了。我去请假的时候，好几个小姐问我，你是我什么人。我晓得她们是什么意思。我告诉她们你是我哥。我只能告诉她们你是我哥。我要告诉她们你是我别的什么，她们就算忍气吞声，不在半夜里爬起来撕了我，也会把我孤立起来，那我就是孤家寡人了。推子你不知道，你让人不放心。"

推子用啤酒顺过嗓子，镇定下来了，说："你不要说得那么过分，你也不要说得那么夸张。"

小米说："我怎么过分了？怎么夸张了？我杜小米长到十七岁，眼睛从来不往上下望，就算黎明哥哥来了，刘德华叔叔来了，还要看我高不高兴见他们呢！"

推子平时不大喝酒，喝了大半瓶啤酒，有些晕晕乎乎的，话也多了些，说："你刚才说你告诉别人我是你哥，你没告诉别人我是你别的什么，是什么意思？"

小米拿眼睛瞟了推子一眼。小米的眼睛媚媚的，关键是小米的眼睛带着电，火花四射，而且小米已经出落得水色无限了，很难让人不动心了，幸亏推子那时盯着自己面前的啤酒杯子，担心杯子里的啤酒泡泡会不会继续长高，没看小米，否则推子就会有麻烦。

推子接着问："你还说我让人不放心，我让人不放什么心？我让谁不放心？"

小米冷冷地盯着推子，不说话。推子伸出筷子去拈一块牛脯，牛脯拈起来又落下去。推子抬了头朝小米傻笑，没笑出来。

推子说："怎么了？我说了不该说的话么？"

小米伸出胳膊去，把推子面前的啤酒瓶子拎开，把饭端到推子面前，再把桌上的菜一盘盘都推过去，把推子围个水泄不通，自己低下头去扒了一口饭在嘴里，嚼了几下，平静地说："推子，我知道你，要不是远子有事，我给你写了信，你是不会到武汉来的，你会永远待在东冲镇，怀念武汉。我还知道你是喝了啤酒，有些把握不住了，要不也不会拿这样的话来问我。我都知道，推子。"

推子直起身子来，看小米。小米已经低下头去，吃她的饭，再不理他。推子再看看面前的那些饭和菜，它们人多势众，把他包围了，让他一时不知该往哪里突围才好，推子就在那里发愣。

推子后来愣头愣脑地说："我一定要找到远子。"

小米抬起头来看了他一眼，淡淡地点了点头。

七

推子去了江岸货场，在那里打听远子的去向，一连几天，一点结果也没有。远子好像从来没有在江岸货场出现过。推子知道远子他当然出现过，他不但出现过，他还在这里做过很多事，多得推子找人打听远子，人家都用一种奇怪的眼光来看他，人家是把他和那个冉冉上升的远子联系上了。有一次，推子还差点儿惹上了事。推子找几个收荒货的河南人打听远子，等推子离开河南人的棚子时，他发现那几个河南人小声地议论着什么，然后一个河南人匆忙地走了。推子想，也许他打听远子打听到远子的冤家头上了，他们派人去通知他们的老板去了。

远子失踪了。远子无踪无影。

推子找远子，小米要陪推子，推子不让。推子说小米你上你的班，我不用你陪。小米说我可以请假。推子说你的老板会不高兴。小米说我管他高不高兴，我又没有卖给他。推子说你吃人家的饭，你等于是卖给人家了。小米眼睛亮亮地，盯着推子看，推子就知道自己说错了话。

推子知道自己说错了话，但他坚决不要小米陪，他只是答应小米，他去汉口江岸找远子，每天晚上仍然回到武昌紫阳路来，告诉小米他找远子的情况。推子在紫阳路上找到一家私人旅社，房租不贵，床单也干净，四人间，包一餐饭，一天十五块。小米本来已经把推子安排在宾馆男服务员宿舍里住了，小米在宾馆里已经有了很多好朋友，那些好朋友情愿自己睡到大马路上，也不肯让小米的哥哥没有地方睡，但是小米看推子很坚决地拎了他的旅行包，知道他是那种不肯商量的人，就不再提别的话。

推子每天早上起来，洗了漱了，拎着旅行包，先去红楼宾馆，把旅行包存在小米那里。小米在餐厅工作，中午和晚上上班，早上一般都起得晚。小米知道推子不肯进宾馆，每天很早就等在宾馆门口。推子来了，小米从推子手里接过旅行包，换了用食品袋装好的面窝小笼包和袋装奶给推子，叮嘱推子几句，无非是小心一点之类的话，然后站在那里，看着推子结结实实不慌不忙地朝车站走去，直到看不见人影，小米才回宾馆。

很快一个月时间过去了，推子不但跑遍了江岸货场，他差不多跑遍了整个江岸区，有关远子的事打听到不少，大多以讹传讹，让推子听了觉得那不像是远子，而是别的什么人。远子本人始终没露面，他好像是真的消失了。

推子在这期间见到了好些麻城人，他甚至还见到了东冲镇的两个熟人。他们也是来武汉挣生活的，因为来了好几年，已经扎下营盘，带了老婆孩子来。两个熟人都认识葛副镇长的大儿子，热情地邀推子去他们家里坐坐。他们的家是租来的民房，属于待拆建筑。两个熟人一个做水果生意，一个做装饰材料生意，租来的房子，前店后库，逼仄得像个鸡笼子，连下脚都得小心翼翼，人和水果水泥混住在一起，分不出谁是主人。推子侧了身子坐在那里，看熟人的孩子脏兮兮地从他腿弯下爬过去，再爬过来，他手里捧着软绵绵的一次性茶杯，心里想着东冲镇开满白花的桃林和挂了几条溪涧的乌子山，推子就不想说话。

那一天，推子像往常一样，早早地起床，从武昌到了汉口，找远子。推子路过工农兵路时，从路边上一个白墙粉瓦的幼儿园里窜出一个邋遢不堪的汉子。汉子一脸胡须，高大魁梧，眼睛瞪得像牛铃铛，怀里抱婴儿似的抱着一台小王子洗衣机。一个年轻女孩子在他后面追赶，一边追赶一边喊，抓强盗呀！抓强盗呀！路边的行人都站下来，朝这边看，马路边小食摊上吃早饭的人纷纷端了碗，朝这边涌来，人们的脸上露出看热闹的兴奋，还有人呵呵笑着，但没有人上前去拦那个汉子，眼看那个汉子就窜过马路，奔进一条巷子了。

推子在那个汉子奔到他身边的时候往前跨了两步，堵住了他。汉子喘着气，瞪着牛铃铛眼睛，吼道，走开！不然我捅死你！推子不走开。推子说，我不是警察，我不捉你人，东西不是你的，你把东西放下，还给别人，我就放你走。汉子气急了，他要不是气急了，有可能就会为推子刚才那番郑重其事的话笑出声来的。汉子朝后面看了一眼，把怀里的洗衣机往胳膊肘下一夹，空出一只手，从怀里掏出一只磨出了尖头的红把大起子，指着推子的脸，咬牙切齿地说，是你自己找的，莫怪我！说了就朝推子刺过来。推子躲开刺来的起子。汉子再刺来，推子又躲开了。一边就有人兴高采烈地喊：搞！搞！往死里搞！搞出一个新世界！汉子见刺不中推子，而且他看推子毫无惧色，是即使刺中了也不会让开的样子，后面那个女孩子又追近了，就把胳膊肘下的洗衣机抡起来，砸向推子，然后掉头窜进巷子里。推子被洗衣机砸了个结结实实，他去抱洗衣机的时候又被洗衣机剐了一下，人被砸得坐在地上，洗衣机却好好地抱住了。一边两个小年青说，伙计，你可以去球场把区楚良替下来，你保证不会让国人失望，我们也不会被气死了。

那个女孩子气喘吁吁地跑到了，帮助推子把他怀里的洗衣机挪到地上放好，再拉起推子。推子很沉，不好拉，女孩子差点儿没把自己拉跌进推子怀里。推子不要别人拉，自己从地上爬起来。女孩子说，谢谢，谢谢你！推子说，没关系。推子说了拍了拍身上的泥土，就要走。女孩子掩了嘴说，呀，你的手流血了！推子低头看，真的流血了，是刚才被洗衣机剐的，破了很大一块皮。女孩子苍白了脸说．你快跟我来，我有消毒药水和纱布，我给你包一包。推子摔摔手上的血珠子，说不要紧，一下子就干了。女孩子拉住推子，说，这怎么行呢？你帮我追回了洗衣机，负了伤，我不能看着你就这么走。推子说，真的没关系。女孩子说，那，洗衣机我抱不动，你帮我抱回幼儿园好不好？

推子帮女孩子把洗衣机抱回幼儿园。女孩子已经拿了药箱子过来，把推子按在椅子上。几个苹果似的饱满的孩子跑过来。女孩子说，你们的画画完没有？孩子们又嘻嘻笑着跑走了。女孩子先用酒精给推子洗伤口。推子的手颤抖了一下。女孩子也颤抖了一下。女孩子的眉毛很好看，绒绒的，像两抹细细的黛色淡云，她颤抖的时候，好看的眉毛涌动了一下，好像要掉下来。推子有些担心，但是推子的担心没有过多久，女孩子手脚很轻，如柳枝儿拂动，又很利索，是干惯了这类活的，一会儿工夫，就替推子处理完伤口，漂漂亮亮包扎好了。

推子谢过女孩子。女孩子说，怎么是你谢我，该我谢你才对。推子看清了女孩子，是纤纤细细秀气十足的样子。推子站在那里，不知再该说什么，站一会儿，往外走，手上缠了绷带，多出了什么，有些不自然。女孩子送出来，送到门口，推子转身，说我走了。推子看见停在院子里的一辆万山面包车，朝他们滑过来。推子抢上一步，把女孩子往边上一推，回了头，就手撑住车头。推子像熊一样，两吨半重的面包车，乖乖地停下来了。女孩子大惊，说，朱大屏你干什么？！说了跑过去，拉开车门，从车里抱出一个小男孩，再上车，手忙脚乱地熄了火，摘了钥匙。小男孩嘻嘻地笑，说我开车。女孩子脸都白了，闭了眼捂胸口，捂半天，睁开眼时差点儿没流出眼泪来，说，谁叫你去碰车子的？你差点儿没把自己撞死，你差点儿没把我们撞死！

女孩子后来给推子解释，说车子是幼儿园接送孩子的，平时看得紧，今天刚接了孩子回来，不知怎么就忘了收钥匙，差点儿惹出大祸来，亏了推子。女孩子说那话时还余悸未退，脸蛋儿红红的，把胸口按着。

推子走出几步，女孩子站在幼儿园门口看他，女孩子突然追了过来，喊住他，说，我听你是黄冈口音，冒昧地问一句，你是不是来武汉找工作的？推子说，我不找工作，我找弟弟。女孩子有些失望，说，哦，是这样，我这幼儿园是自己办的，我和姑妈两个人，请了两个朋友当老师，有五十多个孩子，忙不过来。我一直想请一个帮手，打打粗，原想你要是找工作，不知会不会瞧得起我们这样的地方，你不找工作，打搅你了。

推子往黄浦路车站走，一边走一边想，我怎么会告诉一个陌生人，说我找弟弟呢？

八

推子在武汉找远子，一连找了一个月，连远子的影子也没见着。推子找不到远子，但他不放弃。推子一定要找到远子，一定要把远子带回家去。

推子给父母打电话，告诉父母他已经找到远子了，远子在一所职业学校里读书，远子想在武汉找一份好工作，武汉是个重视知识的大城市，远子必须经过职业学校的学习才能找到好工作，他决定先在武汉等远子，顺便考察一下武汉的鹿茸销售情况，等远子读完职业学校里的课程，他就带远子回家。

爸爸在电话里说，武汉是什么好地方？我六几年参加工作的时候，到武汉学习，住在招待所里，招待所里还用马桶，自己提下楼来倒，每天早晨倒马桶的排成长队，一街臭，不就是个大？要比繁华，比不上当年的东冲镇，远子要爱，干脆让他不回来。

妈妈抢过电话去，对推子说，推子你莫听他的，他是说气话。推子你还是让远子回来，他要喜欢武汉，你让他过了春节再回去。

推子决心找到远子，但推子带的钱已经用完了，武汉再不好，武汉是要花钱的，一碗热干面一块五，一张车票一块，就算不睡觉，一天怎么也得十块钱开销，没有钱，吃住成了问题。

小米要给推子钱，推子不要小米的钱。小米恨得咬牙，说，就算你借我的行不行？推子很平静地说，不行。

推子决定找一份工作，一边给人打工，一边找远子。小米说通了红楼宾馆，让推子做行李员，吃住包干，月薪二百八，小费归自己。推子英俊，推子结实，推子沉甸甸的，没有什么言语，这样的推子很适应做行李员。可是推子不肯。不是推子不肯做行李员，是推子不肯在红楼宾馆做行李员。这回小米什么话都没有。小米后来搂了自己的两只胳膊，看了推子

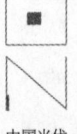

一眼,再低了头看自己的脚。小米脚上穿了一双布鞋。小米的布鞋是自家做的,很结实,绣了花,看着让人喜欢。

推子出去找工作。武汉果然是大商埠,商贾云集,客流成河,打工者多得是机会。可是推子去过好几个地方,都没谈成。没谈成不是人家的事,是推子的事。推子自己给自己设置了障碍。推子不在乎工钱,不在乎吃住条件,不在乎工作脏不脏,累不累,他只要半天工作制,而且说好,一旦找到弟弟,工就辞掉。人家花钱请工,买你的劳力,先是把你的时间买下来的,你先连时间都不能保证,说来就来,说走就走,这样的工,倒不是工了,是老板,连老板都做不到这个,谁还请你?

推子一连碰了几次壁,眼见身上只有两块钱了,推子已经从紫阳路上那家旅社里搬了出来,因为没有钱坐车,索性待在汉口,夜里就在汉口火车站候车室里抱着旅行包打个盹,有两次推子被车站的工作人员查出不是等车的,赶了出来。

推子那天半夜在建设大道上拎了旅行包没有着落地走,突然想起工农兵路上那家白墙粉瓦的幼儿园,想起那个纤纤细细眉毛如黛色淡云的女孩子,推子的心一下子平静下来。他走向一个卖水饺臭干子的夜食摊,掏出身上仅有的两块钱,对摊主说,水饺。摊主找给他五角钱。他不接,说,来两块钱的……

女孩子很吃惊地看着一身雾水的推子,说,你怎么不敲门呢?你就这么在外面站了一夜?

女孩子很快和推子谈好,推子负责锅炉和厨房里的杂活,每天两次去定点的食品厂拖食品,同时夜里在幼儿园里守夜,事情干完了,时间由自己掌握,不用在幼儿园里守点。当然,如果推子愿意,幼儿园里的桌椅板凳坏了,他要能修,也帮忙修修,那就谢谢了。报酬上,统一发工装,也就是白大褂,管吃管住,每月工资三百元。

女孩子对推子说,如果你觉得这样的条件不满意,你可说出来,我们再商量。

推子站在那里,说,没有不满意。

女孩子问,那你看你还有什么事?

推子说,我能不能先洗个澡?

女孩子笑了。她那么一笑,推子就看见她两颊上深深地涸出两个酒窝,不光秀气,而且秀丽了。

女孩子跑到后院去，一会儿回来，把推子领到后院卫生间。

澡盆很小，淋浴头很矮，分明是给孩子们预备的，但收拾得很干净，屋子里亮晃晃的，一尘不染，特别是澡盆子里，已经放满了热水，旁边放了沐浴液、洗发液和一方新浴巾。女孩子对推子说，衣服换下来丢进洗衣机里。女孩子说到洗衣机时笑了，这回她的笑有点顽皮。推子后来才看见，女孩子说的洗衣机，就是他前几天从大个子汉子手上夺回来的那个洗衣机。推子关上了卫生间的门，一个人在那里，也不由自主地咧开嘴笑了一下。

推子痛痛快快地洗了一个澡，把一个时间里的疲惫和麻木洗得一干二净。等他容光焕发地回到前院的时候，女孩子已经为他准备好了四个煮鸡蛋、一碟咸菜和一大碗黑米粥。

女孩子站在那里，背手撑了腰后的桌角，笑眯眯地看推子，把推子看得有些不好意思。

女孩子说，现在，我们可以正式认识一下了。

我叫桑红，是武汉市江岸区红娃幼儿园园长。

推子说，我叫推子，姓葛，我是麻城市东冲镇人，我也是园长，不过我不带孩子，我养鹿，是鹿园园长。

桑红大大方方地伸了手出来，说，那好，鹿园园长同志，我们现在算是正式认识了，今后我们在一起工作，还希望得到你的帮助。

推子就伸了自己的手，和桑红握了。

桑红说，一会儿孩子们就要入园了，有十几个孩子是园里要负责接的。上午没有什么事，你先去后面教职工休息室睡一会儿，中午我叫你起来吃饭，下午我带你去食品厂。

桑红说了就出门去。一会儿就听她在院子里发动了面包车，听她细声细气地叫，姑妈，姑妈，我们走。

推子坐下来，咬了一口嫩生生的鸡蛋，心里想，她也没有问过我，她什么也不说，怎么会心细成这样呢？

推子往红楼宾馆打了电话，对小米说，我已经找到工作了。小米问什么工作。推子说，在工农兵路，叫红娃幼儿园，做杂工。小米问，也就是说你不打算回武昌这边来了？推子说，远子在江岸，我在这边容易打听到他的消息。小米冷冷地说，那好吧。小米说了就先挂了电话。

九

推子很快熟悉了幼儿园的情况，熟悉了自己该干的活。推子是那种很能干的人，会干的事情，他干得很出色，不会干的事情，他只要留心了学，也能很快上路。在东冲镇时他没有接触过锅炉，特别是用油的锅炉，他连听都没听说过，但他只让桑红教了一次，又摸索着干了两次，就很快学会了，而且很快摸索出一套省油的方法。过去红娃幼儿园去食品厂拖食品，因为要的是新鲜，每天两趟，都是桑红开了小货车去拖。推子来了以后，先认了食品厂的路，和发货的人接上了头，他看院子里有一辆三轮车，板子掉了两块，车轴坏了，他抽空修出来，不要桑红再开车去食品厂，自己骑了三轮车去厂里拖食品。头两天推子的车骑得歪歪扭扭的，人多的地方，路窄的地方，过马路时，得下来推着走，但很快的，他就学会了骑车，能把三轮车骑得玩杂技那么好了。这样推子不光省了锅炉和面包车的油，还省出了桑红每天跑食品厂的那两趟时间。

厨房里的杂活对推子来说比较困难一些。过去在家，他是从来不进厨房的，不光他不进，东冲镇的男人都不进，东冲镇的男人从小到大没有进厨房的习惯，一般情况下，只有两种男人才进厨房，一个是鳏夫，一个是孤儿。有一个故事是这样说的，一个女人生了孩子，她男人把她从医院接回家来，因为生的是个大胖儿子，男人高兴坏了，他先抱着儿子亲了一口，再抱着老婆亲了一口，说，老婆，你立了一大功，我今天要好好地犒劳犒劳你。男人去院子里捉了鸡，杀了，再去街上割了肉，打了酒，提回家里来，然后大声喊，老婆，东西都齐了，你快起来烧饭吧！

推子在家时没有进过厨房，红娃幼儿园不是他的家，他知道这个。推子进厨房，先用眼，再用心，然后一件事一件事，从容不迫地下手，生涩很快就不存在了。桑红的姑妈负责厨房里的事，桑红的姑妈很挑剔，哪儿不干净不整洁了她都有意见，她开始也说过推子，说他这儿也不行那儿也不规矩，她后来仍然说推子，但背后里姑妈悄悄对桑红说，这个乡下伢灵醒，比前两次请的强多了，这伢眼里有活，手又巧，莫看不爱说话，心里头有数，这伢莫辞了，留下。

推子把自己该干的活都干了，又帮忙做一些分外的事情。他用两个晚上，把两间休息室、三间教室兼游戏室从上到下打扫了一遍，要桑红买了石灰和颜料，先粉了墙，等墙干了，再在墙上五颜六色地画了憨憨的熊猫、胖胖的大象、机灵的猴子、可爱的长颈鹿，剩下的材料，他用在院子里，在院子里的粉墙上画了孙悟空、哪吒、金刚葫芦娃、神笔马良、渔僮。幼儿园里里外外一下子就变了样，变得生动活泼、情趣盎然，是真正孩子的乐园了。

桑红对推子的这一手显得很吃惊，她扬了她好看的眉毛，说，推子，我不晓得，你还有这样的本事呀？

推子拿笔描着渔僮脚下翡翠色的浪花，不好意思地说，我也是凑合，上小学时学过画，那时很喜欢，画了好几年，以后学习紧张，又丢了。

桑红由衷地说，你这哪里是凑合，你这样的水平，要是会电脑设计，可以去做卡通，最起码能去广告公司吃白领饭。过一会儿又说，当然，我不希望你去那些地方，我还是希望你留在我们红娃幼儿园，你留在红娃幼儿园，我心里踏实一些。过一会儿又说，我这样想也许很自私，推子，我是不是很自私？

桑红在那里和推子说话，推子有时候会回答她，有时候不，他画着他的渔僮，他该干什么还干什么，桑红经历过几次后就习惯了。

推子来幼儿园这几天时间，已经和桑红熟悉了，也和幼儿园教音乐的张项老师、教英语的王樱老师以及姑妈熟悉了，大家都很喜欢推子，都觉得推子很懂事，又礼貌，肯干活，不像别的乡下人。武汉人对乡下人一贯没有好感，老是"乡下人乡下人"地挂在嘴上。张项、王樱和姑妈都是武汉人，不同的是她们一个是老武汉人，两个是小武汉人，她们是武汉人，当然也这么说。张项、王樱和姑妈私下也议论过对推子别的方面的印象。张项说，你们发没发现，推子长得蛮有味，又酷又有形。王樱说，不光有味，他还结实，你没看他的小腿肚子，像是练过健美的。张项说，他这种人不像广告，你一眼看不出来，需要仔细看。王樱说，你说得那么经验丰富，是不是仔细看过？张项站起来要去掐王樱，王樱嘻嘻笑着往姑妈后面躲。姑妈一边护着王樱一边说，可惜是个乡下伢。张项放了王樱，转过身来说姑妈，姑妈又是你的故事，你老是讲这种故事，其实你的故事我后来都验证了，你说的那些人，都是黄陂汉川孝感仙桃人，并不是土生土长的武汉人，再说现在不是以前了，现在这个时代，最没有参考价值的就是出身这一条，或者说，最没有参考价值的就是传统上的出身观。相反，真正有钱有权有学识的人，十个里头有八个是乡下出来的。王樱在这个问题上和张项站在同一战线上，说，最关键的问题是，正宗武汉早就稀烂了，你看武汉的儿子伢们，豆芽大一点，复杂得超过奔腾98，心深得一块石头丢下去三年后才听得到响声，玩起来倒蛮能混点，遇到事情哪个又是可靠的？不像推子这样的乡下伢，一双泉水眼睛，一身青草气，一副太阳肠子，我说不虚伪的话，真的是让人想入非非。姑妈说，你们一个个说得天花乱坠，那好，你们就把推子带回去做你们屋里的女婿伢。张项一点不惧，摇一下辫子，说，我要是没有刘东缠得紧，一时三刻不松手，我就把推子带回去。王樱从姑妈身后探出脑壳来说，也不一定非要做女婿伢，做别的也行，做别的并不影响刘东的最后归属权，张项你要怯了我上，我没有刘东我不怕。姑妈拿眼睛狠狠地白王樱，说，樱子你越说越没得名堂了，你不要拿人家推子混点，人家伢老实，不该落得你混。王樱就做鬼脸，说，姑妈你这就是偏心了，说乡下伢的也是你，说老实伢的也是你，话让你说完了，我们活该做哑巴。姑妈说，你能做哑巴？你要做了哑巴，天上就没得鸟儿飞了，总之你不要说人家推子的坏话。王樱笑，说，姑妈，你这么护着推子，干脆，我和张项就不打推子的主意了，我们向外发展，把推子让给桑红。

桑红不和其他几个人一起开这种玩笑。桑红知道推子话不多，他不说话，不等于他没有听见别人说话，也不等于他就对别人的话没有自己的意见，这样的人叫惜言如金，反倒是该赢得尊重。

幼儿园是租用的居委会的房子，推子没有来的时候，几个人轮流着留宿，姑妈还好，三个女孩子轮上守夜，嫌六七间屋子，一个院子太大了，一个人不敢住，要拖另外两个人一起住，其实人都在了，不是轮班，倒是集体守夜。推子来了以后，大家再不用守夜，特别是张项和王樱，她们两个人一个有了恋人，一个虽然还没有，但一大堆男朋友放在那里，连她自己都分不清楚，反正都是要应酬的。她们这种青春得一塌糊涂的女孩子，城市得一塌糊涂的女孩子，不能白天做了一天的孩子王，到晚上还得守着空空的屋子闻奶味，那等于是杀她们。现在推子来了，相当于把她们从牢房里放出来了，她们哪里有不高兴之理。

解放了的张项说，推子我一定要请你吃梅子，我还要请你吃冰激凌，吃正宗和路雪的。解放了的王樱说，梅子就不吃了，冰激凌吃了发胖，两样都不符合健康生活标准，推子我请你去打保龄，要不我干脆请你去JJ迪厅，那里有联邦止咳露卖，我们一人喝两瓶再去疯，我争取把你发展成我的男朋友之一，我觉得你这样的男孩子很适合做我的男朋友。姑妈就骂，说你们两个死丫头，你们积点德，莫盘人家伢好不好？推子并不恼，露出一排雪白的牙齿，笑一笑说，你们好好玩，你们吃梅子，打保龄，玩得高高兴兴的，我做你们大家的男朋友。王樱瞟一眼站在一旁一言不发的桑红，说，推子就是这点好，知道疼人，还知道平均，是新好男人的标准。但是推子我告诉你，你做我们大家的男朋友可以，不包括不表态的，不能叫不表态的人不劳而获啊。

那天下午，孩子们离园后，桑红领着张项、王樱和姑妈帮推子一起做完卫生，然后收拾一番各自回家。桑红出门走到街上后，突然想起什么，说，呀，我忘了东西，我回去拿。姑妈站下来说，你快去，我等你。桑红说，不用等，你们先走。王樱说，姑妈你想当灯泡呀？人家回去不光取东西，人家说不定还要布置工作，你等到天黑呀。姑妈笑，说，樱子我看你油得不成样子了。王樱就冤屈地喊，怎么是我油，你没看你屋里桑红，我们这些憨子是螳螂捕蝉，她是黄雀在后，她老奸巨猾得都可以进经典排行榜了，你还嫌我们这些人梯做得不好呀？张项也笑，说王樱你只是一颗红心，嘴还是讨人嫌。

桑红不理会几个人说什么，转头回了幼儿园。推子正在院子里收拾花坛边的砖头，见桑红回来，没起来。桑红走到花坛边，在推子身边站着，站一会儿，推子立起身来，抚着手上的泥土，说，你怎么没走？桑红说，先走了，又回来了。推子说，你有事？桑红说，没什么事。推子说，哦。说过以后又蹲下去，继续收拾他的花坛。桑红又站了一会儿，天渐渐黑了，桑红就走了。

推子去找远子，一般是利用白天时间。推子在幼儿园的工作是定时的，虽然事情不少，相比养鹿场里的活却并不重，推子应付裕如，这样就能有不少时间去找远子。

推子找远子找得很苦，也很茫然。武汉三镇，七百万人口，要找一个在这座城市里没有任何记录的人，无异于大海捞针。推子经常被人呵斥，遭人白眼，还被人当作做笼子的，或者是为夜晚的行动探路的，遭到不断盘问。推子一般不在乎这些，他理解他们，理解这些武汉人，他知道他们那样做有他们的道理，武汉是他们的，他们有权利怀疑任何不是武汉人的人，他们也有权利盘问任何他们认为对武汉可能会造成破坏的人。这是一种热爱。一热爱就会产生保护的欲望。推子尊重这样的欲望。推子一般会很冷静地回答人们的盘问；别人白他的眼，他当别人眼睛不舒服，换个眼睛姿势；别人呵斥他，他也不还嘴，让呵斥他的人占尽武汉人的面子。只有一次例外。那一次，推子从黄浦路立交桥下过，立交桥下有两个年轻人在那里卖墨镜，两个年轻人缠着一个乡下人，要乡下人买他们的墨镜。乡下人说自己是种田的，用不着墨镜。两个年轻人硬把墨镜往乡下人手里塞。乡下人没来得及接，年轻人突然一松手，墨镜掉在地上摔坏了。年轻人变了脸，说乡下人摔坏了墨镜，要乡下人按出厂价赔五十块钱。乡下人吓坏了，说自己身上没有那么多钱。两个年轻人就拉住乡下人，又推又搡，不让他走。本来没有推子的事，但是推子没忍住，打抱不平地在旁边说了一句，人家说了不要，你们硬要塞给人家，你们故意往地上摔，这样做买卖毫无道理。两个年轻人说，嚯，出来个年轻的吴天祥来，你是不是看见是个机会，想要拿见义勇为奖？推子说，什么奖我也不拿，我只觉得你们这样对待人不对。两个年轻人放开乡下人，走过来，说，你个把妈养的活得不耐烦了。说着就给了推子两拳。推子在挨到第四拳的时候出了手，他像一头生气的熊，三拳两脚打倒其中一个，然后把另一个逼得直往后闪。被打倒的年轻人爬起来，从摊子下抽出一把铁尺。推子弯下腰，从地上拾起一块砖头。两个年轻人见推子端了拼命的架势出来，知道真要抢开了家什，自己未必是对手。两个年轻人收拾了摊子撤退，临走时，指了推子说，你给老子等着，正式通知你，你今天死定了。推子不能等，他要找远子，他还要回红娃幼儿园去干活。推子丢开砖头，抹一把鼻血，也走了。

　　晚上推子不出门，守在幼儿园。推子知道桑红相信自己，让自己住在幼儿园里，是把幼儿园交给他来照看，他要对得起这个相信。每天晚上，推子很早就洗漱了，关了幼儿园的大门，检查一遍水电煤气，回到休息室，铺好床，然后在灯下翻开他带来的那册《世界地图》看。

推子很喜欢这册地图。他喜欢一页一页地翻动那些微黄的厚纸，沿着淡蓝色的海洋、褐色的高原、绿色的平原和灰色的盆地穿行，他的目光在这些地方穿行的时候，额角会有微微的汗水渗出来，好像他是真的在行走着，行走得毛孔舒张。有时候推子会在一个地方盘桓，他会在一个地方流连下去，有时候他很急，会走得很远，他甚至会穿越整个科迪勒拉山系，或者从马里亚托角出发，过土阿莫土群岛、社会群岛、萨摩亚群岛、埃利斯群岛、新赫布里斯底群岛、所罗门群岛，穿过托雷斯海峡，再过努沙登加拉群岛、爪哇岛、克罗泽群岛、好望角，穿过大西洋，驶过巴拿马运河，回到最先的出发地。推子不知道自己为什么会这样，为什么会喜欢看地图，并且在地图上行走。他自己也说不清楚。

推子耳朵尖，听见外面有人叫门，他披上衣服，去院子里，把门开了，桑红站在门口。

桑红洗漱了一番，换了一身宽松的休闲服，干净得有些过分，人本来削瘦，眉毛细细的，风揉碎的云丝一样，干干净净，又是这身打扮，就有点禁风不住的样子，让人有些担心。推子在黑暗中默默地看桑红。桑红问他弄过饭吃没有。推子说吃过了。桑红问推子在干什么。推子说没干什么，看地图。桑红问，是《世界地图》吗？推子说你怎么知道。桑红说我见过那本书，你来的时候就带着它。又问，你怎么会喜欢地图？现在没人看地图，现在大家都看电视，电视里装着世界。推子不说话。

两个人站在门口，一辆垃圾车从他们面前驰过去，然后又是一辆，这回不是垃圾车，是洒水车。不远处是空军161医院，医院大门两旁开了不少鲜花店，天黑着，花店里灯亮着，那些花小心翼翼地簇在灯光下，变了原先的样子，有点像云彩。桑红突然扑哧一声笑了，腰弯下去。推子不明白桑红笑什么。桑红说，我来这里，只我问你问题，你也不问我来干什么，你把我堵在门口，让我站在这儿，也不请我进去，倒好像这幼儿园不是我的了。推子一下子觉得很窘，把门扇开大了，侧过身子，让桑红进了幼儿园。

两个人到了教室里，推子开了灯，桑红先在板凳上坐下，推子也拉过一只板凳来坐下。板凳是孩子的，两个大人坐在上面，蜷着身子，有些怪怪的，尤其是推子，坐得很狼狈。桑红说你别坐板凳，你坐桌子。推子说，我太重，再说那些孩子看见，他们会不喜欢。桑红说孩子不在，他们看不见。推子说我自己能看见。桑红看他一眼，目光里有一种别样的成分，说，你这个人真怪。

两个人坐了一会儿，日光灯发出萤萤的振流声，像有无影的蜂儿在那里飞舞着。

桑红抬起头来看着推子，打破沉寂说，看来我要不说，你一晚上都不会问的，那我就告诉你，我来是专门看你的。

推子也抬了头看桑红，仍是不说话。

桑红看推子没有说话的意思，就继续说，白天忙孩子，顾不上，我想下班了，不忙了，我就来看看。我还想你要是没吃饭就好了，你没吃饭我就请你出去吃饭。

推子说，我吃了。

桑红说，我知道你吃了，你已经说过了。

推子就又不说话。

桑红待了一会儿又说，推子你好像不太喜欢武汉，你在武汉整天没有一句话，我在想，你要不是来武汉找你弟弟，恐怕你永远都不会到武汉来。推子你给我说说，你们家乡是不是很好？

推子低了头，他看见一粒红色的扣子躺在地上，不知是哪个孩子衣服上丢的。推子弯了腰，伸手把扣子拾起来，捏在手里。推子说，是。

桑红没听懂。桑红想，是她没问清楚，她把两个不该一起问的问题一起问了。桑红还想说什么，外面院子里的大门敲响了，敲得像爵士鼓。

推子起身去了外面，把门打开。推子先没看清楚，后来他看清楚了。

推子说，小米？

小米脸上汗漉漉的，头发沾了一绺在眉间，这就让她像一头刚从湖水里跃出来的梅花鹿，推子有一阵下意识地要往一边躲，是怕她一抖身上的水珠子，湿他一脸。

小米抱怨地说，鬼武汉，巷子又多，人又怪，问个路，好像问他家的钱柜，又好像问他家的祖坟，恨不得把你支到太平洋去转一圈。

推子问，小米你怎么来了？

小米说，你怕我来呀？问这话。

推子就不说话。

小米看推子的样子,又好气又好笑,正打算说什么,桑红从教室里走出来,走到院子里站着。小米挑了一下狐眼,不说话了,看推子。

推子站在那里不说话。小米站在门口,桑红站在院子里,推子不说话,两个女孩子也不说话。站一会儿,桑红走过来,对推子说,推子我先回去,有话我们明天再说。桑红说过,从小米身旁走过。桑红像一棵藿草,小米像一株芙蓉树,两个人风格迥异。

小米等桑红走了后,转过头来,那时她脸上的汗珠儿已经干了,留下一片凉凉的夜光。

小米说,远子找了我。

推子看着小米,过了好一会儿他说,他在哪儿?

十

远子派了大尘到红楼宾馆来接小米。

大尘戴一副水晶墨镜,穿一套美尔雅西服,头发和皮鞋一样锃亮,手里捏了一只西门子手机,小米见到他的头一眼,差点儿认不出他来。小米说,大尘你怎么这一身打扮?活像个旧社会的打手。大尘端了架子笑,说,说打手对了,说旧社会,起码时间概念不对。大尘潇洒地招手叫小姐,要小姐上茶。

小米人没落座就着急地问远子。大尘说,你这么着急问远子,看来远子没说错,他知道你想他,他要我来接你。小米说,他接我干什么?大尘跷了二郎腿说,小米,现在我们算是混出来了,现在我们真正有了地盘,而且正在做大。小米说,到底怎么回事,远子现在在哪里,你快告诉我。大尘说,你先等我喝一口茶,我大老远地从唐家墩赶来,过了两座桥,打的士头都晕了,你不说问问我累不累,你只问远子,我真是伤心得很。

大尘喝过几口茶,然后告诉小米,江岸货场那件事出了以后,远子担心对方报复,带他们几个去南方躲了一段时间,再回到武汉,重新混环境,打地盘。经过一番努力拼搏,终于在杨汊湖吃掉了河南人方脑壳,做了一方老大。现在他们主要吃杨汊湖一带的安居工程建筑工地,在杨汊湖一带势力最大,不但有一支以麻城人为主的建筑队,还开了两家建筑材料加工厂,自己买了房,事业正在蓬勃发展。远子觉得这个时候已经安顿下来了,可以把小米接过去了,就打发大尘来接小米。

小米说,你们还在干这种事呀?你们怎么就不吸取教训,非要一条道走到黑?

大尘不以为然地说,不干这种事干哪种事?你以为武汉是什么?武汉它让你干什么?我倒是想在武汉盖房子,想在武汉种地,想在武汉做生意,想在武汉当花工,你晓得我种花种得最好,我种的米兰还参加过全国花卉展览,可是武汉它不让我种米兰,武汉它连麻木都不让我踩,我不干这一行干哪一行?再说小米,你不要轻视这一行,你哪里晓得吃这碗饭的好处。这碗饭一端,对不起,我们凭霰弹枪说话,哪个枪快哪个是老大,管你是不是祖宗八代的武汉人。

小米差一点就拿脚去踹大尘了。小米不是不想踹,她主要是考虑影响,老板不会管大尘是不是她的老乡,只要进了红楼宾馆,就算当儿子的也是客,儿子叫你上茶,你乖乖地跑都跑不赢,儿子对服务不满意,他要拿水票朝你脸上丢,你还得微笑着给他鞠躬,说对不起。

小米忍住没踹大尘,她说,你不消讲什么霰弹枪的事情,你把远子给我叫过来。

大尘晃着二郎腿,说,小米,远子已经不是当年的远子了,远子现在有身份,他如今出门都是我们几兄弟前呼后拥,一般人要见他,摆台子请他吃饭,都要看他愿不愿意。当然你不同,你是远子心目中的人,所以远子才要我来接你,我这样说对吧?你收拾一下,马上跟我走。

小米说,我不会跟你走,我也不会到远子那里去,但是你要把远子叫来,推子要见他。

大尘愣了一下,身子往前一欠,手中的茶碗和跷起的二郎腿一起放下了,问,怎么,推子来了?他在哪里?

小米说,推子来了快两个月了,一直在找远子。推子说他要把远子带回去。

大尘说,这是不可能的事,远子不可能丢下他的事业回去,我们不会答应——推子是不是知道了远子和我们的事?

小米扬了扬眉毛,说,推子知道,是我告诉推子的,我写信把推子叫到武汉来的。

大尘气坏了，说，小米我老实告诉你，你这样做很不对，你这样做有点像是祸水的意思。我早就告诉远子，我说远子你不能这样，你不能太迷女人，你要喜欢女人，可以有很多方法喜欢，不客气地说，找鸡也是一种喜欢，找鸡还方便，又不拖泥带水，但你千万不要迷恋她们，你迷恋她们要坏大事的，果然让我说中了吧？

小米不说话，站起来，飞起一脚，把大尘踢得仰八叉摔下去，茶水泼了一头一脸。远处的当班小姐看见，先吓得捂了嘴，再跑过来，捡了地上大尘的打火机，也不知道该不该把大尘扶起来，只能站在那里搓着手，一个劲地对大尘说，老板对不起，老板对不起。

大尘从地上爬起来，撸了一把脸上的茶叶，瞪了小米一眼，掏出皮夹子，摸出一张蓝精灵，往桌子一拍，恶狠狠说，连茶带杯子，算我的，零头不找，算小费。说罢拿了桌子上的手机和打火机，拎了拎衣襟，大步走出咖啡厅。小姐拿了那张大票子，脸还是白的，对小米说，小米这是怎么回事？他是什么人？你怎么敢踢他？他怎么惹了你了？他气势汹汹的，很生气，反正这个小费我是不要的，这哪个敢要？

当天晚上远子就把电话打到红楼宾馆里，找到小米。

小米余怒未消，在电话里喊，远子你告诉大尘，他做鸭都不配，我迟早会杀了他！

远子打断小米的话，干脆利索地问，推子在哪里？

小米说，你问我，我晓得他在哪里？我只晓得大尘他拿我当鸡来比，他死定了！

远子说，小米你要杀大尘我明白，你先等两秒钟，先告诉我推子在哪里。

小米说，推子在汉口，他在打工，他打工挣钱来找你。

远子问，具体在什么地方？

小米说，我只知道是一家幼儿园，在工农兵路上，别的事我也不知道。

远子说，小米我留给你一个电话号码，你记下来，如果推子与你联系，你就把这个号码告诉推子。

远子说了那个号码，然后他问小米，你来不来？

小米说，不！

远子再不说什么，把电话挂断了。

……

远子派大尘到红娃幼儿园来接推子。

大尘在红娃幼儿园的每个教室走了一圈，和桑红、张项、王樱热火朝天地说了一阵话，还把自己的呼机号留给了她们。大尘的武汉话说得大有进步，很有欺骗性。王樱问大尘，你是不是年轻时在河南当过兵？大尘一面很得意，一面又有些沮丧，说，我要说我在河南当过兵那是在骗你，但我现在的身份，和当兵没有太大的区别——你是不是觉得我现在的样子有点老？王樱实事求是地说，是有点沧桑，不过男人就是要这样，男人沧桑了有魅力。大尘很大方地对王樱说，你要是想出去泡吧，算我的。

从幼儿园出来的时候，大尘说，推子你完全是生活在鲜花丛中，你这个样子很风流。等上了出租车后他又补充了一句说，但是你白鲜花了，你没有远子潇洒。

推子和远子在建设大道电视台对面的"现代启示"酒吧见了面。

推子被大尘领上楼的时候看见菜包子、飞娃和共生坐在楼下的一个吧台前，他们是一样的黑色西服，看见推子进来时都朝推子点头，但他们没有离开吧台。推子有点认不出他们来了。

远子在酒吧楼上的一个角落里等着，一个人。推子去时，远子站起来，很亲热地过来拥抱推子。远子说推子我想你。推子在远子拥抱他的时候感觉有些异样。远子在家时也常常抱他，有时候远子爱抱他的胳膊，有时候远子爱抱他的脖子，更多的时候，远子是从远处跑过来，像止不住飞的一只鸟儿，抱一棵大树一样地抱住他。远子虽然聪明，但推子是他的一棵大树，这一点谁都知道。那个时候推子的感觉不同，那个时候推子是一条鱼，远子是另外一条鱼，两条鱼拿他们各自的依赖来相互摩擦，搅起浪花来，感觉是很好的。现在远子拥抱推子，推子没有了那种感觉，推子觉得拥抱着他的不是鱼了，而是一只陆地上的动物。推子看远子，远子还是那个柔软的边分头，眼睛也是亮亮的，满是孩子气，除了服饰变了，别的似乎一点没变。推子就不大明白，是不是自己出了问题，是不是两个月的时间里，武汉让他失去了辨别能力。

等大尘离开以后，两兄弟落座，远子把桌子上的嘉士伯啤酒和各种各样的小吃推到推子面前。推子一看啤酒，就想起来武汉的那一天，小米请他吃饭，他喝多了啤酒的事。推子有些脸红，把面前的啤酒推开，抓竹篮子里的爆米花吃。两兄弟说了一会儿话，说东冲镇的事情和家里的事情。远子哈哈地笑，说爸怎么这样，是妈把他惯坏了。推子说，你要是在，爸就不找妈扯皮，他只会疼你，没有时间扯皮了。远子就很得意，说妈呢，妈不是一样疼你。两个人说着话，远子喝啤酒，推子吃爆米花。

远子喝光两瓶嘉士伯后说，推子我知道你，你从来不到武汉来，你从小就向往武汉但你就是不来，你记不记得小时候你给我讲过多少武汉的故事？老实说我很聪明，但我一直没有想通一个问题，你为什么不到武汉来。推子我知道这一次你来武汉干什么，你不是终于想通了，你是要把我领回东冲镇去。我明白你的想法推子，但是我不能跟你走。我的想法和你的想法完全不一样，我不能回东冲镇去，我不会像你那样一直做梦，我不喜欢在梦里头生活，我说过我要征服武汉，这就是我的想法，现在我正在按照自己的想法做，而且做得很好，而且能够做得更好，我相信这一点，所以我肯定不会跟你回东冲镇去的。

推子坐在那里吃爆米花，他差不多一口气吃光了两篮爆米花。推子知道那是一个虚假的现象，他吃掉的不过是一把美国玉米，这样的玉米他能吃掉一大盆，而不是一把。远子叫小姐继续上爆米花的时候推子隔了橡木栏杆朝楼下看，他看见大尘那几个人坐在吧台前，一边喝着啤酒一边大声地说笑，他们的声音很大，推子觉得他们是故意用那么大声音说话的。推子不明白他们怎么会坐在吧台前的，这是一个和爆米花同样奇怪的现象。推子知道道理不会是一样的，他和远子的道理不会是一样的，虽然他们是兄弟，虽然他们过去是两条亲密无间的鱼，他们在一片水域里游戏，共同搅起浪花来。推子还知道远子已经出息了，他在武汉的某一个角落里已经出息成一个人物了，这样的出息不是东冲镇的出息，这样的人物也不是推子鹿场里的一头鹿，远子拿着这样的出息是不会轻易放弃的。他不放弃，等于是一种宣布，宣布推子再不能保护他这个弟弟了，不能疼怜他这个弟弟了，不能在风来的时候、浪来的时候遮挡在前面了。但是推子在小姐端上第三篮爆米花并且离去之后，仍然抬起头来，盯着远子。

推子说，远子你得跟我走，你不能留在武汉。

远子笑了笑，说，那是不可能的，推子你知道那不可能。

推子点点头，说，你如果不走，我就强迫你跟我走。

远子脸上的笑容没有了，他把身子往椅背上一靠，让椅子前面的两只腿悬空起来，声音有些冷冷地说，推子，你不要过分。

推子说，我是你哥，我不过分。

远子说，哥也过分。

推子说，那就过分。

远子说，我不喜欢。

推子说，我也不喜欢。

远子从桌子上拿过烟，耸一支出来叼在嘴上，咔嚓一声打燃火机。

推子已经看出这样是不可能了。推子看见悬空在那里的两只椅子腿。推子看出来了，但推子并不认为那就是结局，并不认为悬空就是结局。推子把面前的爆米花推开，从桌子前站起来，立在远子面前。远子看推子的表情，他那样仰着头来看推子有些不方便，他也从桌子边站起来。两个人站在那里，脸离得很近，像两条生着气的鱼，敌视的鱼，彼此对视着，之间干涸得没有丝毫水分。

楼下大尘等人一直在注意这边的情况，他们就像一群警觉的虾子。他们一看见两个人站了起来，并且敌意地对视着，立刻停止了大声说笑，站了起来。菜包子朝门口走去，其他几个人昂了脖子朝楼上看。大尘在飞娃耳边小声说了一句什么，然后快步朝楼上走来。

远子和推子对视了一会儿，把目光移开了，在大尘走近前，他有些伤感地摇了摇头，把嘴角的烟准确地吐进烟碟里，离开桌子，朝大尘走去。

大尘迎住远子，朝推子看了一眼，他们一起下了楼，和其他几个人，猫儿出没似的离开了"现代启示"酒吧。

推子有些不太适应这种情况。他有点反应不过来。他在那里站了一会儿，然后坐下，坐一会儿，回过神来，从竹篮子里继续抓爆米花吃。等他快要吃完第三篮爆米花时，身边坐下一个人。推子扭过头来看了那个人一眼，把竹篮子里最后两粒爆米花塞进嘴里，说，你来干什么？

小米撸一下稀疏的黄毛短发，说，远子通知我你们要见面。远子要我带行李过来。我不想见远子，先在外面躲了一会儿。

推子伸了伸脖子，把最后那两粒爆米花咽下去，问，酒吧贵不贵？

小米说，这种酒吧比较贵。

推子呆呆地看着空无一物的竹篮，说，我身上没有带钱。

小米看他一眼，脸上什么表情也没有，说，你可以回去拿。

推子说，他们不会让我走。

小米说，你把我押在这里。

推子说，押在这里怎么样？

小米说，你要不回来，他们可以把我卖了。我这样的女孩子一般可以卖一个好价钱。

推子从竹篮上收回目光，看小米一眼。推子被小米如星的眸子刺了一下。推子觉得大家都在跟他捣乱。推子有些赌气，他伸了手去拿桌子那一头的嘉士伯。小米一下子捉住他的手。小米把短短的头发象征性地往肩后一撩，说推子你干什么？

推子说，我喝酒。

小米说，我知道你喝酒。我知道你身上没有钱。我还知道你回去拿钱也没有用。两张台子，你一个月的工资根本不够付账，你还没有挣够这么多钱。但是你就没有想过我在这里，推子你从来不往这方面想，你就是山穷水尽了也不会往这方面想。你说他们不会让你走，如果他们要让你走呢？那会怎么样？你不用说什么，我知道，他们要让你走，你肯定会走，拔腿就走，你宁肯把我押在这里让他们把我卖了也不肯让我付钱。推子你太黑！你是个铁石心肠的人！你其实比远子还要黑！推子你干脆直截了当地承认，你根本就不会喝酒！

小米说完那番话以后不再理推子，把小姐叫过来结账。小姐告诉小米，账已经结过了，是先头来的那几位先生结的，如果留下来的两位还需要什么，另外再算账，如果他们不要了，可以继续坐下去。

小米不需要了。小米不光不需要，也不坐，她不管推子怎么想，把推子从吧桌前拉起来，拉他离开了酒吧。小米领着推子上了806路公共汽车，在江汉大学路下了车，再领着推子往工农兵路走。她冲电动麻木车喊，这是非机动车道你晓不晓得？你想吊销本子呀？她推开兜售黄碟的人，把推子拉过来，朝人家喊，昨天的都市报看了没有？扫黄打非第三战役开始了，警方全体出动，你不赶紧跑，想进何湾疗养呀？

小米一直把推子送到红娃幼儿园门口，在那里站下。小米一路上都在朝人大声喊，就是不和推子说话。小米知道推子这个人，推子心里要是有事了，只会自己和自己说，他不会告诉任何人，他也不会和任何人商量。

小米说，推子我回武昌了，我要回去接班。

推子点点头。

小米说，推子有一句话我要对你说。

推子看着小米。

小米说，我很后悔给你写那封信。我写那封信一点作用也没有。你不可能把远子带回东冲镇去，远子他已经回不去了。你不知道武汉，你也不知道远子。推子你应该忘记那封信，你也把远子忘掉，你就当远子他终于成了武汉人了。你自己回去，回到东冲镇去，养你的鹿，看你的地图，你留在武汉已经没有意义了。

推子说，你不进去坐一坐？

小米说，算了，我不喜欢进别人家里坐。

小米说完就走了。

推子站在幼儿园门口看小米的背影。小米的两条长腿在武汉是个奇迹，她这样的长腿在武汉的大马路上交替迈进，比任何标志性建筑都光彩夺目，她躲避武汉车辆的样子也很灵巧，这当然不仅仅和长腿有关；有几个走在路上的武汉人转过头来看小米，他们看小米青春盎然和妩媚的样子，他们还嗅到了遥远的小米身上散发出来的森林的气息，他们木呆呆的，都不怎么会走路了，就好像一个从武汉之外来的美丽的动物从面前经过，他们完全被征服了。

当天晚上，桑红又来看推子。桑红依旧是洗漱过，干净得过分，头发散披在肩上，穿一套宽大的休闲装，让人必须留心她，否则她就会悄无声息地消失掉似的。

推子给桑红倒了一杯水，在桑红对面坐下。桑红这天晚上话很多。桑红主动讲了她办红娃幼儿园的事情。桑红高中毕业后没有考上大学，她的成绩很一般，属于那种离大学很遥远的大多数，她也没有什么家庭出身背景，父母是公用局普通的职员，前些年相继过世，来不及替她安排工作。桑红没有考上大学并不失望，这种事是一开始就预料到了的，不可能有什么打击，无非是提前几年走上社会罢了。桑红和大多数高中毕业生一样，自己给自己安排工作。她先在商场里做导购小姐，然后她学过美容，她还做过晚报和市场信息调查公司的投递员。桑红做这些工作收入都不高，有时候遇到单位效益不好，还要拖欠工资。桑红有一个哥哥，原先是商业贮运公司的司机，公司经济不景气，哥哥下岗了，自己贷款买了车开出租，跑了几年，贷款还清了，落下一台伤筋动骨老气横秋的破车，总算有个能养活家小的饭碗。哥哥想办法凑了一笔钱给桑红。哥哥说，小妹，如今截车吃黑的多，警察不耐烦的多，行里抢生意的也多，生活艰难，我吃这碗饭，也不知道今天早上出车，晚上能不能回来，我做哥哥一场，其实也顾不得你，是我这个哥哥没得用，这笔钱你拿着，自己想办法，做一件事，只要能顾生活，自己喜欢，哪天我没有回来，你能自己照顾自己，就行了。桑红喜欢孩子，她觉得和孩子打交道不累。她原来就想考幼师当老师，可惜成绩不争气，现在哥哥给了一笔钱，她就辞了原来的工，请了同学王樱和朋友张项入伙，再拉了姑妈来帮忙，办起了红娃幼儿园。

推子说，原来你也不容易。

桑红说，你是不是以为我办了这家幼儿园，大小是个老板，和你不一样？我给你说，我哥哥给我钱的时候，他说哪一天他没有回来，我自己能够照顾自己就行了，当着哥哥的面我什么都没有说，回家以后，关上门大哭了一场。其实大家都一样，都不容易。

推子说，你有一个好哥哥。

桑红看推子一眼，说，你也一样。

推子沉默了一会儿，说，我不会开车，只会养鹿，鹿比人听话。

桑红眼睛亮了，好看的眉毛往上一挑，推子，给我讲讲你的鹿。

推子就活跃过来，给桑红讲他的鹿。推子讲他的鹿怎么听他的话，他一进鹿场，它们全都跑过来，拿嘴来拱他，拿身子来擦他，那些小鹿还会顽皮地和他的狗打闹一番，只有顶着美丽盘角的公鹿远远地站在一旁，庄严地看着他，不肯走近。他的狗名字叫肚脐，喜欢和鹿疯，累得直咳嗽，每次从鹿场回去时都要叫好多遍，不肯走，回家待不了一会儿就嚷着要往鹿场去，好像它不是一条狗，而是一头鹿似的。

桑红笑，怎么起了个肚脐的名字？

推子告诉桑红，狗的名字原来不叫肚脐，原来的名字很长，叫复活节岛石像，因为名字太长了，不好叫，就改了。狗很聪明，它知道你为什么叫它，如果它不想理你，它就跑，你还没来得及叫完它的名字，它就跑不见影子了。

桑红笑得没有办法，差点儿没把杯子里的水泼了。笑过后，问怎么给狗起那么长的名字，为什么不起短一点的，比如黑豹，比如火。

推子说他喜欢这个名字，他喜欢这一类名字，他给他的每一头鹿都起了这样的名字，比如说喜马拉雅、东非大裂谷、罗布泊、马尾藻海、楼兰、南马特尔、波利尼西亚、撒哈拉、魔鬼三角等等。狗的名字是从复活节岛石像这个典故上来的。那是智利的一个小岛，岛上遍布火山，居住在岛上的波利尼西亚人称其为"拉帕努伊岛"或"提毕托奥提赫纽"，意思是地球的肚脐。岛上矗立着600多尊巨人石像，千百年来，谁都不清楚美洲人在远离大陆3600多公里的南太平洋一个小岛上雕凿如此众多的巨人石像是为了什么，这是一个千古之谜。

东非大裂谷也是一个谜，它北起红海以北的约旦地沟，南到赞比亚河口，经过埃塞俄比亚和坦桑尼亚，穿越整个东非洲，全长5800千米，宽度从几千米到300千米，深度从1000米到3000多米，被地理学家称作"大地的伤疤"。在东非大裂谷布满了大小火山，乞力马扎罗山是其中最高的火山锥，海拔5895米，是非洲第一高峰，它虽然紧靠赤道，山顶却终年积雪。非洲大陆的最低点阿萨耳盐湖也在东非大裂谷，湖面在海平面以下155米，比吐鲁番盆地的艾丁湖还要低1米。在东非大裂谷曾经发掘出世界上数量最多的早期人类化石和石器遗址，考古学家普遍认为，东非至南亚一带是人类的发祥地。

桑红听推子讲那些遥远的事，眼睛直直地看着推子。

桑红突然问，推子，你找到你弟弟没有？

推子本来兴致勃勃，桑红那么一问，兴奋就像一只漂亮的气泡，戛然爆开，消失掉了。他看桑红一眼，不说话了。

桑红发现自己犯了一个错误。她不该离开他，一个人从非洲大裂谷出来，回到现实中，问推子这样的问题。她也许是好意，也许她想要关心推子，关心他正在做的那些事，但她错了。推子开始一直在说话，这是他来到红娃幼儿园以后第一次说得那么多，她本来应该让他继续说下去，他说了复活节岛，说了非洲大裂谷，接下去他可以再说喜马拉雅、罗布泊、楼兰、马尾藻海、南马特尔、波利尼西亚、撒哈拉和魔鬼三角，他可以无休止地说下去，她甚至有可能让他说得更多。现在她失去了这个机会。

桑红后悔极了，她坐在那里，怆然若失。推子起来给桑红的杯子里斟满水，又坐下，还是那种不适应的样子。桑红叹息一声说，真的，倒像你是这里的主人而我是客人了，推子我知道你不想我再坐下去，你想一个人待着，那我回去了。

桑红站起来往外走，推子送她。桑红知道推子不是送她，推子是要关门，那是推子的任务，她布置给他的。桑红心想她还是老板，她没有让推子改变什么。但是桑红不甘心地想，难道推子在乡下，他在他的鹿场里，也是他那些美丽的鹿们的主人吗？他离开鹿场的时候，他的那些和他亲密无间的鹿们也会在他身后关上门吗？

在武汉一个极其平常的夜晚，武汉女孩桑红有些伤心。

十一

推子和远子又见了一次面。

推子按照远子先前留下来的号码，给远子拨通了电话。远子在电话里沉默了一会儿，然后约推子在台北路"明白人茶坊"见面。

推子不知道"明白人茶坊"在什么地方，问王樱。王樱问推子打听"明白人茶坊"做什么。推子说我去那里会一个人。王樱大惊小怪地说，推子你是不是去约会？推子你这么快就有武汉的女朋友了？桑红从教室里出来，说，樱子你莫盘问推子，推子是有事，你告诉他怎么走——推子要不我用车送你去？王樱看一眼推子，再看一眼桑红，说，看来我们的人没有戏。

推子没有要桑红送，他自己找到"明白人茶坊"。他去的时候，远子已经先到了，这一次远子只带了多多一个人。

两个人一落座，推子就问，大尘他们呢？他们不是总跟着你吗？

远子说，他们有事做，泡茶馆泡不出天下来。

推子问，什么天下？

远子看推子一眼，说，这些事你不要问，问下去你也解决不了，那是我的事。

推子说，什么事？这是不归路你晓不晓得？

远子不想提这一类问题，把话头岔开，说："你来武汉也有两个月了，你是怎么打算的？是打算在武汉长期待下去呢，还是怎么样？你要是打算在武汉长期待下去，打算朝哪方面发展？推子我想好了，你这种人，是读书的材料，现在和过去不同了，现在读书只靠钱，要不然你干脆读书，读大学读研究生都可以，你在华师读，在华工读，还可以读武汉大学，你要是愿意，这方面我可以去办。

推子说，你不要把我的话转移了，我说的是你的事。

远子用食指和中指夹住茶碗盖，轻轻拂去茶碗里的浮沫。多多在远处的一张桌子边坐着，埋着头聚精会神地打游戏机。推子觉得这种场面很奇怪。

远子拂过茶沫，把茶碗盖盖上，并不喝茶，说，推子你是真的不明白，你也没有必要明白，你不明白又没有必要明白的事，何必一定要问。

推子说，你是我弟弟。

远子说，我是你弟弟，但我不是你，你能管我一辈子？

推子说，我管你该做什么不该做什么，我能管你一辈子。

远子说，推子你和过去不一样了，过去总是你听我的。

推子说，过去我是宠你。

远子说，推子我要怎么说你才不缠我？

推子说，要就干正经事，如果你答应下来，你可以继续留在武汉，我回东冲镇去。如果你做不到，那就跟我走。

远子盯着推子说，我不会跟你走，我不会再回到东冲镇那个地方去了，但是我也不能向你保证什么。推子你在这方面很幼稚，和你养的那些鹿一样。你要我干的所谓正经事，其实根本就不存在。你知不知道这是什么地方？这是城市。城市的意思是什么？是我们这种乡下人永远也不可能成为主人，永远也不允许进入，永远找不到位置放下自己的脚，城市就是这种地方。我不是不想干别的事，可你所谓的正经事，它们全都留给城市人了，城市人想不想干能不能干都是他们的，他们宁肯把那些事沤烂也不会让我来干，他们不光不让我干，他们中间的一个白痴都可以叫我滚。他们问我,你的户口呢?你的暂住证呢?你仔细听一听,暂——住——证,意思是停下来歇歇脚你就滚蛋,滚蛋以前还得把你弄脏了的地方收拾干净,因为你是乡下人,乡下人等于是城市垃圾。他们按照这个方式分出不同的人,然后他们就开始打包,把不同的人分别送到不同的地方去。我凭什么就该遵守这种秩序?凭什么要按照他们的规定生活?我要就按照我的方式来生活,按照我可以的方式来征服城市,我不会听天由命,我就是做恶人,也要咬城市一口!

推子不知道他是怎么抬起手来的。推子的手很重,把远子抽得半天没有转过脸来,远子再转过脸来的时候,他的脸上清清晰晰地印着四条指印。

多多先是没有反应过来,等反应过来以后他扑了过来,从后面拦腰抱住推子。

远子冷静地说,多多,松开他,这里没有你的事。过一会儿他又补充一句,你不是他的对手。

多多把手松开了,有些不知所措地看着两个人。

远子站起来,盯着推子,你打我。

推子不说话。

远子说,你从来没有打过我,这是第一次。

推子还是没有说话,他被自己的行为搞蒙了。

远子抻了抻衣领,说,就这样,你打了我,我们兄弟之间就算了结了,我也再不欠你了,以后的路,我们各走各的,你不要再管我。说完,远子丢下推子,领着多多走出了茶坊。

推子在红娃幼儿园外面的公用电话亭给远子打电话。

推子说,远子你必须跟我回去。

远子冷冷地说,这是不可能的。

远子说,推子你要明白我不再是东冲镇的远子了,再不是你的弟弟远子了。

远子还说,推子你也不要再留在武汉,你不是武汉人,你永远也不可能成为武汉人,你还是回去吧。

远子说完就挂上了电话。推子再拨，他就不接了。推子每天都拨，至少拨几十遍，远子再也没有接过。

推子没有想到自己会动手打远子，他到最后都没有搞清楚他怎么会那样做。推子想想远子说的那些话，远子说他已经不是东冲镇的远子了，已经不是当弟弟的远子了，他不会再回去。推子还想远子对他说的另外的话，远子说他可以在武汉读书，他可以读武汉大学。推子一想到武汉大学就想起顺藤，他想那个班上最甜的女孩子，她亲过他，她还让他摸过她的胸脯，她后来说，你总不能跑到武汉来找我扯皮吧？推子不明白武汉怎么会是这种样子，让人改变原来。推子想武汉大学在武昌，他应该到武昌去一趟，他应该去看看小米。推子知道自己对不起小米，小米风来风去的，而他是不肯从头颅上割下来的鹿角，即使在风中，也永远不肯化解开。小米像跳跃着的火焰，她一直在烘烤着别人，有一次她差一点把他烤成一杯鹿血酒了，而他不喝酒，他一喝酒就出问题。小米是很好的酒，他为什么不喝酒呢？推子也说不清楚，反正他对不起小米。

推子那天干完了幼儿园的活，找桑红请假，说要去武昌。桑红看推子半天，突然说了一句，推子你不要太理想，理想是书上的事情，生活中是没有的，你不能老是在书上悬挂着，你要现实一些。推子不明白桑红的话是什么意思，拿眼睛看桑红。桑红就换了话题说，幼儿园要扩大，她和居委会谈好了，居委会再帮她腾两间房子，这两天签协议，协议一签下来就要动工装修。推子还是没有明白过来，但他点了点头。

推子坐车过武昌看小米，小米见到推子时有些意外，但她很快高兴起来，立刻去找经理请假。推子抱歉地说，我不该下午这种时候来。小米说，有什么该不该，你想什么时候来就什么时候来，你要想深更半夜来我就在门口等你，大不了我不做这份工，我又没有卖给哪一个。推子说，你怎么老说卖不卖的，这样不好。小米说，哪样好？推子你就是这样，其实你根本就不知道哪样好，何必不懂装懂呢。小米也不听推子解释，拉了推子出去。小米先换衣服，仍然让推子在门口为她把门。小米稀疏的黄毛短发在衣领上晃荡着，就像一丛轻盈欲飞的松萝。推子就想这真是很奇怪，他穿衣服的时候是一棵桧柏，怎么小米穿衣服的时候就成了一捧松萝呢？

推子要请小米吃饭。小米瞪了媚媚的狐眼看推子。推子连忙解释说，他刚拿到工钱，另外桑红还发给他50块钱奖金，他请小米吃饭不是还情，是真心要请小米。

小米这才收了她的光彩，说，那好，我们去吃牛肉米粉。推子不同意，说你不能便宜我。小米说我喜欢牛肉米粉，我该便宜的时候便宜，不该便宜的时候自然不会便宜。推子说我不喜欢牛肉米粉。小米知道她从来没有拗过推子，只好依推子，两个人去了那家洪湖人的"好再来"餐馆。

坐下来以后，推子拿着菜单，从上依次往下点，一口气点了七八个菜。小米一把抢过推子手上的菜单，调侃说，老板，你挣的是美元还是德国马克？哪有你这种摆谱法？小米自己点菜，要了一个剁椒鱼头，一个红菜苔。小姐站在一边说，刚才要的菜都写在单子上了，要不划掉两个，剩下的照做，免得麻烦。小米说，要是你请客，一个都不用划掉，照原单子上。小姐白小米一眼。小米说，姐姐，你不用拿眼睛来白我，我眼睛比你大一倍，我白起人来比你威风。告诉你，我也干你这行，你要去我那里，你吃满汉全席还是一碗热干面，都是客，我都会搅一把热毛巾让你揩脸，这一点你要学会。小姐问，你是哪里人？小米说，麻城。小姐说，那我们是半个老乡，我是红安的。小米一摆手说，黄麻不分家。小姐就去下单子传菜。

小米等小姐走开后，把身子伏在桌子边上，笑吟吟地看着推子。推子说，刚才说了你不用眼睛威风，怎么又用眼睛威风。小米说，我是威风呀？我是看你。推子说，看就免了，有话直说。小米说，你请我吃饭，是真心请假心请？推子说，我都被你说成摆谱了，还能有假心？小米说，假心是我创造的词。我比较喜欢创造词，我给我们经理起了个绰号，我叫他花翅膀瓢虫，大家都说我这个绰号起得好。推子说，不说绰号的事，说刚才的事。小米说，你要真心请我吃饭，那今天我要喝酒。推子一听酒这个字就有些头晕。小米说，我不喝啤酒，我喝白酒。推子打了个冷战，挺住了气说，先说好，酒你喝，我是不喝的。小米冷了脸说，推子你这个人，看起来像个男人，其实一点男人味都没有，谁要嫁给你谁吃亏。小米也不管推子，把刚才那个红安小姐叫过来，要小姐给她拿一瓶黄鹤楼。小姐说，黄鹤楼辣口，北方人喜欢喝，南方人一般都不喝。小米说，那就换枝江大曲。小姐回头看一眼柜台，大声说，你不如来一瓶白云边，然后她飞快地附在小米耳朵旁边上小声说，你不要喝枝江大曲，我们这里枝江大曲都是水货,你何必帮我们老板销水货。干脆来一瓶沱牌,沱牌只三块五,便宜,还没得水货。小米瞟一眼推子,对小姐说,你比他强百倍。

一会儿菜上来了,小米往一次性塑料杯子里倒满了酒,端起来,一口喝了大半杯。推子担心地说,你瞎来。小米抽一口气,拿手扇口,快乐地说,推子晓得关心我了。推子说,我不是关心你,你要喝醉了还不是我背你。小米说,你要嫌背我不方便,可以抱我。推子笑,说,我还是背吧。小米说,你怕什么,怕我吃了你呀?你放心,我再不会像上次那样贴你了,我还不至于那么贱。推子知道小米拿他开玩笑,推子由她说,你吃两口菜,压一压。小米就取了筷子吃菜,说,推子请我吃饭,还是头一回。推子说,你的意思是我要经常请你吃饭?小米说,你最好顿顿请我吃饭,饭钱不用你掏,饭不用你做,饭碗不用你洗,你只出个名分,端了架子坐上首,我来伺候你,好不好?推子先没明白,后来明白过来,不搭腔,低了头吃菜。小米咯咯地笑,说,骇倒了吧?你不用那么紧张,我不会缠你。

剁椒鱼头又香又辣,味道很好,两个人吃得都红了脸。小米喝了酒,脸色白里透红,眼睛朦朦胧胧的,样子非常迷人。推子有些出神,拿着筷子在那里发愣。过一会儿推子说,小米你也不容易。

小米吃菜喝酒,快乐得很,一点不容易的样子也没有,她还讲笑话来给推子听。她嘴里衔了一根鱼刺,津津有味地舔着,问推子,我现在这个样子馋不馋?推子看她一眼,说,馋。小米说,我这个样子是一句武汉话。推子问是什么。小米说,呒鱼刺。推子问什么意思,小米说,就是说一个人说话办事左右为难,好比你这种人。推子说,我怎么是这种人?小米摇摇头,把挂在唇边的鱼刺满腹心思地扔掉,端起杯子,撑了手肘在桌上,一口一口的,把杯子里的大半杯酒慢慢喝下去。放下空杯子,说,推子,我知道你很骄傲,你这个人的缺点就是太骄傲了。我不该把你叫到武汉来,我犯了一个致命的错误。不过推子我还是感谢你,你说我不容易,你终于说了一句知心话,我其实并不想不容易,我想过得轻松一点,快乐一点。我太理解远子了,我觉得他有他的道理。我有一回差一点就做了鸡,我还赌气地想,我就跟餐厅经理睡了又能怎么样,我失去了什么呢?这个世界就是这个样子的,你能把这个世界颠倒过来不成?你说我把自己珍惜下来留给谁?见它的鬼!

小米又抓过酒瓶子倒酒。小米已经喝了大半瓶子酒了,推子不想让小米再喝,去夺小米手中的酒瓶子。小米躲开了。小米说,你不要以为我喝醉了,我心里有数，一瓶酒，就算是酒精，我也喝不醉，餐厅经理就是这样以为的。我说你让我喝可以，你是经理，经理一般比打工的能干，我也不要求你太能干，要喝我们一人一杯。他说好，我们就喝。等他喝趴下了，我就和几个姐妹去看录像。小米说完给自己倒上酒，一口又是半杯。

推子看小米不听招呼，急了，站起身来，硬从小米手中夺过酒瓶子，把瓶子里剩下的酒一口干了，然后把空瓶子亮给小米看，说，你看，酒没有了。

推子仰了头灌酒的时候小米没有拦他，笑眯眯地看他，等他坐下来喘粗气的时候，小米说，推子你傻得让人不相信，你就不想想，你能拦住什么呢？你能让什么事情不发生呢？世界上不只一瓶酒，你把这瓶酒干了，其他的酒呢？未必你全都干了？

推子红着眼睛俯了身子朝小米吼，我就是能拦住！你试一试！你敢再要酒，我先砸酒瓶子，再砸餐馆！

小米趴在桌子上，一边一只手支了腮帮子，很痴迷地看推子，说，推子你醉了。

推子再吼，你给我老老实实地喝汤！

小米仍然痴迷地看着推子，说，汤呢？

推子就把红安小姐叫过来，要她再给他们加一碗酸辣汤。等汤上来，小米果然老老实实地喝汤，什么话也不说。推子见她那样，反倒觉得不安了，想自己过武昌来看小米，真心请小米吃饭，他是有感激的，他不光有感激，还有乡情，但是他也不是没有牵挂。推子牵挂小米，他不能对自己也掩饰这一点。

推子说，小米你不要怪我粗鲁。

小米说，你用不着给自己抹黑。

推子说，我不是有意识要吼你的。

小米说，你这就不光是抹黑了。

推子说，你不知道，我读中学的时候有一个同学……

小米说，她叫顺藤，上街郭裁缝的姑娘，现在在武汉大学读书。

推子说，你怎么知道？

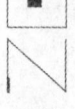

小米说，她亲过你，她还让你摸过她的胸脯，她的胸脯小得要命。

推子说，狗日的远子！

小米说，算了推子，你真的醉了。

两个人就再不说话。

吃过饭，推子结过账，两个人走出餐馆。红安小姐追出来，对小米说，妹妹你来玩啊？小米说，我就在前面的红楼宾馆餐厅打工，你有空来找我。

推子要赶回汉口去，他要回红娃幼儿园去守夜。推子把小米送到红楼宾馆门口，站下来，说，小米，我回江岸了。小米说，走吧，我送你上车。推子说，你不用送，我已经熟了。小米说，和熟不熟没有关系。推子只好让小米再转了头送他去车站。等车的时候，小米终于还是问了远子的事。推子沉默了一会儿说，我必须把远子带回去。小米说，带回去当然好，但是远子不会听你的，你怎么办呢？推子说，我找人帮忙，想办法。小米看推子，你是说找人把远子绑回去？推子不说话。小米说，推子你这样做没有用。你把远子绑架回去，你不能一天到晚看紧他，到过武汉就好比吃过了货（毒品），你戒不掉，远子一松绑还会回到武汉来。推子突然发作，朝小米喊，我不能让他待在这个地方！我不能让他在武汉当流氓！小米安静地看着推子，说，推子你不用喊，喊有什么用。推子沉默了一会儿，说，小米你要帮我。小米点点头，说，你放心，我会帮你的。我知道，你不想武汉坏了远子，你也不想远子坏了武汉，你心里一直装着这两样。你只有在这件事上是相信我的，只有在这件事上才需要我。推子想要解释，小米不要他解释，说，车来了，你走吧。

推子回到红娃幼儿园，天已经黑了，幼儿园的几个人却没有走，待在教室里，正在议论什么。推子进门后大家都说，推子回来了。桑红很敏感，闻出了推子身上的酒味，她注意地看推子，看推子脸上的表情。张项说，推子你看过你的老乡了？王樱说，推子你说说看，你的老乡是不是你们乡下说的那种娃娃亲？推子笑一笑，说，只是一个朋友，我们那里娃娃亲已经不太多了。

推子很快知道几个人没有走，是下午和居委会正式订下了合同，居委会把幼儿园后面的两间房子腾出来给幼儿园发展规模，幼儿园请居委会的人吃饭，刚吃饭回来。推子替桑红感到高兴，推子心想，桑红真了不起。

张项和王樱在那里争论办艺术班的事情时，桑红把推子拉到教室外，对推子说，幼儿园从明天开始就要装修，后面那堵墙要打开，两间新教室收拾出来，要吊顶，要粉刷，还要请木工来打桌椅，推子我想请你帮忙。推子说，谈不上帮忙，我在你这里打工，这些事，不用你吩咐我也该做。桑红说，我的意思是，从明天开始，恐怕你就不能去找你弟弟了，也不能去看你老乡了，你得帮我盯在幼儿园里。不是我不相信人，现在接活的，能马虎就马虎，到时候出了问题，我哭都哭不赢。推子点头，说，我明白。桑红说，我这样要求你真是不好意思，要不是事情到了这个份上，我不会这样做的。工资的事我也想过，我也不能太亏待你，从这个月开始，我给你四百五一个月，只不过你不要给张项和王樱讲，你要讲了她们不高兴。推子看了看桑红。桑红说，推子我这是好心，但愿你不要误解了我的意思。

推子去后面检查锅炉和煤气，桑红回教室去催大家早点回家，明天还要早起接孩子入园。推子看锅炉擦拭得干干净净的，煤气也关好了，厨房里案头整洁，推子就有些惭愧，心想自己跑去看小米，事情倒要别人来做。推子又想小米怎么就不明白呢？推子最后肯定地想，小米她是不明白。

推子从后面回来，听到几个人正从教室里出来。张项说，推子呢？桑红说，去后院了。姑妈说，这伢真是实在，做事让人放心。王樱说，桑红你抓紧啊，时不我待，你要不抓紧，到时候我就上了。张项说，还有我。王樱说，东东呢？东东晓得了饶得过你？张项说，你以为你是认真的？王樱说，我要认真也不是不可能，我主要是激桑红，一只野兽闯进了城市，推子是野兽，桑红是城市猎人，桑红做笼子，她要一点一点把推子哄进笼子里，做她的猎物，桑红套路太深。姑妈说，你们几个伢，不晓得有多复杂。我告诉你们，你们不要算计推子，人家是老实伢，我是不赞成你们的。王樱说，姑妈你老了，你是老武汉了。桑红说，少说一些，哄了一天伢，你们还不嫌累呀？

几个人出来。王樱嘻嘻哈哈撩张项。张项说，你个死鬼，吃摇头丸了呀？不舒服？桑红在院子里喊，推子，我们走了，你记住关门。

推子站在黑暗里，一动不动。

天空是红色的，那是城市霓虹灯投下的反光，就像极地光，它们在高纬度地区形成，通过副热带高气压进入信风带，来到城市。这些本是高寒地区的幽灵,在做了城市黑夜里的美丽装饰后,再也不肯离开城市了。

十二

事情结束得比推子预料得早。

那天推子从外面买材料回幼儿园,车还没蹬到幼儿园门口,焦灼不安蹲在门口的大尘远远看见他,站起身子朝这边奔过来,一把抓住车龙头,气喘吁吁说,推子快跟我走,远子出事了!

推子刹住车,问,怎么回事?

大尘带着哭声说,我们遭了伏击,远子挨了两枪。

推子厉声问,人呢?!

大尘说,在马场街一家私人诊所里,你跟我走。

推子冲进那家藏匿在曲里拐弯的巷子里的私人诊所,多多、菜包子、共生几个人脸如白纸地站在诊所里,一个个手足无措。远子鲜血淋漓地躺在一张脏兮兮的床上,飞娃躺在另外一张床上。远子一动不动,头歪在一边,手耷拉在床沿。飞娃抱着自己被霰弹枪打得乱七八糟的腿,杀猪似的大叫,快给老子打麻药!快给老子打麻药!一个蓄着山羊胡子的干巴老医生领着一个乡下人打扮的中年妇女手忙脚乱地在两张床之间穿梭,瓶子罐子碰得一片乱响。山羊胡子声音干涩地在那里喊,你们谁是O型血?你们报一下血型!

推子冲过去,推开多多等人,扑到床边,一下子抱住远子。

推子喊,远子!远子!

两枪都打在远子的肚子上,远子的肚子被打烂了,像一朵亚马逊原始森林里开得巨大而奇形怪状的食人花。远子一直处于休克状态,推子抱他的时候他不理推子,脖子硬着,手耷拉在一边,是一种真正生气的样子。远子的掌心里蓄着一汪血,血滴滴答答从指尖上淌下来,推子染了一身远子的血,这样他们两个人都像是被滑膛枪打烂了。

推子回过头来朝大尘喊,叫车来!送他们去医院!

大尘说,不能去医院,那边的人和警察都会在医院里布控,我们去医院等于自己送进笼子。

推子瞪着眼吼道,不要给我提什么笼子!叫车!

大尘慌慌张张跑出去叫车。

第一辆车的司机一看见推子满身的血，没熄火，掉了头跑开了。第二辆车没来得及掉头，推子伸手一把抓住了方向盘。司机说，伙计，你另找车，这一趟我不跑。推子说，你只能跑。司机说，我没得油了。推子嘶哑着嗓子说，鄂A3438，我发誓三天内找到你。司机不说话了，阴沉着脸停了车。推子抱婴儿似的抱着远子钻进车里，大尘几个抬了飞娃，拦下了另外两辆车，三辆车朝医院驶去。

推子紧紧地抱着远子，他把远子湿漉漉的脸贴在自己脸上，说，远子，远子，我是推子，我是你哥推子，你不要慌，我救你来了。

推子说，远子，我们现在就去医院。我们去医院，医生给你治伤，医生全都是好医生，他们不会不管你，他们会救活你的。

推子说，远子，你要相信我，你要挺住，我们去医院，我们治好了伤就回去，我带你回东冲镇去。

车在青年大道上被堵住了，推子朝司机喊，怎么不走！司机不说话，把车弯上慢车道，挤开自行车，绕到解放大道路口。车子颠簸了一下，远子哼了一声，微微睁开眼。远子睁开眼来看见了推子。远子睁着灰白色的鱼眼，朝推子困难地笑了一下。

远子说，推子，是不是你？

推子说，远子，你要坚持，我们马上就到了。

远子说，推子，这一回我没有搞好，我把事情搞糟了，我太自信，我还是应该要你来帮我。

推子把他搂紧，说，我是在帮你，事情没有糟，我们就要到医院了。

远子咧开嘴笑了笑，他的柔软的边分头已经被弄乱了，乱得不可收拾，这样他就像是弄丢了他的骄傲，他把他的骄傲弄得不可收拾了。

远子咳一下，嘴角涌出一汪血。远子说，我现在的样子肯定很难看，我就像一堆垃圾一样，被武汉扫出去了，武汉肯定很高兴。

还是晚了，远子被推进手术室时，脉搏已经停止了，医院做了抢救，没有把人抢救过来。一个小时后，推子在远子的死亡通知上签了字。小米在那个时候从武昌赶来了。小米一脸苍白，样子就像一只惊慌失措的狐狸。小米一把抱住推子,小米说,远子呢?远子呢?推子看小米。推子看小米半天。推子说,远子死了。小米的泪水就流出来了。小米先是哭,站在急诊室外的过道中间,捂了脸,任泪水顺着指缝流淌下来,后来她恨到极致地跺脚,说,活该!活该!他为什么要这样?他为什么非要把自己丢在武汉?!

推子说他要把远子带回家,推子做到了,他带远子回家。

推子给父母打电话。推子说,我带远子回来了。

推子还带了飞娃一起回东冲镇。共生说,推子哥我陪你,我陪你送飞娃回去,我回去以后再也不来了,死都不来了。

大尘不回去,菜包子不回去,多多也不回去。大尘说,推子你不要给我们家里人说,你说了他们担心。推子点头,推子说,大尘,远子死了,我不会再来武汉,你们要回去,没有人来接你们,你们得靠自己回去。你们自己走回去,你们自己买车票,坐长途汽车回去。大尘说,我晓得,推子我晓得你的意思,你的意思是我们不要像远子,不要让你抱回去。推子你放心,我们不会再像远子了,我们不要人抱。

推子要小米随他回东冲镇,小米不干。推子说,小米你想怎么样?小米说,这就是你的问题,我不像你,我根本不想。推子说,小米我要你跟我回去。站在武汉天空下的小米有一刹那差点儿没流出眼泪来,但小米忍住了,她柔情万种地看着推子,说,推子你终于说出来了,你终于说你要我了,你不知道我有多高兴,我都情愿为这句话去死。小米说,但是推子我不会跟你走了,我不会回东冲镇了。我不像远子,我也不像你,我不想征服什么,我也不会拒绝什么,我只是喜欢武汉,喜欢做一个武汉人,喜欢在武汉的大马路上走来走去,在武汉的人群当中走来走去。也许这样做很傻,也许这样做很难,也许我会失去什么,但我不会失去生命,我也不会失去机会,不会像远子那样,也不会像你那样,我肯定会做一个快乐的武汉人,我至少可以做一个快乐的小米。推子你和远子走吧,你不要管我。

推子谢谢桑红,他对桑红说,谢谢你帮我,我第一次出远门,你是我在路上认识的最好的路人。桑红的难过连她自己都没有意识到。桑红红着眼圈说,我没有想到会是这个结果,推子我是想你在我这里长期干下去的,我想你能经常给我讲你的鹿,你讲了复活节岛石像和非洲大裂谷,还有喜马拉雅、楼兰、罗布泊、马尾藻海、魔鬼三角、南马特尔、波利尼西亚、撒哈拉,还有那么多地方没有讲,它们要讲完可以讲一年，它们要继续讲下去可以讲一辈子，我以为你会接下去讲的，我以为有很多的时间，我没有想到会是这个结果。推子点头，说，我把《世界地图》送给你。推子说完这话以后就再不说什么，他连一头闯进城市的野兽和城市猎人这样的话也没有说。

推子离开武汉那天，武汉下了一场雪。小米到新华路长途汽车站送推子。小米看大尘领着人把飞娃搀上车，回头对推子说，推子，你记不记得，两年前我们从东冲镇出来那天，你在镇上车站送我们，那天也下了雪。你知不知道那天我在车上想什么？我想，武汉肯定不是我做梦时看到的那个武汉，它肯定会让我大吃一惊。我还想，有什么了不起。小米说过那样的话后笑了，小米的笑灿烂如霞。

推子抱着远子的骨灰盒，站在那里没有说话。离发车还有一段时间，推子不想那么早上车。推子知道远子这个人闲不住，即使没有狗逗，即使满地泥泞，他也会挨着最后一个上车，何况他们就要离开武汉了，他们离开武汉就不会再来了。

据说武汉很少下雪。据说武汉的雪很不像雪。据说武汉的雪一下到地上就化掉了。据说武汉的雪化掉以后，这座城市有很长一段时间会生涩着，变不回原来的样子去。推子不知道这些，或者说他不全知道。推子不知道的，他只有想象，而想象的事情，推子从来就不要去兑现它们，兑现了，那就不是想象里的事情了。

2000年3月20日于汉口花桥

原载《十月》2000年第4期

点评

这篇小说的作者邓一光曾说城市就是"没去之前，是渴望着要去的，一旦去了，就生出失望了，甚至有了痛恨。我的失望和痛恨源于最早对它们拥有过的幻想，它们在我去过之后破灭了"。在《怀念一个没有去过的地方》中，武汉这座城市似乎化身为吞噬人的怪兽，小镇青年被大城市无情地绞杀。梳着偏分头的东冲镇青年远子，带着家乡的一群年轻小伙子来到武汉闯天下，并扬言："我要去征服武汉！谁也不能阻挡我！"他们在建筑队打过零工，在汉正街摆摊卖过鞋，承包过鱼塘经营垂钓，凭借着勤劳与小聪明也确实挣了一些钱。但是城市并没有那么容易让小镇青年站稳脚跟，建筑队后来解散，鞋摊也因为生意很好遭受潮州人的嫉妒而受到打压，鱼塘又无奈被地痞流氓强行霸占，小镇青年们被城市另外一面的"生存法则"无情碾压。不被城市接纳，始终无法获得的自我认同又同时挤压着小镇青年们原本就逼仄的精神世界，于是远子开始领着同乡们干起了涉黑的事情。经济利益源源不断，但也像是刀尖上的狂欢。远子最终死于火拼的枪口下，哥哥推子赶来城里想要解救弟弟，带他回乡下，最终带回的是弟弟的骨灰。

小说的叙事充满了对照，人物形象的塑造上，远子和推子兄弟俩，小镇女孩小米和武汉女孩桑红分别形成了两组意味深远的相对而生的艺术形象。正如远子自己所说："我是鬼谷子，精通卜筮兵法，是领导者，推子是董狐，只能做记怪史官，是实干家，我们这样的分工，正好是兄弟的最佳分工。"而"桑红像一棵菖草，小米像一株芙蓉树，两个人风格迥异"。他们由于不同的原因先后来到城市，对城市有不同的理解和情感，命运遭际更是不同，城市还是那个城市，不同的是个人的选择和遇到了不同的城市面向。武汉该是邓一光心中城市观念的具体形象之表达，城市与乡村有对立的一面，作为外来者的乡下人与城市人有平等共享现代化资源的权利，但却没有同样享受到城市经济繁荣的成果，乡下人即使进城来，也是被排斥的他者。远子选择对抗城市，"就是做恶人，也要咬城市一口"。推子选择拒绝城市，不是为了寻找弟弟他永远不会来到武汉。但是，城市也是包容的，城市女孩桑红也是凭借自己的努力站稳了脚跟，小镇姑娘小米和远子一同进城，却没有和他一同走上不归路，她很清楚自己的定位。推子带着远子的骨灰回乡，小米在道别时说的一席话代表着她的想法，或许也是更多外来者对城市的心声："我不像远子，我也不像你，我不想征服什么，我也不会拒绝什么，我只是喜欢武汉，喜欢做一个武汉人，喜欢在武汉的大马路上走来走去，在武汉的人群当中走来走去。"

城市不是罪魁祸首，城市也不是梦幻乐园，城市就是城市，就是繁荣的、复杂的、美好的又藏污纳垢的，只是人内心的挣扎和欲念在城市中得以放大。无论是乡下人还是城市人，共通的人性在城市这舞台次第上演，永不停歇。

（朱旭）

空镜子

万 方

一

这天，天气很好，四月的阳光里飘浮着一些让人快活的小颗粒。早晨起来孙燕就不停地照镜子，照了说不清多少回了，一边照一边在心里对自己说，我才不是为了见那个人照镜子呢。

那个人姓潘，叫潘树林，朋友介绍他们俩今天见面，这种事在孙燕还是头一次。胡同里，槐树和杨树摇晃着嫩绿的小叶子，四下里亮晶晶的，孙燕轻快地走上大街，一团团杨花跟着她的脚滚来滚去。无轨电车忽悠悠开得飞快，孙燕的心情渐渐有些发紧。当电车从陶然亭公园北门开过去，孙燕一眼就看见周红娜高高大大的身影，她身边站着一个男的，当然就是潘树林了。

尽管周红娜事先打过招呼，孙燕还是觉得潘树林怎么那么黑呀。这时电车已经到站，她来不及细看了。隔着马路周红娜向孙燕使劲招手，孙燕板着脸，目不斜视地朝她走过去，走到她面前时再也憋不住了，连忙用手捂住嘴。

"傻了！笑什么呀？"周红娜的大嗓门儿说。

孙燕使劲忍住笑，"对不起，我觉得怎么这么逗呀！真对不起……"话没说完又笑起来。孙燕是个性情活泼的姑娘，非常爱笑，一笑就不可收拾。这时她笑得身体摇晃，两条又粗又硬的小辫儿像拨浪鼓似的，弄得潘树林一阵阵难为情。

周红娜拍拍潘树林的肩膀，用善解人意的口气说："嗨，别怕，别看笑起来这么傻，人可不傻。"

公园里春气蒙蒙，一簇簇垂柳斜挂在水边，他们三个人租了条船，潘树林划，周红娜坐船尾，孙燕在船头，隔着潘树林你一句我一句地聊着。潘树林不出声，一下一下用力划桨，动作干净利落，孙燕感觉到他那鲜明有力的身姿，暗暗想：这个人长得不好看，那么黑，可一点不让人讨厌。说不清为什么她觉得有点喜欢他。他划船的节奏每一下都落在孙燕心上。

那次见面以后孙燕和潘树林开始定期约会。潘树林在郊区一家工厂上班，星期六回城，他们总是星期天见面。接触的次数一多潘树林的话也多了，他给孙燕讲自己当兵的经历，要不是他脾气不好爱打架，肯定留在部队了。这是没办法的事，这就叫江山易改本性难移。

孙燕看着他有些腼腆的样子，好玩地问："你脾气真那么不好？"

潘树林一笑，露出一排白牙："是，不骗你。"

孙燕笑了，又问："那，你说，你有没有和别人好过？"

潘树林一愣，不好意思地低下脑袋。孙燕歪头看他："说呀，有就是有，没有就没有。"

潘树林想了一会儿，喃喃地承认他对小学时候的一个女生有好感，可分开再没见过。

"咳，你这叫单相思。"孙燕快活地讥讽他。

潘树林老实地点点头。

天气晴朗，他们坐在北海公园的长椅上，远处的白塔像一幅画似的，小巧清晰地映在天空里。孙燕也告诉了潘树林自己的许多经历，她怎么没有下乡，和父母姐姐一起去干校，在干校怎样喂猪，偷偷到水塘里洗澡；潘树林本来是看着孙燕的，听到这儿忽然把脸扭到一边去；孙燕忽然意识到潘树林在想什么，脸红了。她有点生气，觉得受了什么侮辱，同时心里又有点乱。

孙燕和潘树林好了快两个月了，连手都没有拉过一下，他们的身体之间也没有产生过那种电流反应。只是在公共汽车上，人多的时候，两人的身体才有过接触，这时孙燕能感觉到潘树林硬邦邦的身体，那健康体魄散发的热度使她的胸口软绵绵的。回到家里她趴在桌子上，支起小镜子，在想象中用潘树林的眼睛望着自己。这个女孩儿真是不难看，笑盈盈的小瓜子脸，眼睛亮亮的，她对自己感到满意。

再见到潘树林的时候，孙燕的眼神有点飘忽不定，害羞似的，一说话就撒娇，可是她自己并不觉得。潘树林却变得更沉默了。两个人都觉得在他们之间像是要发生什么事。

天黑以后,他们沿故宫的河边走着,四下里很幽暗,路灯在头顶的树枝间眨眼,潘树林推着他的自行车,自行车隔着他俩的身体,两人都不怎么说话,在心里捉摸着怎么改变这情形。结果还是孙燕站住了,蹲下身系鞋带,重新站起来的时候,她就走在潘树林身边了。

可是这改变来得太晚,他们很快就来到灯火通明的长安街。宽阔的大街上行人稀少,到处都明晃晃的,孙燕感叹了一声:"啊,真亮啊!"

潘树林立刻附和:"真是亮啊。"

孙燕扑哧笑了。潘树林朝她扭过脸,"你笑什么?"

孙燕瞟着他,目光闪闪:"你这个人真有意思。"

"有什么意思?"

孙燕憋了会儿,说:"我觉得你人挺好。"

潘树林的脸有点红,他移开目光。孙燕不再说什么,等着他有所表示。潘树林终于开口了,说:"真的,我觉得你也挺好。"说话的同时他很想抓住孙燕的手,孙燕也期待着,可他太犹豫了,时间拖延得太长,超过了界限,变得不可能。他们只得继续向前走,像什么事也没有的样子。

尽管如此孙燕还是很愉快,身子轻飘飘的,像长了翅膀,一面走一面哼起歌来。她轻声地唱了好几支歌,潘树林沉静地听着,面带恍惚的微笑。这时候,亮堂堂的长安街,沙沙驶过的汽车,遥远的天空中那轮银光四射的小月亮,都在用欢快的声音说:"哦,多好,真是好啊。"

孙燕快活地度过了一个星期,又盼到和潘树林见面,可潘树林却和人打了一架。事情发生在公共汽车上,车到站了,有人下车,潘树林看到空了一个座位,就拉拉孙燕的胳膊让她坐下,孙燕刚要坐,从车门冲上来一个人一屁股坐到座位上。

那是个小伙子,潘树林让他站起来他不站,三言两语之后,潘树林一把揪住他的衣领,两个人剧烈地推搡,车厢里发出惊叫,售票员大喊别打了别打了!孙燕糊里糊涂被撞了几下,接着就见那小伙子鼻子里流血了,额头上的血口子像翻开的小嘴。

汽车刚开就停了，潘树林护着孙燕下了车，一车人眼睁睁地看着他们，没有人说话，那个挨打的小伙子也没追下来。等他们站到路边，汽车门一关就开走了。

那天潘树林像打开了闸门，一桩接一桩地讲起他以前怎么打架，讲得眉飞色舞，孙燕惊讶地紧盯着他，被他那恶狠狠的快活的样子迷住了。和大多数女孩一样，孙燕觉得潘树林又勇敢又可爱，心头不由柔情激荡。

想不到的是没过几天，潘树林又打了一个警察。那是在离孙燕家不远的地方，警察骑着自行车从胡同里冒出来，撞了潘树林一下，嘴里还骂骂咧咧的。潘树林说："嘿，你下来！"警察用一只脚支住地，回过头。"你再骂一句。"潘树林说。警察嗽了嗽喉咙，啐了一口，就又骂了他。潘树林死瞪着警察的脸，呼地就抡出一拳。

那警察被打得很惨，围观的人站了一圈直给潘树林叫好。本来潘树林打完了可以跑，可是有孙燕在场他就不能跑了。警察押着潘树林到东城分局去，孙燕和一些看热闹的人走在一起，心里又激动又害怕。没想到分局的人说这样的事不归他们管，让他们找派出所。走出东城分局的大门，潘树林扭头扫了孙燕一眼，说："你走吧，没你事儿。"

孙燕愣愣地看看潘树林，又看看警察，不知道该怎么办好。潘树林眉头一拧，嗓门儿提高了一截："让你走，听见没有！"

孙燕的心一沉。她站在路边，那么多目光落在她身上，一股委屈而又气愤的感觉直冲嗓子眼儿，她咬住嘴唇，一扭身头也不回地走了。

后来潘树林打电话找她，告诉她那天他们根本没去派出所，那警察越走越觉得不对劲，自己被潘树林打得这么狼狈，实在太丢脸，这种事应该越少人知道越好，就让潘树林走了。潘树林的声音美滋滋的，孙燕还在想着他对自己的粗暴态度，没好气地说："你有什么可自豪的，打人算什么本事！"

接下来两人都闷声不响，孙燕挂了电话。

这以后潘树林再讲起打架的事，孙燕就用嘲讽的口气说："嚄，真是英雄！"要不就说："行了，我知道你了不起。"弄得潘树林觉得很没意思。有时候孙燕觉得已经很了解潘树林，这个人老实正直，还挺好；可再一想又觉得他离自己的希望差得很远很远，虽然她也说不清自己希望的是什么。其实她的希望和所有年轻女孩儿是一样的，喜欢被人哄、有人爱她。

孙燕的姐姐孙丽给了她两张星期四的《红色娘子军》芭蕾舞票，孙燕迫不及待地打电话给潘树林，和他约好一起去看。一连三天孙燕都沉浸在微微的兴奋中，星期四傍晚她早早来到剧场。剧场门口已经有不少人了，大家互相打着招呼，闹哄哄地嚷着，孙燕夹在人群里兴奋地东张西望。

天黑得很快，路灯亮了，可孙燕还没有等到潘树林。随着时间分分秒秒地过去，所有的快乐都消失了，四周的景物一团昏黑，越来越沉重地挤压着孙燕。一些人神色匆匆地赶来，快步跑进剧场，剧场的大门前变得冷冷清清了。

孙燕的情绪由生气转为担忧，接着更加生气，最后简直不知道该怎么办好，只有不停地看表。明亮的前厅里也没有人了，演出已经开始。就在她茫然无措，几乎要哭了的时候，潘树林推着自行车的身影在昏暗的街头出现。孙燕的眼泪一下就涌出来，她极力忍着，眼巴巴地看着潘树林朝她走近，却说不出一句话。

原来潘树林的自行车半路撒了气，修车的铺子都关门了，他推着车走了半天才在一个机关的传达室借到气筒子，可没等骑到这里车轱辘又瘪了。潘树林涨红了脸，不停地用手抹去额头上的汗。孙燕望着他气急败坏的样子，心里已经原谅他了，可还是很不高兴。后来在半明半暗的剧场里，发生了一件让她不能原谅的事。

"向前进，向前进……"那低低跃动的旋律逐渐昂扬，像是有一根大针头，把豪迈的感情慢慢推入血管，孙燕激动地扭头去看潘树林，台上的灯映出他的姿势：头向后仰着，嘴半张半合朝向空中，他睡着了。孙燕看了他一眼，再看一眼，她的心先是一惊，渐渐升起怒气，然后冷却下来，充满轻蔑。这个晚上已经让潘树林毁了，看他那张着嘴的样子，自己怎么会喜欢这个人呢！孙燕转过头去，可她时刻能感觉到潘树林半张的嘴里发出含糊不清的呼吸，多么让人气愤啊！她再也忍不住了，把潘树林推醒。

后来孙燕知道了潘树林头一天值了夜班，可她对两人的关系却提不起兴致来。她的脑子里时常生出一些念头，都与潘树林无关。有一次约会，还没有到时间，俩人不约而同地看手表，觉得无话可说。

"问你个问题成吗?"一次潘树林问,"你是不是觉得咱们俩不合适?"

孙燕怔了怔,犹犹豫豫地反问:"你说呢?"

潘树林没有说出什么。孙燕有些为难,她的性格不愿意让别人难受,可她又觉得应该说实话,就说:"你那么爱打架,不好。"

潘树林听了一笑:"我不是早就跟你说了嘛,我就是坏脾气。"

下一个星期天,孙燕要和姐姐一块去玩,没有和潘树林见面。然后她又接到潘树林来的电话,说他们厂子要举行篮球比赛。两个星期过去了,一个月过去了,他们没有再见面。周红娜到孙燕家来玩,问起他们什么时候办喜事,孙燕的脸色很尴尬,周红娜立刻有所觉察,追问起来。孙燕说起看芭蕾舞的情形,语气带着讥讽,周红娜打断她:"你至于吗,别不讲理,人家不是值夜班嘛!"周红娜摆出老大姐的架势批评起孙燕来。孙燕看着她红扑扑的大脸,听着她讲话,可是没听清她说什么,暗想:他就是不可爱,我就是不喜欢他,又不是你和他谈恋爱。

于是,孙燕没有再给潘树林打电话,也没有再接到潘树林的电话。她和潘树林的关系就这么断了。

二

孙燕要过生日了,二十四岁的生日。以前她经常很早地想起来,到时候又忘了,可这回她绝不会忘,因为有一个人提醒了她。

那是三月的傍晚,西边的天空还泛着桃红的光亮,孙燕从公共汽车上挤下来,一下来到冷森森的大街上,不由打了个喷嚏。她加快脚步朝自己家的胡同走,经过副食店的时候忽然听见有人叫她的名字。她站住四下张望,一副白白的脸庞从商店门口移出来,走进路灯里,是翟志刚。这个翟志刚是孙燕的小学同学,小时候常到孙燕家做功课。小学快毕业的时候,孙燕曾经在自己的课本里发现一张纸条,是翟志刚写给她的,问她准备考哪个中学,很想和她上同一个学校,好和她在一起。孙燕记得自己把那张纸条拿给姐姐看了,姐姐说去他的,别理他。孙燕就没有理他,再见面时也不和他说话了。上中学以后他们没什么来往,只因为彼此住得不远,偶尔会碰面。后来孙燕知道翟志刚到东北插队去了。

翟志刚这时走到孙燕面前,他是个皮肤白嫩,脸上布满小雀斑的人,个子不高。

孙燕笑了，"哟，是你呀！真少见。"

翟志刚告诉孙燕自己已经调回北京了，在郊区的一所小学当老师。两人提起一个个小学同学的名字，欢快地问来问去，曾经那种不自然的感觉荡然无存。孙燕让翟志刚有空到她家来玩，就在这时翟志刚忽然说："你快过生日了，对吧。"

孙燕愣住了。她感觉到翟志刚的目光躲躲闪闪，一种奇特的感觉拨动了她的一根心弦。翟志刚很不自然，可还是说："三月十七号，我一直记得。"

孙燕觉得窘迫极了，简直不知说什么才好，"是嘛，你记性真好。那你记得李万里吗……"孙燕岔开了话题。

生日的这一天，孙燕没有和人提起，说不清为什么，她觉得翟志刚也许会出现。一直到下班回了家，她才觉得这是不可能的了。她有些闷闷不乐地躺在床上，等着吃饭。她的父母谁也没有想起今天是女儿的生日，这一点儿不奇怪，以往家里并没有过生日的习惯。可现在孙燕却有些难过，觉得自己孤孤单单，没人关心她。外屋的门咣当一响，是姐姐回来了，她走进屋子，手里拿着一封信，举到孙燕眼前："给，你的。"

这个夜晚立刻敞亮起来，孙燕快活地宣布今天是她的生日。大家被提醒了，高兴地祝贺她，妈妈还临时给她下了一碗鸡蛋面。晚上孙燕躺在床上，从枕头下拿出翟志刚的信看了好几遍，信非常简单，只有两行字：在你二十四岁的这一天，希望你知道你的一个同学在祝福你，祝你生日快乐，工作顺利，生活幸福。

翟志刚后来告诉孙燕，自己经常从她家附近经过，希望能碰上她，那天晚上他在副食店转了一个多小时，售货员直看他，也许当他是小偷吧。孙燕看着说话的翟志刚，想到这个人从小就喜欢她，一直记在心里，念念不忘，就觉得像被一股温热的浪潮冲啊冲啊，心软绵绵的。他们每次见面都不是事先约好的，可翟志刚总是在她期待的时刻出现。有两天孙燕没有看到他的人影，有些心神不安，就在她犹豫着要不要到他家去找他的时候，翟志刚又出现了。他感冒了，发了几天烧，脸庞似乎有些消瘦，显得那样苍白和轮廓分明，孙燕忽然感觉到一股对他的爱的冲动。在街角的阴影里，翟志刚抬起一只手放到孙燕肩膀上，登时眼前的东西变黑了，身子一歪，孙燕就倒进了翟志刚的怀里。

到了秋天的时候，他俩已经在商量结婚的事了。他们到一个个商店去看床和衣柜，大衣柜的镜子里映出两个身材小巧、干净利落的人，看上去很相配，交换着亲密的眼神。婚期定在1977年1月2日。

在他们谈恋爱的日子里，翟志刚非常迷恋孙燕，他不出声、直勾勾看着孙燕的样子经常惹得她一阵大笑，笑他有病了。他多次问孙燕为什么和潘树林吹了，孙燕想不出更多的理由，只说合不来。翟志刚不满意，还问，把孙燕问烦了，说："你想听什么？我碰上你就不和他好了，成了吧！"

翟志刚的面容非常严肃，攥住孙燕的手，"我对你是一片真心，就看你怎么样了。你要是不喜欢我，你可得告诉我，我可受不了你那样。"他的眼神热辣辣的，盯着孙燕，像是要融化什么。孙燕又想笑他，可笑不出来，因为她的心被弄乱了。一有机会翟志刚就要搂着她亲她，脸涨得红红的，像喝醉了酒，孙燕只觉得电流麻酥酥地从体内通过，不由自主地回应他。可他们克制着自己，没有进一步的举动。结婚前，孙燕被种种想象和神秘的渴望所困扰着。

结婚以后的情形让她不由有点失望。白天他们各自上班，思念着对方，下班回家见了面，好像还在思念，思念着一件事，一到可以睡觉了他们就很快地脱衣服，很快地上床，裹在一条被子里。翟志刚老是急得不得了，一下就发泄出来，可孙燕觉得他并不高兴。亲热过后，翟志刚微微皱着眉头入睡，他的沉默让人有点不乐。

冬天一眨眼就过去了，春天开始冒头。暖和的微风吹在脸上，生活好像变了样子。早上起床时天已经发亮了，下班时天也没有全黑，而且一天比一天明亮。孙燕回家看见翟志刚在炉子前炒菜，眼前总是一亮，不管他做什么她都觉得好吃极了。

星期天是顶美的日子，他们可以一整天待在家里。翟志刚是个很会过日子的人，有干不完的活，他们的小屋收拾得干干净净，墙上挂着结婚照，照片上两个人头对头，拘谨地笑着。翟志刚还是那么依恋孙燕，孙燕就笑他像黏糕，还笑他早熟，那么小就知道写纸条、谈恋爱。

翟志刚被提醒了，得意地说："我告诉你，我一直觉得能和你好，咱们俩能走到一起，怎么样，我的话实现了吧。"他上前抱住孙燕，"你是我老婆了。"

"谁呀，谁是你老婆！"孙燕一边笑一边挣扎，翟志刚就胳肢她，孙燕笑得喘不上气,直要抽筋,连连呻吟:"别,别闹了,哎哟哟,要笑死我啦!"

很快夏天来了。夜晚,孙燕只穿着件小背心躺在席子上还浑身冒汗,手里不住地摇着扇子,翟志刚把手伸过来,孙燕抓住他的手说:"不,太热了。"

经常翟志刚并不理会孙燕的拒绝,固执而急躁。孙燕觉得自己被他传染了似的,也变得烦躁不安,心里不快活。一次在黑暗里,她有些埋怨地说:"你这人,你怎么搞的?"

翟志刚没有出声,咕咚翻到床上。孙燕欠起身扭开电灯,翟志刚立刻闭上眼。"你怎么了?你干吗不说话?"孙燕追问。

翟志刚还是不理,也不睁眼。忽然间一股憋闷已久的火气蹿上来,孙燕极力压着:"成,以后你少烦人,听见没有?"

孙燕背过身去,过了一会儿她感觉翟志刚贴过来了,用身体摇晃着她,声音干涩:"嗨,你生什么气呀……"

孙燕不理他。翟志刚先摸她的肩膀,又把手伸到胸前揉啊揉啊,孙燕心里生出一股甜蜜而空虚的感觉,这感觉忽悠不定,让她又舒服又难受,最后还是难受占了上风。她推开翟志刚,转回身看着他,两人四目相对。

"你说,你是不是有什么毛病?你说实话。"孙燕总算把这句话说出来了。

三

小时候的翟志刚确实是那种早熟的孩子,长大又很本分,直到结婚以后他才感觉自己在性方面有问题,他冲动得厉害,不能控制,每一回都满心觉得自己像只猛虎,要撕破一切,可刚刚扑上去,还没有尝到什么美味就完了。开始孙燕没有觉察,使他安心,渐渐他不能安心了。

那个可恶的晚上,事情被戳穿,世界一下脱光了衣服,让人感到有些害怕和屈辱。以后很长一段时间两个人都没有再提这件事,可讨厌的阴影老是笼罩着他们,弄得俩人像闹别扭似的。

翟志刚去看了中医,开始吃药,可他不提,孙燕也不问。不是孙燕不想关心丈夫,而是不知道怎么办。她偷偷地看了书,知道早泄是种病,那

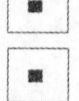

些方方正正的铅字并没有让她弄明白问题究竟出在哪儿。她可怜翟志刚，为解除他的苦恼什么都愿意做，可事到临头她又做不出来了。她从书上看到还有一些不同的姿势，一想到自己做出那种样子，就觉得恶心。

下雪了，针刺般的雪粒扎着人的脸，空气灰白。天黑以后刮起了大风，寒风剧烈地摇动树梢。钻被窝时孙燕凉得又叫又笑，她把被子掖得严严的，蜷起两条腿，听着外面的风声。小屋里又安静又暖和，炉子上开水壶噗噗地滚沸着，翟志刚慢条斯理地封好炉子，然后脱衣钻进被子，俩人并排躺着，都没说话。过了一会儿，孙燕扭脸看看翟志刚，翟志刚也看她一眼，眼神温和。孙燕伸出手摸摸他的面颊，微微迟疑地说："你，别不高兴了，没关系的，真的。"翟志刚没有出声。孙燕掀开被子钻进他的被窝里，两个人一点点地亲热起来，感觉很好。这种感觉使其他的感觉变得不再像以前那么重要了。

一个时期他们和谐相处，晚上孙燕负责把熬好的中药倒在碗里，端给翟志刚，看他喝下去。她为自己能做这件事而高兴，这证明了自己的一片真心。

他家的抽屉里放着一个小本子，里面记着每天过日子的花费，这件事是由翟志刚负责的。一年多来孙燕已经养成了习惯，领了工资就交出来，想到自己什么也不用管，这么省心，她觉得还是很有福气。

吃了一个冬天的汤药，翟志刚改吃丸药了，他用满满一大杯水才能把上百粒药丸吞下去，看上去很痛苦，他打的嗝也发出一股难闻的药味。

一个星期天，孙燕靠在床上翻一本书，翟志刚在桌前记账，窗外隐约传来春天的喧闹。槐树杨树已经鼓出嫩芽，人的身心也膨胀着。孙燕抬起头，望着那薄冰一样的蓝天，轻轻舒了口气，目光移到翟志刚的脸上。他的皮肤那么白，雀斑一粒粒那么清晰，眉心现出淡淡的川字，她不由偷偷地看着他，他的身体缺乏一种愉快的男人气概，整个外表没有光彩，一时间她几乎忘记了自己和他的关系，像是一个外人。翟志刚忽然抬起眉头，问："那天你买的鸡蛋是多少钱一斤？"孙燕惊醒过来，想了想告诉他："八毛。"

孙燕又看了一页书，忍不住想说话，"嘿，书上说每个人都有属于自己的命运，我信。"

翟志刚放下圆珠笔，沉思着："你，是不是觉得命不好？"

孙燕微微吃了一惊，一种完全被误解的感觉使她发出冷笑。

"你笑什么？有什么话你就明说嘛。"

孙燕一句话也不想说了。

"其实我完全能理解你，真的，我要是你可能也觉得命不好……"

"你放屁，你不可能是我！"孙燕的话冲口而出。

"对，我放屁。"翟志刚宽容而解嘲地一笑，"我告诉你吧，我也想过，想得可能比你还多，什么叫命运？其实人就是一条小虫子，比虫子还小，你信不信？"

"那你就当虫子吧。"孙燕直通通地说。

翟志刚被噎了一下，舔了舔上嘴唇："当然了，这只是一种比喻，可能是为了自我安慰吧。"

孙燕的心像被针一刺，软下来，翟志刚毫不反抗，坦白出真实想法，使她感到一阵难过。她打起精神说："你怎么了，你不是挺好的嘛。"

"是吗，好在哪儿？"

"对我好啊，不是吗？"

翟志刚感激地望了孙燕一眼，脸上现出勉强的笑容："你知道就行，我也就知足了。"

在孙燕的内心里，她从来认为自己很正常，过着正常的生活，她不把一些苦恼和任何人说，包括父母和姐姐。有时母亲关心地问："你们怎么想的，什么时候要孩子？"孙燕任性地白母亲一眼："得了，您少操点儿心吧。"

日子过得真快，一眨眼的工夫到了贮存大白菜的季节。休息日两个人忙活了一天，傍晚时分三百斤一级菜排列在窗根底下，圆滚滚的，显得十分可爱。他们俩可累坏了，随便下了点面条就上床睡觉。早上出门时满街都是落叶，风又干又冷，空中不停地响着飒飒声，白天越来越短了，人们在暮色中匆匆地赶回家去。孙燕在胡同口看见翟志刚骑着自行车的身影，她张了张嘴，却没有叫出声。

翟志刚用一件插队时穿的破大衣盖在白菜上，可白菜还是冻了，这年冬天非常冷。等公共汽车的时候孙燕不得不跑进路边的商店里，车站上站着黑压压一片人，车来了她根本挤不上去，还有一次她被夹在汽车中部，几乎动弹不得，急得大声喊：等等，有人下车！末了，她蓬头散发地从人缝里钻出来，被各种力量推搡着，绊在马路牙上摔了个跟头。

汽车开走了，孙燕的眼泪不知不觉地流出来，她发觉自己哭了，抽泣不止，这是委屈的苦闷的眼泪。回到家翟志刚已经做好饭了，她的心情平静下来。

又过了一年，翟志刚费了很大的周折调到区教育局工作了，离家很近，人比过去胖了些，每天早上他都要换一副干净的假领子去上班。孙燕呢，上了一个会计学习班，她的心里充满了改变现状的想法，虽然还缺乏明确的目的。下了班她急匆匆赶往学校，夹杂在陌生的男男女女之中走进灯光明亮的教室，老师心不在焉地来了，表情冷漠，课讲得干脆利落，孙燕专注地听着，一边在笔记本上唰唰地记；八点半铃声一响，大家就收拾起东西乱哄哄地四散而去。一种疏远的学生的感觉使孙燕觉得很年轻，身心愉快。同班有个小伙子下课和她同路，开始两人只是点头打个招呼，逐渐互相问候，聊起天来，他们乘一路公共汽车，孙燕比他先下车。小伙子姓罗，孙燕就叫他小罗，小罗一时不知怎么称呼她好，孙燕说就叫老孙吧。小罗不以为然地瞥她一眼："得了吧，叫小燕还差不多。"

孙燕扑哧笑了，"你多大？叫我小燕？"小罗回答："二十五了，你呢？"

孙燕说："你猜。"小罗猜她二十一二，孙燕快活地看着他，让他再猜。小罗是个大高个儿，比孙燕高得多，孙燕必须仰着头看他，那仰起的小脸红润发光，显得很漂亮。当孙燕告诉小罗自己已经快三十了，小罗简直大吃一惊。

孙燕故意把自己的年龄说大，其实她还不到二十八呢。看到小罗难以置信的样子，孙燕满心的得意和喜悦，说："怎么样，这回得叫老燕了吧！"说完嘎嘎嘎大笑一通。

这时期小罗正打算调工作，单位不同意放他，除非他不干了，他真的准备辞职。孙燕很佩服他的勇气，同时又为他担心。在家里她和翟志刚说起这件事："要是你呢？你敢这么干吗？"

翟志刚像是没听懂，用奇怪的眼神盯着孙燕："我疯了？你想说什么呀！"

孙燕被问住，忽然有点生气，又觉得很没意思，为了摆脱聚集在心头的烦恼，就说："你这个人哪……"她突然停住不说了。

翟志刚默默地看着孙燕，两个人恨恨地互相注视，很快又觉得不对，有些不好意思，连忙和解了。翟志刚问起孙燕上课的情形，还问了小罗的情况，孙燕说其实她也不想干，也想辞职呢。翟志刚微带鄙夷地问："那，你想上哪儿呀？"孙燕的脑子里转悠着许多想法，可嘴上说的却是："谁知道呢，瞎想呗。"

现在孙燕已经意识到自己和翟志刚的感情出了问题，她不愿意把内心的想法和他说，她甚至有点看不起他，看到他站在镜子前戴假领子时那种一本正经的神气，简直觉得讨厌。他还在吃药，他们是一家人，他为家里做的所有事情也都是为了她，她不得不心怀感激。

会计班结业了，孙燕和小罗仍然来往。两个人开始约会，约会的目的是给小罗介绍对象。孙燕跟小罗谈起一个姑娘，说了很多有关情况，小罗只是听着，不时地笑一笑点点头，孙燕有点急了，尖声喊起来："你怎么搞的？人家说得嘴唇都干了，你别太骄傲了好不好？"

小罗还是笑笑。孙燕侧着脑袋看着他，忽然也笑起来，一边举起小拳头捶了他的后背两下："不行，你太高了，我看你看得脖子都酸了。"

小罗大笑起来，笑得那么厉害，步子直摇晃，后来他总算止住笑，说："你知道吗，你真可爱。"

孙燕的脸高兴得绯红，反驳道："我可爱有什么用，我又不和你谈恋爱。"

后来汽车来了，小罗护着孙燕上了汽车，在车上他们抓着铁栏杆的手碰到一起。小罗把孙燕送到她家的胡同口，孙燕挥挥手，说："快走吧，再见。"小罗呢，两只手插在裤袋里，一动不动地看着孙燕走进胡同，然后才转身走开。

这样的约会有过几次，孙燕越来越感觉到自己喜欢小罗，总想和他在一起。夜晚，她躺在黑暗里默默地想着心事，小罗已经明白地和她说过喜欢她，那么以后会怎么样呢？走在小罗身边的感觉多好啊，他那么高大、年轻，他真的像他说的那样喜欢自己吗？一定有很多姑娘喜欢他，想和他结婚……后来，窗帘渐渐现出灰色，孙燕这才发觉一夜就这么过去了。翟志刚睡得很熟，气息均匀，近在身边。天哪，这种事真折磨人，真难啊！生活为什么没有快乐只有苦恼呢？

睡不好觉，孙燕的头总隐隐作痛，面容也显得憔悴了。照镜子时她发现了一根白头发，不由惊讶得大叫："看呀，白头发！"

"干什么，吓我一跳！"翟志刚好笑地说，"我也有，早就有了，这算什么。"

可孙燕很受刺激，她已经老啦，都有白头发了，谁还会真心地喜欢她？一种悲观的情绪使她垂头丧气，同时又觉得必须采取行动。她给小罗写了一封信，说再也不想和他见面了，写完又撕掉。他们俩其实什么事也没有，干吗要这么写呢，人家会怎么想呀！

孙燕接到小罗一个电话，声音很兴奋，说有件事要告诉她，约她下班后见面。一整天孙燕都心不在焉，满脑子胡思乱想。她猜想小罗可能会说出更亲热的话，要是他说想跟她好，该怎么办呢？也许她能……离婚！离婚的想法弄得她心慌意乱。她不由可怜起翟志刚来，要是离了婚他还能找谁呢？想起那张可怜样儿的痴迷的脸，孙燕觉得翟志刚是真心爱她的人，可她已经不爱他了，是她不好，对不起他。那么不离婚吧，就这么和他过，可是多没有意思啊，一丁点儿幸福也没有……

看到孙燕，小罗大步朝她走来。看着他迈着轻松步伐的样子，孙燕什么心思都没有了，满脸带笑。小罗让她猜发生了什么事，奇怪的是孙燕一下就猜着了："你辞职了？！"

小罗双手一击："哈，你真聪明。"

为庆贺这件事他们去了一家饭馆，还要了一瓶红葡萄酒。两人越谈越兴奋，小罗让孙燕调到他们公司去，他已经上了两天班了，还是搞销售，不过压力比从前大，当然挣的钱也多得多。

他们边吃边聊，对工作，对个人前途及社会问题都说了许多的话。孙燕把筷子举在嘴边，微微斜着眼睛瞟着小罗，目光里满是风情。小罗渐渐安静下来，谈话里出现了意味深长的沉默。饭馆要关门了，他们来到大街上，孙燕心里有点不安，因为已经九点多了，可经过汽车站他们还是没上车，继续向前走。

孙燕边走边想，什么是幸福，其实这么走路就是幸福，说起来可笑，可这是真的呀。只听小罗慢悠悠地说："问个问题成吗？你和你爱人关系好吗？能不能说？"

孙燕愣了片刻，喃喃地回答："谁知道呢，就那么回事吧。"

"怎么回事？"小罗不放松。

孙燕想了想:"我们俩性格不大一样,他比较内向,比较稳重。"

小罗笑了:"那太不一样了,你是开朗的性格,比一般人活泼。"

"不好吗?"孙燕问,其实她完全知道答案。

"好,当然好,我喜欢。"

孙燕故作轻松地一笑,好像觉得这话很好玩:"那你就找一个活泼的呗,那还不容易。"

"好哇,那我就找你,行吗?"小罗的口气也有点像开玩笑。

"去你的,别没大没小的。"

"孙燕,"小罗严肃地叫了她一声,"我不喜欢听你这么说话,你比我只大三岁,别忘了。"

两个人都不出声了,孙燕心潮激荡,小罗像憋着劲在想问题,空气有点紧张,又走了几步,孙燕忽然站住:"不行,我该回家了。"

"好吧,那我送你。"

他们上了汽车,在车上也没说什么话。孙燕让小罗别下车了,可小罗不听。

从车站到胡同口的路那么短,他们走得很慢,渐渐停住。路灯的光照着他们,使他们觉得不自在,两个人心里同时生出藏到黑暗里的愿望。

"走,送你回家吧。"小罗说,孙燕顺从地跟着他,走进昏暗的胡同。一种与世隔绝的感觉立刻笼罩了他们,就剩下他们两个人了,现在该怎么办?孙燕只觉得自己那么虚弱,完全无能为力,只有顺其自然了,她想。正在这时她看见胡同深处走来一个人。

四

翟志刚的脸从昏暗中冒出来,闪着一层青光。有一会儿工夫孙燕的感觉很麻木,弄不懂是怎么回事。接着她清醒了,急促地说:"你走,我爱人来了。走吧!再见。"她快步迎着翟志刚走过去,把小罗丢在身后。

孙燕走到翟志刚面前,使劲笑了笑:"哟,你怎么在这儿?"

"那个人是谁?"翟志刚开口就问。

"谁?"孙燕反问道,立刻一种不好的羞耻的感觉让她改了口,

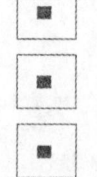

"啊,那是小罗。我和你说过他。"

"他为什么跑了?"

"回家呀。"

"他家在哪儿?"

"你干吗,查户口哇。"孙燕理直气壮起来,她意识到自己根本没有什么可隐瞒的。

翟志刚仇恨地朝胡同口望着,孙燕也忍不住回身望了望,奇怪,胡同里空无一人,不见了小罗的影子。孙燕神思恍惚地怔了怔,有点泄气地说:"走,回去吧。"

她走了几步才发觉翟志刚没有跟上来,就站住,"嘿,怎么了!走不走啊?"

翟志刚根本不理她。孙燕只得走回来,伸手拉起翟志刚的胳膊,拽得他身体倾斜,不得不跟着她走。

两人拉扯着走了一段,孙燕觉得真可笑,一边使劲拉他一边笑着说:"嗨,走哇你,走哇……"

翟志刚呼地甩开她,吓了孙燕一跳。

"去你的!你别以为我就这么好骗,你把我想得太傻了吧,告诉你,我心里清楚极了,你想怎么样?"翟志刚一顿,眼露凶光,"哼,想离婚吗?告诉你办不到,那不可能,你凭什么!我干了什么对不起你的事,你说呀!你说得出口吗?"

从一个门洞里传出叽叽咕咕的声音,接着走出两个人,是两个倒垃圾的女孩儿。

"走,回家再说。"这回是翟志刚领头就走。孙燕一动不动,心气得怦怦直跳。两个女孩儿走过她身边有些好奇地看看她。翟志刚头也不回,孙燕死盯着他的背影,忍了又忍,还是跟上去。

那天晚上孙燕不再和翟志刚说话,不管他说什么她只是沉默,弄得翟志刚以为她自知理亏了。他的本心并不想和她大闹,看孙燕脸色发白一声不吭的样子,他也有点害怕,后悔说出离婚那样的话,就克制着自己。

翟志刚先上了床。孙燕一直坐在桌前,气已经消下去了,脑子里晕晕沉沉,愁闷得想哭。一些曲曲扭扭的闪光在桌面上、窗玻璃上颤抖,所有的东西都扭歪了,孙燕用手捂住脸,嘤嘤地哭起来。

翟志刚一动不动地躺在床上，眼望房顶，后来实在忍不住了："你哭什么？你还哭！"他下了床，从铁丝上拿了条毛巾，递给孙燕。

孙燕接过毛巾，支支吾吾地抽咽着："没意思，真的，太没劲了……"一边说一边擦掉满脸的鼻涕和眼泪。

翟志刚低头看着她，一时间，满心的屈辱和仇恨使他几乎想打她，拳头都攥起来了。孙燕什么也没看见，她站起身，默默地倒水洗了脸，然后上床躺下。

第二天中午小罗打电话问候孙燕，两人都没有提头天晚上的事。以后他们时常通电话。小罗现在很忙，老出差，到各地参加展销会。他送给孙燕一些会计学方面的新书，孙燕在家里学习时就明白地告诉翟志刚这些书是小罗给她找的。

下了一场大雨，胡同里的一堵山墙倒了，幸亏没砸着人。豁开一面墙的屋子暴露在光天化日之下，显得那么寒碜。孙燕每天从屋旁经过，都觉得像是有什么人站在那儿沉闷而吃惊地瞪视着。过了好久，房管所才来人把那堵墙砌起来。

孙燕和小罗几乎不来往了。她没有什么失望的感觉，觉得这样倒好，但是她越发坚定了想要改变自己生活的决心。过了半年多，孙燕调到一家医院的药房收费，干了不到一年又调到一家出版社当会计。

孙燕在医院工作期间翟志刚曾和她提过，是不是检查检查，为什么一直不怀孕。孙燕虽然不高兴，还是查了，她的身体没有任何问题，一切正常。翟志刚不甘心，总是叹气，长期以来他一直在吃药，情况有所改善，那么为什么还没有孩子呢？这件事成了他的一块心病。

孙燕的姐姐孙丽和一个研究生结了婚，生了个儿子。孙燕很喜欢自己的小外甥，翟志刚也喜欢，这个孩子让他俩时而亲近，时而心生怨恨。孙燕偶尔把一些烦恼和姐姐说，姐姐是那种能力很强有野心的女人，她太知道自己不如姐姐了，简直没法比。姐姐的话她也许能理解，但做不到。孙丽的中心意思是：一个人要想明白自己需要什么，按照自己的需要去行动。她暗示孙燕可以和小罗发展那种关系，只要她觉得需要。后来小罗从孙燕的生活里消失了，孙丽不由得有些疑惑，对妹妹说："真看不出来，

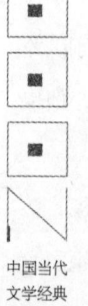

你这方面是不是比较冷淡哪。"

孙燕也弄不清自己算不算冷淡，和翟志刚在一起得不到满足时她很苦恼，加剧了内心的渴望，有时甚至想发脾气。偶尔也有好的时候，翟志刚呼出熟稔的气味，喘吁吁地问："怎么样？成吗？成不成？"孙燕紧闭着眼睛，极力忘却现实，脑子里充塞着一些乱糟糟的场面和小罗的模样，不一会儿就恢复了清醒。

翟志刚很关心她的感觉，极力想使她满意，孙燕心里明白他是多么想有孩子。

三十岁生日那天孙燕照了半天镜子，观察的结果还算满意，她一点不显老，俊俏的脸蛋几乎没有皱纹，她轻轻摸着眼角对自己说："就是，没孩子也有它的好处。"

四月里她却怀孕了。

翟志刚身上发生了鲜明的变化，活跃多了，不管人家跟他谈什么，他总要把话题引到孙燕身上，然后就说起老婆怀孕的事，谈男孩与女孩的差别，先天与后天的。他抱着孙丽的儿子都都嘴里念念有词："知道吗小子，你就要有弟弟了，说，喜欢弟弟还是妹妹，说呀小肥猪，来，咬一口。"都都被咬得太疼了，嘴咧了几咧，终于哇地哭出来。

都都还不到两岁，孙丽却走了，上美国去留学了，儿子放在姥姥姥爷家里。孙燕的怀孕让父母喜出望外，本来他们几乎不敢抱什么希望了。单独和孙燕在家时翟志刚显得小心翼翼，甚至露出讨好的意思，让孙燕觉得不舒服，好像和一个陌生人生活在一起似的。她不由陷入思索，然后问翟志刚："我要是一直不怀孕呢，咱们俩会怎么样？"

"别胡说八道。"翟志刚不愿意谈。

"真的，我真的想知道，要是没怀孕呢？"

"你不是怀孕了嘛。"

"那，要是流产了哪？"

翟志刚生气了，嘴抿得紧紧的，极力压住火。他的态度惹得孙燕老想说刺激他的话。她一次次宣称自己不想生孩子，生孩子有多难，多痛苦，多么危险，翟志刚听着听着，脸色涨红，渐渐又变白，可是绝不发作。后来他完全练出来了，把孙燕的话当成玩笑，随着她一起说："对，要孩子干吗，生下来也得掐死。流产，坚决流，血流成河……"孙燕憋不住地笑起来，笑得翻倒在床上。翟志刚从来不是一个幽默的人，这一段成了他们共同生活里笑声最多的日子，可惜太短暂了。

一天夜里，孙燕起来上厕所，发现下身出血了。早上翟志刚陪她去医院，走在路上她感觉血流不止，医生检查后说，胚胎已经部分排出，必须刮宫。

半年以后孙燕和翟志刚离婚了。

五

孙燕又和父母住在了一起，刚开始她有些不习惯，情绪低沉，然而一种疏远的孩子感情的残余使她逐渐恢复了。星期天，她躺在床上不起来，听着妈妈一遍遍叫她，厌烦地用被子蒙住头，仿佛又回到了小姑娘的年代。不同的是现在有了小都都，他经常跑来掀开被子，用小手重重地拍打孙燕的脸。

孙燕一把揪住那条小胖胳膊，都都惊恐地大笑着往后躲，孙燕不放手，俩人闹得像疯子似的。有时候她正满心欢喜，亲着滚来滚去的小外甥，一种说不清的悲哀在她心里一动，她松开手，都都欢笑着逃跑了，孙燕把脸埋在枕头里，伤心得想哭。

妈妈的同事要给她介绍对象，孙燕生气地拒绝了。她说她不想再结婚，因为没有意思。没人能说服她，一谈到这个问题家里的气氛就紧张。

星期天妈妈推门走进来，一面拉开窗帘一面说："你怎么还不起床啊，像什么样子？！"

孙燕蓬头散发，从被子里探出头："快，关上窗帘，求求您了。"

妈妈把窗帘又拉上一半，走到床边坐下。

"小燕，不是我们不能理解你，你不能自暴自弃呀！嗨，你听见没有？"

"什么自暴自弃，我困。"

"你呀，"妈妈叹口气，为女儿掖掖被子，"你听着，昨天李阿姨来了，她也这么说，你不能这样，这样不对，你才多大岁数呀，生活的路还长着哪。"她等了一会儿，见孙燕没反应，接着说："人应该坚强，这种事有什么了不起的，比这大得多的困难我们都过来了。李阿姨说女同志老得快，岁月如梭，真是这样，你没看见李阿姨的头发，说白就全白了……"

这样前后矛盾的话搅得孙燕心烦，她猛地睁开眼："谁是李阿姨呀，我不认识。"

"你这孩子，怎么这么说话！"妈妈气冲冲站起身，噔噔噔走到窗前把窗帘一拉，"起来，别赖在床上了，我看不惯这么懒惰的人。"

屋子里灌满阳光，亮得耀眼。孙燕的心被刺得一哆嗦，慢慢欠起身，眯着眼睛问："您直说吧，您是不是嫌我住在家里？"

她的话伤了妈妈的心，只见她的眼睛难过得眨巴眨巴，不知说什么好。孙燕也又气又难过。有人敲了敲门，是爸爸。他探头进来："嘿，牛奶热没热？都都醒了。"

妈妈一声不吭地走出门去，顺手把门使劲一关。孙燕心酸地想，没有人关心她，更没人理解她，她没有亲人，谁也不为她着想。过了一会儿，隔着屋门传来啪哒啪哒的脚步，都都一面跑一面笑，用脚跺着地板，满脸的顽皮。孙燕马上忘掉了忧伤，大声喊起来："都都！都都来啊，到这儿来！"

有时候姐夫张波一早就来了，准备带都都去动物园。都都拽着孙燕撒娇："小姨也去小姨也去。"张波一板脸他就不闹了。都都长得很像张波，方脸，短而直的鼻子，大嘴岔，只是都都胖，哪儿都肉乎乎的，张波的脸上尽是骨头，很硬，他咧嘴大笑的时候让人觉得特别开心。

张波对孙燕的事从不发表意见，孙燕不知道姐姐和他说过什么，看上去他好像什么也不知道。他待孙燕家的人很客气，但是不大亲密。在都都上幼儿园的问题上张波和孙燕的父母有分歧，弄得不大愉快。

张波在社会科学院工作，都都四岁时他让儿子进了单位的幼儿园，每星期六接回家。要上幼儿园了，都都哭得撕心裂肺，像是要送屠宰场的小猪，满身是汗，接着就病了。病好以后小脸瘦了一圈，眼睛里不时露出微弱而鲜明的紧张神情。姥姥答应每天接他回家，他才松了一口气。张波不同意姥姥的做法，又不想直接发生冲突，就找孙燕谈。

一个下午，孙燕去幼儿园接都都，现在这件事经常落在她身上，看见张波站在幼儿园门口等着她。

"哟，你怎么来了？"

张波说想和她谈谈，他宽阔的嘴角向上弯起，带着讥诮的神情："首先我得声明，你姐姐和我立场一致。"

孙燕笑着问："我姐又来信了？"

张波说他们通过电话，接着他收敛笑意，严肃起来，又一次讲明他的理由：第一他没有时间天天接；第二他不愿意给都都造成这种错觉——靠乞求靠软弱的姿态就可以躲避他不想做的事。都都应该明白，大人、家长的正确决定，不是能够随他的意愿改变的，对与错，生病和上幼儿园，两方面不能混为一谈……

"他是个小孩子。"孙燕好笑地打断他。

"不错，他是孩子。"张波认真地盯住孙燕，"也许我误解你的意思了，你别见怪，我不认为孩子和大人有什么不同，你以为他不懂，那是你小看他了，他什么都懂，或者说都能懂，只要你相信他，把道理给他讲清楚，你要是根本不相信他那当然就没办法了。问题在大人，不在孩子，你同意不同意？"

孙燕被姐夫盯着，点了点头。

"好，好极了，那我就有个同盟军了。"

孙燕扑哧笑了："你说话真有意思，以前我怎么没发现。"

"那当然，那是因为你姐说话更有意思。"

孙燕怔了一下，咯咯直笑。他们一起去接都都，都都看见爸爸来了，有些意外，问："你是来接我的吗？"

张波把他抱起来，直望着孩子的眼睛："你先说，你想爸爸了吗？"

都都胡乱地点点头，搂住张波的脖子，亲亲他的脸。张波高兴得大笑，笑声高两个调门，显得很激动。孙燕忽然觉得姐夫很可爱，他的心并不像表面那样，他很爱儿子，而且他是对的。

过了一个月，又过了两个月，一切都进入正常的轨道了。每星期一早上，都都的情绪都有些低沉，但不再哭了，因为他知道那没有用，另一方面他也习惯了幼儿园的生活。正如张波所说：时间是解决一切问题的法宝。

十月里，云色清朗，气候渐凉，一夜之间街头冒出堆得小山似的大白菜。白天人们热热闹闹地排队买菜，孙燕夹在其中，心里有些空虚。晚上她躺在床上，举着书却看不进去。翟志刚已经又结婚了，听说是和一个开无轨电车的司机，那女的能给他生孩子吗？但愿吧，但愿他能过得好。

"那我呢？就这么过一辈子吗？"

孙燕想压住这念头，不由说出声来："别想了，睡觉。"她关上灯闭上眼睛，果然迷迷糊糊睡着了。天还没亮的时候她突然醒了，屋子里还黑着，可已经看得清周围的物件了。翟志刚又闯进她的脑子里，仿佛由他带来了什么意义不明的麻烦似的。她想到张波的话也不全对，时间并不能解决她的问题。可怎么才能解决问题呢？再结婚吗？和谁结？

这念头活生生地一闪，那么清晰那样强烈，使孙燕忽然起意想结婚了。那个人应当比世上任何人对她都亲，比妈妈爸爸还要亲，想到那种痴痴迷迷的，没法用语言表达的亲密，孙燕激动而怅惘。

孙燕同意去见一个人。那人是个会计师，和她同行，没结过婚，各方面条件都不错，只是年龄大了点，四十三岁。他们是在一个同事家里见面的，孙燕第一眼就懂了这人为什么没结婚。没有女的会喜欢他那样的人，从长相到言谈举止，怎么说呢，他基本上就是个女的，那窄小的溜肩膀，轻巧地跷着的小手指头，斜着眼睛看人，笑的时候两手那么一拍。一开始孙燕感觉又恶心又生气，渐渐她觉得太逗了，最后简直可怜起这个人来。他这辈子可怎么办呢？天底下居然有这样的男人。

孙燕没有和父母说，却忍不住告诉了张波。张波理解地微笑着："这个人一定是同性恋，他没有什么过错，一切都是荷尔蒙的作用。"

"同性恋"三个字使孙燕的脸涨红了，"那他干吗还要结婚？"她气愤地质问。

"这更不能怪他了，你知道别人都怎么看他吗？你想想，你怎么看他。"

"怪物。"孙燕冷笑道。

"问题就在这。他不愿意被当作怪物，就这么简单。"

张波总是让孙燕无话可说，又心悦诚服。孙燕觉得许多说不清的事情在他心里都很明白，所以他总那么沉着，看人的时候总是直盯着人的眼睛，叫你不得不低下头；要不就看别的地方。孙燕想试试也看着他，可做不到，张波的目光坚定，自信，要求很高，只有孙丽才能和他结婚。孙燕感觉到内心深处有一丝丝羡慕，她想不出孙丽为什么还待在美国，要是她自己可能早就想家想得受不了跑回来了。

星期天孙燕去逛王府井，感觉有人在看她，她假装不经意地转过脸，原来是小罗！小罗穿着好看的灯芯绒西装，头发向后梳着，像一道亮光站在那儿。

小罗要请孙燕吃饭，孙燕笑道："都两点了，不，才两点多，吃什么饭呀！"小罗就请孙燕到开张不久的麦当劳坐坐。午后的太阳把大玻璃窗照得一片白光，孙燕指着靠窗的座位说："咱们坐到太阳里吧，多好。"小罗刚坐下就站起来，解释说他早就想上厕所了，这就是麦当劳的好处。随后孙燕也去了，果然厕所里有镜子，她照着镜子理理头发，凑近看看自己的脸，她对自己并不满意，但是也没办法了。

他们随便说笑了一会儿，小罗当上了部门经理，当然，目前还是副的，孙燕在单位也算是"大拿"了，接着孙燕很突然地说："我离婚了。"她下意识抬起目光看小罗的反应，恰巧抓住了那一瞬间，那是一个人在听到突如其来的好消息，惊讶而自得的本能流露，孙燕不大相信自己的眼睛，"你，怎么了？"

"我怎么了？我在听你说话呀。"小罗的脸色已经十分严肃。

孙燕简单地说了说离婚以后的情况，她不愿意多谈离婚这件事，小罗感觉出来了，也没有多问她。他们远远地离开了他们内心里关切的事情，一个劲地扯别的，喝着可乐，轻松地有说有笑。可乐喝完了，薯条吃得差不多了，到了分手的时候，小罗给孙燕留了一个地址，说这是他的房子，准备结婚用的。

孙燕怔了一下，使劲笑起来："好啊，你怎么还保密呀，都要结婚啦！"

小罗说还早着呢，不过有个女朋友。孙燕问是干什么的，小罗难以觉察地迟疑一下，说："在外地，深圳。"

孙燕笑他们是牛郎织女，让小罗要经受住考验，然后两人就告别了。

自从又见到小罗，孙燕的心一直不平静，对自己不满意，好像自己干了什么后悔的事，可她知道并没有。小罗和她是什么关系呢？朋友？他比过去更精神了，还有点得意，他为什么给她那个地址？孙燕想到了一种可能性，一股热烘烘的感觉在小腹流动，她为自己荒唐的念头羞耻，同时又觉得小罗很丑恶。一个礼拜后，小罗给她来了个电话，刚说了几句，有人叫他开会，就挂断了。

河面结冰了，风变得冷飕飕的。早晨天还黑着孙燕已经出门了，公共汽车挤得要命，每天在路上花费的时间比别的季节多得多，弄得人身心疲惫。星期六孙燕早早地去幼儿园接都都，回家的路上两个人手拉着手，边走边聊，孙燕问都都想不想妈妈，他无所谓地说想啊，孙燕犹豫了一下，又问："爸爸想妈妈吗？"都都不理她，哼哼唧唧地唱起歌来。

一个星期六，孙燕按照说好的把都都送到张波家，张波到家后留孙燕吃晚饭，说晚一点汽车就不挤了，孙燕就留下来。他们三个人坐在一张桌前，有一种家庭的气息，孙燕觉得挺愉快。屋子里很暖和，张波只穿了一件毛衣，孙燕发觉这件毛衣是她织的，张波听了马上站起来，双手垂在身体两侧，让孙燕好好欣赏一下自己的作品。孙燕说："我可不敢当，你怎么成了我的作品了。"

张波揪起毛衣："这是你的，"又用手指指自己的鼻子，"我嘛，对不起，是我父母的作品。"

孙燕笑着连连点头："对对，没错。"

都都的眼睛机灵地转了两转，猛然伸出手指着张波喊道："我是你的作品！"张波高兴得大笑，都都又霍地指向孙燕："小姨是，是我的作品！"

孙燕一愣，嘎嘎笑了。都都开始胡乱地指来指去，说孙燕是张波的作品，自己是妈妈的作品，张波是姥姥的作品……孙燕抱着都都笑成一团，张波微笑着等待着他们，轻轻拍拍桌子："镇静，镇静了。"

夜里孙燕做梦了，梦境混乱离奇，有张波还有小罗，一个人拉起她的手，好像要搂抱她，她一脚踩空了，摔倒在马路边，司机连声喊着"借光借光"，凑到跟前对她说：别哭，上车吧。司机的脸模模糊糊，很熟悉……

有一阵大家都巴望着能看内部观摩的外国电影，孙燕的兴趣尤其强烈，几乎成了一种饥渴，在出版社里见人就打听，还到处托人，只要有机会她总能搞到票。一些电影使她很激动，她忍不住地把自己的感想和张波说，为此还要把整个故事给他重讲一遍。每当她讲故事的时候心里都不由得沮丧，这些动人的电影从她嘴里说出来就失去了光彩，成了干巴巴的话，没有了欢笑和眼泪，不能感动人了。

有时候张波也给她电影票。一天张波和她一块儿去看一个美国电影《魂断蓝桥》。电影是下午场的，看完电影出来正值暮色降临，满街流动着下班的潮水，可孙燕一无所知，她的心完完全全还留在电影的时空里。刚刚在电影院里她哭了，眼睛还看得出来，她顾不得难为情，甚至觉得没有什么可难为情的。玛拉的命运，她和罗依的爱情，她为爱情而做出的牺牲，牺牲了多么美丽的生命啊！罗依将悔恨终生，永远活在对玛拉的思念里。孙燕没头没脑地朝前走，几次要撞到人和汽车，都是张波把她拉住了。

暮色清朗，西边的天空一片桃红，走到路口孙燕有些茫然地站住了，看着眼前匆忙穿梭的人们，她忽然说：“我不想回家。”

他们选择了顺路的景山公园，一走进公园大门，那个喧闹的不合时宜的城市就被坚决地阻挡在外面。四下里，光秃秃的树木一片朦胧萧瑟，余晖留在一棵棵树干上，汽车的声音，模糊的人声，隐约的喇叭，并没有破坏公园的安静，反倒增添了一种与世隔绝的静谧的意味。

孙燕呼吸着冰凉的空气，她感到很舒坦，身边有一个人和她并肩走着，这个人是她的姐夫，这也没有让她别扭。此刻她的心充满感情，非常充实，她有很多的话想说。

他们开始了一场谈话。孙燕说了很多，热烈地讲个不停，像涓涓流淌的小溪，有没有爱情呢，当然有的，一定有……她知道很难很难，也许她永远在可悲之列了，可她还是很高兴，因为毕竟有人获得了爱情，像玛拉。她羡慕玛拉，她虽然死了，可她是为罗依而死，为爱而死的，生活中能有值得爱的人多好，可又是多难哪！

夜色渐浓，山后的红云完全消失了，钴蓝色的天空里冒出越来越多的星星。张波一直沉默地听着，只是偶尔简短地说："是，我明白……当然……"那低沉的声音给孙燕很大的安慰和鼓励；她和翟志刚的生活怎样一点点黯淡下来的，小罗的出现，不愿回首的离婚；眼泪在孙燕的眼睛里发亮，回忆使她激动也让她满心委屈，忽然她觉得自己说不出话来了。张波侧过脸看看她，小心地伸出手拍了拍她的肩膀。孙燕的身子一颤，喃喃地说："对不起，没事儿，没什么。"

张波沉默地向前走，两个人的脚步声清晰可闻。眼泪退下去了，难过的心情也很快消失，代之以一种轻柔的舒畅感，刚刚被张波拍过的肩膀上有些异样的感觉，好像那只手没有拿开，还放在那儿，有点温度有点重。

公园里的灯亮了，照出一块块冷清的空间，把更大的黑影投向远处。张波默默地向孙燕讲起了他的初恋。那是在云南建设兵团，在一个水库的大坝上，那个女孩儿向他迎面走来，那时候他多大呢？应该是十六岁。他从来没有见过那么漂亮的女孩儿，到今天为止也没见到。他的脑子一下空了，把什么都忘了，只有那女孩儿像一道亮极了的亮光笼罩着他。他们走近了，他忍不住问她是哪个团的，干什么去？两个人说了五分钟的话，他记得水库里有鱼，"泼剌"跃出水面，女孩儿笑着指给他看：在那儿，那儿！整个水库、四周的天地都充满歌声，亮堂堂的。然后他们分手，女孩儿去镇上发信，他就到别的连队看同学了。前后只有五分钟，但是永生难忘。那五分钟的感情至诚至美，无与伦比，再也没有了，他相信那就是爱情，谁也夺不走，什么时候想到都那样美好。

张波想了想，又补充了一句："爱情不在于是不是靠得住，而在于是不是使人幸福。"

孙燕呆住了，这是另外一个电影，这个故事超出了她的思想，但是她已经完完全全地接受了它，以至于一想到有这种可能，就有一股巨大的感动的热流通过她的心间。她目不斜视，心潮激荡起伏。静默中，张波的脸有些黯淡，眼神诚实而深沉，过了一会儿，他的喉头咕哝了一声：

"你知道吗，我没有告诉过你姐姐，结婚以后我去找过那个女孩儿。"

孙燕没有反应，心尖轻轻地哆嗦了一下。

"我差点认不出她，不不，当然我一眼就认出来了，可是，我想我可能是犯了一个错误。"

"怎么了，她也在北京吗？"

"在上海，是我出差的时候。"

张波细细地讲述了他找那个女孩儿的复杂过程，经历了怎样的周折，心灵的斗争，在临走的头一天，深夜十一点多钟，终于站到她家楼下的窗口。女孩儿出现了，当然不再是女孩儿，她根本不认识他，后来想起他来，两个人你送我我送你，在她家楼下的巷子里来来回回，一直走到天亮。

"她还那么漂亮吗？"

"怎么可能呢？老多了。我不愿意多看她，因为我一直在想着她，在梦里想她，我有点受不了。当然，后来慢慢习惯了。"

"她结婚了？"

"结了。"

"她丈夫呢？"

"她没说，我也没问。她谢谢我去看她，还说第二天可以陪我玩，我说我要走了，早上七点四十分的火车。"

不知为什么孙燕松了口气，心落地了。对了，她想，这就对了，一切都不可能，都成为过去，多么让人难过，让人想哭啊！可是，这是为什么，一股凉幽幽的轻松的快感，这感觉蠢蠢欲动，在向她招手，孙燕模模糊糊地想到自己的青春，想到自己白白地浪费了这么多年的时光，觉得她多么想恋爱啊！公园里的寂静，一直在耳边萦绕的可爱的声音，无风的湿润的冬夜都在迎合她的心意，在她心里激起极端的热望，天哪，她非恋爱不可。

很可能就是在那个时候孙燕爱上了自己的姐夫，然而她只是想：多好，这个夜晚真是可爱极了。

六

过了半个多月小罗又给孙燕来电话了，约她去玩，去舞厅跳舞。第一次孙燕说有事，下回吧，第二次她去了。俱乐部里的气氛不像孙燕期待的那么欢乐，灯光发暗，宽阔的大厅里好像蒙了一层东西似的，陌生的人们互相打量着。小罗带孙燕走到舞厅顶里面，坐了一会儿。每一个舞曲开始都是那两对男女首先走进舞池，孙燕很感兴趣地看着他们。他们提着气，一脸的不高兴，脚不着地地滑来滑去，另外的一对倒是喜气洋洋，可孙燕觉得有点可笑。轮到小罗站起来请孙燕跳舞了，孙燕很紧张，她的头才到小罗的下巴颏，两人跳了一会儿孙燕就笑着倒退两步，抽出手说："不成，你太高我太矮，不成。"

小罗想说服孙燕，攥着她的另一只手不放，孙燕的脸红了，她顺从了小罗。她的脸颊微微贴着小罗胸前的衣服，无声地跳完一支曲子，又跳了下一支舞曲，渐渐孙燕的心平稳下来，不再不好意思了，怀着满意的心情跳了一个晚上，等到小罗问她，咱们还跳吗？她才惊醒过来。

走出俱乐部，来到街上，孙燕不由打了个冷战，小罗很自然地伸出手搂住她的肩膀，孙燕没有反应，两个人无声地走了一小段路，然后小罗站住，俯下身亲了孙燕。他的嘴唇有点潮乎乎的，冰凉，像亲在石头上，可这块石头会动，他一个劲地亲着，把孙燕抱得紧紧的。孙燕的感觉像做梦一样，不知道自己在干什么，但是她也亲了小罗的嘴和面颊。几分钟之后他们松开了，小罗搂着孙燕又走起来，孙燕一边走一边不由诧异自己的反应，她亲了小罗，可她又这么镇静，她到底怎么看待小罗呢？

"嗨，上我家去吧，好不好？"小罗扭着脸，凑近她的耳朵柔声说。

孙燕没有回答，继续走着。小罗拉住她："走吧，去坐车吧。"

这时孙燕抬起头看着小罗，她认出了那种表情，是充满性爱的男人脸上贴着的那层特别的表情，孙燕是过来人，一眼就认出来了。她的身体不由自主地感到激动，可内心却不肯服从，觉得屈辱。

"不了，我得回家了。"孙燕不自然地说，小罗好像不相信她的话，脸上带着宽容的疑惑的笑。孙燕一阵慌张，又说："真的，以后再说吧，还有机会。今天太晚了。"

后来孙燕在公共汽车上想着小罗的表现，越想越气，他明明有女朋友了，也告诉了她，可他还要拉她去他家，他把她当成什么人了！而她呢，说的是什么话呀！有什么机会？再说什么？一股气恼和懊丧的心情使孙燕直冒汗。

这时她看出了小罗身上的许多缺点，他那种得意的样子，在俱乐部里他的眼睛老是瞟着好看的姑娘，他变了，一点不像在会计学习班时有股年轻的单纯劲。意识到一个人这样地改变了，孙燕觉出一股说不清的滋味。

孙燕想到了张波，他多好啊！没有比他再正派的人，他才是值得爱的。孙燕心里猛地一震：天哪，她这是怎么了？可立刻又缓过神来，想：为什么不能呢？我爱都都，他们是我的亲人，我愿意爱他们。过了一会儿另一个声音又说：对，你可以爱，但是能爱张波吗？

那一夜孙燕老是想着和小罗的拥抱亲吻，一会儿又变成了张波，她浑身发烧，翻来翻去，天哪，她觉得自己真的在渴望男人！她伏在床上，满脑子的梦想，一点也不害羞，瞧着柜子微笑；她希望一直想到天亮，可渐渐想到生活还要这样过下去，忽然间气馁极了，不由为自己刚刚的思想害臊。她又难过又气闷，暗自叹息：什么时候才能开始一种新的生活啊？

都都感冒了，咳嗽得厉害，一个礼拜没去幼儿园，在姥姥家。张波每天下班来看都都，有一天他没有来，第二天孙燕打电话到他的单位，听到张波的声音孙燕忽然一阵紧张，好像被揭穿了内心的秘密。她终于承认自己是有秘密的，但是她不会让这个秘密有什么可耻之处。这是个美好的秘密，玛拉式的，虽然不涉及死亡，可包含着某种自我牺牲的精神。当这样的想法在孙燕脑子里转悠时，她不由得扭头看看身边的人，仿佛他们能偷听到她的思想似的。

日子在忙碌中过得很快，好像一只巨大的看不见的手拿着个模子，"梆"地一刻，就是一天，梆梆梆梆，每天都是一样的。然而变化毕竟来了，天气一天天变暖，人们脱掉厚厚的冬装感到那么轻快，不管走路还是骑车都利利索索，像是有很多的快活事在前面等着。

孙燕活泼能干，据说要提她当财务科副科长，大伙儿都说她越活越年轻，可是她的个人问题仍然没有着落。很多人为她操心，她的态度大大方方的，但是不积极。没有人知道她是有男朋友的。

小罗在春节期间结了婚，去南方度完蜜月又回来了，新娘子不愿意放弃她那份工作，坚决留在深圳。小罗向孙燕倾吐了心中的苦恼，孙燕安慰他说，老在一起不一定好，这样见了面多亲热呀！看着小罗低垂着头，现出一副凄凄惶惶的样子，孙燕就笑他，然而她也觉得他怪可怜的。当小罗攥住她的手，把她拉到怀里，孙燕没有反抗。事后她感到羞愧难当，同时又满心激动，简直不知道该怎么想才好。回到家她躲进屋里使劲照镜子，怕自己脸上有什么不对头的地方，为眼角细小的皱纹难过了好半天。

和小罗有了这种关系以后，孙燕觉得自己变了，觉得自己以前就像没有活过，像瞎子似的，这下才睁开眼睛。她看清了翟志刚确实太对不起她了，小罗对她的态度虽不可原谅，却已经得到了原谅，她心里一次次涌起强烈的情欲，事后又不愿意承认。在她的幻想中时常出现张波。姐姐已经不在几年了,这么一想就有一个魔鬼冒出来,脱得一身精光狂飞乱舞。再要见张波时孙燕简直有点害怕,直到她看出什么也没有变,一切照常,她的感觉才放松下来。

张波带她参加过两次关于中国如何走向现代化的研讨会,孙燕抱着很大的热情去的,结果却觉得太枯燥,要不是不好意思她真想中途偷偷溜走。她问张波:"你觉得咱们中国有戏吗?"张波很坚定:"当然有戏,肯定精彩,喜剧悲剧同台上演,只要你活着就会看到。"孙燕又以同样的热情去书店找书,买回来几本放在床头,不能说她没有收获,她怀着温柔浪漫的心境在床头的小灯下一本本读了,也弄懂了一些意思,可记不住什么。然而她做了很多,事事处处为张波和都都着想,受了很多累,毫无怨言。一段时间以来孙燕觉得张波好像有什么心事,她问他怎么了,张波总是平平淡淡地说没什么。

孙燕不明白自己怎么会这么麻木,那样显而易见的事竟然被她丢在脑后。这件事是妈妈告诉她的,孙丽想要和张波离婚。妈妈的脸色难看极了,声音惊慌发颤:"我想不通,她搞的什么鬼呀!我不能同意,绝对不成,两个女儿都走这条路,你爸要气死。你怎么不说话?"

"张波知道吗?"话刚出口孙燕就明白自己太傻了,立刻又问,"我是说,他同意吗?"

"他怎么能告诉我。他不同意。"

"他说他不同意?"

"没说,他能同意吗!他一个男同志,老婆不要他了,他不气死才怪呢!"

"你自己气死吧!"孙燕的话那么冲,把妈妈吓了一跳,立刻孙燕就觉得很对不起妈妈,拉起妈妈的手攥着。眼泪在妈妈眼里打转,她忍着忍着,怎么也忍不回去,吧嗒掉下一滴,孙燕难过地抬起手替她轻轻抹去,这一来妈妈反而呜呜地哭了,孙燕只得搂住妈妈的肩膀,像哄小孩儿似的哄着:"别哭了,哭什么呀,好了……行啦……"

妈妈的声音含糊不清:"这是怎么回事啊,我太难受了,你们为什么这么气我,你姐她一个人在外国,她可怎么活啊!"

阴影笼罩了孙燕,她神魂不定,不知道能干点什么。天气闷热得让人睡不着觉,蚊子嗡嗡在耳边打转,孙燕打开灯找蚊子,发现两只吃饱了飞不动的,狠狠把它们拍死。关了灯，地上满是月光，孙燕想起小时候她和姐姐在门口的台阶上乘凉，她用一把大芭蕉扇给姐姐扇风，姐姐是小姐她是丫鬟，姐姐是老师她是小学生，姐姐是公主，她好像是士兵……孙燕不知不觉地笑了，她那远在万里之外的亲爱的姐姐啊！她又想到张波，心立刻凉了，像堵了块石头，搬不动。怎么办呢？他早就知道了，可毫不流露，默默地忍受，多让人揪心，多么坚强啊！孙燕的心真的一阵刺痛，想要安慰张波的愿望那么强烈，恨不得立刻就能做点什么，她要去找他，和他说……说什么呢？

她的一片真情，她的爱，她这个人，有什么用？谁需要她？原来并没有人需要她啊。这剜心的想法让她喘不上气来。屋外忽然传来几声咳嗽，是爸爸。孙燕的思想跳到父母身上，他们过了一辈子了，他们俩之间有爱情吗？现在是看不出来了，也许曾经有过。妈妈真可怜，她的一生就这么过完了。很长时间以来第一次，孙燕觉得自己有些愚蠢可笑，她和小罗的关系，对张波的感情，心里的热劲儿，做出的种种牺牲，其实都没有意义，简直是傻。为了叫自己相信事情不是这样的，为了压下这种可怕的念头，孙燕又思考起姐姐离婚的事来，可想不出什么结果，迷迷糊糊睡着了。

早上起来，看见都都在屋子里欢欢喜喜跑来跑去，刚洗过的小脸直放光，她的心松了一会儿，好像什么也没有发生，然而这不是事实。晚上她给姐姐写了一封信，问了一连串的问题：为什么要离婚，对张波真的没有感情了吗，都都怎么办，该不该离婚，等等等等。

姐姐的回信来了，是寄到她单位的，因为不想被父母看到，更不想让张波看到。信里只向她一个人透露了真实情况：她和一个美国人好了。那人是和她一起搞研究的教授，对她帮助很大，而且非常爱她，她也爱他。她对张波当然还有感情，可已经不是爱。信厚极了，很长很长，孙燕看了好长时间，然后再翻过来重看。字里行间她听见了姐姐的声音，看见她的模样和表情，她说的都是最最真心的话，只能对亲妹妹说的。那美国人自己没有孩子，但他和前妻领养了两个中国孩子，所以都都来了绝不会孤单。他有一个妹妹，还有一个姐姐。这一段孙燕翻来覆去看了很多遍，还是不很明白，可她明白了一点，姐姐要把都都接走，离开中国。信的末尾有一行，下面重重地画了黑圈：都都的事先不要告诉张波，千千万万。

孙燕满心都是姐姐信里的内容，又担忧又害怕，越来越害怕，怕见到张波。等见到了，看到他像平时一样，沉着自然的样子，又觉得他太可怜了，而姐姐简直太坏太无情。她没有和张波提姐姐的信，回想起来也没有什么思想斗争，好像就该这样，不可能有别的选择。约会时，小罗觉出她心事重重，问是不是出什么事儿了，她故意冷淡地说没什么呀。孙燕这才明白说"没什么"其实是很正常很容易的。

离婚的事已经不可能再保密了，妈妈整天愁眉苦脸，爸爸的沉默更让人憋得慌。张波来的时候目光躲闪着孙燕，痛苦暴露出来，世界一点点脱光衣服，让人不由想闭起眼睛。要下雨了，窗子现出电光活生生的一闪，闷雷震动大地。孙燕站在窗前看着白茫茫的雨帘，脑子里一无所思，急骤的大雨带动起气流打湿了她的脸，最后她关上了窗户。

无法消除的郁闷心情使孙燕开始怀疑自己，她做得对吗？她为什么就这么站到了姐姐一边，欺骗张波？她的心里起了混乱的风暴，懊悔咬噬着她，让她难受极了，要么马上有所行动，要么倒在床上大哭一场也好，可她哭不出来。她想起那个冬天的黄昏在景山公园，她和张波离得那么近，像一对深交的互相理解的老朋友，现在这么大的事他们却连一句都没有谈过。这是不对的，错出在她身上。

孙燕鼓起勇气给张波打了电话，说想和他谈谈。

"谈什么？"

"你真的不知道吗？"

电话那头静默了一会儿："好吧。"

七

张波让孙燕坐在沙发上，他自己搬来书桌前的椅子，在屋子中间坐下，孤零零的，看着很奇怪。

孙燕笑了："你这是干吗呀，又不是审判你。"

"不是吗？那太好了。"张波搓搓两手，玩笑地说，可他的态度明显的有点生硬，带着隔阂。

孙燕一直在思索着要谈的话，似乎已经清清楚楚，可一转念间又变得稀里糊涂，再一想又明白过来，她的思想在两个极端之间奔波，弄得她又紧张又疲倦。看到张波坐在面前，她倒冷静下来了。

"你知道我要说什么是吧？是关于我姐姐，和你。"

张波不出声，平静地望着她。

"说心里话我是有看法的，我觉得你是好人，真的，我姐这么伤害你我很难受。你信我的话吗？"

张波思忖了一下，点点头。

"我知道离婚的滋味，我知道你很痛苦，要是我能做什么能对你有帮助，我非常愿意做，我一直是这样想的，没有别的意思……"

"我知道，谢谢，我非常感激你。"张波的语气很诚恳，眼神里还带着微微的痛楚。孙燕难过极了，感情的潮水汹涌而来，像要淹没一切。她吓坏了，急急地说："我想告诉你，我知道我姐姐是什么样的人，她和你不一样，她——"孙燕不得不顿了一下，"她是女的，她聪明，脑子好使，可她有时候，"孙燕又一顿，"知道吗，你比她强得多，你有思想有学问，又有才，你一定能有发展……"

这时她看到张波的嘴角咧了咧，像是在苦笑，就像满腹心事，还得听人家说废话的人似的。孙燕的心一沉，她不想再兜圈子了，"我姐她厉害，有心眼，你不能全信她的话。她说对你没感情了，也许不是真的，也许她有别的想法，关键是你们俩有儿子，有都都，她怎么能这么做呢！让都都没爸爸。"

张波的目光严峻起来，看着孙燕，孙燕有点紧张了，张波要是知道了姐姐要把都都弄到美国去会怎么样呢？她感到一阵心里没底的恐慌。

果然张波冷笑一声，笑得非常冷酷："孙燕，我告诉你吧，你姐姐是个什么样的人。她是个自私的人，为了达到目的她从来不惜任何手段，欺骗在她根本是小菜儿。"张波讥诮地笑着："你知道吗，她不是聪明，她是自作聪明，她总以为别人都是傻子，都会跟着她的指挥棒转，她达到目的了就以为是她自己的胜利，其实呢，她和所有人一样在一个大圈里转，一个利益的大圈。"

张波用冷静分析的眼光谈到孙丽要和他离婚的原因，他说有各种可能性,也有它们的合理性。孙燕闷声不响地听着,脑子里想着他说她姐姐的那些恶毒话语。张波侃侃而谈,可她却觉得不入耳,他越是冷静,越是有理有据,她就越不舒服越生气。张波说了很多深奥的话,什么"游戏之后也就是进行游戏之前",孙燕简直不能接受,难道这样的事和游戏有一点点关系吗?可她又找不出一句反驳的话来。终于,他结束了分析:"对于孙丽,我明白她,不管做什么,人得按一心想做的去做。我能理解。"

他默默地看着自己交握的双手,然后坐直身子,对孙燕温和地一笑:"你刚才说我是好人,其实我也不是,你才是好人,这是我的真心话。你姐姐和你根本不能比,要是有一个男人爱上你,那他可就太有福气了。你知道吗,我特别爱听你笑,只要别人稍稍一逗,你就发出清脆的笑声,真好。"

孙燕没想到张波会说出这些话,脸立刻羞红了,一种自私的感觉使她的心里充满喜悦。离开张波家,一路上孙燕的心都很轻快,她回想着他们的谈话,尤其是他说爱听她笑的话,张波这个人,心像一潭清水一样,聪明,有教养,又这么宽厚。为什么她就不能找个这样的人哪!为什么她不敢承认自己很爱张波?如果他不再是她的姐夫的话……孙燕的心情渐渐沉重起来,思想和情感陷入了一团混乱。

一天两天,三天四天,孙燕还是一团混乱,她责备自己:我怎么能这么想呢?她又反驳自己:我为什么不能这么想呢!有的时候她觉得脑子都快转不动了,人都变傻了。经历了好些天的心神不安、恓恓惶惶之后孙燕终于清醒过来,看明了真相:世上的事不可能以她的意志为转移,她能力有限,什么也决定不了,只有听天由命。思路变得有条理了,她想自己总不是那么糊涂的女人,是有脑子的,也有一定的能力,那就要克制自己,不再胡思乱想,把精力放到工作上。这似乎是没有办法的办法,可能也是最好的办法。她一次次告诫自己,要说到做到,甚至照着镜子说了好几遍。

孙燕真的说到做到,她是个聪明人,到秋天就被提成副科长了。深秋时节姐姐从美国回来探亲,屋子里十分阴冷,孙丽和孙燕挤在一张床上,她们谈了很多。孙丽说话时打着激烈的手势,脸上不时显出奇怪的外国人的表情。孙燕就笑她,孙丽意识到了,自嘲地耸耸肩:"真糟,我自己都不觉得。"姐姐说的事很多孙燕都不能理解,不过有一点她感觉得很清楚,那就是现代人的思维方法,很多极为复杂麻烦的事用那种方法一想,就会得出简单的一目了然的结论,事情也就解决了。

都都知道自己要跟妈妈去美国，特别兴奋，见了人就快乐地传播这件新闻。他小小的年纪就知道美国好，也许孙丽讲的汉堡包和好吃极了的冰激凌是他所向往的。姥爷对他发了脾气，打了他一回。孙丽把儿子拉到一边说：“听着，男子汉，眼泪是属于女人的东西，快把眼泪擦了。”都都的小嘴哆嗦着，憋呀憋呀，把眼泪憋回去了，没过五分钟，就在院子里和别的孩子追跑起来。张波和孙丽离婚的事情也在进行，就像是水到渠成，他们像朋友那样一起出门办事，商量该说些什么话，孙丽开一句玩笑，张波也笑。事情很麻烦，两个人都阴沉着脸，然后有了进展，接着一切就迎刃而解。孙燕始终在一旁观察着他们，心里微微地惊奇，她终于把他们离婚的事和小罗讲了，小罗由衷地表示赞赏。

在小罗家的床上，他压在孙燕身上，笑眯眯地俯视着她，然后轻轻吹了口气，把挡着孙燕眼睛的头发吹开，孙燕不由眨了眨眼。

"你知道我想起什么了？"

孙燕没有回答。

"我想起你姐姐，还有你姐夫。"

孙燕动了动身子，她不想这么谈这个问题。

"人应该像他们那样。"

"哪样儿？"

小罗也不回答，亲亲孙燕，像是被她的嘴唇粘住了、分不开似的使劲亲了一会儿："说不定他们俩也还有这种事呢。"

"去你的吧，你滚。"孙燕用力一推。小罗依然笑着："你这人，这真是没准儿的事，完全可能。"

"绝不可能。"

"你怎么知道？"

"我怎么不知道，我当然知道。"

"你问了？"

"我看得出来。"

"那你姐姐看得出你吗？你和我……"

孙燕的脸憋得通红，小罗看她真生气了，连忙哄她："你一生气特别可爱，就像小野兽要咬人，咬吧，使劲咬。"

小罗被咬了一口，疼得怪叫一声。孙燕觉得还不解气。

孙丽和都都快要走了。晚上孙燕把都都抱到自己床上，她感到孩子香甜微弱的呼吸吹到脸上，她的脸碰到都都的头发，心里有一种柔软无力的感觉，柔弱得好像不光她的脸，就连她整个的心都贴在都都的绒布衣服上了。她贴近地瞧着都都熟睡的面容，眼泪流了下来。

临走前一天，姐姐请全家人到外面吃饭，还请了张波。想到女儿就要走了，爸爸妈妈才忍耐住，打消了拒绝出席的念头。孙燕也觉得不舒服，她怀疑张波会不会来，果然张波没来。妈妈看着都都大吃大喝，眼圈红了，爸爸好像一直在生气，沉默地吃着，孙燕给他夹菜他连理也不理。孙燕凑到都都耳边小声问："你想不想小姨？"都都的嘴里塞满了肉，说不出话来，使劲点点头。"想不想姥姥姥爷？"他也点头，"想不想爸爸？"都都把嘴里的东西咽下去，清清亮亮地回答："当然想，他是我爸爸呀！"孙丽冲儿子鼓励地伸出大拇指，会意地微笑。

在一种新奇力量的驱动下，孙燕忍不住把自己和小罗的关系向姐姐透露了，姐妹俩坐在床上聊到很晚。姐姐又一次向孙燕讲起了她的美国爱人，就要见到他的激动使她简直收不住嘴。孙燕带着微微的欣喜，带着恍惚，瞧着姐姐的脸，脑子里暗想：对，人人都跟着她的指挥棒转……

夜深了，孙丽打了个大哈欠，连忙用手捂住嘴："对不起。"谈话又回到小罗身上："不错，他是个不错的情人，年轻，长得帅，能满足你，你还想要求什么。"

孙燕在心里重复着姐姐说的这几条，还是觉得有些意义不明似的，"可是……"她还没想好可是什么就被姐姐打断了："别可是了，我知道你想什么，全世界所有的傻女人都想要的，爱情。"

孙燕的想法被说中，扑哧笑了："就你不傻，你这么精，我都怕你了。"

孙丽含笑看着妹妹，好像想起什么心事，慢悠悠地说："我告诉你吧，**爱情，不是没有**……"孙丽说到一半忽然不说了，孙燕期待地望着她。

"你知道吗，张波也有一个情人。"

"什么？"

"张波，他让我不要和别人说，我只跟你说了。"孙丽轻声一笑，摇摇头，

"真有意思，这不是很好的事吗！书生气十足。"

孙丽瞟了一眼钟，不由得惊叫一声："哇，都十二点了，睡觉吧。"她双腿一伸，站到地上，身子向后挺直伸了个懒腰，"啊，明天，不，后天就到家了。嗨，你想什么呢？"

孙燕的脸色很不好，像是忽然不舒服似的，被姐姐问了一声，身子一抖。

"你怎么知道的？"

"知道什么？"

孙燕微蹙眉头，"是他告诉你的吗？"

"哦，张波啊，他告诉我的。"

"什么时候？"

"前两天吧。"

"刚找的？"

"哈，你说什么呀！早就有了，可能都快结婚了吧。"孙丽狡猾地一笑，"这可是我猜的，算是我的预言，走着瞧。"

孙丽睡着以后，一切都沉寂下来。孙燕把自己从头到脚裹在被子里，仰面朝天一动不动，那直挺挺瞪着眼睛的样子很吓人。她的心里在沸腾，她想到自己怎么思前想后受尽折磨，怎么下决心，压住自己的感情，而那些思想原来是痴心妄想啊！她的胸口憋闷极了，感情和自尊心受到的伤害使她心怀痛恨，她恨自己，恨张波，恨姐姐，恨那个她没有见过的美国人，恨得她手脚冰凉直哆嗦。她感到很冷，就摸黑下床，从柜子里翻出一件大衣盖在被子上，她想知道是几点了，又一想，有什么关系呢？这世上的男人原来都这么可恨，没心肝，混蛋！她在心里恶毒咒骂，小罗不也是一样的吗！他寂寞的时候就给她打电话，她呢，就颠颠地跑去。她忽然想起他和妻子的照片就在他家的墙上挂着，一股气恼和屈辱让她两眼发黑，喉头哽咽。孙燕觉出自己哭了，可也觉得无所谓，使劲拉起被子把脑袋蒙上。黑暗里她的呼吸潮乎乎热烘烘的，她无声地哭着，人昏昏沉沉，一种温和的思绪渐渐代替了激动的思绪，总会有好人的，应该有，应该有幸福，爱情，起码是真诚的感情吧，没有欺骗。

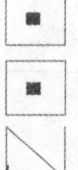

夜静得要命，静得可以听见一种低微的嗡嗡声。孙燕从被子里探出头来，倾听着。她的眼睛有点睁不开了，可是闭上一会儿还是又睁开。后来，窗外的天空渐渐变成灰色，又过了一阵子，闹钟响了。那是个阴云密布的早晨。

八

从都都走后又过了两年多，八月末的一天，孙燕和妈妈站在阳台上，看着地面上变得很小的人和移来移去的车子，那些五六层的楼像趴在地上的玩具似的。

"这楼真叫高，哟，看见没有，那不是西山吗！"

孙燕扭过头去，在远远的天边上有一条发青的长影子，那当然就是西山。说不上什么原因她的心里一喜，脑子里似乎浮现出一种宽广辽阔的景象。好啊，她想，这阳台，这新房子真好。她自己的房间也很好，四四方方，墙壁雪白，从窗子里能看得那么远，阳光充足，空气轻轻流动，城市在下面发出声音，新的生活开始了。

这两年里发生了一些事情，张波结了婚，爱人是和他同一单位的研究生，现在他和孙燕家几乎没有来往了。小罗半年前终于调到深圳，孙燕接到过他的两个电话，都是在上班时间，一会儿就有人进他的办公室一下，电话里听得清清楚楚。然而孙燕心里还是觉得安慰，毕竟他还没有把她忘到脑后，不是人一走茶就凉。小罗感觉到孙燕对他心存怨气并没有在意，也不勉强她，孙燕隐隐有些失落，但两个人从来也没有伤和气。

孙燕曾经想过要找张波谈谈，当时那愿望非常强烈，好像性攸关似的，今天看来她简直有点不理解自己。现在她成熟了，以前的事情变得不再重要，甚至不那么真实了。一切都在变，最最可怕的变化是变老，遥远的不可思议的四十岁一步步走近，好像一个越来越熟、关系越密切的人走到她的生活里来。孙燕并没有觉得恐慌，可还是有紧迫感。现在她习惯了在介绍人的安排下去赴约会，见不同的男人。他们有不同的职业，模样长得千奇百怪，令人失望。当然也有不错的，甚至有让孙燕动心的，可同样也会让她伤心，让她知道自己的条件不够好，缺乏吸引力。不过孙燕的性格没有变，仍旧爱笑，显得比同年龄的女人活泼得多，她的心并没有老。

几天前周红娜到孙燕新搬的家来玩，她和孙燕一直是朋友，孙燕的妈妈拉着她的手说个没完，感叹日子过得真快，老头都退休了，分了这套房子。周红娜说房子真好，真大，阿姨您该好好享享福了。孙燕妈不以为然地摇摇头，压低声音："小周哇，你和孙燕是多少年的朋友了，你得帮帮她，她今年都……哟，瞧瞧你这手，真是双大手。"

这时，孙燕端着沏好的茶在门口站住，两眼从眼皮底下使劲盯住母亲。母亲有点尴尬，做出无辜的样子："你看我干吗？好，我走我走。"

妈妈走出去，孙燕关上了门，周红娜笑了。

孙燕也觉得挺逗，笑着说："你看她还转得挺快，还什么这双大手。"想到妈妈这么胡说一气，她咯咯笑出了声。

两个人聊了一会儿，周红娜问："有个人，不知道你记不记得？"

"谁呀？"

周红娜没有立刻回答，看着孙燕的眼光有点奇怪，想笑又不好意思笑似的。孙燕啪地打了她一下："说呀，谁？"

"潘树林，还记得吗？"

孙燕当然记得潘树林，而且记得很清楚。有一阵子，在她伤心沮丧的时候不止一次地想起最初的那场恋爱，觉得那时候多么天真，糊里糊涂的，又是多么无忧无虑。时光一去不返，那个潘树林不知道怎么样了。

现在孙燕从周红娜口中知道了潘树林的情况。他结婚了，有一个女儿，七月里他的爱人因为癌症去世了。

孙燕的第一个反应是为潘树林感到难过，死去亲人是可怕的，她连想都不敢想。周红娜还告诉她潘树林和他爱人感情挺好，他爱人是那种老实本分的女人，家里的一切事情从来都不用潘树林操心，这下他一个人简直抓瞎了，又难过又上火。

孙燕听着，内心的感觉发生了微妙的变化，既可怜潘树林又有点乐滋滋的，真是怪极了。

果然周红娜的大脸上铺开了笑容，她说出了来的目的，想再当一次介绍人，让孙燕和潘树林见面。孙燕竟爽快地同意了。

过了一天，孙燕自己去了潘树林家。乍一看潘树林还那个样子，几乎没有变化，孙燕想也没想就说："哟，你怎么还那么黑呀！"说完连忙捂起嘴，咯咯直笑。

潘树林的家是两室一厅的单元房子，他现在在轻工局的一个下属单位当副主任。孙燕觉得他过得马马虎虎，屋子里一点看不出舒适和美观，而且他这个人还有点土气似的。

"你女儿呢？"孙燕问。

"上学去了，上初中二年级。"

九月的天气十分凉爽，潘树林还穿着条短裤，他在一把椅子上坐下，叉开两条筋肉迸起的腿。他还么结实，孙燕想，身体真好。

他们随便地聊起来，孙燕避免谈起他的爱人，怕他难过。孙燕讲到自己离婚，潘树林只是听着，什么也不问。谈起他的女儿他的话才多了些，说的都是细小的事情，说女儿的名字是他给起的，叫潘乐，想让她快快乐乐的。他从抽屉里找出一张潘乐的照片，那是个长相普通的女孩儿，胖胖的圆脸小眼睛，潘树林说随她妈。

到了中午，潘树林起身要做饭，孙燕犹豫了一下，说："我能帮你吗？"

厨房里又脏又乱，到处是油腻的感觉，可潘树林自自然然的态度让孙燕反而有点心酸了。在见潘树林之前孙燕设想过会是什么情景，绝没有想到他们会一起待在厨房里，现在她觉得也没什么不合适的。

孙燕一边洗菜一边问："你脾气还不好吗？"

潘树林笑了笑："对了，不好。"

"你打孩子吗？"

"绝对不。"

潘树林盯着锅里煮的面条，忽然说："你不知道吧，去年我还因为打架被关过呢。"

孙燕一愣，扭过脸看着他，不由笑了。

"真的，不骗你，要不我就当上主任啦。"

潘树林绘声绘色地讲起人家怎么想整他，故意用激将法，骂他，让他动手，他就上了他们的圈套。被打的那个干部鼻子让他打歪了，其实一点事儿也没有，过后鼻子也正过来了，可当时流了好多血，怪吓人的。他自己上派出所去投的案，说自己打人了，关了他五天。

"从那回以后我变多了，不再干蠢事。人嘛，还是应该能克制住自己。我相信。"潘树林郑重其事地说。

孙燕看着潘树林，忍不住又笑起来，她的笑发自内心，一点也不是笑话他。事实上她觉得这个人真有意思，打人的事显得怪好玩怪可爱的。"你可真是，"她哧哧笑着，"一点也没变，简直和过去一模一样！"

经过这么多年之后，过去的一切朦朦胧胧一股脑儿化成了对青春的印象，在人的记忆里留下的不是别的，总是轻松和愉快。

孙燕和潘树林来往起来，没有人说这是一种什么性质的关系，好像是朋友，可又不完全是，或者说根本就不是。九月过去了，十月也过去了，孙燕还是没有决定跟不跟潘树林结婚。

潘树林的女儿潘乐是孙燕犹豫不定的一个原因。那女孩儿的态度有点冷淡，或者说有点骄傲，不知为什么她老是想着潘乐那胖嘟嘟的脸蛋，觉得不喜欢不痛快。

有一次潘乐很突然地说："阿姨，亏了你没有小孩儿……"

孙燕笑着问她："哟，这话什么意思呢？"

潘乐想了想，却不肯说了。

孙燕觉得自己是个好人，心地善良，可这回她的善良却不起作用。一整套自私的想法一条条穿过她的脑子，一个人为什么要结婚？当然是为了比一个人的日子过得好。那么她呢？照顾潘乐，让那孩子快快乐乐地长大成人，这没错，可她自己会不会快乐呢？渐渐，孙燕不去潘树林家了，没多久，她听说潘树林找到一个护士，结了婚。

城市在发展，到处盖起了大楼，好多地方一两年不去就不认识了，走在街上孙燕常常觉得可回忆的东西越来越少。秋天她在报纸上看到第十五家麦当劳店开张的消息，就在她过去住家附近，一种新奇的感觉蠢蠢欲动。她脑子里冒出自己还是个小姑娘，兴冲冲跑出胡同口，走进明亮的麦当劳的画面，天哪，真难以想象。她忽然怀念起童年，那么想念熟悉亲切的胡同，这感觉怎么也丢不开，促使她要回去看看。

下班后孙燕坐上公共汽车，经过好久未见的街道，一些新修的店铺夹杂在老房子中间，街景显得有些古怪。车子拐过一个熟悉的弯然后到站了，孙燕下了车，四下张望，没有发现麦当劳。在初冬的暮色里，街道好像比过去窄了，路灯也显得不够亮，孙燕问一个妇女麦当劳在哪儿，她不知道；又问了一个学生，也不知道；她想还是问问商店里的人吧，就朝她

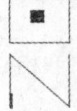

家胡同口的副食店走过去。副食店里人影晃动，孙燕看见一副白白的脸庞从商店里移出来，走进路灯里，是翟志刚。

孙燕呆住了，这是怎么回事呀？她觉得自己走进了一个遥远的怪吓人的梦境里。翟志刚也看见了她，居然朝着她走过来，灯光照出他白净的脸和细密的雀斑。

孙燕浑身一哆嗦，打了个喷嚏，赶紧找手绢。翟志刚已经走到她面前："你好。"

"你，你好。"孙燕稀里糊涂地答道。

"没想到能碰上你。"

"是吗，我更没想到。"

孙燕告诉翟志刚她已经不住在这儿了，她爸爸退休以后搬了套三居室。翟志刚告诉她他妈前年已经去世了，他爸一个人还住在老地方，他经常回来看他。两个人说了几句话之后就木木地望着对方，有些发窘又有点惊奇。

翟志刚忽然想起什么，说不久前见到小学同学李万里了，孙燕感兴趣地听着，却没听明白，过了一会儿她的思绪转回到翟志刚的话上，问："什么聚会？"

原来小学的同学想搞一次聚会。

聚会是在李万里家里，来了十三个人，李万里还是又高又瘦，干巴的脸上一笑布满皱纹，让孙燕心惊。他和每个人热情地握手，让进他那装修过的客厅里。度过了最初的震惊以后，大伙越来越觉得谁都没有变，不断地爆发出欢畅而振奋的大笑。饭菜十分丰盛，男生带来了各种的酒，李万里的爱人一直注意着每个人的杯子和盘子，看他们是不是都在吃菜，凉拌菜是不是充足，为什么有人不吃她做的鱼。看着这个装修得很高级漂亮的家，孙燕把自己放在其间，要是她是什么样呢？还没有想出结果，这念头就溜走了。没有人提起孙燕和翟志刚的关系，好像他们俩从来就没结过婚，比起其他的男生翟志刚并不显得老，可她还是觉得他不如别人，畏畏缩缩的，这让她的心里不舒服。过了一会儿，她又觉得自己想错了，翟志刚说起他负责的中学招生工作，引得大家那么关心，而他脸上显出那么一股得意的神气，使孙燕觉得很讨厌。

录音机响了，一个男人用广东话唱着歌，各种酒开始起作用，大家都脱了外衣，七嘴八舌一齐讲话，还互相打岔。李万里涨红脸，用筷子使劲地敲桌子："诸位，嘿，诸位，咱们唱一个《我们是共产主义接班人》吧！"大伙真的唱起来，唱了好多革命歌曲，孙燕笑得扑到桌上，又倒在身边的女同学怀里，她笑啊笑啊，要是有人走过窗外，听到那银铃般的笑声，一定会不知不觉面带微笑。

离开李万里家已经是下午四点，大家好像得到了什么暗示似的，一眨眼就消失在纷乱的街头不见了，只剩下翟志刚和孙燕。

孙燕的头发晕，胃里有点难受，可她一直没说，现在这感觉变得厉害了。翟志刚立刻看出她不舒服，伸出手扶她。她本想说"谢谢，不用"，可她一弯腰吐了。

孙燕感觉很难受，可是比难受还要糟糕的是一种懊恼的情绪，她的样子一定很难看，好像她过得很倒霉似的。她连连催促翟志刚："你走吧，我没事儿，你该回家了。"

翟志刚却不肯走，坚持找到街头的一片空场，让孙燕在石头凳子上坐下。他站在孙燕面前，眼睛盯着来来往往的人看，孙燕抬头看看他，觉得这真可笑。这时她的心情好了一点，就说："要不你也坐下，站着干吗？"

翟志刚坐下了。他弯着身子，两个胳膊肘支在膝盖上，眼望前方，像在发呆。过了一会儿，他扭过脸问孙燕："怎么样？好点没有？"

孙燕说好了，咱们走吧，就站起来，可翟志刚不站。

"再坐会儿行吗？我想和你说会儿话。"

翟志刚的生活完全不像他表现出的样子，出乎孙燕意料。他老婆很厉害，对他不好，生了个儿子，是先天愚型，老婆天天怪他，他又怪谁呢？现在他才知道女人有多么可怕，多么恶毒刁钻。他简直恨透了他的老婆，可拿她毫无办法。他怕见她。下了班宁可在大街上闲逛，也不愿意早回家，想到他那傻儿子，他才能忍耐下去。

翟志刚打开了闸门，满肚子的苦水、满腔的愤恨倾泻而出。他脸色发青，目视前方，连嘴唇都变白了。孙燕呆呆地看着他的侧面，屏住呼吸听着，动也不敢动。

一些小孩儿在远处追跑，深秋的冷风把他们的叫声吹得很远。翟志刚终于说完了，停下来，一声不响地看着自己紧握着的两只手。

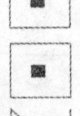

"那，那你怎么办呢？"孙燕迟疑地问他。

"有什么怎么办，过呗。"过了好一会儿他松开手，不好意思地拧过脸来，瞟了瞟孙燕，"真的，还是你心好，那时候我是身在福中不知福啊。"

一连几天孙燕的心情都有些沉重，她很可怜翟志刚，又觉得他太窝囊了，心里生气，当初他和她一起时一点不在乎她，她多能忍耐呀。人哪，就是软的欺负硬的怕。她又想起他在李万里家得意的样子，多少人为孩子上学的事情求他，一个人怎么可能什么都如意呢。但是，孙燕的心抽紧了一下，翟志刚坐在暮色中的街头，身体向前弯着，眼望前方的样子包含着那么深的苦恼，一时间孙燕简直想帮帮他，只要是她能做到的她都愿意做。

可是她差不多立刻就觉出这想法太荒唐了，她能帮他什么，什么也帮不了，她今后的生活是什么样子都不知道呢。傍晚时分，孙燕站在窗前举目四望，所有朝西的窗子都在夕阳的光辉里射出金光。天空中飞过一片黑点，是鸽子。鸽子飞进刺眼的夕阳里又转回来，孙燕喃喃自语："是啊，是啊……"突然间她想到一件事，一种可能：要是当初她没有流产，生下一个弱智的孩子。她的心忽然一沉，接着变得无比敞亮，好像推开了一块大石头，无比轻松。

一天，孙燕在家里接到一个电话，是小罗的声音。她吃惊地问："你怎么知道这个电话？你在哪儿？"

"在北京。"

小罗的一个朋友想出本经济方面的书，他对出版界的事一窍不通，想向孙燕咨询咨询。他仍然是请她吃饭，这回孙燕点了一个很高级的地方："我可宰你一刀了。"

小罗爽快地笑了："希望你把刀磨得快点儿。"

那天孙燕把自己打扮了一番，虽然是冬天她却穿了裙子，一双长筒高跟皮靴，她站在穿衣镜前左转右转，走了几步，觉得还可以。镜子里的女人小巧玲珑，腹部微鼓，一副小脸蛋儿，聪明伶俐，还有点轻佻似的。她定睛看了自己一会儿，轻轻披上一条大围巾，关上房间的灯。

孙燕打的来到"金帆船"，夜幕中，彩灯勾出一条帆船的形状。她下了出租车，有点发愣，天哪，这地方居然在他们当年上会计学习班的街口上，几步之外不就是公共汽车站吗！天色渐晚，路灯亮了，几个骑自行车的青年互相打着招呼，匆匆向学校骑去,许多情景在孙燕的脑海中升起来,生动得出奇。接着一个念头,一个神奇的、吓人的、绝妙的念头像飞机俯冲似的轰然掠过——一切都和过去一模一样,潘树林,翟志刚,现在又是小罗!孙燕惊呆了,受了刺激,傻子似的一动不动站了半天。

小罗长胖了许多,脸变宽了,孙燕告诉他自己的发现,小罗笑着说:"这么说你刚知道,我还以为是你故意安排呢。"

"故什么意?"

小罗的眼里闪过一丝暧昧,立刻改用玩笑的口吻:"女人哪,最爱明知故问了。"

孙燕一再解释自己从来没来过"金帆船",只是听说,这酒店名声在外谁都知道。小罗挥挥手:"好好,这有什么关系,这不是历史嘛!说真的,你是不是吃了什么好药,怎么还这么年轻……"小罗真诚地随意地看着孙燕,透露出他在赞美女人方面的熟练。

小罗很会点菜,他点的菜又特别又好吃,孙燕吃得很满意。他们用高脚杯喝"长城干红",孙燕喝得很少,她不想弄得自己不舒服。落地的玻璃窗外,街道像个舞台,上演着冬日夜晚的城市生活,戏渐渐接近尾声,到了夜阑人静的时候。

小罗叫了辆出租车送孙燕回家,在汽车里小罗的身体轻轻摇晃,孙燕觉得他抬起了胳膊搂住自己肩膀,然而这样的事并没有发生。

以后的几天,小罗和孙燕时常见面,孙燕带着他找了总编室主任,找了发行科,找了老刘,小罗的这本书就由老刘当责任编辑。过了一个礼拜,小罗要去福州开什么产品的发布会,孙燕答应帮他盯着这边的事情。

在"金帆船"门口冒出的那个离奇念头老来搅扰她,虽然从小的唯物主义教育使她不可能真相信老天爷,可她又不能完全否定冥冥之中有一股无法解释的力量,偶然和巧合这种解释都不能使她满意。老天爷,孙燕想,我是不是还要碰上张波啊!

冬去春来,春天里孙燕两回看到燕子从眼前飞过,她的目光追随着那黑色的轻捷的小影子,不由期待着有什么喜事。这年的夏天特别闷热,等到夏天终于过去了,所有人都长长地透了口气。有人给孙燕介绍了一个六十岁的工程师，有房子有存款，年岁大了些可身体没什么毛病，很健康。孙燕考虑再三，同意先见见面。到这年纪，她已不再想入非非，更不抱任何奢望了，自己的经历和身边人的生活给了她很多教育，过日子是无幸福可言的，有的只是琐碎和平淡。有时候孙燕想：就这样吧，一个人也挺好。有时又想：就这样吧，只要找一个心眼儿好身体不坏的。张波始终也没有出现过，孙燕对此矛盾重重，她看了不少有关的书，易经大全啦，轮回啦，生命的奥秘啦，看得入迷的时候时常有一个小人儿从脑子里跳出来，嘲笑自己两声。

陈工程师长得很清瘦，不大像六十岁的人，一副利索的样子。孙燕叫他陈老师，他们接触了一段，一起去逛公园，看戏，陈老师已经退休了，有的是时间。孙燕没有把正在进行的事告诉父母，不知道他们会怎么想。车到山前必有路吧。

在陈老师家里，一天晚上，两个人一起坐在沙发上看电视，陈工程师伸出胳膊搂住孙燕的肩膀，使她不得不靠在他怀里，孙燕的鼻子呼吸到一股气味，老人的油味儿，过了一会儿，她坐直身子说："我要上厕所。"站起来了。

孙燕说不出自己的感觉，有点受刺激。在她犹豫不决的时候陈工程师倒很干脆，说他们俩的年龄相差过多，还是算了吧。孙燕当然赞成。

不久，单位的同事又给她介绍一个人，老婆病逝，有一个女儿，在外地上大学，是个干部。当介绍人说出潘树林的名字，孙燕简直吓了一跳，愣了，这怎么可能，这不是开玩笑吧！

九

下班后的办公室里只有孙燕和曹姐两个人，落日使屋子里异常明亮。

"你说他叫什么？"孙燕问。

曹姐的眼镜片反射出两块橙黄的光，她微微侧着脸，看着孙燕："姓潘，叫潘树林啊。"

孙燕想了想："这个人是不是长得特别黑。"

"是呀，没错。你认识？"

"这个潘树林，他不是结婚了吗？"

"结了，死了。"

"谁死了？"

"他老婆，是个护士，上班的时候在医院里犯的病，都没来得及抢救。"

孙燕望着曹姐："这，这可太逗了。"她轻轻笑了一声，觉得不合适，连忙用手捂住嘴，这一捂不要紧，就像有一股热浪从心眼儿里往外涌，喷发而出，孙燕不可抑制地咯咯咯笑开了。曹姐脸上显出疑惧的神情，不知不觉从椅子上站起身，以为孙燕的神经出了毛病了。孙燕越发笑得不可收拾，笑得前仰后合，笑得岔了气，流出眼泪。

曹姐知道是怎么回事以后，感叹了："早知如此，我就不瞒着你了，这回死的是他第二个老婆，我怕你觉得忌讳。"她顿了顿："是，是有人说他妨人。"

孙燕的心震动了一下，她还是觉得这件事太有意思了，又忍不住笑了一通，最后总算严肃了。太阳已经落下去，窗外横着一长条红云，很好看。孙燕扭过头，愣愣地盯着那条金亮金亮的云，不由眯起眼睛。

曹姐看着她不出声的样子，等了会儿，说："这事你不用立刻就决定，见不见都没关系，你还是考虑考虑吧。"

孙燕微微点点头，答应曹姐考虑，还叮嘱曹姐不要告诉潘树林是她。

走出出版社的大楼，走在街上，孙燕觉得自己心潮起伏，她没有回家，路过街边花园拐进去，在一条长椅上坐下。透过杨树的枝杈，可以看见晚霞的一片片红斑，红斑正在暗淡下去。

已经又是早春了，四下里阴冷潮湿，时光像大海的波涛一浪浪打来，有一会儿，孙燕的脑子里空荡荡的，一无所思。渐渐地心里响起一个旋律，那旋律非常熟悉，盘旋不止，她想起来了，第一次和潘树林谈恋爱，在夜晚的长安街上散步，她唱过这支歌。忽然她觉得心里的什么东西碎了，她想到自己的一生就这么过去了，觉得真是不幸，她打了个冷战，一动不动地坐着，然后猛地从椅子上站起来，心情为之一振。

对了，她要和潘树林结婚，为什么不成呢！她已经过了四十五岁，也许这就是她的命，要是她拒绝见面，也许以后再也找不到更合适的人了。潘树林身体健康，又互相了解，不是吗？

晚上，孙燕激动不安的情绪有增无减，她需要有人听听她的想法，告诉她她想的对不对，就把潘树林的事情和妈妈说了。妈妈坐在她的小房间里，脸红扑扑的，那么兴奋，她一点也不相信什么妨人的说法。

"你们文化单位的人还那么迷信，人的生老病死都是科学。关键看人好不好，是不是老实正派，他是国家干部，这就更重要了，他正不正派？"

"你说的是什么呀！"

"这问题你真的要搞清楚，除此之外我觉得没什么，年岁相当，这个年纪没有人没孩子，你是个别的例外。"

"行了行了，我知道。"

妈妈止不住自己的话，"你别老觉得自己没有孩子，心里不平衡，你应该这么想：你对人家的孩子好，人家就会对你好。我的话没有错，不会错。孩子大了总要离开，没有人和父母过一辈子，你这种情况……"

孙燕没好气地从床上翻身而起，看电视去了。等她脱衣上床的时候，有点担心自己会左思右想睡不着觉，她平躺进被窝里，眼望着台灯的圆影子，发觉自己很平静，心情舒畅。她关上灯，不一会儿就沉沉睡去。

第二天早上孙燕告诉妈妈，她已经决定和潘树林见面，如果他也没什么意见那就可以结婚。

五月间，孙燕和潘树林登记了，婚事办得非常简单，只是请少数亲友吃了顿饭。在天津上大学的潘乐也回来了，她这时候已经长成一个大姑娘，高了也瘦了，简直找不到以前胖脸蛋的影子。

孙燕搬进了潘树林的家，家里有了女主人就变得干净整洁，而且美观起来。潘树林对孙燕和他的结合抱着一种随意的态度，他的话仍然不多。有一天他说了一句话，让孙燕很不痛快。

那时候他们俩在吃晚饭，潘树林嚼着嚼着忽然笑了，孙燕看看他："哟，你笑什么呀？"

潘树林笑着，斜起眼睛瞟瞟孙燕，"今天我们聊天，老杨真逗，他说我亏了，找了个老太婆！"

潘树林继续吃饭，孙燕瞪着他，憋了一会儿才说："真无聊。"

吃过晚饭，就该看电视了。潘树林爱看新闻和各种体育节目。这天晚上孙燕坐在沙发上，潘树林的话让她耿耿于怀，她一眼眼地打量潘树林，看他跷着腿，剔着牙，觉得很不怎么样。然而事实就是事实，潘树林的身体还像年轻人似的，腹部平坦，浑身上下没有多余的肉，孙燕低头看看自己的肚子，捏了捏，心里那不平的想法渐渐消散了。睡觉前她在厕所里刷牙，像一个水泡噗地冒出水面，老太婆，她想，用鼻子笑了笑。

"十一"学校放假，潘乐回家来。孙燕和她一块儿去商店买衣服。远远地她们就看到国贸商城的门口黑压压的全是人，彩旗飘扬，从十几层的楼顶上拉下鲜红的长带子，高空的风吹得那些带子上下起落，像要挣脱束缚飞上天去。

她们过了马路，走近买彩票的人群，人越来越密，简直水泄不通了，隔着好远的距离，在攒动的人头上方，一排山地车在阳光下鲜艳发亮，两辆银色轿车更是光芒四射，一些手臂举着一辆山地车向人群的外圈移动，伴随着一阵阵欢呼和惊叫。

潘乐被吸引着，踮起脚尖："嗨，看哪，真有人中奖！"她忽然转过脸，"咱们也试试吧，试试运气。"

孙燕不大愿意，可她还是给了潘乐一张五十元的票子，潘乐拿了钱，挤进人群。

旗子呼啦啦地鼓动着，一阵大风把一条长带子刮开了，飞舞着飘向空中，像一条长蛇，蹿到楼顶，贴在蓝色的大玻璃上。孙燕回过神来，发现自己夹在好几个人之间，几乎转不了身了。人是这么多，都在使劲往里挤，从最里面的圈里又爆发出闷闷的欢声。

山地车和轿车离她越来越近，在那些东西的前面还竖着一块红底黑字的大牌子，那是更高的奖金。有人踩了孙燕一脚，踩得很疼，可没有人道歉，没人理她，她觉得很生气。这时候四周又变成了一些买完彩票往外挤的人，把孙燕挤得离开了那个高台。她不得已地倒退着，看着远去的那些奖品，她的心忽然一动。孙燕没有再想什么，伸开胳膊气哄哄地推挡在面前的人，不理会人们不满的叫喊，一股劲挤到台前，买了三张彩票。

她中奖了，是头奖，二十万元。

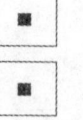

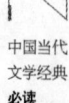

十

中奖以后，孙燕得意地问潘树林："咱们俩是谁该知足呀！"

潘树林呵呵笑了两声："我，当然是我。"

潘树林花了三万多块钱把房子装修了。一切的设计、备料、监工都是他一个人，很辛苦，幸亏他身体好，不然真顶不住。包工队的安徽人没完没了地找麻烦，要钱，潘树林一天到晚阴黑着脸，那副样子让人不由得发怵。最后一切都结束了，他才痛快地笑了，请包工队的哥几个喝了顿酒。

又折腾了一段时间，元旦之前，潘树林和孙燕终于在新买的宽大的皮沙发上坐下来看电视了。孙燕不时地四下张望，内心洋溢着满意的微笑，她看看身边的潘树林，也很满意。潘树林感觉到孙燕的目光，扭过脸朝她笑笑，露出一口白牙。

"我说，不错吧。"

"当然不错了，那还用说。"

"下一步，我想了，咱们买辆车吧，2020吉普，怎么样？"

"你说什么？"孙燕瞪起眼睛，她真没想到潘树林的心有这么大。她坚决不能同意，钱应该留着过日子用。

"你想想，这钱不是从天上掉下来的吗？有车多方便呀，咱们可以开车出去玩，想上哪儿上哪儿，多好。"潘树林笑嘻嘻地说服她，可孙燕根本不听。潘树林也并不当真，不时在她耳边吹风，今天说就2020了，咱也别买什么高级车，这就可以了，明天说你想要"小面包"我也不反对，我开你坐，挺好。

孙燕把他的话当成玩笑，两个人经常你逗一句我逗一句。有一次孙燕心烦，就说："你别做梦了，我这辈子也不会同意。除非我也死了！"话刚一出口孙燕就觉得不对，只见潘树林的脸有点变颜色："你这话什么意思？"

"对不起，我、我没那意思。"孙燕连忙道歉。

"你以为我真想着你那点钱哪！告诉你，我潘树林从来就没把钱放在眼里，钱是什么东西，呸！"潘树林脸绷得紧紧的，斜着白蜡一样的眼仁儿，瞪着孙燕。委屈的泪水涌上来，孙燕感觉视力模糊了，一转身走进卧室，把门关上。从那以后汽车的事再也不提了。

春节期间，芭蕾舞剧院重新上演《红色娘子军》，潘树林买了两张票，和孙燕一起去看。他们坐在第八排正中，最好的位子上。剧场里浮动着嘈杂兴奋的小颗粒，舞台上的大幕闭得紧紧的，头顶上的灯分布成美丽的图案显出高雅的气派。孙燕不停地四下张望，发现了那么多穿着讲究的人，一切和过去大不一样了。

乐队开始调音，然后铃声响了，美丽的图案被黑暗吞没，一束灯光打在乐池里，乐队开始奏乐。"向前进，向前进……"一瞬间，那低低跃动的旋律把一切都带回到昨天，孙燕又惊喜又难过，视而不见地盯着舞台。过了一会儿她惊醒过来，扭过头看看潘树林，只见他身体挺直，面容严肃，全身心地看着台上的演出，孙燕轻轻一笑。

散场后孙燕问潘树林："你还记得吗？多少年前，也是看这出戏，你睡着了。"潘树林想不起来："我和你，看过《红色娘子军》？我怎么不记得。"

孙燕再也没想到他把从前的事忘得这么干干净净，以为他是开玩笑呢，不由咯咯笑起来，"你，你别装了。"她一边笑，一边用手指着潘树林的鼻子，潘树林挡开她的手，有点生气地说："我装什么了！"

孙燕这才明白他是真的忘了。一时间她觉得无话可说，神色黯然。

三月间，乍暖还寒，孙燕的爸爸得了肺炎住院，她去陪床。一天夜里，小偷从没有关严的窗子爬进二楼他们的家，潘树林惊醒了，和小偷搏斗，被扎了十几刀，其中有一刀扎到了心脏。孙燕和潘树林不到一年的婚姻生活就此结束。

两个多月过去了。

和往年的春季一样，刮了几场黄风，下了几滴小雨，气温很快地热起来，树上的叶子一天比一天形状变大颜色变深。孙燕在这个世界上过了四十六个春天，她对季节的变换的感觉已经有些麻木，不再注意天有多蓝，阳光又是多么明媚，多么亮晃晃的。晴朗的一天，她背着小皮包走出家门。现在她又和父母住在一起了。她的脸显得清瘦，远远看去，身上依然混杂着妇人和姑娘的影子。

孙燕脚步匆匆地走到大街上，温和的风吹散了一缕头发，她用惯常的动作把头发从眼前撩开，伸手拦了一辆出租车。

汽车穿过城市，飞行在宽阔的马路上，随着滚滚车流向立交桥游动，车速缓慢下来，几乎停住，慢慢爬行着，最后完全停住不走了。前面已经看到那座高耸的奶白的银行大楼了，孙燕干脆提前下了车。

她沿着人行道走下桥，抬头望望前方的楼群，一片耀眼的光芒射来，那是玻璃的反光，在闪亮的尖顶之上悠悠地飘过几朵白云。孙燕这才注意到这地方很美观，四周都是绿地，环绕着精致的小栏杆，不远处还有一座雪白的塑像。她轻轻吸了口气，太阳当空，这景致，这宽阔的视野像一股微风从她的心头拂过。

这时她看见草地上坐着一个人，她的心一惊，连呼吸都停了，天哪，那不是张波吗！

孙燕停住脚步，心跳的怦怦声让她发慌，她抬起手放在胸口上，不理解地眼睁睁地望着张波的身影。这是……为什么？她的心像悬在空中，像个口袋，被掏空了翻过来。只见张波笑着用手一撑地，站起身，孙燕却不知为什么躲到一棵树后。

一个女人牵着一个小男孩儿向张波走近，孙燕奇怪地看着他们，男孩儿使劲挣开妈妈的手，扑到张波身上。

那女人很年轻，风吹得她长发飞扬，她用两只手捂住头发，像欣赏美景一样欣赏着儿子和父亲欢笑的情景。

马路上汽车使劲按着喇叭，孙燕这才发觉自己完全不必要地躲在树后，她很生自己的气，咕哝了一句："神经病。"孙燕扭身走开，脑子里有点乱，她居然真的碰上了张波，还有他的老婆和儿子，这是什么意思呢？生活想偷偷告诉她一个什么秘密？她忍不住回头又看了一眼，可不是，那三个人还站在那儿笑呢。

她朝前走去。

过去的生活纷涌进脑子里，记忆一直伸向年轻的时光……这时候，孙燕感觉喉咙有点发热，视力也模糊起来，她使劲想忍住泪水，就仰起脸。

五月的艳阳非常明媚，天空晶莹闪亮，像一面大圆镜子，映照着地上发生的一切，那是一面神奇的镜子，什么也看不到，除了无限的宽广辽阔。

孙燕抬起手抹掉眼角的一滴眼泪，心平静下来。在银行大楼前面她站住了，从皮包里摸出小化妆盒，她需要照一照。

原载《十月》2000年第1期

点评

"女人一生最黑暗和最耀眼的，都是婚姻和爱情。也许这就是女人最本来的生活面目。"这是作者万方自己的感悟，用来诠释这篇小说再合适不过。小说中的孙燕在女人最美好的年月里兜兜转转于爱情和婚姻之中，但均以失败收场。潘树林、翟志刚、小罗、张波，这四个男人不断在她的生命中进进出出，连她自己都怀疑是不是有什么神秘的力量，为何像是轮回一样，不断渐次与这些人相遇并产生情感的纠葛。孙燕最初的恋人是经别人介绍的潘树林，但冲动、好斗的性格使得孙燕后来与其断了来往。在与翟志刚结束婚姻之后，机缘巧合之下熟人给孙燕介绍的对象又是潘树林，此时的潘树林大小是个干部，经历丧偶育有一女，两人试图重新走到一起，却始终无法磨合，两人的关系又无疾而终。后来孙燕经历了对姐夫的暗恋，与小罗的重新纠缠，命运又一次将潘树林推到她的面前。潘树林二婚的护士妻子去世了，孙燕在相亲时第三次遇到了潘树林，她决定接受命运的安排，哪知命运再一次捉弄了她，二人结婚没多久，潘树林就因为与小偷搏斗而丧生。孙燕的爱情始终无处安放，她的婚姻总被命运捉弄，命运的调皮连孙燕自己都怀疑是否有神秘力量的存在，或许正如孙燕前夫翟志刚所言："什么叫命运，其实人就是一条小虫子，比虫子还小。"

万方自己曾说，"在创作技巧上，我追求的是'准确'这两个字"，"我这个人写小说，或者说我的兴趣点完全在于我对'人生状态'特别感兴趣。我觉得实际上故事呀情节呀都是可以编造的，在创作中也必须要编造。但是人生的那种状态是不能编造的，你要能够把它准确地抓住，表达出来"。"人生状态"的"准确"表达是作者的创作追求，在这篇《空镜子》中，就准确地表达了女性生命中爱情、婚姻的状态，对于爱情的向往与追寻没有年龄的限制，那似乎是女人印刻在骨子里的东西，尽管现实爱情不一定一直美好、永远长久，但爱情的长度和它的保鲜度一点不影响其美好。"镜子里有如花美眷，有似水流年，有破碎的婚姻，有短暂的爱情。爱情只在里面停留了5分钟，留下了空空的镜子，在阳光下闪耀。那美好的时光前后只有5分钟，但是永生难忘。那5分钟的感情至诚至美，无与伦比，再也没有了，那就是爱情，谁也夺不走，什么时候想到都那样美好……"

（朱旭）

青 衣
/毕飞宇

一

乔炳璋参加这次宴会完全是一笔糊涂账。宴会都进行到一半了，他才知道对面坐着的是烟厂的老板。乔炳璋是一个傲慢的人，而烟厂的老板更傲慢，所以他们的眼睛几乎没有好好对视过。后来有人问"乔团长"，这些年还上不上台了？炳璋摇了摇头，大伙儿才知道"乔团长"原来就是剧团里著名的老生乔炳璋，80年代初期红过好一阵子的，半导体里头一天到晚都是他的唱腔。大伙儿就向他敬酒，开玩笑说，现在的演员脸蛋比名字出名，名字比嗓子出名，乔团长没赶上。乔团长很好听地笑了笑。这时候对面的胖大个子冲着乔炳璋说话了，说："你们剧团有个叫筱燕秋的吧？"又高又胖的烟厂老板担心乔炳璋不知道筱燕秋，补充说："1979年在《奔月》中演过嫦娥的。"乔炳璋放下酒杯，闭上眼睛，缓慢地抬起眼皮，说："有的。"老板不傲慢了，他把乔炳璋身边的客人哄到自己的座位上去，坐到乔炳璋的身边，右手搭到乔炳璋的肩膀上，说："都快二十年了，怎么没她的动静？"乔炳璋一脸的矜持，解释说："这些年戏剧不景气，筱燕秋女士主要从事教学工作。"烟厂老板一听这话直着腰杆子反问说："什么景气？你说说什么景气？关键是钱。"老板向乔炳璋送出他的大下巴，莫名其妙地颁布了他的命令，说："让她唱。"乔炳璋的脸上带上了狐疑的颜色，试探性地说："听老板的意思，老板想为我们搭台啰？"老板的脸上重又傲慢了，他一傲慢脸上就挂上了伟人的神情。老板说："让她唱。"乔炳璋对小姐招招手，让她给自己换上白酒。炳璋捏着酒杯站起身，说："老板可是开玩笑？"老板不仅傲慢，还严肃，一严肃就像作报告。老板说，"我们厂没别的，钱还有几个。——你可不要以为我们光会赚钱，光会危害人民的身体健康，我们也要建设精神文明。干了。"老板没有起立，乔炳璋却弓着腰站起来了。他用酒杯的沿口往老板酒杯的腰部撞了一下，仰起了脖子。酒到杯干。乔炳璋激动了。人一激动就顾不上自己的低三下四。乔炳璋连声说："今天撞上菩萨了，撞上菩萨了。"

《奔月》是剧团身上的一块疤。其实《奔月》的剧本早在1958年就写成了，是上级领导作为一项政治任务交代给剧团的。他们打算在一年之后把《奔月》送到北京，作为献给共和国十周岁的生日礼物。可是，公演之前一位将军看了内部演出，显得很不高兴。他说："江山如此多娇，我们的女青年为什么要往月球上跑？"这句话把剧团领导的眼睛都说绿了，浑身竖起了鸡皮疙瘩。《奔月》当即下马。

严格地说，后来的《奔月》是被筱燕秋唱红的，当然，《奔月》反过来又照亮了筱燕秋。戏运带动人运，人运带动戏运，戏台本来就是这么回事。不过这已经是1979年的事了。1979年的筱燕秋年方十九，正是剧团上下一致看好的新秀。十九岁的燕秋天生就是一个古典的怨妇，她的运眼、行腔、吐字、归音和甩动的水袖弥漫着一股先天的悲剧性，对着上下五千年怨天尤人，除了青山隐隐，就是此恨悠悠。说起来十五岁那年筱燕秋还在《红灯记》中客串过一次李铁梅的，她高举着红灯站立在李奶奶的身边，没有一点铮铮铁骨，没有一点"打不尽豺狼决不下战场"的霹雳杀气，反倒秋风秋雨愁煞人了。气得团长冲着导演大骂，谁把这个狐狸精弄来了？！

但到了1979年，《奔月》第二次上马了。试妆的时候筱燕秋的第一声导板就赢来了全场肃静。重新回到剧团的老团长远远地打量着筱燕秋，嘟囔说："这孩子，黄连投进了苦胆胎，命中就有两根青衣的水袖。"

老团长是坐过科班的旧艺人，他的话一言九鼎。十九岁的筱燕秋立马变成了A档嫦娥。B档不是别人，正是当红青衣李雪芬。李雪芬在几年前的《杜鹃山》中成功地扮演过女英雄柯湘，称得上红极一时。但是，在A档和B档这个问题上，李雪芬表现出了一位成功演员的得体与大度。李雪芬在大会上说："为了剧团的明天，我愿意做好传帮带，我愿意把我的舞台经验无私地传授给筱燕秋同志，做一个合格的接力棒。"筱燕秋眼泪汪汪地和同志们一起鼓了掌。《奔月》被筱燕秋唱红了。剧组在各地巡回演出，《奔月》成了全省戏剧舞台上最轰动的话题。所到之处，老戏迷抚今追昔，青年人则大谈古代的服装。全省的文艺舞台"和其他各条战线一样"，迎来了他们的"第二个春天"。《奔月》唱红了，和《奔月》一样蹿红的当然是当代嫦娥筱燕秋。军区著名的将军书法家一看完《奔月》就豪情迸发，他用苍松翠柏般的遒劲魏体改换了叶剑英元帅的伟大诗篇"攻城不怕坚 攻戏莫畏难 梨园有险阻 苦战能过关"，下面是一行行书落款"与燕秋小同志共勉"。将军书法家把筱燕秋叫到了家中，他在抚今追昔之后亲自将一条横幅送到了筱燕秋的手上。

谁能料得到"燕秋小同志"会自毁前程呢。事后有老艺人说，《奔月》这出戏其实不该上。一个人有一个人的命，一出戏有一出戏的命。《奔月》阴气过重，即使上，也得配一个铜锤花脸压一压，这样才守得住。后羿怎么说也应当是花脸戏，须生怎么行？就是到兄弟剧团去借也得借一个。否则剧组怎么会出那么大的乱子，否则筱燕秋怎么会做那样的事？

《奔月》剧组到坦克师慰问演出是一个冰天雪地的日子。这一天李雪芬要求登台。事实上，李雪芬的要求不过分。她毕竟是嫦娥的B档。相反，过分的倒是筱燕秋。《奔月》公演以来，筱燕秋就一直霸着毡毯，一场都没有让过。嫦娥的唱腔那么多，戏那么重，筱燕秋总是说自己"年轻"，"没问题"，"青衣又不是刀马旦"，"吃得消的"。其实大伙儿早就看出来了，闷不吭声的筱燕秋心气实在是太旺了，有吃独食的意思。这孩子的名利心开始膨胀了，想着法子横在李雪芬的面前。可是谁也没法说，领导一找她，她漂亮的小脸就成了猪肝。筱燕秋没心没肺，就有猪肝，她是做得出来的。领导们只能反过来给李雪芬做工作，让她"多指点指点年轻人"，"多扶持扶持年轻人"。可是李雪芬这一次的理由很充分，李雪芬说，她演《杜鹃山》的时候就经常下部队，今天上午还有很多战士冲着她喊"柯湘"呢，她在部队有观众基础，她不上台，"战士们不答应"。

李雪芬在这个晚上征服了坦克师的所有官兵，他们从嫦娥的身上看到了当年柯湘的影子，当年的柯湘头戴八角帽，一双草鞋，一把手枪，威风凛凛。而今夜的柯湘却穿起了古装。李雪芬嗓音高亢，音质脆亮，激情奔放，这种高亢与奔放经过十多年的巩固与发展，业已构成了李雪芬独特的表演风格，即李派唱腔。基于此，李雪芬在舞台上曾经成功地塑造过一连串的巾帼豪杰，透过李雪芬的一招一式，观众们可以看到女战士慷慨赴死，女民兵英姿飒爽，女知青豪情冲天，女支书须眉不让。李雪芬在这个晚上重点展示了她的高亢嗓音，战士们有组织地给她鼓掌，掌声整齐而又有力，使人想起接受检阅的正步方阵。没有人注意到筱燕秋。其实戏演到一半，筱燕秋已经披着军大衣来到舞台了，一个人站立在大幕的内侧，冷冷地注视着舞台上的李雪芬。谁都没有注意到筱燕秋，谁都没有发现筱燕秋的脸色有多难看。厄运在这个时候其实已经降临了，它笼罩着筱燕秋，同时也笼罩着李雪芬。《奔月》演完了。五次谢幕之后，李雪芬来到了后台，脸上洋溢着一股难以抑制的飞扬神采。李雪芬就是在这个时候和筱燕秋在后台相遇了，面对面。一个热气腾腾，一个寒风飕飕。李雪芬一看见筱燕秋的脸色便主动迎了上去，左手拉着筱燕秋的右手，右手拉着筱燕秋的左手，说："燕秋，都看了？"筱燕秋说："看了。"李雪芬说："还行吧？"筱燕秋却不开口。说话的工夫许多人已经走上来了，围在了她们的四周。李雪芬掀掉肩膀上的军大衣，说："燕秋，我正想和你商量呢，你看看这样，这样，这句唱腔我们这样处理是不是更深刻一些，哎，这样。"李雪芬这么说着，手指已经翘成了兰花状，一挑眉毛，兀自唱了起来。艺人们都是知道的，同行是冤家，即使是师傅传艺，"宁教一声腔，不教一个字，宁教一个字，不教一口气"。可是李雪芬不。她把李派唱腔的一字一气毫无保留地演示给了筱燕秋。筱燕秋不声不响，只是望着李雪芬。人们站立在李雪芬和筱燕秋的四周，默默地看着剧团里的两代青衣，一个德艺双馨，一个谦虚好学，许多人都看到了这个令人感慨的一幕，这个令人心宽的一幕。但是筱燕秋的眼神很快就出了问题了，是那种极为不屑的样子。所有的人都看得出，燕秋这孩子的心气实在是太旺了，心里头不谦虚就算了，连目光都不会谦虚了。李雪芬却浑然不觉，演示完了，李雪芬对着筱燕秋探讨性地说："你看，这样，这才是旧社会的劳动妇女。我们这样处理，是不是好多了？"筱燕秋一直瞅着李雪芬，脸上的表情有些说不上来路。"挺好，"筱燕秋打断了李雪芬，笑着说，"只不过你今天忘了两样行头。"李雪芬一听这话就把双手捂在了身上，又捂到头上去，慌忙说："我忘了什么了？"筱燕秋停了好大一会儿，说："一双草鞋。一把手枪。"大伙儿愣了一下，但随即就和李雪芬一起明白过来了。燕秋这孩子真是过分了，眼里不谦虚就不谦虚吧，怎么说嘴上也不该不谦虚的！筱燕秋微笑着望着李雪芬，看着热气腾腾的李雪芬一点一点地凉下去。李雪芬突然大声说："你呢？你演的嫦娥算什么？丧门星，狐狸精，整个一花痴！关在月亮里头卖不出去的货！"李雪芬的脚尖一踮一踮的，再一次热气腾腾了。这一回一点一点凉下去的却是筱燕秋。筱燕秋似乎被什么东西击中了，鼻孔里吹的是北风，眼睛里飘的却是雪花。这时候一位剧务端过来一杯开水，打算给李雪芬焐焐手。筱燕秋顺手接过剧务手上的搪瓷杯，呼地一下浇在了李雪芬的脸上。

后台立即变成了捅开的马蜂窝。筱燕秋愣在原处，看着无序的身影在自己的面前急速穿梭，耳朵里充斥着慌乱的脚步声。脚步声轰隆轰隆的，从后台移向了过道，从过道移向了远处，最后变成了远处汽车的马达声。眨眼的工夫后台就空荡荡的了，而过道更空荡，像通往月亮的路。筱燕秋站立在原处，愣了好大一会儿，沿着寂静的过道拐进了化妆间。筱燕秋站在镜子面前，吃惊地盯着镜子里的自己。直到这个时候筱燕秋才弄明白自己到底干了什么。她失神地望着自己的双手，一屁股坐在了化妆间的凳子上。

保温杯里的水到底有多烫，这个问题已经没有任何意义了。事情的"性质"永远决定着事态的严峻程度。一心扶持筱燕秋的老团长气得晃起了脑袋，他把中指与食指并在一处，对着筱燕秋的鼻尖晃了十来下。老团长说："你，你，你，你你你你你呀——啊！"老团长急得都不会说话了，就会背戏文，"丧尽天良本不该，名利熏心你毁就毁在妒良才！"

"不是这样的。"筱燕秋说。

"又是哪样？"

"不是这样的。"筱燕秋泪汪汪地说。

老团长一拍桌子，说："又是哪样？"

筱燕秋说："真的不是这样的。"

筱燕秋离开了舞台。嫦娥的A角调到戏校任教去了，而B角则躺在医院不出来。《奔月》第二次熄火。"初放蕊即遭霜雪摧，二度梅却被冰雹擂。"《奔月》没那个命。

二

谁能想到《奔月》会遇上菩萨呢。

启动资金终于到账了。这些日子炳璋一直心事重重。他在等。没有烟厂的启动资金，《奔月》只能是水中月。其实炳璋只等了十一天，可是炳璋就好像熬过了一个漫长的岁月。等钱的日子里炳璋发现，钱不只是数量，还是时光的长度。这年头钱这东西越来越古怪了。

但是，炳璋没有料到反对筱燕秋重新登台的力量如此巨大，预备会在筱燕秋能不能登台这个问题上僵持住了。炳璋把玩着手上的圆珠笔，一直在听。后来他把手上的圆珠笔丢到会议桌的桌面上，上身靠在了椅背。炳璋笑了笑，说："你们还是让步吧，人家可是点了筱燕秋的名的。这年头给钱让步，不丢脸。"会议室里一片沉默。人们不说话。不说话虽说还是反对，但通融的余地肯定就大了。幸亏李雪芬离开剧团开饭店去了，要不然，李派唱腔的高亢嗓音炳璋现在可是招架不住的。大伙儿继续沉默，不说是，也不说否。但无声有时就是默许。炳璋顺势利导，很含糊地说："我看就这样了吧。"

然而，谁担纲B档，问题又来了。对一个演员来说，给当红演员做B档，本来就是一个寒碜人的角色，更何况又是筱燕秋的B档呢。还是老高出了一个好主意，B档让筱燕秋自己在学生里头挑。筱燕秋忌妒心再重，再名欲熏心、利欲熏心，总不能和自己的弟子争风。大家都说好。可是老高接下来的一句话让炳璋心里不踏实了。老高说："我看你们都白说，二十年过去了，筱燕秋也四十岁的人了，她的嗓子还能不能扛得住？我看悬。"这句话让炳璋觉得自己真的疏忽了，怎么就没有想到这个？毕竟是二十年呢。二十年，什么样的好钢不给你锈成渣？炳璋偷偷地叹了一口气。会议开来开去，在筱燕秋一个人的身上就纠缠了将近两个小时。这哪里是筹备？简直是回顾历史。没钱的时候想钱，钱来了却不知道怎么花。钱这东西不只是时光的长度，还有历史的脸色。钱这东西现在实在是太古怪了。

炳璋想听筱燕秋溜溜嗓子，这是必须的。要不然，烟厂的钱再多，还不如拿来卷鞭炮去放响呢。筱燕秋依照约定的时间来到会议室，刚一落座，炳璋发现自己又冒失了。很空的会议室里头只有他们两个，炳璋坐在这头，筱燕秋坐在那头，中间隔了一张长长的椭圆桌，有些公事公办的意味。筱燕秋胖了，人却冷得很，像一台空调，凉飕飕地只会放冷气。炳璋打算先和筱燕秋谈一谈《奔月》的，可《奔月》是筱燕秋永远的痛，炳璋越发不知道从哪儿开口了。

炳璋有几分惧怕筱燕秋。要是细说起来，炳璋比筱燕秋还长出一个辈分，不过筱燕秋的脾气戏校里头可是有名的。这个女人平时软绵绵的，一举一动都有些逆来顺受的意思，有点像水。但是，你要是一不小心冒犯了她，眨眼的工夫她就有可能结成了冰，寒光闪闪的，用一种愚蠢而又突发性的行为冲着你玉碎。所以戏校食堂里的师傅们都说，"吃油要吃色拉油，说话别找筱燕秋"。炳璋不知道怎么和筱燕秋挑开话题，就开始和筱燕秋绕。一会儿聊她的生活，一会儿聊她的教学、学生，还扯到了天气。有些前言不搭后语。东扯西拽了几分钟，筱燕秋闷头闷脑地说："你到底想和我说什么？"炳璋被堵住了，心里头一急，脱口说："你亮个相吧。"筱燕秋望着炳璋，把两只胳膊放到桌面上来，抱成了一个半圆，却又看不出任何风吹草动。筱燕秋毫无表情地望着炳璋，突然说："想听什么？是西皮《飞天》还是二黄《广寒宫》？"《飞天》和《广寒宫》是《奔月》里著名的唱腔选段，筱燕秋因为《奔月》倒了二十年的霉，这刻儿主动把话题扯到《奔月》上去，无疑就有了一种挑衅的意思，有了一种子弹上膛的意思。炳璋本能地直了直上身，等着筱燕秋的唇枪舌剑。不过炳璋手里有牌，倒也没有过分担心。炳璋说："那就来一段二黄。"筱燕秋站起身，离开座椅，拽了拽上衣的前下摆，又拽了拽上衣的后下摆，把目光放到窗户的外面去，凝神片刻，开始运手，运眼，咿咿呀呀地居然进了戏。她的嗓音还是那样地根深叶茂。炳璋还没有来得及诧异，一阵惊喜已经袭上了心头。一个贪婪而又充满悔恨的嫦娥已经站立在他的面前了。炳璋闭上眼睛，把右手插进裤子的口袋，跷起了四只手指头，慢慢地敲了起来，一个板，三个眼，再一个板，再三个眼。

筱燕秋一口气唱了十五分钟。炳璋睁开眼，眯起来，仔细详尽地打量起面前的这个女人。这段二黄慢板转原板转流水转高腔有极为复杂的表现难度，音域又那么宽，一个离开戏台二十年的演员能把它一口气完成下来，答案只有一个，她一直没有丢。炳璋歪在椅子里头，没有动。但是，他在暗中唏嘘感叹了一回。二十年，二十年哪。炳璋有些百感交集，对筱燕秋说："你怎么一直坚持下来了？"

"坚持什么？"筱燕秋说，"我还能坚持什么。"

炳璋说："二十年，不容易。"

"我没有坚持。"筱燕秋听懂炳璋的话了，仰起脸说，"我就是嫦娥。"

筱燕秋从炳璋的办公室里出来，人却恍惚了。这是十月里的一个日子，一个有风有阳光的日子。像春天。风和阳光都有些明媚，都有些荡漾，但是恍惚，像梦寐，萦绕在筱燕秋的周遭。筱燕秋踩着自己的身影，就这么在马路上游走。后来筱燕秋停下了脚步，迷迷糊糊朝四下打量。筱燕秋低下头，失神地看着自己的身影。现在正是午后，筱燕秋的影子很短，胖胖的，像一个侏儒。筱燕秋注视着自己的身影，夸张变形的身影臃肿得不成样子。仿佛泼在地上的一摊水。筱燕秋往前走了几大步，地上的身影像一个巨大的蛤蟆那样也往前爬了几大步。筱燕秋突然凝神了，确信了这样一个事实：地上的身影才是自己，而自己的身体只是影子的附带物。人就是这样，都是在某一个孤独的刹那突然发现并认清了自己的。筱燕秋的眼神再一次茫然了，伤心与绝望成了十月的风，从一个不确切的地方吹来，又飘到一个不确切的地方去了。

筱燕秋突然决定减肥，立即就减。

在命运出现转机的时候，女人们习惯于以减肥开启她们的崭新人生。筱燕秋叫了一辆红夏利，直奔人民医院而去。人民医院是筱燕秋的伤心之地。这么多年了，即使在肾脏闹得最厉害的日子，筱燕秋也没有到这家医院就诊过一次。她的命运其实就是在人民医院彻底改变的，或者说，她的内心就是在人民医院彻底被击垮的。李雪芬住院的第二天，筱燕秋就被老团长逼到人民医院来了。李雪芬躺在医院里发过话了，只有筱燕秋自我批评的"态度"让她满意，她才可以考虑"是不是放她一马"。老团长一心想保筱燕秋，这一点全团上下都是知道的。老团长亲手给筱燕秋写了一份检查，让她到医院里念。事态是明摆着的，筱燕秋必须在李雪芬的面前走好这个场，剩下来的话才能往下说。筱燕秋看完检查书，合起来，急了。她一急就更加愚蠢。筱燕秋拼命地辩解说："我没有嫉妒她，我不是故意想毁了她。"老团长盯着筱燕秋，到了这样的光景这孩子的心气还这么旺，老团长的眼睛都气红了，就想抽她一耳光，怔了好半天又下不了手。老团长甩开了胳膊，大声说："大牢我待过七年，我可不想到那地方去看你！"筱燕秋望着老团长的背影，她从老团长的背影里头看清了自己潜在的厄运。

筱燕秋还是到人民医院去了。李雪芬躺在床上，脸上蒙着一块很大的白纱布。团里的领导都在，《奔月》的主创也在，高高矮矮站了一屋子。筱燕秋把两手叉在小肚子前面，走到李雪芬的床前，耷拉着两只眼皮。她看着自己的脚尖，开始骂。她把自己的祖宗八代里里外外都骂了一遍，骂成了一摊屎。骂完了，病房里静悄悄的，没有一个人说话，只有李雪芬在纱布的后面干咳了一声。气氛顿时压抑了。没有人好说什么。李雪芬到现在都没有把筱燕秋告到公安局去，已经算对得起她了。筱燕秋承受不了这样的压抑，泪汪汪地四处找人。老团长站在门框的旁边，对她瞪起了眼睛。筱燕秋没有退路了，她慢腾腾地从口袋里掏出检查书，一层一层地打开来，开始念。筱燕秋像油印打字机那样，一个字一个字地往外蹦。念完了，所有的人都松了一口气。检查书的内容最终肯定了检查者的"态度"。李雪芬把脸上的纱布掀开来，她的脸上紫红了一大块，涂着一层油亮亮的膏。李雪芬接过检查书，拉起筱燕秋的手，笑着说："燕秋，你还年轻，心胸要宽，可不能再这样了。"筱燕秋看到了李雪芬的笑。还没看清，李雪芬却又把脸盖上了。筱燕秋感到李雪芬的笑容才是一杯水，并不烫，浇在了筱燕秋的心坎上。嗞地一下，筱燕秋如焰的心气就彻底熄灭了。

筱燕秋走出病房的时候满天都是大太阳。她走到楼梯口，站在扶手的旁边停下了脚步，转过头来。她看到了老团长如释重负地叹息。老团长对她点了点头。筱燕秋就那么望着老团长，突然也笑了一下，可是没能收住。她笑出了声来，一阵一阵的，两个肩头一耸一耸的，像戏台上须生或者花脸才有的狂笑。许多人都听到了筱燕秋出格的动静，她们从病房里探出脑袋，一起望着筱燕秋。筱燕秋就知道傻笑，膝盖一软，顺着楼梯的沿口一头栽了下去，从四楼一直滚到了三楼半。大伙儿跟下来，筱燕秋趴在水磨石地板上，听见老团长不停地对众人说："态度还是好的，态度还是深刻的。"

都二十年了。筱燕秋挂的是内分泌科，开过药，筱燕秋特地绕到了后院。二十年了，筱燕秋远远地看见了那座病房楼。一些人在那里进进出出。楼已经不是老样子了，墙面上贴上了马赛克，但是屋顶、窗户和过廊一如过去，这一来又似乎还是老样子。筱燕秋立在那里，发现生活并不像常人所说的那样，在伸向未来，而是直指过去。至少，在框架结构上是这样的。

筱燕秋比平时到家晚了近一个小时，女儿已经趴在餐桌上做作业了。筱燕秋打开门，丈夫正歪在沙发里头看电视，电视只有画面，没有声音。筱燕秋提着人民医院的药袋，懒懒地倚在了门框上，疲惫地看着自己的丈夫。丈夫从筱燕秋的神情里头感到了某些异样，连忙走上来。筱燕秋把药袋递到丈夫的手上，一径往卧室去，进了卧室就把卧室的门反关上了。丈夫把目光从筱燕秋的身上移到药袋里面，疑疑惑惑地掏出药盒子，反过来复过去地看。药盒子上全是外文，一副看不到底又望不到边的样子，这一来事态就进一步严峻了。丈夫从药盒子上预感到了大难，匆忙跟进卧室。刚一进门筱燕秋便扑在了他的身上，胳膊箍住他的脖子，用力往里收。她的腹部贴在他的腹部，一吸一吸的。他感到了她的努力。她用力忍着，一种强烈而又迅猛的伤恸。丈夫手里的药袋掉在了地上，大祸真的临头了。丈夫的身体向后退了一步，咚的一声，卧室的门重又关死了。丈夫就那么拥着自己的妻子，毁灭性的念头在脑袋里窜来窜去。筱燕秋终于开口了，她哭着说："面瓜，我又上台了。"面瓜似乎没听清，拨过筱燕秋的脑袋，用那种侥幸的和将信将疑的目光再一次打量妻子。筱燕秋说："我又能上台了。"面瓜一把把筱燕秋推开了，惊魂未定，脱口说："至于嘛，你！弄成这样！"筱燕秋有些不好意思，瞥了一眼面瓜，笑了笑，却不停地掉泪，自语说："我就是难过。"面瓜拉开门，准备给妻子热晚饭，女儿却怯生生地堵在房门口。面瓜逃出了假想中的劫难，骨头都轻了，故意拉下脸来，粗声恶气地说："做作业去！"

筱燕秋把面瓜拉住了，对女儿招了招手，示意女儿过来。她让女儿坐到自己的身边，端详起自己的女儿。女儿一点都不像自己，骨骼大得要命，方方正正的，全像她老子。但是筱燕秋今天晚上觉得自己的女儿特别地耐看，细细地推敲起来还是像自己，只是放大了一号。面瓜又要上厨房，筱燕秋说："你不要做，我要减肥。"面瓜站在卧室的门口，不解地说:"你肥什么?我什么时候说你肥了。"筱燕秋把巴掌放到女儿的头顶上去,说:"你不嫌我肥,观众可不承认嫦娥是个胖婆娘。"

幸运的夫妻最急着要做的事情就是命令孩子上床。等孩子入睡了,他们好回到自己的床上,开始他们的庆典。幸福的夜晚都是宁静似水的,但又是轰轰烈烈的。这个夜晚实在让面瓜喜出望外,他上上下下地忙,里里外外地忙,进进出出地忙,都不知道怎么好了。

面瓜是一个交通警察,从部队上下来的,五大三粗,就是不活络。说起婚姻,面瓜最大的愿望也就是娶上一位国营企业的正式女工。面瓜做梦也没有想到著名的美人嫦娥会成为自己的老婆。真的像一个梦。

面瓜的婚姻算得上一桩老式婚姻,没有一丝一毫的新鲜花样。先是由介绍人在公园的一棵柳树下面介绍他们认识了。接下来便是"谈"。"谈"了一些日子,匆匆便步入了洞房。

那时的筱燕秋绝对是一个冰美人。她在公园鹅卵石的路面上不像一个行人,而更像一个梦游者,一个失魂的走尸。不过女人的落魄不仅没有妨碍女人的美丽,反而让她们炫目起来了。对于年轻而又漂亮的女人来说,落魄会赋予她们额外的魅力,在体貌的姣好之外,附带上一种气息的美——那种让人怦然心动的、招人怜爱的异质。面瓜一见到筱燕秋两只手就凉了,心口也凉了。筱燕秋一身寒气,凛凛的,像一块冰,要不像一块玻璃。面瓜顿时就自惭形秽了。面瓜甚至在暗中抱怨起介绍人来了,再怎么说他面瓜也配不上这样亮晶晶的美人。面瓜小心翼翼地陪着筱燕秋沿着鹅卵石的路面往前走,筱燕秋不说话,面瓜就更不敢说了。最初的那些日子面瓜不是"谈"恋爱,简直是受罪。然而,这份罪受起来又有一分说不出来头的甜蜜。筱燕秋还是那么凛凛的,魂不守舍的,瞳孔里虚散着目光的。面瓜起初以为筱燕秋看不上他,可是又不像。只要面瓜约她,筱燕秋总是会病歪歪地准时到达的。面瓜一点都不知道筱燕秋现在的心思,筱燕秋中了邪了,她铁定了心思一心要把自己嫁出去,越快越好。但是筱燕秋却又不好好"谈"。她不说话,就知道和面瓜一起走。面瓜在筱燕秋的面前自卑得要了命,一点想象力都没有了。他反反复复地把筱燕秋约到公园的那条鹅卵石路上去——既然他们是在那儿认识的,他们的"恋爱"就只能和必须在那儿"谈"了。筱燕秋从来不问心思以外的事,她只是面瓜的影子。面瓜怎么走她怎么走,面瓜往哪儿去她往哪儿去。其实面瓜也不知道往哪儿走，但是第一次既然那么走了，第二次当然也那样走。以此类推。他们每一次都走相同的路，以同样的方向向同样的地方走去，在同一个地方拐弯，在同一个地方休息，走完了，在同一个地方分手。然后，面瓜说同样的话，约好下一次见面的时间。局面的改变起源于一次意外。那一天筱燕秋的脚后跟意外地在鹅卵石的路面上崴了一下，咕噜一下倒在了地上。在此以前筱燕秋一直斜着头，看着天上的月亮。她的鞋跟一定踩到了鹅卵石路上的罅隙，脚踝迅速地朝外一撇，说倒就倒下去了。面瓜的脸色吓得比月光还要白。面瓜天生的慢性子，是那种火上了头顶也能够不紧不慢地迈动四方步的男人。面瓜乱了。面瓜在手忙脚乱的时候愈发不知所措。他慌慌张张地把筱燕秋送进医院，慌慌张张地把筱燕秋送到了家中。筱燕秋的脚踝肿起来了，青紫了一大块，肘部也蹭掉了一块皮。

筱燕秋对自己的受伤一点都没有在意。受伤的似乎是别人，她只不过是一个旁观者，偶然看见的罢了。她那种事不关己的样子使你相信，即使有人把她的脑袋砍下来，放在了桌面上，她也能镇定自若的，不慌不忙地眨巴她的眼睛。

疼的是面瓜。面瓜在疼。面瓜望着筱燕秋的脚脖子，不敢看筱燕秋的眼睛。后来他到底偷看了一眼筱燕秋，目光立即又避开了。面瓜说："还疼么？"面瓜的声音很小，但是筱燕秋听见了。筱燕秋不是一块玻璃，而是一块冰。只是一块冰。此时此刻，她可以在冰天雪地之中纹丝不动，然而，最承受不得的恰恰是温暖。即使是巴掌里的那么一丁点余温也足以使她全线崩溃、彻底消融。面瓜木头木脑的，痛心地说："我们还是别谈了吧，我把你摔成这种样子。"筱燕秋冷冷地望着面瓜，面瓜木头木脑的，扯不上边地胡乱自责。可胡乱的自责不是怜香惜玉又是什么？筱燕秋的心潮突然就是一阵起伏，汹涌起来了，所有的伤心一起汪了开来。坚硬的冰块一点一点地，却又是迅猛无比地崩溃了，融化了。收都来不及收。不能自已。不可挽回。她一把拉住面瓜的手，她想叫面瓜的名字，但是没有能够，筱燕秋已经失声痛哭了。她拼了命地哭，声音那么大，那么响，全然不顾了脸面。面瓜吓得想逃，没能逃掉。筱燕秋死死地拽住了面瓜，面瓜没有能够逃掉。

筱燕秋和面瓜都没有意识到这一次大哭对他们来说意味着什么。在某种时候，女人为谁而哭，她就为谁而生。

戏校的筱燕秋老师匆匆忙忙把自己嫁了出去。筱燕秋置身于大海，面瓜是她唯一的独木舟。在筱燕秋看来，这桩婚姻过了此村就再无此店了。面瓜是令人满意的，是那种典型的过日子的男人，顾家、安稳、体贴、耐苦，还有那么一点自私。筱燕秋还图什么？不就是一个过日子的男人么？面瓜唯一的缺点就是床上贪了些，有点像贪食的孩子，不吃到弯不下腰是不肯离开餐桌的。不过这又算什么缺点呢？筱燕秋只是有点弄不明白，床上就那么一点事，每次也就是那么几个动作，又有什么意思？面瓜哪里来的那么大兴致，每一次都像吃苦，把自己累成那样。但是面瓜是疼老婆的，他在一次房事过后这样肉麻地对老婆说："只要没有女儿，你就是我的女儿。"面瓜的这句呆话让筱燕秋足足想了一个多星期。床上的事筱燕秋不太喜欢做，想起来有时候反而倒是蛮好的。

这个晚上是筱燕秋命令女儿上床的。面瓜从妻子垂挂着的睫毛上猜到了这个晚上精彩的压轴戏。结婚这么多年了，每一次做爱都是面瓜巴结着筱燕秋，都是面瓜死皮赖脸的，今天的光景还是头一次。筱燕秋在女儿的床边轻声喊了一声女儿，女儿那边没有了动静。面瓜站在客厅里头就高兴，又是转圈，又是搓手。后来筱燕秋回到了自己的卧室，默默地脱光了，钻进了被窝。再后来筱燕秋从被窝里伸出了一只胳膊，五根手指挂在那儿。筱燕秋对面瓜说："面瓜，来。"

这个晚上的筱燕秋近乎浪荡。她积极而又努力，甚至还有点奉承。她像盛夏狂风中的芭蕉，舒张开来了，铺展开来了，恣意地翻卷、颠簸。筱燕秋不停地说话，好些话说得都过分了，又不敢大声，一字一句都通了电。她急促地换气，紧贴着面瓜的耳边，痛苦地请求："要喊，面瓜。我想喊，面瓜。"筱燕秋像换了一个人，陌生了。这是好日子真正开始的征候。面瓜心花怒放，心旌摇荡，忘乎所以。面瓜疯了，而筱燕秋更疯。

三

炳璋算过一笔账，决定从启动资金里拿出一部分来请烟厂老板一次客。要想把这顿饭吃得像个样，费用虽说不会低，这笔费用也许还能从烟厂那边补回来的。现在，关键中的关键是必须让老板开心。他开心了，剧团才能开心。过去的工作重点是把领导哄高兴了，如今呢，光有这一条就不够了。作为一个剧团的当家人，一手挠领导的痒，一手挠老板的痒，这才称得上"两手都要抓"。把老板请来，再把头头脑脑的请来，顺便叫几个记者，事情就有个开头的样子了。人多了也好，热闹。只要有一盆好底料，七荤八素全可以往火锅里倒。革命不是请客吃饭，对的。炳璋不想革命，就想办事。办事还真得是请客吃饭。

烟厂的老板成了这次宴请的中心。这样的人天生就是中心。炳璋整个晚上都赔着笑，有几次实在是笑累了，炳璋特意到卫生间里头歇了一会儿。他用巴掌把自己的颧骨那一把揉了又揉，免得太僵硬，弄得跟假笑似的。卖东西要打假，笑容和表情同样要打假。这可不是闹着玩的。

炳璋原以为启动资金到账之后他能够轻松一点的，相反，炳璋更紧张、更焦虑了。这么多年了，剧团没法上戏，一直干耗着，说过来居然也过来了。剧团不是美术家协会，不是作家协会，那些协会里的人老了，一个人待在家里，写几块招牌，画几根腊梅、几串葡萄，再不就到晚报上骂骂人，翘胳膊抬腿都有银子跟着来。一句话，那些人都是越老越值钱的。剧团不一样，再好的演员一个人待在家里也唱不来一台戏。当然了，为住房和职称找领导除外，在住房和职称面前，出色的演员一个人就能将生旦净末丑全部反串一遍。演戏这个行当说到底又与别的不同，不论是说唱念打还是吹拉弹奏，扛的是"艺术家"这块招牌，做的终究是体力活，吃的还是身体这碗饭，一到岁数身子骨就破了。他们的破身子骨全是沙漠，一盆水浇下去，不要说看不见水漂，就连嗞的一声都没有。他们挣不来一分钱，耗起银子来却是老将出马，一个顶俩。炳璋就愁钱。炳璋感到自己不只是一个剧团的团长，都快成商人了，就等着资本全部到位。炳璋想起了当年在学习班上听来的一句话，是一位领袖的著名格言：资本来到世上，从头到脚都滴着血和肮脏的东西。这话对。资本就是流淌的血，肮脏不肮脏事后再说。剧团等着这滴血，靠着这滴血，生产、生产、再生产、扩大再生产。急命呢。炳璋就等着《奔月》上马，越快越好。夜长了难免梦多。钱哪，钱哪。

宴会在老板和筱燕秋认识的那一刻达到高潮，这就是说，晚宴从头到尾都是高潮。宴会尚未开始，炳璋便把筱燕秋十分隆重地领了出来，十分隆重地叫到了老板的面前。这次见面对老板来说只是一次交际，也可以说，是一次娱乐活动，然而，它是筱燕秋一生中的一件大事。筱燕秋的后半生如何，完全取决于这次见面。筱燕秋得到宴会通知的时候不仅没有开心，相反，她的心中涌上了无边的惶恐，立即想起了前辈青衣、李雪芬的老师柳若冰。柳若冰是50年代戏剧舞台上最著名的美人，"文革"开始之后第一个倒霉的名角。她去世之前的一段往事曾经在剧团里头广为流传，那是1971年的事了，一位已经做到副军长的戏迷终于打听到当年偶像的下落了，副军长的警卫战士钻到了戏台的木地板下面，拖出了柳若冰。柳若冰丑得像一个妖怪，裤管上粘满了干结的大便和月经的紫斑。副军长远远地看着柳若冰，只看了一眼，副军长就爬上他的军用吉普车了。副军长上车之前留下了一句千古名言："不能为了睡名气而弄脏了自己。"筱燕秋捏着炳璋的请柬，毫无道理地想起了柳若冰。她坐在美容院的大镜子面前，用她半个月的工资精心地装潢她自己。美容师的手指非常柔和，但她感到了疼。筱燕秋觉得自己不是在美容，而是在对着自己用刑。男人喜欢和男人斗，女人呢，一生要做的事情就是和自己做斗争。

　　老板在筱燕秋的面前没有傲慢，相反，还有些谦恭。他喊筱燕秋"老师"，用巴掌再三再四地请筱燕秋老师坐上座。老板并不把文化局的头头们放在眼里，但是，他尊重艺术，尊重艺术家。筱燕秋几乎是被劫持到上座上来的。她的左首是局长，右首是老板，对面又坐着自己的团长，都是决定自己命运的大人物，不可避免地有点局促。筱燕秋正减着肥，吃得少，看上去就有点像怯场了，一点都没有二十年前头牌青衣的举止与做派。好在老板并没有要她说什么。老板一个人说。他打着手势，沉着而又热烈地回顾过去。他说自己一直是筱燕秋老师的崇拜者，二十年前就是筱燕秋老师的追星族了。筱燕秋很礼貌地微笑着，不停地用小拇指捋耳后的头发，以示谦虚和不敢当。但是老板回忆起《奔月》巡回演出的许多场次来了。老板说，那时候他还在乡下，年轻，无聊，没事干，一天到晚跟在《奔月》的剧组后面，在全省各地四处转悠。他还回忆起了一则花絮，筱燕秋那一回感冒了，演到第三场的时候居然在舞台上连着咳嗽了两声——台下没有喝倒彩，而是响起了雷鸣般的掌声。老板说到这儿的时候酒席上安静了。老板侧过头，看着筱燕秋，总结说："那里头就有我的掌声。"酒席上笑了，同时响起了掌声。老板拍了几下巴掌。这掌声是愉快的，鼓舞人心的，还是继往开来，相见恨晚和同喜同乐的。大伙儿一起干了杯。

老板还在聊。语气是推心置腹的，谈家常的。他聊起了国际态势，WTO、科索沃、车臣、香港、澳门，改革与开放，前途还有坎坷；聊起了戏曲的市场化与产业化；聊起了戏曲与老百姓的喜闻乐见。他聊得很好。在座的人都在严肃地咀嚼，点头。就好像这些问题一直缠绕在他们的心坎上，是他们的衣食住行，油盐酱醋；就好像他们为这些问题曾经伤神再三，就是百思不得其解。现在好了，水落石出、大路通天了。答案终于有了，豁然开朗了，找到出路了。大伙儿又干了杯，为人类、国家以及戏剧的未来一起松了一口气。

炳璋一直望着老板。自从认识老板以来，他对老板一直都心存感激，但在骨子里头，炳璋瞧不起这个人。现在不同。炳璋对老板刮目相看了。老板不仅仅是一个成功的企业家，他还是一个成熟的思想家兼政治家。如果爆发战争，他也许就是一个出色的战略家和军事指挥家。一句话，他是伟人。炳璋有些激动，没头没脑地说："下次人代会改选市长，我投厂长一票！"老板没有接他的话茬，点烟，做了一个意义不明的手势，把话题重新转移到筱燕秋的身上来了。

话题到了筱燕秋的身上老板更机敏了，更睿智也更有趣了。老板的年纪其实和筱燕秋差不多，然而，他更像一个长者。他的关心、崇敬、亲切都充满了长者的意味，然而又是充满活力的、男人式的、世俗化的、把自己放在民间与平民立场上的，因而也就更亲切、更平等了。这种平等使筱燕秋如沐春风，人也自信、舒展了。筱燕秋对自己开始有了几分把握，开始和老板说一些闲话。几句话下来老板的额头都亮了，眼睛也有了光芒。他看着筱燕秋，说话的语速明显有些快，一边说话一边接受别人的敬酒。从酒席开始到现在，他一杯又一杯的，来者不拒，酒到杯干，差不多已经是一斤五粮液下了肚了。老板现在只和筱燕秋一个人说，旁若无人。酒到了这个份上炳璋不可能没有一点担忧，许多成功的宴席就是坏在最后的两三杯上，就是坏在漂亮女人的一两句话上。炳璋开始担心，害怕老板过了量。成功体面的男人在女演员的面前被酒弄得不可收拾，这样的场面炳璋见得实在是太多了。炳璋就害怕老板冒出什么唐突的话来，更害怕老板做

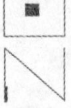

出什么唐突的举动。他非常担心,许多伟人都是在事态的后期犯了错误,而这样的错误损害的恰恰是伟人自己。炳璋害怕老板不能善终,开始看表。老板视而不见,却掏出香烟,递到了筱燕秋的面前。这个举动轻薄了。炳璋看在眼里,咽了一口,知道老板喝多了,有些把持不住。炳璋看着面前的酒杯,紧张地思忖着如何收好今晚这个场,如何让老板尽兴而归,同时又能让筱燕秋脱开这个身。许多人都看出了炳璋的心思,连筱燕秋都看出来了。筱燕秋对老板笑笑,说:"我不能吸烟的。"老板点点头,自己燃上了,说:"可惜了。你不肯给我到月亮上做广告。"大伙儿愣了一下,接下来就是一阵哄笑。这话其实并不好笑,但是,伟人的废话有时候就等于幽默。

哄笑之中老板却起身了,说:"今天我很高兴。"这句话是带有总结性的。老板朝远处招招手,叫过司机,说:"不早了,你送筱燕秋老师回家。"炳璋吃惊地看了一眼老板,炳璋担心他会在筱燕秋面前纠缠的,但是没有。老板举止恰当,言谈自如,一副与酒无关的样子,就好像一斤五粮液不是被他喝到肚子里去了,而是放在裤子的口袋里面。老板实在是酒席上的大师,酒量过人,见好就收。整个晚宴凤头、猪肚、豹尾,称得上一台好戏。倒是筱燕秋有些始料不及,没想到这么快就结束了。筱燕秋一时不知道说什么,慌忙说:"我有自行车。"老板说:"哪有大艺术家骑自行车的。"老板一边坚持着"请"的手势,一边关照司机回头来接他。筱燕秋瞥了老板一眼,只好跟着司机往门口去。她在走向门口的时候知道许多眼睛都在看她,便把所有的注意力全部集中到走路的姿势上,感觉有些别扭,甚至都不会走路了。好在没有人看出这一点。人们望着筱燕秋的背影,她的背影给人以身价百倍的印象。这个女人的人气说旺就旺了。

老板转过身来,和局长闲聊,请局长得空的时候到他们厂去转转。炳璋插进来,抢过话茬,说:"老板好酒量,好酒量!"他一口气把这句话重复了四五遍。炳璋自己也弄不懂为什么逮着老板的酒量不要命地死奉承,听上去好像心里有什么疙瘩,受了什么惊吓似的。老板莞尔而笑,笑而不答,掐烟的工夫又一次把话题岔开了。

四

老话是对的,好运气想找你,就算你关上大门它也会侧着身子从门缝里钻进来。这年头好运气并不玄乎，说白了，就是钱。只有钱才能够侧着身子从门缝里钻来钻去的。烟厂的老板算什么？这年头大街上的老板比春天的燕子多，比秋天的蚂蚱多，比夏天的蚊子多，比冬天的雪花多。然而，烟厂的老板有钱，又不是他自己的，这就齐了。可是，剧团和戏校里的人们真正羡慕的倒不是筱燕秋，而是春来。春来这个小丫头这一回真的是撞上大运了。

春来十一岁走进戏校，从二年级到七年级一直跟在筱燕秋的身后，知道筱燕秋的人都知道，春来不仅仅只是筱燕秋的学生，简直就是筱燕秋的宝贝女儿。春来最初学的并不是青衣，而是花旦，是筱燕秋厚着脸皮硬把她拽到自己的身边的。青衣与花旦其实是两个完全不同的行当，只不过现在喜欢看戏的人少了，许多人都习惯于把戏台上的年轻女性统统称之为"花旦"。这种混淆局面的形成固然是后来的戏迷们功夫不到，但是，要是真的细究起来，这笔账还要记到著名大师梅兰芳的头上。梅老板博大精深，他在长期的舞台实践中把青衣与花旦的唱腔与表演程式杂糅在了一起，创建了一种有别于青衣同时又有别于花旦的新行当，也就是"花衫"。花衫行当的出现体现了梅老板的求新与创造的精神，也给后来的人们带来了不必要的麻烦，人们对青衣与花旦的区分也就再也不那么顶真，不那么严格了。比如说，当初所谓的"四大名旦"，这个统称其实就十分马虎，贴切的说法应当是"两大名旦，两大青衣"。好在所有的剧种都一起没落了，分不清青衣花旦也不算什么芝麻大的事。可是，话还得反过来说，对于学戏和演戏的人来说，这可是一点含混不得的，青衣就是青衣，花旦就是花旦。它们的唱腔、道白、行头、台步、表演程式隔着九九艳阳天，真的是花开两朵，各表一枝的，永远弄不到一起去。

春来想学花旦有她的理由。就说道白，花旦的道白用的是脆亮的京腔，而青衣的韵白则拖声拖气的，在没有翻译、不打字幕的情况下，比看盗版碟片还要吃力，一句话，青衣的韵腔道白说的整个就不是人话。唱腔就更不一样了，花旦唱起来利索、爽朗，接近于捏着嗓子的流行歌曲，还歪着脑袋一蹦三跳，又活泼，又可爱，像一只叽叽喳喳的小麻雀。青衣则不同，就那么一个字，她也要咿咿呀呀的，一步三晃的，一手捂着小肚子，一手比画着，在那儿晃悠着，跷着个小指头，慢慢地哼，等你上完了厕所，把该尿的尿了，该拉的拉了，前前后后擦完了，一回头，那个字还没唱完呢。戏剧如此不景气，喜欢青衣的也就剩下那么几个离休老干部了。许多当红青衣都走下舞台了，不是穿上漆黑的皮夹克站在麦克风前面乱了头发狮吼，就是到电视连续剧里头演一回二奶，演一回小蜜。好歹也能到晚报的文化版上"文化"那么一下子。青衣说到底不能和花旦比，现在的晚会那么多，笑星歌星们再闹腾，民族文化总是要弘扬的，国粹总是要保留的，"爱江山更爱美人"之后，最次也得来个"打不尽豺狼决不下战场"。花旦的出路比青衣多少要好一些，要不然，人们也不会把剧团戏称为"蛋窝"的。

　　春来是在三年级的下学期改学的青衣。春来这孩子说话的嗓音和筱燕秋并不像，可是，一开腔，春来的唱腔简直就是另一个筱燕秋。戏校的老师们开玩笑说，春来的嗓子天生就是和筱燕秋唱对台戏的料。筱燕秋和春来商量，让她放弃花旦，改学青衣。春来不肯。商量来商量去，春来就是不肯。筱燕秋急了，筱燕秋的那句名言至今还是戏校里的一个笑话，一个笑柄。筱燕秋一急，拉下了脸来，对春来说："你要是不肯拜我为师，我就拜你，我拜你做我的学生，你答应不答应？"做老师的把话说到了这个份上，春来还敢说什么？

　　戏校的人们还记得春来刚到戏校时的模样，一口浓重的乡下口音，衣袖和裤腿都短得要命，袜子的上方还留了一截小腿肚。那时的春来一到冬天两只腮帮总是皴着，裂了好几道红颜色的口子。没有人会相信春来能脱落成今天的这副模样，什么叫女大十八变？春来就是一个最生动的例子，一个最具感召力的例子。谁能想到筱燕秋能有今天？谁能想到春来能赶上这趟车？

　　筱燕秋在戏校待了二十年了，教了那么多学生，细细排下来，却没有一个能唱出来的。大红大紫就不说了，显一下山露一下水的都没有过。这样的局面给筱燕秋带来了十分强烈的失败感。筱燕秋对自己是彻底死了心了，然而，毕竟又没有死透。一个人可以有多种痛，最大的痛叫作不甘。筱燕秋不甘。三十岁生日那一天筱燕秋就知道自己死了，十年里头筱燕秋每天都站在镜子面前，亲眼看着自己一天一天老下去，亲眼看着著名的"嫦娥"一天一天地死去。她无能为力。焦虑的过程加速了这种死亡。用手拽都拽不住，用指甲抠都抠不住。说到底时光对女人太残酷，对女人心太硬，手太狠。三十岁，我的亲爹，我的亲娘。三十岁生日那一天筱燕秋头一回喝了酒，不到二两。筱燕秋醉得不成样子。酒后的筱燕秋握着剪刀把厨房里的围裙剪成了两块。她把两块白布捏在手上，权当了水袖。筱燕秋挥舞着油迹斑斑的围裙，跌跌撞撞，油盐酱醋的罐子倒了一厨房，咣叮咣当的，碎了一厨房。她的手不知道被什么碎片刮破了，鲜红的血液流淌在水袖上，红白相间的围裙在半空中抛上去，又落下来，再抛上去，再落下来。面瓜冲进了厨房，抱住了筱燕秋，筱燕秋愣愣地盯着面瓜，喊面瓜"亲娘"。筱燕秋用纯正的韵腔对着面瓜念起了道白："亲——娘——啊——啊！"面瓜知道筱燕秋醉了。面瓜担心妻子的叫喊传播出去，他把带血的围裙堵在了筱燕秋的嘴边。筱燕秋的嘴巴给堵紧了，腹部却激荡了起来，一挺一挺的，嗓子里发出母兽的呼噜声。面瓜心疼万分，不住地喊燕秋的名字。筱燕秋侧过头，回望着面瓜，叫不出声。然而，她的腹部还在叫，面瓜看得见。她用她的腹部一遍又一遍地呼喊："亲、娘、啊、啊、啊、啊！"

"千生万旦，难求一净"，这是旧时的艺人留下来的古话了。其实这话不对。筱燕秋从一开始就不能同意这句话。生、旦、净、末、丑，唱花脸的固然难求一个，然而，没有一个行当的演员可以成千上万地一把一抓。自古到今，唱青衣的成百上千，真正把青衣唱出意思来的，真正领悟了青衣的意蕴的，也就那么几个。唱青衣固然要有上好的嗓音，上好的身段——可是好嗓音算得了什么？好身段又算得了什么？出色的青衣最大的本钱是你是一个什么样的女人。哪怕你是一个七尺须眉，只要你投了青衣的胎，你的骨头就再也不能是泥捏的，只能是水做的，飘到任何一个码头你都是一朵雨做的云。戏台上的青衣不是一个又一个女性角色，甚至不是性别，而是一种抽象的意味，一种有意味的形式，一种立意，一种方法，一种生命里的上上根器。女人说到底不是长成的，不是岁月的结果，不是婚姻、生育、哺乳的生理阶段。女人就是女人。她学不来也赶不走。青衣是接近于虚无的女人，或者说，青衣是女人中的女人，是女人的极致境界。青衣还是女人的试金石，是女人，即使你站在戏台上，在唱，在运眼，在运手，所谓的"表演""做戏"也不过是日常生活里的基本动态，让你觉得生活就是如此这般的——话就是那样说的，路就是那样走的；

不是女人，哪怕你坐在自家的沙发上、床头上，你都是一个拙劣的戏子，你都在"演"，演也演不像，越演越不像人。与此相应的是，花脸则是一个绝对的男人，或者说，是绝对男人的绝对侧面。男人就应当是简单的，所有的身心只是一张脸谱，简单到夸张的程度，简单到恒久与一成不变的程度。所以，戏的衰退首先是男人与女人的携手衰退。是种性的一天不如一天。

老天爷创造出一个花脸不容易，老天爷创造出一个青衣同样不容易。筱燕秋是其中的一个，其中的另一个则是春来。

春来的出现让筱燕秋看到了希望。春来是"嫦娥"能够活在这个世上最充分的理由。筱燕秋宛如一个绝望的寡妇，拉扯着唯一的孩子。只要有春来，筱燕秋的香火终究可以续上了，这是老天爷对筱燕秋的最后一点补贴，最后一点安慰。春来刚过了十七岁，严格地说，还是一个女孩子。但是春来从来就不是女孩子，她天生就是一个女人，一个风姿绰约的女人，一个风情万种的女人，一个风月无边的女人，一个她看你一眼就让你百结愁肠的女人。这不是早熟，只能说，它与生俱来。春来在十七岁的这个夏天就此步入了青衣的黄金年段，身段该有的都有，该没的都没。腰肢里头流荡着一股天成的婀娜态、风流态。春来的一双眼睛里头有一种独特而美妙的神采，她看所有的东西都不是看，而是盼顾，左盼盼，右顾顾，有股美目盼兮的意思，有股依依不舍的意思，还有股此怨不知所从何来的意思。春来运动的眼珠就像戏台上的运眼，她有一种将最戏剧化的程式还原到生活中来的禀赋，她同时还有一种将最日常化的动态提升到戏台上的异质。而春来的变声期也是格外顺利，居然没怎么在意说过去就过去了，许多演员过不了变声期这么一个鬼门关，昨晚上洗澡的时候还好好的，一觉睡来，好嗓子已经被鬼偷走了。

春来这孩子命好。所有的一切好像都是给她预备好了的。虽说只是嫦娥的B档，但是谁也不能否认，二郎神的灵光已经照亮春来了。

五

一部戏总是从唱腔戏开始。说唱腔俗称说戏，你先得把预设中一部戏打烂了，变成无数的局部、细节，把一部戏中戏剧人物的一恨、一怒、一喜、一悲、一伤、一哀、一枯、一荣，变成一字、一音、一腔、一调、一響、一笑、一个回眸、一个亮相、一个水袖、一句话，变成一个又一个说、唱、念、打，然后，再把它组装起来，磨合起来，还原成一段念白，一段唱腔。说戏过后，排练阶段才算真正开始。首先是连排。一个人成不了一台戏，"戏"首先是人与人的关系。那么多的演员挤在一个戏台上，演员与演员之间就必须沟通、配合、交流、照应，这样的完善过程也就是连排。连排完了还不行。演员的唱腔、造型还得与乐队、锣鼓家伙形成默契，没有吹、拉、弹、奏、打，那还叫什么戏？把吹、拉、弹、奏、打一同糅合进去，这就是所谓的响排了。响排过了还得排，也就是彩排。彩排接近于实弹演习，是面对着虚拟中的观众进行的一次公演，该包头的得包头，该勾脸的得勾脸，一切都得按实地演出的模样细细地走场。彩排过去了，一出大戏的大幕才能拉得开。

几乎所有的人都注意到了，从说唱腔的第一天开始，筱燕秋就流露出了过于刻苦、过于卖命的迹象。筱燕秋的戏虽说没有丢，但毕竟是四十岁的人了，毕竟是二十年不登台了，她的那种卖命就和年轻人的莽撞有所不同，仿佛东流的一江春水，在入海口的前沿拼命地迂回、盘旋，巨大的漩涡显示出无力回天的笨拙、凝重。那是一种吃力的挣扎、虚假的反溯，说到底那只是一种身不由己的下滑、流淌。时光的流逝真的像水往低处流，无论你怎样努力，它都会把覆水难收的残败局面呈现给你。让你竭尽全力地拽住牛的尾巴，再缓缓地被牛拖下水去。

截至说戏阶段，筱燕秋已经从自己的身上成功地减去了四点五公斤的体重。筱燕秋不是在"减"肥，说得准确一些，是抠。筱燕秋热切而又痛楚地用自己的指甲一点一点地把体重往外抠，往外挖。这是一场战争，一场掩蔽的、没有硝烟的、只有杀伤的战争。筱燕秋的身体现在就是筱燕秋的敌人，她以一种复仇的疯狂针对着自己的身体进行地毯式轰炸，一边轰炸一边监控。减肥的日子里头筱燕秋不仅仅是一架轰炸机，还是一个出色的狙击手。筱燕秋端着她的狙击步枪，全神贯注，密切注视着自己的身体。身体现在成了她的终极标靶，一有风吹草动筱燕秋就会毫不犹豫地扣动她的扳机。筱燕秋每天晚上都要站到磅秤上去，她对每一天的要求都是具体而又严格的：好好减肥，天天向下。筱燕秋一定要从自己的身上抠去十公斤——那是她二十年前的体重。筱燕秋坚信，只要减去十公斤，生活就会回到二十年前，她就会站在二十年前，二十年前的曙光一定会把她的身影重新投射在大地上，颀长、婀娜、娉婷世无双。

这是一场残酷的持久战。汤、糖、躺、烫是体重的四大忌，也就是说，吃和睡是减肥的两大法门。筱燕秋首先控制的就是自己的睡。她把自己的睡眠时间固定在五个小时，五个小时之外，她不仅不允许自己躺，甚至不允许自己坐。接下来控制的就是自己的嘴了。筱燕秋不允许自己吃饭，不允许自己喝水，更不用说热水了。她每天只进一些瓜果、蔬菜。在瓜果与蔬菜之外，筱燕秋像贪婪的嫦娥那样，就知道大口大口地吞药。

减肥的前期是立竿见影的，她的体重如同股票的熊市一样，一路狂跌。身上的肉少了，然而，皮肤却意外地多了出来。多余的皮肤挂在筱燕秋的身上，宛如捡来的钱包，浑身上下找不到一个存放的地方。多出来的皮肤使筱燕秋对自己产生了这样一种错觉：整个人都是形式大于内容的。这是一个古怪的印象，一个恶劣的印象，这还是一个滑稽的和歹毒的印象。最要命的还在脸上，多出来的皮肤使筱燕秋的脸庞活脱脱地变成了一张寡妇脸。筱燕秋望着镜子里的自己，寡妇一样沮丧，寡妇一样绝望。

真正的绝望还在后头。减肥见了成效之后筱燕秋整日便有些恍惚，这是营养不良的具体反应。精力越来越不济了。头晕、乏力、心慌、恶心，总是犯困，贪睡，而说话的气息也越来越细。说戏阶段过去了，《奔月》就此进入了艰苦的排练阶段，体力消耗逐渐加大，筱燕秋的声音就不那么有根，不那么稳，有点飘。气息跟不上，筱燕秋只好在嗓子里头发力，声带收紧了，唱腔就越来越不像筱燕秋的了。

筱燕秋怎么也没有料到自己会出那么大的丑，当着那么多的人的面。她在给春来示范一段唱腔的时候居然"刺花儿"了，"刺花儿"俗称"唱破"了，是任何一个靠嗓子吃饭的人最丢脸的事。那声音不像是人的嗓子发出来的，像玻璃刮在了玻璃上，像发情期的公猪趴在了母猪的背脊上。其实"刺花儿"也不是什么大不了的事，每一个演员都会碰上的，然而，筱燕秋到底又不是别人，她不能忍受一起集中过来的目光。那些目光不是刀子，而是毒药，它不需要你流一滴血，不让你有半点疼痛，活生生地就要了你的命。筱燕秋决定挽回她的体面。她必须在众人的面前捞回这个脸面。筱燕秋强作镇定，示意再来。连续两次，嗓子就是不肯给筱燕秋下这个台。筱燕秋的嗓子痒得要了命，宛如爬上了一万只小虫子。想咳。筱燕秋用力忍住，咬着牙，把满嘴的咳嗽堵在嗓眼里头。坐在一边的炳璋端来了一杯水，递到筱燕秋的面前，故意轻松地对大伙儿说："歇会儿，歇会儿了哈。"筱燕秋没有接炳璋的杯子，接杯子这个动作筱燕秋无论如何是不肯做的。筱燕秋看着演后羿的男演员，说："我们再来一遍。"筱燕秋这一回没有"刺花儿"，她的高音部只爬到了一半，筱燕秋自己就停下来了。筱燕秋重重地吁出一口气，僵在那儿。没有一个人敢上来和筱燕秋搭腔，没有一个人敢看筱燕秋。筱燕秋强忍着，越忍越难忍。人在丢脸的时候不能急着挽回，有时候，你想挽回多少，反过来会再丢出去多少。她开始用目光去扫别人，他们像是约好了的，都是一副过路人的样子，似乎什么都没发生过。众人的心照不宣有时候更像一次密谋，其残忍的程度不亚于千夫所指。筱燕秋想再来一遍，到底没有勇气了。炳璋端着茶杯，大声对众人宣布："筱燕秋老师感冒了，就到这儿，今天就到这儿了，哈。"筱燕秋泪汪汪地盯着炳璋，知道他的好意。可是筱燕秋就想扑上去，揪着炳璋的领口给他两大耳光。

排练厅立即走空了，只留下了筱燕秋与春来。春来同样不敢看她的老师，弓着腰，假装收拾东西。筱燕秋长久地望着春来，她年轻的侧影是多么美，颧骨和下巴那儿发出瓷器才有的光。筱燕秋失神了，反反复复在心里问：自己怎么就没她那个命？春来直起身来，发现老师的目光一直罩在自己的身上，唬了一大跳。筱燕秋突然说："春来，你过来。"春来停住了，愣在那儿没有动。筱燕秋说："春来，你把刚才我唱的那一段重来一遍。"春来咽了一口，她在这样的时候怎么敢做那样的事。春来说："老师。"筱燕秋没开口，却挪了一张椅子，坐了下来。春来的心里头慌乱了一回，不过看老师的架势，躲是躲不过去了，反倒镇定下来了，站好了，进了戏。筱燕秋坐在椅子上，用心地看着春来，听着春来。几分钟过后筱燕秋却走神了。她瞥了一眼墙上的大镜子，大镜子像戏台，十分残酷地把春来和自己一同端出来了。筱燕秋有意无意地拿自己和春来做起了比较。镜子里的筱燕秋在春来的映照之下显得那样老，几乎有些丑了。当初的自己就是春来现在的这副样子，它现在到哪儿去了呢？人不能比人，这话真是残忍。人不能比别人，人同样不能和自己的过去攀比。什么叫青山遮不住，毕竟东流去？镜子会慢慢地告诉你。筱燕秋的自信心在往下滑，像水往低处流，挡都挡不住。她想起了当初复出时的那种喜悦，那样的喜悦说到底也不过是过眼的烟云，刹那之间就荡然无存了。筱燕秋动摇了，甚至产生了打退堂鼓的意思，却又舍弃不下。虽说春来的表演还有许多地方需要打磨，然而，从整体上说，这孩子超过自己也就是眼前的事了。春来如此年轻，未来的岁月实在是不可限量。筱燕秋突然就是一顿难受，内中一阵一阵地酸，一阵一阵地疼。筱燕秋知道自己嫉妒了。细细说起来，筱燕秋就因为嫉妒吃了二十年的苦头，可是，她实在没有嫉妒过李雪芬，从来没有，一天都没有。但是，面对自己的学生，筱燕秋遏制不住。筱燕秋知道自己在嫉妒，她第一次尝到了嫉妒的厉害。她看到了血在流。筱燕秋痛恨自己，她不能允许自己嫉妒。她决定惩罚。她用指甲拼命地掐自己的大腿。越用力越忍，越忍越用力。大腿上尖锐的疼痛让筱燕秋产生了一种古怪的轻松感。她站起身来，决定利用这个空隙帮春来排练，不允许自己有半点保留。筱燕秋站到春来的面前，面对面，手把手，从腰身到眼神，一点一点地解释，一点一点地纠正，她一定要把春来锻造成二十年前的自己。太阳落下去了，梧桐树的巨大阴影落在窗户的玻璃上，抚摸着玻璃，絮絮叨叨的，苦口婆心的。排练大厅里的光线越来越暗，越来越安静了。她们忘记了开灯，师徒两个在昏暗的光线下面反反复复地比画，一遍又一遍，每一个动作都细微到手指的最后一个关节。筱燕秋的脸离春来只有几寸那么远，春来的眼睛忽闪忽闪的，在昏暗的排练大厅里反而显得异样地亮，那样地迷人，那样地美。筱燕秋突然觉得对面站着的就是二十年前的自己，二十年前的筱燕秋就在自己的面前，亭亭玉立。筱燕秋迷惑了，像做梦，像水中观月。眼前的一切都像梦幻那样飘忽起来了，充满了不确定性。筱燕秋停下来，侧着头，用那种不聚焦的、近乎烟雾的目光笼罩了春来。春来不知道自己的老师怎么了，也侧过了脑袋，端详着自己的老师。筱燕秋绕到了春来的身后，一手托住春来的肘部，另一只手捏住了春来跷着的小拇指的指尖。筱燕秋望着春来的左耳，下巴几乎贴住春来的腮帮。春来感到了老师的温湿的鼻息。筱燕秋松开手，十分突兀地把春来揽进了怀抱。她的胳膊是神经质的，搂得那样地紧，乳房顶着春来的后背，脸贴在了春来的后颈上。春来猛一惊，却不敢动，僵在了那里，连呼吸都止住了。但只是一会儿，春来的呼吸便澎湃了，大口大口地换气，她喘息一次两只乳房就要在筱燕秋的胳膊里软绵绵地撞击一回。筱燕秋的手指在春来的身上缓缓地抚摸，像一杯水泼在了玻璃台板上，开了岔，困厄地流淌。她的手指流淌到春来腰部的时候春来终于醒悟过来了，春来没敢叫喊，春来小声央求说："老师，别这样。"

筱燕秋突然醒来了。那真是一种大梦初醒的感觉。梦醒之后的筱燕秋无限地羞愧与凄惶，她弄不清自己刚才到底做了些什么。春来捡起包，冲出了排练大厅。筱燕秋被丢在排练大厅的正中央，耳朵里头充满了春来下楼的脚步声，急促得要命。筱燕秋想叫住春来，可她实在不知道还能对春来说什么。筱燕秋就觉得羞愧难当。天已经黑了，却又没有黑透，是梦的颜色。筱燕秋垂着手，呆呆地站住，不知身在何处。

下班的路上筱燕秋就觉得这一天太古怪了，大街是古怪的，路灯的颜色是古怪的，行人走路的样子也是古怪的。筱燕秋一直想哭，但是，实在又不知道要哭什么。不知道要哭什么就不那么容易哭得出来。这一来筱燕秋的胸口反而堵住了。胸口堵住了，肚子却出奇地饿，这阵饿是丧心病狂的，仿佛肚子里长了十五只手，七上八下地拽。筱燕秋走到路边的一家小饭店，决定停下脚步。她怀着一股难言的仇恨走进了小饭店，要过菜单，专门挑大油大腻的点。一上来筱燕秋就恶狠狠地吞下了三只大肉丸。筱燕秋又是嚼，又是咽，一直吃到喘息都困难的程度。

六

春来并没有在筱燕秋的面前流露什么，戏还是和过去一样地排。只是春来再也不肯看筱燕秋的眼睛了。筱燕秋说什么，她听什么，筱燕秋叫她怎么做，她就怎么做，就是不肯再看筱燕秋的眼睛。一次都不肯。筱燕秋与春来都是心照不宣的，不过，这不是母亲与女儿之间才有的心照不宣，是女人与女人之间的那种，致命的那种，难于启齿的那种。

筱燕秋怎么也没有料到会和春来这样别扭。一个大疙瘩就这样横在了她们的面前。这个疙瘩看不见，也就越发无从下手了。筱燕秋恢复了饮食，可还是累。筱燕秋说不出这种累掩藏在身体的哪个部位，它具有散发性，在身体的内部四处延展，都无所不在了。好几次她都想从剧组退出，就是下不了那个死决心。这样的心态二十年以前曾经有过一次的，她想到过死，后来竟一次又一次犹豫了。筱燕秋责怪自己当初的软弱。二十年前她说什么也应当死去的。一个人的黄金岁月被掐断了，其实比杀死了更让你寒心。力不从心地活着，处处欲罢不能，处处又无能为力，真的是欲哭无泪。

春来那里一点动静都没有。她永远都是那样气闲神定的，没有一点风吹，没有一点草动，远远地，和筱燕秋隔着一两丈的距离。筱燕秋现在怕这孩子，只是说不出。如果春来就这么和自己不冷不热地下去，筱燕秋的这辈子就算彻底了结了，一点讨价还价的余地都没有了。"嫦娥"要是不能在春来的身上复生，筱燕秋站二十年的讲台究竟是为了什么？

筱燕秋终于和老板睡过了。这一步跨出去了，筱燕秋的心思好歹也算了了。这是迟早的事，早一天晚一天罢了。筱燕秋并没有什么特别的感觉，这件事说不上好，也说不上不好，从古到今反正都是这样的。老板是谁？人家可是先有了权后有了钱的人，就算老板是一个令人恶心的男人，就算老板强迫了她，筱燕秋也不会怪老板什么的。更何况还不是。筱燕秋在这个问题上没有半点羞答答的，半推半就还不如一上来就爽快。戏要不就别演，演都演了，就应该让看戏的觉得值。

可是筱燕秋难受。这种难受筱燕秋实在是铭心刻骨。从吃晚饭的那一刻起，到筱燕秋重新穿上衣服，老板从头到尾都扮演着一个伟人，一个救世主。筱燕秋一脱衣服就感觉出来了，老板对她的身体没有一点兴趣。老板是什么人？这年头漂亮新鲜的小姑娘就是货架上的日用百货，只要老板喜欢，下巴一指，售货员就会把什么样的现货拿到他们的面前。筱燕秋是自己脱光衣服的，刚一扒光，老板的眼神就不对劲了，它让筱燕秋明白了减肥后的身体是多么地不堪入目。老板一点都没有掩饰。在那个刹那里头筱燕秋反而希望老板是一个贪婪的淫棍，一个好色的恶魔，她就是卖给老板一回她也卖了，然而，老板不那样。老板上了床就更是一个伟人了。他十分从容地躺在了席梦思上，用下巴示意筱燕秋骑上去。老板平躺在席梦思上，一动不动。筱燕秋骑上去之后就只剩下筱燕秋一个人忙活了。有一个阶段老板对筱燕秋的工作似乎比较满意，嘴里哼唧了几声，说："哦，叶儿。哦，叶儿。"筱燕秋不知道老板到底在哼唧什么。几天之后，筱燕秋伺候老板之前老板先让她看了几部外国毛片，看完了毛片筱燕秋才算明白过来，大老板在学洋人叫床呢。老板在床上可真是冲出了亚洲走向了世界，一下子就与世界接轨了。这固然不是做爱，可是，这甚至不是性交，筱燕秋只是莫名其妙地巴结着一个男人、伺候着一个男人。筱燕秋就觉着自己贱。她好几次都想停止下来了，然而，性是一个歹毒的东西，不是你想停就停得下来的。这样的感觉筱燕秋在和面瓜做爱的时候反而没有过。筱燕秋一边动作一边骂着自己,她这个女人实在是下贱得到了家了。

筱燕秋从老板那儿回来的时候外面下了一点小雨,马路上水亮水亮的,满眼都是汽车尾灯的倒影与反光,猩红猩红的,热烈得有些过分,有些无中生有,因而也就平添了许多颓伤的意思。筱燕秋望着路面上的斑驳反光,认定了自己今晚是被人嫖了。被嫖的却又不是身体。到底是什么被嫖了,筱燕秋实在又说不上来。她弓在巷子的拐角处,想呕吐出一些什么,终于又没有能够如愿,只是呕出了一些声音。那些声音既难听,又难闻。

女儿已经睡了。面瓜正看着电视,陷在沙发里头等着筱燕秋。筱燕秋进了门就没有看面瓜。她不肯和面瓜打照面,低着头径直往卫生间去。筱燕秋打算先洗个澡的,又有些过于多疑,担心这样匆忙地洗澡面瓜会怀疑什么,只好坐到便池上去了。坐了一会儿,没有拉出什么,也没有尿出什么。只是拽着内衣,正过来看了看,反过来又看了看。筱燕秋把自己的上上下下全都检查了一遍,没有发现任何点点斑斑,放下心来走出了卫生间。筱燕秋困乏得厉害,为了不让面瓜看出来,便故意弄出一副精神饱满的样子。面瓜还坐在那儿,弄不懂筱燕秋为什么这样开心,傻笑起来,说:"喝酒啦?脸红红的。"筱燕秋的心口咯噔了一下,轻描淡写地说:"哪里红了。"面瓜认真起来,说:"是红了。"筱燕秋不敢纠缠,立即把话岔开了,说:"孩子呢?"面瓜说:"早就睡了。"筱燕秋不情愿面瓜老是站在自己的面前,她实在不能承受面瓜的目光。筱燕秋说:"你先上床去吧,我冲个澡。"她回避了"睡觉"这两个字,但"上床"的意思其实还是一样的。筱燕秋说这句话的时候迅速地瞥了一眼面瓜,面瓜却开心起来了,不住地搓手。筱燕秋的胸口平白无故地便是一阵痛。

筱燕秋把洗澡水的温度调得很烫,几乎达到了疼痛的程度。筱燕秋就希望自己疼。疼的感觉具体而又实在,甚至还有一点快慰,有一种自虐和自戕的味道。筱燕秋把自己冲了又冲,搓了又搓。她用指头抠向身体的深处,企图抠出一点什么,拽出一点什么。洗完了,筱燕秋坐在客厅里的沙发上,皮肤上泛起了一层红,有些火烧火燎的。大约在深夜十一点,面瓜裹着毛巾被出来了。面瓜显然没睡，挂着一脸巴结的笑，面瓜说："魂不守舍的，捡到钱包了吧？"筱燕秋没有搭腔。面瓜文不对题地"嗨"了一声，说："今天是周末了。"筱燕秋凛了一下，紧张起来了，不动。面瓜挨着筱燕秋坐下来，嘴唇正对着筱燕秋的右耳垂。面瓜张开嘴巴，顺势把筱燕秋的耳垂衔在了嘴里，手却向常去的地方去了。筱燕秋的反应是她自己都始料不及的，她一把就把面瓜推开了，她的力气用得那样猛，居然把面瓜从沙发上推下去了。筱燕秋尖声叫道："别碰我！"这一声尖叫划破了宁静的夜，突兀而又歇斯底里。面瓜怔在地上，起先只是尴尬，后来竟有些恼羞成怒了，夜深人静的，又不敢发作。筱燕秋的胸脯一鼓一鼓的，像胀满了风的帆。筱燕秋抬起头来，眼眶里突然沁出了两汪泪，她望着自己的丈夫，说："面瓜。"

今夜不能入眠。筱燕秋在漆黑的夜里瞪大了眼睛，黑夜里的眼睛最能看清的就是自己的今生今世。筱燕秋的一只眼睛看着自己的过去，一只眼睛看着自己的未来。可筱燕秋的两眼都一样黑。筱燕秋好几次想伸出手去抚摸面瓜的后背，终于忍住了。她在等天亮。天亮了，昨天就过去了。

除了学戏，春来总是闷不吭声的，静得像一杯水。空闲的时刻春来习惯于一个人坐在一边，又长又弯的眉毛挑在那儿，大而亮的眼睛这儿睃睃，那儿瞅瞅，一副妩媚而又自得的模样。春来的身上有一种寂静的美，恬然的美，一举一动都透出弱柳扶风的意味。但是，这样的女孩子说来动静就来了动静。春来无风就是三尺浪。她带来了消息，一个让筱燕秋五雷轰顶的消息。

临近响排的那一天炳璋突然把筱燕秋叫住了。炳璋的脸上很不好看，他闷着头，不声不响地只是把筱燕秋往自己的办公室里带。春来坐在炳璋的办公室里，安安静静地翻着当天的晚报。筱燕秋一看见春来就预感到有什么事发生了。

"她要走。"炳璋一进办公室就这样没头没脑地说。

"谁要走？"筱燕秋蒙在那儿。她看了一眼春来，不解地说，"要到哪里去？"

春来站起身来，依旧不肯看自己的老师。她站在筱燕秋的面前，一言不发，只是望着自己的脚尖。春来的模样再一次使筱燕秋想起了自己的当初，她当初站在李雪芬的病床前面就是这副样子的。但是，自己的心气和春来的现在显然是不可同日而语的。春来磨蹭了半天，开口说话了。春来说："我想走。"春来说："我要到电视台去。"

筱燕秋听清楚了，就是不明白。春来的那两句话前言不搭后语的，筱燕秋弄不清里面的山高水深。筱燕秋说："你要到哪里去？"

春来直接把底牌亮出来了。春来说："我不想演戏了。"

筱燕秋听明白了，每一个字都听清楚了。筱燕秋静静地打量着她的学生，慢慢歪过了脑袋。筱燕秋轻声说："你不想做什么？"

春来又沉默了，接下来的话是炳璋帮她说的。炳璋说："电视台要一个主持人，她报名去了，一个月之前她就报名去了。都已经面试过了，人家要她。"筱燕秋想起来了，说戏的那些日子里头电视台的确是在晚报上面做过广告的，都一个月了，这孩子不声不响居然把什么都准备好了。筱燕秋傻在了沙发旁边，身体晃了一下，就好像被谁拽了一把。筱燕秋顿时就乱了方寸。她伸出双手，打算搭到春来的肩膀上去的，刚一伸手，又收回了原处。筱燕秋喘息了，突然喊道："你知道你在说什么？"

春来看了看窗外，不说话。

"你休想！"筱燕秋大声说。

"我知道你在我的身上花费了心血，可我走到今天也不容易。你不要拦我。"

"你休想！"

"那我退学。"

筱燕秋抬起了双手，就是不知道要抓什么。她看了看炳璋，又看了看春来，双手抖动起来。她一把拽住了春来的衣襟，心碎了。筱燕秋低声说："你不能，你知道你是谁？"

春来耷拉着眼皮，说："知道。"

"你不知道！"筱燕秋心痛万分地说，"你不知道你是多好的青衣——你知道你是谁？"

春来歪了歪嘴角，好像是笑。但没出声。春来说："嫦娥的B档演员。"

筱燕秋脱口说："我去和他们商量，你演A档，我演B档，你留下来，好不好？"

春来掉过头去，说："我不抢老师的戏。"

春来还是那样生硬，然而，口气上毕竟有所松动了。筱燕秋抓住了春来的手，慌忙说："没有，你没有抢我的戏！你不知道你多出色，可我知道。出一个青衣多不容易，老天爷要报应的——你演A档，你答应我！"她把春来的手捂在自己的掌心里，急切地说，"你答应我。"

春来抬起了头来，望着她的老师。这么些日子来春来还是第一次这样正眼看她的老师。筱燕秋仔细地研究着春来的目光，这是一种疑虑的目光，一种打算改弦更张的目光。筱燕秋全神贯注地看着春来，就好像春来的目光一移开立即就会飞走了似的。炳璋一直注视着春来，他从春来细微的变化当中看到了玄机。那绝对是七不离八的。炳璋有底了，知道和春来的谈话从哪儿入手了。炳璋对筱燕秋摆了摆手，示意她先出去。筱燕秋不动，都有些神经质了，直到炳璋把手搭在了她的肩上她才还过了神来。筱燕秋一步一回头。炳璋悄声说："先回去，你先回去。"

筱燕秋回到了排练大厅，远远地打量着炳璋的那扇窗。那扇窗现在是她的命。排练结束了，人去楼空，空荡荡的排练大厅孤零零地吊着筱燕秋的身影。筱燕秋在焦急地等。夕阳残照，大厅里的粉尘悬浮在半空，橙黄橙黄的，弥漫着一股毫无由头的温馨，植物的叶片被残阳放大了，已经看不出植物叶片的轮廓。筱燕秋抱着胳膊，在大厅里来来回回。炳璋的窗户突然打开了，探出了炳璋的脑袋和一条手臂。筱燕秋看不见炳璋的表情，然而，她看到了炳璋挥舞胳膊。炳璋挥得很有力，最后还把指头握成了拳头。筱燕秋明白了。她扶着墙边的练功架，泪水涌了上来。她的身体沿着墙面慢慢滑落了下去。在她坐在地板上的时候，筱燕秋终于哭出了声来。她的一切差一点就付诸东流了，这真的是一场劫后余生。这是多么幸福的泪水？多么令人欣慰的泪水？筱燕秋扶着一把椅子，扶着椅子的靠背坐了上去。她在椅子上慢慢地哭，慢慢地体会这份幸福与欣慰。筱燕秋在抹眼泪的时候认认真真地责备了自己一回，剧组一成立她其实就应该和春来说明白的，春来要是有戏演，她断不至于去找别的出路的。自己都这个年纪了，一个青衣到了这个岁数，还争什么戏？还演什么A档。这样多好！反正春来都已经顶上来了，再怎么说，春来终究是另一个自己，是自己的另一种存在。只要春来唱红了，自己的命脉一样可以在春来的身上流传下去的。这么一想筱燕秋突然轻松了，心中的压力与阴影荡然无存。放弃，彻底放弃。筱燕秋深深地出了一口气，心情为之一振。

减肥真的像一场病。病去如抽丝，病来如山倒。开禁没几天，磅秤的红色指针呼啦一下就把筱燕秋的体重反弹上去了，还捞回了零点五公斤，都有点像有奖销售了。筱燕秋的心情爽朗了一些日子，但是，等体重真的回复到过去，筱燕秋便又后悔了。刚刚到手的机会说失去就这么失去了，这样的伤心实在是毁灭性的。筱燕秋望着磅秤上的红色指针，指针翘上去一点筱燕秋的心就沉下去一点。但是筱燕秋不允许自己伤心，不是不允许自己流露出伤心，而是不允许自己产生一点点难受的念头，产生多少就掐死多少。做出放弃的承诺之后，筱燕秋原以为自己从此就能够心如止水的。但是没有。相反，登台的念头甚至比以往更强烈了。可是放弃A档毕竟是筱燕秋在炳璋的面前亲口承诺的，这个承诺是一把剑，筱燕秋亲眼看着自己被这把剑劈成两个，一个站在岸上，另一个则被摁在了水底。当水下的筱燕秋企图浮出水面的时候，岸上的筱燕秋毫不犹豫地就会用鞋底把她踩向水的深处。岸上的筱燕秋感到了水下的窒息，而水下的筱燕秋则目睹了谋杀的冷酷。岸上和水下的两个女人一起红眼了，怒目相向。筱燕秋在水底与岸上两头挣扎，疲惫万分。她选择了拼命进食，宛如溺水的人拼命喝水。她的体重就此一路飙升。捞回来的体重不仅是对春来的一种交代，同样也是对自己最有效的阻拦。筱燕秋第一次发现自己这么能吃，实在是好胃口。

剧组的人们从筱燕秋的身上看出了反常种种。这个沉默的女人在减肥初见成效的时刻说放弃就放弃了。没有人听到筱燕秋说起过什么，然而，人们看着筱燕秋的脸色重新红润起来了，而唱腔的气息也再一次落了地，生了根。有人猜测，那次"刺花儿"对筱燕秋的刺激一定太大了，要不然，像筱燕秋这样好强的女人不可能说放弃就放弃的。真正反常的也许还不是筱燕秋放弃了减肥，几乎所有的人都注意到了，《奔月》刚进入响排，筱燕秋其实已经把自己撤下来了。实地排练的差不多全是春来，筱燕秋只是提着一张椅子，坐在春来的对面，这儿点拨一下，那儿纠正一下。筱燕秋显出一副愉快万分的模样，只是愉快得有些过了头，就好像太阳都已经放到她们家冰箱里了。这一来就免不了夸张和表演的意思。筱燕秋把所有的精力全都耗在了春来的身上，看上去再也不像一个演员在排练，更像一个导演，严格地说，像春来一个人的导演。人们不知道筱燕秋到底怎么了，没有人知道这个女人的脑子里栽的是什么果，开的是什么花。

一到家筱燕秋的疲惫就全上来了。那种疲惫像秋雨之后马路两侧被点燃的落叶，弥散出呛人的浓烟，缭绕着，纠缠着，盘旋在筱燕秋的体内。筱燕秋甚至连眼睛都有些累了，只要一看住什么东西，一看就是好半天，眼珠子就再也懒得挪动一下了。好几次筱燕秋都直起了腰，大口大口地做深呼吸，想把虚拟的烟雾从自己的胸口呼出去，可是深呼吸总也是吸不到位，努力了几次，筱燕秋只好作罢了。

筱燕秋的失神自然没有逃出面瓜的眼睛，她那种半死不活的模样不能不引起面瓜的高度关注。她在床上已经连续两次拒绝面瓜了，一次冷漠，另一次则神经质。她那种模样就好像面瓜不是想和她做爱，而是提了一把匕首，存心想刺刀见红。面瓜已经暗示了几次了，有些话说得都已经相当露骨了，她竟然什么都没有听得进去。这个女人的心一定开岔了，这个女人看来是不为所动了。

七

炳璋在筱燕秋给春来示范亮相的时候找到了筱燕秋。春来在亮相这个问题上老是处理得不那么到位。亮相不仅是戏剧心理的一种总结，它还是另一种戏剧心理无言的起始。亮相有它的逻辑性，有它的美。亮相最大的难点就是它的分寸，艺术说到底都是一种恰如其分的分寸。筱燕秋连续示范了好几遍。筱燕秋强打着精神，把说话的声音提到了近乎喧哗的程度。她要让所有的人都看出来，她热情洋溢，她还心平气和，她没有丝毫不甘，没有丝毫委屈，她的心情就像用熨斗熨过了一样平整。她不仅是最成功的演员，她还是这个世上最幸福的女人，最甜蜜的妻子。

炳璋这时候过来了。他没有进门，只在窗户的外面对着筱燕秋招了招手。炳璋这一次没有把筱燕秋叫到办公室里去，而是喊到了会议室。他们的第一次谈话就是在会议室里进行的。那一次谈得很好，炳璋希望这一次同样谈得很好。炳璋先是询问了排练的一些具体情况，和颜悦色的，慢条斯理的。炳璋要说的当然不是排练，可他还是习惯于先绕一个圈子。他这个团长不知道为什么，就是有点害怕面前的这个女人。

筱燕秋坐在炳璋的对面，专心致志。她那种出格的专心致志带上了某种神经质的意味,好像等待什么宣判似的。炳璋瞥了一眼筱燕秋,说话便越发小心翼翼了。

炳璋后来把话题终于扯到春来的身上来了。炳璋倒也是打开窗子说起了亮话。炳璋说,年轻人想走,主要还是担心上不了戏,看不到前途,其实也不是真的想走。筱燕秋突然堆上笑,十分突兀地大声说:"我没有意见,真的,我绝对没有意见。"炳璋没有接筱燕秋的话茬,顺着自己的思路往下走。炳璋说:"照理说我早就该找你交流交流的,市里头开了两个会,耽搁了。"炳璋自我解嘲似的笑了笑,说:"你是知道的,没办法。"筱燕秋咽了一口,又抢话了,说:"我没意见。"炳璋小心地看了一眼筱燕秋,说:"我们还是很慎重的,专门开了两次行政会议,我想再和你商量商量,你看这样好不好——"筱燕秋突然站起来了,她站得如此之快,把她自己都吓了一跳。筱燕秋又笑,说:"我没意见。"炳璋紧张地跟着站起了身,疑疑惑惑地说:"他们已经和你商量了?"筱燕秋茫然地望着炳璋,不知道"他们"和她"商量了"什么了。炳璋把下嘴唇含在嘴里,不住地眨眼,有些欲言又止。炳璋最后还是鼓起了勇气,磕磕绊绊地说:"我们专门开了两次行政会议,我们想呢——他们还是觉得我来和你商量妥当一些,能够从你的戏量里头拿出一半,当然了,你不同意也是合情合理的,你演一半,春来演一半,你看看是不是——"

下面的话筱燕秋没有听清楚,但是前面的话她可是全听清楚了。筱燕秋突然醒悟过来了,这些日子她完全是自说自话了,完全是自作主张了!领导还没有找她谈话呢!一出戏是多大的事?演什么,谁来演,怎么可能由她说了算呢?最后一定要由组织来拍板的。她筱燕秋实在是拿自己太当人了。一人一半,这才是组织上的决定呢,组织上的决定历来就是各占百分之五十。筱燕秋喜出望外,喜出了一身冷汗,脱口说:"我没意见,真的,我绝对没有意见。"

筱燕秋的爽快实在出乎炳璋的意料。他小心地研究着筱燕秋,不像是装出来的。炳璋悄悄地松了一口气。炳璋有些激动,想夸筱燕秋,一时居然没有找到合适的词句。炳璋后来自己也奇怪,怎么说出那样一句话来了,几十年都没人说了。炳璋说:"你的觉悟真是提高了。"筱燕秋在返回排练大厅的路上几乎喜极而泣,她想起了春来闹着要走的那个下午,想起了自己为了挽留春来所说的话。筱燕秋突然停下了脚步,回头看会议室的大门。筱燕秋当着炳璋的面说过的,春来演A档,可炳璋并没有拿她的话当回事。显然,炳璋一定只当是筱燕秋放了个屁。筱燕秋对自己说,炳璋是对的,她这个女人所说的誓言顶多只是一个屁。不会有人相信她这个女人的,她自己都不相信。

过道里旋起了一阵冬天的风,冬天的风卷起了一张小纸片。孤寂的小纸片是风的形式,当然也就是风的内容。没有什么东西像风这样形式与内容绝对同一的了。这才是风的风格。冬天的风从筱燕秋的眼角膜上一扫而过,给筱燕秋留下了一阵战栗。纸片像风中的青衣,飘忽,却又痴迷,它被风丢在了墙的拐角。又是一阵风飘来了,纸片一颠一颠的,既像躲避,又像渴求。小纸片是风的一声叹息。

天气说冷就冷了,而公演的日子说近也就近了。老板在这样的时刻表现了老板的威力,老板实在是一个操纵媒体的大师,最初的日子媒体上只是零零星星地做了一些报道,随着公演一天一天地逼近,媒体逐渐升温了,大大小小的媒体一起喧闹了起来。热闹的舆论营造出这样一种态势,就好像一部《奔月》业已构成了公众的日常生活,成了整个社会倾心关注的焦点。媒体设置了这样一个怪圈:它告诉所有的人,"所有的人都在翘首以待"。舆论以倒计时这种最为撩拨人的方式提醒人们,万事俱备,只欠东风。

响排已经接近了尾声。这个上午筱燕秋已经是第五次上卫生间了,一大早起床的时候筱燕秋就发现身上有些不大对路,恶心得要了命。筱燕秋并没有太往心里去。前些日子服用了太多的减肥药,感觉好像也是这样的。第五次走进卫生间之后,筱燕秋的脑子里头一直挂牵着一件事,到底是什么事,一时又有点想不起来,反正有一件要紧的事情一直没有做。筱燕秋就觉着自己胀得厉害,不住地要小解。其实也尿不出什么。利用小解的机会筱燕秋又想了想,还是觉得有一件要紧的事情还没有做。就是想不起来。

洗手的时候一阵恶心重又犯上来了,顺带着还涌上来一些酸水。筱燕秋呕了几口,突然愣住了。她想起来了。筱燕秋终于想起来了。她知道这些日子到底是什么事还没做了。她惊出了一身汗,站在水池的前面,一五一十地往前推算。从炳璋第一次找她谈话算起,今天正好是第四十二天。四十二天里头她一直忙着排戏,居然把女人每个月最要紧的事情弄忘了。其实也不是忘了,破东西它根本就没没有来!筱燕秋想起了四十二天之前她和面瓜的那个疯狂之夜。那个疯狂的夜晚她实在是太得意忘形了，居然疏忽了任何措施。她这三亩地怎么就那么经不起惹的呢？怎么随便插进一点什么它都能长出果子来的呢？她这样的女人的确不能太得意，只要一忘乎所以，该来的肯定不来，不该来的则一定会叫你现眼。筱燕秋下意识地捂住了自己的小肚子，先是一阵不好意思，接下来便是不能遏制的恼怒。公演就在眼前，她那天晚上怎么就不能把自己的大腿根夹紧呢？筱燕秋望着水池上方的小镜子，盯着镜子中的自己。她像一个最粗鲁的女人用一句最下作的话给自己做了最后总结："操你妈的，夹不住大腿根的贱货！"

肚子成了筱燕秋的当务之急。筱燕秋算了一下日子，这一算一口凉气一直逼到了她的小腿肚子。公演的日子就在眼前，要是在戏台上犯了恶心，呕吐起来，救火都来不及的。首选当然是手术。手术干净、彻底，一了百了。可手术到底是手术，皮肉之苦还在其次，恢复起来可实在是太慢了。上了台，你就等着"刺花儿"吧。筱燕秋五年之前坐过一次小月子，刮完了身子骨便软了，趿拉了二十多天。筱燕秋不能手术，只有吃药。药物流产不声不响的，歇几天或许就过去了。筱燕秋站在水池的前面，愣在那儿，突然走出了卫生间，直接往大门口的方向去。筱燕秋要抢时间，不是和别人抢，而是和自己抢，抢过来一天就是一天。

筱燕秋的手上捏了六粒白色的小药片。医生交代了，早晚各一粒，后天上午两粒，吃完了再去找他。小药片的名字起得实在是抒情，"含珠停"。就好像筱燕秋的肚子里头这刻儿含着的是一粒锃亮的珍珠，正在缓缓地生长，筱燕秋要做的事情是把它停下来。难怪现在写诗的少了，写戏的少了，他们都忙着给大大小小的药丸子起名字去了。筱燕秋望着手里的小药片，心中涌上了一阵酸楚。女人的一生总是由药物相陪伴，嫦娥开了这个头，她筱燕秋也只能步嫦娥的后。药物实在是一个古怪的东西，它们像生活当中特别诡异的阴谋。

筱燕秋的家离医院有一段路，筱燕秋还是决定步行回去。一路上她生着自己的气，更多的是生面瓜的气。到家的时候她已经不是在生面瓜的气了，而是对面瓜充满了仇恨。一进家门她就没有给面瓜好脸。筱燕秋没有吃，没有洗，倒下头便睡。

筱燕秋没有请假，说到底流产这样的事情也不是什么了不得的光荣，没必要弄得路人皆知。只不过筱燕秋有点扛不住"含珠停"的药物反应。她恶心得厉害了，身子骨全轻了，像是从月亮上刚飞回来的。筱燕秋用力支撑着，总算把这一天的排练挺过来了。但是，她的仇恨却与日俱增。筱燕秋这一次总算把面瓜恨到骨子里头了。第二天的夜晚是昨天晚上的翻版，气氛却比昨天更为凌厉。筱燕秋走进家门的时候更加严峻地阴着一张脸，不吃，不喝，不洗，不说，一声不响地上床。家里异样了。冬天的风一起堵在了面瓜的门口，顺着门缝扁扁地劈了进来。面瓜静静地听了一会儿，不知所以，不知所措。

但是筱燕秋并没有睡。面瓜在夜深人静的时候听到了她的沉重叹息。她把气吸得那么深，而呼的时候却故意收住了，静悄悄的，好像故意不让人听见似的，这又瞒得住谁呢？面瓜也轻轻地叹了一口气。生活出了问题了，生活绝对出了问题了。面瓜看到了生活的尽头。

面瓜开始缅怀起过去。一个人学会了缅怀，必然意味着某一种东西走到了尽头。面瓜是在筱燕秋最落魄的时候鸠占了雀巢，两个人原本就不般配的。人家现在又能演戏了，又要做大明星了，做了嫦娥的人除了想往天上飞还往哪儿飞？她迟早总是要飞回到天上去的，这个家离鸡飞狗散的日子绝对不远了。面瓜记起了筱燕秋这些日子里的诸种反常，面对着夜的颜色，兀自冷笑了一回。

一大早筱燕秋吃掉最后两粒药片，坐在家里静静地等。上午九点，筱燕秋带上擦换的纸巾往医院去。医生没有做别的，还是命令她吃药。这一回医生给她的是三颗六角形的白色片剂，筱燕秋一口吞进了肚子，转了一会儿，在一边的椅子上静静地坐等。腹部的阵痛在她坐下之后慢慢开始了，一阵紧似一阵。筱燕秋弓在那儿，不声不响地喘息。后来医生过来了，厉声说："坐在这儿做什么？要等四个小时呢。出去跑，跳，坐在这儿做什么？"筱燕秋来到了楼下，肚子却疼得咬人了，有些支撑不住，就想找个地方好好躺下来。筱燕秋不敢回到楼上，实在又不愿意待在医院的门口，万一碰上熟人免不了丢人现眼。筱燕秋实在熬不过去，一赌气就回到了家中。家中没有人，整座楼上都没有人。筱燕秋站在客厅里头，突然想起了医生的话。她决定跳，决定在这个无人的时刻弄出一点动静来。筱燕秋脱了鞋，光着脚，呼地一下一蹦多高。光着的脚后跟落在了楼板上，楼板咚地一下，吓了筱燕秋一跳，听上去却鼓舞人心。筱燕秋倾听了片刻，再跳，楼板咚地又一下。楼板的轰隆声激励了筱燕秋，筱燕秋越跳越疼，越疼越跳，颠跳伴随着疼痛，疼痛伴随着颠跳。筱燕秋越跳越高，越跳越来神了。一阵空前的畅快与轻松突然间布满了筱燕秋，这真是一次意外的收获，意外的惊喜。筱燕秋扒掉了大衣，在自己的大衣上拼命地跳跃、拼命地扭动。她的头发散开来了，像一万只手，在半空中乱舞乱抓。筱燕秋就想叫，只想叫。不过不叫也没有关系，这样就足够了。筱燕秋都忘记了为什么而跳的了，她现在只是为跳而跳，为咚咚作响而跳，为地动山摇而跳。筱燕秋痛快淋漓了，升腾起来了，飞起来了。她竭尽了全力，直至耗尽了最后一丝体力。筱燕秋躺在地板上，眼窝里沁出了幸福的泪。

楼下小卖部的女人听到了楼上的反常动静。她伸出了脖子，自语说："楼上这是怎么啦？"她的丈夫正在数钱，没有抬头，"嗨"一声，说："装修呢。"

中午时分那粒"珍珠"从筱燕秋的体内滑落了出来。血在流，疼痛却终止了。无痛一身轻，从疼痛中解脱出来的时刻多么令人陶醉！筱燕秋疲惫万分。她躺在床上，仔细详尽地体会着这份陶醉、这份轻松、这份疲惫。陶醉是一种境界。轻松是一种领悟。疲惫是一种美。

筱燕秋睡着了。

筱燕秋不知道这一觉睡了有多久，昏睡之中筱燕秋做了许多细碎的梦，连不成片断，像水面上的月光，波光粼粼的，密密匝匝的，闪闪烁烁的，一个都捡不起来。筱燕秋甚至知道自己在做梦，但是醒不来。

咣当一声，面瓜下班了。今天下午面瓜下班到家之后显得有点异样，手上没有了轻重，似乎什么都碍他的事。面瓜摔摔打打的，这儿咚地一下，那儿轰地一下。筱燕秋想支起身子和他说些什么，但是整个人都绵软了，只好罢了。筱燕秋翻了个身，接着睡。

筱燕秋看出了事态的严重性。事实上，当一个人看出了事态的严重性的时候，事态往往已经超出了当事人的认知程度。说起来还是女儿提醒了筱燕秋，那天女儿晚上故意绕到了卫生间里头，问筱燕秋说："爸爸最近怎么啦？"女儿的脸上是一无所知的样子，孩子的一无所知往往意味着知根知底。这句话把筱燕秋问醒了,她从女儿的目光当中看到了自己的恍惚,看到了家中潜在的危险性。第二天排练一结束筱燕秋就撑着身子拐到了菜场,买了一只老母鸡,顺便还捎了一些洋参片。天这么冷了,面瓜一天到晚站在风口,该给他补一补了。再说自己也该补一补了。等吃完了这顿饭,筱燕秋一定要和面瓜好好聊一聊的。

面瓜回家的时候脸上紫紫的,全是冬天的风。筱燕秋迎了上去。筱燕秋一点都不知道自己热情得有多过分,一点都不像居家过日子的模样。面瓜疑疑惑惑地看了筱燕秋一眼,挪开之后的目光愈发疑云密布了。女儿远远地看了看父母这边,趴在阳台上做作业去了。客厅里头只有筱燕秋和面瓜两个。筱燕秋回头瞄了一下阳台,舀了一碗鸡汤端到了餐桌上。筱燕秋像一个下等酒馆的女老板,热情地劝了,说:"喝点吧,天冷了,补补,鸡汤,还加了洋参片。"

面瓜陷在沙发里头,没动,却点起了一根香烟。面瓜的胸脯笑了一下,脸上的笑容就不那么像笑,看上去有些古怪。面瓜把打火机丢在茶几上,自语说:"补补。鸡汤。还加了洋参片。"面瓜抬起头,说:"补什么补?这么冷的天,让我夜里到大街上去转圆圈?"

这话伤人了。这话一出口面瓜也知道伤人了,听上去还特别别扭。就好像夫妻两个在一起生活就为了床上那些事似的,这一来又戳到了筱燕秋的痛处。面瓜其实并没有细想,只是心情不好,脱口就出来了。面瓜想缓和一下,又笑,这一回笑得就更不像笑了,看上去一脸的毒。筱燕秋当头遭到了一盆凉水,生活中最恶俗、最卑下的一面裸露出来了。筱燕秋重新把脸拉了下来,说:"不喝拉倒。"

说完这话筱燕秋瞄了一眼阳台,目光正好和女儿撞上了。女儿立即把目光避开了。仰起头,做出一副认真思考的样子。

八

彩排极其成功。春来演了大半场,临近尾声的时候筱燕秋演了一小段,算是压轴。师生同台,真的成了一件盛事了。炳璋坐在台下的第二排,控制着自己,尽量平静地注视着戏台上的两代青衣。炳璋太兴奋了,兴奋得可以说是溢于言表了。炳璋跷着二郎腿,五只手指像五个下了山的猴子,开心得一点板眼都没有。几个月之前剧团是一副什么样子,现在说上戏就上戏了。炳璋为剧团高兴,为春来高兴,为筱燕秋高兴，然而，他还是为自己高兴。炳璋有理由相信自己成了最大赢家。

　　筱燕秋没有看春来的彩排，她一个人坐在化妆间里休息了。她的感觉实在不怎么好。后来筱燕秋上台了，筱燕秋一登台就演唱了《广寒宫》，这是嫦娥奔月之后幽闭于广寒宫中的一段唱腔，即整部《奔月》最大段、最华彩的一段唱，二黄慢板转原板转流水转高腔，历时十五分钟之久。嫦娥置身于仙境，长河既落，晓星将沉，嫦娥遥望着人间，寂寞在嫦娥的胸中无声地翻涌，碧海青天放大了她的寂寞，天风浩荡，被放大的寂寞滚动起无从追悔的怨恨。悔恨与寂寞相互撕咬，相互激荡，像夜的宇宙，星光闪闪的，浩渺无边的，岁岁年年的。人是自己的敌人，人一心不想做人，人一心就想成仙。人是人的原因，人却不是人的结果。人啊，人哪，你在哪里？你在远方，你在地上，你在低头沉思之间，你在回头一瞥之间，你在悔恨交加之间。人总是吃错了药，吃错了药的一生经不起回头一看，低头一看。吃错药是嫦娥的命运，女人的命运，人的命运。人只能如此，命中八尺，你难求一丈。

　　这段二黄的后面有一段笛子舞，嫦娥手里拿着从人间带过去的一把竹笛，众仙女飘飘然，徐徐而上。嫦娥在众仙女的环抱之中做无助状，做苦痛状，做悔恨状，做无奈状，做盼顾状。嫦娥与众仙女亮相。整部《奔月》就是在这个亮相之中降下大幕的。

　　照炳璋原来的意思，彩排的戏量筱燕秋与春来一人一半的。筱燕秋没有同意。她对自己的身体没有把握。嫦娥在服药之后有一段快板唱腔，快板下面又是一段水袖舞，水袖舞张狂至极，幅度相当大。不论是快板还是水袖舞，都是力气活儿。放在过去筱燕秋自然是没有问题的，今天却不行。筱燕秋流产毕竟才第五天。虽说是药物流产，可到底失了那么多的血，身子还软，气息还虚，筱燕秋担心自己扛不下来，到底也不是正式演出。筱燕秋的决定的确是明智的，笛子舞过后，大幕刚刚落下，筱燕秋一下子就坍塌在地毯上了，把身边的"仙女们"吓了一大跳。好在筱燕秋并不慌张，她坐在毡毯上，笑着说："绊了一下，没事的。"筱燕秋没有谢幕，直接到卫生间去了。她感到了不好，下身热热的，热热的东西在往下淌。

筱燕秋从卫生间里出来，一拐弯就被众人围住了。炳璋站在最前面，冲着她无声地微笑，跷着他的大拇指。炳璋在赞美筱燕秋。炳璋的赞美是由衷的，他的眼里噙着泪花。筱燕秋的嫦娥实在是太出色了。炳璋把左手搭在筱燕秋的肩膀上，说："你真的是嫦娥。"

筱燕秋无力地笑着。她突然看见春来了，还有老板。春来依偎在老板身边，仰着脸，满面春风，一路走一路和老板说着什么。老板步履矫健，神采奕奕，像微服私访的伟人。老板亲切地微笑着，边微笑边点头。筱燕秋从他们的神态上面敏锐地捕捉到了异样的征候，心口咯噔了一下。筱燕秋笑了笑，迎了上去。

《奔月》公演的这天下起了大雪，一大早就是雪霁之后晴朗的冬日。晴朗的太阳把城市照得亮亮的，白白的，都有些刺眼了。大雪覆盖了城市，城市像一块巨大的蛋糕，铺满了厚厚的奶油，又柔和，又温馨，笼罩着一种特殊的调子，既像童话，又像生日。筱燕秋躺在床上，目光穿过了阳台，静静地看着玻璃外面的巨大蛋糕。筱燕秋没有起床，她就是弄不明白，下身的血怎么还滴滴答答的，一直都不干净。筱燕秋没有力气，她在静养。她要把所有的力气都省下来，留给戏台，留给戏台上的一举一动，一字一句。

临近傍晚的时分厚厚的蛋糕已经被糟蹋得不成样子了，有一种客人散尽、杯盘狼藉的意味。雪化了一部分，积余了一部分，化雪的地方裸露出了大地的乌黑、肮脏、丑陋，甚至狰狞。筱燕秋叫了一辆出租车，早早来到了剧院。化妆师和工作人员早到齐了。今天是一个不一般的日子，是筱燕秋这一生当中最为重要的日子。一下车筱燕秋就在台前与台后都走了一遍，看了一遍，和工作人员招呼了几回，然后，回到化妆间，查看过道具，静静地坐在了化妆台的前面。

筱燕秋望着镜子里的自己，慢慢地调息。她细细地端详着自己，突然觉得自己今天是一个古典的新娘。她要精心地梳妆，精心地打扮，好把自己闪闪亮亮地嫁出去。她不知道新郎是谁，尚未拉开的红色大幕是她头上的红头盖，把她盖住了。一阵慌张十分突兀地涌向了筱燕秋的心房，筱燕秋慌张得厉害。红头盖是一个双重的谜，别人既是你的谜，你同样又构成了别人的谜。你掩藏在红头盖的下面，你与这个世界彻底变成了互猜的关系，由不得你不紧张，不心跳，不神飞意乱。

筱燕秋深吸了一口气，定下心来。她披上了水衣。扎好，然后，筱燕秋伸出了手去。她取过了底彩。她把肉色的底彩挤在了左手的掌心上，均匀地抹在脸上、脖子上、手背上。抹匀了，筱燕秋开始搽凡士林。化妆师递上了面红，筱燕秋用中指一点一点地把自己的眼眶、鼻梁画红了，左右研究了一回，满意了，拍定妆粉。筱燕秋开始上胭脂了。胭脂搽在了面红抹过的部位，面红立即出彩了，鲜亮了起来，镜子里青衣的模样顿时就出来了一个大概。现在轮到眼睛了。筱燕秋用指尖顶住了眼角，把眼角吊向太阳穴的斜上方，画眼，画眉。画好了，筱燕秋松开手，眼角的皮肤一起松垮垮地掉了下来，而眼眶却画在了高处，这一来眼角那一把就有些古怪，妖里妖气的。

化完妆，筱燕秋便把自己交给了化妆师。化妆师湿好了勒头带，开始为筱燕秋吊眉。化妆师把筱燕秋的眼角重新顶上去，筱燕秋感到有点疼。化妆师用潮湿的勒头带把筱燕秋的脑袋裹了一圈又一圈，勒住了眼角的皮，紧绷绷的，吊上去的眼角这一回算是固定住了，筱燕秋的双眼呈倒"八"字状，看上去有点像传说中的狐狸，妩媚起来了，灵动起来了。吊好眉，化妆师为筱燕秋贴上大片，左腮一个，右腮一个，筱燕秋的脸型一下子变了，居然变成了一只剥了壳的鸡蛋。上好齐眉穗，盖好水纱，戴上头套、假发，一个活灵活现的青衣立时就出现在镜框里了。筱燕秋盯着自己，看，她漂亮得自己都认不出自己来了。那绝对是另一个世界里的另一个女人。但是，筱燕秋坚信，那个女人才是筱燕秋，才是她自己。筱燕秋挺起了胸，侧过头，意外地发现化妆间里挤了好些人。他们一起愣在那儿，专心地看着她，用一种疑惑的眼光研究着她。筱燕秋看到了春来，春来就在身边。春来一直就站在筱燕秋的身边。春来呆在那儿，她不敢相信面前的女人就是与她朝夕相处的老师筱燕秋。筱燕秋简直就是变魔术，突然变出一个人来了。筱燕秋睃了春来一眼。她知道这个小女人此时此刻的心情。她看得出，这个小女人妒忌了。筱燕秋没有开口，她现在谁也不是。她现在只是自己，是另一个世界里的另一个女人。是嫦娥。

大幕拉开了。红头盖掀起来了。筱燕秋摺开了两片水袖。新娘把自己嫁出去了。没有新郎，这个世界就是新郎，所有的人都是新郎。所有的新郎一起盯住了唯一的新娘。筱燕秋站在入相处，锣鼓响了起来。

筱燕秋没有料到一出戏如此之短，筱燕秋只觉得刚开了一个头，刚刚离开了这个世界，说回来就又回来了。筱燕秋起初还担心自己的身体吃不消的，刚刚登台的时候是有那么一点紧张，很快她就完全放松下来了。她开始了抒发，开始了倾诉，她彻底忘记了自己，甚至，彻底忘记了嫦娥，她把满腔的块垒抽成了一根绵延的细长的丝，一点一点地吐了出来，缠绕了起来，挥洒了起来。她在世界的面前袒露出了她自己，满世界都在为她喝彩。她越来越投入，越来越痴迷，筱燕秋越陷越深。这是喜悦的两个小时，哭泣的两个小时，五味俱全的两个小时，缤纷飞扬的两个小时，酣畅的两个小时，凄艳的两个小时，恣意的两个小时，迷乱的两个小时，这还是类似于床笫之欢的两个小时。筱燕秋的身体连同她的心窍，一起全都打开了，舒张了，延展了，润滑了，柔软了，自在了，饱满了，接近于透明，接近于自溢，处在了亢奋的临界点。筱燕秋就感到自己成了一颗熟透了的葡萄，就差轻轻的、尖锐的一击，然后，所有黏稠的液汁就会了却心愿般地流淌出来。可是，戏完了，没戏了，结束了，"那个女人"说走就走了，毫不留情地把筱燕秋留给了筱燕秋。筱燕秋置身于巨大的惯性之中，她停不下来，她的身体不肯停下来。筱燕秋欲罢不能，她还要唱，还要演。筱燕秋不知道自己是怎么谢幕的，可大幕黑了一张脸，拉下了。那感觉就如同高潮临近的时候男人突然收走了他的器具。筱燕秋伤心欲绝。筱燕秋就想对着台下喊："不要走，我求求你们，你们都回来，你们快回来！"

散场了，一切都结束了。筱燕秋不是不累，而是有劲无处使。她在焦虑之中蠢蠢欲动。她在百般失落之中走向了后台，炳璋站在那儿，似乎在等着她。炳璋张开了双臂，正在出口那边高兴地迎候着她。筱燕秋走到炳璋的面前，委屈得像个孩子。她扑在了炳璋的怀里。她把脸埋进炳璋的胸前，失声痛哭。炳璋拍着她，不停地拍着她。炳璋懂。炳璋一个劲地眨巴他的眼睛。没有人知道筱燕秋的心思，没有人知道筱燕秋此时此刻最想做的是什么。筱燕秋自己也说不上来。嫦娥飞走了，只把筱燕秋一个人留在了这个世界上。筱燕秋就觉得自己想找一个男人，不要命地做一次爱。筱燕秋突然抬起了头来，脸上的油彩糊成了一片，三分像人，七分像鬼，炳璋吓了一跳。炳璋再也没有料到筱燕秋会说出这样的话来，炳璋听了筱燕秋的话才知道自己并不懂得这个女人。筱燕秋冷冷地望着炳璋，说："明天还是我。你答应我。明天我还是要上！"

筱燕秋一口气演了四场。她不让。不要说是自己的学生，就是她亲娘老子来了她也不会让。这不是A档B档的事。她是嫦娥，她才是嫦娥。筱燕秋完全没有在意剧团这几天气氛的变化，完全没有在意别人看她的目光，她管不了这些。只要化妆的时间一到，她就平平静静地坐在了化妆台的前面，把自己弄成别人。

　　天气晴好了四天，午后的天空又阴沉下来了。昨晚的天气预报说了，今天午后有大风雪的。下午风倒是起了，雪花却没有。午后的筱燕秋又乏了，浑身上下像是被捆住了，两条腿费劲得要命。下午刚过了三点，筱燕秋突然发起了高烧，而下身又见红了，量比以往似乎还多了些，都没完没了了。高烧来得快，上得更快。筱燕秋的后背上一阵一阵地发寒，大腿的前侧似乎也多出了一根筋，拽在那儿，吊在那儿，无缘无故地扯着疼。筱燕秋到底不踏实了，到医院挂了妇科门诊。筱燕秋计划好了的，开上药，吃了，好歹也不会耽搁晚上的演出。可这一回医生倒是没有忙着让她吃药，而是问了又问，开出一大串的检查单子，叫她查了又查。医生一脸的肃穆，既没有吓人的话，也没有宽慰人的话，一副死不了也不怎么好的样子。医生最后开口了，医生说："怎么拖到现在？内膜都感染成这样了，你看看血项。"医生后来说，"手术还是要做。最好呢，住下来。"筱燕秋没有讨价还价，生硬地说："我不住。"筱燕秋又追了一句，说："手术能不能等些时候？"医生的目光从眼镜镜框的上方看过来，说："身体不等人哪。"筱燕秋说："我不住。"医生拿起了处方，龙飞凤舞，说："先消炎，再忙你也得先消炎。先吊两瓶水再说。"

　　利用取药的工夫筱燕秋拐到大厅，她看了一眼时钟，时间不算宽裕，毕竟也没到火烧眉毛的程度。吊到五点钟，完了吃点东西，五点半赶到剧场，也耽搁不了什么。这样也好，一边输液，一边养养神，好歹也是住在医院里头。

　　筱燕秋完全没有料到会在输液室里头睡得这样死，简直都睡昏了。筱燕秋起初只是闭上眼睛养养神的，空调的温度打得那么高，养着养着居然就睡着了。筱燕秋那么疲惫，发着那么高的烧，输液室的窗户上又挂着窗帘，人在灯光下面哪能知道时光飞得有多快？筱燕秋一觉醒来，身上像松了绑，舒服多了。醒来之后筱燕秋问了问时间，问完了眼睛便直了。她拔下针管，包都没有来得及提，拔完了针管就往门外跑。

天已经黑了。雪花却纷扬起来。雪花那么大，那么密，远处的霓虹灯在纷飞的雪花中明灭，把雪花都打扮得像无处不在的小婊子了，而大楼却成了气宇轩昂的嫖客，挺在那儿，在错觉之中一晃一晃的。筱燕秋拼命地对着出租车招手，出租车有生意，多得做不过来，傲慢得只会响喇叭。筱燕秋急得没病了，一个劲地对着出租车挥舞胳膊，都精神抖擞了。她一路跑，一路叫，一路挥舞她的胳膊。

筱燕秋冲进化妆间的时候春来已经上好妆了。她们对视了一眼，春来没有开口。筱燕秋上课的时候关照过她的，化上妆这个世界其实就没有了，你不再是你，他也不再是他——你谁都不认识，谁的话你也不要听。筱燕秋一把抓住了化妆师，她想大声告诉化妆师，她想告诉每一个人，"我才是嫦娥，只有我才是嫦娥！"但是筱燕秋没有说。筱燕秋现在只会抖动她的嘴唇，不会说话。此时此刻，筱燕秋就盼望着王母娘娘能从天而降，能给她一粒不死之药，她只要吞下去，她甚至连化妆都不需要，立即就可以变成嫦娥了。王母娘娘没有出现，没有人给筱燕秋不死之药。筱燕秋回望着春来，上了妆的春来比天仙还要美。她才是嫦娥。这个世上没有嫦娥，化妆师给谁上妆谁才是嫦娥。

锣鼓响起来了。筱燕秋目送着春来走向了上场门。大幕拉开了，筱燕秋看见老板坐在了第三排的正中央。他像伟人一样亲切地微笑，伟人一样缓慢地鼓掌。筱燕秋望着老板，反而平静下来了。筱燕秋知道她的嫦娥这一回真的死了。嫦娥在筱燕秋四十岁的那个雪夜停止了悔恨。死因不详，终年四万八千岁。

筱燕秋回到了化妆间，无声地坐在化妆台前。剧场里响起了喝彩声，化妆间里就越发寂静了。她望着自己，目光像秋夜的月光，汪汪地散了一地。筱燕秋一点都不知道她做了些什么，她像一个走尸，拿起水衣给自己披上了，然后取过肉色底彩，挤在左手的掌心，均匀地、一点一点地往脸上抹，往脖子上抹，往手上抹。化完妆，她请化妆师给她吊眉、包头、上齐眉穗、戴头套，最后她拿起了她的笛子。筱燕秋做这一切的时候是镇定自若的，出奇地安静。但是，她的安静让化妆师不寒而栗，后背上一阵一阵地竖毛孔。化妆师怕极了，惊恐地盯着她。筱燕秋并没有做什么，也没有说什么，只是拉开了门，往门外走。

筱燕秋穿着一身薄薄的戏装走进了风雪。她来到剧场的大门口，站在了路灯的下面。筱燕秋看了大雪中的马路一眼，自己给自己数起了板眼，同时舞动起手中的竹笛。她开始唱,她唱的依旧是二黄慢板转原板转流水转高腔。雪花在飞舞,剧场的门口突然围上来许多人,突然堵住了许多车。人越来越多,车越来越挤,但没有一点声音。围上来的人和车就像是被风吹过来的,就像是雪花那样无声地降落下来的。筱燕秋旁若无人。剧场内爆发出又一阵喝彩声。筱燕秋边舞边唱,这时候有人发现了一些异样,他们从筱燕秋的裤管上看到了液滴在往下淌。液滴在灯光下面是黑色的,它们落在了雪地上,变成一个又一个黑色窟窿。

原载《花城》2000年第3期

点评

在谈到这篇小说的时候,作者自己曾说:"人身上最迷人的东西有两样,一、性格,二、命运。它们深不可测。它们构成了现实的与虚拟的双重世界。筱燕秋的身上最让我着迷的东西其实正是这两样。有一句老话我们听到的次数太多了,曰:性格即命运。这句老话因为被重复的次数太多而差一点骗了我。写完了这部小说,我想说,命运才是性格。这个结论是狰狞的,东方式的。它决定了人的从动性,它决定了汉语作为被动语态的妥协功能。"诚如作者所言,《青衣》处处透露出浓郁的命运感,人物的性格也与命运相互交织。筱燕秋因为演《奔月》中的嫦娥一角惊艳众人,获得了前所未有的赞誉,都认为筱燕秋演活了嫦娥,她自己也说"我就是嫦娥"。嫦娥的悲剧命运与筱燕秋的悲剧命运相互映衬,她们相互成全也相互毁灭。不仅仅筱燕秋的命运与嫦娥这一神话原型形成镜像式的隐喻,李雪芬、筱燕秋、春来这三代青衣相互之间也构成"镜"与"像"。随着功夫的日臻成熟筱燕秋成功地成为A档演员,但花无百日红,二十年后帮春来排练时,筱燕秋看着年轻的春来,她"突然觉得对面站着的就是二十年前的自己,二十年前的筱燕秋就站在自己的面前"。尽管筱燕秋是中心人物,但李雪芬、春来等人物形象也与她一起将人与戏、命运的纠葛呈现得令人无比唏嘘、嗟叹。

不仅仅人物之间互为镜像,深入思考会发现,作者的野心不仅仅停留在借助《奔月》这台戏影射筱燕秋的命运,更巧妙地将传统戏曲这类阳春白雪艺术镶嵌进人物命运的枝枝蔓蔓中,展现了随着时代发展,这类艺术面临的重重挑战和困境,以及其为了突围所做的努力和挣扎,从而反思传统的继承与创新,更探析真正的艺术魂与民族魂。1959年《奔月》本是如火如荼地准备上演,但偃旗息鼓于荒唐的时代主流意识形态下衍生出的某将军的权威话语,而不是艺术本身的式微;1979《奔月》第二次上马,"戏运带动人运,人运带动戏运",世俗伦理秩序与人情价值观念的错位导致《奔月》又一次的毁灭;1999年《奔月》借着金钱的东风又一次"复活",但时间的流动与时代内涵的变化导致筱燕秋身心俱疲、身心俱毁,变态的欲望和横流的物欲再一次阉割了艺术。

神 木

/刘庆邦

一

冬天。离旧历新年还有一个多月。天上落着零星小雪。在一个小型火车站，唐朝阳和宋金明正物色他们的下一个点子。点子是他们的行话，指的是合适的活人。他们一旦把点子物色好了，就把点子带到地处偏远的小煤窑办掉，然后以点子亲人的名义，拿人命和窑主换钱。这项生意他们已经做得轻车熟路，得心应手，可以说做一项成功一项。他们两个是一对好搭档，互相配合默契，从未出过什么纰漏。按他们的计划，年前再办一个点子就算了。一个点子办下来，每人至少可以挣一万多块。如果运气好的话，也许会突破两万块大关。回老家过个肥年不成问题。

火车站一侧有一家敞棚小饭店，饭店门口的标牌上写着醒目的广告，卖正宗羊肉烩面、保健羊肉汤、烧饼和多种下酒小菜。唐朝阳对保健羊肉汤产生了兴趣，他骂了一句，说："现在什么都保健，就差搞野鸡不保健了。"一位端盘子的小姑娘迎出来，称他们"两位大哥"，把他们请进棚子里坐下。他们点了两碗保健羊肉汤和四个烧饼，却说先不要上，他们还要喝点酒。他们的心思也不在酒上，而是在车站广场那些两条腿的动物上。两人漫不经心地呷着白酒，嘴里有味无味地咀嚼着四条腿动物的杂碎，四只眼睛通过三面开口的敞棚，不住地向人群中睃寻，离春节还早，人们的脚步却已显得有些匆忙。有人提着豪华旅行箱，大步流星往车站入口处赶。一个妇女走得太快，把手上扯着的孩子拖倒了。她把孩子提溜起来，照孩子屁股上抽两巴掌，拖起孩子再走。一个穿红皮衣的女人，把电话手机捂在耳朵上，嘴里不停地说话，脚下还不停地走路。人们来来往往，小雪在广场的地上根本存不住，不是被过来的人带走了，就是被过去的人踩化了。待着不动的是一些讨钱的乞丐。一个上年纪的老妇人，跪伏成磕头状，花白的头发在地上披散得如一堆乱草，头前放着一只破旧的白茶缸子，里面扔着几个钢镚子和几张毛票。还有一个年轻女人，坐在水泥地上，腿上放着一个仰躺着的小孩子。小孩子脸色发白，闭着双眼，不知是生病了，还是饿坏了。年轻女人面前也放着一只讨钱用的搪瓷茶缸子。人们来去匆匆，看见他们如看不见，很少有人往茶缸里丢钱。唐朝阳和宋金明不明白，元旦也好，春节也罢，只不过都是时间上的说法，又不是人的发情期，那些数不清的男人和女人，干吗为此变得慌张、骚动不安呢？

这二人之所以没有发起出击，是因为他们暂时尚未发现明确的目标。他们坐在小饭店里不动，如同狩猎的人在暗处潜伏，等候猎取对象出现。猎取对象一旦出现在他们的视野之内，他们会马上兴奋起来，并不失时机地把猎取对象擒获。他们不要老板，不要干部模样的人，也不要女人，只要那些外出打工的乡下人。如果打工的人成群结队，他们也会放弃，而是专挑那些单个儿的打工者。一般来说，那些单个儿的打工者比较好蒙，在二对一的情况下，用不了多大一会儿工夫，被利诱的打工者就如同脖子上套了绳索一样，不用他们牵，就乖乖地跟他们走了。他们没发现单个儿的打工者，倒是看见三几个单个儿的小姐，在人群中游荡。小姐打扮妖艳，专拣那些大款模样的单行男人搭讪。小姐拦在男人面前嘀嘀咕咕，搔首弄姿，有的还动手扯男人的衣袖，意思让男人随她走。大多数男人态度坚决，置之不理。少数男人趁机把小姐逗一逗，讲一讲价钱。待把小姐的热情逗上来，他却不是真的买账，撇下小姐扬长而去。只有个别男人绷不住劲，迟迟疑疑地跟小姐走了，到不知名的地方去了。唐朝阳和宋金明看得出来，这些小姐都是野鸡，哪个倒霉蛋儿要是被她们领进鸡窝里，就算掉进了黑窟窿，是公鸡也得逼出蛋来。他们跟这些小姐不是同行，不存在争行市的问题。按他们的愿望，希望每个小姐都能赚走一个男人，把那些肚里长满板油的男人好好宰一宰。

端盘子的小姑娘过来问他俩，这会儿上不上羊肉汤。

唐朝阳回过眼来，把小姑娘满眼瞅着，问：“你们这里有没有保健野鸡汤？”

宋金明听出唐朝阳肚子里在冒坏汤儿，也盯紧小姑娘的嘴唇，看她怎样回答。小姑娘腰身瘦瘦的，脖子细细的，看样子是刚从乡下雇来的黄毛丫头，还没开过胯，还没经过大阵仗。正是这样的生坯子，用起来才有些意思。女人身上一旦起了软肉，就不再是柴鸡的味道，而是用化学饲料催长的肉鸡的味道。小姑娘好看的嘴唇动了动，说她不知道有没有保健野鸡汤。

"你们饭店里有保健羊肉汤，难道就没有保健野鸡汤吗？野鸡汤本钱也不高，比卖羊肉汤来钱快多了。"唐朝阳说。

小姑娘说，她去问一问老板，转身进屋去了。

宋金明朝唐朝阳脚杆子上踢了一下："去你妈的，别想好事儿了。要想弄成事儿，恐怕五百块都说不下来。"

"一千块我也干！"

老板从屋里出来了，是一位少妇。少妇身前身后都起了不少软肉，比小姑娘逊色多了。少妇说："两位大哥真会开玩笑，你们把羊肉汤喝足了，还愁喝不到野鸡汤吗！"少妇把红嘴往旁边的洗头泡脚屋一努，说那里面就有，想喝多久喝多久，口对口喝都没人管。

唐朝阳看出老板娘不是个善茬儿，不再提要野鸡汤的事，说："把羊肉汤端上来吧。"

他俩注意到了，小饭店的左侧是一个挂着黑漆布帘子的放像室，一男一女堵在门口卖票收钱，四块钱放进去一位，时间不限。门口立着一个黑色立体声音箱，以把录像带上的声音同步传播出来作为招徕。音箱里一阵一阵传出来的大都是女人的声音，她们像是被什么东西塞住了音道，发音吐字一点也不清晰。右侧是一家美容美发兼洗头泡脚的小屋门面，门面的大玻璃窗上写着两行红字："低价消费，到位服务。"这样的小屋唐朝阳和宋金明都进去过，别看小屋门面不大，里面的世界却深得很，往往要七拐八拐，进了旁门，还有左道，有时还要上楼下楼。等到了单间，小姐转出来，一对一的洗和泡就可以进行了。当然了，他们洗的是第二个头，泡的是第三只脚。

小姑娘把保健羊肉汤端上来了。羊肉汤是用砂锅子烧的，大概因为砂锅子太烫手，小姑娘是用一个特制的带手柄的铁圈套住砂锅子，才分两次把热气腾腾的羊肉汤端上桌的。唐朝阳和宋金明一瞅，汤汁子白浓浓的，上面洒了几珠子金黄的麻油，酽酽的老汤子的香气直往鼻腔子里钻。二位拿起调羹，刚要把"保健"的滋味品尝一下，唐朝阳往车站广场瞥了一眼，说声："有了！"几乎是同时，宋金明也发现了他们所需要的人选，也就是来送死的点子。二人很快地对视了一下，眼里都闪射出欣喜的光芒。这种欣喜是恶毒的。他们不约而同地把调羹放下了。一个点子就是一堆大面值的票子，眼下，票子还带着两条腿，还会到处走动，他们决不会放过。由于心情激动，他们急于攫取的手稍稍有些发抖，调羹放回碟子时发出了微响。宋金明站起来了，说："我去钓他！"

如同当演员做戏一样，宋金明从敞棚小饭店出来时，没忘了带着他的一套道具，这就是一个用塑料蛇皮袋子装着的铺盖卷儿，一只式样过时的、坏了拉锁的人造革提兜。提兜的上口露出一条毛巾。毛巾脏污得有些发黑，半截在提兜里，半截在兜外耷拉着。这样的道具容易被打工者认同。

二

被宋金明跟踪的目标走过车站广场，向售票厅走去。目标的样子不是很着急，目的性似乎也不太明确。走过车站广场时，他仰起脸往天上看了一会儿，像是看一下天阴到什么程度，估计一下雪会不会下大。看到利用孩子讨钱的那个妇女，他也远远地站着看了一会儿。他没有走近那个妇女，更没有给人家掏钱。目标到售票厅并没有买票，他到半面墙壁大的列车时刻表下看看，到售票窗口转转，就出去了。目标走到门外，有一个人跟他搭话。宋金明顿时警觉起来，他担心有人撬他们的行，把他们选中的点子半路劫走。宋金明紧走两步，想接近目标，听听那人跟他们的目标说什么，以便见机行事，把目标夺过来。宋金明的担心多余了，他还没听见两人说什么，两人就错开了，一人往里，一人往外，各走各的路。

目标下了售票厅门口的水泥台阶，看见脚前扔着一个大红的烟盒，烟盒是硬壳的，看上去完好如新。目标上去一脚，把烟盒踩扁了。他没有马上抬脚，转着脖子左右环顾。大概没发现有人注意他，他才把烟盒捡起来了。他瞪着眼往烟盒里瞅，用两个指头往烟盒里掏。当证实烟盒的确是空纸壳子时，他仍没舍得把烟盒扔掉，而是顺手把烟盒揣进裤子口袋里去了。

这一切，宋金明都看在眼里。目标左右环顾时，他的目光及时回避了，装作什么都没看见。目标定是希望能从烟盒里掏出一卷子钱来，烟盒空空如也，不光没钱，连一根烟卷也不剩，未免让他的可爱的目标失望了。通过这一细节，宋金明无意中完成了对目标的考察，他因此得出判断，这个目标是一个缺钱和急于挣钱的人，这样的人最容易上钩。事不宜迟，他得赶快跟他的目标搭上话。

车站广场一角有一个报刊亭，目标转到那里站下了，往亭子里看着。报刊亭三面的玻璃窗内挂满了各类花里胡哨的杂志，几乎每本杂志封面上都印有一个漂亮的女人。宋金明掏出一支烟，不失时机地贴近目标，说："师傅，借个火。"

目标回过头来，看了宋金明一眼，说他没有火。

既然没有火，宋金明就把烟夹在耳朵上走了，像是找别人借火去了。他当然不会真走，走了几步又折回来了，对目标说："我看着你怎么有点面熟呢？"还没等目标对这个问题作出反应，他的第二个问题跟着就来了："师傅这是准备回家过年吧？"

目标点点头。

"离过年还有一个多月呢，回家那么早干什么！"

"不回家去哪儿呢？"

"我们联系好了一个矿，准备去那里干一段儿。那里天冷，煤卖得好。那儿回来的人说，在那个矿干一个月，起码可以挣这个数。"说着弯起一个食指钩了一个九。他见目标的眼睛亮了一下，随即把代表钱数的指头收起来了。这时，有个吸烟的人从旁边路过，他过去把火借来了。他又掏出一支烟，让目标也点上。目标没有接，说他不会吸烟。宋金明看出目标心存戒心，没有勉强让他吸，主动与目标拉开距离，退到一旁独自吸烟去了。一旁有一个长方形的花坛，春夏季节，花坛里当有花儿开放，眼下是冬季，花坛里只剩下一些枯枝败叶。这些带刺的枯枝子上挂着随风飘扬的白塑料袋，像招魂幡一样。花坛四周，垒有半腿高的水泥平台。宋金明的铺盖卷儿放在地上，在台面上坐下了。对于钓人，他是有经验的。钓人和钓鱼的情形有相似的地方，你把钓饵上好了，投放了，就要稳坐钓鱼台，耐心等待，目标自会慢慢上钩。你若急于求成，频频地把钓饵往目标嘴边送，很有可能会把目标吓跑。

果然，目标绕着报刊亭转了一圈，磨蹭着向宋金明挨过来。目标向宋金明接近了，眼睛并没有看宋金明，像是无意之中走到宋金明身边去的。

宋金明暗喜，心说，这是你自己送上门来找死，可不能怨我。他没有跟目标打招呼。

目标把一直背在肩上的铺盖卷放下来了，他的铺盖卷也是用蛇皮塑料袋子装的。并没人作出规定，可近年来，外出打工的人几乎都是用蛇皮袋子装铺盖。若看见一个人或一群人，背着臃肿的蛇皮袋子在路边行走，不用问，那准是从乡下出来的打工族。蛇皮袋子仿佛成了打工者的一个标志。目标把铺盖卷放得和宋金明的铺盖卷比较接近，而且都是站立的姿势。在别人看来，这两个铺盖卷正好是一对。宋金明注意到了目标的这一举动。他拿铺盖卷做道具，他的道具还没怎么耍，有人就跟他的道具攀亲家来了。有那么一瞬间，他产生了一点错觉，仿佛不是他钓人家，而是打了颠倒，是人家来钓他，准备把他钓走当点子换钱。他的心里狠狠打了一个手势，赶紧把错觉赶走了。

目标咳了咳喉咙，问宋金明刚才说的矿在哪里。

宋金明说了一个大致的地方。

目标认为那地方有点远。

"那是的，挣钱的地方都远，近处都是花钱的地方。"

"你是说，去那里一个月能挣九百块？"

"九百块是起码数，多了就不敢说了。"

"你一个人去？"

"不，还有一个伙计，在那边等我。我来买票。"

目标不说话了，低着头，一只脚在地上来回擦。他穿的是一种黑胶和黑帆布粘合而成的棉鞋，这种鞋内膛较大，看上去笨头笨脑。宋金明知道，一些缺乏自信的打工者，都愿意把有限的钱藏在这种棉鞋里。他不知道这个家伙鞋膛里是不是有钱。宋金明试探似的把目标的棉鞋盯了盯，目标就把脚收回去了，两只脚并在了一处。宋金明看出来了，他选定的目标是一个老实蛋子。在眼下这个世界，是靠头脑和手段挣钱。像这种老实蛋子，虽然也有一把子力气，但到哪里都挣不到什么钱，既养活不了老婆，也养活不了孩子。这样的笨蛋只适合给别人当点子，让别人拿他的人命一次性地换一笔钱花。

目标开始咬钩了，他问宋金明："我跟你们一块儿去可以吗？"

宋金明没有答应，他还得继续拿钓饵吊目标的胃口，让自愿上钩者把钢钩咬实，他说："恐怕不行，人家只要两个人，一下子去三个人算怎么回事。"

目标说："我去了，保证不跟你们争活儿，要是没我的活儿干，我马上回家。我说话算话，你要是不信，我可以赌咒。"

宋金明制止了他的赌咒。赌咒是笨人才用的办法：笨人没办法让别人相信他，只有采取精神自残的赌咒作践自己。赌咒算个狗屁，现在都什么时候了，谁还相信咒语？宋金明说："这事儿我说了不算，活儿是我那个伙计联系的，只能跟他说一下试试。"

宋金明领着目标往小饭店走。走到那个头一直磕在地上的老妇人跟前，宋金明让目标等等，从口袋里掏出一把钱，抽出一张一块的，丢进老妇人的茶缸里去了。老妇人这才抬起头来，但很快又把头磕下去，说："好人一路平安，好人一路平安……"宋金明走到那个抱孩子的年轻女人面前，一下子往茶缸里放了两块钱。年轻女人说的话跟老妇人的话是一个模子，也是"好人一路平安"。

跟在宋金明身后的目标想跟宋金明学习，也给乞丐舍点钱，但他的手在口袋里摸索了一会儿，到底没舍得掏出钱来。

唐朝阳看见了宋金明带回的点子，故意装作看不见，只问宋金明买票了没有。

宋金明说："还没买。这个师傅想跟咱一块儿去干活。"

唐朝阳登时恼了，说："什么师傅！我让你去买票，你带回个人来，这个人是能当票用，还是能当车坐！"

宋金明喏嚅着，作出理亏的样子，解释说："我跟他说了不行，他还是想见见你。不信你问问他，我说了不行没有？"

点子说："不能怨这位师傅，他确实说过不行。我一听他说你们准备去矿上干，就想跟你们搭个伴，去矿上看看。"

"怎么，你在矿上干过？"

"干过。"

唐朝阳和宋金明很快地交换了一下眼神，唐朝阳的口气变得稍微缓和些。他要借机把这个点子调查一下，看他都在哪个地方的矿干过，凡是他去过的矿，就不能再去，以免露出破绽，留下隐患。唐朝阳说："看不出你还是个挖煤的老把式，你都在什么地方干过？"

点子说了两个矿名。

唐朝阳把两个矿名默记一下，又问点子："这两个矿在哪个省？"

点子说了省名。

调查完毕，唐朝阳还向点子问了一些闲话，比如这两个矿怎么样？能不能挣到钱？点子一一作了回答。这时，唐朝阳还不松口，还在玩欲擒故纵的把戏，他说："不行呀，我看你岁数太大了，我怕人家不要你。"

点子说："我长得老相，显得岁数大。其实我还不到四十岁，虚岁才三十八。"

唐朝阳没有说话，微笑着摇了摇头。

点子不知是计，顿时沮丧起来。他垂下头，眼皮眨巴着，看样子要把眼睛弄湿。

唐朝阳看出点子在做可怜相，真想在点子面门上来一记直拳，把点子捅一个满脸开花。这种人没别的本事，就会装装可怜相，让人恶心。这种可怜虫生来就是给人做点子的，留着他有什么用，办一个少一个。唐朝阳已经习惯了从办的角度审视他的点子，这好比屠夫习惯一见到屠杀对象就考虑从哪里下刀一样。这个点子戴一顶单帽子，头发不是很厚，估计一石头下去，能把颅顶砸碎。即使砸不碎，也能砸扁。他还看到了点子颈椎上鼓起的一串算盘子儿似的骨头，如果用镐把从那儿猛切下去，点子也会一头栽倒，再也爬不起来。不过，在办的过程中，稳准狠都要做到，一点也不能大意。他同时看出来了，这个点子是一个肯下苦力的人，这种人经过长期的劳动锻炼，都有一股子笨力，生命力也比较强。对这种人下手，必须一家伙打蒙，使他失去反抗能力，然后再往死里办。要是不能做到一家伙打蒙，事情办起来就不会那么顺利。想到这里，唐朝阳凶歹歹地笑了，骂了一句说："你要是我哥还差不多，我跟人家说说，人家兴许会收下你。"

宋金明赶紧对点子说："当哥还不容易，快答应当我伙计的哥吧。"

点子见事情有了转机，慌乱不知所措，想答应当哥又不敢应承。

"你到底愿意不愿意当我哥？"唐朝阳问。

"愿意，愿意。"

"那你姓什么？叫什么？"

"姓元，叫元清平。"

"还有姓元的，没听说过。那，老元不就是老鳖吗？"

"是的，是老鳖。"

"要当我的哥，你就不能姓元了。我姓唐，你也得姓唐。"

唐朝阳对宋金明说："宋老弟，你给我哥起个名字。"

宋金明早就准备好了一串名字，但他颇费思索似的说："我这位老兄叫唐朝阳，这样吧，你就叫唐朝霞吧。"

唐朝阳说："什么唐朝霞，怎么跟个娘儿们名字似的。"

宋金明说："先是朝霞，后有朝阳，他是你哥，叫朝霞怎么不对！"

点子已经认可了，说："行行，我就叫唐朝霞。"

唐朝阳对宋金明说："操你妈的，你还挺会起名字，起的名字还有讲头。"他冷不丁地叫了一声："唐朝霞！"

叫元清平的人一时没反应过来，好像不知道凭空而来的唐朝霞是代表谁，有些愣怔。

"操你妈的，我喊你，你怎么不答应！"

元清平这才愣过神来，"哎哎"地答应了。

"从现在起，那个叫元清平的人已经死了，不存在了，活着的是唐朝霞，记清楚了？"

"记清楚了！"

"哥！"唐朝阳又考验似的喊了一声。

这次改名唐朝霞的人反应过来了，只是他答应得不够气壮，好像还有些羞怯。

唐朝阳认为这还差不多，"这一弄，我们成了桃园三结义了"。他招呼端盘子的小姑娘："来，再上两碗羊肉汤，四个烧饼。"

宋金明知道唐朝阳把刚才要的两碗羊肉汤都用了，却明知故问："你呢？你不吃了？"

唐朝阳说他刚才饿得等不及，已吃过了。这是给他们两个要的。

唐朝霞说他不吃，他刚才吃过饭了。

唐朝阳说："我们既然成了兄弟，你就不要客气。"

"吃也可以，我是当哥的。应该我花钱，请你们吃。"

唐朝阳又翻下脸子，说："你有多少钱，都拿出来！"

唐朝霞没有把钱拿出来。

"再跟我外气，你就不是我哥，你走你的阳关道，我钻我的黑煤窑！"

唐朝霞不敢再外气了。从唐朝阳野蛮的亲切里，他感到自己遇上够哥们儿的好人了。他哪里知道，喝了保健羊肉汤，一跟人家走，就算踏上了不归之路。

三

他们三人坐了火车坐汽车，坐火车向北，然后坐长途汽车往西扎，一直扎到深山里。山里有了积雪，到处白茫茫的。这里的小煤窑不少，哪里把山开肠破肚，挖出一些黑东西来，堆在雪地里，哪里就是一座小煤窑。一些拉煤的拖拉机喘着粗气在山区路上爬行。路况不太好。拖拉机东倒西歪，像是随时会翻车。但它们没有一辆翻车的，只撒下一些碎煤，就走远了。山里几乎看不见人，也没什么树木。只能看见用木头搭成的三角井架，和矮趴趴的屋顶上伸出的烟筒。还好，每个烟筒都在徐徐冒烟，传达出屋子里面的一些人气。唐朝阳往来路打量了一下，嫌这里还不够偏远，带着宋金明和唐朝霞继续西行。他胸有成竹的样子，说快到了。他们还拦了一辆拉煤的空拖拉机，爬上了后面的拖斗。司机说："小心把你们冻成肉棍子！"唐朝阳说："冻得越硬越好，用的时候就不用吹气了。"他们又往西走了几十里，唐朝阳选了一处窑口堆煤比较少的煤窑，他们才下了拖拉机，向小煤窑走去。接近窑口一侧的房子时，唐朝阳让宋金明和唐朝霞在外面等一会儿，他去找窑主接头。

宋金明和唐朝霞找到屋后一个背风的地方，冻得缩着脖，揣着手，来回乱走。按以往的经验，唐朝霞没几天活头了，顶多不会超过一星期。于是，宋金明就想跟唐朝霞说点笑话，让他在有限的日子里活得愉快些。他问："唐朝霞，你老婆长得漂亮吗？"

"不漂亮。"

"怎么不漂亮？"

"大嘴叉子。"

"嘴大了好哇，听人说女人嘴大，下面也大，生孩子利索。你老婆给你生了几个孩子？"

"两个，一个男孩儿，一个女孩儿。"

"男孩儿大女孩儿大？"

"男孩儿大。"

"女孩多大了？"

"十四。"

"让你闺女给我当老婆怎么样，我送给她一万块钱当彩礼。"

唐朝霞恼了，指着宋金明说："你，你……你骂人！"

宋金明乐了，说："操你大爷，跟你说句笑话你就当真了。我老婆成天价在家里闲着，我还娶你闺女干什么。说实话，我现在最担心的就是我老婆跟别人睡。我问你，你长年在外面跑，你老婆会不会跟别的男人干？"

"不会。"

"你怎么敢肯定不会？"

"我们那儿的男人都出来了。"

"噢，原来是这样，拔了萝卜净剩坑了。哎，你给我写个条，我去找嫂子干一盘怎么样？"

这一次唐朝霞没恼，说："想去你去呗，写条干什么！"

大约有一袋烟的工夫，唐朝阳从窑主屋里出来了，站在门口喊："哥，哥。"

宋金明和唐朝霞赶紧从屋子后面转出来，向唐朝阳走去，这时窑主也从屋里出来了。窑主上身穿着皮夹克，下身穿着皮裤，脚上还穿着深腰皮鞋，从上到下全用其他动物的皮包装起来。窑主的装束全是黑的，鼓鼓囊囊，闪着漆光。有一种食粪的甲虫，浑身上下就是这般华丽。窑主出来并不说话，嘴里咬着一个长长的琥珀色的烟嘴，烟嘴上安着点燃的香烟。唐朝阳把唐朝霞介绍给窑主，说："这是我哥。"

窑主瞥了一眼唐朝霞，没有说话。

唐朝霞往唐朝阳身边贴了贴，说："这是我弟弟，亲弟弟。"

窑主说:"废话!"

唐朝阳又把宋金明介绍给窑主,说:"他是我们的老乡,跟我们一块儿来的。"

窑主把牙上咬着的烟嘴取下来,弹了一下烟灰,问:"你们真的下过窑?"

三个人都说真的下过。

"最近在哪儿下的?"

唐朝阳说了一个地方。

"为什么不在那儿下了?"窑主问话的声音并不高,但里面透出步步紧逼的威严,仿佛要给外面闯进山里来的陌生人来一个下马威。

这当然难不住唐朝阳和宋金明,他们有一整套对付窑主的办法,或者说,他们干的营生就是专门从窑主口袋里挖钱,对每一个装腔作势的窑主,他们都从心里发出讥笑。但他们表面上装得很谦卑,甚至有些猥琐,跟没见过任何世面的土包子一样。唐朝霞就是这种样子。不过,他的样子不是装出来的,是真的。他已经被窑主的威严吓住了。

唐朝阳答:"那个矿冒了顶,砸死了两个人。"

窑主说:"死两个人算什么!吃饭就要拉屎,开矿就要死人,怕死就别到窑上来!"

唐朝阳连连点头称是。他确实很赞成窑主的观点,心里说:"你狗日的说得真对,老子就是来给你送死人的,你等着吧!"

宋金明补充说:"按说死两个人是不算什么,可是,死人的事不知怎么走漏了消息,上面的人坐着小包车到那个矿上一看,马上宣布停产整顿。"

窑主不爱听这个,他的手挥了一下,说:"整顿个蛋,再整顿也挡不住死人!"

宋金明还有话要说,这些话都是经过他精心构思的,是经过实践证明行之有效的。他把这些话说出来,是要刺激一下窑主,让窑主把信息储存在脑子里。这样,就等于为下一步和窑主讲条件时埋下了伏笔,到时他把伏笔稍微利用一下,窑主就得小心着,他就可以牵着窑主的鼻子走。他说:"我们在那里等了几天,想跟矿主算一个账。干等长等也见不到矿主的面。后来才知道,矿主也被人家上面的人……"

窑主打断了宋金明的话。他果然受到了刺激,有些沉不住气,说:"咱丑话说在前面,我也不能保证我这个矿不死人。有句话说得好,要奋斗就会有牺牲,死人的事是经常发生的。当然了,谁开矿也不希望死人。这样吧,你们干两天我看看。我说行,你们就接着干。我看着不是那么回事,你们马上卷铺盖走人。这两天先不发钱,算是试工。按说我应该收你们的试工费,看你们都是远地方来的,挣点钱不容易,试工费就免了。"

三个人连说"谢谢矿主"。

下窑第一天,唐朝阳和宋金明没有动手消灭代号为唐朝霞的点子,他们把力气暂时用在消灭煤炭上了。他们一到窑底,就起了杀人的心,就想把点子办掉。但窑主要试工,他们就得先忍着。等试工结束,窑主签下一份使用他们的字据,再把点子办掉,窑主就赖不掉账了。唐朝阳和宋金明不时地交换一下眼色,他们的眼睛在黑暗里仍闪闪发光。在他们看来,窑底下太适合杀人了,简直就是天然的杀人场所。把矿灯一熄,窑底下漆黑一团,比最黑暗的夜都黑,在这里出手杀个把人,谁都看不见。别说人看不见,窑底下没有神,没有鬼,离天和地也很远,杀了人可以说神不知,鬼不知,天不知,地不知。就算杀人时会发出一些钝声,被杀者也许会呻吟,但窑底和上面的人间隔着千层岩万仞山,谁会听得见呢!窑底是沉闷的,充满着让人昏昏欲睡的腐朽的死亡气息,人一来到这里,像服用了某种麻醉剂一样,杀人者和被杀者都变得有些麻木。不像在地面的光天化日之下,杀一个人轻易就被渲染成了不得的大事。更主要的是,窑底自然灾害很多,事故频繁,时常有人竖着进来,横着出去。在窑底杀了人,很容易就可以说成天杀,而不是人杀。唐朝阳和宋金明以前就是这么干的,他们很好地利用了窑底下的自然条件,把杀人夺命的事毫无保留地推给了窑下的压力、石头,或木头梁柱。这一次,他们也准备照此办理。

他们三个包了一个采煤掌子,打眼,放炮,用镐刨,把煤放下来,然后支棚子。他们三个人都很能干。特别是唐朝霞,定是为了表现一下自己,以赢得两个伙伴的信任,他冲在放煤前沿,干得满头大汗,一会儿都不闲着。如果单从干活的角度看,点子唐朝霞的确算得上一位挖煤的好把势。可是,挖出的煤再多,卖的钱都让窑主得了,他们才能挣多少一点钱呢！宋金明在心里对他们的点子说，对不起，只好借你的命用用。

负责往外运煤的是另外两个窑工，他们领来一辆骡子拉着的带胶皮轱辘的铁斗子车，装满一车，就向窑口底部拉去。把煤卸在那里，返回来再装再拉。每当空车返回来时，唐朝霞就抄起一把大锹，帮人家装车。当着运煤工的面，唐朝阳愿意表现一下对唐朝霞的亲情，他夺过唐朝霞手中的大锹，说："哥，你歇会儿，我来装。"手中没有了大锹，唐朝霞仍不闲着，用双手搬起大些的煤块往车上扔。唐朝阳对哥的爱护进一步升级，他以生气的口气说："哥，哥，你歇一会儿行不行！你一会儿不磨手，手上也不会长牙！"唐朝霞以为唐朝阳真的在爱护他，也承认唐朝阳是他弟弟，说："老弟，你放心，累不着你哥。"

这一天，全窑比平常日子多出了好几吨煤，窑主感到满意。

第二天，唐朝阳和宋金明仍没有打死点子。兄弟和哥哥的关系似乎更亲密了。窑主到他们所在的采煤掌子悄悄观察时，唐朝阳仿佛长着第三只眼睛，窑主往掌子边一站，他就知道了。但他装作什么也不知道，只是不离唐朝霞身边，左一个哥右一个哥地叫。唐朝霞正用一只铁镐刨煤帮，他一把将唐朝霞拖开了，说："哥，小心片帮！"他抓住哥手中铁镐，要自己去刨。哥不松铁镐，说："兄弟，没事，片不了帮！"兄弟说："没事也不行，万一出点事就晚了。咱爹对咱们是咋说的，说钱挣多挣少没关系，千万要注意安全！"兄弟一提"咱爹"，当哥的也得随着往"咱爹"上想。当哥的爹已经死了，眼下要重新认一个"咱爹"，他脑子里还得转一个弯子。他转弯子时，手稍有放松，他的好兄弟就把铁镐夺过去了。唐朝阳身手矫健，镐尖刨在煤帮上像雨点一样，而落煤纷纷流泻下来，汇积如雨水。

宋金明心里明镜似的，暗骂唐朝阳真会演戏，戏越演越熟练了。他的戏演得越熟练，越充满亲情味，点子越死得不明白，窑主也会进到戏里出不来。

窑主说话了："看来你们真在别的矿上干过。"

"是矿主呀，你老人家是不是检查我们的工作来了？"唐朝阳说。

"说不上检查，随便下来看看。什么矿主矿主，我听着怎么跟称呼地主一样，我姓姚。"

唐朝阳改称他姚矿长。

窑主身边还站着一个人，大概是窑主的随从或保镖一类的人物。窑主到窑下来，牙上还咬着那根琥珀色的长烟嘴，只是烟嘴上没有安烟。窑主把烟嘴取下来指点着他们说:"我记住了,你们俩姓唐,是弟兄俩;你姓宋。没错吧?"

"姚矿长真是好记性。怎么样,姚矿长能给我们一碗饭吃吗?"宋金明问。

"吃饭好说,关键是泡妞儿。你们挣那么多钱,泡妞儿不泡?"

对这个突如其来的问题,三个人的反应不尽一致,宋金明的回答是:"不泡,泡不起。"唐朝霞不知没听清还是没听懂,他问:"泡什么?"唐朝阳理解,窑主这是在跟他们说笑话,透露出对他们的认可,愿意跟他们打成一片,他问:"上哪儿泡?"

窑主说:"哪儿不能泡!哪儿有水,哪儿就有妞儿,哪儿能洗脚,哪儿就能泡妞儿。"

唐朝阳说:"妞儿谁不想泡,人生地不熟的,我们不敢哪。"

窑主笑了,说:"那有什么可怕的,见妞儿就泡,替天行道。替天行道你们懂不懂,这是老天爷交给你们的光荣任务。你们要是完不成任务,或者任务完成得不好,老天爷下辈子就把你们的家伙剁掉,把你们变成妞儿,让人家泡你们。"

唐朝阳虚心地说:"姚矿长这么一说,我们就懂了。等姚矿长给我们发了饷,我们争取完成任务。"

唐朝霞像是这才把泡妞儿的话听懂了,他嘿嘿地笑着,显得很开心。

这天上了窑,窑主就着人通知他们,试工结束,他们可以在本矿干了,多劳多得,实行计件工资。工资一月一发。希望他们春节期间也不要回家,春节期间工资翻倍。

宋金明和唐朝阳找到窑主,问能不能签一个正式的用工合同。

窑主说:"签什么合同,我这里从来不兴签那玩意儿。石头凿的煤窑,流水的窑工。想在我这儿挣钱,就挣。不想挣了,自有人挤着脑袋来挣。"

二人只好作罢。

四

事情不宜再拖,第四天,唐朝阳和宋金明做出决定,在当天把他们领来的点子在窑下办掉。

唐朝阳和宋金明都听说过，不管哪朝哪代，官家在处死犯人之前，都要优待犯人一下，让犯人吃一顿好吃的，或给犯人一碗酒喝。依此类推，他们也要请唐朝霞吃喝一顿，好让唐朝霞酒足饭饱地上路。这种送别仪式是在第三天晚上从窑下出来时举行的。他们三个人，乘坐一个往上拉煤的敞口大铁罐从窑底吊上来时，上面正下大雪。冬日天短，他们每天上窑，天都黑透了。今天快升到窑口时，觉得上头有些发白，以为天还没黑透呢。等雪花落在脖子里和脸上，他们才知道下大雪了。宋金明说："下雪天容易想家，咱们喝点酒吧。"

唐朝阳马上同意："好，喝点酒，庆贺一下咱们顺利留下来做工的事。咱先说好，今天喝酒我花钱，我请我哥，宋老弟陪着。你们要是不让我花钱，这个酒我就不喝。"

不料唐朝霞坚持他要花钱，他的别劲上来了，说："要是不让我花钱，我一滴子酒都不尝。我是当哥的，老是让兄弟请我，我还算个人吗！"他说得有些激动，好像还咬了牙，表明他花钱的决心。

唐朝阳看了宋金明一眼，做出让步似的说："好好好，今天就让我哥请。长兄比父，我还得听我哥的。反正手心手背都是肉，我弟兄俩谁花钱都是一样。"

他们没有洗澡，带着满身满头满脸的煤粉子，就向离窑口不远的小饭馆走去。窑上没有食堂，窑工们都是在独此一家的小饭馆里吃饭。小饭馆是当地一家三口人开的，夫妻俩带着一个女儿，据说小饭馆的女老板是窑主的亲戚。等走到小饭馆门口，他们全身上下就不黑了，雪粉覆盖了煤粉，黑人变成了白人。女老板热情地迎上去，递给他们扫把，让他们扫身上的雪。雪一扫去，他们又成了黑人，只是眼白和牙齿还是白的。唐朝阳让唐朝霞点菜。唐朝霞说他不会点。唐朝阳点了一份猪肉炖粉条，一份白菜煮豆腐，一份拆骨羊头肉，还要了一瓶白酒。唐朝霞让唐朝阳多点几个菜，说吃饱喝饱不想家。点好了菜，唐朝霞说他去趟厕所，出去了。宋金明估计，唐朝霞一定是借上厕所之机，从身上掏钱去了，他的钱不是缝在裤衩上，就是藏在鞋里。宋金明没把他的估计跟唐朝阳说破。

宋金明估计得不错，唐朝霞到屋后的厕所撒了一泡尿，就蹲下身子，把一只鞋脱下来了。鞋舌头是撕开的，里面夹着一个小塑料口袋。唐朝霞从塑料口袋里剥出两张钱来，又把钱口袋塞进棉鞋舌头里去了。

菜上来了，酒倒好了，唐朝霞说喝吧，那二人却不端杯子。唐朝阳看着唐朝霞说："你是当哥的，今天又是你花钱，你不喝谁敢喝。"宋金明附和唐朝阳说："你是朝阳的哥，就等于是我的哥，千里来走窑，这是咱们的缘分哪！大哥，你说两句吧。"

唐朝霞眨巴眨巴黑脸上的眼白，喉咙里吭哧了一会才说："我不会说话呀，我说啥呢，你们两个都是好人，我遇上好人了，天底下还是好人多呀。从今以后，咱弟兄们同甘苦，共患难，来，咱们一块喝，喝起。"唐朝霞把一杯酒喝干了，摇摇头，说他不会喝酒，喝两杯就上头。

唐朝阳和宋金明计划好了要"优待"他们的点子一下，用酒肉给点子送行，他们当然不会放过点子唐朝霞。于是，这两个笑容满面的恶魔，轮番把点子喊成大哥，轮番向点子敬酒。等不到明天这个时候，他们的点子就该上西天去了，他们已提前看到了这一点。在敬酒的时候，他们话后面都有话，像是对活人说的，又像对死人的魂灵说的。一个说："大哥，我敬你一杯，喝了这杯你就舒服了。"另一个说："大哥，我敬你一杯，喝了这杯，你就能睡个踏实觉，就不想家了。"一个说："大哥，我再敬你一杯，喝了这杯，我有什么做得不对的地方，你就可以原谅我了。"另一个说："大哥，我再敬你一杯，我祝你早日脱离苦海，早日成仙。"唐朝霞的舌头已经发硬，他说："喝，死……死我也要喝……"唐朝霞提到了死，跟那两个人心中的阴谋对了点子，两个人不免吃了一惊，互相看了一下。

唐朝阳突然抱住唐朝霞的一只手，很动感情地对唐朝霞说："哥、哥，我对你照顾得不好，我对不起你呀！"

唐朝霞大概受到了感染，加上他喝多了酒，真把唐朝阳当成自己一娘同胞的亲兄弟了，他说："兄弟，我看你是喝多了，不是兄弟你对不起哥，是哥对你照顾不周，对不起你呀！"唐朝霞说着，两眼竟流出了泪水。泪水把眼圈的煤粉冲洗掉了，眼肉显得特别红。

女老板和女儿见他们说着外乡话，交谈得这么动感情，站在灶间门里向他们看着。女老板对女儿说："这弟兄俩真够亲的。"

唐朝阳和宋金明把唐朝霞架着拖进做宿舍用的一眼土窑洞里，唐朝霞往铺着谷草垫子的地铺上一瘫软，就睡去了。雪停了，灰白的寒光一阵阵映进窑洞。唐朝阳也睡了。宋金明担心唐朝霞因用酒过度会死过去，那样，他们千里迢迢弄来的点子就作废了，他们就会空欢喜一场。他把点子的脸扭得迎着门口的雪光，用巴掌拍着点子死灰般的脸，说："哎，哥们儿，醒醒，起来脱了衣服睡，你这样会着凉的。"点子没有反应。他顺便把点子看了看，看到了点子脚上穿着的棉鞋。他心生一计，脱下点子的棉鞋试一试，看看点子的钱是不是藏在棉鞋里。他先给点子盖上被子，说："盖上被子睡。来，我帮你把鞋脱掉。"他两手抓住点子的一只鞋刚要往下脱，点子脚一蹬，把他蹬开了。点子嘴里还含糊不清地说了一句什么。宋金明顿时有些激动，他试出来了，点子没有死。更重要的是，点子的钱藏在鞋里是毫无疑问的了。这个秘密他不能让唐朝阳知道，等把点子办掉后，他要相机把点子藏在鞋里的钱取出来，自己独得。这时，唐朝阳说了一句话，唐朝阳说："睡吧，没事儿。"宋金明的一切念头正在鞋里，唐朝阳猛地一说话，把他吓了一跳。在那一瞬间，他产生了一点错觉，仿佛他正从鞋里往外掏钱，被唐朝阳看见了。为了赶走错觉，他问唐朝阳："你还没睡着吗？"唐朝阳没有吭声。他不能断定，刚才唐朝阳说的是梦话，还是清醒的话。也许唐朝阳在睡梦里，还对他睁着一只眼呢，他对这个阴险而歹毒的家伙还是多加小心才是。

　　说来他们把点子办掉的过程很简单，从点子还是一个能打能冲的大活人，到办得一口气不剩，最多不过五分钟时间，称得上干脆、利索。

　　人世间的许多事情都是这样，准备和铺垫花的时间长，费的心机多，结果往往就那么一两下子就完事了。十月怀胎，一朝分娩，说的就是这个意思。

　　在打死点子之前，他们都闷着头干活，彼此之间说话很少。唐朝阳没有再和生命将要走到尽头的点子表示过多的亲热，没有像亲人即将离去时做的那样，问亲人还有什么话要说。他把手里的镐头已经握紧了，对唐朝霞的头颅瞥了一次又一次。在局外人看来，他们三个哥们儿昨晚把酒喝兴奋了，今天就难免有些压抑和郁闷，这属于正常。

　　宋金明还是想把心情放松一下，他冒出一句与办掉点子无关的话，说："我真想逮个女人操一盘！"

　　前面说过，唐朝阳和宋金明的配合是相当默契的，唐朝阳马上理解了宋金明的用意，配合说："想操女人，想得美！我在煤墙上给你打个眼，你干脆操煤墙得了。要不这么着也行，一会儿等运煤的车过来了，咱瞅瞅拉车的骡子是公还是母，要是母骡子的话，我和我哥把你送进骡子的水门里得了！"

宋金明说："行，我同意，谁要不送，谁就是骡子操的。"

二人一边说笑，一边观察点子，看点子唐朝霞笑不笑。唐朝霞没有笑。今天的唐朝霞，情绪不大对劲，像是有些焦躁。唐朝阳打了一个眼，他竟敢指责唐朝阳把眼打高了，说那样会把天顶的石头崩下来。唐朝阳当然不听他那一套，问他："是你技术高还是我技术高？"

唐朝霞倔头倔脸，说："好好，我不管，弄冒顶了你就不能了。"

"我就是要弄冒顶，砸死你！"唐朝阳说。

宋金明没料到会出现这种局面，唐朝阳这样说话，不是等于露馅了吗？他喝住唐朝阳，质问他："你怎么说话呢？有对自己的哥哥这样说话的吗？你说话知道不知道轻重？不像话！"

唐朝霞赌气退到一边站着去了，嘴里嘟囔着说："砸死我，我不活，行了吧！"

唐朝阳的杀机被点子的话提前激出来了，他向宋金明递了个眼色，意思是他马上就动手。他把铁镐在地上拖着，在向点子身边接近。

宋金明制止了他，宋金明说："运煤的车来了。"

唐朝阳听了听，巷道里果然传来了骡子打了铁掌的蹄子踏在地上的声响。亏得宋金明清醒，在办理点子的过程中，要是被运煤的撞见就坏事了。

运煤的车进来后，唐朝霞就不赌气了，抄起大锹帮人家装煤。这是这个人的优点，跟人赌气，不跟活儿赌气，不管怎样生气也不影响干活儿。如此肯干的好劳动力，撞在两个黑了心的人手里，真是可惜了。

骡子的蹄声一消失，两个人就下手了。宋金明装着无意之中把点子头上戴的安全帽和矿灯碰落了。他这是在给唐朝阳创造条件，以便唐朝阳直接把镐头击打在点子脑袋上，一家伙把点子结果掉。唐朝阳心领神会，不失时机，趁点子弯腰低头捡安全帽，他镐起镐落，一下子击在点子的侧后脑上。他用的不是镐尖，镐尖容易穿成尖锐的伤口，使人怀疑是他杀。他把镐头翻过来，使用镐头的铁库子部分，将镐头变成一把铁锤，这样怎样击打出现的都是钝伤，都可以把责任推给不会说话的石头。当铁镐与点子的头颅接触时，头颅发出的是一声闷响，一点也不好听。人们形容一些脑子不开窍的人，说闷得敲不响，大概就是指这种声音。别看声音不响亮，效果却很好，点子一头拱在煤窝里了。

点子唐朝霞没有喊叫，也没有发出呻吟，他无声无息地就把嘴巴啃在他刚才刨出的黑煤上了。他尽力想把脸侧转过来，看一看究竟发生了什么事，但他的努力失败了。他的脸像被焊在煤窝里一样，怎么也转不动。还有他的腿，大概想往前爬，但他一蹬，脚尖那儿就一滑。他的腿也帮不上他的忙了。

紧接着，唐朝阳在他"哥哥"头上补充似的击打了第二镐、第三镐、第四镐。当唐朝阳打下第二镐时，唐朝霞竟反弹似的往前蹿了一下，蹿得有一尺多远，可把唐朝阳和宋金明吓坏了。不过他们很快发现，这不过是唐朝霞在做垂死挣扎，连第三镐、第四镐都是多余。因为唐朝霞在蹿过之后，腿杆子就抖索着往直里伸，当直得不能再直，突然间就不动了。正如平常人们说的，他已经"蹬腿"了。

尽管如此，宋金明还是搬起一块石头，重重地砸在唐朝霞头上了。这一石头，他是在为自己着想，是为下一步的效益平均分配打下更坚实的基础。石头砸下去后，就压在唐朝霞头上没有弹起来。有血从石头底下流出来了，静静地，流得不慌不忙，看样子血的浓度不低。血的颜色一点也不鲜艳，看上去不像是红的，像是黑的。在矿灯的照耀下，血流的表面发出一层蓝幽幽的光。在不通风的采煤掌子，一股腥气迅速弥漫开来。

唐朝阳和宋金明对视了一下，脸上露出胜利的微笑。

这是他们联手办掉的第三个点子。

不知出于何种心理，宋金明上去把压在唐朝霞后脑上的石头用脚蹬开了，并把唐朝霞的身子翻转过来。刚把唐朝霞的身子翻得仰面朝上，宋金明就有些后悔，他看见，唐朝霞的双眼是睁着的，睁得比平时更大。他说："看什么看，再看你也不认识我们。"他抓起煤面子往唐朝霞两只眼上撒。奇怪，煤面子撒在唐朝霞眼上，唐朝霞的眼球不光眨都不眨，好像睁得更大了。唐朝霞的眼睛上好像有一层玻璃质，煤面子一落上去就自动滑脱了。无奈，宋金明只得又把唐朝霞翻得眼睛朝下。

这时，唐朝阳跟宋金明开了一个不合适宜的玩笑，他说："我哥记住你了，小心我哥到阴间跟你算账！"

宋金明骂了唐朝阳一句狠的，还说："闭上你那不长牙的竖嘴！"

为了使事情做得更逼真，他们又往顶板上轰了一炮，轰下许多石头来，让石头埋在唐朝霞身上。这样一制造，不管让谁看，都得承认唐朝霞是死于冒顶事故。

五

运煤的车返回来后，唐朝阳刚听到一点骡子的蹄声，就嘶声喊叫起来："哥，哥，你在哪儿呀……"

宋金明迎着运煤的车跑过去，说："快快，掌子面冒顶了，唐朝阳的哥哥埋进去了！"

两个运煤的窑工二话没说，丢下骡子车，让骡子自己拉着走，他们跑着，随宋金明到掌子面去了。

唐朝阳一边扒石头，一边哭喊："哥，哥，你千万别出事！哥，哥，你听见了吗？你一定要挺住！"

宋金明和两个运煤的窑工也扑上去帮着扒。其中一个窑工安慰唐朝阳说："别哭别哭，你哥哥兴许还有救。"

骡子自己拉着铁斗子车到掌子面来了，到了掌子面它就站下了。骡子似乎对人类之间的小伎俩早就看透了，它不多看，也不屑于看。它目光平静，一副超然的神态。

唐朝霞被扒出来了，唐朝阳把他扶得坐起来，晃着他的膀子喊："哥，你醒醒！哥，你说话呀！哥，我是朝阳，我是你弟弟朝阳呀……"

这趟车没有装煤，他们把喊不应的唐朝霞抬到车斗子里，由唐朝阳怀抱着，向窑口方向拉去。把唐朝霞放进铁罐里往地面上提升时，唐朝阳和宋金明都同时上去了。铁罐提到半道，宋金明捅了唐朝阳的肚子一下，提醒他注意流眼泪。唐朝阳说："去你妈的，你还怪舒服呢！"

铁罐一见天光，唐朝阳复又哭喊起来，他这次喊的是"救命啊，快救命——"在窑上的人听来，像是唐朝阳自己的生命受到了严重威胁。

窑主听见呼救跑过去了，问怎么回事。窑主并不显得十分慌张，手里还拿着烟嘴和烟。

宋金明从铁罐里翻出来了，唐朝阳搂抱着唐朝霞的脖子，一时还没出来。唐朝阳弄得满身是血，脸上也有血。在光天化日之下，血显得比较红了。唐朝阳没有立即回答窑主的问话，而是把唐朝霞搂得更紧些，哭着对唐朝霞说："哥，你醒醒，矿长来了，救命恩人来了！"他这才对矿长说："我哥受伤了，赶快把我哥送医院，救救我哥的命！"

窑主转身问宋金明怎么回事。

宋金明受冻不过似的全身抖索着，嘴唇子苍白得无一点血色，说："掌子面冒顶了，把唐朝霞埋进去了。我和唐朝阳，还有两个运煤工，扒了好大一会儿才把唐朝霞扒出来。我们是一块儿出来的，要是唐朝霞有个好歹，我们怎么办呢！"他声音颤抖着，流出了眼泪。

唐朝阳和宋金明是交叉感染，互相推动。见宋金明流了眼泪，唐朝阳做悲做得更大些："哥，哥呀，你这是怎么啦，你千万不能走呀，你赶快回来，咱们回去过年，咱不在这儿干了……"他痛哭失声，眼泪流得一塌糊涂。

听见哭声，窑上的其他工作人员，在窑洞里睡觉的窑工，还有小饭馆的一家人，都跑过来了。窑主让人快拿副担架来，把受伤的人抬出来，放到担架上。他挥着手，让别的人都散开，该干什么干什么，这里没什么可看的。围观的人都没有散开，他们退后了一两步，又都站下了。

唐朝霞被放置在担架上之后，唐朝阳还是嚷着赶快把他哥送医院抢救。一个围观的人说："不行了，肯定没救了，头都砸得瘪进去了，再抢救也是白搭。"

小饭馆的女老板看见唐朝霞大睁着的眼睛，吓得惊叫一声，急忙掩口，说："哎呀，吓死我了，还不赶快把他的眼皮给他合上。"

窑主猛吸了两口烟，蹲下身子，颇为内行似的给唐朝霞把脉，同时看了看唐朝霞的眼睛。把完脉，看完眼睛，窑主站起来了，说："脉搏一点儿也没有了，瞳孔也放大了，看来人是不行了。"窑主着两个人把死者抬到澡塘后面那间小屋里去。

唐朝阳像是不同意窑主做出的结论，哭嚷着："不，不，我哥昨天还好好的，我们还一块儿喝酒，怎么说不行就不行了呢？"

窑主说："这要问你们自己，你们说自己技术多么高，结果怎么样？刚干几天就冒了顶，就给我捅了这么大的娄子。"

唐朝阳和宋金明都听见了，窑主把他们的说法接过去了，也说事故是冒顶造成的。这说明，他们已经初步把自以为是的窑主蒙住了，窑主没有怀疑唐朝霞的死因。这使他们甚感欣慰和踏实。

宋金明把冒顶的说法又强调了一下，他说："谁愿意让冒顶呢，谁也不愿意让冒顶。矿长对我们不错，我们正想好好干下去，谁想到会出这么大的事呢！"

澡塘后面的小屋是一间空屋，是专门停尸用的。类似医院的太平间。唐朝霞被放在停尸间后，那些围观的人也跟过去了。窑主发了脾气，说："你们谁他妈的不走，我就把谁关进小屋里去，让谁在这里守灵！"那些人这才退走了。

小屋有门无窗，屋前屋后都是雪。门是板皮钉成的，发黑的板皮上写着两个粉笔字：天堂。门口下面也积有一些雪。小屋够冷的，跟冰窖差不多，尸体在这里放几天不成问题。

窑主让一个上岁数的人把死者的眼睛处理一下，帮死者把眼皮合上。那人把两只手掌合在一起快速地搓，手掌搓热后，分别焐在死者的两只眼睛上暖，估计暖得差不多了，就用手掌往下抿死者的眼皮。那人暖了两次，抿了两次，都没能把死者的眼皮合上。

唐朝阳借机又哭："我哥这是挂念家里亲人，挂念俺爹俺娘，挂念俺嫂子，还有侄子侄女儿。我哥他死得太惨了，他这是死不瞑目啊！"他对宋金明说："你快去找地方打个电报，叫俺爹来，俺嫂子来，俺侄子也来。天哪，我怎么跟家里人交代，我真该死啊！"

宋金明答应找地方去打电报，低着头出去了。他没看窑主，他知道窑主会跟在他后面出来的。果然，他刚转过小屋的屋角，窑主就跟出来了，窑主问他准备去哪里打电报。宋金明说他也不知道。窑主说只有县城才能打电报，县城离这里四十多里呢！宋金明向窑主提了一个要求，矿上能不能派人骑摩托把他送到县城去。他看见一个大型的红摩托车天天停在窑主的办公室门口。窑主没有明确拒绝他的要求，只是说："哎，咱们能不能商量一下。你看有必要让他们家来那么多人吗？"窑主让宋金明到他办公室去了。

宋金明心里明白，他们和窑主关于赔偿金的谈判已正式拉开了序幕。

谈判的每一个环节都关系到所得赔偿金的多寡，所以每一句话都要斟酌。他把注意力重新集中了一下，说："我理解唐朝阳的心情，他主要是想让家里亲人看他哥最后一眼。"

窑主还没记清死者的名字叫什么，问："唐朝阳的哥哥叫什么来着？"

"唐朝霞。"

"唐朝阳作为唐朝霞的亲弟弟，完全可以代表唐朝霞的亲属处理后事，你说呢？"

"这个事情你别问我，人命关天的事，我说什么都不算，你只能去问唐朝阳。"

说话唐朝阳满脸怒气地进来了，指责宋金明为什么还不快去打电报。

宋金明说："我现在就去。路太远，我想让矿长派摩托车送送我。"

"坐什么摩托，矿长的摩托能是你随便坐的吗！你走着去，我看也走不大你的脚。你还讲不讲老乡的关系，死的不是你亲哥，是不是？"

窑主两手扶了扶唐朝阳的膀子，让唐朝阳坐。唐朝阳不坐。窑主说："小唐，你不要太激动，听我说几句好不好。你的痛苦心情我能理解，这事搁在谁头上都是一样。事故出在本矿，我也感到很痛心。可是，事情已经出了，咱们光悲痛也不是办法，总得想办法尽快处理一下才是。我想，你既然是唐朝霞的亲弟弟，完全可以代表你们家来处理这件事情。我不是反对你们家其他成员来，你想想，这大冷的天，这么远的路，又快要过年了，让你父亲、嫂子来合适吗？再累着冻着他们就不好了。"

唐朝阳当然不会让唐朝霞家里的人来，他连唐朝霞的家具体在哪乡哪村还说不清呢。但这个姿态要做足，在程序上不能违背人之常情。同时，他要拿召集家属前来的事吓唬窑主，给窑主施加压力。他早就把一些窑主的心思吃透了，窑上死了人，他们最怕张扬，最怕把事情闹大。你越是张扬，他们越是捂着盖着。你越是要把事情闹大，他越是害怕，急于把大事化小，小事化了。别看窑主一个两个牛气哄哄的，你牵准他的牛鼻子，他就牛气不起来，就得老老实实跟你走。更重要的是，他们这一闹腾，窑主一跟着他们的思路走，就顾不上深究事故本身的细节了。唐朝阳说："我又没经过这么大的事，不让俺爹俺嫂子来怎么办呢！还有我侄子，他要是跟我要他爹，我这个当叔的怎么说！"唐朝阳又提出一个更厉害的方案，说：

"不然的话，让我们村的支书来也行。"

窑主当即拒绝："支书跟这事没关系，他来算怎么回事，我从来不认识什么支书不支书！"窑主懂，只要支书一来，就会带一帮子人来，就会说代表一级组织如何如何。不管组织大小，凡事一沾组织，事情就麻烦了。窑主对唐朝阳说："这事你想过没有，你们那里来的人越多，花的路费越多，住宿费、招待费开销越大，这些费用最后都要从抚恤金里面扣除，这样七扣八扣，你们家得的抚恤金就少了。"

唐朝阳说："我不管这费那费，我只管我哥的命。我哥的命一百万也买不来。我得对得起我哥！"

"你要这么说，咱就不好谈了！"窑主把吸了一半的烟从烟嘴上揪下来，扔在地上，踏上一只脚碾碎，自己到门外站着去了。

唐朝阳没再坚持让宋金明去打电报，他又到停尸的小屋哭去了。他哭得声音很大，还把木门拍得山响，"哥，哥呀，我也不活了，我跟你走，下一辈子，咱俩还做弟兄……"

窑主又回到屋里去了，让宋金明去征求一下唐朝阳的意思，看唐朝阳希望得到多少抚恤金。宋金明去了一会儿，回来对窑主说，唐朝阳希望得到六万。窑主一听就皱起了眉头，说："不可能，根本不可能，简直是开玩笑，干脆把我的矿全端给他算了。哎，你跟唐朝阳关系怎么样？"

"我们是老乡，离得不太远。我们是一块儿出来的。唐朝阳这人挺老实的，说话办事直来直去。他哥更老实。他爹怕他哥在外边受人欺负，就让他哥俩一块儿出来，好互相有个照应。"

"你跟唐朝阳说一下，我可以给他出到两万，希望他能接受。我的矿不大，效益也不好，出两万已经尽到最大能力了。"

宋金明心里骂道："去你妈的，两万块就想打发我们，没那么便宜！四万块还差不多。"他答应跟唐朝阳说一下试试。宋金明到停尸屋去了一会儿，回来跟窑主说，唐朝阳退了一步，不要六万了，只要五万块，五万块一分也不能少了。窑主还是咬住两万块不涨价，说多一分钱也没有。事情谈不下去了，宋金明装作站在窑主的立场上，给窑主出了个主意，他说："我看这事干脆让县上煤炭局和劳动局的人来处理算了，有上面来的人压着头，唐朝阳就不会多要了，人家说给多少就是多少。"

窑主把宋金明打量了一下说："要是通过官方处理，唐朝阳连两万也要不到。"

宋金明说："这话不该我说，让上面的人来处理，给唐朝阳多少，他都没脾气。这样你也省心，不用跟他费口舌了。"

宋金明拿出了谈判的经验，轻轻几句话就打中了窑主的痛处。窑主点点头，没说什么。窑主万万不敢让上面的人知道他这里死了人，上面的人要是一来，他就惨了。九月里，他矿上砸死了一个人，不知怎么走漏了消息，让上面的人知道了。小车来了一辆又一辆，人来了一拨又一拨，又是调查，又是开会，又是罚款，又是发通报，可把他吓坏了。电视台的记者也来了，扛着"大口径冲锋枪"乱扫一气，还把"手榴弹"捣在他嘴前，非要让他开口。在哪位来人面前，他都得装孙子。对哪一路神，他都得打点。那次事故处理下来，光现金就花了二十万，还不包括停产造成的损失。临了，县小煤窑整顿办公室的人留下警告性的话，他的矿安全方面如果再出现重大事故，就要封他的窑，炸他的井。警告犹在耳边，这次死人的事若再让上面的人知道，花钱更多不说，恐怕他的矿真得关张了。须知快该过年了，人人都在想办法敛钱。县上的有关人员正愁没地方下蛆，他们要是知道这个矿死了人，不争先恐后来个大量繁殖才怪。所以窑主做的第一件事就是封锁消息。他给矿上的亲信开了紧急会议，让他们分头把关，在死人的事做出处理之前，任何人不许出这个矿，任何人不得与外界的人发生联系。矿上的煤暂不销售，以免外面来拉煤的司机把死人的消息带出去。特别是对唐朝阳和宋金明，要好好"照顾"他们，让他们吃好喝好，一切免费供应。目的是争取尽快和唐朝阳达成协议，让唐朝阳早一天签字，把唐朝阳哥哥的尸体早一天火化。

六

当晚，唐朝阳和宋金明不断看见有人影在窑洞外面游动，心里十分紧张，大睁着眼，不敢入睡。唐朝阳小声问宋金明："他们不会对咱俩下毒手吧？"宋金明说："敢，无法无天了呢！"宋金明这样说，是给唐朝阳壮胆，也是为自己壮胆，其实他自己也很恐惧。他们可以把别人当点子，一无仇二无冤地把无辜的人打死，窑主干吗不可以一不做二不休地把他们灭掉呢！他们打死点子是为了赚钱，窑主灭掉他们是为了保钱，都是为了钱。他们打死点子，说成是冒顶砸死的。窑主灭掉他们，也可以把他们送到窑底过一趟，也说成是冒顶砸死的。要是那样的话，他们可算是遭到报应了。宋金明起来重新检查了一下门，把门从里面插死。窑洞的门也是用板皮钉成的，中间裂着缝子。门脚下面的空子也很大，兔子样的老鼠可以随便钻来钻去。宋金明想找一件顺手的家伙，作为防身武器，瞅来瞅去，窑洞里只有一些垒地铺用的砖头。他抓起一块整砖放在手边，示意唐朝阳也拿了一块。他们把窑洞里的灯拉灭了，这样等于把他们置于暗处，外面倘有人向窑洞接近，他们透过门缝就可以发现。

果然有人来了，勾起指头敲门。唐朝阳和宋金明顿时警觉起来，宋金明问："谁？"

外面的人说："姚矿长让我给你们送两条烟，请开门。"

他们没有开门，担心这个人是个前哨，等这个人把门骗开，埋伏在门两边的人会一涌而进，把他们灭在黑暗里。宋金明答话："我们已经睡下了，我们晚上不吸烟。"

送烟的人摸索着从门脚下面的空子里把烟塞进窑洞里来了。

宋金明爬过去把塞进来的东西摸了摸，的确是两条烟，不是炸药什么的。

停了一会儿，又过来两个黑影敲门。唐朝阳和宋金明同时抄起了砖头。

敲门的其中一人说话了，竟是女声，说："两位大哥，姚矿长怕你们冷，让我俩给两位大哥送两床褥子来，褥子都是新的，两位大哥铺在身子底下保证软和。"

宋金明不知窑主搞的又是什么名堂，拒绝说："替我们谢谢姚矿长的关心，我们不冷，不要褥子。"二人悄悄起来，蹑足走到门后，透过门缝往外瞅，见门外抱褥子站着的果真是两个女人。两个女人都是肥脸，在夜里仍可以看见她们脸上的一层白。

另一个女人说话了，声音更温柔悦耳："两位大哥，我们姐妹俩知道你们很苦闷，我们来陪你们说说话，给你们散散心，你们想做别的也可以。"

二人明白了，这是窑主对他们搞美人计来了，单从门缝里扑进来的阵阵香气，他们就知道了这两个女人是专门吃男人饭的。要是放她们进来，铺不铺褥子就由不得他们了。宋金明拉了唐朝阳一下，把唐朝阳拉得退回到地铺上，说："你们少来这一套，我们什么都不需要！"

那个说话温柔的女人开始发嗲，一再要求两位大哥开门，说："外面好冷哟，两位大哥怎忍心让我们在外面挨冻呢！"

宋金明扯过唐朝阳的耳朵，对他耳语了几句。唐朝阳突然哭道："哥，你死得好惨啊！哥，你想进来就从门缝里进来吧，咱哥俩还睡一个屋……"

这一招生效，那两个女人逃跑似的离开了窑洞门口。

夜长梦多，看来这个事情得赶快了结。宋金明和唐朝阳商定，明天把要求赔偿抚恤金的数目退到四万，这个数不能再退了。

第二天双方关于抚恤金的谈判有了进展，唐朝阳忍痛退到了四万，窑主忍痛涨到了两万五。别看从数目上他们是一个进一个退，实际上他们是逐步接近。好比两个人谈恋爱，接近到一定程度，两个人就可以拥抱了。可他们接近一步难得很，这也正如谈恋爱一样，每接近一步都充满试探和较量。到了四万和两万五的时候，唐朝阳和窑主都坚守自己的阵地，再次形成对峙局面。谈判进展不下去，唐朝阳就求救似的到停尸间去哭诉，例数哥死之后，爹娘谁来养老送终，侄子侄女谁来抚养等等问题。功夫下在谈判外，不是谈判，胜似谈判，这是唐朝阳的一贯策略。

第三天，窑主一上来就单独做宋金明的工作，对他俩进行分化瓦解。窑主把宋金明叫成老弟，让"老弟"帮他做做唐朝阳的工作。今后他和宋金明就是朋友了。宋金明问他怎么做。窑主没有回答，却从口袋里掏出一沓钱来，说："这是一千，老弟拿着买烟抽。"

宋金明本来坐着，一看窑主给他钱，他害怕似的站起来了，说："姚矿长，这可不行，这钱我万万不敢收，要是唐朝阳知道了，他会骂死我的。不是我替唐朝阳说话，你给他两万五抚恤金是少点。你多少再加点儿，我倒可以跟他说说。"

窑主把钱扔在桌子上说："我给他加点儿是可以，不过加多少跟你也没关系，他不会分给你的，是不是？"

宋金明心里打了个沉，说："这是他哥的人命钱，就是他分给我，我也不会要。"他问窑主:"你打算给他加到多少?"

窑主伸出三个手指头,说:"这可是天价了。"

宋金明的样子很为难,说:"这个数离唐朝阳的要求还差一万,我估计唐朝阳不会同意。"

窑主笑了笑,说:"要不怎么请老弟帮我说说话呢,我看老弟是个聪明人,唐朝阳也愿意听你的话。"

窑主这样说,让宋金明吃惊不小,窑主怎么看出他是聪明人呢?怎么看出唐朝阳愿意听他的话呢?难道窑主看出了什么破绽不成!他说:"姚矿长的话我可不敢当,看来我应该离这个事远点。要不是唐朝阳非要拽着我等他两天,我前天就走了。"

窑主让宋金明坐下,说:"老弟多心了,我不是那个意思。"

宋金明刚坐下,窑主又从口袋里掏出一沓钱,把放在桌子上的钱拿起来合在一块儿,说:"这是两千,算是我付给老弟的受惊费和辛苦费,行了吧。我当然不会让唐朝阳知道,也不会让任何人知道,你放心就是了。"说着,扯过宋金明的衣服口袋,把钱塞进宋金明口袋里去了。

这次宋金明没有拒绝。他在肚子里很快地算了一个账,三万加两千,实际上是三万二。三万他和唐朝阳平均分,每人可得一万五。他多得两千,等于一万七,这样离预定的两万的目标相差不太远了。让他感到格外欣喜的是,这两千块钱是他的意外收获,而唐朝阳连个屁都闻不见。上次他们办掉的一个点子,满打满算一共才得了两万三千块,平均每人才一万多一点。这次赚的钱比上次是大大超额了。宋金明已认同了这个数,但他不能说,勉强答应帮窑主到唐朝阳那里做做工作。

宋金明把唐朝阳的工作做通了,唐朝阳只附加了一个要求,火化前给他哥换一身新衣服,穿西装,打领带。窑主答应得很爽快,说:"这没问题。"窑主握了宋金明的手,握得很有力,仿佛他们两个结成了新的同盟,窑主说:"谢谢你呀,宋老弟。"宋金明说:"姚矿长,我们到这里没做出什么贡献,反而给矿上造成了损失,我们对不起你呀!"

窑主骑上他的大红摩托车到县里银行取现金,唐朝阳和宋金明在窑洞里如坐针毡,生怕再出什么变故。窑主是上午走的,直到下午太阳偏西时才回来。窑主像是喝了酒，脸上黑着，满身酒气。窑主对唐朝阳说："上面为防止年前突击发钱，银行不让取那么多现金。这些钱是我跑了好几个地方跟朋友借来的。"他拿出两捆钱排在桌子上，说："这是两万。"又拿出一沓散开的钱，说："这是八千，请你当面点清。"

唐朝阳把钱摸住，问窑主："不是讲好的三万吗，怎么只给两万八？"

窑主顿时瞪了眼，说："你这个人讲不讲道理？考虑不考虑实际情况？就这些钱还是我借来的，不就是他妈的短两千块钱吗？怎么着，把我的两根手指头剁下来给你添上吧！"说着看了旁边的宋金明一眼。

宋金明一听就知道上了窑主的当了，窑主先拿两千块钱堵了他的嘴，然后又把两千块钱从总数里扣下来了。这个狗日的窑主，真会算小账。宋金明没说话，他说不出什么。

唐朝阳看宋金明，似乎在征求他的意见。

宋金明在心里骂唐朝阳："你他妈的看我干什么！"他把脸别到一边去了。

唐朝阳从口袋里掏出一团脏污的手绢，展开，把钱包起来了。

火化唐朝霞的时候，唐朝阳和宋金明都跟着去了。他们就手把钱卷进被子里，把被子塞进蛇皮袋子里，带上自己的行李，打算从火葬厂出来，带上唐朝霞的骨灰盒，就直接回老家去。

唐朝霞的尸体火化之前，火葬厂的工作人员从唐朝霞的口袋里掏出一个透明的小塑料袋，里面放着一张照片。隔着塑料袋看，照片上是四个人，后面是唐朝霞两口子，前面是他们的两个孩子，一个男孩儿，一个女孩儿。唐朝阳把照片收起来了。唐朝霞的衣服被全部换下来了，在地上扔着。宋金明只把一双鞋捡起来了，说这双鞋他带走吧，做个留念。唐朝阳没说什么。

唐朝阳把唐朝霞的骨灰盒放进提包里，他们二人在这个县城没有稍作停留，当即坐上长途汽车奔另一个县城去了。他们没有到县城下车，像是逃避人们的追捕一样，半路下车了。这里还是山区，他们背着行李向山里走去。在别人看来，他们跟一般打工者没什么两样，他们总是很辛苦，总是在奔波。走到一处报废的矿井旁边，他们看看前后无人，才在一个山洼子里停下了。他们各自坐在自己的行李卷儿上，唐朝阳对宋金明笑笑，宋金明对唐朝阳笑笑。他们笑得有些异样。唐朝阳说："操他妈的，我们又胜利了。"宋金明也承认又胜利了，但他的样子像是有些泄气,打不起精神。唐朝阳问他怎么了。他说:"不怎么,这几天精神紧张得很,猛一放松下来,觉得特别累。"唐朝阳说:"这属于正常现象,等见了小姐,你的精神头马上就来了。"宋金明说:"但愿吧。"

唐朝阳把唐朝霞的骨灰盒从提包里拿出来了,说:"去你妈的,你的任务已经彻底完成了,不用再跟着我们了。"他一下子把骨灰盒扔进井口里去。这个报废的矿井大概相当深,骨灰盒扔下去,半天才传上来一点落底的微响。这一下,这位真名叫元清平的人算是永远消失了,他的冤魂也许千年万年都无人知晓。唐朝阳把那张全家福的照片也掏出来撕碎了。撕碎之前,宋金明接过去看了一眼,指着照片上的唐朝霞问:"这个人姓什么来着?"唐朝阳说:"管他呢!"唐朝阳夺过照片撕碎后,扬手往天上撒了一下。碎片飞得不高,很快就落地了。有两个碎片落在唐朝阳身上了,他有些犯忌似的,赶紧把碎片择下来。

还有一样东西没处理。唐朝阳对宋金明说:"拿出来吧。"

"什么?"

"你是真糊涂还是装糊涂?"

宋金明摇头。

"我看你小子是装糊涂。那双鞋呀!"

这狗娘养的,他一定也知道了唐朝霞的钱藏在鞋里。宋金明说:"操,一双鞋有什么稀罕,你想要就给你,是你哥的遗物嘛。"宋金明从提包里把鞋掏出来,扔在唐朝阳脚前的地上。

唐朝阳说:"鞋本身是没什么稀罕,我主要想看看鞋里面有多少货。"他拿起一只鞋,伸手就把鞋舌头中间夹藏的一个小塑料袋抽出来了,对宋金明炫耀说:"看见没有,银子在这里面呢!"

宋金明嗤了一下鼻子。

唐朝阳把钱掏出来了,数了数,才二百八十块钱,说:"操他奶奶的,才这么一点钱,连搞一次破鞋都不够。"他问宋金明:"你说,这小子怎么就这么一点钱。"

宋金明说:"我哪儿知道!"

唐朝阳把钱平均分开,其中一半递给宋金明。宋金明不要,说:"这是你哥的钱，你留着自己花吧。"

唐朝阳勃然变色道："你他妈的少来这一套，我不会坏了规矩。"他把一百四十块钱扔进宋金明开着口子的提包里了。"我还纳闷呢，窑主讲好的给咱们三万块，数钱的时候少给两千，这是怎么回事？"

这次轮到宋金明恼了，他盯着唐朝阳骂道："操你妈的，你这是什么意思？你说，你是什么意思？你不说清什么意思，老子跟你没完！"

唐朝阳赖着脸笑了，说："你恼什么，我又没说你什么。我是骂窑主个狗日的说话不算话，拉个屎橛子又坐回去半截儿。"

"你还以为窑主是好东西呢，哪个窑主的心肠不是跟煤窑一样，一黑到底！"

坐了汽车坐火车，两天之后，他们来到了平原上的一座小城。按照原来的计划，他们没有急于找新的点子。但他们也没有马上分头回家，着实在城里享乐了几天。他们没有买新衣服，没有进舞厅，也很少大吃大喝。说他们享乐，主要是指他们喜欢嫖娼。住进小城的当天晚上，他俩就在一家宾馆包了一个双人间。宾馆大厅一角，有桑拿浴室、按摩室和美容美发厅，不用问，里面肯定有娼妇。果然，他们进房间刚打开电视，刚在席梦思床上用屁股蹾了蹾，试了试弹性，就有电话打进来了，问他们要不要小姐。宋金明在电话里问了行情，跟人家讲了价钱，就让两个小姐到房间里来了。宋金明把房间让给了唐朝阳，自己把另一个小姐领进卫生间里去了。他们二话没说，就分头摆开了战场。唐朝阳完事了，给小姐付了钱，还不见宋金明出来。他到卫生间门口听了听，听见里面战事正酣，不免有些嫉妒，说："操他妈的，他们怎么干那么长时间？"小姐说："谁让你那么快呢？"唐朝阳一把将小姐揪起来，要求再干。小姐把小手一伸，说再干还要再付一份钱。唐朝阳与小姐拉扯之间，宋金明从卫生间出来了，唐朝阳只得放开小姐，对宋金明说："你小子可以呀！"

宋金明显得颇为谦虚，说："就那么回事，一般化。"

分头回家时，他俩约定，来年正月二十那天在某个小型火车站见面，到时再一块儿合作做生意。他们握了手，还按照流行的说法，互相道了"好人一生平安"。

七

宋金明又坐了一天多长途汽车，七拐八拐才回到了自己的家。他没告诉过唐朝阳自己家里的详细地址,也没有打听过唐朝阳家的具体地址。干他们这一行的,互相都存有戒心,干什么都不可全交底。其实,连宋金明的名字也是假的。回到村里,他才恢复使用了真名。他姓赵,真名叫赵上河。在村头,有人跟他打招呼:"上河回来了?"他答着:"回来了,回来过年。"赶紧给人家掏烟。每碰见一位乡亲,他都要给人家掏烟。不知为什么,他心情有些紧张,脸色发白,头上出了一层汗。有人吸着他给的烟,指出他脸色不太好,人也没吃胖。他说:"是吗?"头上的汗又加了一层。有个妇女在一旁替他解释说:"那是的,上河在外面给人家挖煤,成天价不见太阳,脸捂也捂白了。"

赵上河心里抵触了一下,正要否认在外边给人家挖煤,女儿海燕跑着接他来了。海燕喊着:"爹,爹。"把爹手里的提包接过去了。海燕刚上小学,个子还不高。提包提不起来,她就两个手上去,身子后仰,把提包贴在两条腿上往前走。赵上河摸了摸女儿的头,说:"海燕又长高了。"海燕回头对爹笑笑。她的豁牙还没长齐,笑得有点害羞。赵上河的儿子海成也迎上去接爹。儿子读初中,比女儿力气大些,他接过爹手中的蛇皮袋子装着的铺盖卷儿,很轻松地就提起来了。赵上河说:"海成,你小子还没喊我呢!"

儿子不好意思地笑了一下,才说:"爹,你回来了?"

赵上河像完成一种仪式似的答道:"对,我回来了。有钱没钱,都要回家过年。你娘呢?"赵上河抬头一看,见妻子已站在院门口等他。妻子笑模笑样,两只眼都放出光明来。妻子说:"两个孩子这几天一直念叨你,问你怎么还不回来。这不是回来了吗!"

一家来到堂屋里,赵上河打开提包,拿出两个塑料袋,给儿子和女儿分发过年的礼物。他给儿子买了一件黑灰色西装上衣,给女儿买了一件红色的西装上衣。妻子对两个孩子说:"快穿上让你爹看看!"儿子和女儿分别把西装穿上,在爹面前展示。赵上河不禁笑了,他把衣服买大了,儿子女儿穿上都有些空空荡荡,像摇铃一样。特别是女儿的红西装,衣襟下摆长得几乎遮了膝盖,袖子也长得像戏装上的水袖一样。可赵上河的妻子说:"我看不赖。你们还长呢,一长个儿穿着就合适了。"

赵上河对妻子说："我还给你买了个小礼物呢。"说着把手伸到提包底部，摸出一个心形的小红盒来。把盒打开，里面的一道红绒布缝里夹着一对小小的金耳环。女儿先看见了，惊喜地说："耳环，耳环！"妻子想把耳环取出一只看看，又不知如何下手，说："你买这么贵的东西干什么，我哪只耳朵趁戴这么好的东西？"女儿问："耳环是金的吗？"赵上河说："当然是金的，真不溜溜的真金，一点都不带假的。"他又对妻子说："你在家里够辛苦了，家里活儿地里活儿都是你干，还要照顾两个孩子。我想你还从来没戴过金东西呢，就给你买了这对耳环。不算贵，才三百多块钱。"妻子说："我怕戴不出去，我怕人家说我烧包。"赵上河说："那怕什么，人家城里的女人金戒指一戴好几个，连脚脖子上都戴着金链子，咱戴对金耳环实在是小意思。"他把一只耳环取出来了，递给妻子，让妻子戴上试试。妻子侧过脸，摸过耳朵，耳环竟穿不进去。她说："坏了，这还是我当闺女时打的耳朵眼，可能长住了。"她把耳环又放回盒子里去了，说："耳环我放着，等我闺女长大出门子时，给我闺女做嫁妆。"

门外走进来一位面目黑瘦的中年妇女，按岁数论，赵小河应该把中年妇女叫嫂子。嫂子跟赵上河说了几句话，就提到自己的丈夫赵铁军，问："你在外边看见过铁军吗？"

赵上河摇头说没见过。

"收完麦他就出去了，眼看半年多了，不见人，不见信儿，也不往家里寄一分钱，不知道他死到哪儿去了。"

赵上河对死的说法是敏感的，遂把眉头皱了一下，觉得嫂子这样说话很不吉利。但他没把不吉利指出来，只说："可能过几天就回来了。"

"有人说他发了财，在外面养了小老婆，不要家了，也不要孩子了，准备和小老婆另过。"

"这是瞎说，养小老婆没那么容易。"

"我也不相信呢，就赵铁军那样的，三锥子扎不出一个屁来，哪有女人会看上他。你看你多好，多知道顾家，早早地就回来了，一家人团团圆圆的。你铁军哥就是窝囊，窝囊人走到哪儿都是窝囊。"

赵上河的妻子跟嫂子说笑话："铁军哥才不窝囊呢，你们家的大瓦房不是铁军哥挣钱盖的！铁军哥才几天没回来，看把你想得那样子。"

嫂子笑了，说："我才不想他呢。"

晚上，赵上河还没打开自己带回的脏污的行李卷，没有急于把挣回的钱给妻子看，先跟妻子睡了一觉。他每次回家，妻子从来不问他挣了多少钱。当他拿出成捆的钱时，妻子高兴之余，总是有些害怕。这次为了不影响妻子的情绪，他没提钱的事，就钻进了妻子为他张开的被窝。妻子的情绪很好，身子贴他贴得很热烈，问他："你在外面跟别的女人睡过吗？"

他说："睡过呀。"

"真的？"

"当然真的了，一天睡一个，九九八十一天不重样。"

"我不信。"

"不信你摸摸，家伙都磨秃了。"

妻子一摸，他就乐了，说："放心吧，好东西都给你攒着呢，一点都舍不得浪费，来，现在就给你。"

完事后，赵上河长长地叹了一口气。妻子问他怎么了，他说。"哪儿好也不如自己的家好，谁好也比不上自己的老婆好，回到家往老婆身边一睡，心里才算踏实了。"

妻子说："那，这次回来，就别走了。"

"不走就不走，咱俩天天干。"

"能得你不轻。"

"怎么，你不相信我的能力？"

"相信。行了吧？"

"哎，咱放的钱你看过没有？会不会进潮气？"

"不会吧，包着两层塑料袋呢。"

"还是应该看看。"

赵上河穿件棉袄，光着下身就下床了。他检查了一下屋门是否上死，就动手拉一个荆条编的粮囤，粮囤里还有半囤小麦，他拉了两下没拉动。妻子下来帮他拉。妻子也未及穿裤衩，只披了一件棉袄。粮食囤移开了，赵上河用铁铲子撬起两块整砖，抽出一块木板，把一个盛化肥用的黑塑料袋提溜出来。解开塑料袋口扎着的绳子，从里面拿出一个小瓦罐。小瓦罐里还有一个白色的塑料袋，这个袋子里放的才是钱。钱一共是两捆，一捆一万。赵上河把钱摸了摸，翻转着看看，还用大拇指把钱抿弯，让钱页子自动弹回，听了听钱页子快速叠加发出的声响，才放心了。赵上河说，他有一天做梦，梦见瓦罐里进了水，钱沤成了半罐子糨糊，再一看还生了蛆，把他气得不行。妻子说："你挂念你的钱，做梦就胡连八扯。"

赵上河说："这些钱都是我一个汗珠子掉在地上摔八瓣儿挣来的，我当然挂念。我敢说，我干活流下的汗一百罐子都装不完。"他这才把铺盖卷儿从蛇皮袋子里掏出来了，一边在床上打开铺盖卷儿，一边说："我这次又带回一点钱，跟上两次带回来的差不多。"他把钱拿出来了，一捆子还零半捆子，都是大票子。

妻子一见"呀"了一下，问："怎么又挣这么多钱？"

赵上河早就准备好了一套话，说："我们这次干的是包工活儿，我一天上两个班，挣这点钱不算多。有人比我挣的还多呢。"他把新拿回的钱放进塑料袋，一切照原样放好，让妻子帮他把粮食囤拉回原位，才又上床睡了。不知为什么，他身上有些哆嗦，说："冷，冷……"妻子不哆嗦，妻子搂紧了他，说："快，我给你暖暖。"

暖了一会儿，妻子说："听人家说，现在出去打工挣点钱特别难，你怎么能挣这么多钱？"

赵上河推了妻子一下，把妻子推开了，说："去你妈的，你嫌我挣钱多了？"

"不是嫌你挣钱多，我是怕……"

"怕什么，你怀疑我？"

"怀疑也说不上，我是说，不管钱多钱少，咱一定得走正道。"

"我怎么不走正道了？我在外面辛辛苦苦干活，一不偷，二不抢，三不赌博，四不搞女人，一块钱都舍不得多花，我容易吗！"赵上河大概触到了心底深藏的恐惧和隐痛，竟哭了，"我累死累活图的什么，还不是为了这个家。连老婆都不相信我，我活着还有啥意思！"

妻子见丈夫哭了，顿时慌了手脚，说："海成他爹，你怎么了！都怨我，我不会说话，惹你伤了心，你想打我就打我吧！"

"我打你干什么！我不是人，我是坏蛋，我不走正道，让雷劈我，龙抓我，行了吧！"他拒绝妻子搂他，拒绝妻子拉他的手，双手捂脸，只是哭。

妻子把半个身子从被窝里斜出来，用手掌给丈夫擦眼泪，说："海成他爹，别哭了好不好，别让孩子听见了吓着孩子。我相信你，相信你，你说啥就是啥，还不行吗！一家子都指望你，你出门在外，我也是担惊受怕呀！"妻子也哭了。

两口子哭了一会儿，才又重新搂在一起。在黑暗里，他大睁着眼，突然产生了一个念头，做点子的生意到此为止，不能再干了。

第二天，赵上河备了一条烟两瓶酒，去看望村里的支书。支书没讲客气就把烟和酒收下了。支书是位岁数比较大的人，相信村里的人走再远也出不了他的手心，他问赵上河："这次出去还可以吧？"

赵上河说："马马虎虎，挣几个过年的小钱儿。"

"别人都没挣着什么钱，你还行，看来你的技术是高些。"

赵上河知道，支书所说的技术是指他的挖煤技术，他点头承认了。

支书问："现在外头形势怎么样？听说打闷棍的特别多。"

赵上河心头惊了一下，说："听说过，没碰见过。"

"那是的，要是让你碰上，你就完了。赵铁军，外出半年多了，连个信儿都没有，我估计够呛，说不定让人家打了闷棍了。"

"这个不好说。"

"出外三分险，害人之心不可有，防人之心不可无，以后你们都得小心点儿。"

赵上河表示记住了。

过大年，起五更，赵上河在给老天爷烧香烧纸时，在屋当间的硬地上跪得时间长些。他把头磕了又磕，嘴里唔唔囔囔，谁也听不清他祷告的是什么。在妻子的示意下，儿子上前去拉他，说："爹，起来吧。"他的眼泪忽地就下来了，说："我请老天爷保佑咱们全家平安。"

年初二，那位嫂子又到赵上河家里来了，说："赵铁军还没回来，我看赵铁军这个人是不在了。"嫂子说了不到三句话，就哭起来了。

赵上河说："嫂子你不能说这样的话，不能光往坏处想，大过年的，说这样悲观的话多不好。这样吧，我要是再出去的话，帮你打听打听。要是打听到了，让他马上回来。"赵上河断定，赵铁军十有八九被人当点子办了，永远回不来了。因为做这路生意的不光是他和唐朝阳两个人，肯定还有别的人靠做点子发财致富。他和唐朝阳就是靠别人点拨，才吃上这路食的。有一年冬天，他和唐朝阳在一处私家小煤窑干活，意外地碰上一位老乡和另外两个人到这家小煤窑找活儿干。他和老乡在小饭馆喝酒，劝老乡不要到这家小煤窑干，累死累活，还挣不到钱。他说窑主坏得很，老是拖着不给工人发工资，他在这里干了快三个月了，一次钱也没拿到，弄得进退两难。老乡大口喝着酒，显得非常有把握。老乡说，一物降一物，他有办法把窑主的钱掏出来。窑主就是把钱串在肋巴骨上，到时候狗日的也得乖乖地把钱取下来。他向老乡请教，问老乡有什么高招，连连向老乡敬酒。老乡要他不要问，只睁大两眼跟着看就行了，多一句嘴别怪老乡不客气。一天晚间在窑下干活时，老乡用镐头把跟他同来的其中一个人打死了，还搬起石头把死者的头砸烂，然后哭着喊着，把打死的人叫成叔叔，说冒顶砸死了人，向窑主诈取抚恤金。跟老乡说的一样，窑主捂着盖着，悄悄地跟老乡进行私了，赔给老乡两万两千块钱。目睹这一特殊生产方式的赵上河和唐朝阳，什么力也没掏，老乡却给他们每人分了一千块钱。这件事对赵上河震动极大，可以说给他上了生动的一课。他懂得了，为什么有的人穷，有的人富，原来富起来的人是这么干的。大鱼吃小鱼，小鱼吃蚂虾，蚂虾吃泥巴。这一套话他以前也听说过，只是理解得不太深。通过这件事，他才知道了，自己不过是一只蚂虾，只能吃一吃泥巴。如果连泥巴也不吃，就只能自己变泥巴了。老乡问他怎么样，敢不敢跟老乡一块干。他的脸灰着，说不敢。他是怕老乡找个地方把他也干掉。后来，他和唐朝阳形成一对组合，也学着打起了游击。唐朝阳使用的也是化名，他的真名叫李西民。他们把自己称为地下工作者，每干掉一个点子，每转移到一个新的地方，他们就换一个新的名字。赵上河手上已经有三条人命了。这一点他家埋在地下罐子里那些钱可以作证，那是用三颗破碎的人头换来的。但赵上河可以保证，他打死的没有一个老乡，没有一个熟人。像赵铁军那样的，就是碰在他眼下，他也不会做赵铁军的活儿。这叫兔子不吃窝边草。

嫂子临离开他家时，试着向赵上河提了一个要求："大兄弟，过罢十五，我想让金年跟你一块走，一边找点活儿干，一边打听他爹的下落。"

"你千万不要有这样的想法，金年不是正上学吗，一定让孩子好好上学，上学才是正路。金年上几年级了？"

"高中一年级。"

"一定要支持孩子把学上下来，鼓励孩子考大学。"

"不是怕大兄弟笑话，不行了，上不起了，这一开学又得三四百块，我上哪儿给他弄去。满心指望他挣点钱回来，钱没挣回来，人也不见影儿了。"

赵上河对妻子说："把咱家的钱先借给嫂子四百块，孩子上学要紧。"

嫂子说："不不不，我不是来向你们借钱的。"

赵上河面带不悦，说："嫂子，这你就太外气了。谁家还不遇上一点难事，我们总不能眼看着孩子上不起学不管吧。再说钱是借给你们的，等铁军哥拿回钱来，再还给我们不就结了。"

嫂子说："你们两口子都是好人哪，我让金年过来给你们磕头。"这才把钱接下了。

八

正月十五一过，村上外出打工的人又纷纷背起行囊，潮流一样向汽车站、火车站涌去。赵上河原想着不外出了，但他的魂儿像是被人勾去了一样，在家里坐卧不安。妻子百般安慰他，他反而对妻子发脾气，说家里就那么一点地，还不够老婆自己种的，把他拴在家里干什么！最终，赵上河还是随着潮流走了。他拒绝和任何人一路同行，仍是一个人独往独来。有不少人找过他，还有人给他送了礼品，希望能跟他搭伴外出，他都想办法拒绝了。实在拒绝不掉的，他就说今年出去不出去还不一定呢，到时候再说吧。他是半夜里摸黑走的。土路两边庄稼地里的残雪还没化完，北风冷飕飕的。他就那么顶着风，把行李卷儿和提包用毛巾系起来搭在背上，大步向镇上走去。到了镇上，他也不打算坐公共汽车，准备自己租一个机动三轮车到县城去。正走着，他转过身来，向他的村庄看了一下。村庄黑沉沉的，看不见一点灯光，也听不见一点声息。又往前走时，他问了自己一句："你这是干吗呢？偷偷摸摸的，跟做贼一样。"他自己的回答是："没什么，不是做贼，这样走着清静。"他担心有人听见他的自言自语，就左右乱看，还蹲下身子往路边的一片坟地里观察了一下。他想好了，这次出来不一定再做点子了。做点子挣钱是比挖煤挣钱容易，可万一有个闪失，自己的命就得搭进去。要是唐朝阳实在想做的话，他们顶多再做一个就算了。现在他罐子里存的钱是三万五，等存够五万，就不用存了。有五万块钱保着底子，他就不会像过去一样，上面派下来这钱那钱他都得卖粮食，不至于为孩子的学费求爷爷告奶奶地到处借。到那时候，他哪儿都不去了，就在家里守着老婆孩子踏踏实实过日子。

赵上河如约来到那个小型火车站，见唐朝阳已在那里等他。唐朝阳等他的地方还是车站广场一侧那家卖保健羊肉汤的敞棚小饭店。年前，他们就是从这里把一个点子领走办掉的。车站客流很多，他们相信，小饭店的人不会记得他们两个。唐朝阳热情友好地骂了他的大爷，问他怎么才来，是不是又到哪个卫生间玩小姐去了。一个多月不见面，他看见唐朝阳也觉得有些亲切。他骂的是唐朝阳的妹子，说卫生间有一面大玻璃镜，他一下子就把唐朝阳的妹子干到玻璃镜里去了。互相表示亲热完毕，他们开始说正经事。唐朝阳说，他花了十块钱，请一个算卦的先生给他起了一个新名字，叫张敦厚。赵上河说，这名字不错。他念了两遍张敦厚，说"越敦越厚"把张敦厚记住了。他告诉张敦厚，他也新得了一个名字，叫王明君。"你知道君是什么意思吗？"张敦厚说："谁知道你又有什么讲究。"

王明君说："跟你说吧，君就是皇帝，明君就是开明的皇帝，懂了吧？"

"你小子是想当皇帝呀！"

"想当皇帝怎么着，江山轮流坐，枪杆子里出政权，哪个皇帝的江山不是打出来的。"

"我看你当个黑帝还差不多。"

"这个皇不是那个黄，水平太差，朕只能让你当个下臣。张敦厚！"

"臣在！"张敦厚垂首打了个拱。

"行，像那么回事。"王明君遂又端起皇帝架子，命张敦厚："拿酒来！"

"臣，领旨。"

张敦厚一回头，见一位涂着紫红唇膏的小姐正在一旁站着。小姐微微笑着，及时走上前来，称他们"两位先生"，问他们"用点什么"。张敦厚记得，原来在这儿端盘子服务的是一个黄毛小姑娘，说换就换，小姑娘不知到哪儿高就去了，而眼前这位会利用嘴唇做招徕的小姐，显见得是个见过世面的多面手。张敦厚要了两个小菜和四两酒，二人慢慢地喝。其间老板娘出来了一下，目光空空地看了他们一眼，就干别的事情去了。老板娘大概真的把他们忘记了。在车站广场走动的人多是提着和背着铺盖卷儿的打工者，他们像是昆虫界一些急于寻找食物的蚂蚁，东一头西一头乱爬乱碰。这些打工者都是可被利用的点子资源，就算他们每天办掉一个点子，也不会使打工者减少多少。因为这种资源再生性很强，正所谓取之不尽，用之不竭。

有一个单独行走的打工者很快进入他们的视线，他俩交换了一下眼色，张敦厚说："我去看看。"这次轮到张敦厚去钓点子，王明君坐镇守候。

王明君说："你别拉一个女的回来呀！"

张敦厚斜着眼把那个打工者盯紧，小声对王明君说："这次我专门钓一个女扮男装、花木兰那样的，咱们把她用了，再把她办掉，来个一举两得。"

"钓不到花木兰，你不要回来见我。"

张敦厚提上行李卷儿和提包，迂回着向那个打工者接近。春运高峰还没过去，车站的客流量仍然很大。候车室里装不下候车的人，车站方面把一些车次的候车牌插到了车站广场，让人们在那里排队。那个打工者到一个候车牌前仰着脸看上面的字时，张敦厚也装着过去看车牌上的车次，就近把他将要猎取的对象瞥了一眼。张敦厚没有料到，在他瞥那个对象的同时，对象也在瞥他。他没看清对象的目光是怎样瞥出来的，仿佛对象眼睛后面还长着一只眼。他赶紧把目光收回来了。当他第二次拿眼角的余光瞥被他相中的对象时，真怪了，对象又在瞥他。张敦厚的感觉出来了，这个对象的目光是很硬的，还有一些凛冽的成分。他心里不由得惊悸了一下，他妈的，难道遇上对手了，这家伙也是来钓点子的？他退后几步站下，刚要想一想这是怎么回事，那个打工者凑过来了，问："老乡，你这是准备去哪儿？"

张敦厚说："去哪儿呢？我也不知道。"

"就你一个人吗？"

张敦厚点点头。他决定来个将计就计，判断一下这个家伙究竟是不是钓点子的，看他钓点子有什么高明之处，不妨跟他比试比试。

"吸根烟吧。"对象摸出一盒尚未开封的烟，拆开，自己先叼了一根，用打火机点燃。而后递给张敦厚一根，并给张敦厚把烟点上。"现在外头比较乱，一个人出来不太好，最好还是有个伴儿。"

"我是约了一个老乡在这里碰面，说好的是前天到，我找了两天了，都没见他。"

"这事儿有点麻烦，说不定人家已经走了，你还在这儿瞎转腰子呢。"

"你这是准备去哪儿？"

对象说了一个煤矿。

"那儿怎么样，能挣到钱吗？"

"挣不到钱谁去，不说多，每月至少挣千把块钱吧！"

"那我跟你一块儿去行吗？"

"对不起，我已经有伴儿了。"

这家伙大概在吊他的胃口，张敦厚反吊似的说："那就算了。"

"我们也遇到了一点麻烦，人家说好的要四个人，我们也来了四个人，谁知道呢，一个哥们儿半路生病了，回去了，我们只得再找一个人补上。不过我们得找认识的老乡，生人我们不要。"

"什么生人熟人，一回生，两回熟，咱们到一块儿不就熟了。"

对象作了一会儿难，才说："这事我一个人说了不算，我带你去见我那两个哥们儿，看他们同意不同意要你。要是愿意要你呢，算你走运；要是不同意，你也别生气。"

张敦厚试出来了，这个家伙果然是他的同行，也是到这里钓点子的。这个家伙年龄不太大，看上去不过二十五六岁，生着一张娃娃似的脸，五官也很端正。正是这样面貌并不凶恶的家伙，往往是杀人不眨眼的好手。张敦厚心里跳得腾腾的，竟然有些害怕。他想到了，要是跟这个家伙走，出不了几天，他就得变成人家手里的票子。不行，他要揭露这个家伙，不能让这个家伙跟他们争生意。于是他走了几步站下了，说："我不能跟你走！"

"为什么？"

"我又不认识你们，你们把我弄到煤窑底下，打我的闷棍怎么办？"

那个家伙果然有些惊慌，说：“不去拉倒，你胡说八道什么，我还看不上你呢！”

张敦厚笑得冷冷的，说：“你们把我打死，然后说你们是我的亲属，好向窑主要钱，对不对？”

"你是个疯子，越说越没边了。"那家伙撇下张敦厚，快步走了。

张敦厚喊："哎，哥们儿，别走，咱们再商量商量。"

那家伙转眼就钻进人堆里不见了。

九

张敦厚领回一个中学生模样的小伙子，令王明君大为不悦，王明君一见就说："不行不行！"鱼鹰捉鱼不捉鱼秧子，弄回一个孩子算怎么回事。他觉得张敦厚这件事办得不够漂亮，或者说有点丢手段。

张敦厚以为王明君的做法跟过去一样，故意拿点子一把，把点子拿牢，就让小伙子快把王明君喊叔，跟叔说点好话。

小伙子怯生生地看了王明君一眼，喊了一声"叔叔"。

王明君没有答应。

张敦厚对小伙子指出："你不能喊叔叔，叔叔是普遍性的叫法，得喊叔，把王叔叔当成你亲叔一样。"

小伙子按照张敦厚的指点，对王明君喊了一声叔。

王明君还是没答应。他这次不是配合张敦厚演戏，是真的觉得这未长成的小伙子不行，一点也不像个点子的样子。小伙子个子虽长得不算低，但他脸上的孩子气还未脱掉。他唇上虽然开始长胡子了，但胡子刚长出一层黑黑的茸毛，显然是男孩子的第一茬胡子，还从来没刮过一刀。小伙子的目光固定地瞅着一处，不敢看人，也不敢多说话。这么大的男孩子，在老师面前都是这样的表情。他大概把他们两个当成他的老师了。小伙子的行李也带着中学生的特点。他的铺盖卷儿模仿了外出打工者的做法是不假，也塞进一个盛粮食用的蛇皮袋子里，可他手上没有提提包，肩上却背了一个黄帆布的书包。看他书包里填得方方块块的，往下坠着，说不定里面装的还有课本呢！这小伙子和年龄差不多的男孩子相比，也有不同的

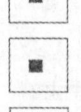

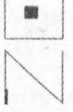

地方，就是他的神情很忧郁，眼里老是泪汪汪的。说得不好听一点，好像他刚死了亲爹一样。王明君说小伙子"一看就不像个干活儿的人"，问："你不是逃学出来的吧？"

小伙子摇摇头。

"你摇头是什么意思，是就说是，不是就说不是。"

小伙子说："不是。"

"那，我再问你，你出来找活儿干，你家里人知道吗？"

"我娘知道。"

"你爹呢？"

"我爹……"小伙子没说出他爹怎样，眼泪却慢慢地滚下来了。

"怎么回事？"

"我爹出来八个多月了，过年也没回家，一点音信都没有。"

"噢，原来是这样。"王明君与张敦厚对视了一下，眼角露出一丝笑意，问："你爹是不是发了财，在外面娶了小老婆，不要你们了？"

"不知道。"

张敦厚碰了王明君一下，意思让他少说废话，他说："我看这小伙子挺可怜的，咱们带上他吧，权当是你的亲侄子。"

王明君明白张敦厚的意思，不把张敦厚找来的点子带走，张敦厚不会答应。他对小伙子说："带上你也不是不可以，只是挖煤那活儿有一定的危险，你怕不怕？"

"不怕，我什么活儿都能干。"

"你今年多大了？"

"虚岁十七。"

"你说虚岁十七可不行，得说周岁十八，不然的话，人家煤矿不让你干。另外，你一会儿去买一把刮胡子刀，到矿上开始刮胡子。胡子越刮越旺，等你的胡子长旺了，就像一个大人了。你以后就喊我二叔。记住了，不论什么人问你，你都说我是你的亲二叔，这样我就可以保护你，别人就不敢欺负你了。你叫一声我听听。"

"二叔。"

"对，就这么叫，你爹是老大，我是老二。哎，你叫什么名字来着？"

"元凤鸣。"

王明君眼珠转了一下说："你以后别叫这个名字了，我给你改个名字，叫王风吧。风是刮风的风，记住了？"

小伙子说："记住了，我叫王风。"

就这样，这个点子又找定了。他们一块儿喝了保健羊肉汤，二人就带着叫王风的小点子上路了。上次他们是往北走，这次他们坐上火车再转火车，一直向西北走去，比上次走得更远。王风哪里知道，带他远行的两个人是两个催命的魔鬼，两个魔鬼正带他走向世界的末日。他一路往车窗外面看着，对外面的世界他还觉得很新奇呢。在火车上，王风还对二叔说了他家的情况。他正上高中一年级，妹妹上初中一年级。过了年，他带上被子和够一星期吃的馒头去上学，因带的书本费和学杂费不够，老师不让他上课，让他回家借钱。各种费用加起来需要四百多块钱，而他带去的只有二百多块钱。就这二百多块钱，还是娘到处借来的。老师让他回家借钱，他跟娘一说，娘无论如何也借不到钱了。娘只是流泪；他妹妹也没钱交学费，因为他妹妹学习特别好，是班长，班主任老师就动员全班同学为他妹妹捐学费。他背着馒头，再次到学校，问欠的钱可以不可以缓一缓再交。班主任老师让他去问校长。校长的答复是，不可以，交不齐钱就不要再上学了。于是，他就背着被子和馒头回家了，再也不能去学校读书。一回到家，他就痛哭一场。说到这些情况，王风的眼泪又涌满了眼眶。

王明君说："其实你不应该出来，还是应该想办法借钱上学。你这一出来，学业就中断了。"他亲切地拍了拍王风的肩膀，"我看你这孩子挺聪明，学习成绩肯定也不错，不上学真是可惜了。"

"没办法，我得出来挣钱供我妹妹上学，不能让我妹妹再失学。我已经大了，应该分担我娘的负担。我还想一边干活儿，一边打听我爹的下落。"

"你爹的下落恐怕不好打听，中国这么大，你到哪儿打听去！"

"村里人让我娘找乡上的派出所，派出所让我娘印寻人启事。我娘一

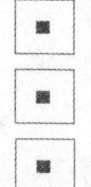

听印寻人启事又要花不少钱，就没印。"

"不印是对的，印了也没用，净白花钱。印寻人启事花一百块，人家让你们家出三百，人家得二百。印了寻人启事，也没地方贴。你贴得不是地方，人家罚款，你们家又得花钱。这叫花了钱又找不到人，两头不得一头。你说二叔说的是不是实话？"

"是实话。二叔，我娘叫我出来一定要小心。你说，社会上是好人多还是坏人多？"

"你说呢？"

"让我看还是好人多，二叔和张叔叔都是好人。"

"我们当然是好人。"

张敦厚插了一句："我们两个要不是好人，现在社会上就没好人了。"

十

来到山区深处的一座小煤窑，由王明君出面和窑主接洽，窑主把他们留下来了。窑主是个岁数比较大的人，自称对安全生产特别重视。窑主把王风上下打量了一下，说："我看这小伙子不到十八周岁，你不是虚报年龄吧？"王风的脸一下白了，望着王明君。

王明君说："我侄子老实，说的绝对是实话。"

下窑之前，窑主说是对他们进行一次安全教育，把他们领到灯房后面的一间小屋里去了。小屋后墙的高台上供奉着一尊窑神，窑神白须红脸，身上绘着彩衣。窑神前面摆放着一口大型的香炉，里面满是香灰纸灰。还有成把子的残香没有燃尽，缕缕地冒着余烟。门里一侧的小凳子上坐着一位中年妇女，专卖敬神用的纸和香。她的纸和香都比较贵，但窑主只让买她的。张敦厚和王明君一看就明白了，这位妇女肯定是窑主的人，他们在借神的名义挤窑工的钱。这没有办法，到哪儿都得敬哪儿的神。神敬不到，人家就有可能不给你活儿干，使你想受剥削都受不到。张敦厚买了一份香和纸，王明君也买了一份。该王风买了，他却拿不出钱来，他的钱已经花完了。王明君只得替他买了一份。三人烧香点纸，一齐跪在神像前磕头。窑主要求他们祷告两项内容："一、你们要向窑神保证，处处注意安全生产，不给矿上添麻烦；二、你们请窑神保佑你们的平安。"王明君心里打了几下鼓，难道有人在这个窑上办过点子了？窑主已经出过血了？不然的话，老窑主为什么老把安全挂在嘴上，看来办点子的事要谨慎从事。

王风一边磕头，一边看着王明君。王明君磕几个，他也磕几个。见王明君站起来，他才敢站起来。

窑主说："不管上白班夜班，你们每天下井前都要先拜窑神，一次都不能落。这事要跟过去的'天天读'一样。你们知道'天天读'吗？"

三个人互相看看，都说不知道。

"连'天天读'都不知道，看来你们是太年轻了。"

窑上给每人发了一顶破旧的胶壳安全帽，也要交钱。这一次，王风不好意思让二叔替他交钱了，问不戴安全帽行不行。发安全帽的人说："你他妈的找死呀！"

王明君立即发挥了保护侄子的作用，说："我侄子不懂这个，你好好跟他说不行吗？"他又对王风说："下井不戴安全帽绝对不行，没钱就跟二叔说，别不好意思，只要有二叔戴的，就有你戴的。"他把自己头上戴的安全帽摘下来，先戴在侄子头上了。

王风看看二叔，感动得泪花花的。

这个窑的井架不是木头的，是用黑铁焊成的。井架也不是三角形，是方塔形。井架上方还绑着一杆红旗。不过红旗早就被风刮雨淋得变色了，差不多变成了白旗。其中一根铁井架的根部，拴着一条黑脊背的狼狗。他们三个走近窑口时，狼狗呼地站起来了，目光恶毒地盯着他们，喉咙里发出呜呜的声音。狼狗又肥又高，两边的腮帮子鼓着，头大得跟狮子一样。张敦厚、王明君有些却步，不敢往前走了。王风吓得躲在了王明君身后。张王二人走过许多私家办的煤窑了，还从没见过在井架子上拴大狼狗的，不知这个窑主的用意是什么。这时窑主过来了，把狼狗称为"老希"，把"老希"喝了一声，介绍说："我这个伙计名字叫希特勒，来这里干活儿的必须向它报到，不然的话，它就不让你下窑。"窑主抱住狗头，顺着毛捋了两把，说："你们过来，让希特勒闻闻你们的味，它一记住你们的味，对你们就不凶了。"张敦厚迟疑了一会儿，见王明君不肯第一个让希特勒闻，就豁出去似的走到希特勒跟前去了。希特勒伸着鼻子在他身上嗅了嗅，放他过去了。王明君听说狗的鼻子是很厉害的，有很多疑难案件经狗的鼻子一嗅，案就破了。他担心这条叫希特勒的狼狗嗅出他心中的鬼来，一口把他咬住。他身子缩着，心也缩着，故作镇静地走到希特勒面前去了。还好，希特勒没有咬他。希特勒像是有些乏味，它嗅完了王明君，就塌下眼皮，双腿往前一伸，趴下了。当王风把两手藏在裤裆前，侧着身子，小心翼翼地走到希特勒跟前时，希特勒只例行公事似的嗅了一下他的裤腿就放行了。

他们三人乘坐同一个铁罐下窑。铁罐在黑乎乎的井筒里往下落，王风的心在往上提。王风两眼瞪得大大的，蹲在铁罐里一动也不敢动，神情十分紧张。铁罐像是朝无底的噩梦里坠去，不知坠落了多长时间，当铁罐终于落底时，他的心也差不多提到了嗓子眼。大概因为太紧张了，他刚到窑底，就出了满头大汗。

王明君说："你小子穿得太厚了。"

王风注意到，二叔和张叔叔穿着单衣单裤，外加一件棉坎肩，就到窑下来了。而他原身打扮，穿着毛衣绒裤、秋衣秋裤，还有一身黑灰色的学生装，怪不得这么热呢。

窑底有两个人，在活动，在说话。他们黑头黑脸，一说话露出白厉厉的牙。王风一时有些发蒙，感觉像是掉进了另外一个世界。这个世界跟窑上的人世完全不同，仿佛是一个充满黑暗的鬼魅的世界。正蒙着，一只黑手在他脸上摸了一把，吓得他差点叫出声来。摸他的人嘻嘻笑着，说："脸这么白，怎么跟个娘们儿一样。"王风的两个耳膜使劲往脑袋里面挤，觉得耳膜似乎在变厚，听觉跟窑上也不一样。那个摸他的人在面前跟他说话，他听见声音却来自很远。

王明君对窑底的人说："这是我侄子，请师傅们多担待。"他命王风："快喊大爷。"

王风就喊了一声大爷。王风听见自己嘴里发出的声音也有些异样，好像不是他在说话，而是他的影子在说话。

在往巷道深处走时，从未下过窑的中学生王风不仅是紧张，简直有些恐怖了。巷道里没有任何照明设备，前后都漆黑一团。矿灯所照之处，巷道又低又窄，脚下也坑洼不平。巷道的支护异常简陋，两帮和头顶的岩石面目狰狞，如同戏台上的牛头马面。如果阎王有令，说不定这些"牛头马面"随时会猛扑下来，捉他们去见阎王。王风面部肌肉僵硬，瞪着恐惧的双眼，紧紧跟定二叔，一会儿低头，一会儿弯腰，一步都不敢落下。他很想拉住二叔的后衣襟，又怕二叔小瞧他，就没拉。二叔走得不慌不忙，好像一点也不害怕。他不由得对二叔有些佩服。他开始在心里承认这个半路上遇到的二叔了，并对二叔产生了一些依赖的思想。二叔提醒他注意。他还不知道注意什么，咚的一声，他的脑袋就撞在一处压顶的石头上了，尽管他戴着安全帽，他的头还是闷疼了一下，眼里也直冒碎花。

二叔说："看看，让你注意，你不注意，撞脑袋了吧？"

王风把手伸进安全帽里搓了两下，眼里又含了泪。

二叔问："怎么样，这里没有你们学校的操场好玩吧！"

王风脑子里快速闪过学校的操场，操场面积很大，四周栽着钻天的白杨。他不知道同学们这会儿在操场里干什么，而他，却钻进了一个黑暗和可怕的地方。

二叔见他不说话，口气变得有些严厉，说："我告诉你，窑底下可是要命的地方，死人不当回事。别看人的命在别的地方很皮实，一到窑下就成了薄皮子鸡蛋。鸡蛋在石头缝儿里滚，一步滚不好了，就得淌稀，就得完蛋！"

王明君这样教训王风时，张敦厚正在王风身后站着。张敦厚把镐头平端起来，做出极恶的样子在王风头顶比画了一下，那意思是说，这一镐下去，这小子立马完蛋。王明君知道，张敦厚此刻是不会下手的，点子没喂熟不说，他们还没有赢得窑主的信任。再说了，按照"轮流执政"的原则，这个点子应该由他当二叔的来办，并由他当二叔的哭丧。张敦厚奸滑得很，你就是让他办，让他哭，他也不会干。

张敦厚和王明君要在挖煤方面露一手，以显示他们非同一般的技术。在他们的要求下，矿上的窑师分配给他们在一个独头的掌子面干活儿，所谓独头儿，就像城市中的小胡同一样，是一个此路不通的死胡同。独头掌子面跟死胡同又不同。死胡同上面是通天的，空气是流动的。独头掌子面上下左右和前面都堵得严严实实，它更像一只放倒的瓶子，只有瓶口那儿才能进去。瓶子里爬进了昆虫，若把瓶口一塞，昆虫就会被闷死。独头掌子面的问题是，尽管巷道的进口没被封死，掌子面的空气也出不来，外面的空气也进不去。掌子面的空气是腐朽的,也是死滞的,它是真正的一潭死水。人进去也许会把"死水"搅和得流动一下,但空气会变得更加混浊,更加黏稠,更加难以呼吸。这种没有任何通风设备的独头掌子面,最大的特点就是闷热。煤虽然还没有燃烧,但它本身固有的热量似乎已经开始散发。它散发出来的热量,带着亿万年煤炭生成时那种沼泽的气息、腐植物的气息,和潺热的气息。一来到掌子面,王风就觉得胸口发闷,眼皮子发沉,汗水流得更欢。

张敦厚说:"操他妈的,上面还是天寒地冻,这里已经是夏天了。"

说着,张叔叔和二叔开始脱衣服。他们脱得光着膀子,只穿一件单裤。二叔对王风说:"愣着干什么,还不把衣服脱掉!"

王风没有脱光膀子,上面还保留着一件高领的红秋衣。

二叔没有让王风马上投入干活儿,要他先看一看,学着点儿。

二叔和张叔叔用镐头刨了一会儿煤,热得把单裤也撕巴下来了,就那么光着身子干活儿。刚脱掉裤子时,他们的下身还是白的,又干了一会儿,煤粉沾满一身,他们就成黑的了,跟煤壁乌黑的背景几乎融为一体。王风不敢把矿灯直接照在他们身上,这种远古般的劳动场景让他震惊。他慢慢地转着脑袋,让头顶的矿灯小心地在煤壁上方移动。哪儿都是黑的,除了煤就是石头。这里的石头也是黑的。王风不知道这是在哪里,不知上面有多高,下面有多厚;也不知前面有多远,后面有多深。他想,煤窑要是塌下来的话,他们跑不出去,上面的人也没法救他们,他们只能被活埋,永远被活埋。有那么一刻,他产生了一点幻觉,把刨煤的二叔看成了他爹。爹赤身裸体地正在刨煤,煤窑突然塌了,爹就被埋进去了。这样的幻觉使他不寒而栗,几乎想逃离这里。这时二叔喊他,让他过去刨一下煤试试。他很不情愿,但还是战战兢兢地过去了。煤壁上的煤看上去不太硬,刨起来却感到很硬,镐尖刨在上面,跟刨在石头上一样,震得手腕发麻,也刨不下什么煤来。他刚刨了几下,头上和浑身的大汗就出来了。汗流进眼里,是辣的。汗流进嘴里,是咸的。汗流进脊梁沟里,把衣服湿了。汗流进裤裆里,裤裆里湿得跟和泥一样。他流的汗比刨下的煤还多。他落镐处刨不下煤来,上面没落镐的地方却掉下一些碎煤来,碎煤哗啦一响,打在他安全帽上。他以为煤窑要塌,惊呼一声,扔下镐头就跑。

二叔喝住了他,骂了他,问他跑什么,瞎叫什么。"你的胆还没老鼠的胆子大呢,像个男人吗?像个挖煤的人吗?要是怕死,你趁早滚蛋!"

王风惊魂未定,委屈也涌上来,他又哭了。

张敦厚打圆场说:"算了算了,谁第一次下窑都害怕,下几次就不怕了。"他怕这个小点子真的走掉。

二叔命王风接着刨,并让他把衣服都扒掉。王风把湿透的秋衣脱下来了。二叔说:"把秋裤也脱掉,小鸡巴孩儿,这儿没有女人,没人咬你的鸡巴!"

王风抓住裤腰犹豫了一下,才把秋裤脱下来了。但他还保留了一件裤衩,没有彻底脱光。裤衩像是他身体上最后的防线,他露出恼怒和坚定的表情,说什么也不放弃这最后的防线了。

一个运煤的窑工到掌子面来了,二叔替下了王风,让王风帮人家装煤。二叔跟运煤工说:"让我侄子帮你装煤吧。"

运煤工说:"不用不用,我自己来。你侄子岁数不大呀。"

"我侄子是不大,还不到二十岁。"

王风看见,运煤工拉来一辆低架子带轱辘的拖车,车架子上放着一只长方形的大荆条筐。他们就是把煤装进荆条筐里。王风还看见,车架子一角挂着一个透明的大塑料瓶子,瓶子里装着大半瓶子水。一看见水,王风感到自己渴了,喉咙里像是在冒火。他很想跟运煤工商量一下,喝一口他的水。但他闭上嘴巴,往肚子里干咽了两下。忍住了。

运煤工问他:"小伙子,发过市吗?"

王风眨眨眼皮,不懂运煤工问的是什么意思。

张敦厚解释说:"他是问你跟女人搞过没有。"

王风赶紧摇摇头。

运煤工笑了,说:"我看你该发市了,等挣下钱,让你叔带你发发市去。"

王风把发市的意思听懂了,他像是受到了某种羞辱一样,对运煤工颇为不满。

荆条筐装满了,运煤工把拖车的绳袢斜套在肩膀上,拉起沉重的拖车走了。运煤工的腰弯得很低,身子贴向地面,有时两只手还要在地上扒一下。从后面看去,拉拖车的不像是一个人,更像是一匹骡子,或是一头驴。

十一

他们上的是夜班。头天下窑时，太阳还没落山。第二天出窑时，太阳已经升起来了。

当王风从窑口出来时，他的感觉像是做了一个长长的噩梦，终于醒过来了。为了证实确实醒过来了，他就四下里看。他看见天觉得亲切，看见地觉得亲切，连窑口拴着的那只狼狗，他看着也不似昨日那么可怕和讨厌了。也许是刚从黑暗里出来阳光刺目的缘故，也许他为窑上的一切所感动，他的两只眼睛都湿得厉害。

窑工从窑里出来，洗个热水澡是必须的。澡塘离窑口不远，只有一间屋子。迎门口支着一口特大号的铁锅。锅台后面，连着锅台的后壁砌着一个长方形的水泥池子。水烧热后，起进水泥池子里，窑工就在里面洗澡。这样的大锅王风见过，他们老家过年时杀猪，就是把吹饱气的猪放进这样的大锅里煺毛。锅底的煤火红通通的，烧得正旺。大铁锅敞着口子，水面上走着缕缕热气，刚到澡塘门口时，由于高高的锅台挡着，王风没看见里面的水泥池子，还以为人直接跳进大锅里洗澡呢！这可不行，人要跳进锅里，不把人煮熟才怪。等他走进澡塘，看见水泥池子，并看见有人正在水泥池子里洗澡，才放心了。

洗澡不脱裤衩是不行了。王风趁人不注意，很快脱掉裤衩，迈进水泥池子里去了。池子里的水已稠稠的，也不够深，王风赶紧蹲下身子，才勉强把下身淹住。他腿裆里刚刚生出一层细毛，细毛不但不能遮羞，反而增添了羞。这个时候的男孩子是最害羞的。比如刚从蛋壳里出来不久的小鸟，只扎出了圆毛，还没长成扁毛，还不会飞，这时的小鸟是最脆弱的，最见不得人的。王风越是不愿意让人看他那个地方，在澡塘里洗澡的那些窑工越愿意看他那个地方。一个窑工说："哥们儿，站起来亮亮，咱俩比比，看谁的棒。"另一个窑工对他说："哥们儿，你的鸟毛还没扎全哪！"还有一个窑工说："这小子还没开过壶吧！"他们这么一逗，王风臊得更不敢露出下身了。他蹲着移到水池一角，面对澡塘的后墙，用手撩着水洗脸搓脖子。

一个窑工向着澡塘外面，大声喊："老马，老马！"

老马答应着过来了，原来是一个年轻媳妇。年轻媳妇说："喊什么喊，这么好的水还埋不住你的腚眼子吗！"

喊老马的窑工说："水都凉了，你再给来点热乎的，让我们也舒服一回。"

"舒服你娘那脚！"年轻媳妇一点也不避讳，说着就进澡塘去了。

那些光着肚子洗澡的窑工更有邪的，见年轻媳妇进来，他们不但不躲避，不遮羞，反而都站起来了，面向年轻媳妇，把阳具的矛头指向年轻媳妇。他们咧着嘴，嘿嘿地笑着，笑得有些傻。只有王风背着身子，躲在那些窑工后面的水里不敢动。他不知道会发生什么样的事。

当年轻媳妇从大锅里起出一桶热水，泼向他们身上时，他们才一起乱叫起来。也许水温有些高，泼在他们身上有点烫，也许水温正好，他们确实感到舒适极了，也许根本就不是水的缘故，而是另有原因，反正他们的确兴奋起来了。他们的叫声像是欢呼，但调子又不够一致。叫声有的长，有的短，有的粗，有的细，而且发的都是没有明确意义的单音。如果单听叫声，人们很难判断出他们是一群人，还是一群别的什么动物。

"瞎叫什么，再叫老娘也没奶给你们吃！"年轻媳妇又起了一桶水，倒进水池里。

一个窑工说："老马，这里有个没开壶的哥们儿，你帮他开开壶怎么样？"

窑工们往两边让开，把王风暴露出来。

"什么？没开过壶？"老马问。

有人让王风站起来，让老马看看，验证一下。

王风知道众人都在看他，那个女人也在看他，他如针芒在背，恨不得把头也埋进水里。

有人动手拉王风的胳膊，有人往后扳王风的肩膀，还有人把脚伸到王风屁股底下去了，张着螃蟹夹子一样的脚趾头，在王风的腿裆里乱夹。

王风恼了，说："谁再招我，我就骂人！"

二叔说话了："我侄子害羞，你们饶了他吧。"

年轻媳妇笑了，说："看来这小子真没开过壶。钻窑门子的老不开壶多亏呀，你们帮他开开壶吧！"

一个窑工说:"我们要是会开壶还找你干什么,我们没工具呀!"

年轻媳妇说:"这话稀罕,我不是把工具借给你了吗?"

那个窑工一时不解,不知年轻媳妇指的是什么。别的窑工也在那个窑工身上乱找,不明白年轻媳妇借给他的工具在哪里。

年轻媳妇把题意点出来了,说:"你们往他鼻子底下找。"

众人恍然大悟似的笑了……

王风睡觉睡得很沉,连午饭都没吃,一觉睡到了半下午。刚醒来时,他没弄清自己在哪里,眨眨眼,他才想起来了,自己睡在窑工宿舍里。这个宿舍是圆形的,半截在地下,半截在地上。进宿舍的时候先要下几级台阶,出宿舍也要先低头,先上台阶。整个宿舍打成了地铺,地铺上铺着碎烂的谷草。宿舍没有窗户,黑暗得跟窑下差不多,所以宿舍里一天到晚开着灯。灯泡上落了一层毛茸茸的东西,也很昏暗。王风看见,二叔和张叔叔也醒了,他们正凑在一起吸烟,没有说话。二位叔叔眉头皱着,他们的表情像是有些苦闷。宿舍还住着另外几个窑工,有的还在大睡,有的捏着大针缝衣服,有的把衣服翻过来在捉虱子。还有一个窑工,身子靠在墙壁上,在看一本书。书已经很破旧了,封面磨得起了毛。隐约可以看见,封面上的人物穿的是大红大绿的衣服,好像还有一把闪着光芒的剑。王风估计,那个窑工看的可能是一本武侠小说。

王风欠起身来,把带来的挎包拉在手边打开了。他从挎包里拿出来的是他的课本,有英语、物理、政治、语文等。每拿出一本,他翻了翻,放下了。翻开语文课本时,他从课本里拿出一张照片看起来。照片是他们家的全家福,后面是他爹和他娘,前面是他和妹妹。看着看着,他就走神了,心思就飞回老家去了。

"王风,看什么呢?"二叔问。

王风抽了一个冷战,说:"照片,我们家的照片。"

"给我看看。"

王风把照片给了二叔,指着照片上的他爹介绍说:"这个就是我爹。"

二叔虎起脸子,狠瞪了他一眼。

王风急忙掩口。他意识到自己失口了,哪有当弟弟的不认识哥哥的。

二叔说:"我知道,这张照片我见过。"说了这句,他意识到自己也失口了,差点露出一个骇人的线索。为了掩饰,他补充了一句:"这张照片是在咱们老家照的。"

张敦厚探过头来，把照片看了一下，他只看了一下就不看了，转向看王明君。

王明君也在看他。

两个人同时认定，这张照片跟张敦厚上次撕掉的那张照片一模一样，照片上的那个男人正是他们上次办掉的点子，不用说，这小子就是那个点子的儿子。

二叔把照片还给了王风，说："这张照片太小了，应该放大一张。"王风刚接到照片，他又把照片抽回来了，说："这样吧，我正好到镇上有点事，顺便给你放大一张。"说着就把照片放进自己口袋里，站起来出门去了。往外走时，他装作无意间碰了张敦厚一下。张敦厚会意，跟在他后面向宿舍外头走去。来到一条山沟里，他们看看前后无人，才停下来了。王明君说："坏了，在火车站这小子一说他姓元，我就觉得不大对劲，怀疑他是上次那个点子的儿子，我就不想要他。看来真是那个点子的儿子，操他妈的，这事儿怎么这么巧呢！"

张敦厚说："这有什么，只要有两条腿的，谁都一样，我只认点子不认人！"

"咱要是把这小子当点子办了，他们家不是绝后了吗！"

"他们家绝后不绝后跟咱有什么关系，反正总得有人绝后。"

"我总觉得这事儿有点奇怪，这小子不是来找咱们报仇的吧？"

"要是那样的话，更得把他办掉了，来个斩草除根！"他的手向王明君一伸，"拿来！"

"什么？"

"照片。"

王明君把照片掏出来了，递给了张敦厚。张敦厚接过照片，连看都不看，就一点一点撕碎了。他撕照片的时候，眼睛却瞅着王明君，仿佛是撕给王明君看的。

王明君没有制止他撕照片，说："你看我干什么？"

"不干什么，你不是要给他放大吗？"

"去你妈的，你以为我真要给他放大呀，我觉得照片是个隐患，那样说是为了把照片从他手里要过来。"

张敦厚把撕碎的照片扔在地上，一只脚踩上去使劲往土里拧。拧不进土里，他就用脚后跟蹬出一些碎土，把照片的碎片埋上了。

十二

第二次从窑里出来，王风有了收获，带到窑上一块煤。煤块像一只蛤蜊那么大，一面印着一片树叶。发现这块带有树叶印迹的煤时，王风显得十分欣喜，马上拿给二叔看，说："二叔二叔，你看，这块煤上有一片树叶，这是树叶的化石。"

二叔说："这有什么稀罕的。"

王风说："稀罕着呢。老师给我们讲过，说煤是森林变成的，我们还不相信呢。有了这块带树叶的煤，就可以证明煤确实是亿万年前的森林变成的。"

"煤就是煤，证明不证明有什么要紧。煤是黑的，再证明也变不成白的。好了，扔了吧。"

"不，我要把这块煤带回老家去，给我妹妹看看，给老师看看。"

"你打算什么时候回老家？"

"我也不知道。听二叔您的，您说什么时候回，咱就什么时候回。"

王明君牙齿间冷笑了一下，心说："你小子还惦着回老家呢，过个三两天，你的魂儿回老家去吧。"

王风把煤块拿到宿舍里，又在那里反复看。印在煤上的树叶是扇面形的，叶梗叶脉都十分清晰。王风不知道这是什么树的叶子，也许这样的树早就绝种了。他用手指的肚子把"扇面"轻轻摸了一下，还捏起两根指头去捏树叶的叶梗。他想，要是能从煤上揭下一片黑色的树叶，那该多好呀。

同宿舍有一位岁数较大的老窑工问他："小伙子，看什么呢？"

"树叶，长在煤上的树叶。"

"给我看看行吗？"

王风把煤块给老窑工送过去了。老窑工翻转着把煤块端详了一下，以赞赏的口气说："不错，是树叶。这树叶就是煤的魂哪！"

王风有些惊奇，问："煤还有魂？"

老窑工说："这你就不懂了吧，煤当然有魂。以前这地方不把煤叫煤，你知道叫什么吗？"

"不知道。"

"叫神木。"

"神木？"

"对，神木。从前，这里的人并不知道挖煤烧煤。有一年发大水，把煤从河床里冲出来了。人们看见黑家伙身上有木头的纹路，一敲当当响，却不是木头，像石头。人们把黑家伙捞上来，也没当回事，随便扔在院子里，或者搭在厕所的墙头上了。毒太阳一晒，黑家伙冒烟了，这是怎么回事，难道黑家伙能当木头烧锅吗？有人把黑家伙敲下一块，扔进灶膛里去了。你猜怎么着，黑家伙烘烘地着起来了，浑身通红，冒出的火头蓝荧荧的，真是神了。大家突然明白了，这是大树老得变成神了，变成神木了。"

王风听得眼睛亮亮的，说："我这块煤就是带树叶的神木。"

王明君不想让王风跟别人多说话，以免露了底细，说："王风，我让你刮胡子你刮了吗？"

"还没刮。"

"你这孩子就是不听话，要是这样的话，下次我就不带你出来了。马上刮去吧。"

王风从书包里拿出刮胡子刀，开始刮胡子。他把唇上的一层细细的茸毛摸了摸，迟疑着下不了刀子。他这是平生第一次刮胡子，心里不大情愿。他也听说过，胡子越刮长得越旺。他不想让胡子长旺。男同学们都不想让胡子长旺。胡子一长起来，就不像个学生了。可是，二叔让他刮，他不敢不刮。二叔希望他尽快变成一个大人的样子，他不能违背二叔的意志。把刀片的利刃贴在上唇上方，他终于刮下了第一刀。胡子没有发出什么声响，第一茬胡子就细纷纷地落在地铺的谷草上。他是干刮，既没湿水，也没打肥皂。刮过之后，他觉得嘴唇上面有点热辣辣的，像是失去了什么。他不由得生出了几分伤感。

下午睡醒后，王风拿出纸和笔，给家里人写信。他身子靠着墙，把

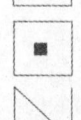

课本搁在膝盖上,信纸垫着课本写。娘不识字,他把信写给妹妹了。他以前没写过信,每写一句都要想一想。想起妹妹,好像是看见了妹妹。问起娘,好像是看到了娘。提到尚未找到的爹,他像是看到了爹。不知怎么留下的印象,他想到哪一位亲人,那位亲人就以一种特定的形象出现在他的脑海里:妹妹是在娘面前哭,怕娘不让她上学;娘是满头草灰、满头大汗地在灶屋里做饭;爹呢,则是背着铺盖卷儿刚从外面回家。亲人的形象在他脑子里闪过,他的鼻子酸了又酸,眼圈红了又红。要不是他揉了好几次眼,他的眼泪几乎打在信纸上了。

张敦厚碰碰王明君,意思让他注意王风的一举一动。王明君看出王风是给家里人写信,故意问道:"王风,给女同学写信呢?"

王风说:"不是,是给我妹妹写。"

"你在学校里跟女同学谈过恋爱吗?"

王风的脸红了,说:"没有。"

"为什么?没有女同学喜欢你吗?"

"老师不准同学们谈恋爱。"

"老师不准的事儿多着呢,你偷偷地谈,别让老师发现不就得了。跟二叔说实话,有没有女同学喜欢过你。"

王风皱起眉想了一下,还是说没有。

"再到学校自己谈一个,那样我和你爹就不用操你的心了。"

王风写完了信,王明君马上把信要过去了,说他要到镇上办点事,捎带着替王风把信送到邮局发走。王风对二叔深信不疑。

王明君拿了信,就到附近的一条山沟里去了。张敦厚随后也去了。他们找了一个背风和背人的地方,坐下来看王风的信。王风在信上告诉妹妹,他现在找到了工作。在一个矿上挖煤。等他发了工资,就给家里寄去,他保证不让妹妹失学。他要妹妹一定要努力学习。说他放弃了上学,正是为了让妹妹好好上学,希望妹妹一定要争气啊!他问娘的身体怎么样,让妹妹告诉娘,不要挂念他。他用了一个词,好男儿志在四方。他也是一个男儿,不能老靠娘养活,该出来闯一闯了。还说他工作的地方很安全,请娘不要为儿担心。他说,他还没有打听到爹的下落,他会继续打听,走到哪里打听到哪里。有了钱后,他准备到报社去,在报纸上登一个寻人启事。他不相信爹会永远失踪。王明君还没把信看完,张敦厚捅了他一下,让他往山沟上面看。王明君仰起脸往对面山沟的崖头上一看，赶紧把信收起来了。崖头上站着一个居高临下的人，手里牵着一条居高临下的狗，人和狗都显得比较高大，几乎顶着了天。人是本窑的窑主，狗是窑主的宠信。窑主及其宠信定是观察过他们一会儿了，窑主大声问："你们两个干什么呢？鬼鬼祟祟的，不是在搞什么特务活动吧？"

狼狗随声附和，冲他们威胁似的低吠了两声。

王明君说："是矿长呀！我让侄子给家里写了一封信，我给他看看有没有错别字。"

"看信不在宿舍里看，钻到这里干什么！"

"我要把信送走，不知道路，一走就走到这里来了。"

"我告诉你们，要干就老老实实地干，不要给我捣乱！"

狗挣着要往山沟下冲，窑主使劲拽住了它，喝道："哎，老希，老希，老实点儿！"窑主给老希指定了一个方向，他和老希沿着崖头上沿往前走了。老希在前面挣，窑主在后面拖。老希的劲很大，窑主把铁链子后面的皮绳缠在手上，双腿戗地，使劲往后仰着身子，还是被老希拖得跌跌撞撞，收不住势。

王明君一直等到窑主和狗在崖头上消失，才接着把信看完。王风在信的最后说，他遇到了两个好心人，一个是王叔叔，一个是张叔叔。两个叔叔都对他很关心，像亲叔叔一样。王明君把信捏着，却没有说信的事儿，对窑主的突然出现，他心里还惊惊的，吸了一下牙说："我看这个窑主是个老狐狸，他是不是发现咱们有什么不对劲的地方了。"

张敦厚说："不可能，他是出来遛狗，偶尔碰见我们了。狗不能老拴着，每天都要遛一遛。你不要疑神疑鬼。"

王明君不大同意张敦厚的说法，说："反正我觉得这个窑主不一般，不说别的，你听他给狗起的名字，希特勒，把'希特勒'牵来牵去的人，能是好对付的吗！"

"不好对付怎么的，窑上死了人他照样得出血。你只管把点子办了，我来对付他！"张敦厚把信要过去，看了一遍。他没把信还给王明君，冷笑一下，就把信撕碎了，跟撕照片一样。

王明君不悦:"你,怎么回事?"

"我怎么了?"

"我自己不会撕吗!"

"会撕是会撕,我怕你舍不得撕。"

"这是什么意思?"

"什么意思这要问你,你是不是同情那小子了?"

王明君打了一个愣,否认说:"我干吗要同情他!我同情他,谁同情我?"

张敦厚说:"这就对了,你想想看,这信要是发出去,就等于把商业秘密泄露出去了,咱们的生意就做不成了。就算咱硬把生意做了,这封信捏在人家手里,也是一个祸根。"

"就你他妈的懂,我是傻子,行了吧!我把信要过来为什么,还不是为了随时掌握情况,及时堵塞漏洞。我主要是想着,这小子来到人世走一回,连女人是什么味都没尝过,是不是有点亏?"

"这还不好办,把他领到路边饭店,或者发廊,找个女人让他玩一把不就得了。"

"把这个任务交给你,你带他去玩吧。"

张敦厚不由得往旁边躲了一下,说:"那是你侄子,干吗交给我呀!有那个钱,我自己还想玩呢。再说了,咱们以前办的点子,从来没有这个项目,谁管他日不日女人。"

王明君指着张敦厚:"这就是你的态度?你不合作是不是?"

"谁不合作了?我说不合作了吗?"

"那你为什么斤斤计较,光跟我算小账?"

张敦厚见王明君像是恼了,做出了妥协,说:"得得得,钱你先垫上,等窑主把钱赔下来,咱哥俩平摊还不行吗!"

张敦厚主张当天下午就带王风去开壶,王明君坚持明天再去。两个人在这个问题上又产生了分歧。张敦厚认为,解决点子要趁早,让点子多活一天,就多一天的麻烦。王明君说,今天他累了,没精神,不想去。要去,由张敦厚一个人带点子去。张敦厚向王明君伸手,让王明君借钱给他。王明君在他手上狠抽了一巴掌,说:"借给你一根鸡巴,拿回去给你妹妹用吧!"

不料张敦厚说:"拿来,拿来,鸡巴我也要,我炖炖当狗鞭吃。"

"没有你不要的东西,我看你小子完了,不可救药了。"

十三

这天下班后,他们吃过饭没有睡觉,王明君和张敦厚就带王风到镇上去了。按照昨天的计划,在办掉点子之前,他们要让这个年轻的点子尝一尝女人的滋味,真正当一回男人。

走出煤矿不远,他们就看见路边有一家小饭店。饭店门口的高脚凳子上坐着两个小姐。阳光亮亮的,他们远远地就看见两个小姐穿得花枝招展,脸很白,嘴唇很红,眉毛很黑。张敦厚对王风说:"看,鸡。"

王风往饭店门前看了看,说:"没有鸡呀。"

张敦厚让他再看看。

王风还是没看见,他问:"是活鸡还是死鸡?"

张敦厚说:"当然是活鸡。"

王风摇头,说:"没看见。只有两个女的在那儿嗑瓜子儿。"

"对呀,那两个女的就是鸡。"

王风不解,说:"女的是人,怎么能是鸡呢!"

张敦厚笑着拍了一下王明君,说:"你二叔对鸡很有研究,让你二叔给你讲讲。"

王风求知似的看着二叔。

二叔说:"别听你张叔叔瞎说,我也不懂。女人是人,鸡是鸡。鸡可以杀吃,女人又不能杀吃,干吗把人说成鸡呢?"

张敦厚想了想说:"谁说女人不能杀吃,只是杀法不太一样,鸡是杀脖子,女人是杀下边。"

这话王风更不懂了,说:"怎么能杀人呢?"

杀人的话题比较敏感了,二叔说:"你张叔叔净是胡扯。"

王明君本想把这家小饭店越过去,到镇上再说。到了跟前,才知道越过去是不容易的。两位小姐一看见他们,就站起来,笑吟吟地迎上去,叫他们"这几位大哥",给他们道辛苦,请他们到里面歇息。

王明君说:"对不起,我们吃过饭了。"

一位小姐说:"吃过饭没关系,可以喝点茶嘛。"

王明君说:"我们不渴,不喝茶。我们到前边看看。"

另一位小姐说:"怎么会不渴呢,出门在外的,男人家没有一个不渴的。"

张敦厚大概想在这里让点子解决问题,问:"你们这里都有什么茶,有花茶吗?"

一位小姐说:"有呀,什么花都有,你们想怎么花就怎么花。"

两位小姐说着就上来了,样子媚媚的,分别推王明君和张敦厚的腰窝。

二人经不起小姐这样推法,嘴当家腿不当家,说着不行不行,腿已经插入饭店的门口里了。饭店里空空的,没有别的客人。

只有王风站在饭店门外没动。他没见过这样的阵势,不知会发生什么事情。

一个小姐回头关照他,说:"这个小哥哥,进来呀,愣着干什么!我们不是老虎,不吃人。"

二叔说:"进来吧,咱们坐一会儿。"

王风这才迟疑着进去了。

他们刚坐定,站在柜台里面的女老板过来了,问他们用点什么。女老板个子高高的,姿色很不错,看样子岁数也不大,不会超过三十岁。关键是女老板笑得很老练,很有一股子抓人的魅力,让人不可抗拒。

王明君问:"你们这里有什么?"

女老板说:"我们这里有小姐呀,只要有小姐,就什么都有了,对不对?"

王明君不由得笑了笑,承认女老板说得很对,但他还是问了一句:"你们这里有按摩服务吗?"

"当然有了,你们想怎么按就怎么按,做爱也可以。"

"啊,做爱!"做爱的说法使张敦厚激动得嘴都张大了,"这个词儿真他妈的好听。"

王风的脸红了,眼不敢看人。他懂得做爱指的是什么。

王明君让女老板跟他到一边去了。他小声跟女老板讨价还价。女老板说做一次二百块。他说一百块。后来一百五成交。女老板说:"你们三个人,我这里只有两个小姐,你们当中的一个人还要等一下。"

王明君把女老板满眼瞅着，说："加上你不是正好吗，咱俩做怎么样？"

女老板微笑得更加美好，说："我不是不可以做，不过你至少要出五百块。"

王明君说："开玩笑开玩笑。"他把王风示意给女老板看，小声说："那是我侄子，今天我主要是带他来见见世面，开开眼界。"

女老板似乎有些失望。

王明君回过头做王风的思想工作，说："我看你这孩子力气还没长全，干起活儿来没有劲。今天呢，我请人给你治治。你不用怕，一不给你打针，二不让你吃药，就是给你做一个全身按摩，经过按摩你的肌肉就结实了，骨头就硬了，人就长大了。"

女老板指派一个小姐过来了，小姐对王风说："跟我来吧。"

王风看着二叔。二叔说："去吧。"

跟小姐走了两步，王风又退回来了，对二叔说："我不想按摩，我以后加强锻炼就行。"

二叔说："锻炼代替不了按摩，去吧，听话。我和张叔叔在这里等你。"

饭店后墙有一个后门，开了后门，现出后面一个小院，小院里有几间平房。小姐把王风领到一间平房里去了。

不大一会儿，王风就跑回来了，他满脸通红，呼吸也很急促。

二叔问："怎么回事？"

王风说："她脱我的裤子，还，还……我不按摩了。"

二叔脸子一板，拿出了长辈的威严，说："混蛋，不脱裤子怎么按摩。你马上给我回去，好好配合人家的治疗，人家治疗到哪儿，你都得接受。不管人家用什么方法治疗，你都不许反对。再见你跑回来我就不要你了！"

这时那位小姐也跟出来了，在一旁哧哧地笑。王风极不情愿地向后院走时，王明君却把小姐叫住了，向小姐询问情况。

小姐说："他两手捂着那地方，不让动。"

"他不让动,你就不动了?你是干什么吃的!把你的技术使出来呀!我把丑话说到前面——"说到这里,他看了一眼回到柜台里的老板娘,意思让老板娘也听着,"你要是不把他的东西弄出来,我就不付钱。"

张敦厚趁机把小姐的屁股摸了一把,嘴脸馋得不成样子,说:"我这位侄子还是个童男子,一百个男人里边也很难遇到一个,你吸了他的精,我们不跟你要钱就算便宜。"

小姐到后院去了,另一个小姐继续到门外等客,王明君和张敦厚就看着女老板笑。女老板也对他们笑。他们笑意不明,都笑得有些怪。女老板对王明君说:"你对你侄子够好的。"

王明君却叹了一口气说:"当男人够亏的,拼死拼活挣点钱,你们往床上一仰巴,就把男人的钱弄走了。有一点我就想不通,男人舒适,你们也舒服,男人的损失比你们还大,干吗还让男人掏钱给你们!"

女老板说:"这话你别问我,去问老天爷,这是老天爷安排的。"

说话之间,王风回来了。王风低头走到二叔跟前,低头在二叔跟前站下,不说话。他脸色很不好,身上好像还有些抖。

二叔问:"怎么,完事儿了?"

王风抬起头来看了看二叔,嘴一瘪咕一瘪咕,突然间就哭起来了,他咧开大嘴,哭得呜呜的,眼泪流得一塌糊涂。他哭着说:"二叔,我完了,我变坏了,我成坏人了⋯⋯"哭着,一下子抱住了二叔,把脸埋在二叔肩膀上,哭得更加悲痛。

二叔冷不防被侄子抱住,吓了一跳。但他很快明白了这是怎么回事,男孩子第一次发生这事,一点也不比女孩子好受。他接住了王风,一只手拍着王风的后背,安慰王风说:"没事儿,啊,别哭了。作为一个男人,早晚都要经历这种事儿,经历过这种事儿就算长成人了。你不要想那么多,权当二叔给你娶了一房媳妇。"这样安慰着,他无意中想到了自己的儿子,仿佛怀里搂的不是侄子,而是自己的亲生儿子。他未免有些动感情,神情也凄凄的。

那位小姐大概被王风的痛哭吓住了,躲在后院不敢出来。女老板摇了摇头,不知在否定什么。张敦厚笑了一下又不笑了,对王风说:"你哭个球呢,痛快完了还有什么不痛快的!"

王风的痛哭还止不住,他说:"二叔,我没脸见人了,我不活了,我死,我……"

二叔一下子把他从怀里推开,训斥说:"死去吧,没出息!我看你怎么死,我看你知不知道一点好歹!"

王风被镇住了,不敢再大哭,只抽抽噎噎的。

十四

他们三人回到矿上,见窑主的账房门口跪着两个人,一个大人和一个孩子。大人年龄也不大,看上去不过二十七八岁。他是一个断了一条腿的瘸子,右腿连可弯曲下跪的膝盖都没有了,空裤管打了一个结,断腿就那么直接杵在地上。大概为了保持平衡,他右手扶着一支木拐。孩子是个男孩,五六岁的样子。孩子挺着上身,跪得很直。但他一直塌蒙着眼皮,不敢抬头看人。孩子背上还斜挎着一个脏污的包袱。王明君他们走过去,正要把跪着的两个人看一看,从账房里出来一个人,挥挥手让他们走开,不要瞎看。这个人不是窑主,像是窑主的管家一类的人物。他们往宿舍走时,听见管家呵斥断腿的男人:"不是赔过你们钱了吗,又来干什么!再跪断一条腿也没用,快走!"

断腿男人带着哭腔说:"赔那一点钱够干什么的,连安个假腿都不够。我现在成了废人,老婆也跟我离婚了,我和我儿子怎么过呀。你们可怜可怜我们吧!"

"你老婆和你离不离婚,跟矿上有什么关系。你不是会告状吗,告去吧。实话告诉你,我们把钱给接状纸的人,也不会给你。你告到哪儿也没用!"

"求求你,给我儿子一口饭吃吧,我儿子一天没吃饭了,我给你磕头,我给你磕头……"

他们下进宿舍刚睡下,听见外面人嚷狗叫,还有人大声喊救命,就又跑出来了。别的窑工也都跑出来看究竟。

窑口煤场停着一辆装满煤的汽车,汽车轰轰地响着。两个壮汉把断腿的男人连拖带架,往煤车上装。断腿的人一边使劲扭动,拼命挣扎,一边声嘶力竭地喊:"放开我!放开我!还我的腿,你们还我的腿!我儿子,我儿子！"

儿子哇哇大哭，喊着："爸爸！爸爸！"

狼狗狂叫着，肥大的身子一立一立的，把铁链子抖得哗哗作响。

两个壮汉像往车上装半布袋煤一样，胡乱把断腿的人扔到煤车顶上去了，然后把他的儿子也弄上去了。汽车往前一蹿开走了。断腿的人抓起碎煤面子往下撒，骂道："你们都不得好死！"

汽车带风，把小男孩儿头上的棉帽子刮走了。棉帽子落在地上，翻了好几个滚儿才停下。小男孩儿站起来看他的帽子，断腿的人一把把他拉坐下了。

窑主始终没有露面。

回到宿舍，窑工们蔫蔫的，神色都很沉重。那位给王风讲神木的老窑工说："人要死就死个干脆，千万不能断胳膊少腿。人成了残废，连狗都不待见，一辈子都是麻烦事。"

张敦厚悄悄地对王明君说："咱要狠狠地治这个窑主一下子。"

王明君明白，张敦厚的言外之意是催他赶快把点子办掉。他没有说话，扭脸看了看王风。王风已经睡着了，脸色显得有些苍白。这孩子大概在梦里还委屈着，他的眼睫毛是湿的，还时不时地在梦里抽一下长气。

下午太阳落山的时候，他们从狼狗面前走过，又下窑去了。这是他们三个在这个私家煤窑干的第五个班。按照惯例，王明君和张敦厚应该把点子办掉了。窑上的人已普遍知道了王风是王明君的侄子，这是一。他们的劳动也得到了窑主的信任，窑主认为他们的技能还可以，这是二。连狼狗也认可了他们，对他们下窑上窑不闻不问，这是三。看来铺垫工作已经完成了，一切条件都成熟了，只差把点子办掉后跟窑主要钱了。

窑下的掌子面当然还是那样隐蔽，氛围还是那样好，很适合杀人。镐头准备好了，石头准备好了，夜幕准备好了，似乎连污浊的空气也准备好了，单等把点子办掉了。可是，时间在一分一秒地过去，运煤的已经运了好几趟煤，王明君仍然没有动手。

张敦厚有些急不可耐。看了王明君一次又一次，用目光示意他赶快动手。他大概觉得用目光示意不够有力，就用矿灯代替目光，往王明君脸上照。还用矿灯灯光的光棒子往下猛劈，用意十分明显。然而王明君好像没领会他的意图，没有往点子身边接近。

张敦厚说："哥们儿，你不办我替你办了！"说着笑了一下。

王明君没有吭声。

张敦厚以为王明君默认了，就把镐头拖在身后，向王风靠近。

王风已经学会刨煤了。他把煤壁观察一下，用手掌摸一摸，找准煤壁的纹路，用镐尖顺着纹路刨。他不知道煤壁上的纹路是怎样形成的，按他自己的想象，既然煤是树木变成的，那些纹路也许是树木的花纹。他顺着纹路把煤壁掏成一个小槽，然后把镐头翻过来，用镐头铁锤一样的后背往煤壁上砸。这样一砸，煤壁就被震松了，再刨起来，煤壁就土崩瓦解似的纷纷落下来。王风身上出了很多汗，细煤一落在他身上，就被他身上的汗水粘住了，把他变成了一个黑人，或者是一块人形的煤。不过，他背上的汗水又把沾在身上的煤粉冲开了，冲成了一道道小溪，如果把王风的脊背放大了看，他的背仿佛是一个浅滩，浅滩上淙淙流淌着不少小溪，黑的地方是小溪的岸，明的地方是溪流中的水。中间那道溪流为什么那样宽呢，像是滩上的主河道。噢，明白了，那是王风的脊梁沟。王风没有像二叔和张叔叔那样脱光衣服，赤裸着身子干活，他还是坚持穿着裤衩干活。很可惜，他的裤衩已经看不出原来的颜色了，变成了黑色的。而且，裤衩后面还烂了一个大口子，他每刨一下煤，大口子就张开一下，仿佛是一个垂死呼吸的鱼嘴。这就是我们的高中一年级的一个男生，他的本名叫元凤鸣，现在的代号叫王风。他本来应该和同学们一起，坐在教室里听老师讲课，听老师讲数学讲语文，也跟老师学音乐学绘画。下课后，他应该和同学们到宽阔的操场上去，打打篮球，玩玩单双杠，或做些别的游戏。可是，由于生活所逼，他却来到了这个不为人知的万丈地底，正面临着生命危险。

张敦厚已经走到了王风身后，他把镐头拿到前面去了，他把镐头在手里顺了顺，他的另一只手也握在镐把上了，眼看他就要把镐头举起来——

这时王明君喊了一声："王风，注意顶板！"

王风应声跳开了，脱离了张敦厚的打击范围。他以为真的是顶板出了问题，用矿灯往顶板上照。

王风跳开后，张敦厚被暴露在一块空地里。他握镐的手松垂下来了，镐头拖向地面。尽管他的意图没有暴露，没有被毫无防人之心的王风察觉，他还是有些泄气，进而有些焦躁。他认为王明君喊王风喊的不是时候，不然的话，他一镐下去就把点子办掉了。他甚至认为，王明君故意在关键时候喊了王风一嗓子，意在提醒王风躲避。躲避顶板是假，躲避打击是真。他不明白这是为什么？为什么？难道王明君不愿让他替他下手？难道王明君不想跟他合作了？难道王明君要背叛他？他烦躁不安地在原地转了两圈，就气哼哼地靠在巷道边坐下了。坐下时，他把镐头的镐尖狠狠地往底板上刨去。底板是一块石头，镐尖打在上面，砰地溅出一簇火花。亏得这里瓦斯不是很大，倘是瓦斯大的话，有这簇火花做引子，窑下马上就会发生瓦斯爆炸，在窑底干活儿的人统统都得完蛋。

　　张敦厚坐了一会儿，气不但没消，反而越生越大，赌气变成了怒气。他看王风不顺眼，看王明君也不顺眼。他不明白，王风这点子怎么还活着，王明君这狗日的怎么还容许点子活着。点子一刻不死，他就一刻不痛快，好像任务没有完成。王明君迟迟不把点子打死，他隐隐觉得哪里出了毛病，出了障碍，不然的话，这次合作不会如此别扭。王明君让王风歇一会儿，他自己到煤壁前刨煤去了。他刨着煤，还不让王风离开，教王风怎样问顶。说如果顶板一敲当当响，说明顶板没问题。如果顶板发出的声音空空的，就说明上面有了裂缝，一定要加倍小心。他站起来，用镐头的后背把顶板问了问。顶板的回答是空洞的，还有点闷声闷气。王风看看王明君。王明君说，现在问题还不大，不过还是要提高警惕。张敦厚在心里骂道："警惕个屁！"看着王明君对王风那么有耐心，他对他们二人的关系产生了怀疑，难道王明君真把王风当成了自己的亲侄子？难道他们私下里结成了同盟，要联合起来对付他？张敦厚顿时警觉起来，不行，一定要尽快把点子干掉。于是他装出轻松的样子，又拖着镐头向王风走过去。他喉咙里还哼哼着，像是哼一支意义不明的小曲儿。他用小曲迷惑王风，也迷惑王明君。他在身子一侧又把镐头握紧了，看样子他这次不准备用双手握镐把儿了，而是利用单手的甩力把镐头打击出去。以前，他打死点子时，一般都是从点子的天灵盖上往下打，那样万一有人验伤时，可以轻易地把受伤的原因推给顶板落下的石头。这次他不管不顾了，似乎要把镐头平甩出去，打在王风的耳门上。就在他刚要把镐头抡起来时，王明君再次干扰了他，王明君喊："唐朝阳！"

　　提起唐朝阳，等于提起张敦厚上次的罪恶，他一愣，仿佛自己头上被人击一镐，自己手里的镐头差点松脱了。他没有答应，却问："你喊谁？谁是唐朝阳？"

王明君没有肯定他就是唐朝阳，过去抓住他的一只胳膊，把他拉到掌子面外头的巷道里去了。张敦厚意识到王明君抓他的胳膊抓得有些狠，他胳膊使劲一甩，从王明君手里挣脱了。他骂了王明君，质问王明君要干什么。

王明君说："咱不能坏了规矩。"

"什么规矩？"

王明君刚要说明什么规矩，王风从掌子面跟出来了，他不知道这两个叔叔之间发生了什么事。

王明君厉声喝道："你出来干什么？回去，好好干活！"

王风赶紧回掌子面去了。

王明君说出的规矩是，他们还没有让王风吃一顿好吃的，还没有让王风喝点上路的酒。

张敦厚不以为然，说："小鸡巴孩儿，他又不会喝酒。"

"会不会喝酒是他的事儿，让不让喝酒是咱的事儿，大人小孩儿都是人，规矩对谁都一样。"

张敦厚很不服，但王明君的话占理，他驳不倒王明君。他的头拧了两下，说："明天再不办咋说？"

"明天肯定办。"

"你啃谁的腚？我看没准儿。"

"明天要是办不成，你就办我，行了吧！"

张敦厚没有说话。

这个时候，张敦厚应该表一个态，指出王明君是开玩笑，他不说话是危险的，至少王明君的感觉是这样。

等张敦厚觉出空气沉闷应该开一个玩笑时，他的玩笑又很不得体，他说："你是不是看中那小子了，要留下做你的女婿呀！"

"留下给你当爹！"王明君说。

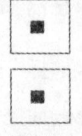

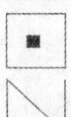

十五

最后一个班，王明君在掌子面做了一个假顶。所谓假顶，就是上面的石头已经悬空了，王明君用一根点柱支撑住，不让石头落下来。需要石头落下来时，他用镐头把点柱打倒就行了。这个办法类似用木棍支起筛子捉麻雀，当麻雀来到筛子下面时，把木棍拉倒。麻雀就被罩在下面了。不对，筛子扣下来时，麻雀还是活的，而石头拍下来时，人十有八九会被拍得稀烂。王明君把他的想法悄悄地跟张敦厚说了，这次谁都不用动手，他要制造一个真正的冒顶，把点子砸死。

张敦厚笑话他，认为他是脱下裤子放屁，多此一举。

王明君把假顶做好了，只等王风进去后，他退到安全地带，把点柱弄倒就完了。那根点柱的作用可谓千钧一发。

在王明君煞费苦心地做假顶时，张敦厚没有帮忙，一直用讥讽的目光旁观他，这让王明君十分恼火。假顶做好后，张敦厚却过去了，把手里的镐头对准点柱的根部说："怎么样，我试试吧？"

王明君正在假顶底下，如果张敦厚一试，他必死无疑。"你干什么？"王明君从假顶下跳出来了，跳出来的同时，镐头阻挡似的朝张敦厚抡了一下子。他用的不是镐头的后背，而是镐头的镐尖，镐尖抡在张敦厚的太阳穴上，竟把张敦厚抡倒了。天天刨煤，王明君的镐尖是相当尖利的，他的镐尖刚脱离张敦厚的太阳穴，成股的鲜血就从张敦厚脑袋一侧冒出来。这一点既出乎张敦厚的意料，也出乎王明君的意料。

张敦厚的眼睛瞪得十分骇人，他的嘴张着，像是在质问王明君，却发不出声音。但他挣扎着，抱住了王明君的一只脚，企图把王明君拖到假顶底下，他再把点柱蹬倒……

王明君看出了张敦厚的企图，就使劲抽自己的脚。抽不出脚来，他也急眼了，喊道："王风，快来帮我把这家伙打死，就是他打死了你爹，快来给你爹报仇！"

王风吓得往后退着，说："二叔，不敢……不敢哪，打死人是犯法的。"

指望不上王风，王明君只好自己抡起镐头，在张敦厚头上连砸几下，把张敦厚的头砸烂了。

王风捂着脸哭起来了。

"哭什么，没出息！不许哭，给我听着！"王明君把张敦厚的尸体拖到假顶下面，自己也站到假顶底下去了。

王风不敢哭了。

"我死后，你就说我俩是冒顶砸死的，你一定要跟窑主说我是你的亲二叔，跟窑主要两万块钱，你就回家好好上学，哪儿也不要去了！"

"二叔，二叔，你不要死，我不让你死！"

"不许过来！"

王明君朝点柱上踹了一脚，磐石般的假顶轰然落下，烟尘四起，王明君和张敦厚顿时化为乌有。

王风没有跟窑主说王明君是他的亲二叔，他把在窑底看到的一切都跟窑主说了，说的全部是实话。他还说，他的真名叫元凤鸣。

窑主只给了元凤鸣一点回家的路费，就打发元凤鸣回家去了。

元凤鸣背着铺盖卷儿和书包，在一道荒路茫茫的土梁上走得很犹豫。既没找到父亲，又没挣到钱，他不想回家，可不回家又到哪里去呢？

原载《十月》2000年第3期

点评

《神木》聚焦底层人物的苦难生活，揭露人性面对金钱时的贪婪，人性之恶在极端环境中被放大开来进行审视。宋金明和唐朝阳两人原是矿工，在矿上辛苦劳作挣些血汗钱，冒着生命危险挣钱却依旧贫困，后遇工友"点化"，获得一条快速的生钱之道：拿别人的命换钱。两人被金钱欲望支配，完全泯灭了人性，丧失了作为人最基本的准则和底线。他们在火车站等流动人口多的地方寻找"猎物"，一般是单独出来寻找工作的民工，引诱民工假装是其中一人的亲戚，然后一起去煤矿务工，在取得煤矿主的信任后便趁机在矿下杀掉他们引诱来的"点子"，并伪装成是在井下作业时发生的意外，以此要挟煤矿主骗取赔偿款。宋金明和唐朝阳两人搭档几次都得逞，迅速积累了一些财富，尝到甜头后两人更是丧心病狂，早已丢掉生而为人最起码的良心。宋金明和唐朝阳其实并非生来为恶，起初他们像千千万万进城务工的民工一样，希冀凭借自己的勤劳改善家庭的生活状况，但那些见钱眼开、见利忘义的煤矿主们粉碎了他们依靠双手勤劳致富的美梦。面对煤矿主的压榨和盘剥，面对恶劣的工作环境，面对残酷的现实困境，面对金钱的诱惑，人性恶被激发并放大。这正如作者自己曾断言："社会从物质匮乏到全面物质化，人的身体成了欲望的盛筵，人对金钱的索取也到了疯狂的程度。"

尽管极力展示了人性之恶，但作者到底是仁慈的，并没有一味极力张扬人性恶之花。底层矿工过着非人的生活，工作的时候将"荆条筐装满了，运煤工把拖车的绳袢斜套在肩膀上，拉起沉重的拖车走了。运煤工的腰弯得很低，身子贴向地面，有时两只手还要在地上扒一下。从后面看去，拉拖车的不像是一个人，更像是一匹骡子，或是一头驴"。鉴于底层民工们的生存境遇，作者对滑向罪恶深渊的他们给予一定的同情，带着悲悯与理解，并最终与人性达成和解。小说的结局处人性之善被唤醒并且战胜了人性之恶，宋金明和唐朝阳最终同归于尽，凤鸣被保护着活了下来，更进一步，少年凤鸣并没有践行"二叔"临终的嘱托，他没有讹诈矿主，而是"背着铺盖卷儿和书包，在一道荒路茫茫的土梁上走得很犹豫。既没有找到父亲，又没挣到钱，他不想回家，可不回家又到哪里去呢"。人性善的一面最终复归，作者终究还是不忍残酷到底。

（朱旭）

生活秀

/池 莉

一

过夜生活的人最恨什么？最恨白天有人敲门。

谁都知道，下午三点钟之前，千万不要去找来双扬。来双扬已经在多种场合公然扬言，说：她迟早都要弄一支手枪的；说：她要把手枪放在枕头底下睡觉；说：如果有人在下午三点钟之前敲响她的房门；说：她就会摸出手枪，毫不犹豫地，朝着敲门声，开枪！

这天下午一点半，来双扬的房门被敲响了。来双扬睡觉轻，门一被敲响，她就无可救药地醒了。来双扬恨得把两眼一翻，紧紧闭上，躺着，坚决不动。第二下的敲门来得很犹豫，这使来双扬更加恼火，不正常的状态容易让人提心吊胆，人一旦提心吊胆，哪里还会有睡意？来双扬伸出胳膊，从床头柜上摸到一只茶杯。她把茶杯握在手里，对准了自己的房门。

当敲门声再次响起来的时候，来双扬循声投掷出茶杯。茶杯一头撞击在房门上，发出了绝望的破碎声。门外顿时寂静异常。

正当来双扬闭上眼睛准备再次进入睡眠的时候，门外响起了来金多尔稚嫩的声音。

"大姑。"来金多尔怯怯地叫道，"大姑。"

来双扬说："是多尔吗？"

来双扬十岁的满脸长癣的侄子在门外说："是……我们。"

来双扬只好起床。

来双扬扣上睡觉时候松开的乳罩，套上一件刚刚能够遮住屁股的男式T恤，在镜子面前匆忙地涂了两下口红，张开十指，大把梳理了几下头发。

蓬着头发，口红溢出唇线的来双扬，一脸恼怒地打开了自己的房门。

来双扬的门外，是她的哥哥来双元和来双元的儿子来金多尔。父子俩都哭丧着脸，僵硬地叉开两条腿，直直地站立在那里。

一个小时之前，来双元父子在医院拆线出院，他们同时做了包皮环切手术。小金在得知来双元也趁机割了包皮之后，发誓绝对不伺候他们父子。小金是来双元的老婆，来金多尔的妈妈。本来小金是准备照顾儿子的，可是她没有准备照顾丈夫。来双元事先没有与小金商量，就擅自割了包皮，这种事情小金不答应。不是说小金有多么看重来双元的包皮，而是她没有时间全天候照顾家里的两个男人。小金白天炒股，晚上跳广场舞，近期还要去湖南长沙听股票专家的讲座，她不可能全天候在医院照顾来双元父子俩。

小金明确告诉来双元，他们父子出院之后，家里肯定是没有人，她要去湖南长沙了。到时候，来双元父子就自己找地方休养吧。

来双元非常了解老婆小金。但凡是狠话，她一定说话算话。来双元在离开医院之前，怀着侥幸心理往自己家里打了一个电话，果然没有人接听。来双元只好带着儿子，投奔大妹妹来双扬。

来双扬坐在床沿上，两手撑在背后，拖鞋吊在脚尖上，睡眠不足的眼睛猩红地死剜着哥哥来双元。

来双元和儿子来金多尔，面对来双扬，坐一只陈旧的沙发，父子俩撇着四条腿，尽量把裤裆打得开开的。来双元气咻咻地控诉着老婆小金，语句重复，前后混乱，词不达意，白色的唾沫开始在嘴角堆积。随着来双元嘴唇的不断活动，白色唾沫堆积得越来越多，海浪一样布满了海岸线。

"扬扬，"来双元最后说，"我知道你要做一夜的生意，知道你白天在睡觉，可是多尔怎么办？我只有来找你。"

来双扬终于眨巴了几下眼睛，开口说话了。

"崩溃！只有来找我？请问，我是这家里的爹还是这家里的妈？什么破事都来找我，怎么不想想我受得了受不了？你是来家的头男长子，凡事应该是你挑大梁，怎么连自己的老婆都搞不定？既然老婆都没有搞定，你割那破包皮干什么？割包皮是为了她好，她不求你，不懂得感恩，你还去割不成？让她糜烂去吧！你这个人做事真是太离谱了！不仅主动去割，还和多尔同一天割，你这不是自讨苦吃是什么？崩溃吧，我管不了你们！我白天要睡觉，晚上要做生意！"

来双扬是暴风骤雨，不说话则已，一开口就打得别人东倒西歪。来双扬的语气助词是"崩溃"。她一旦使用了"崩溃"，事情就不会简单收场。来双扬之所以这般恼怒，除了她的睡眠被打断之外，更因为她根本就不相信来双元的鬼话。小金这女人一贯损人利己，来双元也经常与她狼狈为奸。来家父子一块儿割包皮这种事情，一定是他们事先商量好了的。

来双元结巴着解释说："本，本来，我是没有打算和多尔一起做手术的。"

来双扬说："废话。这不是已经做了。"

来双元继续解释："因为，因为那天遇上的医生脾气好。现在看病，遇上一个好脾气的耐心细致的医生多不容易。既然遇上了，我就不想轻易放过机会。我只是问医生说我可以不可以割，医生热情地说，那就做了吧。"

来双扬说："不做又怎样？危及你的性命了吗？"

来双元说："我还不是为了小金。你知道，她总说我害了她。她的宫颈糜烂了，她对你唠叨过的。"

来双扬说："那又怎么样？'鸡'们都有糜烂，职业病，难道还能够要求世界上所有的嫖客都事先去割包皮？"

来双元理屈词穷。他低声下气地说："好吧。事情都这样了，不说了。我错了好不好？让我和多尔在你这里休养两三天，就两三天。"

来双扬说："真是崩溃！我这里就一间半房。我白天要睡觉，晚上要做生意。下午三点以后要做账，盘存，进货，洗衣服，洗澡，化妆。我吃饭都是九妹送一只盒饭上来，盒饭而已。你说得轻巧，就住几天！谁来伺候你？走吧走吧！"

来双元不走，赖着。他发现了妹妹厌恶眼神的所在，便赶紧用舌头打扫唇线一带的白色唾沫。他狠狠看了儿子几眼，示意来金多尔说话。

来金多尔不肯说话，刚刚露出水面的小小喉结艰难地上下运动着，结果话没有说出来，眼泪倒是快要出来了。男孩子显然羞于在人前流泪，他

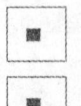

竭力地隐忍着，脸上的癣一个斑块一个斑块地粉红起来。来双元着急地捅起儿子来了。突然，来金多尔站起身来，冲向房门，小老虎下山一般。

来双扬动若脱兔。在来金多尔冲出房门之前，来双扬拽住了她的侄子。

来金多尔在来双扬手里倔强地扭动挣扎着，眼皮抹下，死活不肯与来双扬的视线接触。姑侄俩闷不吭声地搏斗着，就像一大一小两只动物。慢慢地，情况在转变，来双扬的动作越来越柔韧，来金多尔的动作逐渐失去了力量和协调。一会儿，来双扬将侄子抱进了怀里。

来金多尔的眼泪悄悄地流了下来。

来双扬的眼泪也无声地流了下来。

来金多尔不能走。来金多尔是来家的希望之星。来金多尔今年十岁，读小学四年级，成绩在班级里一直名列前茅，打一手漂亮的乒乓球，唯一的爱好就是阅读，只要是文字，抓到手里都要读。他妈去朋友家打一天麻将，带了来金多尔去，来金多尔在别人家里看了一天的书和报纸。大堆的书报是他节省自己的午饭钱买的，因为那家里没有什么书报。大家都说来金多尔这孩子将来一定了不得。小金自己都很奇怪，说恐怕我们家这只破鸡窝里要出金凤凰了。母亲的这一辈子看见字就头晕，做儿子的却做梦都在看书。小金闹不懂儿子的性格随谁，因为来双元也不喜欢看书。

只有来双扬知道来金多尔随谁，来金多尔随她。来双扬也没有看多少书。一个在吉庆街大排档夜市卖鸭颈的女人，能够看多少书？但是来双扬心里却喜欢书，也知道尊重读书的人。用来双扬的话说，她不是不喜欢读书，是没有福气没有机会没有那个命。来双扬说来金多尔随她，这话是有来由的。当年来双扬和小金几乎同时有孕，前后几天生产。来双扬的婴儿因为医疗事故夭折了，小金这边婴儿挺好，她却完全没有奶水。来金多尔便被抱过来吃来双扬的奶。这一吃，就吃了三个多月。女人的奶水，不是随便可以给人吃的，她奶了谁谁就是她的亲人了；想不是亲人也不成，母爱随着奶水流进血液里了。来双扬对来金多尔亲，来金多尔对来双扬亲，就跟天生的一样。来双扬没有办法，她知道小金不乐意，她也没有办法。来双扬不能不在心里把来金多尔当作儿子看待。更加上来双扬不能生育了，婚姻也烟消云散了，来双扬怎么能够不把来金多尔当自己的儿子看呢？

别管来金多尔脸上的癣斑，癣斑是暂时的。来金多尔是一个长相英俊的小哥儿，一点不像塌鼻子苞谷牙的小金，也不像连自己的唾沫都管不住的来双元。来金多尔活像他的叔叔来双久，因此眼睛就酷像来双扬了。来家的兄弟姐妹四个，大哥来双元和二妹来双瑗相像，大妹来双扬和小弟来双久相像。久久是来家最漂亮的人物，脸庞那个周正，体态那个风流，眼睛那个妩媚，简直没有挑剔的。谁都叫他久久，谁都不忍心叫他的全名，因为只有久久叫得出亲昵、爱慕与私心来，久久是爱称。来双扬用自己的血汗钱，盘下一爿店铺，叫作"久久"酒店，送给没有正经职业的久久，让他做老板。可是久久到底还是吸上毒品了。久久进戒毒所三次了。久久的复吸率百分之百。漂亮人物容易自恋，容易孤僻，容易太在乎自己，久久就是这样的一种漂亮人物。久久现在骨瘦如柴，意志消沉，没有固定的女朋友了。指望久久正常地结婚生子，大概只是来双扬的痴心妄想了。现在大家都只能生育一个孩子，来家便只有来金多尔这棵独苗苗了！

　　用汉口吉庆街的话来说，来金多尔是来双扬的心肝宝贝坨坨糖。任何时候，来双扬都会把来金多尔放在第一位。因此，在父子俩都割了包皮的关键时刻，来双元就把儿子推到第一线了。来金多尔其实已经懂事了。一个小时之前，在医院，来金多尔就与他爸别扭着，他不愿意三点钟之前来敲大姑的门。来金多尔明白来双扬有多么宠爱他，他不想滥用她的宠爱。来金多尔是被父亲强迫的，他的小眼睛里，早就委屈着一大泡泪水了。

　　爱这个东西，真是令女人智昏，正如权力令男人智昏一样。来双扬在瞬间完全变了一个人，一下子是个毫无原则毫无脾气的慈母了。来双扬抚摸着来金多尔的头发，不知不觉使用了乞求的语气，她说："多尔，大姑不是冲你的。你知道大姑永远都不会冲你的。大姑就怕你不来呢。"

　　来金多尔说："大姑，我会来的。我会三点钟以后来。"

　　来双扬说："好孩子！"

　　来双扬带来金多尔洗脸去了。她会替来金多尔张罗好一切。她会让他舒舒服服地躺下，递给他一本新买的书。

　　事情进行到这里，来双元吁出了一口长气。他调整了一下身体，换了一个比较轻松的姿态，点燃了一支香烟，用遥控器打开了电视机。

　　电视里面有足球！足球最能缓解割过包皮的难受劲儿，足球也最能够让时间快速地过去。足球太好了！

来双元忽然领悟到了小金的英明。他为什么不应该到来双扬这里休养几天呢？来双扬居住的是他们来家的老房子呀！这房子应该有他的份呀！再说了，来双扬既然把来金多尔当成她的儿子，难道她就不应该给他这个做父亲的一点回报吗？再说小金下岗两年了，基本生活费连她自己吃饭都不够，而来双扬在吉庆街做了十好几年了，有一家"久久"酒店，自己还摆了一副卖鸭颈的摊子，脖子上戴着金项链，手指上戴着金戒指，养着长指甲，定期做美容，衣服总是最时髦的，吃饭是九妹送上楼。盒饭？自己餐馆里聘请的厨师做的盒饭，还会差到哪里去？来双元非常乐意吃这种盒饭，还非常乐意让九妹送上楼。九妹从乡下来汉口好几年了，丑小鸭快要变成白天鹅了，她懂得把胸脯挺高，把腹部收紧了，还懂得把眉毛修细把目光放开了。九妹有一点城市小姐的模样了。九妹是做不成久久的老婆的，久久不吸毒也不会娶九妹。有多少小富婆整夜泡在吉庆街，以期求得久久的青睐。既然九妹不可能是久久的老婆，那么九妹是可以让大家实行"共产主义"的。自己家餐馆里雇的丫头，给大哥送送饭，让大哥看一看，摸一摸，这不是现成的吗？小金真是对的。这小娘们真不愧出生在吉庆街的商贩世家，真正的城市人，为家里打一副小算盘，打得精着呢！来双元可要懂得配合老婆啊，他们要默契地过日子，能够为家里节省一点就节省一点。大家不都是这么在过吗？不杀熟杀谁？哪一户人家，面子不是温情脉脉的，可实质上呢？不都是打着自己的小算盘。来双元又不是傻子。

人人都说来双扬厉害。来双扬不就是那张嘴巴厉害吗？来双元太了解大妹妹来双扬了，典型的刀子嘴，豆腐心。只要赖着，顶过她那一阵子尖酸刻薄，也就成了。自己的亲妹妹，又不是外人，让她刻薄一下无所谓，只要有利可图。

来双扬为什么就不能够帮帮自己的哥哥？不就是割了包皮有几天行动不方便吗？一个男人一生也就割一次包皮，难道来双元还会老来麻烦她？这个来双扬，也真是太不像话了一点。

这一次，来双元在汉口吉庆街来家的老房子里，住定了。

二

来双扬的夜晚是一般人的白天，她的白天是一般人的夜晚。说不清为什么来双瑷到现在也还闹不懂来双扬为什么要黑白颠倒地生活。别人不管闲事，来双瑷喜欢管闲事。偏偏来双瑗还闹不懂，这让来双扬说什么才好？

在吉庆街，来双扬的一张巧嘴，是被公认了的。只有她的妹妹来双瑗不服气，来双瑗读了一个中专之后又读了成人自学高考的大专，学的就是广播专业，出落了一口比较纯正的普通话。所到之处，来双瑗总是先声夺人。有事没事，来双瑗都会找一个话题大肆争辩。有时候，她会把大家搞得莫名其妙，以为她的性格就是如此偏激。其实来双瑗并不是为了表现她性格的偏激，而是为了表现她的机智和雄辩。来双瑗常常在公开场合出口伤人之后，背地里又去低声下气求和。久而久之，来双瑗的目的也达到了，大家觉得来双瑗还是一个很好的人，就是有一张雄辩的利嘴。姐姐来双扬，与谁说话都占上风，唯独就怕妹妹来双瑗。来双瑗为此，一直暗自得意。她认为，来双扬说是嘴巧，不过就是婆婆妈妈，大街小巷的那一套罢了。在来双扬这里，她简直懒得与来双瑗说话。世界上的道理，没有来双瑗不懂的，可现实生活中的道理，来双瑗没有一条是懂的。比如来双瑗居然就是不懂来双扬的生活方式。

就在最近，姐妹之间又有过一次重要的对话。

来双瑗自然还是规劝和质询姐姐。她说："扬扬，其实现在已经有好多种选择了，我始终不明白，你干吗一定要过这种不正常的生活？"

来双扬瞅着妹妹，翘起眉梢，半晌才开口。她懒洋洋地说："你装什么糊涂？"

来双瑗激昂地说："我没有装糊涂，是你在装糊涂！"

来双扬说："崩溃！"

来双扬这里的"崩溃"表达一言难尽的感叹。她不再说话了。她懒得说话了。她不知道对妹妹说什么才好。

来双瑗却是不肯放过姐姐的，她得挽救她的姐姐。来双瑗目前受聘于一家电视台的社会热点节目，她正在筹备曝光吉庆街大排档夜市的扰民问题。她不希望到时候她姐姐的形象受到损害。来双扬为什么就不能另找一种职业呢？像来双瑗，她的个人档案和工作关系都还留在远郊的兽医站，可她已经跳槽了十来余家单位了。现在就是已经有好多种人生选择了，一个人大可不必非得死盯在一个地方，死做一件事情。来双扬十年前就放弃了兽医职业，一直应聘于各种新闻媒体，做了好几次惊世骇俗的报道。十年的历练下来，来双瑗在本市文化界树立了独特的个人形象。甚至有著名的评论家，评价来双瑗有鲁迅风格。如此，来双瑗更是不会容忍来双扬的沉默的。

来双瑗下意识地模仿着鲁迅的风格说话，她眉头紧紧挤出一个"川"字，沉痛地说："扬扬，我推心置腹地告诉你，我是你的亲妹妹，我非常非常地爱你。但是，我实在不能够理解和接受你现在的生活方式，在吉庆街卖鸭颈，一坐就是一夜，与那些胡吃海喝猜拳行令的人混在一块儿，有什么意义？'久久'完全可以转租给九妹或者别人。吉庆街的房子产权问题，也不是说非得要住在吉庆街才能够得到解决。老房子的产权问题是一个非常复杂的问题，牵涉到一系列的国家政策，几十年的旧账了，不是一朝一夕可以解决的。难道我就不想要回老祖宗的房产吗？NO！只是我没有那么幼稚，这不是三天两头找找房管所，房管所就可以解决的事情。"

来双扬抢白说："难道要找江泽民？"

来双瑗说："你这就太不严肃了。反正靠你赖在吉庆街住着，跑跑房管所，肯定是不管用的。好了，这件事情倒是次要的，我们国家的历史上发生了太多的社会变革，房产问题也不是我们来家一家人的问题，是一个历史问题，我们暂时不要去管它了。关键的是，扬扬，我真的要动吉庆街了。现在你们的吉庆街大排档太扰民了。我收到的周边居民的投诉，简直可以用麻袋装。你们彻夜不睡觉，难道要居民们也都彻夜不睡觉？你们彻夜的油烟滚滚，难道让周边居民也彻夜被油烟熏着？你们彻夜唱着闹着，难道也要周边居民彻夜听着？"

来双扬说："来双瑗！你这话我的耳朵都听出茧子来了。是的是的是的，吉庆街夜市与居民是一个矛盾，可是我解决不了！你这话得去说给市长听！市长市长市长！我说过一百次了，真是崩溃！"

来双瑗站起来把手挥动着："扬扬，我讨厌你说'崩溃'！你这个人怎么这么糊涂！我是在替你着想，在说你呢！你退出这种生活就不行吗？你从自己做起就不行吗？你不和卓雄洲眉来眼去就找不到其他的男朋友吗？你害久久害得还不够吗？如果不是在吉庆街混，他会吸毒？你为什么非得日夜颠倒，非得甘于庸俗呢？对不起，扬扬，我今天太激动了，有一些话可能说重了，比如久久，我知道你对他感情最深，照顾最多，但是你的感情太糊涂太盲目了。作为你的妹妹，也许我不要动吉庆街的好，可是我的职业我的良心我的社会责任感，使我不能不做我应该做的事情。我要警告你的是，我们的热点节目，会促使政府取缔你们的。到时候，我会非常痛苦的，你知道吗？"

来双扬点了一支香烟，夹在她的长指甲之间，白的香烟，红的指甲，不在乎的表情，慵懒的少妇。她说："崩溃呀，我是害了久久，我是和卓雄洲眉来眼去，你动吉庆街吧，吉庆街又不是我的！吉庆街又不是没有取缔过的，而且还不止一次。你动吧。"

来双瑗说："扬扬，我真是不明白。我们现在和吉庆街有什么关系？"

来双瑗是不会慵懒的。来双瑗穿着藏青色的职业套裙，披着清纯的直发，做着在电视主持人当中正在流行的一些手势。来双瑗说："扬扬啊，既然你这么固执，这么不真诚，那我就不多说了，你好自为之吧。我实在闹不懂，吉庆街，一条破街，有什么好的呢？小市民的生活，又有什么好的呢？"

来双扬举双手投降，她连她的语气词"崩溃"都不敢说了。来双扬说："行了，我怕你。我天不怕地不怕，就怕来双瑗找我谈话。"

来双扬怎么回答妹妹的一系列质问呢？来双瑗所有的质问只有主观意识，没有客观意识，教导他人的愿望是如此强烈，真把来双扬累着了。

来双扬没有认为吉庆街好，也没有认为小市民的生活好。来双扬没有理论，她是凭直觉寻找道理的。她的道理告诉她，生活这种东西不是说你可以首先辨别好坏，然后再去选择的。如果能够这么简单地进行选择，谁不想选择一种最好的生活？谁不想最富有，最高雅，最自由，最舒适，等等，等等。人是身不由己的，一出生就像种子落入了一片土壤，这片土壤有污泥，有脏水，还是有花丛，有甘泉，谁都不可能事先知道，只得撞上什么就是什么。来双扬家的所有孩子都出生在吉庆街，他们谁能够要求父母把他们生到帝王将相家？

现在来双瑗很起劲地选择生活，可是这并不表示命运已经认同了她的选择。兽医站的公函，还是寄到吉庆街来了。人家警告说：如果再继续拖欠原单位的管理费，原单位便要将来双瑗除名。来双瑗可以傲慢地说：" 不理他们！"现在来双瑗是电视台社会热点的特约编辑，胸前挂着出入证自由地出入电视台，有人吹捧她是女鲁迅，她的自我感觉好得不得了，才是懒得去理睬她的兽医站。来双扬却不可以这样，来双扬赶紧设法替妹妹把管理费交清了。来双扬非常明白：来双瑗现在年轻，可是她肯定要老的；现在健康，可是她肯定会生病的。人无千日好，花无百日红。来双扬对于将来的估计可不敢那么乐观。现在来双瑗到处当着特约特聘，听起来好听，好像来双瑗是个人才，人家缺她不可。来双瑗可以这么理解问题，来双扬就不可以了，她要看事情的本质，事情的本质就是：这种工作关系松散而临时，用人单位只发给特聘费或者稿费，根本不负责其他社会福利。如果兽医站真的将来双瑗除了名，那么来双瑗的养老保险，公费医疗，住房公积金等社会福利都成问题了。来双瑗学历低，起点低，眼睛高，才气低，母亲早逝，父亲再婚，哥哥是司机，姐姐卖鸭颈，弟弟吸毒，一家不顶用的普通老百姓，而且祖传的房产被久占不归还，自己又是日益增长着年龄的大龄女青年，在竞争日益激烈的今天，到吉庆街跑新闻的小伙子貌不惊人，可人家都是博士生。来双瑗将来万一走霉运，来双扬不管她谁管她？

来双扬不在吉庆街卖鸭颈，她去做什么？卓雄洲追求她，买了她两年的鸭颈，她不朝他微笑难道朝他吐唾沫？

来双扬实在懒得对来双瑗说这么多话。况且有许多话，是伤害自尊心的，对于敏感高傲又脆弱的来双瑗，尤其说不得。说来双扬是一张巧嘴，正是因为她知道哪些话当说，哪些话不当说；什么话可以对什么人说，什么话不可以对什么人说。要不，她的生意会一直做得那么好？

是人，便有来历，谁都不可能扑通一声从天上掉到自己喜欢的地方。其实来双瑗也在来历里面。来双瑗一直竭力地要从那发黄的来历里挣脱出去，那也情有可原，可是来双瑗怎么就失去了对这来历的理解能力呢？

现在的吉庆街，一街全做大排档小生意。除了每夜努力挣一把油腻腻的钞票之外，免不了喜欢议论吉庆街的家长里短、典故传说。对于那些蛰伏在繁华闹市皱褶里的小街，家长里短、典故传说就是它们的历史，居民们的口口相传就是它们的博物馆。在吉庆街的口头博物馆里，来家的故事是最古老的故事之一。

吉庆街原本是汉口闹市区华灯阴影处的一条背街。最初是在老汉口大智门城门之外，是云集贩夫走卒，荟萃城乡热闹的地方。上个世纪初，老汉口是大清朝的改革开放特区，城市规模扩展极快，吉庆街就被纳入了市区。那时候正搞洋务运动，西风盛行，城市中心的民居，不再遵循传统的样式，而是顺着街道两边，长长一溜走过去，做的是面对面的两层楼房了。每间楼房都有雕花栏杆的阳台，每扇窗户眉毛上都架设了条纹布的遮阳篷。家家户户的墙壁都连接着，两边的人家说话都不敢大声。妙龄姑娘洗浴过后，来到阳台上梳头发，好看得像一副西洋油画。来双扬的祖父，也就是在那时候赶时髦在吉庆街买了六间房子。来双扬的祖父不能算是有身世的人，他是吉庆街附近一洞天茶馆的半个老板，跑堂出身，勤劳致富了，最多算个比较有钱的人。真正有身世的人，真正有钱的人，不久还是搬走了。花园洋房，豪院大宅的价值和魅力都是永恒的，公寓毕竟是公寓，何况像吉庆街这种老早的，不成熟的，土洋参半的公寓。最终居住下来的，还是普通的市民。当房子开始老化和年久失修的时候，居民的成分便日益低下，贩夫走卒中的佼佼者，也可以买下一间两间旧房了。过时的名妓，年老色衰的舞女，给小报写花边新闻的潦倒文人，逃婚出来沦为暗娼的良家妇女，也都纷纷租住进来了。小街的日常生活里充斥着争吵、呻吟、哭诉和詈骂，还有廉价的胭脂和一团团废弃的稿纸。

这样的小街是没有什么大出息的，只不过从中活出来的人，生命力特别强健罢了。来双扬就是吉庆街一个典型的例子。来双扬十五岁丧母，十六岁被江南开关厂开除。那是因为她在上班第一天遇上了仓库停电，她学着老工人的做法用蜡烛照明。但是人家老工人的蜡烛多少年都没有出问题，来双扬的蜡烛一点燃，便引发了仓库的火灾。来双扬使国家和人民财产遭受了巨大损失，本来是要判刑的。结果工厂看她年幼无知，又看她拼命批判自己，跪在地上哀求，工厂便只是给了她一个处分：除名。在计划经济时代，除名，对于个人，几乎就是绝境了。顶着除名处分的人，不可能再有单位接受。没有了再就业的机会和权利，几乎等同于社会渣滓。来双扬的父亲来崇德，一个老实巴交的教堂义工，实在不能面对来双扬、来双瑷和来双久三张要吃饭的嘴，再婚了。一天夜里，他独自搬到了寡妇范沪芳的家里，逃离了吉庆街。那时候，来双瑷刚读小学，来双久还是一个嗷嗷待哺的幼儿。于是，在一个饥寒交迫的日子里，来双扬大胆地把自家的一只小煤球炉拎到了门口的人行道上。来双扬在小煤球炉上面架起一只小铁锅，开始出售油炸臭干子。

来双扬的油炸干子是自己定的价格，十分便宜，每块五分钱，包括提供吃油炸臭干子必备的佐料红剁椒以及简易餐具。流动的风，把油炸干子诱人的香味吹送到了街道的每一个角落，人们从每一个角落好奇地探出头来，来双扬的生意一开张就格外红火。城管、市容、工商等有关部门，对于来双扬的行为目瞪口呆。来双扬的行为到底属于什么行为？他们好久好久反应不过来。

来双扬是吉庆街的第一把火。是吉庆街有史以来第一例无证占道经营。安静的吉庆街开始热闹，吃油炸臭干子的人，从武汉三镇慕名而来。来双扬用她的油炸臭干子养活了她和她的妹妹弟弟。可是她的历史意义远不止于此，有记载，来双扬是吉庆街乃至汉口范围的第一个个体经营者。自来双扬开始，餐饮业的个体经营风起云涌。用来双元的老婆小金的话说：来双扬是托了邓小平的福。不是邓小平搞改革开放，来双扬胆量再大，也斗不过政府。

总而言之，在吉庆街，来双扬是名人。来双扬是吉庆街最原始的启蒙。来双扬是吉庆街的定心丸。来双扬是吉庆街的偶像。虽说来双扬只卖鸭颈，小不丁点儿的生意，但是她的小摊一直摆在吉庆街的正中央，并且整条街道就她一个人专卖鸭颈。来双扬自己不用说什么的，不用与人家争吵和抢夺地盘。新来做生意的，或者血气方刚的愣头青企图挤走来双扬的小摊，老经营户们不答应，老食客们也不答应。这就是偶像的待遇。众人对来双扬的尊重和维护是自觉的，无须来双扬付出什么。来双扬以她的人生经验来衡量，她认为这就是世界上最来之不易的东西了。

来双扬的鸭颈十块钱一斤，平均一个晚上可以卖掉十五斤。假如万一卖不动，到了快打烊的时候，就会有卓雄洲之类的男子汉出面，将鸭颈全部买走。

来双扬不在吉庆街做，她在哪里做？

来双扬不在吉庆街居住，来双元父子割了包皮怎么办？哪里会有这么好的条件，两个大活人的一日三餐，都有九妹免费送上楼来？难道来双扬真的可以不管来双元父子？她不能！

三

来双瑗的社会热点节目，动到吉庆街的头上，吉庆街大排档很可能再一次被取缔。这一点来双扬丝毫不怀疑。来双扬自己也坦率地承认，吉庆街实在太扰民了。彻夜的油烟，彻夜的狂欢，彻夜的喧闹，任谁居住在这里，谁都受不了。整条街道完全被餐桌挤满，水泄不通，无论是不是司机，谁都会因为交通不方便而有意见。可是，来双扬有什么办法？就像她说的，她又不是市长。如果她是市长，大约她就要考虑，对于吉庆街，光有取缔是不够的。还要有什么？来双扬就懒得去想了，因为她不是市长，她要操心她自己和他们来家的许多许多事情。

即便是吉庆街被取缔，来双扬不着急。取缔一次，无非她多休息几天而已。前年夏天的取缔，已经是够厉害的了。出动的是政府官员，戴红袖标的联防队员，穿迷彩服的防暴警察和消防队的高压水龙头。吉庆街大排档，不过四百米左右的一条街道，取缔行动一上来，瞬间就被横扫。满满一街的餐桌餐椅，顿时东倒西歪，溃不成军。卖唱的艺人，擦皮鞋的大嫂，各种小姐，纷纷抱头鼠窜。没有证照的厨师，早就从灶间狭小油腻的排风扇口爬了出去，工钱也不要了。来双扬从来不与取缔行动直接对抗。她待在自己家里，坐在将近百年的老阳台上，抓一把葵花子嗑着，从二楼往下瞧着热热闹闹的取缔过程。她眼瞅着"久久"酒店被贴上封条，眼瞅着她卖鸭颈的小摊子被摔坏，来双扬真是一点不着急。因为战斗毕竟是战斗，来势凶猛但很快就会结束。在取缔结束之后的某一个夜晚，在居民们好不容易获得的安睡时刻，卖唱的艺人，擦皮鞋的大嫂，自学成才的厨师，各种小姐，等等，又会悄悄地潜回来。啤酒开瓶的声音砰的一声划破夜的寂静，简直可以与冲动的香槟酒媲美。

转瞬间，吉庆街又红火起来，又彻夜不眠，又热火朝天，整条街道，又被新的餐桌餐椅摆满。南来北往的客人，又闻风而来，他们吃着新鲜的便宜的家常小炒，听着卖唱女孩的小曲或者艺校长头发小伙子的萨克斯，餐桌底下的皮鞋被大嫂擦得锃亮，只需付她一元钱。卖花的姑娘是宁静的象征，缓缓流动的风景，作为节奏，点缀着吉庆街的紧张的喧闹。她们手捧一筐玫瑰，布衣长裙，平底灯芯绒布鞋，两条辫梢垂在胸口，眼神定定的，自顾自地坚持一种凄楚又哀怜的情调，这情调柔弱但是坚韧，不在乎穿梭算卦的巫婆；不在乎说荤段子的老汉和拍立时得快照的小伙子；也不在乎军乐队吹奏得惊天动地，二胡的"送公粮"拉得欢快无比和"阿庆嫂"的京剧唱得响彻云霄；她们移动的方向受情歌的暗示：

"九妹九妹，可爱的妹妹。"

"妹妹你坐船头，哥哥在岸上走。"

"你到底有几个好妹妹？为何每个妹妹都这么憔悴？"

"已经牵了手的手，来生还要一起走。"

"对面的女孩走过来，走过来走过来。"

"爱就一个字，我只说一次……"

情歌是一条无际的河流，说它有多长它就有多长；有多少玫瑰花，也是送不够的。

还有另外的一种歌，表现吃客的阶级等级：

"月儿弯弯照九州，几家欢乐几家愁，几家高楼饮美酒，几家流落在呀吗在街头。"

"手拿碟儿敲起来，小曲好唱口难开，声声唱不尽人间的苦，先生老总听开怀。"

只要五元钱，阶级关系就可以调整。戴足金项链的漂亮小姐，可以很乐意地为一个民工演唱。二十元钱就可以买哭，漂亮小姐开腔就哭，她们哀怨地望着你，唇红齿白地唱着，双泪长流，真的可以把你的自我感觉提高到富有阶级那一层面。

吉庆街大排档就是这样，野火烧不尽，春风吹又生。一次又一次，取缔多少次就再生多少次。取缔本身就是广告，每次取缔，上万的人挤满大街看热闹。第二天，上万张嘴巴回去把消息一传，吉庆街的名气反而更大了。天南海北的外地人，周末坐飞机来武汉，白天关在宾馆房间睡大觉，夜晚来吉庆街吃饭，为的是欢度一个良宵。吉庆街实际上已经不仅仅是一个吃饭的大排档。在吉庆街，二十三十元钱，也能把一个人吃得撑死；菜式，也不登大雅之堂，就是家常小炒，小家碧玉邻家女孩而已。在吉庆街花钱，主要是其他方面，其他随便什么方面。有意味的就在于"随便"两个字，任你去想象。吉庆街是一个鬼魅，是一个感觉，是一个无拘无束的漂泊码头；是一个大自由，是一个大解放，是一个大杂烩，一个大混乱，一个可以睁着眼睛做梦的长夜，一个大家心照不宣表演的生活秀。

这就是人们的吉庆街。

卓雄洲，一位体面的成功男士，在某一个夜晚，便装前来，仅仅花了五十元钱，就让一个军乐队为他演奏了十次打靶歌。卓雄洲再付五十元，军乐队便由他指挥了，又是十次打靶歌。卓雄洲请乐队所有乐手喝啤酒，大家一起疯狂，高唱："日落西山红霞飞，战士打靶把营归，把营归，胸前红花映彩霞，愉快的歌声满天飞，咪嗦拉咪嗦，拉嗦咪哆来，愉快的歌声满天飞，一，二，三——四！"这个在军营里度过了人生最可留恋的青春时光的中年人，每一个大白天都必须西装革履正襟危坐，到专门的吸烟区才能够吸烟。晚上他来到吉庆街，放开嗓门大喊"一，二，三——四！"该是多么舒畅和惬意。那夜，卓雄洲在"久久"酒店喝得酩酊大醉，一眼看上了来双扬，把来双扬的鸭颈全部买了下来。

那夜，恰巧有月亮。起初，来双扬试图与卓雄洲对视。经过超常时间的对视之后，来双扬没有能够成功地逼退卓雄洲。来双扬只好撤退。来双扬从卓雄洲强大的视线里挣脱出自己的目光，随意地抬起了头。就是这个时刻，来双扬看见了那轮满月。那满月的光芒明净温和，纯真得与婴儿的眸子一模一样，刚出生的来金多尔是这样的眼睛，幼年的久久也曾经拥有这样的眼睛。来双扬从来没有在吉庆街看见过这轮月亮，浮华闹市里从来没有这样的月亮。这月亮似乎是为了来双扬的目光有所寄托，才特意出现的。这是恋爱情绪支配下的感动，来双扬的心里莫名其妙地翻涌着一种温暖与诗意。尽管来双扬不可能被卓雄洲一眼就打倒，可她不能不被月亮感动。来双扬毕竟是女人。被人爱慕是女人永远的窃喜，以及所有诗意的源泉。

"久久"酒店是来双扬送给弟弟来双久的，久久是老板，来双扬是经理。十来平方的小餐馆，什么经理？帮着张罗就是了。久久长成了一个英俊小伙子，葡萄黑眼，英雄剑眉，小白脸，身边美女如云。久久喜欢穿梦特娇丝质T恤，把手机放在面前，端一把宜兴紫砂茶壶，无所事事的样子，小口小口抿茶，眼睛找到了姐姐来双扬，就对她贴心贴肺地一笑，这种笑，久久只给来双扬一个人，谁都不给。吉庆街的空气中有一条秘密通道，专门传递来双扬姐弟的骨肉深情。

这就是来双扬的吉庆街。

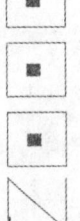

来双扬早先是吉庆街的女孩，现在是吉庆街的女人。吉庆街这种背街没有什么大出息，真正有味道的女人也出不了几个。民间的女子，脸嘴生得周正一些的，也就是在青春时期花红一时。青春期过了，也就脏了起来，胳膊随便挥舞，大腿随便岔开，里头穿着短短的三角内裤，裙子也不裹起来，随便就蹲在马路牙子边刷牙，春光乍泄了自己还浑然不觉。来双扬和来双瑗，原先倒也是这般的状况，一点廉耻不懂，很小就蹲在马路牙子边刷牙。后来来双瑗一读书，就乖了起来，懂得羞涩了，憎恨起吉庆街来了。来双扬这方面的知识，开得比她妹妹晚多了。来双扬卖油炸臭干子的时候，还不懂得女人的遮掩，里头不戴乳罩，穿一件领口松弛的衬衣，不时地俯下身子替吃客拿佐料，任何吃客都可以轻易地看见她滚圆的乳房。反而到了后来，来双扬也没有离开吉庆街，却逐渐出落得有味道了。到吉庆街吃饭的男人，毛头小伙子，自然糟里懵懂，只看卖花姑娘，穿超短裙的跑堂小姐和艳装的陪吃女郎。有一点年纪的男人，经过一些风月的男人，最后的目光总是要落到来双扬这里。

来双扬现在很有风韵。来双扬静静地稳坐在她的小摊前，不咋呼，不吆喝，眼睛不乱梭，目光清淡如水，来双扬的二郎腿跷得紧凑服帖，虽是短裙，也只见浑圆的膝盖头，不见双腿之间有丝毫的缝隙。来双扬腰收着，双肩平端着，胸脯便有了一个自然的起落，脖子直得像棵小白杨。有人来买鸭颈，她动作利索干脆，随便人挑选，无论吃客挑选哪一盘，她都有十二分的好心情。钞票，她也是不动手去点收的，给吃客一个示意，让吃客自己把钞票扔在她小摊的抽屉里，如果要找零，吃客自己从抽屉里找好了。来双扬的手不动钞票。来双扬就是一双手特别突出，青春期早已过去，它们依然修长白嫩。现在，来双扬懂得手的美容了，进口的蜜蜡，八十块钱做一次，她也毫不犹豫。她为这双手养了指甲，为指甲做了水晶指甲面，为夹香烟的食指和中指各镶了一颗钻石。当吉庆街夜晚来到的时候，来双扬出摊了。她就那么坐着，用她姣美的手指夹着一支缓缓燃烧的香烟。繁星般的灯光下，来双扬的手指闪闪发亮，一点一滴地跃动，撒播女人的风情，足够勾起许多男人难言的情怀。

卓雄洲最初就是被来双扬的手指吸引过去的。

来双扬在吉庆街的一大群女人中间，完全是鹤立鸡群。吉庆街一般的女人，最多也就是在出门之前，把头发梳光溜一点，把脸洗干净一点。连她们自己家的男人，也都埋怨自己的女人："做什么生意呀，弄得像一个去铁路上捡煤渣的婆子！没有吃过肉，也看见过猪在地上走吧？学学人家来双扬啊！"来双扬是好学的吗？女人的风韵，难道就是一件两件新衣服穿得来的吗？太不是了。所以说，也就活该来双扬生意兴隆，活该来双扬独自卖鸭颈了。来双扬作为吉庆街的偶像，谁心里都无法不服气的，都说：这女人，跟妖精一样，真把她没有办法！

　　来双扬青春正好的时候还是邋里邋遢的，能够在吉庆街修炼出这么一番身手，也亏了她的悟性好。来双瑗早早逃离吉庆街，还比来双扬年轻十岁，也不就会长裙套装披肩发扮演清纯？女人二十五岁一过，说你清纯那就是骂你了，清纯就跟人体的某些器官一样，比如胸腺，那都是随着成熟而必然消失的东西。来双瑗却不懂这些。披肩发也不是随便年龄和随便什么头型都能够采用的，来双瑗的额发生得那么低，头发枯乱如麻，怎么能够让它随风飘舞呢？不就是一个小疯婆子吗？来双扬心里明白来双瑗为什么总是站在她的对立面，总是批评她和教导她，与她无休止地斗气；因为来双扬是太招男人喜欢了。太招男人喜欢的女人很容易引起同类的嫉恨，这种嫉恨是天生的，本能的，隐私的，动物的，令自己羞恼的，死活都不肯承认的，一定要寻找另外的冠冕堂皇的理由来攻击她，哪怕是姐妹呢，也不例外。来双扬对妹妹的攻击只有一笑了之。不一笑了之怎么办？来双瑗听不得来双扬评价她的举止行为和穿着打扮。一个卖鸭颈的女人，知道什么！来双瑗比她姐姐有文化。

　　来双扬对来双瑗所谓的文化嗤之以鼻。她心里说：做人都没有做像，还做什么文化人？来双扬没有什么文化，不是什么大人物，但她也懂得如何珍惜成就感。人人都需要成就感。大人物的成就感来得还容易一些，卖鸭颈的来双扬取得一点成就感实在太不容易了，来双扬只能在吉庆街拥有成就感。所以来双扬是不会离开吉庆街的，就算过日夜颠倒的生活，那有什么关系呢？就算来双瑗的社会热点节目再次调动了防暴队，那又有什么关系呢？

四

来双扬有一个理想，很简单，那就是：她的全部生活就只是卖鸭颈。

在灯光灿烂的夜晚，来双扬光鲜地、漂亮地坐在吉庆街中央，从容不迫地吸着她的香烟，心里静静的，卖鸭颈。

可是，来双扬的理想几乎没有实现的可能性。生活不可能只是单纯地卖鸭颈。卖鸭颈只是吉庆街的一种表面生活，吉庆街还有它纵横交错的内在生活。

眼下就有一桩事情。说起来是小事一桩，不办还不行，办起来还很麻烦。这不，来双元已经在来双扬这里住了一个星期了。来金多尔三天以后就上学了，蹦蹦跳跳的。来双元却依然叉开两条腿，装着很痛苦的样子，继续休病假。原先说好在来双扬这里休养两三天的，一个星期过去，来双元还没有离开的意思。小金人没有来，电话也没有来，这就不对劲了。来双元是一个有家有口有老婆有工作单位的正常人，怎么可以在妹妹这里一住就是一个星期？怎么可以白吃白喝白要人伺候一个星期？来双扬感觉情况不对劲了。

来双扬在吉庆街长大，在吉庆街打出江山来，她就绝对不是一盏省油的灯。来双元是她的哥哥，哥哥做事情也不能这么没谱的。来金多尔上学以后，来双扬就知道哥哥也基本恢复了。不过来双扬还是继续容留着来双元父子。来双扬等待着哥哥自己开口。过了一个星期，来双元没有开口的迹象，反倒越住越起劲了。来双扬夜晚卖鸭颈并不轻松，看她消消停停地坐在那儿，眼睛冷冷地定着，心里的事情却在翻腾。她得琢磨如何对哥哥开口。这个口其实是不好开的，哥哥一定会难过，也一定会难堪，会觉得她这个妹妹太小气了。来双扬还不好直截了当地说哥哥与小金有默契，人家夫妻之间的默契，你没有证据，不能瞎说的。说得不好，前功尽弃，你伺候了他，招待了他，最后还欠了他的人情。来双扬想着想着，心里陡生委屈：这做人，怎么这么苦啊！

纵然心里有千般委屈万般烦恼，事情总归是要处理的。正好九妹过来，说她绝对不再给来双元送饭了。来双扬瞪九妹一眼，说："你不送饭谁送？"

九妹不送饭谁送？吉庆街白天不做生意，就跟死的一样。"久久"酒店，便只有九妹一个人。晚上蝴蝶一般穿梭飞舞的姑娘，都是临时工，她们黄昏才来，九妹给她们每人扎一条"久久"的花边围裙，跑起堂来，显得人气升腾。其实来双扬真正能够使唤的，也就是九妹一个人。"久久"酒店自然还有一个厨师。厨师不送饭。虽说吉庆街的厨师没有文凭没有级别，炒菜也还是有一套的，蔬菜倒进铁锅里，也是要噗的一声冒起明火来的。所以行内也形成了规矩，厨师一般不离开灶台；离开灶台，要么是下班了，要么就得加工钱。九妹也曾央求过厨师给来双元送饭，厨师哪里肯送？吉庆街没有这个规矩的！

一般情况下，来双扬瞪了九妹，九妹就会服从。这一次九妹没有服从来双扬。九妹没有表情地说："反正我不送。"

来双扬再看一眼九妹的脸色，立刻就明白了。来双扬问："告诉我，来双元怎么你了？"

九妹眼皮往下一耷拉，半晌才说："怎么也没有怎么。"半晌又加了一句，"反正我死也不给他送饭。"

来双扬心里有数了。她安抚地拍了一把九妹的臀部，说："干活去吧。"

来双扬找到与哥哥开口的由头了。

来双扬进屋就直奔电视机遥控器，抓住它就把电视机关了。来双元在来双扬这里居住的一个星期，来双扬的电视机永远开着。电视机好像是来双元身体的一部分。

来双元说："干什么干什么？"

来双扬说："哥哥，有一句话你知道不知道？"

来双元说："什么话？"

来双扬说："兔子不吃窝边草。"

来双元说："怎么啦？"

来双扬说："怎么啦？你不知道九妹是久久的人？不知道久久是你的亲弟弟？"

来双元说："那个小婊子说我怎么她了？我没有把她怎么样啊！再说，久久还不是玩她的。久久的女朋友一大堆。久久现在的状况，也结不了婚了，吸毒到他这种程度的人都阳痿了。那个小婊子以为她是谁？金枝玉叶？不就是咱们家养的丫头吗？大公子我摸她一把那还是看得起她呢！"

"崩溃！"来双扬说，"我的哥哥，亏你说得出口！你还是共产党员哪！省直机关车队的司机哪！有妇之夫哪！你害臊不害臊？久久是在谈恋爱，人家两相情愿，你臭久久干什么？九妹也不是咱们家养的丫头，是'久久'的副经理，人家是有股份的，你别狗眼看人低！"

来双元不耐烦了，说："好了好了，把电视机打开。现在的男人怎么回事？你在吉庆街做的，还不知道？卓雄洲不也是共产党员吗？不也是有妇之夫吗？你怎么不说他去？别学着来双瑗，教导别人上瘾。你也少给我扣大帽子了，我告诉你，共产党员也是人，也有七情六欲。"

来双元提到卓雄洲，来双扬就被噎住了。卓雄洲专门买她的鸭颈，她对卓雄洲客气有加。这有什么呢？应该是没有什么。可是在吉庆街上，一切都是公开的透明的，一对男女彼此产生了好感，便不由自己辩解你们有没有什么。卓雄洲在持续两年多的时间里，坚持来"久久"吃饭，坚持购买来双扬的鸭颈，谁都不认为卓雄洲疯了，只能认为卓雄洲是对来双扬有意思了。有意思就比较严重了。男女睡觉的勾当，日夜都在发生，大家不以为然，也懒得关注，那是生意；满意不满意，公道不公道，在人家买卖双方。卓雄洲对来双扬有意思，大家就感到有情况了。吉庆街一街的人，在忙着做自己生意的同时，都用眼睛的余光罩着卓雄洲和来双扬的举止行动。卓雄洲的个人情况，已经被大家打听得清清楚楚。来双扬这里，已经无数次受到提醒与警告。别人的事情，旁观者都是心明眼亮的，都知道来双扬应该怎么做：拒绝卓雄洲；或者应该首先要求卓雄洲离婚；或者每天提高鸭颈的价格，直到卓雄洲知难而退。

情况从这种角度被展现，来双扬想解释她与卓雄洲的关系，也是没有办法解释的了。因为她与卓雄洲的关系没有什么可以解释的。

来双元以为自己很厉害，捏住了妹妹的短处。他不禁面露得色，要去拿过双扬手里的遥控器。

来双扬把手一扬，退了两步，没有让来双元拿走遥控器。

来双扬终于把问题提出来了。她说："我的事情你就别瞎操心了。我自己知道怎么办。我是一个单身女人，我好办。哥哥，九妹死活不肯给你送饭了，你是不是可以回家了呢？"

来双元立刻蔫了,捧住太阳穴,很难过的样子,说:"我就知道你想找借口赶我走。"

来双扬说:"什么叫作赶?你有你自己的家呀!"

来双元说:"那能算家吗?回去吃没有吃的,衣服没有换洗的,小金成天就知道找我要钱炒股,从来没有见她拿过一分钱回来。她一个下岗工人,我还不能说她,人家就等着和你吵架。你看这么多天,她给我们父子打过一个电话没有?要是在家里养病,多尔能够恢复得这么快?"

话题无意中就被来双元转移到了儿子身上。一说到来金多尔,来双扬就被母爱蒙住了心眼。母爱是世界上唯一兼备伟大与糊涂的激情。母爱来了,小事也是大事,大事也是小事。总之,顶顶重要的就是来金多尔,而不是来双元在这里住了多久了。来金多尔,多么好的一个孩子啊!可别被这种家庭环境把心理扭曲了,把学习耽误了,把性格弄坏了。来双扬果真愁肠百结,说:"哥哥,多尔是多好的一个孩子!是多么少有的一个孩子!为了多尔,你千万不要和小金争吵,夫妻感情不和最容易给孩子留下阴影的。"

来双扬丢开让来双元回家的话题了。峰回路转,来双元很是高兴。他也不想对妹妹说狠话。不到某一地步,他也不愿意说吉庆街这老房子也应该有他的一份产权。来双元只是谈谈儿子就够了。他说:"就是啊。我是在尽量避免与小金闹矛盾。这不,她说去长沙听课,我就同意了。其实她听什么课都没有用,现在炒股,大户赚钱的都不多,她们这种小户不就是被人吃吗?"

来双扬的思路完全顺着来双元操纵的方向走了。

来双扬说:"哥哥,你们夫妻的事情,我本来不应该多嘴。可是为了多尔,我还是要多说几句。小金这种人,念书时候的数学课,从来就没有及格过,还炒什么股呢?你得劝她退出股市,找一个适合她的工作,把家里的家务料理好,给多尔创造一个良好的学习环境。只要多尔爱学习,将来送他出国深造,费用我来承担,这是我再三许诺过的。现在我整夜地卖鸭颈做什么?就是为了多尔的将来呀!"

吉庆街的来双扬,卖鸭颈的女人来双扬,她简单的理想是达不到的。

她爱谁就为谁着想，爱谁就对谁负责，看见别人都纷纷送孩子出国念书，她也准备将来送侄子出国留学。她的事情多得很呢。

来双元已经是在与妹妹敷衍了。被驱逐的危险已经过去了。他的老婆应该怎么办，那不是来双扬的事情。小金不是没有找过工作，是找不到合适的工作。合适的工作现在都要年轻漂亮高学历的年轻人。如果小金有一份好工作，来双元也不会在来双扬这里蹭饭吃了。这话还有什么说头呢？事情不是明摆着的吗？来双元打着哈欠，又要遥控器。

来双扬与哥哥来双元的思路完全不一样。她看不见明摆着的事情。她不给来双元遥控器，她更加认真地说："怎么没有适合小金的工作？小金原本就是一个工人，还是做工啊。就是吉庆街，也很缺人手的。"

来双元说："我们小金不洗盘子的。"

来双扬说："不洗盘子就不洗。那我给她介绍一户人家做家务吧。"

来双元说："扬扬！小金怎么能够去做佣人呢？"

来双扬说："哥哥啊，什么佣人？难听死了。现在叫作家政服务，叫作巾帼家政服务公司。一个工人出身的中年妇女，没有任何一技之长，做家务不是很好吗？肯吃苦的，多做几家，每月上千块的钱也是赚得来的。"

来双元的脸色不好看了。他说："扬扬，你是不是有一点傻？先不说小金愿意不愿意干，就是我这里，也通不过！我堂堂一个省直机关小车队的司机，省委书记和省长都不敢小看我，都要对我客客气气的，否则我的车在半路上出了故障，说请他下车他就得下车。我的老婆，饿死也不会去做佣人！"

来双扬说："到了没有饭吃的那一天，我看她做不做？"

来双元说："她要是去做，我就先把她掐死算了，免得丢我的人！"

"崩溃！"来双扬说，"哥哥，你怎么是这样的一个人？你以为你是谁？你以为你们省直机关车队会永远是社会主义大锅饭？你以为你真的整得了省委书记和省长？你少在那儿自以为是好不好？说穿了，你不就是一个车夫吗？你不就是伺候人的吗？"

这一下，来双元就不客气了。他站起来，逼到来双扬的面前，抢走了遥控器。来双元指着妹妹的鼻子说："你侮辱我，那，我也就只好打开窗户说亮话了——我住在这里是理所当然的！你是没有权利赶我走的！这间老房子，是祖辈传下来的。

按老规矩，这房子应该传给儿子；就算按现在的法律，我也有份。你凭什么不让我住在这里呢？"

来双元说完，狠劲按了一下遥控器，电视机轰然展开了一个另外的天地，来双元只顾进入那个天地里去了。

来双扬狠狠地念叨着"崩溃崩溃"，她算是领教了哥哥的自私、愚昧和横蛮。真是一娘养九子，九子九个样。闹了半天，来双元的目的就是要住在这里白吃白喝。来双扬忽然明白了：对付哥哥来双元这样的人，她还是太客气了。

"好！"来双扬说，"来双元，你是来家的儿子！你住吧！住吧住吧住吧！"

来双扬自己住到"久久"酒店去了，挤在九妹的暗楼上，昏天黑地痛哭了一场。

五

来双扬这个女人，哭是要哭的，倔强也是够倔强的，泼辣也是够泼辣的；做起事情来，只要能够达到目的，脸皮上的风云，是可以随时变幻的，手段也是不要去考虑的。

第二天，卖了一整夜鸭颈的来双扬，连睡觉都不要了。一大早，她出门就招手，叫了一辆三轮车，坐了上去，直奔上海街，找她父亲去了。

来双扬的父亲来崇德，居住在上海街他的老伴家里。他的老伴范沪芳，对于来崇德，是没有挑剔的，可就是不喜欢来崇德的四个子女。其中最不喜欢的就是来双扬。

当年来崇德擅自来到上海街，带着私奔的意味与范沪芳结了婚。来崇德的子女，个个都恨父亲。但是，胆敢打上门来的，也就是来双扬一个人。来双扬堵在范沪芳的家门口，叉腰骂街，口口声声骂来崇德的良心叫狗吃了，居然抛弃自己的亲生儿女；口口声声骂范沪芳骚婆娘老妖精，说她在结婚之前就天天缠着来崇德与她睡觉。偏偏范沪芳呢，的确是一个性欲旺盛的女人，年纪轻轻的就守寡，时间长了熬不住，曾经与镪刀磨剪的街头汉子，闹出过一些花边新闻，在上海街一带有一些不好的名声。范沪芳与来崇德恋爱，一方面是看上来崇德为人老实脾气温和，一方面也是看中了来崇德床上的力气。来崇德与范沪芳，两人对于睡觉的兴趣，都是非常浓烈。要不然，老实人来崇德也不会断然离开吉庆街。在吉庆街，与四个孩子住在一起，做事实在不能尽兴。加上来双扬已经是一个大姑娘，又没有工作，成天守在家里，像一个警察，逼得来崇德和范沪芳偷偷摸摸的。所以，来崇德和范沪芳，在性生活方面，都很心虚。来双扬，年纪正是黄毛丫头青果子，只知道她们兄弟姐妹张口要吃饭，不知道男女之事也要人的命。她半点不体谅，打人偏打脸。来双扬的叫骂，在上海街引起轰动，万人空巷地看热闹，大家都捂着嘴巴咪咪地笑。硬是把范沪芳羞得多少年都低着头走路，不好意思与街坊邻居碰面。幸亏后来，世道变了，中国改革开放，夜总会出现了，三陪小姐也出现了；到处是夜发廊，野鸡满天飞；离婚的，同居的，未婚先孕的，群奸群宿的，各种消息，报纸上每天都有；中央一级的大干部，因为腐败暴露出来，生活一曝光，也总是少不了情人的。来崇德和范沪芳的那一点贪馋，又发生在夫妻之间，大家终于不觉得是什么重要的事情了。范沪芳的头，这才逐渐抬起来了。尤其到了近几年，社会舆论总是不厌其烦地鼓励老年人坚持正常的性生活。许多信息台的热线电话，热情怂恿在半夜失败的老人们打他们的热线，他们承诺：接线小姐一定会通过电话，帮助老头子们勃起。在这种社会形势下，范沪芳还怕什么呢？

真是此一时彼一时。一切都时过境迁了。范沪芳毕竟是长辈，表面上，与来双扬，也不好计较。可是范沪芳心里的大是大非，还是非常旗帜鲜明。要说她对谁有深厚的感情，那就是对邓小平；要说对谁有深厚的仇恨，那还是对来双扬。如果邓小平不搞改革开放，来双扬就会让她这辈子都别想抬头做人。近二十年来，范沪芳是不允许来崇德主动与来双扬联络的。每年大年三十的团年饭，来崇德也是必须与范沪芳及其子女一起吃的。不过，后来，来双扬也没有再打上门来了，她起先是忙着卖油炸臭干子，后来是忙着卖鸭颈去了。团年饭这么原则性的事情，倒是来双元找范沪芳谈了两次。来双元不是范沪芳的对手。过招三句话，范沪芳就看出了双元的小气、自私和糨糊脑袋，比起来双扬，来双元差远了。来崇德与范沪芳婚姻关系稳定下来之后，来双扬就不再说什么了，她知道说什么都没有道理了，难道来崇德的团年饭不应该与自己的妻子一起吃吗？日常生活的伦理道德，来双扬心里明镜似的，她不说废话。只有来崇德生病了，来双扬才来一下，来了也只是与范沪芳点点头,问一问来崇德的病况,眼睛漫游在别处。范沪芳的眼睛,自然也故意在别处漫游。两人的关系,似乎淡得不能再淡了。

随着改革开放的深入发展,也随着范沪芳的年近古稀,现在,范沪芳更多的是藐视和可怜来双扬。来双扬现在不也离婚了?不也独守空房了?来崇德的女儿,从遗传的角度来猜测,她的性欲大约也是很强的。没有了男人,也知道梨子的滋味了吧?看着来双扬日益丰满,又看着来双扬日益地妖娆,又看着来双扬成熟得快要绽开——绽开之后便是凋谢——这是女人在自己体内听得见的声音——类似于豆荚爆米的残酷的声音。范沪芳真是希望听一听来双扬这个时候的心声与感慨——作为一个女人的心声与感慨。来双扬,原来你也有这么一天的啊!遗憾的是,范沪芳就是见不着来双扬。来双扬就是不肯进入来崇德和范沪芳的生活。

突然在这一天,来双扬来了。

来双扬出现在范沪芳的眼前,叫了她一声"范阿姨"。

范沪芳意外地怔在那里了,她正在给她的一盆米兰浇水,浇水壶顿时偏离了方向。来双扬来得太早,她父亲在江边打太极拳还没有回家。来双扬当然知道她父亲现在还没有回家,她来这么早是来见范沪芳的。范沪芳太激动了。

聪明人之间不用虚与委蛇。来双扬也从范沪芳失控的浇花动作里,明白了范沪芳对她多年的仇恨与期待。来双扬今天是有备而来的,她就是冲着范沪芳来的,自然归她首先开口说话了。

来双扬的眼睛不再在虚空漫游,她正常地看着范沪芳,坦坦率率地说:"范阿姨,今天我特意看您来了。没有什么别的原因,就是人到中年了,有过婚姻也有过孩子了,心里什么都明白了。这么多年来,您把我爸爸照顾得这么好,这不光是我爸爸有福气,其实也是我们子女的福气了。这不,快过端午节了。我做餐饮生意,过节更忙,到了那天也没有时间来看望你们,今天有一点空当儿,就来了。可能我来得冒昧了一点。"

范沪芳是老艺人出身,小时候跟着班子从上海来汉口唱越剧,唱着唱着就在汉口嫁人生根了。越剧在汉口,不可没有,但也不能成气候。舞台与人生,人生与舞台,范沪芳是一路坎坷,饱经沧桑的了。可是作为艺人，范沪芳的局限也是很明显的，只是她自己不觉得罢了。艺人最大的局限就是永远把舞台与人生混为一谈，习惯用舞台感情处理现实生活。这样，她们的饱经沧桑便是一种天真的饱经沧桑，她们逢场作戏的世故也是一种天真的世故，恩恩怨怨，喜怒哀乐，全都表现在脸上，关键时刻，感情不往心里沉淀，直接从眉眼就出去了。来双扬面对面地把这番满含歉意的话一说，范沪芳的感动简直无法自制，这是多少年的较量，多少年的等待啊！

范沪芳有板有眼地摇动着她的头，眼睛里热泪盈眶，她双手的颤动就是那典型的老旦式的颤动。范沪芳用她那依然好听的嗓音感人肺腑地叫了一声："扬扬啊——"

来双扬还给范沪芳带来了礼物，它们是：一条18K金的吊坠项链，芝麻糕绿豆糕各两盒，红心咸鸭蛋一盒，五芳斋的粽子一提，还有一只饭盒里装的是透味鸭颈，是来双扬自己的货色，送给父亲喝啤酒的。

来双扬巧嘴巧舌地说："鸭颈不是什么山珍海味，但是是活肉，净瘦，性凉，对老人最合适了。再说，要过节了，图个口彩，我们吉庆街，有一句话，说是鸭颈下酒，越喝越有。范阿姨，你和我爸爸，吃了鸭颈，就有福有寿了。"

范沪芳的眼泪，终于含不住，骨碌骨碌就滚下来了。

"谢谢你谢谢你谢谢你！"范沪芳擦着眼泪说，握住了来双扬的手，一下一下地抚摸着她的手背。

女儿与后母，一笑泯恩仇。两人坐在一起，吃了丰盛的早餐。范沪芳楼上楼下地跑了两趟，买来了银丝凉面、锅贴和油条，自己又动手做了蛋花米酒，煮了牛奶，还上了小菜，小菜是一碟宝塔菜，一碟花生米，一碟小银鱼，一碟生拌西红柿，这是现在时兴的营养生菜。范沪芳历来是讲究生活的，她十六岁就红过，吃过天下的好东西。

来崇德回来，简直不敢相信自己的眼睛。范沪芳笑眯眯地看着他，要他相信。来双扬前嫌尽弃，赶着叫"爸"。来崇德终于转过弯来，顿时年轻了许多岁。

在来崇德送女儿回去的路上，来双扬与她爸手挽手地漫步街头。父女俩商量了来家老房子的事情。来家的六间老房子，解放之后，政府不认它们是私有财产了，这就收去了两间。这两间房子，不谈了，就算爷爷的钱，被土匪抢过一回了。1956年，政府搞公私合营，又有两间房子，被房管所登记，搞经济出租，租金就是政府得大头，来家得小头。来崇德不愿意出租，愿意自家居住宽敞一点，可是他胳膊拗不过大腿，人家政府不同意。这两间房子，也不提了，就算给国家做贡献了。七十年代初，政府提倡城市人口下放农村，口号是：我们都有两只手，不在城里吃闲饭。家庭成分不太好的来家，被动员下放农村了。来家的两间房，一间借给了邻居，老单身刘老师；一间是爷爷住着，他瘫痪在床，死也不肯离开他的房子。几年以后，来家返城。刘老师已经故世，居住人是刘老师的侄子。在重新登记换发房产证的时候，这个侄子把来家的房产登记到了自己的名下。这一间房子，就不能让人颠倒是非，混淆黑白了。而来家唯一保留下来的一间房，房产所有者是爷爷，继承人自然就是来崇德了。不过，谁都知道，返城以后，来崇德在吉庆街居住的时间不长，更长时间的居住者是来双扬。来双扬在这里，开始卖油炸臭干子，将她的妹妹弟弟抚养成人。这一间房子，现在仍然是来双扬居住。现在的问题是，来双扬需要父亲的协助，将这间老房子的房产证更换成她的名字。来双扬这辈子恐怕就不会离开吉庆街了。她的责任没有尽头，她将继续养活弟弟来双久，包括为他提供吸毒的毒资——只要他没有完全戒毒，她就不能一下子彻底掐断他的毒瘾，那样会要他的命的。来双扬已经部分负担并且还将更多地负担来金多尔的教育经费，因为来双元夫妇无力也无心培养来金多尔，可是来金多尔是一个多么好的孩子啊！他很有可能是来家唯一的香火啊！房子的产权，大家都很敏感。来双元已经多次提出他的继承权利，来双瑗也曾多次暗示过她的继承权利。可是一间房子不是一块饼干，掰成四瓣是不可能的。现在来双元和来双瑗都有各自的宿舍，久久肯定是归来双扬养一辈子的，所以来双扬希望父亲在有生之年，能够明确指定她作为老房子的继承人，免得来家的几个子女，将来闹得不可开交，伤害亲情，反目为仇，那是何苦呢？

　　来双扬手挽父亲漫步的街道是她事先设想好了的南京路，这里两边都是鲜花店，令人赏心悦目。环境也许不起决定性的作用，但是环境对于决定的做出是非常重要的。假如来崇德老人心烦了，来双扬这次就白跑了。来双扬不能白跑！

　　来双扬与父亲坐在了中山大道少儿图书馆门前的花园里，眼前是一条整旧如旧的西洋建筑老街，看着就舒服。来崇德听着女儿款款道来，觉得她说的条条都在理。来双扬有时候轻轻捶一捶父亲的背，来崇德心里很滋润。来崇德老了，他是不会再回吉庆街去了。来双扬这么多年来，也是极其不容易的了。尤其难得的是，来双扬懂事了，向范沪芳道歉了也等于是向来崇德道歉了。来崇德也满足了。剩下的，是来崇德对来双扬的歉意了。来崇德的四个孩子，也只有来双扬一个人有能力要回借给刘老师的那间房子，也只有她一个人在为来家操心和操劳。来双扬一直居住的这间房子，也是应该归她的了。以前范沪芳与来双扬有过节，来崇德没有办法来处理这件事情，现在范沪芳对来双扬亲得像自己的女儿，来崇德没有任何心理障碍了。

　　来崇德太了解范沪芳了，这女人心底非常善良。一张巧嘴的来双扬哄好她，那是绰绰有余。来崇德生命中两个最重要的女人和好了，这比什么都好。人活着，不就是图个开心吗？吉庆街的老房子，就是来双扬的了。

　　来双扬回来对九妹说："唉，这个世界上，没有什么女人比得上我妈。"

　　来双扬之所以对九妹发出这样的感叹，是因为来双扬一回来，九妹便兴高采烈地告诉她："老板，你哥哥走了。"

　　九妹走过来，仰望着来双扬说："老板，谢谢你！老板，你是我在这个世界上最佩服的女人，你是最了不起的女人！"

　　九妹是被饥饿从农村驱赶到城市里来的少女，现在她很像城市少女了，染了栗色的短发，脖颈上戴黑色骷髅项链。但是她的偶像是来双扬，而绝对不是还珠格格，不是王菲，更不是张惠妹。九妹的奋斗目标是将来有一间自己的酒店；自己可以在吉庆街最重要的位置安详地坐着，只卖鸭颈；许多男人都被她深深吸引，而她只爱她的丈夫来双久。

　　来双扬被九妹的赞颂引发了感慨，她想起了她的母亲。来双扬的意思是：范沪芳怎么能够与她的母亲相比呢？

六

　　吉庆街的夜晚，夜夜沸腾。卖唱的麻雀，因为在电视剧《来来往往》中有激情表演，也成了吉庆街的名人。只听见吃客们一片声地点名叫道："麻雀呢？麻雀呢？"大家都想听麻雀唱歌，还想听麻雀说说拍电视剧的感想，还想知道拍电视能够赚多少钱。著名影星濮存昕,舆论戏称他是大陆师奶杀手,这话还真不假,吃客中有一些中青年妇女,也点名道姓要麻雀,说:"麻雀,把你在《来来往往》中唱给濮存昕他们听的歌,给我们唱三遍。"

麻雀是一个一刻不停的闹人的汉子。一把二胡,自拉自唱。他的歌肯定是不专业的,他就是会闹人。他煽情,装疯,摇头晃脑,针对吃客的身份,即席修改歌词,好像天下所有的流行歌曲,都是为吃客特意写的。被百般奉承的吃客,听了麻雀的歌,个个都会忍俊不禁。

在这沸腾的夜里,来双扬不沸腾。她司空见惯,处乱不惊,目光从来不跟着喧嚣跳跃。她还是那么有模有样地坐着,守着她的小摊,卖鸭颈;脸上的神态,似微笑,又似落寞;似安静,又似骚动;香烟还是慢慢吸着,闪亮的手指,缓缓地舞出性感的动作。

这一夜,卓雄洲是与他从前的几个战友聚会。他们彼此之间,可以无话不谈。卓雄洲当然还是"久久"的吃客。两年来,卓雄洲从来不坐别家的桌子,只坐"久久"的桌子。结账也是经常不要找零的。卓雄洲对九妹说的最多的一句话就是:"不用找了。"九妹最爱这句话。九妹看见卓雄洲来了,一定亲自出面接待。

卓雄洲与他的一群战友刚刚走进吉庆街,九妹就迎上来了。九妹一脸谄媚与甜蜜的笑容,说:"卓总啊,今天有刚从乡下送来的刺猬,马齿苋也上市了,还有一种新牌子的啤酒,很好喝的。"

卓雄洲说:"好啊好啊,九妹推荐什么我们一定吃什么,九妹没有错的。"

卓雄洲的战友们就开他的玩笑,说:"红尘知己啊,这么肉麻啊,给我们介绍介绍吧。"

卓雄洲便笑着说:"是知己呀,是肉麻呀。过来!九妹,认识一下你的大哥哥们,以后他们就是你的回头客了。"

九妹大大方方地跑过来,一一地叫道某哥某哥,以后请多多关照;倒是卓雄洲的战友们,一个个不好意思,也不答应,光是笑嘻嘻说好好好。

卓雄洲一行刚刚坐下,九妹带着扎花围裙的姑娘们翩翩而至,把啤酒和赠送的小碟就送上来了。小碟无非是油炸花生米,凉拌毛豆和油浸红辣椒，鲜红与翠绿的颜色，煞是好看，其实是勾引吃客腹中馋虫的。大家眼睛一看，口腔里的味腺就有液体分泌出来，由不得人的。

九妹说："卓总，鸭颈总是要的了？"

九妹的意思，是今天的人多，鸭颈的份数一定就不少，光是卓雄洲一个人去端，怕要跑几趟，九妹想去帮忙，不知道卓雄洲愿意不愿意。卓雄洲放眼去望来双扬，点了点头，但是对九妹还是做了一个不要帮忙的手势。卓雄洲还是愿意自己去来双扬的小摊子上，一碟一碟地端过鸭颈来。去来双扬那里多少趟，卓雄洲也不嫌多。九妹心领神会，咬着嘴唇暗笑，给厨师下菜单去了。

卓雄洲穿过一张张餐桌，来到来双扬面前。

来双扬温和地说："来了。"

卓雄洲说："来了。"

卓雄洲对来双扬，与对九妹完全不同，态度显得拘谨，语言也短促。来双扬帮卓雄洲掀起纱罩，卓雄洲端了两盘鸭颈。卓雄洲说："几个战友聚会，不知要吃多少鸭颈，待会儿一起结账。"

来双扬说："你与我，客气什么，只管吃。"

来双扬故意说了一个"你与我"，把谢意与亲昵埋在三个字里头。她不能太摆架子了，她毕竟只是一个卖鸭颈的女人，而卓雄洲，人家是一家大公司的老总。来双扬不是那种给脸不要脸的夹生女人，她不想得罪和失去卓雄洲这样的吃客。卓雄洲来吉庆街吃饭两年了，来双扬对于他，也就是三言两语，卓雄洲的焦躁和绝望就像大海上的风帆，在来双扬眼里，已经时隐时现了。凡事都有一个度，来双扬凭她的本能，把握着这个度。今夜，是该给卓雄洲一点柔情了。

卓雄洲回到餐桌上，脸庞放着光彩。酒还没有开始喝呢，怎么就放光彩了？卓雄洲的战友们，把目光放远了，引颈去瞅卖鸭颈的来双扬。卓雄洲仓皇地指着餐桌上的鸭颈说："这鸭颈好吃，好吃啊。鸭颈下酒，越喝越有啊。"

卓雄洲的战友都瞧着卓雄洲做贼心虚的样子，卓雄洲越发惊慌失措，指点着鸭颈说："哎哎，你们看看吧，这鸭颈，烧得多好，光是看着就有性欲——哦不——有食欲，有食欲！"

当过兵的一群男人喷发出响彻云霄的大笑。卓雄洲也只得笑了，笑得很是有几分尴尬。

来双扬听到了卓雄洲他们的笑声。来双扬知道这种样子的笑声,一定与她有关。一定是卓雄洲露馅了。卓雄洲啊卓雄洲,你有老婆孩子呢!

来双扬自然还是声色不动地卖她的鸭颈。

来双扬是一个单纯卖鸭颈的女人。

来双扬却不是一个卖鸭颈的单纯女人。

来双扬现在没有工夫考虑卓雄洲的事情,她在酝酿对于九妹的计划。今年九妹已经满二十三周岁了。九妹的母亲每一次来看望女儿,都要央求来双扬替九妹操心一下她的婚姻大事。不管现在的九妹表面有多么城市化,不管时代变化得如何现代,男大当婚女大当嫁总归是绝大多数人的生活规则。九妹本质上还是一个乡下丫头,她这一辈子,本质是不会改变的了。在乡下生活了二十年,只读了三年的书,农民的本性已经入骨了。只要吃客舍得花钱,你看九妹的笑容讨好到了什么地步?恨不得把笑容从脸上摘下来送给别人。对于卓雄洲,九妹几乎是在飞媚眼了,处处都遮掩不住地说卓雄洲如何如何好,如何如何帅,有意无意地怂恿来双扬与卓雄洲相好。九妹这丫头啊!没有办法的。从前太穷了,穷破胆了!

在这个问题上,来双元说得对,久久不会娶九妹的。久久这个家伙,是在玩九妹。久久生得太俊俏了,俊俏的男子不风流好像对不起自己似的。久久这个不成器的鬼东西啊!把九妹弄得神魂颠倒,弄得痴心妄想。久久不吸毒,也不会娶九妹,何况现在久久的毒瘾到了这种地步,还能够娶谁呀!

来双扬再也不能袖手旁观了。九妹年纪到了,迟早要嫁人了。对于九妹,爱情是最不重要的,因为她的爱情不在她现在的人生状态里。九妹的母亲,对于女儿幸福生活的憧憬便是:有钱,有城市户口,有饱暖的日子,有健康的后代。九妹的母亲对来双扬说:"如果你能够帮九妹过上这种日子,老板,你就是我们全家的大救星!"九妹的母亲用她一生的经验获得了质朴的生活观,她是对的。然后,九妹的后代,便可以从九妹的肩头站起来,开始更高质量的人生追求,便可以讲究爱情什么的了。这就是为什么来双瑗可以做单身贵族,待价而沽,但是九妹却不可以这么做的道理。假如九妹不趁年轻饱满的时候嫁出去,熬到二十八九就尴尬了,就只好回乡下种地去了，就还是回到她母亲的人生老路上去了，不到四十岁就成了一个干瘦的老太婆，晚上睡觉浑身骨头疼。

现在，来双扬想通了。接下来，她要做的事情，她认为是没有损害九妹的。她是在利用九妹，可九妹也利用了她。如果不是她，九妹将来的幸福生活很难说有多大保障。女人老起来多快呀，不就一眨眼的工夫？

来双扬的计划、构思一旦成熟，她立刻开始了行动。

来双扬很日常地对九妹说："九妹，你一直吵着要去戒毒所看望久久，我没有让你去，这次探望，我带你去吧。"

九妹听了，乐得一蹦三尺高，赶紧过去给来双扬捶背，口里胡乱奉承道："好老板！好姐姐！"

来双扬说："行了。去戒毒所又不是什么好事。你去买一挂香蕉来。"

九妹说："一定要那种大大的洋香蕉吗？"

来双扬说："一定要。跑遍汉口也要买到。"

九妹说："真是亏了你，老板。你对弟弟这么好。不过我就是不明白，为什么久久一进戒毒所，就一定要吃这种洋香蕉？平时他是最不喜欢吃香蕉的。"

来双扬说："不要问了。只管去买吧，待会儿你就知道了。"

来双扬一定要洋香蕉做什么？当然不是来双久爱吃。谁也不会一进戒毒所，突然就喜欢吃他平时最讨厌的水果。这一次，来双扬要把一切内幕都展示给九妹看看。一挂硕大的洋香蕉买回来了。来双扬带九妹进了自己的房间，关紧了房间的几道门，窗户的窗帘也都闭得密不透风。来双扬虎着脸警告九妹："你给我看着！不许动也不许尖叫！"

台灯打开了。来双扬在台灯底下，用细小而锋利的手术刀，细心地把香蕉蒂部，呈凸凹状地切割开来。然后，把一种喝饮料的细塑料吸管，从保险柜取出一小捆来。这些吸管里面已经被灌好了白粉，两头也已经用火烫过，封死了。来双扬把这些吸管，一根一根地戳进了香蕉里面，然后再将香蕉的蒂部对接上去。来双扬的活儿做得绣花一般精细。九妹这里，早就捂着自己的嘴巴，大惊失色了。

香蕉还原了。装在一只水果篮里，不用拎起来检查，就可以分分明明地看出这是一大挂新鲜的结实的洋香蕉，确确实实地可以蒙骗戒毒所的检查人员。

来双扬让九妹提上水果篮，她们这就去戒毒所。

九妹不敢去提水果篮子。她抽泣着说:"我不去!你这是在害他!说是在戒毒,还不如说是让他躲在戒毒所吸毒!这还是犯法的事情!"

来双扬厉声道:"慌什么?遇上一点点事情就慌了?在生活中,这算什么!你放心好了,出了事情,责任全是我的。有什么要指责我的,看完了久久回来再说吧。还说爱他呢,这算爱么?真是崩溃!"

九妹便擦干了眼泪,提上水果篮,跟在来双扬身后,坐上出租车,来到了戒毒所。走进戒毒所的时候,九妹还是激动起来。她掏出化妆镜,看了看自己的脸。来双扬冷冷地说:"不用看。他根本就不会看你!"

来双久果然根本就没有注意九妹。来双久形容枯槁,目光发直,与所有的戒毒者一样,穿着没有颜色没有样式的衣服,活像劳改犯,昔日的风采荡然无存。来双扬说:"久久,九妹看你来了。"

来双久却焦急地说:"给我带香蕉来了吗?"

九妹嗷的一声哭了起来。

当来双久踏踏实实看见一大挂香蕉之后,他朝来双扬露出了甜蜜的微笑,也冲九妹打了一个招呼,极其敷衍地说:"九妹,越来越漂亮了。"

九妹把脸一扭。来双久根本就不在乎谁对他扭脸。他只是热切地对来双扬说:"大姐,你要是再不来看我,我就要死掉了。"

来双久把手腕抬起来给来双扬看,手腕包扎着新鲜的绷带。来双久说:"昨天夜晚,我割腕了。我实在受不了了。"

来双扬就那么看着弟弟,石雕一般。来双久抓起来双扬的手疯狂地亲了起来。来双扬任由弟弟亲着她的手,说:"久久,你就不能不吃香蕉吗?姐姐我实在买不起了!"

来双久说:"对不起!对不起!大姐我实在对不起你!我不是一个人!我是猪是狗!我真是悔不当初啊!可是……可是……大姐,你就当我是猪是狗吧,我从生下来就爹妈不管,是你把我养大的,就你心疼我,你就把我当个畜生养到那一天吧。大姐,我来生一定报答你!"

来双久鼻涕眼泪都下来了,声音跟动物的哀叫差不多。来双久从小嘴巴甜,讨人喜欢,现在还是。不过现在只对来双扬一个人嘴巴甜了,现在久久对其他人都很冷漠。来双久对来双扬的讨好卖乖令来双扬忍不住伸出手去，摸了摸他的头，来双久立刻破涕为笑，说："大姐你赶快回去睡觉，你晚上还要卖鸭颈呢。大姐你不要太累了，要保重自己，争取能够跟卓雄洲结婚。等我回去，我首先就要找他谈谈。我要把香蕉拿进去放好了。你们走吧，走吧。"

来双久急得抓耳挠腮，说话飞快。他仅有的理智，只是存在于香蕉和来双扬身上。

来双扬说："久久啊，我就等你找卓雄洲谈了。"

来双久说："没有问题。姐姐，你的事情就是我的事情。"

来双久走了。他忘记了来双扬身边的九妹，回到他那到处是铁栅栏的宿舍里去了。那是什么宿舍，完全是关动物的铁笼子。九妹看着那铁笼子，狠命跺了一下脚，捂住脸呜呜哭起来。

回到吉庆街，来双扬还是把九妹带进了她的房间。现在，来双扬对九妹很柔情了，说："哭吧。痛哭一场吧。我妈生下他就去世了。他是我这个大姐一把屎一把尿养大的，我丢不下他。他是我的孽障，我逃不出自己的命了。你呢，从今天开始，死了这条心，走自己的路吧。"

这是吉庆街的白天。平静的白天。大街通畅，有汽车正常地开过。

七

一个下午，来双扬走进了房管所。

这是房管所快要下班的时刻，或者说实质上已经下班了。政府机构的末梢，还是社会主义大锅饭，总是紧张不起来。

来双扬是来请张所长吃饭的。但是办公室还有两三个人，来双扬没有直接地说请张所长吃饭，也没有鬼鬼祟祟地说请张所长吃饭。来双扬不能让张所长难堪。来双扬把她随身的包往房管所的办公桌上一甩，一屁股坐在办公椅上，蹬掉自己的高跟皮鞋，做出累极的样子说："哎呀把我累死了。"

张所长在看报纸。他还是坚持看报，没有改变姿态。张所长知道来双扬经常跑他们房管所的目的是什么，她想要回他们家从前借出去的那间老房子，还想尽快办理她目前居住的这间房子的过户手续。来家四个子女，就她跑得勤，就她理由充足，她想独吞房产，这个女人不简单。

房管员哨子说："逛商店去了？买什么好东西了？"

来双扬说:"现在有什么好东西,什么东西都打折,给人的感觉东西都贱。"

哨子说:"打折还不好?我就是喜欢打折。现在不打折的东西我都不买,就等着它打折。"

来双扬不能再让哨子胡扯了。哨子是一个喜欢胡扯的中年妇女,说话嗓音尖利如哨,家常谈起来,尽是鸡毛蒜皮,没完没了。来双扬巧妙地把话题绕到了自己的思路上,来双扬说:"哨子你是对的。哨子你做的事情没有不对的,以后我要向你学习。现在,我的包里有一点零食,拿出来大家分享。接下来我要托你们的福,在这里休息一下。咱们邀请张所长来一场'斗地主'怎么样?闲着也是闲着,无聊啊。"

"斗地主"是一种扑克牌的玩法,目前正风靡武汉三镇。张所长对"斗地主"的酷爱,来双扬是早就知道的。当哨子从来双扬的包里拿出了一堆袋装的牛肉干、薯片和南瓜子以后,张所长放下了报纸。张所长也是一个聪明人。张所长看报纸的时间够长了,架子端足了,是给来双扬一个台阶的时候了。张所长没有必要得罪来双扬,来双扬在吉庆街那还是相当有本事的。张所长在吉庆街吃饭,也够受照顾的了。张所长也快退休了,他不想退休以后走在街上,邻居街坊都不理睬。再说,张所长实在是喜欢"斗地主",也实在是喜欢有来双扬参与的"斗地主",这个女人出手大方,有牌德,并且还比较漂亮。

张所长放下报纸,说话了。他说:"还是扬扬有钱啊,又给我们派救济来了。"

来双扬说:"哨子你看你们张所长,崩溃吧?带一点零嘴来吃吃玩玩,也要被他奚落一番。"

哨子不是聪明人,丝毫感觉不出来双扬与张所长的暗中较量,跑过去打了张所长一巴掌,教训人说:"不要欺负扬扬好不好?像扬扬这么关心我们的住户有几个?"

张所长不与哨子这种不聪明的人斗心眼,连忙平易近人地说:"好好好,我官僚,我检讨。"

来双扬说:"张所长真是一个平易近人的好干部。"

"斗地主"就这么开始了。牌这么一打，关系也就贴近了。大家互相嘲笑、指责和埋怨，说话也就没有分寸了，动不动，手指就戳到别人的额头上去了。张所长的手指也戳了来双扬几下，来双扬也回敬了几下。来双扬手指上是镶了钻石的，张所长就说自己挨了"豪华"的一戳，大家便敞开嘴巴笑。坐到一起打牌，气氛来了，机会也就来了。趁哨子去上厕所，来双扬对张所长说："对不起，今天我赢你太多了，不好意思啊。"

其实来双扬并没有赢太多，她就是来输钱的。她的策略是先赢一点点，后输多一些，这样输得就像真的。

张所长说："光说不好意思就行了？"

来双扬说："我请你吃晚饭好不好？你这么廉政，敢不敢和我出去吃饭？"

牌场与酒场一样，是斗智斗勇斗气的地方，输家是不能对赢家服软的。张所长说："有什么不敢？廉政就不吃饭了？江泽民还宴请克林顿呢。不就是吃个饭吗？"

来双扬说："那好。那就说定了。"

来双扬的第一步成功了。其实来双扬今天没有逛什么商店，高跟皮鞋也没有把脚磨疼。如果来双扬不来这么一场精心的铺垫，只怕张所长不肯受她一请。不是张所长不爱吃饭，张所长爱吃饭。房管所在"久久"的挂账，也有几十笔了。张所长是太聪明了，他知道来双扬的目的。他不愿意得罪一大堆人，成全来双扬一个人。再说刘老师的侄子，对他也不薄，他不能随便就把他赶出房子，让人家住到大街上去？来双扬不是已经有房子住吗？一个单身女人，迟早要在吉庆街傍一个大款的女人，要那么多房子做什么？张所长在房地部门工作了一辈子，积累了非常丰富的经验：首先，我们的干部，做工作不是要立竿见影地解决什么问题，而是要搞平衡，和稀泥，维护安定团结的大好局面；其次，不给当事人弄得难度大一些，以后谁都爱生事；再说，难度大了，跑断当事人的腿了，到时候当事人只会更加感激你。

张所长的这一套工作方式，来双扬太了解了。来双元都不太了解。来双元当兵那么多年，复员回来还在省直机关车队，但是他依然思想简单，说话牛气，他曾经质问张所长："你办事拖拉，阳奉阴违，专门为难老百姓，这是我们共产党作风吗？"

张所长一句话就把来双元顶了回去。他说："那你以为我们房管所是国民党？"

吉庆街长大的来双扬，绝对不会像来双元这么行事和说话。她不会找张所长据理力争的，不会用大话压人，不会查找各种政策作为依据。她常来坐坐，只谈家常，展示展示跑断腿的苦模样，同时小恩小惠不断。见机行事地逮住张所长，一旦逮住，她就用尽天下的软话哀求。今天来双扬逮住了张所长。今天来双扬不上哀求的套路了，今天来双扬要使用杀手锏。

张所长以为来双扬请的晚饭，不过是在吉庆街罢了。可是没有料到，来双扬让出租车司机把车开到了香格里拉饭店。在五星级饭店进餐，张所长还是很喜欢的。但是来双扬这么隆重，张所长就有一点心慌了，是不是来双扬又有什么新的过分的要求呢？

一进饭店大堂，张所长就说要上一回洗手间。在洗手间里，张所长洗了一把脸，面对洗手间华丽的大镜子，张所长自己给自己打气了一番：不就是香格里拉吗？来双扬难道不应该请？多年来，他们房管所为来双扬们维修这些上百年老房子，投入了多少经费，花费了多少心血？来双扬是应该请的。香格里拉这种饭店，如果不是住户请客，像张所长这种房管所的干部，进来的机会极少，张所长又不是傻子，他当然没有必要放弃这个机会。来双扬能够有什么新的要求呢？不就是两间房子的产权问题吗？工作上的事情，张所长知道怎么办。来双扬想要拥有两间老房子的产权，多麻烦的事情啊！别说请张所长吃香格里拉，就是吃北京钓鱼台国宾馆，也不过分。现在的人们都要求别人替他着想，为他服务，他能够反过来考虑一下别人的利益吗？来双扬这个女人还算不错，还是比较懂事的。她已经说了，她今天请客是因为她赢得太多了。牌场上的请客，好玩而已。去吃吧！

张所长自己做通了自己的思想工作，坐在铺着雪白桌布的餐桌旁边，神情就很自然了。来双扬请张所长点菜，张所长不肯点，推说对菜式没有研究，不会点。张所长怎么能够点菜呢？毕竟他是所长，来双扬是一个卖鸭颈的女人。张所长与比他地位低的人出去吃饭，向来都是别人点菜。他只是超然地说："我吃什么？我吃随便。"况且，来双扬请客，张所长点菜，他就不好意思点太昂贵的菜了，可是既然吃香格里拉，就应该吃一点昂贵的菜，要不然，还不如在吉庆街吃呢。

张所长不肯点菜，来双扬也不坚持了。来双扬请张所长点菜，也是一种姿态，表示尊重而已。来双扬像黑夜里的蜡烛，心里亮着呢，这菜，当然是由她自己来点了。

既然来了香格里拉，既然今晚要用杀手锏，那就豁出去了。来双扬点了一道日本北海道的鳕鱼，点了北极贝，点了虫草红枣炖甲鱼，这是一道药膳，滋阴益气，补肾固精的。张所长在读菜谱，听到这里，着实有点感动了，他又不是什么大干部，来双扬也这么下本钱点菜，他的面子也足够光辉了。张所长连忙打断了来双扬，说："行了行了。两个人，吃不了那么多。再说，这些菜的蛋白质也太高了，我这个年纪吃不消的，还是清淡一点好。把甲鱼换成冬瓜皮蛋汤吧，我最喜欢喝这种清淡的汤。"

来双扬说："张所长，别别别！甲鱼一定要的，咱们人到中年，就是要注意滋补，再来一个冬瓜皮蛋汤不就行了。"

有服务生在一边，张所长不好意思坚持。他只得告诉着服务生说："小姐够了！小姐够了！"

话题就是从这个时候，顺水推舟开始的。来双扬的语言表达，有一个了不起的本事，这就是：显得特别真诚。要论嗓音的好听，要论形体与语言的配合，来双扬都不及她的妹妹来双瑗。武汉有一句民谣，说：十个女人九个嗲，一个不嗲有点傻。女人的关键是要会嗲。来双扬就在于她非常会嗲。会嗲的女人不是胡乱撒娇，是懂得在什么场合使用什么姿态。来双扬深谙嗲道，她说话时候的真诚感便是来自对嗲的精通。来双扬说鸭颈好吃，可以说得谁都相信。现在来双扬说话了。她说："张所长，我说句良心话，你真是一个好干部。你真是太廉政了。一般干部吃饭，他怎么会嫌好菜多了呢，又不是他自己掏钱。菜太多，吃不了，人家光是尝一筷子，见识见识一下也好啊。张所长，我这才点了几个菜，看你替我急的，生怕把我吃穷了。张所长，像你这样的干部，现在是太少太少了！我来双扬，有运气住在你的管段，想想真是我的福气。来，我敬你一杯！"

来双扬真诚的话语，把张所长说得泪珠子都快掉出来了。他就是这样的一个人，当了这么多年的房管所长，替大家做了多少好事，到现在快退休了，还不是两袖清风？家里也就是一个三居室，老伴也就在居委会上班，不是什么有油水的单位；儿子还是一个精神病人，靠他们老两口养活，不发病的时候也只能待在家里，发病了就糟糕了，满大街地追姑娘，夜里还往他妈床上爬，只好雇请一个身强力壮的男保姆专门看管他。雇请男保姆，现在一天得二十五块钱，真是要张所长的命啊！作为一个基层干部，张所长做得够好的了，他从来没有因为家庭困难叫过苦。可是这么多年来，他没有得到什么提拔，也没有得到什么荣誉。被提拔被树立的那些个优秀党员，张所长太了解他们了，就是会做一些表面文章，沽名钓誉。其实他们的实惠一点没有少得，张所长在某个桑拿屋，三次碰到了某个优秀党员。这让张所长心里如何平衡得了呢？

张所长眨巴着眼睛，与来双扬把酒杯一碰，一口就抽干了一杯酒。张所长动情了。他说："扬扬，我相信群众的眼睛是雪亮的。你今天对我的评价，比上级对我的表扬更使我感到高兴。工作了一辈子，有群众的满意和支持，我就满足了。来，我敬你一杯。"

吃饭吃到这种心心相印的程度，来双扬与张所长几乎无话不谈了。使张所长一步一步放松警惕的是，来双扬没有提出什么新的过分的要求。来双扬几乎没有谈她房子的事情，与他大谈的是世道，是做人，是家常，他们一同愤世嫉俗着，吃得好不畅快。

话题，被张所长缠绕在他最大的心病上面。张所长最大的心病就是他的儿子。张所长用巴掌抹着脸，害臊地说："你看他爬他妈的床，这是多么难堪的事情。我恨不得把这个杂种杀了，免得他有朝一日做出伤天害理的事情来！"

这时候，对张所长一直深表同情的来双扬忽然自己灌了一杯酒，将她镶着钻石的手指互相一个拳击。来双扬使出她的杀手锏了。来双扬说："张所长，我简直都替你受不了了！这样吧，我就豁出去了，我来帮你解决这个问题！"

张所长说："你？"

来双扬说："你儿子这叫花痴不是？如果有了一个好老婆，他自然就好了。即便偶尔发病，也有老婆管着。小两口关在家里闹一闹，你老伴也就不存在危险了。"

张所长苦笑说:"哎呀扬扬,办法是好,可是谁愿意做他的老婆?再说,他还有文化,还晓得不要乡下女人,只要漂亮姑娘。这是不可能的事情啊!"

来双扬说:"张所长,天下没有不可能的事情。你这个忙,我帮定了!保管给你找一个年轻漂亮的媳妇。"

聪明人张所长立刻推开椅子,站了起来,对着来双扬,使劲地打恭作揖,说:"扬扬,只要你真的能够替我解决这个心腹大患,我和我老伴,来生做牛做马都要报答你。"

来双扬扶张所长坐下,说:"张所长啊,别说得那么可怕。什么来生?我们不都只盼望今生能够过得顺心一点吗?"

张所长正色道说:"扬扬,聪明人之间,不用多说话。我工作上分内的事情,就是你和我没有任何朋友关系,我一样按政策办理。你的房子问题,大家有目共睹,你的要求是非常合情合理的,我一直在积极地办理。只是因为历史遗留问题太多,解决的时间需要长一点。不过现在已经快办好了。"

来双扬当然就不再多说什么了。只说了谢谢!谢谢!然后为自己和张所长满上了酒,然后两人轻轻一碰,都干了。

来双扬说:"张所长,你知道九妹是我的干妹妹吧?我把九妹嫁给你做儿媳妇怎么样?"

张所长喜出望外地说:"九妹?!"

八

九妹居然同意了。

来双扬有这个本事,硬是说服了九妹。

来双扬说服九妹并没有费太多口舌。因为来双扬事先已经彻底粉碎了九妹对久久的幻想。除了久久,九妹没有可能亲密接触其他的城市青年。九妹正是惶然不知所终呢。

来双扬用平静的语气,把九妹的人生状况给她作了一个客观的分析。客观事实很残酷,九妹明白了她在城市的处境和艰难,况且九妹还有狐臭,天天用香水遮掩着呢。来双扬建议九妹嫁给张所长的儿子。

九妹说:"张所长的儿子是花痴!"

来双扬说:"不是花痴,能够和你这个乡下妹子做夫妻?人家一个体体面面的、干部家庭的大学毕业生。花痴怕什么?你不就是一朵花吗?对你痴一点有什么不好。现在的女人,就是嫌自己的男人对自己不够痴情,恨不得他们成了花痴才好,关在家里,只看老婆一个人。再说了,花痴这种病,一般结婚以后就会好的。万一不好,也就是春天发发病,别的季节跟好人一模一样,你是看见他来吉庆街吃饭的,多少女孩子喜欢他,你也是见过的。"

九妹说:"万一发病了怎么办?"

来双扬说:"万一发病了我会不管你?不发病,皆大欢喜,等于你捡了一个天大的便宜,英俊女婿,城市住房,城市户口,公婆当菩萨供着你,你什么都得到了。万一发病,治疗呗。现在医学这么发达,怕什么?"

九妹说:"假如病得更厉害了呢?"

来双扬说:"崩溃!送精神病院呀!实在不成还可以离婚呀!到那时候再离婚,你该得到的都已经得到了。九妹呀九妹,现在做什么生意没有风险?人生也是一样的呀!你还在这里犹豫,人家张所长家里,成天都有哭着喊着送上门的乡下女孩,就是咱们吉庆街的,也不少。张所长为什么选择你,因为首先是他儿子喜欢你,看上你好久好久了。再是我没有把你当丫头,我当你是自己的妹妹,吉庆街都知道,你是'久久'的副经理。你是有身份有靠山的人,你出嫁,我是要置办彩电冰箱全套嫁妆的;'久久'的股份,也是要给你提到百分之三十的。九妹啊,你是有娘家的人啊!我来双扬这里就是你的娘家啊!你以为人家张所长不看重这个?一个干部家庭,谁不看重身份和地位呀!"

来双扬说完,接电话去了。一个电话,故意说了将近一个小时。九妹独自坐了将近一个小时,抱着脑袋前思后想。

来双扬打完电话,过来,也不再劝说,疲乏地歪着身子,仿佛为九妹操碎了心的样子,眼睛呢,只是征询地看了九妹一眼,然后慢条斯理地去磕烟灰。

九妹揉着眼睛哭道:"老板啊,大姐啊,你要说话算话啊,以后千万不要不管我啊！"

来双扬轻轻杵了一下九妹的脑袋，说："我是说话不算话的人吗？真是崩溃！"

事情就这样办成了。九妹将要成为一个花痴的新娘了。来双扬忽然一阵心酸。来双扬挨着九妹坐下，抚摸着九妹的头发，说："九妹啊！我何尝不愿意你嫁给久久呢？久久命不好，你的命也不好，我的命也不好。咱们都是苦命人，就这么互相帮着过吧。做人不是一件容易的事情，来生我不要做人了，我宁愿做一只鸟。"

正好有一只鸽子歇在来双扬的窗口，来双扬看着鸽子说："我宁愿做一只鸟，想飞哪里就飞哪里，父母兄弟，一家老少的事情全都不用管，多好啊！"

九妹泪眼朦胧地也去看那鸽子，说："我来生也不做人！随便做什么也不做人！"

来双扬说："九妹，大姐对不起你了！"

九妹说："大姐，不要这么说。这是我最好的出路，我反复想过了。"

来双扬说："结了婚，安定了。张所长的儿媳妇，也没有人敢小看的了。到时候，你要放开胆量和手脚，把'久久'的生意搞得更红火。大姐老了，有做不动的时候，'久久'迟早是你的。"

九妹被来双扬感动得一塌糊涂，说："'久久'永远都是大姐你的、久久的和我的。以后，我心中珍藏的最宝贵的东西，就是'久久'了。我会拼命把生意做大的，我要尽量多赚钱，我要替你分担一部分久久的费用。我想穿了，只要久久能够活着，他要吃'货'我们就尽力让他吃吧。"

提到久久，来双扬流泪了。汹涌的泪水，把眼睫毛上涂的黑色油膏，淌了一脸。她揽过了九妹的头，依偎在自己怀里。她喃喃地说："久久活不长的。他要是活得长，我就只好卖房子养活他。来家的这两间老房子，就是最牢靠的两笔财产，一笔是久久的，一笔是来金多尔的。我自己和其他人过活，只有靠我卖鸭颈和'久久'的生意。我这辈子不如你呀，九妹，我就是一个卖鸭颈的命了。"

来双扬这个样子，九妹还有什么话说，两个人竟是肝胆相照的亲姐妹一般了。

日子过得很快。说话间，一个月过去了，九妹的婚期也到了。张所长的儿子，一听要替他完婚，高兴得比正常人还要正常。张所长的儿子与九妹一同去"薇薇新娘"影楼拍婚纱照，影楼的小姐都嫉妒九妹了。一个乡下妹子，怎么把这么一个一表人才的青年弄到手了？她们对张所长的儿子卑躬屈膝，把刻薄的冷淡藏在虚伪的热情里对待九妹。张所长的儿子居然觉察出来了，说："你们不要这样好不好？否则，我和我女朋友就要换一家影楼了！"

九妹听了兴奋得实在忍不住，提着婚纱跑到街头，给来双扬打了一个电话。在电话里，把未婚夫的话，逐字逐句地讲给来双扬听。

来双扬在电话那头说："好哇。这是我早就料到的。"

来双扬说完就把电话挂了。来双扬高兴当然是高兴，但是她已经把九妹的事情放下了，她要去忙别的事情。生活中的事情真的是很多很多。

来双扬把来家的两间老房子收归到了自己名下。除了久久，来双元肯定是有意见的，来双瑷也肯定是有意见的。来双元与来双瑷，来双扬不怕他们。他们的思想工作，来双扬都可以做通。谁要是来硬的，来双扬就要问问他们，谁能够把久久和来金多尔负责起来？谁能够把吉庆街的"久久"酒店负责起来？来双元不能够，来双瑷也不能够。这是明摆着的事情。

只是来双扬必须把小金解决一下。

来双元的背后主要是他的老婆小金在挑唆。小金下岗两年多，想钱想得要命，现在是穷凶极恶了。来家的长子没有得到房产，小金绝对饶不了来双元。小金下岗之后迷上跳广场舞，据说在舞场结识了一个律师。现在她动不动就说要诉诸法律。如果不解决小金，来双扬的哥哥来双元，后半辈子就没有安宁日子过了，来金多尔受到的干扰就太大了，来家谁都没有好日子过了。来双扬必须解决她的嫂子小金。

与小金这样的女人较量，来双扬便要使用她的另一套本领了。这就是泼辣。小金泼，来双扬要比小金更泼。出发迎战小金之前，来双扬换下了裙子和高跟鞋，穿上一身廉价的紧身衣服，黑色的；手上却戴了一副白色腈纶手套，这手套是来双扬夏天骑自行车用来保护手指的，今天她是晚上去找小金，没有太阳紫外线，她是怕小金把她镶钻的手指抓挠坏了。虽然是人造钻石，也是八十元一颗的。来双扬这样的一身打扮，完全是一个江湖侠客。

琴断口广场成了来双扬的嫂子小金终身难忘的伤心之地。

来双扬到了琴断口广场之后，暗中观察了小金很久。小金是那种年轻小巧玲珑中年发胖的身材，骨骼小，肉多，整个人成了一个圆滚滚的树桩，这种身材没有什么关系，人到了年纪都会发胖的。问题是小金年轻的时候朴朴素素，看上去令人舒服，现在却爱俏起来。小金不懂得，一个中年妇女，爱俏是一定要有身材本钱的，还要有经济实力的，还要有见识和悟性的。不然，就应当取本色的风格，穿得干净整洁，大方朴实也就很好了。小金真是要命！穿的什么？居然敢穿黑纱！里面紧身吊带背心，外面罩一件半长黑纱，下面是今年最流行的两边开衩短裙，脚尖上是松糕凉鞋，头发呢？吹起来挂在头顶如僵硬的快餐面，还染有一撮金色的黄发。这居然是一个胖墩墩的中年妇女的打扮！真是丢来家的人！在大喇叭猛放的流行歌曲声中，小金涂脂抹粉，做出一脸的表情，用一种以为自己很亭亭玉立风情万种的感觉，与那位相貌猥琐，瘦得腰都挂不住裤子的律师，亲密地相拥起舞。

并且，小金只和那位律师跳舞。一个老头子过来请她，她还撇嘴！喇叭里放出一首"真的好想你，我在夜里呼唤黎明"这种抒情曲的时候，小金与律师几乎跳贴面了。他们的眼睛，还碰来碰去，在光线黯淡的地方，向对方放电。他们一定以为，广场这么大，跳舞的人好几百，看上去都是胳膊在扭动，仿佛一窝乱蛆，令人眼花缭乱，一定不会有谁注意到他们的。来双元还为他的老婆辩解，说她晚上出去跳舞只是为了锻炼身体。来双扬才不相信呢！为了身体健康，每天坚持在自己的楼道里爬楼梯就足够了！

来双扬径直走到舞场中间，把她的嫂子小金拽了出来。当来双扬大叫一声"嫂子！"的时候，律师飞快地钻进人群，不见了。

小金的块头不大，劲头却不小。她用力甩掉了来双扬的手，大声叫喊道"我又不认得你！你拉我做什么！"

小金这一手果然厉害，周围不少的人就围了过来，警惕地打量来双扬。小金长期在这里跳舞，人们是认识她的。而且来双扬还不能指责小金的打扮，也不能戳穿小金跳舞的居心，因为舞场上的大部分人，都是小金的同类。来双扬一棍子打翻一船的人，在这里肯定是要吃亏的。来双扬见势不妙，机智地转换了话题。来双扬在吉庆街练就的就是一张巧嘴。

来双扬说："嫂子，你这是干什么？我偶尔路过这里，看见了你，想托你给我哥哥和侄儿捎带一点营养费回去，他们手术以后，还是要多补养补养的。我不是看你下岗了，想帮帮你们吗？"

周围的人，把来双扬的话一听，顿时对她好感倍增。

小金可不是一个好打发的女人，她说："说得比唱得好听！钱呢？给我吧。"

来双扬没有退路，只好拿出了一张百元的钞票，递给了小金。她想：舍不得孩子套不到狼。

小金拿了钱就要走，来双扬说："嫂子，这就做得不地道了吧？我还有话要说呢。"

小金说："有话就说，有屁就放。"

来双扬对周围的人无奈地笑笑，说："我嫂子好像吃了炸药呢。"

小金迫于众人的压力，将戾气收敛了许多。说："有什么话，说吧说吧，你这个人，我又不是不知道。汉口吉庆街的，老辣得很。没有事情，是不会来找我的。"

来双扬也就变了脸，说："那好。那你就听着。你是一个当妈的，你儿子动手术割包皮，你跑到哪里去了？你是一个做老婆的，你丈夫也动了手术，你跑到哪里去了？你本来就是一个工人，却怕吃苦，不肯做工。你下岗之后，我给你介绍了多少工作，你都不肯做。巴不得每天早上一开门，天上就在下钞票。你从前上班，就是在厂里混点。有哪一个工厂，能够不被你这样的人混垮？还有脸骂政府，怪国家，埋怨丈夫。像你这种懒婆娘，不肯劳动，不管儿子不管丈夫不顾家庭，还有什么嘴巴说别人？"

小金的嗓子也敞开了。她说："我家里的事情，要你管什么！不就是你哥哥和侄子在你那儿住了几天吗？你就邀功来了。谢谢你！行了吧？你妈屄自己一个孤老，把老子的儿子拉拢过去当自己的儿子，还不肯出一点血，天下哪里有这么美的事情！"

小金骂来双扬"孤老"，这一下就把来双扬的恶胆勾引出来了。来双扬甩出胳膊，手指都指点到小金的鼻子尖了。来双扬说道："你骂我孤老？你的脑袋是不是有毛病？你张开眼睛看看是你年轻还是我年轻？你崩溃呀！我他妈的又不是没有生过孩子！老子现在要生育，是分分钟的事情，要找男人，也是分分钟的事情。姓金的，我告诉你，话说早了不好，咱们走着瞧，将来谁是孤老，咱们看得见的！什么你的儿子，你管过他吗？那么好的一个孩子，那么爱学习爱读书，你妈的屄，你一打麻将就是整天整夜，那孩子，连一口饱饭都吃不上。给两个钱让孩子自己上街买烧饼，孩子烧饼都舍不得吃，都去买书报了。这么糟蹋孩子，你还有什么资格当妈？这孩子是吃我的奶水长大的，是我一直在关心他爱护他，给他买书买杂志，是我花钱送他去俱乐部打乒乓球。他动了手术，是在我家里休养，我给他熬骨头汤，做肉做鱼给他吃。'生不如养'这句老话你知道吗？我要抢你的儿子？我有钱不知道自己多穿几件好衣裳？我有病啊！是孩子他愿意啊！你让多尔站在我们中间，看他愿意跟谁走！我是心疼这孩子啊！你是在害性命你知道不知道！"

来双扬的一番话，倾泻如高山流水，势不可挡。小金几次试图打断她，结结巴巴着，就是说不出任何有力的语言来。小金恼羞成怒，扑将上来冲撞来双扬，一边叫嚷："来双扬！你这个婊子养的！看我不把你的嘴撕了！是我惹你了，还是我铲了你们家的祖坟，你凭什么跑到这里来败坏我！"

来双扬的个子比小金高多了，又是有备而来的，所以一下子就捉住了小金的双手。来双扬说："今天我来，就是要教你学乖一点。教你尽到做老婆做母亲的本分，不要无事生非地掺和我们来家的任何事情。我哥哥养活了你，爱护着你，你要知趣，要感恩，不要给他气受，不要在他面前絮絮叨叨，不要怂恿他与我们兄弟姐妹争家产闹矛盾占小便宜。如果你乖，多尔的生活费和教育费，从现在起，我都包了。你他妈的就是打麻将打死，跳舞跳死，懒惰得骨头生蛆，我来双扬再也不干涉你一个字！假如你臭不懂事，那就怪不得我了！"

小金听了来双扬的话，愣了半响，突然奋力地跳起来，在来双扬脸上抓了一把。来双扬一躲闪，小金的手抓到她嘴角了，当时就有血花绽开。来双扬眼疾手快，顺势就给了小金一个凶猛的耳光。小金脚跟没有站稳，跟跄了一下，跪倒在来双扬面前。

来双扬抓住小金的头发，说："今天咱们就这么说定了。最后还有一个小小的警告，你要是再和那个律师眉来眼去，是卸胳膊还是卸腿，随便你挑。你知道吉庆街是有黑社会的，也知道我是吉庆街长大的。"

小金扛不住了，一摊烂泥泄在地上，杂乱无章地哭嚷叫骂着。

来双扬一把掀开小金，钻进一辆出租车，扬长而去。

九

与天下的日子一样，吉庆街的日子，总是在一天一天地过去。

早上，太阳出来了，人也出来了，各式各样的，奔各自要去的地方，脸上的表情，都让别人猜不透；黄昏，太阳沉没在城市的楼群里面，人也是各式各样，又往各处奔去，脸上的表情，除了多出一层灰尘和疲倦，也还是让人猜不透。若是抽象地这么看着芸芸众生，只能觉得日子这种东西，实在是无趣和平庸。也只有日子是最不讲道理的，你过也得过，你不想过，也得过。人们过着日子，总不免有那么一刻两刻，也不知道为了什么，口里就苦涩起来，心里就惶然起来，没着没落的。吉庆街的夜晚，便也因此总是断不了客源了。

吉庆街是夜的日子，亮起的是长明灯。没有日出日落，是不醉不罢休的宴席。人们都来聚会，没有奔离。说说唱唱的，笑笑闹闹的，不是舞台上的演员，是近在眼前的真实的人，一伸手，就摸得着。看似假的，伸手一摸，真的！说是真的，到底也还是演戏，逗你乐乐，挣钱的！挣钱就挣钱，没有谁遮掩，都比着拿出本事来，谁有本事谁就挣钱多，这又是真的！用钱作为标准，原始是原始了一点，却也公平，却也单纯，总比现在拿钱买到假冒伪劣好多了。卖唱的和买唱的都无所谓，都乐意扮演自己的角色，因为但凡动脑筋一想，马上就明白：人人都是在这生活的链条当中，同时卖唱和买唱，只是卖唱和买唱的对象不同而已，老虎怕大象，大象却还怕老鼠呢。表演者与观看者互动起来，都在演戏，也都不在演戏；谁都真实，谁都不真实。别的不用多说，开心是能够开心的。人活着，能够开心就好！什么王侯将相，荣华富贵呢！

来双扬的鸭颈生意，她从来都不是很犯愁的。她不用动脑筋，仅凭吉庆街的人气；她也知道吉庆街总归是有人来吃饭的，吃饭肯定是要喝酒的，喝酒肯定是要鸭颈的。来双扬非常清楚，对于中国人，大肉大鱼的时代已经过去了。她的鸭颈，不用犯愁。所以来双扬夜夜坐在吉庆街，目光里的平静是那种满有把握、通晓彼岸的平静，这平静似乎有一点超凡脱俗的意思了。

生活呈现出这样的局面，使来双瑗异常悲愤。来双瑗的目光是犀利的，是思辨的，是智慧的，可是她就是熬得双眼红红，目光烦躁不堪。通过较长时间的努力，来双瑗积极地曝光了社会热点问题，吉庆街夜市大排档受到了广大居民的强烈谴责。吉庆街又遭到了一次取缔。然而，取缔的结果还是与以往一样，吉庆街大排档就像春天的树木，冬天睡了一觉，春天又生机勃发了，并且树干还粗大了一轮。这是来双瑗怎么也想不通的事情！政府大约是要想别的办法了。要不然，事情看起来就很滑稽了，到底是在棒杀还是在吹捧呢？

来双瑗与姐姐来双扬，又发生了一场龃龉。还是车辚辚话题，扬扬你为什么一定要过这种日夜颠倒的不正常的生活？来双扬便咬牙切齿地低声说："崩溃！"

姐妹俩详细的对话就不用复述了。尽管来双瑗这一次把问题的性质提到了环保和文化的高度，来双扬这个卖鸭颈的女人，三言两语，就把妹妹的话题家常化、庸俗化了。来双扬说："你在穷咋呼什么呀！"来双扬扳起指头数数这过去的日子，她解决了来家老房子的产权问题；也解决了与卓雄洲的关系问题；还带来金多尔看了著名的生殖系统专家，专家说多尔的包皮切口恢复得很好，不会影响只会增强将来的性功能，来双扬高兴得多尔找了更高级的乒乓球教练。来双扬搞好了与父亲和后母的关系；交清了来双瑗她们兽医站半年的管理费；九妹出嫁了；小金也本分了一些；久久似乎也长胖了一点，来双扬在逐步地减少他的吸毒量，控制他对戒毒药产生新的依赖；来双扬自己呢，还挤出一点钱买了一对耳环，仿铂金的，很便宜，但是绝对以假乱真！

来双瑗做了什么？她全力以赴地做了一档节目，以为可以改天换地，结果天地依旧。来双瑗气得两眼望长空，双手拍在桌子上。良久，来双瑗才文不对题地说："我，要做一个甘于寂寞的人。"

来双扬只得摇摇头，随妹妹自己去了。来双扬无法与来双瑗对话。一个人既然甘于寂寞，何必还要宣称呢？宣称本身不就是不甘于寂寞吗？来双瑗还是一个青果子，只有少数白头发的老文人和她自己酸掉大牙地认为她是一个纯美的少女，可是她早就过了少女阶段了。看来以后为来双瑗操心的事情，还真不少呢。

卓雄洲的问题已经解决了，是来双扬采取的主动姿态。让别人买了自己两年多的鸭颈，什么都不说，吊着人家，时间也太长了。来双扬还发现自己逐渐喜欢上了卓雄洲了。这样下去怎么行呢？这样下去，来双扬在吉庆街的夜市上就坐不稳了。

恋爱的女人,一定是坐立不安的。一个魂不守舍坐立不安的女人,怎么全心全意做生意、守摊子?可是来双扬必须卖鸭颈。她不卖鸭颈她靠什么生活?

来双扬主意一定,就要把她和卓雄洲之间的那个结局寻找出来。她是一个想到就做的女人。

来双扬和卓雄洲的结局是什么?在他们约会之前,来双扬一点把握都没有。最美好的结局是,卓雄洲突然对她说:"我离婚了,我要和你结婚。"最不美好的结局是,卓雄洲说:"我不能离婚,你做我的情人吧。"恋爱中的女人总是很幼稚,来双扬设想的结局就跟小人书一样简单分明,可是生活怎么会如此简单分明呢?

不管来双扬如何昏头,她还真是有一点见识的。来双扬自己单独居住,她却没有把和卓雄洲的约会放在自己的房间。来双扬想过了,她自己的房间虽然方便和安全,但是假如结局不好,那么她的房间,岂不伤痕累累,惹她一辈子伤心?一处房产,对于一个普通百姓来说,可不是好玩的东西,是人生的归宿和依靠,不是能够用火烧掉,用水洗掉的,不能让自己的老巢受伤。

来双扬把卓雄洲约到了雨天湖度假村。

雨天湖度假村在市郊。雨天湖是一大片活水湖,与长江和汉水都相通的。从度假村别墅的落地窗望出去,远处湖水渺渺,烟雾蒙蒙;近处芦苇蒿草,清香扑鼻;不远不近处,是痴迷的垂钓者,一弯长长的钓鱼竿,淡淡的墨线一般,浅浅地划进水里。多么好看的一切!

落地窗玻璃的后面,是一方花梨木的中式小几,几子两边,雕花的靠椅,坐了来双扬和卓雄洲。几子上面摆了带刀叉的水果盘,两杯绿茶,还有香烟和烟灰缸。一张大床,在套间的里面。推拉门开着,床的一角正好在视线的余光里,作为一种暗示而存在,有一点艳情,有一点性感,有一点鼓励露水鸳鸯逢场作戏。宾馆的床,都是具有多重意思的,也少不了暧暧昧昧的。

卓雄洲看着外面说:"真是人间好风景啊!我恨不能就这样坐下去,再一睁开眼睛,人已经老了。"

来双扬心里也是这么一个感觉，她说："是啊是啊。"

卓雄洲没有谈到离婚，也没有谈到结婚，更没有谈到情人。他的话题，从两年以前的某一个夜晚谈起，说的尽是来双扬。是来双扬的每一个片断，是来双扬每个侧面，是对来双扬每个部位的印象。来双扬喜欢听。被一个男人这么在意，来双扬心里很得意，很高兴，很骄傲。

卓雄洲谈着谈着，来双扬渐渐便有了一点别的感觉。卓雄洲谈得时间太长了，凡事都是有一个度的。过了这个度，来双扬就觉得卓雄洲描绘的，好像不完全是她了。到了后来，来双扬几乎可以肯定，卓雄洲说的，绝对不仅仅是她，是她与别的女人的混合。是一个十全十美的女人：外表风韵十足，内心聪慧过人，性格温柔大方，品味高雅独特，而且遇事善解人意，对人体贴入微。这个女人是来双扬吗？不是！来双扬太知道自己了。卓雄洲一定没有看见来双扬与小金的厮杀。到了这个时候，来双扬已经明白，她和卓雄洲没有夫妻缘分了。可惜了两年多的梦幻和期待。

但是，来双扬不忍心揭穿自己，也不忍心揭穿卓雄洲。既然没有夫妻的缘分，既然没有以后真实的日子，姑且让自己在卓雄洲心目中留下一个完美的形象吧。来双扬其实也是想做那种十全十美的女人的，只是生活从来没有给她这么一个机会。

来双扬点起了香烟，慢慢吸起来。她认真看着卓雄洲的脸，耐心地听他歌颂他心目中的理想情人来双扬。尽情歌颂吧，来双扬今天有的是时间，人家卓雄洲买了她两年多的鸭颈呢。卓雄洲的脸是苍劲的，有沧桑，有沟壑，有丰富的社会经验。这么老练的一个男人，城府深深的一个男人，一年盈利上千万的男人，怎么还是与找妈妈奶头的婴儿同一种眼神呢？

卓雄洲说："好！好！扬扬，我就是喜欢你这种冷艳的模样。"

来双扬强忍心酸，说："谢谢。"

卓雄洲说："我说完了，该你说我了。"

来双扬一愣："说你什么？"

卓雄洲说："你看我怎么样啊？"

来双扬更加愣了。来双扬在心里已经对卓雄洲有了明确的判断，可是她不能说出来。人家卓雄洲买了她两年多的鸭颈，还着实地歌颂了她一番，她万万不能实话实说。来双扬一向是不随便伤害人的，谁活着都不容易啊！卓雄洲怎么样？卓雄洲不错啊。卓雄洲是一个雄壮、强健、会挣钱的男人啊！来双扬做梦都想嫁给这样的男人——只要他真的了解并且喜欢她。来双扬愣了一刻之后，哧的一声笑了起来。她要开玩笑了。

来双扬说："我看你挺好。"

卓雄洲说："哪里挺好？"

来双扬说："哪里都挺好。"

卓雄洲说："说具体一点。"

来双扬说："好吧。你的头挺好，脸挺好，脖子挺好，胸脯挺好，腹部也挺好。"

卓雄洲听到这里，坏坏地笑了起来，说："接着往下说！"

来双扬伸出她纤美的手来，在卓雄洲面前摇着，说："我不说了，我不说了。"

卓雄洲趁机捉住了来双扬的美手，再也不放，催促道："说下去！"

来双扬埋下头咕咕笑道："腿也挺好。"

卓雄洲说："你这个坏女人，故意说漏一个地方。"

两人笑着闹着就纠缠到了一块儿。男女两个身体纠缠到了一块儿，自然的事情就发生了。那张大床，不知怎么的，就好像在向他们迎来。卓雄洲和来双扬眼里，也就只有床了。他们很快就到了床上。卓雄洲这两年多来，思念着来双扬，与自己的妻子便很少有事了。来双扬单身了这么些年，男女的事情也是极少的。所以，眼下这两个人，大有孤男寡女，干柴烈火的态势。来双扬是一个想到就做，做就要做成功的女人。既然与卓雄洲滚到了床上，她也没有多余的顾虑了，一味只是想要酣畅淋漓的痛快。卓雄洲呢，也是本能战胜了一切。卓雄洲一贴紧来双扬的身体，很快就不能动弹了。来双扬为了鼓励卓雄洲，狠狠亲了他一下，谁知道卓雄洲大叫："不要不要！"等来双扬明白卓雄洲是受不了这么强烈的刺激的时候，卓雄洲已经仓促地做了最后的冲刺。而来双扬这里，还只是刚刚开始，有如早春的花朵，还是蓓蕾呢。雨露洒在了不懂风情的蓓蕾上！来双扬有苦难言地躺着，跟瘫痪了一样。一朵充满热望，正想盛开的蓓蕾，突然失去了春天的季节，来双扬周身的那股难受劲儿，实在是说不出口，一线泪流，滑湿了来双扬的眼角，暴露出来双扬的不满与失望。

脱了衣服的卓雄洲与西装革履的卓雄洲竟然有如此大的反差，他的双肩其实是狭窄斜溜的，小腹是凸鼓松弛的，头发是靠发胶做出形状来的，现在形状乱了，几绺细长的长发从额头挂下来，很滑稽的样子。卓雄洲抱歉地说："先休息一下，我争取再来一次。"

来双扬赶紧摇头，说："我够了。"

来双扬得善解人意。来双扬得把男人的承诺退回去。来双扬不想让卓雄洲更加难堪，方才卓雄洲的冲刺，喉咙里面发出的都是哮喘声了，他还能再来什么？谁说女人的年纪不饶人呢？男人的年纪更不饶人。卓雄洲毕竟是奔五十的中年人了，没有多少精力了。这种男人没有刺激不行，有了刺激又受不了，只能蜻蜓点水了。卓雄洲不能与来双扬缓缓生长，同时盛开了。他们不是一对人儿，螺丝与螺丝帽不配套，就别说夫妻缘分了。大家都不是少男少女，没有磨合和适应的时间了。

这就是生活！生活会把结局告诉你的，结局不用你在事先设想。

夜已经降临。来双扬好脾气，同意与卓雄洲在雨天湖睡一夜。毕竟卓雄洲的好梦，做了漫长的两年多，来双扬还是一个很讲江湖义气的女人。来双扬让卓雄洲把头拱在她的胸前入睡了，男人一辈子还是依恋着妈妈，来双扬充分理解卓雄洲。入睡不久，卓雄洲与来双扬便各自滚在床的一边，再也互不打搅，都睡了一夜的安稳觉。

早上，卓雄洲从洗手间出来，又是一个很英气很健壮的男人了。他们一同去餐厅吃了早餐。吃早餐的时候，卓雄洲就把手机打开了。马上，卓雄洲的手机不断地响起，卓雄洲不停地接电话。卓雄洲话说得真好，干练而有魄力，处理的件件事情都是大事。来双扬把叉子含在口里，歪头看着卓雄洲，很是欣赏这位穿着西装的、工作着的卓雄洲先生。工作让男人如此美丽，正如悠闲之于女人。也难怪世界上的政治家绝大多数都是男人的了。

雨天湖的房间是来双扬订的，卓雄洲一定要付账，来双扬也就没有坚持。

吃过早餐出来，卓雄洲与来双扬要分手了。他们什么也没有说，就是很日常地微笑着，握了一个很随意的手，然后分别打了出租车，两辆出租车背道而驰，竟如天意一般。

从此，卓雄洲就再也没有出现在吉庆街了。

来双扬没有悲伤。这是来双扬意料之中的事情。来吉庆街吃饭的，多数人都吃的是心情和梦幻。卓雄洲不来，自然有别的人来。这不，又有一个长头发的艺术家，说他是从新加坡回来的，夜夜来到吉庆街，坐在"久久"，就着鸭颈喝啤酒，对着来双扬画写生。年轻的艺术家事先征求过来双扬的意见，说："我能够画你吗？"

来双扬淡漠地说："画吧。"

来双扬想：行了艺术家，你与我玩什么花样？崩溃吧。

吉庆街的来双扬，这个卖鸭颈的女人，生意就这么做着，人生就这么过着。雨天湖的风景，吉庆街的月亮，都被来双扬深深埋藏在心里，没有什么好说的，说什么呢？正是生活中那些无以言表的细枝末节，描绘着一个人的形象，来双扬的风韵似乎又被增添了几笔，这几笔是冷色，含着略略的凄清。

不过来双扬的生意，一直都不错。

原载《十月》2000年第5期

点评

池莉在其文集《我坦白说》中曾写道："我以为我的作品是在写当代一种不屈不挠的活。"《生活秀》写的就是吉庆街女人来双扬不屈不挠的活。年幼丧母，父亲与寡妇私奔弃子女而去，年仅15岁的来双扬便成了吉庆街第一个做小买卖、卖卤干子养活弟妹的人。兄弟姐妹四人，来双扬上有一个哥哥，下有一双弟妹，然而她却承担起了这个支离破碎家庭中母亲的责任。她替哥哥养儿子；她解决了来家老房子的产权问题；她替妹妹交清了兽医站半年的管理费，怕她现在看着风光而老无所依；她给弟弟开了"久久"酒店，操心吸毒成瘾的弟弟的生计问题；她替九妹断了对弟弟的念想，寻了城里房管所所长的儿子结婚……她的生活都围绕着家人们展开，但没有人为来双扬考虑。自私自利的哥哥觊觎来双扬居住的老房子，心安理得地蹭吃蹭喝；自以为脱离了市民阶层，在媒体圈混得风生水起的妹妹不断质疑姐姐的生活方式，扬言要弄垮扰民的吉庆街；吸毒的弟弟将来双扬当成了毒资的提供者，不断地压榨。尽管如此，来双扬倔强地扛起整个家族的重担，她在吉庆街卖鸭颈，她与卓雄洲虚与委蛇，她变换不同的角色解决不同的问题，她被生活推着活成了精。池莉擅长写武汉的小市民，作为"新写实"的代表作家，家长里短、鸡毛蒜皮在她笔下精彩纷呈地翻飞着。这是小市民的生存哲学，生活最终都会归于平淡的柴米油盐，有勇气有能力在逼仄的生存环境中生存，就是生活的强者。

小说的语言极富方言特色，既是刻画小说故事发生场域图景、真实再现生活状态的必要，也使得小说中的人物更加血肉饱满。通过人物语言的表达，呈现出人物复杂多面的性格和气质特征，从而使人物立得住，站得稳。来双扬对侄子说话时的温柔，亲切又多情，呈现出她内心柔软的母性的一面；与嫂子小金较量时，作者不做丝毫粉饰地将其骂人的内容尤其脏话直接呈现，将其小市民粗俗的一面又表现得淋漓尽致；她和卓洲雄对话时，语言又嗲嗲的、媚态丛生，使她小女人的一面活灵活现地凸显出来；她为了劝说父亲将房产过户给她，一反常态，极力讨好继母的话语，使其工于心计的一面跃然纸上；她劝说九妹嫁给张所长花痴儿子时，头头是道，戳中九妹痛处，极力宣扬由此可变为城里人，可得到丰厚的物质回报，混迹市井的精明性格由此一览无余……对待不同的人、事，来双扬采用不同的说话方式，又夹杂着汉味俚语，似乎可以变换出不同的人物性格出来，让读者读来有亲眼所见、亲耳所闻一样的真实感。

（朱旭）

鲜艳的季节

/蒋 韵

一

北方姑娘徐美明是在刚进校不久就认识了越南青年阮梅龙的。她所在的班级和阮梅龙的班结成了"一帮一一对红"的"对子班",这个比她高两级来自"同志加兄弟"友好邻邦的留学生就做了徐美明的"辅导员"。这是多么幸运的事啊!人人都羡慕她的好运气,和她住同屋的河北姑娘鲁翠慨叹说,漂亮的女人就是幸运。

徐美明严肃地回答,庸俗。

组织上找徐美明谈话,告诉她这是一个光荣的政治任务,要她一定要好好向来自反帝最前线的英雄的越南人民学习。徐美明非常激动。脸上几乎是一副赴死的神情。她眼睛很大。也许太大了些,大得让人惊诧和不合情理,这使她下巴尖利的一张瘦脸看上去像忍受折磨的圣徒一样苦难和圣洁。她不久前刚刚交了入党申请书。她知道这是组织上对她的信赖和培养。她点着头。激动使她的听觉产生了幻觉,她以为那说话的声音来自更遥远的地方,比如,天穹。

初次见面他这样介绍自己。他说,"我叫阮梅龙。阮,阮文追的阮,梅,梅花欢喜漫天雪的梅,龙,飞起玉龙三百万的龙。"他这样熟练地引用毛泽东诗词使她感动和惊讶,她一时说不出话。他却笑了:"听人说你是才女,我得给你留个好印象,以后还请你好好帮助我。"

"不不!是你要好好帮助我。我政治上很幼稚。"她严肃地,甚至,壮烈地回答。

20世纪60年代中期,在我们的土地上,徐美明和阮梅龙就这样开始了他们充满时代气息的交往。一周中至少有一次，他们要在一起学习毛著、读报纸社论、讨论一些宏大的革命话题和分析世界局势。她觉得他深刻和成熟，接近她心中完美的革命者形象。他有一张典型的马来人种的脸，颧骨高耸，皮肤是棕褐色的。那是热带的骄阳、炮火硝烟和内心的坚毅留在一个人身上的痕迹。很难想象一个彻底的革命者是小白脸，那未免太布尔乔亚化，或者，是一个甫志高的形象。

在他面前她常常会自惭形秽。觉得自己幼稚、浅薄，没有斗争的阅历和经验。她来自北方的一个小城谷城，在一所大学的校园里长大。那大学曾经是一个教会学校，到处是殖民地时代的中西合璧式的建筑。还有园林式的花园，在春天梨花、桃花、杏花、苹果花开成一片如云霞般辽阔的花海。那是李清照和简·奥斯汀喜欢的风景，而对于一个新时代的青年来说，它未免太平淡、太小桥流水，甚至，太甜俗了些。

她喜欢听他讲热带、椰林、陷阱和竹桩、蚊虫、沼泽还有轰炸。这让她激动。她一激动脸上就是一种赴死的决绝的神情。有一次他们说起阮文追，又从阮文追说到卓娅、丹娘，还有伏契克和他的《绞刑架下的报告》，他发现她对这一切——烈士、牺牲、鲜血和酷刑有着近于歇斯底里的病态的热爱。她大段大段背诵《绞刑架下的报告》，双颊慢慢燃烧起来。还有她的大眼睛，它们变得像烈日下的沙漠一样灼热和酷烈。一种非人间的恐怖、雪亮的美丽笼罩了她，使她不像一个真实的人。她似乎是从圣像上走下来的黑色的灵魂，这让这个异国的青年十分惊异。

"他们是多么勇敢和高贵啊！"她说，"可我做不到。"

他没想到她会这么说。

"我的身体，它对疼痛太敏感，我想它忍受不了酷刑的折磨，它比我的灵魂卑贱！"她灼热的眼睛里流露出真实的痛苦，"我一想起这些就害怕。"

"你为什么要想这些？"他回答，"告诉你，不要相信任何的假设，关于我们自己，我们了解得其实永远不够多。"

"不，我知道，我生来就做不成我想做的那种人。"

说这话时她平静下来，恢复了往常的姿态。那是一种拘谨的、有些羞涩又有些伤感的姿态。烧灼着她的火熄灭了。他刚刚看到的她的内心的景色沉没在黑暗之中。这是神秘的沉没，他想。他第一次觉得这个姑娘有些奇异。

深秋了。杨树叶落下来，像硕大的黄蝴蝶飘落在他们四周。满地落叶，黄得十分透彻和凄艳。还有银杏树的叶子，像一把把小扇子，金黄地簇拥在树上，做着一生中最后的坚持。远处有棵树，叶片像宝石一样红。他不知道那是什么树。

"徐美明，能讲讲你自己吗？"他忽然这么说，自己也觉得有些唐突，有些莫名其妙。

"我？"徐美明惊诧极了，"我有什么好讲的？我的经历是那么平常。"

"我想听。"他回答。

她迟疑一下，不知道该说什么。有什么好说的呢？"我生在四川，"她试着开了口，停顿一下，想知道那效果似的，"那是抗战胜利之后，我父母都是教员——我的家庭是小资产阶级的，"她终于说出了这句话，然后，她勇敢地望着他，他又看到了那决绝的神情，"后来我们回到了谷城，我父亲接受了那里一所教会学校的聘书，我就在谷城上学……"她决绝地、几乎是奋不顾身地说下去，一个普通的中国姑娘毫不出奇的故事。读书、升学、追求进步，完了。三言两语。可她却像用了千钧之力。

太阳真好。

那么温暖地、宽厚地、宁静地照在他们身上。他们看上去像蜜蜡做的一般。头发是金色的，皮肤也是金色的。他们身体中似乎有一种融化的奇妙的声响。他静静地聆听。享受着这和平的时刻。雁阵从他们头上飞过，在明亮的天空写下象形的文字。可她对这一切却视而不见。

"徐美明，"他开口说话了，"在这个世界上，普通人永远要比英雄多得多，做一个普通人，为什么这么让你羞耻？"

她受了惊吓似的望着他。她很震动。她从来没有这样想过问题，也没人这么追问过她。这追问中夹带着一种陌生的……叛逆的气味。她张口结舌。许久她说：

"你为什么会这么想？"

二

后来，很长一段日子，他们没有再谈论这个话题。他们似乎把这事忘记了似的。他们仍然在一起学习和讨论,讨论那些宏大的事情。世界局势啦,美帝的侵略行径啦,青年人应该投身到三大革命中经受锻炼啦,等等。可偶然地,就在他们突然对视的刹那,他们都从对方的眼睛里看到了他们共同回避的东西。这是雪亮的刹那,足以让他们看到那个话题就像一枚桃核一样埋藏在他们的身体里,埋藏在一个最温暖黑暗湿润的地方,等待着破土而出的时机。

下雪了。

是这年冬天的初雪,下了整整一夜。清晨积雪埋住了人的脚踝。雪后的校园里,真是美极了。树叶脱尽的枯枝变成了琼枝。人迹不到的山坡上,积雪看上去那么圣洁和清冽,使人的脚不敢也不忍心踩上去。只有柿子树,它硕大的叶子还有几片残留在树梢上,血红地映着大雪,就像大自然最后的艳情。

"你知道我现在最想干什么?"阮梅龙忽然孩子气地对徐美明说,"我想在雪地上打滚——儿。"

没等徐美明回答,他就往对面的山坡上冲去。那是徐美明第一次发现他其实还只是个大孩子。冲到半山坡上他被雪滑倒了——也许是故意的。他扑在雪地上,那扑倒的一瞬间他像一只轻盈的动物。然后他就真的、畅快地、撒着欢儿地顺着雪坡滚下来,眨眼间滚到了徐美明脚边。他把身体在雪地上摊成一个"大"字,脸深深埋在雪中,这个姿势比刚才那孩子气的一滚更叫徐美明震撼。许久,他抬起了脸,说:

"你知道我第一次看到下雪时怎么了?我哭了。"

一句话差点儿使徐美明流下眼泪。她不知道自己这是怎么了。他们无言对视了一会儿。他忽然向她伸出一只手,她握住了他的手想拉他起来。他纹丝不动,却把她冻僵的手握得更紧一些。他望着她,一无阻挡望得很深。他变得那么陌生、奇异和……亲近。徐美明一阵慌乱,她匆忙地、挣扎似的说:

"你要冻感冒了。"

阮梅龙笑了。爬起来,低下头去拍打着身上的雪,好像什么事情也没有发生过。可是他却迟迟、迟迟不敢抬头。危险过去了,或者说,一个奇遇过去了。它从他们身边飞掠而过时像阳光一样穿透了徐美明年轻敏感毫不世故的身体,在那里留下奇妙的痕迹。她脸色鲜艳起来,眼睛羞涩又明亮,雪地中这个芬芳的北方姑娘是阮梅龙在红色中国看到的最动人的情景。雪是多么奇异和美啊!这是阮梅龙第三次看到雪和冬天。他告诉徐美明，他说："我总觉得雪会改变我的生活。"

这是一个多雪的冬天，雪一场接一场，背阴山坡上旧的雪还没消融又被新的大雪覆盖了。柿子树也掉光了叶子。当最后一片红叶飘落枝头时徐美明感到了一点伤感，她想起他说的第一次看到下雪而流泪的情景，她好像觉得自己不知不觉拥有了他的眼睛，那是异乡人的眼睛。那天她经过只剩一片树叶的柿子树时，她忽然想起一句宋词：红巾翠袖……揾英雄泪。

事实上从那场大雪之后他们再没有见过面，他们高年级下乡参加"社教运动"去了，他去的地方在远郊区，一周一次的"辅导"暂时中止了。她发现生活一下子变得很空荡。现在她常常一个人在校园里散步，最后总是来到那面有柿子树的山坡下。这里发生过什么吗？她问自己。她仿佛在寻找又像在回避一个答案。另一场大雪之后，她踩着厚厚的积雪爬上山坡，雪光刺痛了她的眼睛，使她忍不住流泪。她忽然有一种冲动，想在雪地里打滚，像他一样，孩子气地、畅快地、无拘无束全身心地亲近这冬天的精灵亲近这无边的洁白。她在想象中这么做了。她看着另一个自己像松鼠一样自由欢乐地滚下山去。她想，我疯了。

她想起他的话，雪会改变我的生活。而现在改变的是她。

一天她正站在窗口发呆，鲁翠过来拍了一下她的肩膀，"嗨，想谁呢？"她的反应十分过火，她觉得鲁翠在含沙射影，好像她在害相思病。

"你才想谁呢！"她回答，"少开这种无聊的玩笑。"

"徐美明，知道什么叫此地无银三百两吗？这就叫。"鲁翠正色回答，扭头走了，把她独自丢在空寂无人的黄昏的宿舍。

她忽然非常想哭。

她厌恶眼泪。从很小的时候起她就欣赏一句话，"革命者流血不流泪"。也许是对自己缺乏信心或是深知它的软弱所以她热爱极端的事物。读初中时，她模仿《怎么办》中的拉赫美托夫，过苦修士似的生活。顿顿吃粗粮和辣椒咸菜，拒绝荤腥。结果害了贫血症和胃病。她总是拣哥哥姐姐的旧衣服穿，又大又不合体，上面永远打着醒目的补丁，就连过年，她也不穿新衣。一年四季，她不穿袜子，冬天赤脚穿一双大棉窝。她把自己对物质的要求自觉降低到最基本的程度。她甚至还穿过草鞋，那是父亲去江西出差给她带回来的。她在十月的秋风中赤脚穿草鞋的情景成为那年深秋谷城的一景。孩子们追着她看，老人们则说，女子呀，看落下毛病！

这种颇似如今叫作"作秀"的举止最初也招来过非议。有人说她"假积极"。她不在乎。她变本加厉地虐待着自己。夏天的傍晚，她来到日落后的麦田，让猖獗的蚊虫叮咬自己。她要检查自己的身体忍受折磨的最大极限。和平的、飘散着阵阵芳香的麦地，被她想象成热带的丛林。她不知道未来等待着她的将是什么，但她知道一点，她生来不是为和平幸福而生。

她、他们这一代，生来不是为和平与幸福而生。她得使自己坚硬。

三

鲁翠是平原上常见的那种爽朗明快的姑娘，身体饱满宽阔，不记仇，笑起来就像碧野蓝天一样坦荡和嘹亮。

鲁翠有一张向日葵般硕大的圆脸。在某些时刻，上面会突然浮起温暖和爱意，这使她看上去比实际年龄成熟，像一个正在孕育生命的母亲，给人信赖感。那不是少女拥有的青涩和脆弱的美丽。她还有两条又粗又黑的长辫子，她很爱惜它们。那上面常常飘散出皂片的香味儿。有时她把它们盘到头顶，像一个藏族人。

鲁翠不会长时间地和人生气。没多久她就原谅了徐美明的冲撞。那天晚自习后她告诉徐美明一个刚刚听到的消息，去参加社教运动的高年级同学可能要在元旦前返校。她似乎是很无意地说出了这件事。她们沿着结了冰的湖岸朝宿舍走。湖中心，灯光冰场还开放着，从那里隐隐传来喧哗。徐美明"哦"了一声，过一会儿她说：

"鲁翠，对不起。"

鲁翠笑着拍了一下她的肩膀。

"徐美明，给你讲一个故事。知道王卓不知道？就是建国初期那个最大的诈骗犯，在国务院工作，利用职务之便从银行骗取了一大笔钱，记得不记得？案发后十六天就破了案。你知道他怎么露出的破绽？有一天，他在暖气上烤点心，一个人走过来，随口问他，王卓，烤什么呢？他回答，没考虑什么呀。"说完她哈哈地一通大笑，笑得树林中睡着的鸟儿也惊飞起来，凛冽的寒气中立刻弥散出鸟巢的腥气，"徐美明，我什么都不知道，我只是想提醒你一句，现实一点。"

徐美明很震惊。

鲁翠暗藏了隐忧。她的担心不是没有道理。她看出这个天真的姑娘是固执的，她身上有一种可怕的热情。它们照亮她的时候她就有了一种怪异的美丽。鲁翠的河北老乡，也是他们班的一个男生叫刘思达的，有一天就对鲁翠说，那个徐美明，她是一个真正可以献身的人，也许是为革命，也许是为爱情。刘思达说这话时的表情引起了鲁翠的一点妒意，鲁翠说，毛泽东时代的青年，哪个不准备为革命献身？

但她心里承认，刘思达的话是对的。

元旦前夕学校举行了新年联欢活动。下午校文工团在礼堂演出了节目，晚上是班与班之间的联欢。教室被各种彩灯、纸花和彩带装饰得喜气洋洋，参加社教运动的高年级同学果然回来了，被请到了鲁翠的班里。他们人人身上都挟带了校园外生活的严峻气息，好像乡下的风吹硬了他们的身体和脸。起初，他们像乍入另一世界一样有些不自在，渐渐地，扑面而来的暖气和熏风使他们像冬眠的动物一样苏醒。气氛渐渐热烈起来，喧腾起来。女生们个个变得桃花般鲜艳，云蒸霞染，男生们人人激情昂扬——他们，这些涉世不深的青年，正齐心合力创造着最后一个太平盛世新年的狂欢。

他们玩一个古老的游戏，击鼓传花。鼓是预先从文工团借来的一面中国小鼓，花就用一只红苹果代替。击鼓人是文工团搞打击乐的，所以那鼓点敲得十分漂亮。他被蒙上了眼睛，鼓点中止时苹果在谁手里谁就得表演节目。这个热爱打击乐的小伙子像表演十番锣鼓一样炫耀着他的鼓技。鼓槌耀眼地翻飞，鼓点时急时徐，创造着又热烈又紧张的气氛。鼓点的每一次戛然而止都制造出一个小高潮，从人们的欢呼声中可以知道它停得可真是时候。鲁翠、刘思达，这些活跃人物无一幸免先后"落网"，鲁翠表演了独唱，她学才旦卓玛是一绝。此时她亮出平原般辽阔坦荡的嗓门唱了一首藏族歌曲："太阳啊，霞光万丈，雄鹰啊，展翅飞翔……"她的长辫子也像才旦卓玛一样盘在头顶，这使她看上去像一只硕大的盛开着的向日葵，流金溢彩的皮肤散发出阳光下植物的芳香。刘思达则表演了朗诵，是赵朴初填写的《某公三哭》：

孤好比，白帝城里的刘先帝，

哭老二，哭老三，如今轮到了哭自己……

他夸张的表演引起了大伙同心会意的欢笑。刘思达是很有表演天赋的，考大学时，他同时考中了中央戏剧学院表演系，可他还是忍痛割爱选择了中文：是做一个杰出的演员还是一个伟大的作家他选择了后者。不料进校第一天，他们的系主任，国内著名的宋词研究专家，在开学典礼的讲话中开宗明义：

"我们的中文系，不是培养作家的地方！"

这话如惊雷一样滚过刘思达精神的天空。在这天空的下面，横亘着屠格涅夫的俄罗斯原野和契诃夫的樱桃园，辽阔的伏尔加河、第聂伯河和哥萨克的顿河，日夜不息奔流其间，像苦难而永生的血脉。那是刘思达要到达的地方，但是现在它们却在惊雷声中无奈地远去。

也许只有刘思达注意到了在这欢乐的人群中有一个不快乐的人。她坐在角落里，冷若冰霜。好像很蔑视这市井的欢乐。可是她的眼睛却泄露了她内心的秘密。那双非常漂亮的大眼睛因为某种秘密的期待、挣扎和抗拒而显得哀伤和黑暗无边，让他不禁想起……塔基亚娜的眼睛。刘思达暗自奇怪，他当众真诚而夸张地表演着对苏修的仇恨，可是内心深处，一切美好的事物，都这么容易让他联想起善良、诗意和深情的俄罗斯。

他不知不觉分了心。鼓点怎样响起又怎样戛然而止，他都没有在意。忽然爆发的掌声使他吃惊，那掌声分外热情和热烈。原来苹果来到了越南战友的手里。那个叫作阮梅龙的越南青年人在人们的掌声中站了出来，走到被课桌环绕着的教室中央。他肤色深重的脸看上去真的很生动。他说："我不会唱歌——"可是更热情的掌声不容分说淹没了他的话。他笑了。刘思达眼前一亮，多么耀眼和灿烂的牙齿，它们像漆黑的夜景中忽然掠过的白羽毛的鸟一样夺目。

"我唱一支越南的歌吧，"他说，"歌词大意是这样，"他想了想，开始翻译，"湄公河，流过多少村庄？见没见过我的姑娘？告诉她我在河边磨房等她，哪怕等到地老天荒……"

然后，他就用自己的母语唱起来。那是谁也听不懂的语言，如同天书。可是那歌的旋律听上去忧伤而缠绵。人们很惊诧。人们以为他会唱一首革命歌曲，唱一首歌颂中越友谊的歌，比如，那首著名的、人人皆知的"越南中国，山连山江连江"

什么的，可是他却用谁也听不懂的语言唱着有关姑娘和等待的情歌，唱着爱情。教室里异样安静，气氛有些暧昧和尴尬。可是他不屈不挠。他固执地、不屈不挠地，甚至大义凛然地唱着他的情歌。他不害怕。一个没有被美国佬的地毯式轰炸吓倒的人大概也不会轻易被尴尬的寂静吓倒。刘思达震撼了。他望着这个从战火和焦土中走出的青年，心里忽然充满感动。

无意中他望了一下对面角落里的徐美明。也许不是无意的，事后他想。他似乎有一种感觉。事实证明他对了。他看见了一件事。他看见了一个盛开，一个情不自禁的、颤抖的盛开。他从没见过如此明媚的徐美明，她使身边的一切都变得黯然失色。她就像开在黑暗中的一朵花，如此孤独、招摇和奋不顾身。她目不转睛地望着那个唱歌的人。也许只有她听懂了他的歌声。她眼睛里慢慢有了水光，是湄公河的水吧？她在一个虚妄的河流中身不由己沉没。刘思达垂下了头。他觉得这情景很刺心。

他掰开一个橘子，吃着。橘子很酸。他又剥了一块糖填进嘴里，结果橘子就显得更酸了。鼓点又响起来，游戏在继续。那一番昂扬的鼓点啊，真是敲得天地为之动容。后来他听到了一声咳嗽，鼓声戛然而止。人们"哦"地欢呼起来，这一次苹果来到了徐美明手上。

怎么这么巧？刘思达想。他明白那一声咳嗽的意思了。这是有意的策划，是谁呢？他下意识地望了一眼鲁翠，鲁翠正光明磊落地坐在那里望着徐美明笑。有人在推搡徐美明，把她推到了众目睽睽之下。她脸涨得通红，她说："我不会，我真的什么都不会！"

"唱歌！唱歌！"人们齐声大喊，有个尖锐的女声说："唱越南中国，山连山江连江！"

"对对！就唱《越南—中国》！"人们大声附和。

"越南中国，山连山江连江，一——二！"有个人甚至替她起了头。

她没有唱。她在人们的吼叫声中慢慢镇静下来。她手里还拿着那只芳香的苹果，她捧着它，嗅着它的香气。那洁净的香气使她安心。她说话了，她说：

"我念一首诗吧，胡志明伯伯的一首诗。"她停顿了一下，谁也不看，慢慢念道：

米被舂时很痛苦，

　　舂成之后白如棉，

　　人生其实也这样，

　　困难使你玉成天。

　　完了。短短的四句，明白如话光明磊落一览无余，没有秘密没有故事更没有私情，人们欢呼雀跃等待的可不是这个。这不是人们的期待。人们愣住了，一时竟冷了场，等人们反应上来徐美明已回到了座位上。终于有人叫起来，"不行不行！这算什么？唱歌！""唱歌唱歌唱歌！"人们醒过了神，好像受了委屈似的叫得更加起劲儿，"唱《越南—中国》！"徐美明茫然了。她不知道为什么今天大家就是不放过她，不放过……越南。就在这时，一个人站了起来，那个人高声说：

　　"嗨，我提议，既然大家这么喜欢这支歌，那咱们就合唱吧，咱们唱这支歌，向在座的越南战友，还有，向正在战斗的英雄的越南人民祝贺新年！怎么样，大家同意不同意？"

　　是刘思达。

　　谁能不同意呢？这么光明和正义的一个理由，谁能不同意向英雄的越南人民祝贺新年呢？鲁翠首先喊起了好，刘思达笑了，"好！我来起头：越南中国，山连山江连江，一——二——唱！"

　　越南中国，山连山江连江，

　　共邻东海，我们的友谊像朝阳……

　　大家唱起来。

　　徐美明长吁一口气。她望一下刘思达，刘思达站在那里挥动着胳膊做指挥状。他们的眼睛碰了一下。只一下。徐美明还来不及表示她的谢意那眼睛就移开了。游戏没有再继续下去。人们开始一首接一首唱歌。人们被自己的歌声迷住了。闹得最欢的一个人是刘思达，差不多每一首歌都由他来起头，他会的歌是那么多。人们附和着他。他们唱《歌唱祖国》、唱《革命人永远是年轻》、唱《雄伟的井冈山》、唱《保卫黄河》，他们唱啊，唱，后来不知怎么就唱起了苏联歌曲。先是那首著名的《共青团员之歌》，接着就是《喀秋莎》《小路》《三套车》《茫茫大草原》……到后来，只剩下一个高亢嘹亮的女声，唱起一首悲伤的关于哥萨克的歌儿：

  顿河的哥萨克饮马在河流上，
  有一位少年独立在门旁，
  他在想着怎样去杀死他的妻子，
  所以他倚在门边暗自思量……

  那是鲁翠。快乐的、像平原一样坦荡的鲁翠，这时站在灯下，仰着那张向日葵一样明朗饱满的漂亮的脸，不知为什么让人觉得她和这歌、和苍凉的顿河、和哥萨克的草原，是那么吻合，好像她就是一个不幸而善良的哥萨克女人。

  他的妻投身跪倒在他的脚下，
  对他这样高声叫嚷，
  孩子们的爸爸我的丈夫啊，
  我知道你有一副慈善的心肠……

  歌声使人想哭。鲁翠眼睛里慢慢涌上眼泪。教室里一片寂静。这悲伤的、凄怆的歌声使一个欢乐和轻浮的夜晚有了重量。后来歌声停了，人们许久不说话。人们默默望着泪流满面的鲁翠发呆。一个女同学清醒过来，她跳起来说：

  "嗨！我们这是怎么了？今天可是除夕夜啊，我们唱个高兴的吧！"

她率先唱起来：

  同志们来吧，让我们举起杯，
  唱一支饮酒的歌——

人们笑了，加入了合唱：

  为党和斯大林，
  为光荣的旗帜，
  干一杯再干一杯！

  欢快重新回到了这漂亮的、五彩缤纷的屋子里，1965年正在一分一分地流逝。非同寻常的1966年正在一分一分向他们，向这些年轻人逼近。他们等待着"新年的钟声"，这当然只是一个文学性的修辞。其实他们等待着的只是手腕上手表那嘀嗒嘀嗒的移动。（有表的人寥寥无几）在最后的时刻他们静下来，围拢着有手表的幸运儿。他们随着那幸运儿一起喊：

"九、八、七、六、五、四、三、二、一——新年快乐！"

新年快乐！他们喊，互相祝福。假若他们用心聆听，或许能听到这城市那著名的报时钟响起的《东方红》的旋律。它像天堂的音乐一样自天而降，神圣而悠扬。阮梅龙分开人群来到徐美明面前。他庄严地、像发表宣言一般望着她的眼睛说：

"新年快乐，徐美明！"

于是，这寻常又古老的祝愿，顿时像一个新生的世界那样新鲜迷人。

四

狂欢过后是一个安静、懒散的假日。早饭后，鲁翠约徐美明进城买东西，徐美明没有去。她说她有点头疼，想睡觉。宿舍里的人在鲁翠的鼓动下倾巢而出，只剩下了徐美明自己。她静静地躺了一会儿，忽然听见了天空中掠过的鸽哨。那细碎、悠扬又有些忧伤的哨声，一下子触动了她。她想起了谷城。千里之外的谷城。想起那个叫作"东寺"的寺院中耸立着的白塔，此刻她好像听到了那白塔上一年四季不分昼夜永远响着的风铃。她听了整整十九年。现在她发现原来她携带着它远走异乡。

如花似锦柔情万种的谷城，原来它在她身体里藏了这么深。

她忽然难过起来，不想一个人待下去了。不想待在这拥挤、杂乱、鸟巢般的宿舍里。盥洗室和厕所的异味，挡也挡不住地涌进来，变得那么刺鼻和难以忍受。她跳下床，找出一条围巾，走出了房间。刚出宿舍楼不远，在通往图书馆的必经之路上，一个人迎面拦住了她。

"嘿！"那人说。

是阮梅龙。她一点、一点也没有惊奇。好像她知道他注定要在这里。她笑了。她围着一条鲜艳的羊毛围巾，鲜红欲滴，那是姐姐送她上大学的礼物。他望着她，笑得很意味深长。

"今天太阳是从哪边出来的？"他说。

他从没见她穿过艳丽的衣服。她身上永远是黯淡的颜色，让他想起毛泽东的诗，"红装素裹，分外妖娆"。现在他看到了真正妖娆的一个"红装"。她照亮了这个不同凡响的新年。

"太红了吧？"她问，"我姐送我的，我一直没用，我不习惯这些奢侈的东西。不过今天我有些想家——"她脱口说出了这句话。

她从来没有主动说起过任何私人话题。这是第一次。她有些不好意思地对他笑笑。突然他做了一个很突兀很冒失又很温柔的动作,他伸手摸了摸那围巾,围巾毛绒绒的质感通过指尖传给他阳光、草地、羊群、如花似锦的原野这样一些甜蜜和浪漫的气息。"真漂亮。"他说。

是北方冬天里难得的好天气。晴朗,冷得又透彻又干净。他们沿着这条路随意地走。不知不觉出了西门。西门外有村庄,有学校的生活区,有通向西山的柏油公路。还有一条僻静无人的土路,通向一个著名的、被侵略者焚毁的园林。他们不约而同走上了土路。

土路冻得硬邦邦的,上面洒满阳光。路成了一条金色的路,在田野和枯干的荷塘中伸向很远。

"你的家乡也这么冷吗?"阮梅龙问。他穿着厚厚的棉军大衣,戴着羊剪绒帽,可是耳朵和脸还是冻得很疼。

"还要冷呢!"徐美明回答,"我们那里,纬度更高一些,风更硬。"她说,她觉得很愿意和他、和这个人说说她的家乡、她的谷城,"冬天,雪老不化,家家屋檐下常常垂着一尺多长的冰凌柱,你知道谷城人把冰凌叫什么吗?叫冻梨。有专门推车卖冻梨的,卖给孩子们当冰棍儿吮。卖冻梨的推着一只独轮车,木头的,谷城人把这种车叫'地猪儿',他们推着'地猪儿'走街串乡,吆喝,冻梨——冻梨!有一个秧歌唱的就是《卖冻梨》。"

"你唱唱!"阮梅龙请求。

"我唱不好,很庸俗的。"徐美明并不怎么坚决地推辞。

"我想听。"他说。

徐美明垂下头。想了想。等她重新抬起头来,她就唱了。

> 清早起来莫啦做地,
> 把我那地猪儿抬掇齐备,
> 捎的卖冻梨,捎的看婆姨,
> 看看我那婆姨可喜不可喜——

阳光灿烂寂静无人的土路上,她的歌声没有阻挡地传出很远。它们在

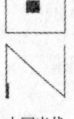

收割一空的旷野上像动物一样奔跑。钻进芦苇丛、越过沟堑，又像鸟雀一样飞过光秃秃的树梢。它羞涩又明亮、粗俗又活泼。它高亢的生机勃勃的气势把徐美明自己都吓住了，她住了嘴。她听见他说：

"真好听。"

她想说，不过是些低级趣味，却没说出口。此时此刻她不忍心说她家乡的不是。她想起小时候在谷城乡下看到过的草台班，他们在旷野地里嘶吼着秧歌或者梆子，那是拼了性命的嘶吼啊。凭你再下作再轻浮的词曲，也抵不过这以命相拼吧？现在她好像又看到了他们，在厮杀般的锣鼓点中，甩着水袖，鲜艳又破烂的戏衣随风飘舞，让她心里充满感动。

谷城啊。

那天他们就坐在这座被侵略者焚毁的废园里，坐在断壁残垣的废墟堆上，说着谷城往事。冬天难得的好太阳照在他们穿了厚棉衣的身上。阳光把棉衣晒得蓬松松的，这样他们晚上回家时就能携带回温暖、明亮又好闻的太阳味儿了。鸟在叫。这里原来是鸟雀的世界，它们叫得那么欢畅。徐美明想起一支歌，"小鸟在前面带路——"现在她就为这个异国青年带路，带他回到谷城。徐美明仿佛站在城门口，信手一指，就到了西街——了不起的西街啊，当年住的都是富甲天下的富商巨贾。最富的一户人家，姓曹，不过他不住在西街上，他住在离城五里地的一个村庄，北王村。就是秧歌里唱的那个村庄："家住（外则）谷城，住城（外则）西，北王村就搭起台台唱起（外则）戏……"这个曹家，开票号，票号一直开到乌兰巴托、莫斯科、东京和大阪。连清廷和慈禧太后还向曹家借钱呢。庚子年间，八国联军打进北京，慈禧太后仓皇出逃，途经谷城，向曹家不知借了多少万两白银。后来慈禧太后不想还钱了，也许是还不起了，就赐给曹家一个小火车头，一尺长，乌金和白金做的，是西洋的玩意儿。这火车头曹家一直收藏着，一直到解放后，五几年吧，政府让献宝，曹家的后人献出了这个宝贝。你知道它藏在什么地方？原来它就藏在曹家门楼上的一个破砖洞里。这事轰动了整个谷城，好多人都跑去看了。

那段日子谷城好多人家在掘地三尺，试图寻找宝贝。这些人家，都是辗转好几道手买下房子的，解放初，谷城的房子真便宜啊，有人花几百块钱就能买下三进的大宅院。徐美明有个同学的父亲就是这样，九百块钱就盘下了西街上一处气派的大院落，青砖水瓦、斗拱飞梁，庭院里还种着碗口粗的石榴和丁香。它从前的主人是谁？哪里去了？徐美明们不知道。徐美明们其实不知道谷城的历史。

后来，忘了是哪一年，60年代初吧，也许是50年代末，谷城忽然风传闹鬼。这次是在南街上，说是出了一个白毛鬼。不少人都说夜里撞见了他，什么什么样的脸，什么什么样的头发。还说眼睛是绿的，说得活灵活现、满城风雨。公安局开始秘密侦察了，结果破了一个大案。原来真有这么一个白毛鬼。当然不是真鬼，是一个阶级敌人，一个国民党的什么军官，临解放没有能逃走，就潜藏了下来，藏在他家后院的地窖里。在谷城，家家差不多都有地窖，为了储存越冬的大白菜、萝卜和山药蛋。这个国民党，就藏在他家的菜窖里，他老婆每天半夜里给他送饭，用绳子把饭菜装在篮子里吊下去。他就在这不见天日不分昼夜的地窖里藏了八九年，甚至十几年。日子长了，大概他放松了警惕，夜深人静，有时就爬出地窖来，站在真正的天空下面，吹吹风，看看星星和月亮，看看沉睡的家乡。他家的院子，这时早已变成了大杂院，一来二去，总有被人撞见的时候。夜色中他像磷火一样闪闪发亮，披散着洁白如雪的长发和胡须。事情终于败露了。枪毙他的那一天，谷城差不多倾城而出，看他被五花大绑押向法场——北门外河滩地。人们站在高高的河岸上，里三层外三层，连平日不出门的老太太也去看了。枪声响了。有人说，他其实早已经把自己活埋了，现在又死了第二次……

"那个女人呢？"阮梅龙打断了徐美明的话，忽然问。

"哪个女人？"

"就是，他老婆，每天半夜三更给他送饭的那个女人，她怎么了？"

"她？"徐美明摇摇头，"不知道，我忘了，大概也被抓起来了吧？不记得有人说起她了。"

"她真不平凡！"阮梅龙叹息一声，"能藏一个天大的秘密熬十几年，她一定是真心爱她的男人。"

徐美明愣了一下。她从没有把这件事和"爱"扯在一起。一个鬼鬼祟祟的故事，一个阶级敌人，一个被正义的子弹处决的国民党，这里面怎么忽然扯上了爱情？这阴暗的罪恶的灵魂怎么配得上"爱"这个神圣浪漫和美丽的字眼？她有些愕然，瞪大了眼睛，就在这时她听到有人叫她。

"徐美明！"

她吃惊地抬起头，四顾一望，没有人。断壁残垣涂染着阳光，废墟中除了他们没有别人。当然还有鸟。麻雀、乌鸦、灰羽毛长尾巴的喜鹊，都是北方常见的凡俗的鸟雀。它们一会儿飞上秃树梢，一会儿又落下，很不满意这两个异类的侵入。一只喜鹊拍着翅膀从徐美明头上飞过，理直气壮地把屎拉在了她漂亮的围巾上。

"咕咕，咕咕！"一堵断壁后传出了这样的叫声。徐美明听出了那是人的声音，"行了鲁翠，出来吧！我知道是你！"

果然，断壁后闪出了鲁翠那张金灿灿的大脸。"火、火车没误点吧？"她模仿着电影《秘密图纸》中那个结巴的、接头的特务。

"正讲国民党特务呢，真就跑来一个。"徐美明说。

鲁翠哈哈笑着跳出来，两条大辫子一甩，鱼竿似的钓出另一个人来，刘思达。刘思达望着徐美明若有所思地笑。"你不是头疼吗？怎么跑这儿来啦？"鲁翠一边朝这边走一边大大咧咧地说。

"你呢？你不是拉着队伍进城去了？怎么也跑这儿啦？"徐美明反问。

"问他！"鲁翠朝刘思达一甩头，"还没出校门，就让这老兄劫持了。他动员我们和他来这儿，没人响应。数九寒天，谁喜欢逛这破园林？我看他怪没面子的，只好舍命陪君子，陪他来这儿吹西北风，谁让我们是老乡呢？"鲁翠说得掷地有声，光明磊落。

她一屁股坐在了徐美明身旁，搂住了她的肩膀，"你今天真漂亮！"她说。徐美明脸红了。没等她说什么目光如炬的鲁翠一眼就看到了她头上的鸟屎，"哟，鸟在你头上拉屎了，徐美明，你要有祸事临头了！"

"迷信！"刘思达抢着回答。

"刘思达，就你一个人是唯物主义者？"鲁翠瞪了他一眼，"这儿没人听你上政治课。"

刘思达笑了笑，从口袋里掏出一块手帕，递给徐美明，"擦擦吧。"他说。徐美明有些惊愕，那手帕叠得整整齐齐，非常洁净，似乎还贮存着茉莉香皂的气味。这可不像是一个五尺高的大男人用的东西。她犹豫着没有接。鲁翠却一把抢过来，就用这洁净的、有着茉莉花香的手帕去揩徐美明头上的鸟屎。

"大阮，你的歌儿唱得真好。"鲁翠随手将那块揩过鸟屎的手帕一团，塞进自己的衣兜里，这动作让她做得那么自然和光明。她称呼阮梅龙"大阮"，其实他们之间远没有熟悉到这种程度。可鲁翠就有这种本领，天生的自来熟，脱口而出的这一个称呼来得是那么水到渠成，又是那么响亮新鲜，顿时消灭了他们原来还存在着的那一点距离。

"我那是'逼上梁山'。"阮梅龙笑着使用了一个典故。

"天哪！你可真是个'中国通'！"鲁翠夸大了她的惊讶。

他们笑起来。于是，在这个被阳光照耀着的废墟之上，四个快乐的、健康的、血气方刚的年青人把冬天的寒冷驱赶到很远的地方去了，驱赶到了这萧条、荒凉、夜夜出没着猫头鹰和孤魂野鬼的园林的深处。他们大声说笑，招致了鸟雀更大的不满。它们试图以更响亮的鸣叫来压倒他们的笑声。鲁翠讲了一个关于鸟的故事，一个民间传说，说的是鸟儿怎么捉弄一个笨人。鲁翠一本正经地说："咱声音小点儿，别让鸟听见咱们说它的坏话！"当然他们笑得就更凶了。后来他们让阮梅龙讲讲越南，阮梅龙就讲了——不是他们熟知的那个广播里报纸里的越南，不是游击队和人民军、陷阱与竹桩，还有B-52轰炸机的越南，而，是什么呢？

是绫鸟。

绫鸟的传说。

从前，有一个宫里的园丁，爱上了一个绝艳惊人的王妃。他明知这是无望的爱却越陷越深。终于有一天，他冒死向这王妃表白了。王妃非常惊愕，奇怪这年轻英俊的园丁竟如此大胆。于是，她送给这园丁一面用白绫蒙面的绫鼓，她对这园丁说："只要你能把绫鼓敲响，我就答应你的请求。"白绫做的鼓怎么能敲响啊！可是，这园丁就真的敲起来了。他站在花园里，站在王妃寝宫外一棵紫梗树下，敲了七天七夜。七天七夜，他不吃不喝，奋不顾身地、痴迷地、生死相许地敲着。手敲破了。口、鼻，甚至还有眼睛，流出血来。血一滴一滴涂染了绫鼓，白绫变成了红绫。猩红绝艳的绫鼓仍然是一面哑鼓。第七天夜里，这园丁终于倒在紫梗树下，气绝而死。传说他倒地的瞬间，从他身体中飞出一只鸟，浑身雪白，只有翅尖、嘴和眼睛是红的，滴着血……人们就把这鸟叫作绫鸟。奇怪的是，绫鸟不会叫，是鸟类中的哑巴，所以又叫哑鸟。后来，世世代代，猎人、捕鸟的人，无论大人孩子，都不忍心伤害它，捕捉它。假如它不慎落入网中，也总是要把它放归丛林。捕鸟人一边放它一边还要开导它说：

"你呀，怎么这么傻？绫鼓怎么能敲得响呢？"

他们望着阮梅龙。从心里感到震撼。这个人，总是这样给他们带来意外和震惊。他的歌、他的故事、他对生活的珍惜和爱意……徐美明别过了脸。她觉得眼睛一阵潮热。她望着天空中那些飞翔着、鸣叫着、为生活而忙碌的鸟，心想，它们之中有没有一只永远叫不出声的绫鸟呢？

那天晚些时候他们一起吃了饭。他们去了附近一家小饭馆。也许是因为地处偏僻，那饭馆顾客寥寥无几，他们因此而吃得很尽兴。四个人，要了好几个菜：苜蓿肉、韭黄炒肉丝、糖醋丸子，还有一盘麻婆豆腐。这真是一桌了不起的盛馔啊！不能没有酒，于是又要了青梅酒。他们都不懂酒，也不大会喝，可是他们都喜欢青梅酒那碧绿新鲜的颜色，还有，"青梅煮酒论英雄"的典故。这新年的聚餐，真是让他们吃得酣畅淋漓豪情万丈啊！他们大呼小叫，连连碰杯，人人都有了醉意。刘思达开始模仿曹操摇头晃脑纵论天下英雄：美国呀，如冢中枯骨，人民早晚必擒之；苏联呀，色厉胆薄，革命叛徒也！英吉利法兰西，乃守户之犬耳。"今天下英雄是谁？"刘思达朝阮梅龙举起酒杯，"唯越南与中国耳！"

他的眼睛已经红得像兔子的眼睛了。可他还要喝，他说，干，自己先一饮而尽。他就像坐在了一条在风浪中颠簸的船上，眼前的一切都在摇晃：鲁翠、阮梅龙，还有，还有……徐美明，他们摇晃着使他晕眩。他笑了，他说：

"阮梅龙啊，你知道不知道，你小子是个幸运儿。"

五

后来，阮梅龙常常想起这句话。在河内街头、在风景如画的还剑湖旁、在红河边……红河上来来往往的航船鸣着汽笛靠岸或者出港，河水温暖而浑浊。人们从货船上卸下水果、咖啡、黄麻、木材还有香料，从乘潮直达的小海轮上卸下各种鱼类和海产品。热带水果浓郁的芳香、桂皮茴香紫梗辛辣的香气、新鲜的鱼腥味、灼热的河风，这疼痛而亲切的一切，会突然唤起他内心深处最缠绵的想念。他怀着感恩的心情，想起那句话：阮梅龙，你是个幸运儿。

他是个幸运儿。他爱过一个异邦的女人，那女人也爱他。他将终生铭记她阳春三月般温暖的爱,到死。

六

事实上他们从来都没有说过"爱"字。他们没有时间,没有机会,也许,就是有机会他们也不会说。他们怕这个字。他们知道这个字重如泰山。

新年过后阮梅龙就又随着工作队下乡去了。寒假,甚至春节,他们都是在紧锣密鼓的社教运动中度过。而一开春,徐美明这些大一的学生也背起行装来到了乡下。他们下乡的地方不在一个县境,相距百余里。他非常想她。他给她写信,却从来没有寄出去过。

那真不是一个谈情说爱的年代。生活每时每刻不分昼夜都板着严峻甚至残酷的面孔。他们蹲点的那个村庄,有一天夜里,大队会计把自己吊死在了自家院里的枣树杈上。他老婆早晨醒来倒尿盆发现了丈夫的尸体。已经僵硬了。也许他是怕吓着孩子或是弄脏了屋子吧,所以他死在了院子里。这只是一个开始。接下来还会有更多的死。就在不远的将来,就在这一年的八月。现在这一天还没有到来,可是敏感的人已经闻到了死的血腥。

他在煤油灯下给她写信。在生死场,他给一个心爱的姑娘写信。他告诉她有一个人上吊死了。告诉她春天使村子里变得肮脏而泥泞,到处是一种酸味。新鲜又顽强,那是大地苏醒的情意绵绵的气味。生产队的母牛怀孕了,还有一个月它将要产下小牛犊。这母牛清澈的眼睛使他想起母亲……他意犹未尽地、伤感地表达着他对她无尽的想念。汉语毕竟不是他的母语,用汉语他无法说出那个生死攸关的字眼。他就用越南语写。母语是多么自由和酣畅啊!多么奔放和深情啊!他趴在炕桌上写到深夜,煤油灯熏黑了他的鼻腔,灯朵儿燎焦了他的发梢,可是他知道,他写的她一个字也不会懂。

麦子黄梢时他们终于返回了学校。是突然通知他们返回的。一个历史大事件降临了。校园里已是火药味十足。那不再是他熟知的往日的校园。他在铺天盖地的大字报中呆头呆脑地穿行,寻找着她。她在。晒得黑了些，正挥着笤帚在朝墙上刷大字报。他喊了她一声。她回头看到了他。她朝他跑来。她甚至忘了扔下手里的破笤帚。他永远、永远忘不了她在突然之中变得如此娇媚和亮丽的容颜。那是他生命中的奇花。她跑过来，许久说不出话。他也说不出。他们对望着，他终于说出一句：

"我想你。"

我想你。

她垂下了头。再抬起时，她的眼睛就已经湿了，就像被大雾被露水被江流打湿一样。她冲他温柔又稚气地一笑：

"我是不是晒得像越南姑娘一样黑了？"

他笑了。他突然、突然那么想把她抱入怀中。他欲念滚滚。他想要。要她新鲜干净的红唇要她貌似坚硬其实却充满诱惑的身体。这就是她的迷人之处。貌似坚硬其实却充满诱惑，不谙风情却又十足招摇。就在这时有人叫她，有人喊着她的名字让她快和他们一起走。她匆匆说了一声"待会儿见"就跑走了。他望着她的背影，回味她的话：待会儿见……

待会儿见。

可是没有"待会儿"了。一辆银灰色的伏尔加小轿车，挂着使馆的黑牌照，正在他的宿舍楼前等着他。车前站着一个他认识的使馆工作人员。几分钟后，伏尔加匆匆地、悄无声息地载走了他，他只来得及把还没打开的行李卷儿搬下楼扔进车里。这是几年来第一次，使馆的车来接他。他知道一定、一定有什么大事发生了。

伏尔加驶出校门的刹那，他心中一恸。

那天黄昏，徐美明在他们常去的"学三"食堂门前等他。他没有来。他没来吃晚饭。这很奇怪。她不相信他会擅自到其他的食堂，或者，就在留学生餐厅吃。她知道他不会，她固执地、坚决地等下去。一直等到偌大的饭厅再也没有一个人。她突然恐惧了。她朝留学生住地那边跑去。那是一个美丽的园中之园，有着一栋一栋被高大树木遮掩着的旧式别墅小楼。她知道他住在哪座楼里，可她从没有来找过他。她刚一进楼门就被守门人拦住了，那是个肥胖的老妇人，问她找谁。她说了名字。那胖妇人说："噢，小阮啊，今天有车来把他接走了。行李也搬走了。"

她蒙了。

他就这样神秘地消失了，没有原因，没有解释。不久就传出消息，说是阮梅龙回国了。她不相信。她不相信他会这样，这样没有情意地、残忍地不辞而别。人们议论这事时她沉默不语。人们说这事真怪怎么说走就走连暑假都等不到呢，怎么连一天都不能等呢？人们猜测着那里面的原因，想到了那一定和政治有关。好在有更多的大事吸引着人们。1966年盛夏，有多少惊天动地的大事在中国的土地上发生着啊，一个留学生的突然失踪很快使人们丧失了好奇心。渐渐地，"阮梅龙"这三个字就不大有人提起了，这个名字就像被人摘下的花朵一样迅速变得黯淡和凋零。直到这时，徐美明才悄悄松出一口气。现在这终于只是她一个人的事了。她自己的事了。现在她可以自由地、安静地、不受打扰地猜测和想念。她不相信他已回国，不知道为什么她固执地相信着这一点。她想他一定还在这个城市，他在这个城市。在这片土地。她能感觉到这个，真切而清晰。假如他离去了她一定、一定知道，她就像相信自己的清白一样相信着这个。

鲁翠很为她担忧。她固执的沉默、她坚韧的平静，这一切，都让鲁翠隐隐害怕。鲁翠希望她大哭一场，而不是这样绷着。有一天宿舍里只剩下她们两人的时候，鲁翠觉得机会到了，鲁翠对她说：

"徐美明，你听说没有？"

"什么？"

"阮梅龙，"鲁翠坚决地、不容置疑地说出了这个她们之间一直回避的名字，"这不是他的真名。"

她面无表情。

"这不是他的真名，"鲁翠不管不顾地说下去，"听人说这是他的化名。你想想，什么样的人才使用化名呢？"

"我不知道。"徐美明安静地回答。

"他好像是一个什么大人物的儿子，也许……总之他很神秘，他一定不是个普通人，"鲁翠说，"现在他回国了——"

"他没回国。"徐美明打断了她。

"你怎么知道？"

"我就知道。"

鲁翠目瞪口呆。她想，徐美明出问题了，她惊愕而怜悯地望着徐美明，劝慰的话再也说不出口。徐美明却笑了，笑得令人触目惊心，徐美明说：

"鲁翠，你放心，我很好。"

你不好。鲁翠害怕地想。徐美明你不好。她把她的担忧告诉了一个人，刘思达。她说："刘思达啊，你看徐美明会不会出什么事？"

"出什么事？"刘思达问。

"她到现在还不相信，阮梅龙已经走了，回国了，她愣是不相信！"

刘思达闷不作声。

"我小时候，我们县城有个闺女，就是因为失恋受了刺激，得了花痴，一阵清醒一阵糊涂的，清醒的时候，她涂脂抹粉，打扮得古古怪怪，坐在家门口，唱小曲儿，糊涂的时候，就赤身露体满大街疯跑，见了好看的男人抱住人家就亲——"

"我说鲁翠，"刘思达气呼呼打断了她关于疯子的描述，"你别乱咒人好不好？我告诉你，就是我疯了，你疯了，徐美明也不会疯，她不疯！她要会疯倒好了，懂不懂？"

"我不懂，"鲁翠冷笑一声，"我不懂你哪儿来这么大的火气！"

他们不欢而散。鲁翠望着晚霞中他鲜艳的背影，不觉悲从中来。这个傻子啊！这个执迷不悟痴情的傻子啊！她伤感地想。她看他拐上通往山坡的小路，消失在黄栌、枫树、银杏，还有桦树杂生的树林中。到秋天这树林将是多么斑斓多么美啊。满山红叶。只是现在还不是秋天。

8月来到了。1966年8月，空气中弥漫着浓郁的血腥。鲁翠、徐美明们年初下乡参加"社教运动"的那个村庄，一村的地富听说都被消灭了。人们把地富押到了河滩，用石头砸死了他们。地富以及他们的家人——老人、孩子、新媳妇还有吃奶的婴儿，无一幸免，全都砸死了事。白色的脑浆和腥红的热血污染了河滩，刺鼻的血腥招来了成群的苍蝇，河水都臭了。牲口拒绝喝发臭的河水，马、牛，还有骡子，悲哀地站在河边，愤怒地嘶叫。

到处都在消灭。消灭一个旧世界。消灭带给了人们节日的快乐。真的是节日了，坐车都不要钱了。人们坐着免费的火车从北京到上海，从上海到乌鲁木齐，从乌鲁木齐到延安，从延安到井冈山……大串联开始了。鲁翠、刘思达们都加入到了革命大串联的行列，他们邀请徐美明和他们一起去韶山，徐美明却在临出发的当口留了下来。她不能离开。她想，离开了，也许他会再也找不着她。

这天,她一个人去了另一所学校,在那里逗留了一天,抄大字报,听辩论,回到学校已是晚饭时间。她又累又饿又渴。她朝宿舍走。远远地她看到一辆车,停在那里,停在楼门口。是一辆银灰色的伏尔加,在夕阳中辉煌而安静。她的心一动。就在这时,车门开了,他,阮梅龙,跳下汽车就朝她跑来。

她以为这是梦。多么辉煌的一个梦境啊。他身披晚霞,流金溢彩,像骏马一样狂奔。这就是她的英雄。她的骄傲。她的等待。他披荆斩棘夸父逐日般地狂奔啊,把她苦苦的等待茅草般踩在了脚下。他还没来到她面前,她就哭了。

他们面对面站着。她的眼泪无声奔涌。许久,她说:"我知道你会来,我知道你还没走。"

"可我就要走了,"他回答,"我要回国了。"

"什么时候?"

"现在,"他说,"马上。"

"马上?"她觉得大地在摇晃。

"马上,"他艰难地、心乱如麻地证实着,"就是今晚的火车,开往河内……我没想到事情会变成这样,徐美明,"他抓住了她的手,"我是来向你告别的——"

她的手在抖。他也在抖。行人奇怪地打量着他们。他们刚好站在人来人往的大路上,于是他拉着她的手朝伏尔加那边走。他打开了车门,他们上了车。司机和另外一个男人见状马上退出车外去。他们并排坐在后座上,离得那么近。从没有一个时刻他们离得这么近过。他的气息,男人凛冽、辛香的体味像高原一样使她缺氧和窒息。她难过得说不出话。

"他们软禁了我,不让我回学校,不让我来见你,说是情况太复杂怕出危险,我愤怒极了,我说我不是列宁,你也不是卡普兰!"他望着她泪光莹莹的、眉目如画的、鲜花般的脸,"直到今天,他们通知我火速回国,我告诉他们,不和你告别,我哪儿也不去!我不走!假如强迫我的话,我就开枪打死我自己!"他激动却异常清晰地说,"徐美明,我不是吓唬他们……"

"阮梅龙！"她伤心欲绝地叫。

"我不叫阮梅龙，"他声音嘶哑了，"这不是我的真名。我姓——"

她伸手捂住了他的嘴，她说，"我只认识一个越南人，他叫阮梅龙。阮文追的阮，梅花欢喜漫天雪的梅，飞起玉龙三百万的龙。我不认识别人。阮梅龙，我只认识你——"她哭出了声。

眼泪就是在这一刻涌出他的眼睛。他哭了。他把她搂在怀里。那么自然，那么亲。就像两个已经生活了一生一世的亲人。就像生死与共已经走到了生活尽头的亲人。他们哭泣。时间在飞逝。那是他们一生的时光。他深埋着的心事，他想说又不能出口的心事——他无限渺茫不能承诺的沉重的爱啊，一切，都无须再说一句。她懂。他们都懂。这不仅仅是告别，这是永别。

"阮梅龙。"她喊。

"徐美明。"他答应。

"你闭上眼睛。"

他听话地、顺从地闭上了眼。

"还能看见我吗？"

"能。"

"那我就放心了，将来，我们见面的地方，一定比这儿要黑，黑得多。"

她笑了。含着眼泪。她疼爱地、贪婪地、依依不舍地望着他，她生命中如此天长地久又如此匆匆的一个男人，如此刻骨铭心又如此浮光掠影的男人。她双手扳住他的脸，她把自己新鲜的、羞涩的、鲜花般洁净的红唇盖在他唇上。她亲了他。她给了他一个滚烫的开天辟地的亲吻。然后，她打开车门勇敢地走出去。

他听到车门砰地一响。他知道她走了。他没有睁开眼。他是多么爱这黑暗而光明的瞬间，这梦境般甜蜜的黑暗。那个地方，她刚刚与他订了约会的地方大概也是这样吧，貌似黑暗其实最光明，绿草如茵，鲜花怒放，他最终要在那儿和她幽会。做爱。她将在那儿成为他真正的永不分离的女人。

七

几年后，徐美明毕业了。她、鲁翠，还有刘思达，他们被分配在了同一个省份同一个地区。起初，他们是在一家部队农场劳动，后来又去了水库工地锻炼，最后，他们分别被分配在了三个农村中学教书。

徐美明所在的中学，叫大牛店中学，这里是公社所在地，离古长城著名的关口阳方口有几十里的路程。镇街很短，走不了几步就是旷野和山。山上残留着烽火台的遗迹。夜晚山风怒号。很远的地方，隐隐传来火车的尖叫。那是开往更北部的火车。

现在，徐美明离南方更加遥远。

学校只有两排砖窑，却有着极大的空旷的校园。在这样空旷的地方两排简陋的砖窑就显得孤寂和楚楚可怜。老师们都有家，许多的时候，只有徐美明和一个守门人以及一条狗住在学校。这里经常停电，可是星星却是世界上最亮的星星。

刘思达常来大牛店看她。刘思达被分配到了一个叫楼板寨的公社教书，可是不久就被抽调到了县革委会。从县城到大牛店，骑自行车用不了一小时，这样他来大牛店就更加方便。有时徐美明也和鲁翠一起去县城看刘思达，在他那里聚会。他们把罐头红烧肉和胡萝卜剁碎了包饺子，喝烧酒。那是让人高兴的时候，仿佛他们又回到了从前，回到了学生时代。

晚春的一天刘思达来到了大牛店。那是个星期日。刘思达带来了一些菜籽——油菜、豆角、辣椒什么的，这些娇嫩的蔬菜在严寒的高原北部比任何一种奇花异草更让人赏心悦目。刘思达准备为徐美明开辟出一个菜园。他向守门人借了一把镢头，甩开膀子干了半天。到下午，房后一片颇有规模的地被开垦了出来。翻好的土地湿润而温暖，散发出新鲜好闻的土腥味。他们一起点菜籽，种下豆角、辣椒、油菜，还有一畦胡萝卜。他们想象着不久的将来这一片蔬菜开花结果招蜂引蝶的那一种人间美景，非常快乐。

她精心准备了一顿丰盛的晚餐。她用过年回家带回的一点大米焖出一锅香喷喷的大米饭。米饭在这里可真是稀罕物啊！让他们想起"珍珠翡翠白玉汤"那个老故事。她蒸了一块腊肉、炒了鸡蛋，还用猪油炒了一盘土豆丝，做了一大碗酸辣豆腐汤。他则从自己的军用挎包里掏出一瓶青梅酒，戳在炕桌上。他说，这是从省城开会特意带回来的。

青梅酒使他们有了一点触景生情的沉默。

天黑了。她打开电灯，灯光照着这一桌盛宴。山风起来了，这是每天最感寂寞的时刻。他们开始喝酒，酒慢慢地使他们暖和和快活起来。他们的酒量早已今非昔比，那些粮食和地瓜酿造的性烈如火的烧酒锻炼了他们的脾胃，再喝这种果酒就像喝糖水似的。酒酣耳热之际，守门人的狗叫了两声，徐美明想起了那几十里山路，就对他说：

"不早了，你还有几十里路要赶呢。"

"我不走了。"他脱口说，借着酒意，半真半假说出了这石破天惊的话，"徐美明，今天晚上我不走了。"

徐美明一怔，然后慢慢红了脸，"刘思达，我们是这么多年的朋友了，"她说，"你还有什么不知道的吗？"

"我不知道！"刘思达隔着炕桌一把抓住了徐美明的手，他眼睛里蹿出的火苗像动物的舌头一样舔着她所有裸露着的饥渴的肌肤，"我不知道你还要被一个幻觉纠缠多久！你还要被一个影子、一个幽灵折磨多久！徐美明，你睁开眼睛吧，你醒醒吧！你是一个有血有肉的人啊，你是血肉之身啊！你需要人爱、需要人亲、需要人要！徐美明，我等了这么多年，就是等着爱你、亲你、要你！徐美明，徐美明——"

他说不下去了，他哽咽了。他跳下地，绕到炕桌这边。他一把把她抱入怀中。把这个寂寞的、孤独的、漂泊的女人抱进一个真实的血肉的怀抱。他亲她。凶猛地亲。她挣扎。她不让他滚烫的嘴唇碰到她的嘴、她的脸。她像落网的鱼一样拼命扑腾。她打他、捶他、踢他。后来她忽然不动了。她开始啜泣。

他松开了手。

他听着她悲伤的啜泣声，清醒了。一种尖锐的痛楚扭歪了他的脸。疼痛使他的心要碎裂了。许久，他对她说：

"徐美明，你还记得那个绫鼓的故事吗？这么多年，你给我的就是一只永远敲不响的绫鼓，"他落泪了，"徐美明，你真狠。"

说完他就走了。

她听见了自行车的响动，听见了狗吠。塞外高原的黑夜，寂静极了。经历过这样的黑夜的人才能知道什么叫黑暗吧？任何一点响动都是那么触目惊心。徐美明扑倒在炕上，放声大哭。差一点儿，只差一点儿，她就会冲口喊出"刘思达你别走！"她想说，爱我吧，亲我吧，要我吧！伤害我吧，摧毁我吧！她是多么害怕这地老天荒的漫漫长夜，害怕被思念折磨！但是这个男人在最后的时刻还是退却了，放弃了……她是感到庆幸还是感到失望？她为自己这不明白而害怕和痛哭。她哭得四肢冰冷气息奄奄，终于哭尽了最后一点气力而沉沉入睡。半夜她听到了凄厉的狼嚎。她不知道那是狼。她以为那是一个悲痛欲绝的人在哭号。

第二天她病了，鼻塞声重，头晕目眩。可她还是坚持着上完了一天的课。傍晚，她为自己煮了一锅挂面汤，里面放了胡椒粉和很多姜末，她想趁热喝下去发发汗。但是鲁翠突然来了。鲁翠骑着自行车赶了几十里山路猝不及防出现在徐美明的窑洞中。山风把鲁翠的脸吹得粗糙和红润，像鲜艳的苹果。她的长辫子早在1966年剪掉了，现在她留着柯湘式的短发，就像一个女游击队长。

"出什么事了？"徐美明惊讶地问。

"没事就不能来看看你吗？"鲁翠的语气很微妙。

徐美明隐隐明白了什么。她不再说话。她找出两只碗，盛了满满两碗挂面汤，搁在炕桌上，中间是一碟咸菜。她们俩就脸对脸埋下头呼噜呼噜喝汤面，喝了一碗又盛一碗。她们喝得地动山摇大汗淋漓，甚至，剑拔弩张，像是两军对垒。喝完了，鲁翠把碗一推，从衣服口袋里掏出一样东西，啪地拍在炕桌上。

"徐美明，还认识这个不认识？"

是一块手帕。普普通通的男用手帕。洗得非常洁净叠得整整齐齐，上面飘散出香皂的气味。是那种茉莉味儿的香皂吧？徐美明盯着手帕看了半天又抬头去看鲁翠，她不知道鲁翠这葫芦里卖的是什么药。

"是块手绢。"徐美明回答。

"不错，是块手绢，"鲁翠轻轻笑了，"看来你不记得了。有一年，咱们四个人，在西郊那个园子里，鸟儿在你头上拉了屎，刘思达，"说出这个名字她顿了一顿，"他掏出自己的手绢让你擦鸟屎，你没好意思接，是我，我抢过来替你擦干净了。可你们大概谁也没注意，我没把这弄脏的手绢还给他，我装进了自己的兜里。回到宿舍，我偷偷地把它洗干净了。

我用香皂洗了一遍又一遍。然后我把它藏了起来。藏了这么多年！"鲁翠又笑了一笑，笑得有些辛酸，"傻吧？徐美明，我自己也知道这很傻。但是我要告诉你，他——"她指了指手帕，"刘思达，他是我的。我始终认为他是我的，我就是为这个才跟他来到这个荒凉的地方……有一件事，我没有跟任何人说过，咱们分配前夕，学校工宣队有个人一直纠缠我，要跟我好，说只要我答应嫁给他我就能留在北京。徐美明，你听懂了吧？是留在北京啊！可我拒绝了，我告诉他我有朋友了。他说，你知道他说什么？他说要把我们两人拆散然后各自发配到最偏僻的地方！我害怕了，徐美明我真的害怕了，我知道他做到这个简直易如反掌，于是我求他，我说咱们来做个交易吧，你拿走——拿走你想要的，但必须保证把我和我的爱人分在一起！……徐美明，我是拿自己做了交易啊，我是卖了一个干干净净的自己才和他走到一起啊！分配方案下来那一天，我大哭一场。那时候我就发誓，这辈子，我绝不让、绝不让任何一个女人从我这里抢走他！徐美明，我不让人抢走他！"鲁翠说到这里，泪水一下子滚出她的眼睛。

"鲁翠，没有人要抢他。"徐美明轻轻说，但却说得没有底气。她想起了昨晚的情景，昨晚，差一点儿，只差一点儿……

"真的？"鲁翠的眼睛锋利地逼视着徐美明，"昨天，我在县城等了他一天。我一直等到半夜三更他回来。他醉得不成样子，说胡话。他对我说他爱你，要你！我狠狠扇了他一个嘴巴，我说刘思达你醒醒吧！徐美明不爱你，她爱的是阮梅龙！"鲁翠逼视着对方，像猎人的枪口逼视着射程内的动物，"我没说错吧徐美明？"

这么多年来，这是她们之间第一次提起这个名字，这个埋在徐美明生命最深处的名字，她一生珍惜的这一个名字，一个信仰。此刻在鲁翠嘴里，它一下子变成了一座粗暴的大山，压向她，使她喘不上气。

"徐美明，你心里爱着一个，又诱惑另一个你不爱的，这公平吗？"鲁翠不依不饶地逼问。

"你过分了吧鲁翠！你明知道不是这样！"徐美明伤心地喊出来，"我谁也没有诱惑——"

"不对！你就是诱惑！"鲁翠也大叫起来，"你这么活着，小寡妇一样，故意把自己弄得这么可怜，孤苦伶仃，不结婚，不嫁人，这就是最大的诱惑！"

徐美明惊呆了。

"你的意思，我必须把自己嫁出去，你才安全？鲁翠？"

"对！"

她们对峙良久。

"不不！"鲁翠终于哭了，"徐美明，徐美明！我在说胡话，我心里很乱，我害怕！我喜欢他，没有他我活不成，徐美明，没有他我肯定活不成。我怕我会发疯，变成一个花痴，赤身露体满大街跑，见了男人就抱住人家亲……从前我太自信了，我以为我的真心我的热情没有哪个男人能抵挡，我什么都不怕，我连出卖自己的事也敢干哪！我卖了自己就为了换取一个和他在一起的机会呀！徐美明我怎么办？你说我该怎么办？"

她翻身扑倒在炕上，号啕大哭。嘹亮的哭声传出窗外惹得看门人的狗不安地叫起来。她就像一个哭灵的农村婆娘，一边号哭一边诉说着自己的不幸，"我怎么这么苦命啊！"她反反复复哭诉着这一句，"我怎么这么苦命啊！我怎么就看上这么一个瞎了眼的东西啊！"她用拳头咚咚地捶打着暖炕，就像捶打着装殓了亲人的棺材。她从前丰硕健美的身体这时瘫在炕上看上去又松懈又无赖。徐美明心中一痛。这松懈无赖的肉体透露出的最深的寂寞和哀伤比她呼天抢地的号哭更让她难过。她鼻子一酸，眼泪就下来了。她走过去扳住了她的肩膀，她想说，鲁翠，你放心。可话还没出口她就抱着她哭起来了。

这一晚，鲁翠就留在了大牛店。这是一个不眠之夜。两个朋友，并排躺在一张大炕上，各自想着心事。山风怒号。院子里有什么东西被风刮倒了，惹得狗又一阵叫喊。这地方有一句俗谚：春风号破琉璃瓦。她们不知不觉已在这荒寒的塞外度过了第三个春天。半夜里徐美明又听到了那种凄厉的长嚎，那嚎叫让人毛骨悚然。

"听，狼嚎。"鲁翠在黑暗中开了口。

原来这是狼。她想。

"今年狼闹得很凶，我们公社，有好几只猪羊都让狼给叼走了，"鲁翠说，"有的地方听说还糟害了大牲口。"

徐美明静静地躺在炕上，听着狼嚎。听着呜呜咽咽的山风。她想象着一只狼尊严又悲壮地蹲在旷野，蹲在残破的长城边、昔日的古战场望着天空嚎叫的情景。死人的骨殖东一根西一根在黑暗中发着绿色的磷光，那曾经是哪个朝代的战士？哪个女人的情人？狼大概就是他们的今生吧？是他们的灵魂吧？徐美明悲伤地想……过了好久，徐美明叫了一声鲁翠，她说："鲁翠，我想回家了。"

从那天开始徐美明走上了她回家的路。不久，就听说她在谷城找了一个对象，是个转业军人，在谷城的一个重要部门工作。所以调动手续办得很快、很顺利。这样他们就赶上了在国庆节举行婚礼。鲁翠和刘思达，也定在了这年国庆节结婚。鲁翠也通过关系调到县中教书去了。经过多年的动荡之后，在县委大院里，他们终于安了一个小家。

徐美明的丈夫姓刘，人长得很魁梧，也很英俊。只是手有残疾，他右手的中指和食指被弹片削掉了。他在越南和美国佬打过仗。他身体的一部分就永远留在了那一片土地上。新婚之夜，徐美明抚摸着他伤残的右手，想象着那是一条通往一片最悲情土地的秘密通道，她温柔又伤感地说：

"给我讲讲越南吧。"

原载《中国作家》2000年第10期

点评

这是最鲜艳的季节，也是最肃杀的季节，这是爱情之花盛开的季节，也"真不是一个谈情说爱的年代"。因为"生活每时每刻不分昼夜都板着严峻甚至残酷的面孔"，但爱情才不分场合和时间，来了就是来了。在那个不太适合谈爱的年代，北方女孩徐美明和越南留学生阮梅龙相知相爱，在1966年那个"有多少惊天动地的大事在中国的土地上发生着"的年岁，作为越南"大人物儿子"的阮梅龙，被仓促接回国，他们都明白这次离别将会是永别，此生再不能相见。徐美明和阮梅龙的爱情悲剧是时代的隐痛，但徐美明对爱情的坚守却是时空之隔都无法阻挡的。

徐美明这个人物形象塑造得很饱满，尤其起初作者将她谨慎、封闭，乃至有些病态的人物性格刻画得深入人心，她是小心翼翼的，一步一步试探着往前走，她对"烈士、牺牲、鲜血和酷刑有着近于歇斯底里的病态的热爱"。连阮梅龙也不明白，"在这个世界上，普通人永远要比英雄多得多，做一个普通人，为什么这么让你羞耻？""她把自己对物质的要求自觉降低到最基本的程度"，不顾别人非议她"假积极"，变本加厉地"虐待"自己，等等。但正是这样紧跟时代步伐，强烈追求进步的徐美明，却在对待爱情上表现出前所未有的"出格"。既是强烈的对比，凸显精神压抑下爱情的绝地反击，也是水到渠成、顺理成章，一如既往的执拗和不在乎外界的眼光，使得她坚守着心之所向。看似矛盾的人物性格，其实合情合理。

　　小说具有浓厚的古典主义浪漫情怀，一旦陷入爱情之中就无法自拔的徐美明似乎是很多爱情悲剧作品中女主人公的化身。加之作者的叙事节奏又直戳人心，处处散发着俄苏文学式的忧伤，再现着人物的精神苦痛与悲剧命运。平静的叙述下暗流涌动，结局处，徐美明对新婚丈夫说的那一句"给我讲讲越南吧"，温柔中透露出伤感，漫不经心中流露出刻骨铭心的伤痛。

（朱旭）

隐匿者

/胡发云

一

著名的文博中学九十周年校庆，提前大半年就开始热闹起来。九十年来，与这所素有"江南小北大"之称的中学相关涉的著名人物太多了：从洋务派主将张之洞，到中共元老董必武；从台湾现任或离任的军政要员，到旅居欧美的商界巨子学术精英；从已牺牲大半个世纪的革命先贤，到如今仍在继续革命的党政高官……九十年来，到这儿长校的、督学的、任教的、代课的、毕业或肄业的，甚至敲钟看门守图书馆的，弄不好后来就是一个人物。如果将这些人事串写起来，简直可以当一部简明中国现代史来读。

校庆在九月。春节刚过，学校便筹划召开一次历届校友代表联谊会。这次联谊会要完成两个任务：一个是成立文博中学校友总会——前些年是有一个校友会的，但会员仅局限于本地区，届别也局限于近二三十年——那时资讯还不够丰富，眼界还不够开阔，思想也不够解放，关于学校的沿革也尚未彻底弄清楚。因而那个校友会显得太单薄。通过数年的调查摸底，才知道文博中学是这样一个藏龙卧虎人才辈出的地方。这一次，校友会决心将九十年来从这儿走出去的各类风云人物一网打尽。按现任校长的说法，这将是文博中学一笔巨大的人文资源。另一个任务是成立文博中学九十周年校庆组委会。

二

副市长吉为民就是在这种时刻收到联谊会请柬的。收到请柬，他才记起了自己也算文博中学的一名校友。多年来，他一直认为自己的中学母校是广州二中，在各种表格上也是这么填的。在他的整个人生中，文博中学仿佛只是一次长途旅行的中转站，犹如去美国，飞机落在巴黎，停留一两个小时一样。他在广州读到初三的时候，父亲奉调北上，全家随迁，他由此转到文博中学。那时候不叫文博中学，叫市五中。不久又改名为"红锋中学"。文博中学是近些年才叫的。后来又知道，文博中学是许多年以前就有的。在市五中读了没一个学期，六月份，便"文化大革命"了。两个月后，父亲出事，他躲难东北，不久便当兵走了。因此，他从来没有将自己与文博中学作过什么联系。这次，文博中学不知是如何钩沉查籍将他给翻寻了出来。由此可以想见，母校在这次校庆活动中所显示的魄力和所花费的功夫。

　　本来，这一类礼仪性活动，吉为民一般都不去的。一来忙，二来怕一不小心便落入陷阱。上届一位副市长参加了一个公司的开业典礼，酒酣耳热之际讲了几句话，照了几张相，题了一幅辞。没想到一年以后，这家公司倒闭，几个头脑卷了一大笔资金逃得无影无踪。于是，那些集了资的，买了内部股的，生意上账款未了的，黑压压上千人坐到市府大门口来，要那位前副市长出来给个说法。他们说，他们是信了那副市长，信了市政府，才将自己的一点血汗钱投到这家公司的。有人要求追查那前副市长与这家公司的关系。查来查去，虽然没有查出什么特殊瓜葛，但剪彩的那一把金剪刀，是作为纪念品收下了的，尽管没受什么惩处，但已弄得灰头土脸。到换届时，便悄没声地转到一个养老的位子上去了。吉为民从小就是一个本分孩子，特别看重别人的评价，特别是对他品行的评价。刚上中学时，一些个同学都爱在日记本周记本的扉页上，抄录几段领袖语录雷锋日记什么的，他却录下一句俄国诗人普希金的话："荣誉要从小时候培养起。"入仕以来，特别是担任高级领导职务以来，更是不敢有丝毫差池，加上他主管政法这一摊子，一天到晚与各类邪恶打交道，正人先正己，使他更加谨言慎行。人们私下里说，市府里，吉为民是最干净的一个，犹如荣国府门前的那对石狮子中的一个。对这一点，吉为民是很看重的。吉为民没有什么背景，尽管父亲大小也算是一个老干部，但与本地诸侯无牵无挂，是一只偶尔飞来的孤雁，"文革"中打倒得又早，"文革"刚刚结束便去世了。吉为民也没有什么正经学历，他的高等教育是在党校、业大、函大里疙疙瘩瘩完成的，不似那些正牌大学出来的官员——也就是人们现在说的"技术官僚",有一种学术上的优越感。官场上,他一直持守一种道德上的优越感。升到这个位子,他自认为是没有做过什么鸡鸣狗盗、拉帮结派、送礼求情、贪赃枉法之事的。他从基层一步一步做上来,连副市长候选人提名,也是下面的代表而不是上面的领导提出来的。选举时,他的票数最多,超过了市长。

吉为民收到文博中学联谊会请柬的第二天,接到一位市里老领导的电话。这位老领导是"文革"后的第一任市长,已退下多年,但人们依然叫他老市长。吉为民与老市长有过一些礼节性往来,如春节团拜,老干部茶话会一类,除此之外再无深交。老市长在电话里朗声说道:"请柬收到了么?收到了?没想到咱们还是校友哇!看来,文博真是一块风水宝地啊!"老市长于是如数家珍地说起文博校友还有谁谁谁,谁谁谁。这是吉为民第一次知晓文博的家底,着实让他大吃了一惊。最后,老市长说:"和董老、郭老、赵老比,我是小老弟。和我们这老家伙比,你也是小老弟呀。"老市长很快活地笑了一通,然后约定联谊会上见。又说,闲暇时,来我家坐坐。吉为民放下电话不久,秘书进来说,有一个老头要见您,说是您的中学老师,姓罗。吉为民放下手中的事,说带他来吧。那老人一进来,吉为民就认出他来。忙迎上去,很尊敬地喊了一声:"罗老师——教我们几何的罗老师!"罗老师激动得有些慌乱,手足无措,只是一个劲地说打扰了打扰了。罗老师一开口,那伟大领袖的家乡口音顿时让吉为民回到了三十多年前的课堂上,想起黑板上那些矩形圆形三角形钝角锐角对顶角……吉为民特别喜欢几何。对于他来说,那些枯燥的图形和线条,犹如一道道趣味无穷的智力游戏,刺激着他的幻想与激情。他常常能从几个不同的方向去解出同一道题,并由此获得极大的快乐。因此,吉为民深得罗老师的宠爱,常常在私下给他几道课外题,犹如老祖母私下给宠爱的小孙儿几块糖果一样。罗老师常常挂在嘴边的有两句话,一句是"几何是人类的智力保健操",另一句是"空间想象力"。这两句话曾让少年吉为民感到特别新鲜,久久地记住了。一些同学喜欢在背后用他的乡音学说这两句话,学得惟妙惟肖。学着学着,便学到"中央——人民政府——成立了!"上面去了。学得最好的那位在"文革"初期吃了不少亏。

副市长办公室的宽大豪华显然让罗老师很不自在,只坐了那只棕色大沙发的三分之一。罗老师已经非常苍老了,一头凌乱干枯的灰发,瘦瘦小小的,穿着一套很过时的廉价灰西服，里面是一件黑色毛线背心，再里面是一件棕色秋衣，像个乡下的老农，进城时向别人借了一套不甚合身的行头。吉为民印象中，罗老师当初教他的时候，还是个精干的青年，便问罗老师今年高寿。罗老师说，六十早过了。罗老师说他已退休几年，一直返聘留校，还是教初中平面几何。这次是受校长之命专程前来请吉市长回母校开那个联谊会的。罗老师说，知道吉市长忙，怪我多说了一句话。我说，吉市长就是我们学校那个吉为民啊？当年是我最得意的学生呢！结果校长说，那这次请吉市长的任务就交给你了，吉市长要是不来，我就拿你是问。

吉为民说："罗老师您亲自来，我已很不敢当了。您开了口，我哪敢不去呢。您回去给校长说，我一定去。"

吉为民和罗老师聊了一下三十多年来学校的人事变迁，罗老师说，当年的老师已经没剩几个了，有的死了，有的退了，有的调走了。现在的校长是十多年前来的，很年轻，很有魄力。吉为民问食堂边的那棵拐枣树还在不在，罗老师说，早不在了，连那个老食堂都推了。吉为民说，文博中学，他就对那棵拐枣树印象最深，树上结的那种拐枣，枝枝杈杈的，样子特别怪，但吃起来却很香甜。说着说着就到吃午饭的时间了。吉为民留罗老师在市府食堂吃餐便饭，罗老师无论如何也不肯。吉为民便让自己的司机将罗老师送回去，又顺手将桌上一架很精美的三用台笔和一册本市的大型纪念画册送给了罗老师。吉为民将罗老师一直送到楼下停车场自己那台紫红色的轿车旁，说："以后要来，先打个电话，我派车接您去。让您这么大的年纪，挤几趟公共汽车，真是太过意不去了。"

罗老师走了以后，吉为民才想起来，自己其实已经将这个母校忘了。也将母校的那些老师和同学们忘了。这几十年的生活，犹如一场乱仗，每天每日都要迎接扑面而来的种种事端。从来没有时间也没有心境回想一下过去。现在因为罗老师的出现，因为他那一口地道的领袖乡音的出现，他竟有了一种岁月沧桑惘然若失的感觉。

三

联谊会如期召开。吉为民准时到达。从停满操场的数十辆大大小小的轿车面包车看，来的校友许多已不是等闲之辈了。三十多年没有回来，母校已容颜大变，只有操场边的几棵老槐树和校园东北角的几座旧建筑还是以前的。还有校园后面那一座小山是以前的。那是一个仲春的雨天，满眼一片湿漉漉的深碧浅绿，平添了许多怀旧意境。吉为民想找寻自己当年上课的那栋教学楼，没发现。迎候的罗老师说，早拆了，在原址上修了一座理化实验大楼。罗老师抬手一指，一栋七层的现代化建筑就在不远处立着。

联谊会在一间宽大华丽的会议室召开。围绕那长方形会议桌一圈一圈坐开去，满满当当一百多人。放眼望去，一大片白花花的头发和沟壑纵横的面孔。如吉为民这般五十上下或更年轻一点的，只占了一小半。除了老市长之外，吉为民还认出了几位前任省市要人。但在任的，似乎他的官阶最高了。所以，他一进去，校长就一定请他坐上显要位置。他推辞半天，找了一个稍稍偏僻一点的空座，挨着市社科院前任院长坐了下来。待校长一个个介绍来宾时，他才发现，哪怕是悄没声息坐在最角落的某一个人，都是一个著名的教授专家或哪个公司的老总董事长什么的。

校长花了很长时间讲了本校的沿革及现状，让与会者充满了自豪感。许多人在接下来的发言中诉说了对母校的拳拳深情与无尽祝福。然后，就开始议论校友总会与校庆组委会的事宜。大家相互举荐相互谦让一阵之后，渐渐将意见都集中到吉为民身上来了。最开始提名吉为民的是老市长。老市长说："我们在座的许多人，资格比吉副市长老一点，级别比吉副市长高一点。按辈分来说，也是吉副市长的学兄学姐。但是，校友总会也好，组委会也好，总要干许多实事。我们这些老家伙，吹吹风，鼓鼓气，敲敲边鼓可以，其他就力不从心了。按本地话说，我们已经是下了轿的。吉副市长正当年，还可以为母校多做几年贡献。再说，校庆那天，有许多海外、港台的校友回来，吉副市长作为市府要员，又作为校友，接待他们，意义就不一样了。"接着，又有许多附和的发言。不管吉为民如何推却，这桩议案就这样定下来了，又选出了文博中学校友总会副会长、秘书长、副秘书长共十七八位。一位在京的做过全国人大常委的老校友被推为名誉会长，老市长、几位前任省市领导、著名学者和大公司老总做副会长。做副会长的还有海外几位政要及名人。在座的全体校友均为理事。大家鼓掌，一致通过。直到最后一刻，吉为民还在推辞。校长便笑着说："吉市长，在这些老前辈面前，咱们恭敬不如从命。就算是为母校做点贡献。不过，不会让你太操劳，也不会让你太为难，更不会向你要钱要物的。"

一位老校友插话说:"吉市长,您大概还不清楚我们的蒋校长现在口袋里有多少钱吧?弄不好,你哪天还要向他借钱呢!"大家訇然一笑,于是,吉为民再也无法说什么了。

文博中学在省市乃至全国都有着一种特殊的地位,有民谣唱:文博校长,文博校长,芝麻小官,半个皇上。一来文博中学扯出了那么多显赫的校友和辉煌的校史,更主要的是恢复高考以来,它一直居高不下的升学率。进文博就等于是进了大学,而且多半是好大学,在今天这个真正唯有读书高的时代,只要有儿孙的人,谁不想受到它的青睐?所以人们说,文博中学,你想送钱都不容易送进去呢。

其实,在吉为民心中,他倒是非常看重这两个虚衔的。如果说,作为一个人望很高的副市长,从人民代表的选举中获得了很多满足,那多少还有一些隔膜。现在,在这一大片有头有脸有学识的校友中获得认可与推举,那满足感是实实在在的。吉为民虽然学历不硬,但却自视很高,也从心眼里做到了尊重知识尊重人才。不像有的人,只挂在嘴上。他只好站起身,说了一番很谦虚的话,表示愿意尽力为母校、为老校友、为后来的小学弟小学妹们做些事。与会者们报以热烈的掌声之后,蒋校长便请大家用餐了。

餐桌上,老市长对吉为民说:"在中国,做一个高官不难,做一个有能力的高官就很难了。而做一个既有能力又有口碑的高官,那更是难上加难。别看我们这些老家伙啥事不干了,可官场上的一举一动,我们全都盯着呢。"

四

市府即将换届。各路人马早早就明里暗里操劳起来。那次联谊会之后,老市长曾给吉为民来过几次电话商讨校庆事宜,并邀请吉为民"到寒舍一坐"。因为忙,也因为有所顾忌,吉为民一直未去。一个晚上,老市长又来了电话,一定要吉为民去聊一聊。吉为民以为还是文博中学的事,便去了。

老市长住在原租界区一条闹中取静的小街上,是一幢独门独户的小洋楼，还带一个小花园，据说有一百年了。屋内的一切古旧又华贵，连那门窗上的彩色刻花玻璃似乎都从来没有更换过。门把手也是古旧的黄铜，被手触摸的地方磨出金子般的光泽。客厅很宽大，天花板极高，长长地垂下一只老式的四叶木质吊扇。缓缓悠悠转着，那风似乎也是很久很久以前的风。这幢房子，1949年以来住过好几任市长了。老市长住进来几年后，市府专门修了供市领导住的大院，有门卫，有暖气，有卫生所，式样、装修也很时新，条件要好得多了。让老市长搬去，不知为什么，老市长就是不去，就一直这么住了下来。

聊了一些闲话之后，老市长对吉为民说："这一次，我们几个老家伙力举你做文博中学的校友总会会长和校庆组委会主任，还有另一个用意。咱们文博校友中，许多都是政协委员，人大代表，手里都握着一票。像我们这些老东西，虽说休息的休息，二线的二线，但说说话还是管点用的。我和几个老同志交换过意见，我们都希望你能再上一级台阶。我说这些，完全是出于公心，为党的事业着想，你也莫把它仅仅看作是校友之间的私情。我想，在我们的领导干部中，总是明白人、干净人、正派人多一些好吧？"

其实，在这之前的很长一段时间里，老市长就一直在关注着吉为民。他不动声色地了解吉为民的方方面面，像一个挑剔的岳父大人物色女婿一样。当他知道吉为民是"文革"前省委宣传部副部长吉纪纲的孩子时，更多了一分亲近感。老市长和吉为民的父亲虽说没有深交，但是在有限数的交往中，对其父的印象却是非常好的。他曾说过一句很招人忌恨的话：有文化的和没文化的就是不一样。吉为民的父亲，显然属于前者。这次，老市长一听说文博中学校友中还有一个吉为民，真是满心欢喜一肚子疼爱，恨不得立即揽过来抱在怀里。这就是老市长极力举荐吉为民的原因了。

老市长是本地人，操一口纯正的本地口音，且不爱用书面语和官方流行语。这在领导干部中很少见了。因而在电视里，他和市民们谈话的时候，便让人觉得特别亲切，像街里街坊一样，不似那些外乡话或夹生普通话，总有一种距离。有人说，在一些可以放肆的环境中，老人家口里还会有一些不干不净的俚言俗语出来，又传神又风趣。

听了老市长开门见山的一番话，吉为民心里多少有点打鼓。十多年的仕途中，他向来以不朋不党的清高姿态自持，这种姿态，既让他有一种形单影只的感觉，也常常使他在宗派纠葛中渔翁得利，成为上下左右都能接受的人物。他委婉地向老市长表达了他的想法。老市长说，他看中的正是吉为民的这一点，他只是通过正当方式，表达一个老共产党人的意见，绝无拉帮结派之意。接着，老市长话锋一转说："不过，你清正，你磊落，你想按规矩来，别人不这样做，你又怎奈何呢？就像拳击，你按规矩打，别人连踢带咬，还使绊子。结果，金腰带让一个不称职的人拿了去。对党对人民又有什么好处呢？毛主席他老人家早就说过，党内无党，帝王思想，党外无派，千奇百怪。由此看来，派别应该是党内生活的一种方式，只是我们自己做得不规矩。像人家日本，就大大方方打出旗号来，中曾根派就中曾根派，田中派就田中派，谁得人心谁有本事谁上台。"

吉为民说了一些感谢的话。又说，如果人民代表信任他，组织上也需要他，他会尽一切努力去做的。

五

那是一个没有应酬的午休时间。吉为民吃完午饭，按惯例，翻翻报纸，然后在沙发上睡个把小时。

吉为民看报纸，一般只看看要闻版、国际版和政法版，其他版面一翻而过。偶尔读一点有意思的消息、随笔和书评。他时间太少，能挤出一点阅读的时间，他宁愿读读书，读读那些开拓思路有益心智的好书。他将那些铺天盖地而来读之有趣嚼之无味的报刊文章称之为丧志文字。宛如嗑瓜子一样，耗时上瘾又无营养。这天中午，他本已有点困倦，只是习惯地将一叠叠报纸翻将过去，表示已阅，以对得起这些珍贵的纸张。翻着翻着，忽然觉得哪个地方有某些个文字似乎与自己有点关涉。他的这种特殊感觉很奇妙，说它是感觉，是他有时并未见到那几个文字，但知道那几个文字在这密密麻麻一版的某一处存在着。他的这种感觉很准确，十之八九是不会错的。有时是一个熟悉的名字，有时是一个刚接触不久的新名词。于是，吉为民翻回那一版，细细浏览起来。果然读到了一个早已被他忘却的名字：索一夫——他在文博中学念书时的校长索一夫。那篇文章的题目很怪，叫《隐匿者》。他便从头细读起来。文章是索一夫校长的女儿写的，索校长女儿的名字也很怪，叫索咪咪。近些日子，报刊上已陆陆续续有了一些与文博中学有关的纪念文章，因为担了那两个虚衔，碰上了这一类的文字，吉为民都要读一读的。这篇文章开始写索一夫校长在国难当头之际从海外归来，放弃了一些大学的高位，接受当时省教育厅厅长延聘，长校文博，从抗战前夕，到"文革"初期，三十年内，历尽战乱、动荡、时代变迁，痴心不改地献身于自己的教育理想，最终却死于"文革"之祸。索一夫的女儿写道，那时她才十岁，"文革"兴起的六、七月份，校园里已满是她父亲的大字报了。但她父亲一直都很平静。她文中写道：父亲说，他这一生见的也很多了，他相信自己一生所做的事是没有错的，文博中学也是没有错的，将他数十年来的学生列出来看一看就能知道，他这一生就是教书育人，其他政事概不涉入。所以，那一段时间，她父亲依然如平日一样早出晚归去上班，该扫地便扫地，该拔草便拔草，该写材料便写材料。一直到了八月的一天，父亲回家却神情大变。目光呆滞，神色恍惚，无言无语也不喝水进食。家人一细看，右眼有些青肿，灰白的面颊上有片微红的掌印。她妈妈便问，他们打你了？索校长咧嘴一笑，笑得古怪又悚然。母亲一再追问，索校长不说，只是茫然地摇着头。母亲偷偷对她和她姐姐说，你们爸爸有点不对头，今夜一定要看好他。并将家里剪刀菜刀之类的硬器偷偷收捡起来。一段时间以来，已经有一些人开始自杀了。没想到下半夜，父亲还是自杀了。他是用他那支伴随他数十年的派克钢笔戳喉而亡的。待她母亲发现时，父亲已在喉管上戳出了五六个窟窿，血水鼓着泡沫溢满了半张床。她父亲后来被送到医院，一直折腾到天亮才死去。一位老医生说，血管、气管、食管全都戳穿了，要不是但求一死，是没有狠气戳这么多下的。索一夫校长开创了文博中学自杀之先河，往后去，陆陆续续又自杀了五六个。有一对教员夫妇于索校长自杀一周后双双自缢。一个音乐教员于一个月后跳楼。另外两三个死于几年后的"清队"，还有一些自杀未遂的，劳改劳教的，遣送回乡的，帽子捏在群众手上的……真是应了"文革"初期学校办公楼门前的那一副对子："藏污纳垢地，乌龟王八穴。"索校长死后很久，母亲对她说了父亲的死因：那天下午，有三个学生去审问他，说着说着，其中一个突然狠狠地扇了他一耳光。接着，其他两个也上来拳脚相加。父亲那天晚上对她母亲说，这是他这辈子第一次被人扇耳光，而且是被自己的学生扇耳光。说罢竟如孩儿般哭泣起来。哭了很久。夜色已深，便向她母亲索要纸笔，说是要写一点东西。她母亲以为依旧是写材料，便给了他。他写了一会儿，便上床睡觉了，将那支钢笔偷偷带进了蚊帐。几年来母亲已另居一室，那一日怕父亲有什么意外，还特意搬了一张躺椅在父亲的床边睡下。没想到，父亲还是执意去了。父亲临死前，留下一张纸条，那纸条一直到母亲去世前才交给她。纸条上写着："问问他们，为什么打我？为什么……"索校长的女儿在最后写道：许多年来，我母亲和我们姐妹俩都很想知道，那天下午究竟发生了什么事情？那三个学生为什么要打我父亲？但从来没有谁对我们说起过这件事，仿佛没这件事一样。"文革"结束后，父亲平了反。我们一直希望有人来说一说，希望有人能承认这件事是他们干的，来向我父亲道一声歉，向我母亲道一声歉，回答一下我父亲至死追问的那个问题。可是一直到今天，没有谁来。那三个人仿佛从这个世界上消失了。我不禁想到，是不是还有许许多多像他们一样，伤害过甚至残害过别人的人，也从这个世界上消失了？成为了一批藏得无影无踪的隐匿者？我不知道，我们的生活中，究竟有多少这样的隐匿者？以致我在和别人交往时，常常会毫无缘由地想到：他会不会就是打我父亲的那个人呢？他会不会是一个曾经伤害过别人，但却装得若无其事的隐匿者呢？每当这时，我的心底便立刻会充满了绝望与恐怖。

　　读完这篇文章，吉为民的感觉就像俗话说的，如同遭了雷击一样，浑身木然，呆呆捏着报纸，半天缓不过神来。他已经完完全全地将这件事忘却了。打从1966年8月的那一天之后，他确确实实将这件事忘得干干净净了。在其后长达三十二年的漫长岁月里，他再没有回想起这件事，连做梦也没有梦见过。如果不是今天无意间读到这篇文章，他还会遗忘下去。吉为民往沙发背上倒去，感到自己的身子空空如也。这种沮丧到近乎绝望的情绪，是他从未有过的，它来得如此猛烈，连给自己找个宽宥理由的机会都没有。它一瞬间便摧毁了他吉为民数十年来小心翼翼克勤克俭积攒起来的那种道德优越感。特别是在他做了高级官员之后，这种道德优越感成为他吉为民最珍贵最自豪的东西。每每看到那些鸡鸣狗盗贪赃枉法时，他吉为民的这种道德优越感便会如一股长风从心底升起，成为他无私无畏秉公办事的一面猎猎旗帜。他深信，这是一个人，一个领导人灵魂的金子，只要有这金子在闪耀着光，他便可以坦坦荡荡无所顾忌地向前走去。现在，他多年来所精心养护的一切，被这一声女儿的责问，剥夺得精光。他恐惧了。

吉为民发现自己三十二年来从未忆起的这一件往事，其实是记得清清楚楚的，连那时的声音、色彩、光及各种细节都记得清清楚楚。他在文博中学的许多日日夜夜，都变得遥远又模糊了。唯独那个下午，越来越清晰。清晰得纤毫可见。每一个细节都放大了，淹没了他脑海中所有其他的记忆。

那个下午，班上所有的红五类都到一个同学家抄家去了，一部分出身职员、小商、城市贫民的"红外围"也跟着去了——他们没有资格抄家，但可以在外面喊口号，看守那些被抄的财物与罪证。剩下的同学，全部在操场周围钉大字报栏。作为一名红五类，他本该一起去的，但就在队伍临出发前，他不知找了一个什么借口留了下来。他那天很痛苦。头一天晚上，他父亲在饭桌上告诉全家：他出事了，因为和"三家村"之一的吴晗有过几次通信。还有在《羊城晚报》上的一些文章。可能要作为黑帮揪出来了。这几天已停了他的职。父亲说，这次可能非常严重，希望家人都要有一个准备。那天晚上，一向如雕像一样冷冰冰硬邦邦的父亲，絮絮叨叨地讲了自己的一生。仿佛像是上路之前，将自己的家产细细清点给亲人一样。吉为民现在想起来，他那天所以没有参加抄家，是因为他认为自己已失去了这种资格。他的自尊，又不容许他若无其事地混迹其中去表演一番对阶级敌人的满腔义愤。他宁愿让同学们日后唾骂他也是一个狗崽子，一个黑帮子女，也不能容忍别人说他伪装积极。他坐在空无一人的教室里，面前放了一份纸笔。过了一会儿，班上的两个同学进来了。一个是团支部宣传委员，校文化革命委员会成员张小娜，一个是红卫兵指挥部勤务员何延辉。他们问吉为民为什么没有去抄家。吉为民说，他想写一篇批判索一夫修正主义教育路线的大字报稿。张小娜说，刚好，我们现在正要去提审索一夫，和我们一起去，看他今天还放什么毒，你可以写得更扎实一些。何延辉也说，我们三个人，力量更大。索一夫不老实，一点低头认罪的态度都没有。今天我们一定要把他的傲气打下来，搞到他的罪证。说罢，俩人不由分说拉了吉为民便走。吉为民已无招架之力，只在心里为自己的弄巧成拙狠狠地骂了自己几句，强打精神跟他们去了。

索一夫校长的办公室早已被层层叠叠的大字报糊得面目全非，连办公桌、藤圈椅、洗脸架上都贴满了大大小小的纸条纸片。每张大大小小的纸上，都写着那些千钧霹雳般的话语："最后通牒""严正警告""打倒""投降""灭亡""死路一条""誓不罢休"……他们三个人进去的时候，索一夫校长正一手撩起从文件柜顶上悬下的大字报，一手从文件柜里掏出一摞摞材料。张小娜大喝一声："索一夫，干什么勾当！"索一夫校长将手上的那一摞摞材料放在办公桌上，一字一句地说："我在清理这些年来的教育档案。这些材料很重要，需要时候，我会将它们移交给学校其他的负责人。"何延辉说："我们现在就是学校的负责人，不需要你移交，我们接管了。我们会从中清理你反毛主席的罪行。"近两个月来，何延辉从一个只打篮球不问政事成绩平平默默无闻的学生，变成一个叱咤风云有胆有识的学生领袖，他的豪情与才干让许多同学为之倾倒。他的语言一下变得犀利又幽默，很像《列宁在十月》中的那个揣一把梳子，不时拿出来梳梳头发的克里姆林宫卫队长马特维耶夫。索一夫校长听何延辉这么一说，多少有些惊诧，他将那几摞材料在桌面上码码整齐，然后说："我希望上级来和我做一个正式的交接。这些都是几十年来无数教职员工的心血，还有历届毕业生……"何延辉打断索一夫校长的话，冷冷地说："我们就是上级，今天已经不是你移交什么材料的问题。今天是你彻底坦白你的累累罪行的最后时刻！"这时，一直在一边横眉冷对的张小娜突然大喝一声："索一夫！低头认罪！"说着，一把拉住索一夫校长，将他从他的办公桌后面跟跟跄跄扯到办公桌前的那一小块空地上："低下你的狗头来……"索一夫校长缓缓看了张小娜一眼，将头微微低了下来。吉为民记得很清楚，就在索一夫校长低头的那一刹那，他突然感到一阵恶心，一种纯生理上的恶心。索一夫校长的头发已经全白，但依然浓密。他低头的时候，一片白花花的头发便扑到脸面上，和平日高傲严峻的那个索校长相比，顿时判若两人。多少年来，同学们就很难见到索校长的笑容，更难听到他说几句柔和的话。大家对他是又敬又怕，连所有的老师都是这样的。如果有一天，你和索校长相遇，他突然喊了一声你的名字——奇怪的是，他似乎不和学生来往，但却知道每一个人的名字——然后拍拍你的背,说:"你不错,继续努力!"那个学生便会如领了天赐一样,兴奋得无以复加,并由此真的越来越出息。仿佛那一拍和那几句咒语般的夸奖给你注入了某种魔力,你必须不断努力,你真会永远不错。吉为民刚转来时,便听同学说,索校长拍人极准,只要经他一拍,准保不是北大就是清华。吉为民曾经暗暗祈望,哪一天也能被索校长这么拍一下子呢?但进校后,见到索校长的次数可以数得出来。除了开学典礼,索校长从不在公开场合讲话或作报告。他也不到班上去巡视。但所有的老师同学都能感觉到,在这个偌大的校园里,索校长无处不在。他一年四季都是衣冠楚楚,哪怕炎夏,也从不穿短袖凉鞋。他那一头银发闪耀出一种特别慑人的光辉,远远向你飘来的时候,你便不敢大声喧哗了……而现在,就是这么一个神灵般的人物,顷刻间不得不低头了。

何延辉大大方方地坐到索一夫校长那张古旧的藤圈椅上,张小娜和吉为民一边一个在办公桌的两端坐下。按何延辉事先的吩咐,吉为民拿出纸笔,做审讯记录。这阵势,很像苏联电影中"契卡"审白匪的样子。何延辉穿一身洗得发了白的斜纹布军装,扎一条牛皮武装带,红袖章一套上去便显得格外英武。他剪了一个简朴又高贵的平头。浓眉大眼。神色热情又刚毅,漫溢出一股神圣的光彩。何延辉的父亲是军区的副参谋长,军阶在全校红五类中排名第三。张小娜和吉为民的父亲级别虽然也不低,但因是地方干部,便显得单薄一些。尽管张小娜也弄了一套旧军装穿在身上,但总不如人家军干子弟穿了看着顺眼,多少有点仿作的感觉。吉为民倒是一直就穿他的学生蓝长裤和白衬衣。因为这种服装是谁都能穿的,便暗暗有一点懊恼。好在他有一只红袖章,用以与别的蓝长裤和白衬衣区别开来。

三人坐定后,便开始审索一夫校长。由何延辉主审。

何延辉先喊一声:"低头!"

索一夫校长将头垂得更低一些。

何延辉问:"叫什么名字?"

索一夫校长回答:"索一夫。"

何延辉问:"化名?笔名?曾用名?"

索一夫校长回答:"没有。"

何延辉冷冷一笑:"杰米索是谁?"

索一夫校长回答:"是我在美国留学时用的名字。学校要求每个华人学生都要起一个英文名字。回国后从来没有用过。"

张小娜大喝一声："索一夫不投降死路一条！我问你，你这个索一夫的名字是谁给你起的？"

索一夫校长说："我父亲。"

何延辉猛然提问："你是什么出身？"

索一夫校长说："地主。"

张小娜大喊："打倒地主阶级的孝子贤孙！"

张小娜的慷慨激昂和快速反应让吉为民很惶然。几天前，他也会有这样的慷慨激昂，也会有这样的快速反应。但现在，有一种无名的力量在消解着他，让他不那么理直气壮了。

张小娜冷冷一笑，说："你那地主老子给你起这个名字是何用心？"

索一夫校长想了想，说："不知道。"

张小娜又冷冷一笑："不知道？一夫，就是独夫！独夫民贼蒋介石的跟屁虫！巴儿狗！"

索一夫校长说："我父亲给我起名字的时候，根本不知道有个蒋介石。那还是1908年……"

何延辉猛然喝道："不许狡辩！"

索一夫校长不再作声。

何延辉问："参加过什么反动组织？"

索一夫校长答道："没有。"

张小娜又大喝一声："老实交代，我们已经掌握了。铁证如山！"

索一夫校长肯定地说："没有。"

何延辉冷笑了一下，用一种挖苦的口气问道："你是不是想否认你参加天主教会呀？"

索一夫校长想了想说："我曾经信奉天主教，但那不是一个组织，也不需要参加，你愿意去就可以去。"

张小娜说："你说天主教不是反动组织？那它倒是一个革命组织啦？马克思教导我们说，宗教是毒害人民的精神鸦片。鸦片是怎么到咱们中国来的？就是那些帝国主义传教士传来的！"

索一夫校长抬起头来，看了张小娜一眼，想说什么，又低下头去。

张小娜又喝一声："索一夫，你是如何叛变投敌的？"

索一夫校长说："从来没有。"

张小娜问："你是否被捕过？"

索一夫校长想了想说："是，那是为了掩护一个教师。解放后，才知道这个教师是地下党，他叫……"

张小娜打断索一夫校长，说："我不是要你自吹自擂自我美化！我是问你是如何出狱的？"

索一夫校长说："全校教师，还有当时的省教育厅长将我保释出来的。"

何延辉冷冷一笑："你把国民党反动派的监狱说得多么仁慈。我们那么多革命志士都英勇牺牲在里面，你却一根毫毛都没伤地出来了。这是我们今天要你交代的主要问题之一。"

索一夫校长说："你们可以调查。我不喜欢说谎话。"

问到这里，何延辉愣了一下。他看了一眼吉为民，那眼神里有许多不满有许多狐疑。吉为民今天没有进入战斗状态。前几天批斗那个曾当过国民党演剧队上尉编剧的语文老师，吉为民是那样亢奋那样凌厉，一串串又猛烈又尖刻的词语像重机关枪一样，突突突带着火焰喷射而出，将那个胡子拉碴的小老头儿当场就批昏了过去，紧接着就尿裤子了。吉为民没有抬头，但他感觉得到何延辉投射过来的目光。他只是一个劲儿地做着记录，动作大得有些夸张。在接下来的静默中，他又感受到了张小娜的眼光，那眼光几乎是挑衅的。吉为民又写了几个字，沉住气，放下笔，一字一顿地喝问道："索一夫，中国有句老话，若要人不知，除非己莫为。你能毫发无损地从国民党监狱出来这件事本身就说明了一切。你若顽抗，叛徒甫志高的下场也就是你的下场！"

"若要人不知，除非己莫为"是吉为民最早知道的处世格言之一，是从他那知道许多这类格言的奶奶那里听来的。

索一夫校长依然不作声。

吉为民不得不继续轰炸："索一夫，你就是带着你主子的特殊使命，在我们新中国无产阶级的教育阵地中潜伏下来，用你特殊的方式向毛主席的无产阶级教育路线进攻！你所鼓吹的因材施教，有教无类的反动谬论，就是为你们阶级培养一支反动派的别动队！"

索一夫校长说："因材施教，有教无类是孔子说的……"

吉为民终于找到了情绪，厉声喝道："孔子是一切反动派的老祖宗。五四运动我们就把他打倒了。"

索一夫校长又不再说话。

吉为民乘胜追击。他害怕自己在某一处溃败下去。他知道今天自己更多的是在表演给何延辉和张小娜看了。这使他又胆怯又气恼："索一夫！解放十几年来，你本性不改，发表了那么多放毒的文章。你要把你所有的反动货色统统交代清楚！"

索一夫校长说："我的那些文章，是我个人的观点。有错误的地方，你们可以批判。我真诚地接受你们的批判。"

就在索一夫校长说出这句话的时候，吉为民突然从索一夫校长身上看见了父亲的影子。头一天晚上，父亲对家人说了与此几乎一模一样的话。吉为民一下觉得自己的脸热辣辣起来。再细一看，连那瘦高的身材，那沉静得高傲的神态，那字斟句酌条理分明的话语，几乎都是父亲的一个翻版。在这一瞬间，这个正被自己厉声喝问的倒霉老头，让他看到了父亲的不堪。他清清楚楚地看到了在另一间办公室里，也有几个傲慢又威严的人，正在喝问自己的父亲。但父亲是革命者，是共产党人。而面前这位酷似父亲的老头却是一个反动派，一个地主阶级的后代，一个喝过洋墨水的帝国主义奴才，他现在竟和父亲扮演着这么相似的角色……就在这极度难堪的时刻，吉为民放下笔，冲到索一夫校长的跟前，抡起手臂，狠狠地一耳光扇过去。他的巴掌和索一夫校长的脸颊撞击的那一刻，发出一声爆裂般的响声。索一夫校长向一侧趔趄了几步，捂着脸站正了。他的眼里先是惶然，再是愤怒，最后渐渐充满了凄切与苦楚。泪水在他的眼眶里旋转，但一直没有落下来，只看得见星星点点的亮光。

吉为民的这一举动，让何延辉和张小娜也暗暗吃了一惊。近些日子来，他们也打过人，但总是在公众场合，情绪铺垫得热火朝天的时候，再抓住对方的一两句犯众怒的话，才开始动手的。像这样，在一间规规矩矩的办公室里，在很有教养，很有气魄，斗智斗勇斗口才的时候，这一巴掌确实打得太突兀太失大将风度。

如果此时索一夫校长只是捂着脸，甚至让那泪水淌下来，那会让他们三个优秀的革命者非常尴尬。可索一夫校长忍回泪水，抬起头，将吉为民狠狠地看了一眼，牙缝里蹦出了两个字："畜牲。"

正在办公桌后面无所措手足的何延辉听见这两个字，大喊一声："你反了你——你敢骂我们红五类！"边喊边像一头猛狮一样扑了过去，紧接着，拳头便像雨点一样擂在索一夫校长的脸上、耳廓上、太阳穴上。索一夫校长晃了晃，终于倒了下去。张小娜上去踢了索一夫校长一脚，亢奋地嚷嚷着："开大会！开大会——开全校斗争大会！"

打这以后的整个过程，吉为民都是在满脑子嗡嗡作响的恍惚中度过的。他隐约记得何延辉和张小娜边喊边跑了出去。很快，学校广播站的高音喇叭响了起来，然后冲进来十几个红卫兵，将一个废纸篓做的高帽子扣在索一夫校长的头上，又给他挂上了一块写满各种罪状的小黑板，还踢脱了索一夫校长脚上的那两只光洁的皮鞋，推推搡搡就拉了出去。操场上迅即聚集了一大批人。接着，外出抄家的小将们陆续返校，一个个热血沸腾意气风发地投入到一轮又一轮的批斗中。

那是一个火热的下午，台上台下都在躁动。犹如沙漠中蒸腾的暑气，一切都变了形。每一粒沙子都是滚烫滚烫的。

一件淹没于三十二年漫长岁月中的往事，就这样清清楚楚地浮现了出来。宛如千丈海水退尽，露出一艘远古的战船，那甲板，那锚链，那一排排炮孔依旧焕然如新。

从回忆中出来，让吉为民感觉到眼前的一切，包括这三十二年的岁月仿佛都不真实了。吉为民在一种若虚若幻，半寐半醒中发了很长时间的呆。

他将文章又看了一遍，拿起电话，想给报社挂个电话，问问索咪咪这个作者。他将话筒在手中握了很久，终于还是放下了。他刚刚放下话筒，电话铃声就响了。是他的司机打来的。司机在吉副市长下午有活动的时候，总会准时用电话叫醒他，并提醒他下午的各种安排。吉为民对司机说他下午有一件重要事情，原先所有的安排取消。他又说："我下午不用车，你可以回家休息了。"

吉为民将那一版报纸撕下来，折了几折，揣进口袋，走出市府大院，走出很远一段路后，在街口拐角处拦了一辆的士，向市委党校驶去。

六

就在给报社挂电话的犹豫之时，吉为民就已经决定去找钱老师。钱老师在市委党校党史教研室任职，比吉为民大四五岁，是吉为民的至交。从区政府办公室的一名副主任，到做了副市长，吉为民始终称他为钱老师。入仕以来，吉为民交友非常谨慎也非常挑剔，不论上司下属，也不论职务升迁，他对所有的人都是亲而远之。十多年来，可以说，只有钱老师一人是可以无话不谈的。他是在第一次去党校进修时认识钱老师的。在一次偶然的单独相处时，他发现自己是那么愿意听钱老师说话，也那么愿意说话给钱老师听。几次长谈之后，吉为民知道，自己碰上了一个可以倾心相与的挚友。他想起鲁迅写给瞿秋白的那幅对联："人生得一知己足矣，斯世当以同怀视之"。此后，不管他的职务发生了什么变化，也不管政务多么繁忙，每隔三五个星期，一两个月，他总是要去一次的。钱老师是他的思想资料室，是他的政策咨询处，也是他各种心绪各种疑虑各种牢骚各种见解各种预测的倾听者和解惑者。任何话题，包括一些很犯忌的话题，他们都可以无所不谈。吉为民多次想过，如果没有钱老师，他不可能有今天这样的健康的心态，清醒的思维和准确的判断。

钱老师衣饰陈旧其貌不扬，没有一点知识分子风采。去蹲地摊或踩三轮也不会特别打眼。他是六四级的人大生，学历史的。读了一年多，便"文化大革命"了。钱老师这大半生谈不上顺遂，下过农场，当过山区中学教师，因为"5·16"的问题，被审查过一年。还在县革委会写作组混了一段时间。成家很晚，妻子是一个普通工人，已退休几年，有两个儿子，都没读上正规大学。因为钱老师没有什么著作，直到前几年，才勉强弄到一个副教授的职称。而他的同学中，有做了省委书记的，也有做了著名学者的。吉为民担任市领导之后，也结识了不少各界精英，但只有这么一个默默无闻的钱老师，让他有思考或表达的欲望。让他觉得亲近如同胞。大概是一种缘分吧，吉为民常常这样想。

吉为民在钱老师家里找到了他。去钱老师那儿，是无须事先约定的，除了讲课，他永远躲在那一方小小的天地中。似乎他前半生漂泊得太辛苦，后半生只需一个小小的三丈居室足矣。

吉为民到钱老师家里，一般是节假日或双休日，这么一个正儿八经的工作日中来访，钱老师有一些惊异，便开玩笑说："一定是逃会逃出来的？"钱老师这一点很让吉为民感到舒坦，他从未将吉为民作一个官员看。因而在钱老师的各种言谈举止中，吉为民看见自己是一个活生生的人。他从许多才华横溢学有专长的人那里，常常能看到隔膜、虚饰、矫情甚至很过分的逢迎，这让他觉得自己也成为了他们的对应者。

钱老师给吉为民开了这么一个玩笑，吉为民只是苦笑了一下，便要泡茶。钱老师家境相当拮据，唯有茶叶永远是上好的。他的学生大大小小都是一方诸侯，因此总有好茶源源不断地送来。送茶高雅，又常是各地自产，带有一股若浓若淡的人情味。钱老师别的礼品一概不收，唯有茶叶是不拒绝的。只是他不太知道如今的行市，有的茶叶，已贵如金银，一斤卖到三百五百甚至上千。送者算是尽自己的一份心意，收者却只当是山野生长之物。

吉为民抿了几口茶，就像俗话所说，茗香满腮，清澈肺腑。要不是嫌烫，他会一口气灌进去。吉为民将那张报纸拿了出来，让钱老师先看看。钱老师看完，似乎已经明白，只是不说话，等吉为民先开口。吉为民便将那往事详详细细地复述了一遍。

钱老师听完，也不动声色，只是很柔和地问："你准备怎么样呢？"

吉为民说："我想去对索校长的女儿说出来。"

钱老师又看了一眼报纸，说："你知道这个索咪咪是谁？"

吉为民说："不知道。"

钱老师说："社科院文学所研究员，研究东欧文学的专家。她先生是电视台的，还写一点小说电视剧什么的。她公公是省社联前党组书记。"

吉为民说："你对我说这些是什么意思？"

钱老师说："你如果决定向索咪咪说出这一件往事，你必须把一切考虑好。你知道，在今天，在我们眼下这个社会，这种道德承担是很沉重的，或许要付出天大的代价。"

吉为民拿起茶杯，慢慢呷了一口，有些阴郁地问："会怎么样呢？"

钱老师说："不知道。但肯定不会轻松。"钱老师又一笑，"说不定，会断送了一个很有前程的干部。"

吉为民叹了一口气，说："这些，我也想过。但如果不说，我会厌恶我今后的一切所作所为的。"

钱老师说："我很钦佩你。这是多年来，我第一次对你说恭维话吧？还记得马克思那一句很动人的话吧？写完《哥达纲领批判》后，他说：我说了，我拯救了我的灵魂。可是，对于你来说，你说了，你拯救了你的灵魂，往后再怎么办呢？还得继续生活在这个世俗的社会里，这个社会有它自己的一套规则。"

钱老师说完，两人一时无语。沉默了一会儿，钱老师说："有一本美国小说《红字》，你看过没有？"

吉为民说："听说过，是讲一个女人外遇的吧？"

钱老师说："那个时代叫作通奸。是一个比杀人放火更恶毒的罪名。"于是，钱老师将《红字》的故事详详细细地讲给吉为民听了。钱老师说："你知道，我读《红字》的时候，最受震撼的是什么？是梅斯代尔牧师最后公开自己身份的那一段。深得市民尊崇与爱戴的牧师梅斯代尔，在他深深隐匿了七年之后，准备与他的海丝特偷偷地远走高飞，就在临行的前一天，那个小镇上有一个什么盛大的活动，在欢呼的人群中，他突然看见他的海丝特带着他们的女儿站在镇中心的那个绞刑台上——作为一个通奸的女人，在这类公众活动中，只配站在那种地方……突然，他向那个七年来为了他，为了他们的爱情，受尽了万般羞辱的女人走去，和她及他们的孩子站在了一起。他撕开自己神圣的衣襟，露出烙在他胸口上的那个红色的'A'字——那个表示通奸者的符号。他最后说的那句话，我至今还记得。他说：感谢引领我来到这儿的上帝。"

钱老师讲完《红字》的故事，俩人又久久不语。

钱老师说："勇于承担自己的罪恶或过错，是要付出巨大代价的。一方面，你拯救了你的灵魂。另一方面，你就要开始接受世俗的惩戒，甚至毁灭……而且，你的故事中还有另外两个人。要么，你必须隐匿一部分真相,不把他们两个人说出来。要么,你在公开自己的同时,将另外两个人也带了出来。他们会怎么样呢?他们会不会认为你出卖了他们,伤害了他们,甚至也毁灭了他们?他们有没有承担的能力?他们会不会矢口否认这件事?会不会说你是诬陷?还有你的家人,孩子,朋友,他们会有怎么样的感受?对他们的正常生活会不会有什么影响?开始很简单,心一横,口一张——我就是那个隐匿者。然后呢?"

钱老师见吉为民苦苦思索,终有些不忍。说:"我很钦佩你的这种义无反顾的气概。但是,我不得不对你说,暂时打消这个念头。你已经承担了,你已经公开了——起码向我公开了。做到这一步,已属不易。你知道,我们这个社会,有多少各种各样的隐匿者。我甚至可以说,我自己也是一个隐匿者。我在和你多年的交往中,有些事我永远也不会说。因为像你一样,我已经将它们忘了。只不过你今天被一个叫索咪咪的人刺了一下,让你恢复了记忆。"

那天,他们谈了很久。最后,吉为民说,他已经走出了第一步,他无法折回去。他现在只想做三件事:第一,和索咪咪见一次面;第二,打听他那两个同学的下落,和他们谈谈这件事;第三,辞去文博中学校友总会会长和九十周年校庆组委会主任之职。说完,吉为民轻松了许多,自嘲一笑:"如果敞开需要毁灭,请自吉为民始。"但紧接着又说:"总不致坏到哪里吧?实在不行,到你们这儿来管管总务。"

天色渐晚,吉为民告辞。钱老师送他到楼梯口,紧紧握手,很郑重地说:"在这件事情上,如果需要我做什么,尽管说。"

七

吉为民回到家,妻子看出他的神态有些异样,问他怎么啦。吉为民说正在处理一件很棘手的事。妻子以为是他的公务,便不再问。妻子从不打听他的公务。她有一句口头禅:回到家,你什么也不是,就是我的男人,是吉丽她爹。你别把你外面的那些事带到这屋子里来。吉为民的妻子是农学院毕业的,工农兵学员,一直在植物园工作。二十多年来,和那些无声无息无欲无求的花草树木朝夕相处,弄得她也如那些花草树木一般清静了,还总有一身的花木气息。吉丽是他们女儿,在读大三。学校不远,天天回家。他和妻子都不放心将这么个宝贝女儿扔在外面过夜。因而，吉丽长到二十一岁，依然如儿时那样无大无小。一撒娇便吊在她爹的脖子上，赖到她爹的怀里。不一会儿，吉丽回来了，见了吉为民那双鞋，便大叫了起来："好稀奇好稀奇，老爸今天准时放学了。"慌慌换了鞋，提包也未放下，便直冲到吉为民的书房问道："今天是你们的什么纪念日吗？"吉为民说："是啊。"吉丽问纪念什么？吉为民说："纪念吉丽出生二十一岁三个月零……十五天。"吉丽做个鬼脸："那明天你也得早早回来，纪念吉丽出生二十一岁三个月零十六天！哎，老爸，你们政府也太没个计划了。我们学校门口那条路修好刚两个月，今天又给挖开了。那么厚的水泥路面，也真亏了那些民工们砸的。真是败家子，又耗钱财又碍事。"

和妻子截然相反，吉丽是一个积极干政的角儿。对政府的一应大小事务，她都要表示自己的态度，而且永远持批评态度。她自称是这个家里的持不同政见者。"干吗老把你们自己那些开会的事往电视里放呀！老百姓一看到这些就换频道。""你讲话不能不拿稿子念吗，连文艺晚会上的讲话都干巴巴的！你看人家奥斯卡颁奖大会，那些话，讲得多精彩。""今天又是谁来了？把一条街堵了半个小时！犯得着这么森严壁垒吗？本来就交通拥挤。""你们当官的走路是不是规定好了的？谁该走前边，谁该走后边？"这一类抨击，常让吉为民又气又好笑。他知道，孩子说出了一些极简单的真理，但我们自己却往往不懂。或装不懂。吉丽偶尔也有赞扬的话，那全是给她爹的。"我要写一篇文章，要全体官员向我爹学习，学习他从不给他女儿谋一点私利！""叫我看，电视里的这些人，还就是我老爸帅一些。以后挑选领导，还应该加一项形象气质分。"说到这一类话题，吉为民便会呵斥她："你可别给我添乱，你去叫周润发来当市长好不好？又不是演戏。"吉丽有时也把矛头直指吉为民管辖的领域："天天杀人抢劫，天天撬门扭锁，您都该引咎辞职了。""爸——您读书的时候，校园有人抢钱吗？"好在吉丽只在家里痛快，一出去便什么都不说了，连自己是谁的女儿都不说。吉为民呢，也落得从这个"反对党"那里了解许多社情民情，多少让自己看问题全面一点。

妻子忙饭的时候，吉丽便拉着老爸去看电视。有一段时间，吉为民管过文化，因此电视也常常成为吉丽向他发难的口实。好在他和女儿一起看电视的时候不多。吉为民突然想起很久以前，电视里播一部讲老三届的连续剧，吉丽看到一些学生揪斗老师的场面，便问："爸，你也是老三届吧。"吉为民说："也算吧。"吉丽又问："这些事你干过没有？"吉为民说："你看你爸像不像干这种事的人呢？"吉为民说这话的时候，一点都没有要撒谎的意思。那时，他确确实实完完全全将那件事忘了。在他的印象中，他的"文革"，比同龄人的"文革"结束得早得多。就在那场审讯的第二天，省市两大报纸头版头条上登出了大块文章《请看庐山真面目》，副标题是："三家村"在我省的代理人吉纪纲反党反毛泽东思想罪行之一。接着便是之二、之三，直到之六。父亲成为省委机关内第一个被抛出来的牺牲品。索一夫校长自杀的事，被他自己家里的灭顶之灾淹没了。从此他结束了自己的"文革"生涯。那时，学校已全面停课，他躲到东北大伯家，逍遥了半年，父亲的问题越来越严峻，又和黑省委、黑中南局搅到了一起。伯父便让吉为民以自己孩子的身份，到一个大山沟里当了兵。一去七八年，待到1975年父亲解放，才转业回来。从一个工厂的工会干部做起，一直做到今天的职位。

想起那一次女儿的发问，吉为民不禁心虚起来。女儿一直像亚瑟相信蒙泰里尼神父一样相信自己，最后却发现这个道貌岸然的神父竟是一个撒谎的家伙……

晚饭后，吉为民把自己关在书房里，苦苦思索着如何给女儿讲叙这样一个恐怖的故事——女儿是单纯的。女儿是他的上帝。他必须面对她。

他一点一点地往深处想去，这样一件锥心刺骨的事，当真就忘了么？他想起一首凄苍歌曲里的唱词：从来不需要想起，永远也不会忘记……十多年前，他第一次听到这两句唱词的时候，心里就咯噔了一下，仿佛被一粒什么东西远远击中一样，当时，他没敢细想，将这微痛捂了过去。为什么不需要想起？是逃避？是恐惧？是想将这一件污秽的往事从自己的记忆中抹去？当他一读到那篇文章时，他便本能地对自己说，三十二年来他已经将这件事忘得干干净净了，那是自己在下意识地撒谎，当他对钱老师再这样叙说一遍的时候，他已经希望让这个谎言在重复中成为事实，成为他原谅自己，并且让别人也原谅自己的一个理由。其实，他何曾遗忘过呢，他只是但求遗忘而已，以逃避这永远无可逃避的罪过。从他一知道索一夫校长自杀的时候他便开始这样做了。甚至可以说，从他那一耳光扇下去的一刻他便开始这样做了。那天清晨，全家都从电台的早新闻中听到了对他父亲的凌厉讨伐，他在绝望的同时，感到了自己昨天那一耳光的虚伪与无耻。他几乎能听见张小娜与何延辉对他尖刻的嘲笑。还有全体同学，包括那些"狗崽子"们快意又不屑的眼光。在走出家门的那一刻，他取下了左臂上的袖章，揣进口袋，他知道，他从此是另一个人。他刚刚跨进校门，便看见校门口影壁上那一幅巨大的标语："索一夫自绝于人民死有余辜！索一夫对抗无产阶级文化大革命反动透顶！"标语刚刚贴上，墨迹未干，新鲜晶亮的墨汁顺着那些粗大的笔画向下流淌，好像索一夫校长的血。他立时像听见了一道命令一般一秒钟都没有停留便返身离去，像一个凶犯匆匆逃离作案现场，从此他再没有向任何人探问过这件事的细节。他的仓皇逃离，与其说是因为父亲的落难，不如说是因为索一夫校长的死。

吉为民记起来，许多年来，他都害怕见到电视中扇耳光的镜头。

八

一个星期天，钱老师安排吉为民和索咪咪见了一面，地点在党校钱老师的办公室里。钱老师领索咪咪进来之后，便离去了。索咪咪不知道吉副市长为何要约见她。吉副市长在本市文化教育学术界口碑也不错。索咪咪想，是不是要咨询一些什么问题，或搞一个什么课题。在此之前，吉为民赶着读了几篇索咪咪专业方面的文章，是钱老师帮他寻来的。他发现她是一个思想很犀利眼界很开阔的学者。他以前对东欧政治文化的了解，仅限于一些五六十年代以来的电影、书刊、歌曲。如捷克斯洛伐克作家伏契克的《绞刑架下的报告》，保共总书记季米特洛夫的法庭辩护词《历史将宣判我无罪》，罗马尼亚和南斯拉夫的二战故事片，还有"匈牙利事件"，"布拉格之春"，"团结工会"什么的。再就是"苏东事变"后，上级发下来的一些文件、通报、参考资料。索咪咪的这些文章，很让他开了一些眼界。

两人隔着钱老师的办公桌坐下来。吉为民说："我读了你的一些文章。"

索咪咪一下紧张起来，以为自己哪些文字闯了祸，吉副市长代表组织向她谈话来了。有些惴惴地说："不知道您看的是哪些文章，希望听听您的意见。"

吉为民举出钱老师帮他寻来的那几篇，说："昆德拉我看过一些评论，还读过他的一两本小说。哈维尔我从前只知道是捷克总统，没想到他还是一个剧作家。这方面……我是门外汉，提不出意见，但对我很有启发。我想我以后会关注这些方面的问题的。"

索咪咪见不是自己担心的那一回事，立刻就放肆起来："没想到您会有这方面的兴趣。在这方面，您肯定是受的另一种教育。如果您想了解更多一些，我可以再帮您找一些资料。对您了解咱们自己肯定有好处，咱们和苏东有很多同构的地方呢。我觉得，党校实在有必要开一门现当代苏东文学课。"

一见到索咪咪，吉为民便看见了索一夫校长。索咪咪以女性的方式，几乎继承了索一夫校长的全部优点：沉静聪慧的大眼睛，有一种贵族化的优雅。鼻梁，嘴唇，额角，线条都很清晰。皮肤也像她父亲一样细腻而白皙。算来她今年应该是四十二岁，但你将她看成五十二岁或三十二岁，也没什么关系。她的自信与成熟是五十二岁，她的精致和美丽是三十二岁。吉为民一直暗暗认为，在生活中，最美丽的往往是两类人，一是解放前的高贵者的子女，一是解放后的高贵者的子女。他不知道自己这种看法是否准确，有几点大约是成立的：高贵者往往能寻得美丽又有修养的配偶，他们的子弟便有更好的遗传、营养和教育，还有他们的优裕的生活环境和自信的心态。他暗想，如果将这个现象作一个社会学课题研究一下，肯定是很有意思的。

吉为民和索咪咪都喝着钱老师为他们沏的上好绿茶。互相间一边说一些开场白，一边近距离观察着对方，感觉着对方。在安排这次见面时，钱老师曾对吉为民交代过，先和她聊聊，再决定是否对她和盘托出。

吉为民问："跟钱老师很熟吗？"

索咪咪说："不很熟。我们一起开过几次研讨会。听了他的发言，我很惊讶，在我们的党校里有这样的学者。我以前一直认为，党校就是读读各种文件，学学社会发展简史，唯物论辩证法什么的。"索咪咪笑起来，像自己做了一件错事，"真的，我对党校一点都不了解。"

吉为民也笑笑说："任何地方都有很优秀的人。像从前一说到国民党，我便会想起电影中那些兵痞，歪戴帽，斜背枪，手里提着几只抢来的老母鸡。后来纪念抗战，才知道还有那么一大批为国捐躯气贯长虹的英雄壮士。近些年，我也接待过一些港台人士，其中就有原来国民党的军政要员，一点也不青面獠牙。至于那些在国民党时期做过各种技术工作的、事务工作的，优秀的人物就更多了。"

索咪咪很调皮地笑了，她说："这是我听见共产党干部说出的最动听的话。"

吉为民望着这个美丽聪慧毫无城府的女性，想到索一夫校长自杀后，她们孤儿寡母不知是如何度过那漫长的劫难的。吉为民问了索咪咪的一些经历，索咪咪也问了吉为民的一些经历。两人似乎都说得很投机了。索咪咪突然很认真地问："吉市长，您找我来，有什么事吧？"

吉为民说："我读了你那篇文章。"

索咪咪问："哪篇文章？"

吉为民说："《隐匿者》。我是你父亲的学生。"

话说到此，两人都顿住。互相盯住对方的眼睛，希望在那一刹那间读出点什么。

吉为民看了索咪咪几秒钟，决定把一切都说出来，这是他来之前就已经决定了的。见到索咪咪之后，便更没有打算退缩了。他决定不再说他将这件事情遗忘了。他只说事情本身。

吉为民说："我就是你文章中说的那三个人中的一个。而且……是我最先动手打了索校长。"

索咪咪把目光移开，脸上那种美丽和优雅渐渐隐去，变得木然又苍白。接着，眼睛开始湿润，嘴唇微微战栗起来。

吉为民看着她。他没有做任何解释和铺垫，直接讲叙起当时的全部过程。

吉为民非常冷静也非常详细地讲完了那个三十二年前的故事——这个故事近一段日子以来，像一部经典影片一样，在他脑子里反反复复不知放映过多少次了。

讲完后，吉为民说："我不知道，我还应该做一些什么？"

在吉为民叙述那个事件的过程中，索咪咪几次流泪了。她只是从包里掏出纸巾，默默擦去眼泪。待吉为民说完，她已恢复了平静。

吉为民讲完，不再说什么了。

索咪咪很深重地吁了一口气，喃喃道："……三十二年来，我无数次地想象过那三个人的样子，几乎已经在脑子里将他们重塑了出来……但是，我没想到……是像您这样的……您让我很难受。"

吉为民说："我现在唯一能够说的，就是，你依然可以做你要做的一切事情。我能对你说出来，也就能承当。"

索咪咪沉默了很久。索咪咪沉默的时候，吉为民一直看着她。

最后索咪咪说："……这事能让我想一想吗？"

吉为民说："其实，往后该怎么做，是你的事了。"

分手时，索咪咪说："父亲的死，是我一辈子的心痛。我原来想，这些隐匿者不会有站出来的勇气，如果那样的话，我将不断地在道义上打击他们。让他们永远地偿还当年那一笔债。让那些数十年来，伤害过别人但深深隐匿起来的人知道，隐匿也是要付出代价的。可是，您自己站出来了……不管怎么说，在有一点上我很感激您，起码，您让我知道了我父亲死得很有尊严……"

索咪咪走后，吉为民在钱老师的办公室里又坐了很久。他感到一种卸下千钧重负的轻松。他曾听公安局的人说过，那些重犯在将一切罪行痛痛快快坦白之后，常常像当场获释一样轻松。吉为民喝尽最后一滴茶，按约定去钱老师家。

钱老师正像热锅上的蚂蚁一样等候着吉为民的到来——他们谈话的时间已经远远地超过了他的估计，他担心那边会出现什么不可收拾的场面。当他见吉为民进门时那一脸平静的样子，猜测吉为民终于将公开的念头打消了，忙问："怎么样？"

吉为民说："都说了。"

钱老师问："全部都说了？"

吉为民说："全部都说了。"他自我解嘲地笑笑，"你知道，坦白真是一件很幸福的事。"

钱老师急匆匆翻来覆去地询问他们谈话的每一个细节、反应、表情，然后说：

"要不要我再找索咪咪谈谈？"

吉为民说："不要了。"

九

多年来，吉为民一直害怕卷入的政界纠葛，还是像藤蔓的触须无声缠上身来。近来，市府内外已经有一些传言，说吉为民已拜了"老头子"（指老市长），"老头子"准备以吉为民为核心，拉起一个"文博帮"。当他的司机将这些传言说给吉为民听后，吉为民一时方寸大乱。多年来，一直以清高之身拒千里之外的那些鸡争狗斗，最终还是将他扯了进去。他在心里暗暗叫苦：文博啊文博，真是自己的一大劫数么？先是带出了那个隐匿者的事件，接着又陷入宗派泥潭！不几天，他果然从市府大院之外的几个不同的方向听到了类似的说法。没有任何正式的声音，但流言已如远方的洪汛，闷响着势不可挡地弥漫过来，你都不知道朝哪儿去堵它们。

于是，他干脆大大方方地去了老市长家，向他说了近日的这些流言蜚语。

老市长听罢朗朗大笑，说："你们这些和平日子里当了官的人哪，太娇嫩，太不经折腾了！倒回去几十年，这算得了什么？豆芽菜一碟！那时，天天都是刀光剑影处处都是危机四伏呀！不要说像你这样的九品芝麻官，就是那些元帅老总开国元勋们，也成天生活在这种神神鬼鬼的气氛里，到哪里去，跟谁讲话，都得云遮雾罩神秘兮兮的，弄不好就掉到凼子里去了。罢官、流放、开除党籍、坐牢、离婚，甚至杀头！就是这样，你干不干革命？还是要干。不要说战争年代，解放以来，有多少次急风暴雨天翻地覆？那时的干部，都已经习以为常。像当兵的见惯了枪林弹雨。一段日子太安逸，还浑身不自在呢。你们哪，真是温室里长出来的一代！"

吉为民说："要真那样了，我不做这个副市长行不行？我去做工种地行不行？"

老市长声气一下锐利了起来："你不做？你当是小伢们过家家？"老人家逼望着吉为民，眼里放出一股挑衅的光来，"再说，你不做，我不做，他不做，都让那些乌龟王八蛋去做？那'四人帮'打得倒吗？那极左路线完得了吗？那今天还不知道哪个当道呢！"

被老市长掰开揉碎又说了一番之后，吉为民确实觉得自己太斯文太软弱。但他还是喜欢不起来那种疾风暴雨残酷无情的政治生活。他说："看来，我确实不是一个当官的料子。"

老市长说："谁天生是一个当官的料子？我一直读到高中都不敢在生人面前讲话，见到督导官就躲着走。后来怎么样，九九八十一难就这么过来了！邓小平是当官的料子？四川山里的一个娃儿，文化不高，个子又小，陈独秀做总书记的时候，他还在刻蜡纸呢。结果怎么样？成了二十世纪的世界伟人。打倒几次就爬起来几次，他要没有这个狠气，能有这后二十年的风光？"

老市长这么一番苦口婆心，吉为民最后还是提出了辞去那两样虚衔的事。老市长更加不解了，说："这么一个单位的联谊性机构，连个群众社团都谈不上，民政局都不会管的，碍你什么事了！你也太风声鹤唳草木皆兵了吧？"老市长说着说着，竟有些生气了。

吉为民想了想，便将三十二年前的那桩事很简略地讲给老市长听了。他说他准备承担这件事。

老市长听了，又感慨又温厚地看着吉为民说："小吉呀，我确实没有看错，你是一个好人，正派人，有良知的人……"说着说着，老眼竟溢出泪花来，"中国有句老话，知耻近乎勇。可惜，我们社会中这样的勇者越来越少了。你能自责，能不安，这就够了。你还想怎么样呢？把自己送到牢里去？你那时有多大？"

吉为民想了想，说："十六岁。"

老市长幸灾乐祸地一笑："你看，判刑？年龄不够，再说，追诉期也过了。"老市长笑过之后，叹了一口气说，"那种时候，像你这么大的孩子，有几个不干这些事呢？他们的红司令要他们干，我们所有的教育都让他们这么干，他们能不干吗？我都被踢断过两根肋骨呢。我的几个孩子，又在外边打别人。唉，哪个有办法算得清这笔账哟！"

吉为民说，他的父亲也被人打过。正因为这样，他才要承担这个责任。要不然，他再也没有资格去指责别人，甚至没有资格去指责今天的那些罪犯们。

老市长听罢，沉吟良久，站起身来，一边活动腿脚，一边在那宽大又简洁的客厅里转圈圈。他突然立住，面带悍色一字一顿地说："实际后果是，你一说出来，你就更没有资格了，连原来的资格都没有了。而那些不说的人，却比你更有资格呢。"

老市长溜达了几圈，回到自己的座位上，缓缓地说："说实话，这些年，很少见到你这样的人了。你让我想起我自己的青年时代。那时，恨不得自己是通体透明的，有一点脏污，都会自责自怨，痛苦得不得了哇！那时，我在这个城市做地下学运工作，没有经济来源，常常饥一餐饱一餐，东一宿西一宿。我身上有时会有一点党的活动经费，用于应急。比如帮助进步学生逃亡，接待突然潜来的交通。所以，那几元十几元大洋是从不敢动用的。那时没有什么财务制度，怎么用，用在何处，全靠你的德性，没有哪个来查账。有一次，一个冬天，我借居的那个同学家不知什么原因，婉言让我离去。在外面奔波了大半天，没找到一个合适的住处。父母寄来的一点钱也早已用光。真是饥寒交迫啊。心情坏到了极点。最后只好到码头上挑夫夜里歇脚的地方跟他们挤在一起，想混过这一夜再说。睡到半夜，又冷又饿，怎么也睡不着。突然，闻到远远飘来的熟食香气。忍了很久，还是爬了起来，在一个燃着电石灯的小摊上吃了两大碗馄饨和六个肉包子，还买了一包香烟，花去了小半块光洋。这小半块光洋是公家的钱。这一餐吃了以后，等于把自己的道德良心也吃掉了小半块。真是又委屈又痛苦，直骂自己：为革命做了那么多牺牲，那么多贡献，就这么栽在这小半块光洋上！解放后，审干的时候，我把这件事作为革命者改造思想的例子说了好几次，才得以解脱。后来，'文化大革命'中，我从大字报上看到，好几个职务比我高得多的革命者，都有侵占公款的事，那数目可比我大得多了，他们却从来没有说过。其中有一个，还是审干时我的领导。"老市长说完，意味深长地笑了起来。这时，吉为民才发现，这个温良敦厚慈眉善目的小老头，竟是一个很睿智很凌厉的长者。难怪人们背后称他为"老头子"。

老市长见吉为民已经是用全身心在听了，便进一步说："你想想，大几十年来，颠颠倒倒黑黑白白，有几个人敢说自己一世清白？有几个人敢说自己没干过一件昧良心的事？从红军整肃'AB'团起，到解放以后的历次运动。除非你是桃花源中人，谁都难免做几件甚至几十件伤天害理的事。官当得越大，伤害的人就可能越多。庐山会议整彭德怀，往死里整，至今有几个人出来说说，当初我也参与了，我对不起彭老总，如果彭老总没有死，他会不会说，我挨了你们的整，其实我也是整过别人的……我跟你说，1957年划右派，光我的笔下，就划出去几百。大多是本市名人。这当中有自杀了的，离了婚的，发了神经病的……这当中，有些是上面要我划的，有些是我看着不顺眼的……我就不知道这事罪孽深重？我就不知道这事越往后越要挨子孙骂？我也想过，像你这样，对自己来一次自我清洗，将当初那一批人集合起来，当众向他们说清实情，脱帽谢罪，请求原谅。追悼会的时候，让他们好说，这个小老头，还算是一条汉子，敢作敢当。可这事能做吗？要说能做，只有毛主席他老人家能做。抢救运动搞得太过头了，将人家集合起来后，脱帽赔礼，说声对不起，一风吹了。我能做吗？我做了，其他的人怎么办，我当时的那些上级怎么办？不是将他们晾台上了嘛！这个校长女儿的文章很厉害，看起来温情脉脉，其实是点到筋了。我们都是隐匿者哟，你只是一个小隐。小隐隐于山林，大隐隐于朝廷。"说罢，老市长哈哈大笑起来。

经老市长这么一点拨，吉为民几乎要豁然开朗了。但是在最后一刻，他终于持守住了。他盯着老市长世事洞明的那一对浊眼，问："能永远隐下去么？"

老市长说："你知道，我们中国人是讲现世的。没有彼岸，也不求来世。康生怎么样？谢富治怎么样？现在都是一堆臭狗屎。可是他们当初死的时候，不是享尽了盖世风光？两眼一闭，你们后来说什么，关我屁事——今天一些风光的人，难道就保准日后不挨骂？"

吉为民说："我想求来世。起码我希望我的女儿以后能说，这个老爸，还是一条汉子。"

老市长叹了口气："我说这些，是要你做些牺牲的，甚至包括牺牲掉你女儿说你是一条汉子。为了我们的事业。光明磊落是一种快乐，我何尝不想如此呢？我这一把年纪，死也死得了。儿女都已自立，我痛痛快快一回，有什么不好？但是，痛快完了，一切也就完了。一些宵小之徒更加畅行无阻，为所欲为了。所以，在这里我又要把话说回来了，这么些年来，我们要是在每一件事上，都像圣徒一样跟自己的失误和罪过过不去，那么，我们还能剩下几个人，还谈什么今天的稳定，也没有了今天的进步……这是一个大难题。从不老实到老实，是一个境界。再从老实到不老实，又是另一个境界呢。"

老市长这一番禅似的话语，让吉为民又有点糊涂又有点清醒。他说，容他好好领悟一下。

老市长说："你三思。"

最后老市长告诉吉为民，他最近已经以他个人的名义，向有关部门及有关领导郑重推荐了吉为民作为下一任市长人选。老市长说他完全是出于公心。关于文博中学的那两样虚衔，不要太认真，反倒弄得此地无银三百两了。

吉为民听罢既感动又惶惑。来老市长这儿，本是想一表去意，没想还要往更高处攀登。

十

吉为民一直忐忑地等候着索咪咪的回应，一直没有。好几次，吉为民在翻看报纸的时候，都下意识地紧张起来。想会不会看见索咪咪下一篇文章。那题目他都替索咪咪想好了——《一个隐匿者的浮出》或曰《父亲之死真相》，即便不登报吧，只要她跟三五好友一说，再口舌相传，也足以让他身败名裂。几次，他都想跟索咪咪挂个电话。想了想，又止住了。

索咪咪没有动静，文博中学那边倒给吉为民打来了电话，说他要打听的那两个人都打听到了，着实费了好大的功夫。学校兴奋地说，吉副市长又给我们文博中学发现了两个很有份量的校友。张小娜现在是北京一家大公司的董事长，背景和实力都很雄厚。何延辉在欧洲某国当使馆武官。学校已经跟张小娜通了电话，她答应回校参加校庆，并表示一定要对母校做一点贡献。何延辉那儿也和他夫人联系上了，他夫人说一定转告他母校的邀请。校方将两人的电话、通讯地址告诉了吉为民，说可以直接跟他们联系。

当天下午，张小娜就把电话打到他的办公室来了。

张小娜的声音依然如她青年时代一样嘹亮而且锐利："吉市长，我张小娜呀，没忘吧？没想到你当年那么文绉绉的，现在成了一方诸侯啦！"

吉为民和张小娜在电话里聊了聊三十多年来的各自经历及校庆校友会的一干事宜后，便谈起了索咪咪的文章。

张小娜听后很是诧异,问:"索一夫的女儿?她想干吗?"

吉为民说:"她希望有人出来承担她父亲被迫害致死的责任。"

张小娜说:"去她的吧。她爹不是自杀的吗?现如今是怎么啦?三十年的老账也翻出来,要反攻倒算啊?"

一听这话,吉为民便觉得与张小娜的对话困难起来。他解释说:"我想,她的意思只是要一个道义上的姿态。"

张小娜狠狠说道:"什么道义呀姿态呀?我们后来吃了那么多苦头,我们的爹妈吃了那么多苦头,谁又给了我们一个道义一个姿态?真是!这班人活得太消停了。我跟你说,我爹后来比索一夫要惨得多。要不是老爹意志坚强,不知要自杀多少回了。记不记得那次元旦,体育场的万人批斗大会?"

吉为民说不知道,他那时早已去了东北。

张小娜说:"你不知道哇?我告诉你,那次批斗大会把我爹从两米多高的司令台上踢下去,摔得口吐鲜血,当场就昏死过去。我还没有去追查那些什么隐匿者呢,她倒查起我们来了。"

吉为民说:"我想,她文章中所说的隐匿者,应该包括你说的那些人。"

张小娜稍稍平和了一些:"那还有什么说头?一场乱仗,现在一说这些我都心烦。"

吉为民犹豫了一下,决定还是对张小娜如实相告:"我已经和索校长的女儿见了面了。"

张小娜大惊:"你跟她说了些什么?"

吉为民说:"全说了。"

张小娜在电话里大叫起来:"把我们都说了?"

吉为民说:"没说你们两个的名字。"

张小娜似乎松了一口气,但依然余怒未消:"你真是疯了你!吉为民——现在别人正憋着劲儿找我们这些人的碴儿呢,什么太子党呀,官倒啊,什么红色贵族第三代呀……你却自己跳了出来,伸出脑袋接石头!我真不明白你是怎么想的。"

吉为民说:"我没有想那么多,我只是想,一个人的死与我有关,我要负我的责任。我不希望别人说,当初那些人像兔子一样躲得无影无踪了。"

张小娜冷冷一笑:"你真是修炼到家了!你要为他们负责,谁来为我们负责?

我们十五六岁,毛丫头毛小子的,一颗红心,满腔热血,一点私心杂念都没有。我们是跟毛主席干革命呀!老人家折腾了十年一撒手,我们现在负得了那个责吗?"

吉为民强忍怒火,也冷冷地说:"我只为我个人所做的一切负责。"

张小娜说:"那你可别把我扯进去。这些年来,我早已不问政治,做生意,赚钱,其他一切都见鬼去。你要把我扯进去,我就说没有那回事,是你一个人干的。"

吉为民气得发抖,觉得胃肠里翻江倒海,一股污水要从食管中喷涌出来。他强咽回去,说:"那你就一心一意去挣钱吧。"

张小娜突然换了一种和缓的却带着一股杀气的口吻说:"吉市长,你要坏了我的名声坏了我的生意,后半辈子我就跟你没完。"

吉为民说:"你已经坏了你的名声。"说完狠狠将电话啪地一下挂断了。

就在这天晚上,吉为民又接到一个陌生男人的电话,那口气温和又傲慢。吉为民问他是谁,他没有回答,却说了下面一番话:"何延辉同志现在是我国驻外使节,工作非常重要。现在国际形势也很复杂,这一点你应该很明白。所以,任何涉及何延辉个人的事情,都由组织上来处理。对他的历史,组织上已做过多次审查,包括"文化大革命"中的表现,组织上都是清楚的。因此,你在任何事情上,都不要以个人的名义涉及他。"

吉为民又一次追问对方是谁,但对方将电话挂掉了。这是吉为民有生以来第一次接到匿名电话,让他又愤怒又恐惧。妻子从他接电话时便发现他的神色不好,见他放下电话,还怔怔发呆,便问了:"是谁呀?"

吉为民整理一下情绪,竭力平静地说:"一个老朋友。"他本想说是一个无赖,但话到嘴边,硬咽了回去。

近一段时间来,吉为民的睡眠一直不好,这一夜,他彻底失眠了。他将一团乱麻似的、互相颠倒又互相对应的道理拆散来拼拢去地思考着,竟然越来越糊涂了。就这么一个简简单单的事:三十多年前,一个不谙世事的少年,做了一件错事。活了半辈子之后,想承认这个错误,怎么就变得如此严峻如此复杂。他并不想做一个圣人，只是想尽力做一个诚实的人。这是任何一个孩子在刚刚省事的时候，爸爸妈妈爷爷奶奶都会对他说的一个道理，可活到快知天命了，还做不到这一点。他越来越觉得自己的虚弱。不论是张小娜，还是那个匿名者，底气都比他足，仿佛是他吉为民犯了一个不可饶恕的低级错误，而他们至高至上地一眼就看了出来并居高临下地来给他以教诲。

妻子其实知道他一直都没睡，但她也不问什么。直到下半夜了，才轻轻地说了声："睡吧。什么事还大过了吃饭睡觉？"那一刻，他仿佛听见了一种来自天庭的高远之声，如云中观音一般，将他从困窘危难中提升而去。他向妻子转过身去，搂住她。这个暖和又柔软的肉体，一下让他踏实下来。一滴清泪顺着眼角淌下，浸入散发着太阳气息的枕巾。他想，有妻子和女儿，这世界即使全都崩溃了，也没什么大不了的。

十一

春夏之交，是全年中各类刑事案件的第一次发案高峰。那些罪犯们似乎也像惊蛰后的虫蛇一般，蓬蓬勃勃地活动起来。一会儿抢了金银首饰店，一会儿撬了人家老外的公寓，一会儿绑架，一会儿又发生了黑帮火并，不时还有那些下岗职工在什么地方将马路拦了的事……把个吉副市长搅得天昏地暗，连他的那些下属都发现，这位一向精力充沛办事干练永不言输的上司，常显出一些惶惶然招架不住的窘态。

在这内外交困身心俱乏的时候，吉为民在一个周末抽了个空子又去了钱老师家。

一去，依然在那间四壁书香的小书房里落座。钱老师从未给他特别的礼遇，他也从未给钱老师特别的关照。他从来都是两手空空而去，钱老师也从不留他吃饭。真正做到了君子之交淡如水。

钱老师的住房是近些年分得的一套二轮三居室旧房。客厅小得仅容摆放一只冰箱和一方小餐桌。客人在那儿坐十分钟，腿脚便会酸疼起来，免去了贴一张"谈话请勿超过二十分钟"之类的纸条。只有少数几个挚友，钱老师是请到书房里去的。

依然是沏茶。吉为民和钱老师二人都不抽烟，更添了清谈的情味。钱老师的夫人向来不参与他们的谈话，连待也不在一边待。打过招呼，泡上茶，再提来一只暖瓶，便转身带上门出去了。

钱老师未等吉为民坐定，便别有意味地笑了起来。吉为民问他笑什么。钱老师说："先喝茶。"

吉为民最关心的当然是索咪咪。算算从上次见面至今，已两个多月，未见有一丝回应。钱老师也未收到任何音讯。钱老师想了想，也不征询吉为民的意见，拿起电话便给索咪咪家挂了过去。是索咪咪接的。索咪咪说："怎么这么巧？您像知道我的行程一样！我今天上午刚刚到家。"

索咪咪说，上次见面后不久，她便应邀去了香港中文大学，作短期学者访问。她临行前曾给吉市长打过一个电话，办公室的人说吉副市长不在，她便匆匆起程了。这次回来后，正想约个时间，和吉市长谈一次。有一桩非常戏剧性的事情想跟吉市长说说。钱老师依然不征询吉为民的意见，径自说了："吉副市长正在我旁边一米之处。"说着便将话筒塞给了吉为民。

吉为民多少有些窘迫，接过电话先问她好，又问了一下去香港中文大学的情况。

索咪咪说，这次在香港期间，有许多独处的时间，想了很多问题。那里各种资料比内地多得多，她还读到了一份很有意思的东西。吉为民问是什么东西，索咪咪说见面再说。最后，吉为民与她约定，下星期天一起去植物园。那是市里最干净的一块地方，离索咪咪的家也不远。

电话打完，钱老师又将刚才那意味深长的笑续接起来。吉为民问有什么可笑的？钱老师说："你入仕十多年来，一直独善其身，如今怎么搅到本市最大两个山头的纠葛中去了？"

吉为民问道："你这话是什么意思？"

钱老师说："已经传得有鼻子有眼了，说你正式投到'老头子'门下，想拿这一次市府换届的第一把交椅呢。"

钱老师所说的最大的两个山头，一个是以老市长为首的山头，大多是本地干部或新中国成立初期进城的南下干部——这批人基本已本地化了，俗称"本帮"。一批是"文革"中部队派来的"支左"干部，后来转业留了下来，加上七十年代以来，由省里从各地县提上来的干部，俗称"外帮"。这个山头的掌门人是前省委副书记兼市委第一书记，也已离休多年，影响力也不小。由于历史的和文化的原因，甚至仅仅是口音的原因，这两个山头从"文革"结束以来就没有停息过争斗。在不同的时段里，在不同的社会政治背景下，一直就相互较着劲。有时和风细雨，有时刀光剑影。有人说，在这个市里，做到了局级，还想独善其身就难乎其难了。有人还打了一个比方：做这样的人，好比一粒铁屑，悬浮于一只马蹄形吸铁石两极之中，不小心打个盹，睁眼一看已在其中之一极了。吉为民就是在文博中学校友联谊会这件事上不小心打了一个盹。当然，这些说法夸张了一些，已带有某种演义色彩了，再说，这两个山头也不像说的那样泾渭分明，许多年来早已是分分合合你中有我我中有你有联合有斗争了。这种山头没有任何外在的形式，既无集会，也无宣言，更没有什么联络图之类的凭据，全靠感觉。有些人，仅仅因为误入某一次酒筵或牌局，甚至错拨了一个电话，便被人划归某某某的人了，吃了许多不明不白的亏。有的也因此弄假成真。文博中学历届校友会中的入仕者们，几乎统统都被人划入"本帮"之中。去这样的校友会任一个会长，任你是有一百张嘴也辩说不清。

吉为民听钱老师这么开门见山地一说，便只好苦笑了，说："你真是消息灵通啊！"

钱老师说："我这儿是什么地方？是各类政治传言小道消息的大本营和集散地。你要是在饭厅、教室、宿舍都安上窃听器，包准你对本市最混沌最幽微的过节都一目了然。"

这原本就在吉为民今天来找钱老师的话题之中，见钱老师先已点破，便将这次误入党争的事由羞羞答答地说了，然后说："我还是一以贯之，我行我素吧。"

钱老师说："没那么简单吧？"见吉为民一副心事重重的模样，又说："其实，党争是个很正常的事，古今中外都如此。从某种意义上说，它还是党内的制衡因素，有利于党内的健康与活力，也有利于党内的民主。但是，要讲规则，是运动场上的摔跤，不是打狗子架。"

吉为民笑了："你这说法与老头子如出一辙。"

钱老师说："老市长其实是个很明白的人，只是多年恩怨，少不了有些个人意气在里面。如果真讲规则了，我倒是倾向于'本帮'的。不过，'本帮''外帮'这类名字太江湖气，我们常常因为一些烂词而坏事。像这一类词，既是一种旧习气旧制度的产物，它一旦被造了出来，又可以生产出旧习气旧制度来。"钱老师一笑，"扯远了，这涉及语言学的话题了。"

钱老师无甚著作，连小文章都不多，他属于那种述而不作的人。但吉为民在他这儿学到的东西，比那些大堆头的鸿篇巨制要多得多。他觉得钱老师的学问是鲜活的，有灵性的，甚至是即兴的。与钱老师谈话，连你自己也变得机灵起来，常常脱口说出一些让你自己也吃惊的聪明话。只可惜钱老师在课堂上却是另一副样子：照本宣科，言之无物，一副八股模样，连那眼神都是黯淡的。吉为民想，要不是十多年前，为一个考题找到他家登门求教，或许就错失了这么一个良师益友，而和其他学员那样，只将他看作是一个混饭吃的平庸教书匠了。

于是，钱老师给吉为民细细分析了眼下的大形势小形势及诸多不确定因素，建议吉为民不必有太过敏的反应，许多事情，你越把它当事它越是事。本来别人已在疑人偷斧，你再一脸心事重重，不是更像那回事了么？再说，这类事你想澄清也无法澄清的，你去登报申明去？

经钱老师一番开导，吉为民轻松了许多。但近两次来与钱老师聊天，总觉得有了一点莫名的距离，自从那次钱老师对他说了"我也是一个隐匿者"之后，吉为民便觉得钱老师身上多了一些鬼祟气，连钱老师惯有的那种浅笑，也显得有些狡黠。他明知这种感觉是很可鄙的，却又挥之不去。好几次，他都想问问钱老师他将哪些事情忘了？隐匿了？终觉得有些唐突也有些无聊。吉为民觉得自己就像那些恋爱的女人，想显得大度又渴望明晰对方的底细。总有一种不可排遣的萦绕。吉为民又想，如果真问出几桩不堪的往事，他还能与钱老师如以往那样无间无隙么？再反过来一想，自己说出了那桩往事之后，钱老师是否还如从前那样看他呢？这样一想，竟觉得真实与坦诚竟是一件让人尴尬的事了，就像两个多年来衣冠楚楚的人，突然间赤条条地在澡堂子里面相遇。

十二

星期天，吉为民叫了一辆的士，先去接了钱老师，驶过大半个市区，又接了索咪咪。到达植物园，正是初夏阳光明媚时。空气新鲜得让你觉得全身上下只剩下一张肺。各种各样的花草盎然一片，万紫千红。连许多树木也活鲜鲜的嫣然如花草。吉为民对植物园比较熟,穿过各种林木草地暖房花圃,深处有一大片竹林。那竹林大得让你一进去便觉这世上只有竹子了。竹林深处有一座小小的茶室,起了一个很雅致的名字,叫"竹雨轩"。竹雨轩很僻静,少有人来。可以在里面喝喝茶,吃一些干果点心。实在是喧嚣都市中的一处仙境。

竹雨轩的一切均为竹制,门窗廊檐桌椅梁柱,一片玉润珠滑。轩外密集的竹林,在晨风中窸窣作响,此起彼伏。竹叶上凝聚了一夜的露珠,在那婆娑摇曳之间,滴落在地下厚厚的枯竹叶上,击打出嘀嘀嗒嗒的好听节律,有一种悠远的古韵,让人不得不感叹这轩名起得精妙。轩内还用竹屏风隔出五六个小方格,三人便在其中一格坐下。一位清瘦的老人很快拿来茶具。那茶具也都是竹子的造型。老人问他们要喝什么茶。吉为民便让钱老师点,并对老人开玩笑说,钱老师是茶圣陆羽的后人。钱老师说,一方水泡一方茶,今天就喝你们自己产的茶吧。老人听了很是高兴,说:"植物园茶山的谷雨茶刚刚制得,你们是头一批来尝新的呢。沏茶的水是我们竹园的井水,那水可是竹根里浸出来的汁液,没有一点污染,那水色,不搁茶叶都是绿幽幽的。"

茶泡得了,吉为民又点了几小碟瓜子话梅花生米。这时,大家才发现,在这超然物外的翠竹林里,谈一个不堪的话题,真让人不知从何说起。倒是索咪咪先从内陆的园林景致和香港维多利亚的海湾风光谈起,才算开了话局。吉为民也去过香港,还去过一些欧美国家。他本想就此生发开去,但觉得这样未免扯得太远,有点王顾左右而言他之嫌。几句话后,便直接切入话题。吉为民说:"我很感谢你,让我有机会检视了我的历史,并考虑了许多我几乎从来没有考虑的问题。特别是关于人的问题。人的精神,人的品性,人的尊严,还有……人的面具。这些问题本原是你们考虑的,我不一定能说清楚,但我已经感觉到了。一辈子中,有这种感觉和没有这种感觉是不一样的。"

索咪咪说:"那天您对我说了那些之后,我难受了好些天。我想,您不是一个坏人,甚至可以说是一个很好的人。您少年时大约也不是一个坏孩子,是吧?"

吉为民淡淡一笑说:"可以说,在那一天之前,一直是个好孩子。没有打过人,也不说脏话。"

索咪咪说:"我父亲也是一个好人,是一个很高尚的人,一个极其看重尊严又很谦和的人。让我难受的是,一个这么好的老人,死在一个同样也很好的少年手中，死在一群很天真很热情的孩子手中，真是没有比这更悲惨的事了。回去几天，我一想就会流泪。我先生发现了，问我，我没有说。我并不是说这件事有什么见不得人，而是怕在没有悟透其中全部意义之前，被他弄出一个俗套的江湖恩怨故事，对您不公平，对我父亲也是一个亵渎。但是，从另一个角度，您剥夺了我一次复仇的快意。这是作为一个女儿多少年埋在心底的一种原始欲望——杀父之仇啊……我母亲去世后，我姐姐去了海外。父亲的苦难几乎全压在我一个人心上，我一想到父亲临死的情景就会万念俱灰……对一个十岁的女孩来说，从此不再有什么幸福欢乐可言……"索咪咪终于忍不住，嘤嘤地抽泣起来。

　　吉为民和钱老师都只是一小口一小口地抿着茶。将那制成竹节状的茶杯拿起又放下。

　　吉为民说："今天我是以你父亲一个学生的身份来的，你可以做你想做的一切。"他竭力笑了笑说，"我对钱老师已经说过，套用谭嗣同的一句话，如果敞开需要流血，请自吉为民始。"

　　索咪咪说："我想了很久，我决定，就这件事本身而言，今天咱们就结束它。从此不再提起。我觉得这样很圆满了。没有比这更好的结尾。还有一个原因——我不希望这件事，成为别人伤害一个好市长的口实。我实在很担心，我们今天的人们没有面对这种事情的能力。已经有一个悲剧了，不要再来一个。"

　　听索咪咪这么一说，吉为民的眼眶一热。他说："如果真是一个好市长，他该有承担耻辱的道德勇气。要不然，他今后的一切所作所为都是可疑的。"

　　索咪咪说："其实，今天，我们所有的人的所作所为都是可疑的。包括我自己在内……这一点，是我很晚才发觉的。再说，您已经承担了。我可以作证，钱老师也可以作证。电话里，我跟您说，让钱老师一起来，就是这个目的。"

　　吉为民心里充满了感动，他甚至暗暗感谢这一次危机，可能会给他又引领来了一个好朋友。

　　他自言自语说："小时候，看哪吒的小人书，哪吒抽了龙太子的筋，为了承担这个责任，不牵连自己的父亲，他自杀了。看到那里，我都快哭了。这件事，一直记得很清楚。"

钱老师笑了，说："结果，那个太乙真人折莲藕为骨肉，摘荷叶为衣衫，施法术让他再生，反倒成了仙，手持乾坤圈，脚踏风火轮，倒比从前更加威武神勇。"

索咪咪想想说："看来，这种焚香木以求涅槃的道德勇气，我们的先人也是很尊崇的。后来便好死不如赖活着了。"

索咪咪说起法捷耶夫。吉为民说少年时读过他的《青年近卫军》。索咪咪说，是个很有才华的作家，但在斯大林时期参与迫害了一些人，他也是很真诚的，也是为了一个美好的理想。苏共二十大之后，他知道了一些真相，因为痛苦和愧悔，举枪自杀了。他的死，重新唤起了人们对一个人的尊重。这是人格对政治的超越，对意识形态的超越。在我们这儿，已很难见到这一类人了。

索咪咪又说，吉市长的出现，对她震撼很大。是对她，对她父亲最大的报偿。

吉为民直摇头，不无窘迫地说："你这话让我很难堪……我这样做，更多的是因为恐惧。现在想来，我所以急于要说出来，其实是害怕有人先说了。"

索咪咪说，不管是出于什么样的动机，敞开总要比隐匿光明。这世界只有敞开才有亮。当我们每个人都愿意为此付出代价的时候，我们就有希望了。恐惧是人类的福音。真正令人恐惧的是，人们对什么都不恐惧了。

钱老师说："还有更令人恐惧的是，当一个人终于有了勇气，从隐匿的阴影中走出来，走到阳光下，所有那些躲在阴影中的人，都会向那个人吐去最刻毒的唾沫，要将他淹死。而那些旁观者也会幸灾乐祸地看着他淹死。"

那一阵子，正是那个日本老兵东史郎因为公开了自己的战争日记，被他的同僚告上法庭，闹得沸沸扬扬的时候。钱老师提起这件事后，苦笑着说："那个日本老兵在自己的国家打输了官司，挨了骂，还可以跑到别的国家去争取同情和支持，去找证据去开新闻发布会。我不知道，我们要碰见了这种事该怎么办。"

钱老师说到这里，吉为民似乎听出他在说他自己了。

吉为民谈起张小娜的反应和那个匿名电话。他自始至终没有向钱老师和索咪咪说起过他们的名字。他不无嘲讽地说："这样，我也可以不被告上法庭，我那两个同学也可以放下心来。"

索咪咪意味深长地一笑："真的就可以放下心来了么？"

钱老师和吉为民听后都一愣，疑惑地盯着索咪咪，品味着这句反诘的后面包藏着什么。

索咪咪说："今天来，我就是要告诉你们一件很有趣的事。你们知道我在香港看到了什么？《红锋中学无产阶级"文化大革命"大事记》。红锋中学，就是文博中学在'文革'中的名字。这本大事记，是另一派组织掌权后，于1968年成立革命委员会之后编写的。逐年逐月逐日，厚厚一大本，各类大小事件，都记得清清楚楚。一所名校，气魄就是不一样。"索咪咪淡淡一笑，又接着说，"开篇不久，就是《原校长索一夫之死始末》。您和另外两个同学的作为都详详细细记录在案。您的另外两个同学，一个叫张小娜，一个叫何延辉，对不对？后面还附有当时对张小娜和何延辉两人的审问记录和他们在学习班里的交代……"

吉为民和钱老师听罢，大吃一惊。

索咪咪说："我将这些都复印了，带了回来——我可能永远都不会用它，但它存在着……后来，我又读到了很多东西，我早就听说香港中文大学图书馆资料很多。但多得超乎我的想象。我发现了一大批活跃于今日各界的精英、政要们的名字，还有一些戴满桂冠享尽哀荣的离世者——有官员，有学者，有作家，还有各种时代的各种名人……他们几乎都成为了某一段历史的隐匿者——包括那本大事记的编纂者们，在不久之后的另一次清洗中，他们几乎都成为了'5·16'分子或极左派，从此也从社会生活消失了，而将他们打下去的那些人，在'文革'结束之后也隐匿了起来……就这样，一拨又一拨的人，都成为了我们当今社会生活中的隐匿者。于是，我们的历史，成了没有人的历史，我们则成了没有历史的人……更具讽刺意味的是，我还看见了我自己的名字。十年前，我在一份声明上的签字。我已经忘了，起码打那之后，我再也没有说起过。和吉副市长说的一样，仿佛从未有过那回事一样。但是我想，这一切，真的能永远隐匿吗？"

吉为民和钱老师不再作声。在这竹风摇曳、清香四溢的初夏，他们不约而同地感到一股肃杀的寒意。

索咪咪说："那段日子，真是感慨万千又无可言说，胸口都要涨破了。我后来想，我真要感谢我写了那篇小文章，要不然，再过一两个月，当我读到那本大事记时，我会永远以另一种眼光来看吉副市长了。于是，这人世间又增添了一份最深的误解和仇恨。想完之后，叫人不禁有些后怕。你们说是不是？"

吉为民一想，也不寒而栗。果真要像索咪咪所说，不论是眼下，还是将来，报刊书籍上甚至是因特网上，将那大事记转录一段，那他吉为民连承担的机会都没有了。他想起那些逃到南美一隅的纳粹军官，数十年来隐姓埋名，平日一副温文尔雅与人为善的模样，在某一天突然被人识出，拿出了当年集中营的照片，那真是一种比死刑还残酷的惩罚呢。

吉为民说："看来，我也要感谢你那篇文章。它给了我一次宝贵的机会，你能在去香港之前写出那篇文章，对我是一种幸运。"

说了许多话之后，钱老师提议再往竹林深处走一走，这么一处好地方，不多看几眼就太可惜了。

竹林中有一条三五尺宽的小道，上方被相互交合的枝叶遮蔽了起来，阳光从细密的缝隙中投下来许多跳跃的光斑，脚下是酥软得让人飘飘欲仙的落叶，厚厚的落叶中，不时蹿出几只新鲜又肥硕的毛笋，大大小小，高低错落，像是这竹林的精灵，从地底下钻出来探望这世界。

钱老师慨叹道："居有竹，真是一种至境！不是居有花，也不是居有华屋居有玻璃幕墙……想来，那些古人的情致，比我们现在的人要高远得多呢。"

走着走着，他们三个人同时都看见了离路边不远处竹林丛中的一块墓碑，便一起走了过去。墓碑很简陋，小小的，刻着一个陌生的名字和他的生卒年月。不知是附近的乡民，还是某个与这个植物园有过联系的人。

三人在那块小小的墓碑前伫立了一会儿又继续前行。吉为民问起索咪咪的父亲安葬在何处。索咪咪说，送回老家了。但那时不敢立碑，只在祖坟山上找了一块空地，将那只骨灰坛埋下，上面压了一块大石头做了一个标记。第二年再去时，那片祖坟已被平了，变成了大寨田。母亲去世后，她将父亲生前用过的一副眼镜、一顶呢帽和那支他用来结束了自己生命的派克钢笔，与母亲的骨灰一起合葬了，算是父亲的一个衣冠冢。墓地在市郊的一个公墓里面。

吉为民说，他希望能去看看索咪咪的父母亲。

索咪咪说，父亲会原谅他的。他一直都是一个真诚的天主教徒，他一生只背叛过他的信仰一次，那就是他最后的自杀。

十三

几个月后，文博中学九十周年校庆暨文博中学校友总会成立大会如期举行。那是一个秋高气爽时节。面对操场的教学大楼前，临时搭建了一个巨大的主席台。整个大操场被布置成了一个大会场，按届别排列。从主席台上望去，由前到后，从一片白发，到一片灰发，再到一片黑发，从一排排老态龙钟，到一排排敦厚壮实，再到一排排亮丽活鲜，如一片岁月之潮水。看了真是让人震撼。老中青校友们带来的礼物，在主席台前摆了一长溜。从老式的立钟到新款的电脑，从工艺精美的牌匾到亲手书写的字画。许多礼品上都写着些很动感情的话。那些话出自那些耄耋老人之口，真有一种青春重生的感觉。如："文博母校，我们真想你。""六十年梦魂萦绕，今日来道一声母校您好。"板板正正坐在前排当中的，是一位1921级的学生，今年九十二岁了，由儿女陪着专程从重庆赶来。大家要老人上主席台，他却怎么也不肯，老泪闪烁口齿清楚地说："莫扯我。我是文博的学生，我就要坐在下面。我要好好回想一想我当年做学生的一些事情。"1935级、1936级、1937级的校友共同捐资铸了一尊索一夫校长的半身铜像，并在旁边附了一篇纪念长文，深情叙说了抗战爆发后，索一夫校长带领他们这些十几岁的孩子们风餐露宿，日伏夜行，吃尽千辛万苦，辗转数省，历时一年，最后到贵州重新建校的过程。读来字字血，声声泪，让人断肠。也有一些少壮派校友，近年里生意事业做发达了的，便竖起一张偌大的支票，填上十万二十万的捐赠款项，简洁地表达自己的一点心意。还有一些从台湾、香港和国外返回的校友，在捐赠物上总不忘写上"文博中学洛杉矶同学会""文博中学台湾校友联谊会"之类的字样。

吉为民见到一些似曾相识的面孔，只是那些面孔如电影中的叠化一样，从青春年少一转眼间变成满脸风霜。他在学校的时间太短。连那些朝夕相处了两三年或五六年的，都要执手相认好半天，才结结巴巴喊出对方的名字。因而没有谁将他作为校友来相认，而只是当作一名副市长了。近些年，市里的领导上电视的时候越来越多，几个无线台，几个有线台，隔三岔五就被摄了去，因而多少也被人看熟了脸。何延辉没有来，张小娜也没有来，这让吉为民感到释然。他没有功夫在那沸沸扬扬的人海中去寻找往昔的同窗。作为校庆组委会主任，他一直忙不迭地与纷至沓来的各路贵宾们应酬，光名片就接了一口袋。

因为校友们相互之间有太多的话要说，满操场一片人声鼎沸，有些人干脆结伴各处寻访旧迹去了。校庆纪念大会不得不推迟了一个小时。在这期间，吉为民借口上厕所，找到了原来那间校长办公室。这是一栋三层欧式洋房：质地很好的赭色墙砖，穹形门窗，镶着典雅的雕花栏杆。据说抗战初期，周恩来、郭沫若等一批要人在这儿住过，所以一直保护得很好。一二层已辟出来做了校史陈列室。从窗子望进去，可以看见墙面上许多的图片、文字和摆放在玻璃展柜中的一些实物。原来三楼那间校长办公室现在依然是校长办公室。门锁着。四下也没有人。吉为民在门口伫立了一会儿。透过那扇厚重的木门，他看见了那个八月下午的一切，甚至壁上大字报大标语的字样。本来，在校庆日之前很久，他就想好了在大会上要说的一些话。其中最重要的是，他要向全体校友讲出那个夏天的故事，并向索一夫校长表达迟到了三十二年的忏悔之情。他想象着那情景，是如何地像钱老师给他讲的《红字》的故事。他要说的最后的一句话是："我感谢索一夫校长的女儿索咪咪女士，是她引领我说出了这一切。"在思考这些话时，他就已经很激动了。现在，他只能站在这所宁静的门前，在心底将这些话对索一夫校长说了一遍。

上午十点半钟，校庆组委会主任吉为民副市长宣布文博中学建校九十周年庆典暨文博中学校友总会成立大会现在开始。接着是许多的发言，念祝词，念贺电，念诗文……还有一列颤颤巍巍的老人五音不全地唱了当年的老校歌："楚天高高，长江滔滔，文博英才，中华之骄，为国为民，强身慧脑，求真求善，不屈不挠，吾爱吾校，吾爱吾校……"那曲调古旧得仿佛是千年之前的遗音。最后，由文博中学校友总会会长吉为民代表全体校友致词，致词是由学校请了校友中的几个大手笔共同商议撰写的，情深意切，文采斐然。吉为民读着读着，有几次，他几乎就要放下稿子，说出那段思虑已久的话了，但他还是忍了回去。只是在最后，他的眼光从文稿上挪开，望着台下浩浩荡荡的一片，略顿了一下，收起了刚才的朗诵腔，用一种从胸膛深处发出的声音缓缓地说："让我们永远纪念在文博中学建校九十周年来，为这所光荣的学校呕心沥血鞠躬尽瘁的师长们。让我们永远怀念我们已遍布四方的同窗校友们。让我们永远悼念那些已离世的师长和学友们……特别是我们的索一夫校长，他在1936年到1966年的三十年间，将自己一生最宝贵的年华献给了这所学校，并最终倒在了这里，倒在了那个疯狂年代的一个八月的下午……"

一整个操场都被吉为民的讲话激动了。他的话音刚落，便响起了经久不息的暴风雨般的掌声。

大会结束后，便是参观校园、各届座谈、文艺演出等各项节目。吉为民从主席台上下来时，见索咪咪站在台侧一角。索咪咪匆匆说，她作为索校长的亲属受到邀请。她本不想来，忍不住还是来了。她说："您讲得很好……如果不是在此之前，我们相互了解了，那我会觉得这是一篇虚伪到残酷的发言了。"索咪咪说完，倏忽间消失在熙熙攘攘的人群中。

整个校庆纪念日都非常成功非常感人，数千男女老少犹如进行了一次丰盛的精神会餐，一个个都情绪激动，随时都可以看见热泪盈眶。人们相拥相抱，合影留念，互留地址互相祝福……

十四

几个月后，市府换届前夕，有关部门找吉为民谈了一次话，因为要提拔几个专家学者型的年轻同志充实市府领导班子，以适应21世纪科教兴国的战略需要，将安排他去政协任职，副市级待遇不变。这一突然变故不仅让吉为民大吃一惊，便是老市长等一批政坛高手也如堕五里雾中，百思不得其解。

紧接着，便有一些说法无头无尾地弥漫开来，说吉为民在"文革"中有血债，打死了学校的校长。说吉为民是漏网的三种人。还有的更是说得有鼻子有眼，说吉为民是在不久前那一次文博中学九十周年校庆中，被那校长的女儿认了出来，吉为民多次向她求情，希望私了，还是被拒绝了。也有的说，吉为民看错了行情，投机"本帮"，没想到遇上"本帮"突陷熊市……听到这些，吉为民五内俱焚，不可自持。他好像误入暗夜的迷魂阵中，四面响箭却又看不到一个射击者。吉为民不得不向有关部门反映并如实陈述了一切。有关部门说，我们没有接到这方面的材料，别理那一套。这些话，我们听的比你还多。放手工作吧。组织上是了解你的。

钱老师当然也很快听到了这一类传言，他找到索咪咪，索咪咪听说后脸色苍白，半晌说不出话来，哆哆嗦嗦地低语："太可怕了，这样的生活太可怕了……"

钱老师说："现在，能说清楚这一切的，只有你了。"

索咪咪迅速写了一篇文章——《走进阳光者的命运》。

寄给报社，很久没有回音。索咪咪只好打电话去问。和她相熟的那个编辑说，这篇稿子涉及市领导的个人生活，报社有规定，不便发。

1999年5月16日完稿
5月27日又改于武昌大东门

原载《中国作家》2000年第3期

点评

《隐匿者》是一个关于历史与记忆，忏悔与救赎的故事。主人公吉为民原本是某市一位副市长，他不参与党派之争，保持中立且十分能干。在一次偶然的阅读中，他尘封已久的记忆被唤醒，他想起来在那个特殊年代自己做过的一件荒唐事，并且间接导致当时就读中学的老校长自杀身亡。这件事给老校长的家人带来沉重的伤痛，老校长至死都想弄明白这是为什么，这些学生是怎么了。这篇刊发在报纸上题为《隐匿者》的文章，由老校长的女儿索咪咪撰写，寻找那些当事人，这篇文章的内容深深震撼着吉为民。出于内疚，吉为民决定找到索咪咪说出当年的事情，他要为自己当年的荒唐行为承担责任，要忏悔。但没想到，这一吉为民准备独自承担的事件却引起一系列事件发酵，先是他信任的两位长者先后劝说他，两位长者认为谁不是隐匿者呢。他主动联系当年另外的两位参与者，却被他们斥责甚至威胁。不仅如此，他原本树立的良好形象也岌岌可危，先是流言四起，接着被无端调换成闲职，断送了原本一片光明的政治前途。

吉为民主动忏悔的行为令人敬佩，他敢于、勇于面对历史的隐秘，但讽刺的是，当隐匿者想要走到阳光下的时候，更多的隐匿者们却要驱逐这个"叛逃"的人，正如小说中所言："更令人恐惧的是，当一个人终于有了勇气，从隐匿的阴影中走出来，走到阳光下，所有那些躲在阴影中的人，都会向那个人吐去最刻毒的唾沫，要将他淹死。而那些旁观者也会幸灾乐祸地看着他淹死。"尽管吉为民作为网状社会中的一员，因为对历史的忏悔，对记忆的返寻而被现实处境、世道人心所打败，但作为个人的吉为民，并未被打倒，其高大的精神形象反而衬托出"隐匿者"们的渺小和卑鄙。

历史在时间的长河中被一层层淘洗、掩埋，不仅仅个人，整个国家、民族、人类都不应该选择遗忘，记得是为了救赎，忏悔是为了和解，面对是为了更好地出发。正如有论者所言："走出历史灾难的阴影、实现社会和解，'不计'前嫌，不是'不记'前嫌。记住过去的灾难和创伤不是要算账还债，更不是要以牙还牙，而是为了厘清历史的是非对错，实现和解与和谐，帮助建立正义的新社会关系。对历史的过错道歉，目的不是追溯施害者的罪行责任，而是以全社会的名义承诺，永远不再犯以前的过错。"

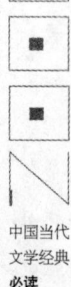

（朱旭）